오바마를 부탁해

너의 세상을 가져라

오바마를 부탁해

초판 1쇄 인쇄일 2012년 10월 31일
초판 1쇄 발행일 2012년 11월 6일

지은이 샐리 제이콥스
옮긴이 조용, 김훈, 김기철
펴낸이 장성순
기획편집 변경진
편집 전다영, 양철훈
디자인 구화정 page9

출력 한국커뮤니케이션 **인쇄** 갑우문화사
펴낸곳 해피스토리

주소 서울특별시 마포구 동교동 200-4 광남빌라스 2동 302호
전화 02-333-8336
팩스 02-730-8332
이메일 happistory11@naver.com
출판등록 2006년 12월 6일 제300-2006-174호
홈페이지 www.happistory.com

정가 22,000원
ISBN 978-89-93225-64-8 03840

※ 잘못된 책은 바꾸어 드립니다.

해피스토리는 출간을 희망하는 분들의 소중한 원고를 기다리고 있습니다. 출간 기획안과 작성된 원고를 해피스토리 편집국(happistory11@naver.com)으로 보내주세요. 해피스토리 편집국의 문은 독자 여러분에게 활짝 열려 있습니다. 언제든지 해피스토리에 노크하시면 됩니다.

너의 세상을 가져라

샐리 제이콥스 지음 | **조용·김훈·김기철** 옮김

해피스토리
Happistory

사랑하는 스트릿과 시시를 위하여

차례

서문 • 8

서문

　역대 미국 대통령들은 모두 부모가 평생 미국 땅에서 살았다.

　버락 오바마는 그렇지 않기 때문에 독특하고 이국적인 느낌이 드는 이름을 가졌으며 비판자들이 보듯 확실히 미국 본토박이는 아니라는 인상을 강하게 풍긴다. 오바마의 흑인 혈통은 미국 내 여타 흑인들과는 전혀 다르다. 아들에게 자기 이름을 물려준 오바마의 부친은 영국이나 캐나다처럼, 미국인이라면 대부분 알고 있고 관습과 사고방식이 미국과 비슷한 지역 출신이 아니다. 초기 몇몇 대통령들의 부모 중 영국이나 아일랜드 출신도 있었지만 이들은 일찌감치 대서양을 건너와 미국에서 가정을 꾸린 사람들이었다. 그러나 오바마 가계家系의 뿌리는 저 먼 아프리카, 그중에서도 루오족Luo이라는 인종 집단이 살고 있는 케냐 서부 지방이다.

　루오족 지역에서는 20세기에 들어서기까지 사춘기가 되면 성년식의 일환으로 관례에 따라 아래쪽 이빨 6개를 뽑았다. 또 일부다처제가 오랜 관습이어서 지금도 남자들은 대개 여러 명의 아내를 두고 있다.

이곳에서는 쌍둥이 출산이 나쁜 징조로 여겨진다. 예전엔 쌍둥이가 태어나면 액운을 면하려고 심부름꾼을 그 아이들 할머니 집으로 보내서 몰래 괭이를 땅에 파묻게 했다.

역대 미국 대통령 중에서 자기 조상이 살던 지역에 대해 그런 말을 할 만한 사람은 없었으며 설사 그렇다 해도 그런 얘기를 보란 듯이 공개하지는 않았을 것이다. 오바마가 이질적 가계, 즉 "낯섦"을 매우 극적으로 반전시키기는 하였지만 주류 미국 유권자들의 전폭적 지지를 얻게 된 계기가 바로 이것이라고 할 수는 없다.

그 이유는 부분적으로 오바마가 백악관을 향해 단호하게 진군해가던 2008년에는 그의 아버지에 대한 이야기가 많이 거론되지 않았다는 데 있다. 언론은 그에 대해 상세히 보도하지 않았다. 오바마의 부친은 무질서하게 살았기 때문에 당시 그에 대한 정보를 얻는 것은 쉽지 않았으며 단편적인 삶의 흔적들은 연결점이 거의 없는 것처럼 보였다. 1982년 어느 날 밤 그가 자동차사고로 죽었을 때 가까운 사람들조차 그의 종말을 가져온 혼돈의 힘을 이해하기 힘들었다.

필자도 오바마 부친의 이야기가 불완전하게 된 데 한몫을 하였다. 2008년 10월 필자는 20여 년간 기자로 몸담고 있었던 『보스턴 글로브 The Boston Globe』지에 오바마 부친의 신상에 대한 기사를 썼다. 이 정도 기사를 위해 케냐까지 갈 수는 없었기 때문에 대신 수십 차례의 전화 인터뷰와 요즘 기자들의 업무 도구인 이메일과 문자 메시지의 힘을 빌렸다. 기사는 오바마 부친이 살았던 궤적을 정확하게 반영하였지만 직접 케냐로 가서 빅토리아 호수를 향해 펼쳐진, 그의 인격의 깊은 근원인 바위투성이 평원을 걸어보지 않고서는 이해할 수 없는 부분들이 많았다. 그러나 필자는 알려진 바가 거의 없는 신비한 대통령 후보 아버지의 그림자에 마음을 온통 빼앗겼다. 살아생전 아버지를 만난 것이 단 한 번뿐이었기 때문에 회고록에서 아버지에 대하여 많은 부분을 할애한 후보 자신조차 수수께끼 같은 아버지에 대하여 알고 싶어 하는 것 같았다.

선거 마지막 몇 주가 남았을 무렵 필자는 오바마가 백악관 입성에 성공하면 오바마 부친에 대한 이야기를 좀 더 조사해보자고 결심하였다. 알려지지 않은 이야기가 너무 많았기 때문이었다. 나이로비에서 수백 마일 떨어진 궁핍한 시골에서 자란 오바마 아버지가 어떻게 그렇게 높은 지위까지 오를 수 있었을까? 뛰어난 지적 능력이 있으면서도 그다지도 열심히 공부하고 갈망하던 하버드대 대학원 학위를 그는 왜 받지 않았을까? 그가 몰락한 보다 근본적인 원인은 무엇이었을까? 그의 심한 음주벽이 한 원인이었던 것은 분명하다. 그는 한 자리에서 연거푸 위스키 두 잔을 주문하는 습관이 있었기 때문에 별명이 "한 잔 더"였으며 어떤 때는 술잔이 16개나 앞에 쌓이기도 하였다. 하지만 다른 큰 요인들이 그의 인생행로에 영향을 미쳤으며 그 요인들이 모두 그 자신이 만든 업보는 아니었다는 사실 또한 분명하다. 필자는 처음에 『보스턴 글로브』지에 기사를 쓰면서 오바마의 인생이 케냐 최초의 대통령에 대한 고통스러운 절망과 불가분의 관계가 있는 화려한 행로였음을 알게 되었다. 어쨌든 그 해답은 지구 반대편 루오 지방의 붉은 먼지 속에 있음이 틀림없다.

필자는 그 전까지 한 번도 아프리카를 가본 적이 없었으며 가고 싶은 생각도 전혀 없었다. 8년 전에 필자의 어린 친척 하나가 보츠와나의 동물 보호 구역에서 끔찍한 사고로 죽었다. 아프리카는 필자가 세계에서 절대로 가고 싶지 않은 곳이었다. 그러나 다음 대통령이 될지도 모르는 사람의 아버지에 대한 궁금증이 필자를 계속 들들 볶고 있었다. 오바마의 아버지가 어떤 사람이었으며 같이 살지 않으면서도 그 사람 됨의 힘이 어떻게 둘째 아들에게 영향을 미칠 수 있었는지 하는 것들은 대통령 선거라는 드라마를 전개하는 데 있어 가장 핵심적인 요소로 보였다. 오바마가 대통령이 된다면 알려진 바가 거의 없는 그의 아버지가 몇 년에 걸친, 어쩌면 앞으로 몇 세대에 걸친 세계 발전과 관련이 있는 엄청난 사건의 중심에 놓이게 될 것이었다. 필자는 그에 대한 이야기를 하고 싶었다. 아프리카에 간다면 아마 우리 가족의 개인적인 비극에 대해서도 더 깊이 이해할 수 있게 될지 몰랐다.

오바마가 선거에서 이기고 한 달 뒤인 2008년 12월 필자는 오바마 부친의 첫 번째 부인이었던 그레이스 케지아Grace Kezia를 만나기 위해 런던 서부 교외의 브랙널Bracknell시로 가고 있었다. 반세기도 더 전에 크리스마스 댄스 파티에서 새로운 미국 대통령 오바마의 아버지를 어떻게 만나게 되었는지 그녀의 작은 아파트에서 그녀가 이야기할 때 필자는 처음으로 루오어Dholuo 단어 몇 개를 들어보았다. 그녀는 어린 오바마가 화려한 아프리카 의상을 입은 여섯 명의 친척들과 함께 포즈를 취하고 있는 가족 모임 사진 몇 장을 필자에게 보여주었는데 대통령 선거전에서 전혀 보지 못한 것들이었다. 이 방문이 이후 하와이와 미국의 외진 곳들 그리고 케냐를 여러 차례 방문하는 긴 여정의 첫 걸음이었다. 취재를 마칠 때쯤 필자가 여행한 거리는 75,000마일을 넘어섰다. 아버지 오바마가 태어난 카냐디앙Kanyadhiang 마을에서 필자는 며칠에 걸쳐 수십 명의 오바마가家 사람들과 대담하였으며, 어느 인상 깊은 날 밤에는 거센 폭풍이 빅토리아 호수에서 휘몰아쳐 와서는 사나운 물보라로 초가집들을 연신 휘갈겨 대는 광경을 그들과 함께 지켜보기도 하였다. 갈비뼈 2대가 부러지기도 하였고 우아한 나이로비 호텔에서 뷔페를 먹고 살모넬라 중독에 걸리기도 하였으며 폐렴도 두 번이나 걸렸다. 필자는 철조망 뭉치와 큰 칼, 설탕 자루를 싣고 괴로울 정도로 험한 도로를 달려 끝도 없이 먼 농지를 돌아다녔다. 이것들은 일하는 도중에 시간을 내서 필자에게 자신들의 기억을 전해준 친절한 사람들에게 줄 선물이었다. 카냐디앙 마을을 마지막으로 방문한 어느 날 필자는 많은 불운한 아프리카 염소들의 이동수단이었던 차 트렁크에 염소를 한 마리 싣고 갔는데 필자 이름을 따서 "샐리"라고 이름까지 지어 주었다. 많은 불운한 아프리카 염소들의 운명이 그랬듯 샐리도 곧 도살되었다.

　오바마가家 사람들이 모두 필자를 반기지는 않았다. 아버지 오바마는 죽은 후 집안에 복잡한 분규와 어둡고 기구한 일생을 남겼다. 어떤 가족들은 그의 생애에 대하여 이야기하고 싶어 하지 않았다. 하지만 말해야만 한다면 자신들 중 누군가가 말하기를 바랐다. 오바마의 생애에 대한 글에 그들이 나오기를 원한 마지막 사람은 미국 출신의 음중구mzungu, 스와힐리어로 백인을 뜻함였다. 오바마에 관한 책 준비를 시작한 지 몇 개월이 지난 후 한 오바마가 사람은 필자가 오바마 대통령을 깎아내려 다음 임기에 출마하는 것을 막으려고 혈안이 된 공화당원이라고 주장하며 책 출판 계획에 반대하는 이메일 운동을 시작하였다. 2009년 가을 케냐 서부의 주요 도시인 키수무Kisumu 인근에 사는 오바마가 사람들이 한 차례 그런 이메일을 받았으며, 메일의 영향은 끔찍했다. 그 마을에는 전기가 들어오지 않았고 빅토리아 호수에서 그리 멀지 않은 외진 곳이었지만 휴대전화가 흔해서 소식이 빨리 퍼졌다. 이듬해 봄에 돌투성이 먼지 길을 달려 마을로 갔을 때는 접대가 확실히 냉랭해졌다. 얄궂게도 『보스턴 글로브』지의 필자 사무실에서 지척인 매사추세츠주 보스턴에서 이메일 봉쇄가 시작되었다.

다행히 오바마의 대가족은 규모가 큰 만큼 다양한 사람들이 있다. 세계 언론들이 알레고Alego에 있는 오바마 계모의 집을 가족의 중심 장소로 인식하고 있지만 미국을 비롯하여 카나디앙과 나이로비에도 오바마의 친척들이 많이 있다. 많은 친척들은 그들 가족에 대한 필자의 관심이 정치가 아니라 전적으로 역사적 기록을 확장하는 데 집중되어 있음을 알아주었다. 그들은 필자가 집에 오는 것을 반겨 주었고 아버지 오바마가 오랫동안 정부측 경제전문가로 일했던 나이로비에서 가로수가 늘어선 하람베Harambee가를 함께 거닐었으며, 오바마와 알고 지냈던 수십 명의 사람들을 필자에게 소개해 주었다. 그들은 2년 넘게 필자가 보내는 전화 문의와 문자, 이메일에 빠짐없이 응답해 주었다. 더 중요한 것은 그들이 버락 오바마의 생애에 있었던 승리와 격변을 모두 주저 없이 정직하게 증언하였다는 사실이다. 다음에 오바마 사촌 2명과 함께 카냐디앙을 방문하였을 때 마을 사람들은 경계심 없이 기꺼이 다시 대담하였다.

사람들의 기억 속에 있는 오바마 대통령의 아버지에 대한 이야기는 일부에 불과하다. 필자는 다행히 케냐에서와 6년간 살았던 미국에서의 오바마의 생애를 들여다 볼 수 있는 창을 제공해준 몇 가지 문서들을 찾아냈다. 나이로비에 있는 케냐국립기록보관소의 서가 뒤편에 재정 및 경제계획부에서 일하면서 그가 쓴 수백 장의 메모가 있었고, 케냐 관광개발공사에서 근무하던 시절에 열린 회의를 상세히 기록한 회의록 묶음이 여러 개 있었다. 옛 이민국의 문서 기록이 보관되어 있는 미주리주 리스 서밋의 문서 보관소에서는 외국인 등록번호 A1938537, 이름 버락 H. 오바마라는 서류철이 있는데 이 서류철에는 그가 1959년 호놀룰루에 도착했을 때부터, 자기 의사와는 반대로 억지로 매사추세츠주 케임브리지를 떠나야 했던 1964년까지의 기록이 들어있다. 여러 기록 보관소에서 훨씬 더 많은 자료들이 나왔다. 시러큐스 대학 문서보관소에는 오바마에 관한 십여 장의 항공 서간이 있었으며, 그가 케냐의 대중적인 민족주의자 톰 음보야Tom Mboya에게 쓴 편지들이 스탠포드 대학에 보관돼 있었다. 이 문서들의 양은 상당히 많았다.

마지막에 필자가 찾아낸 것은, 불가능할 것이라는 일반적 통념에도 불구하고 백악관 입성을 목표로 정하여 마침내 그곳에 사는 최초의 흑인이 된 어떤 시카고 변호사의 이야기만큼이나 가능성이 없는 이야기였다. 그의 아버지도 역시 비범한 일을 해냈다.

나이로비의 영국 식민지에서 요리사의 아들로 태어난 아버지 버락 오바마는 뛰어난 사람이었으며 철저한 지성으로 자기가 자란 궁벽한 시골의 친구들보다 훨씬 높은 수준까지 올라갈 수 있었다. 운명적으로 그는 케냐가 1963년 독립을 쟁취한 후 의기양양해 있던 시기에 국가 건설의 임무를 띠고 교육을 받기 위해 미국으로 파견되는 젊은 케냐인들 무리에 끼게 되었다. 그는 세계에서 가장 유명한 대학인 하버드 대학에서 대학원 과정에 입학이 허가된 핵심 엘리트 집단의 일원이었다. 젊은 그에게 무한한 기회의 대로가 눈앞에 펼쳐져 있었다.

그러나 버락 오바마는 극단적인 무모함으로 치닫기 쉬운 사람이기도 하였다. 몇 개 되지도 않는 아주 유망한 직장을 계속 다니지 못하고 나이로비로 돌아오자마자 놀라운 어린 시절의 장래성도 시들어 버렸다. 1960년대 식민 지배를 벗어난 나이로비의 자유분방한 사회와 마주한 오바마는 평정심을 잃지 않으려고 무척 노력했다. 그가 정치적 권리에 대한 정부의 변함없는 추이에 배짱 좋게 도전하고, 다른 사람들이 감히 나서지 못하는 상황에서 용감하게 독재적인 초대 대통령에게 대들었을 때 이미 휘청거리기 시작한 그의 상승세가 멈춰버렸다. 미국에서 돌아온 지 겨우 6년 만에 그의 삶의 궤적은 돌이킬 수 없는 나락으로 선회하며 추락하였다.

어떤 이들은 그를 성급한 지식인이라고 불렀으며 다른 이들은 그를 이상주의자, 즉 진정으로 민주적인 케냐 사회에 대한 충정 어린 비전을 당대의 정치적 현실과 일치시킬 수 없었던 사람으로 생각했다. 무엇으로 불리든 간에 버락 오바마는 사랑하는 조국의 풍요로움과 짐을 모두가 나누어야 한다는 신념을 위해 일생을 바친 사람이었다. 결국 그를 파멸시킨 것은 꿈의 실패로 인한 좌절이었다.

chapter

1

아버지

아버지

그 표지판은 관광객을 위한 것이다. 그러나 이곳까지 간 사람은 많지 않다.

표지판은 구멍이 너무 많아서 거의 통행이 불가능한, 케냐 서부의 붉은 먼지가 날리는 도로 가에 서 있으며 역사적인 문구는 두꺼운 먼지로 가려져 있다. 표지판은 푸른색 대문자로 다음과 선언하고 있다.

"오바마 오피요, 미국 대통령 버락 오바마 2세의 위대한 할아버지."

단지 4세대 만에 그 이야기를 하지 않게 되었다. 이곳은 아프리카이며 따라서 후손들은 조상들에 대해 알고 있어야 한다. 표지판 오른쪽에는 과거 8세대 선조들의 이름이 나열되어 있다.

냐뇨디
오춰
오봉오
오피요

오바마-[1]
후세인 오냥고
버락 오바마 1세
버락 오바마 2세 미국 대통령

붉은색 화살표는 서쪽을 가리키고 있는데 그 쪽으로 몹시 덜컹거리는 길을 1킬로미터 정도 가면 카냐디앙 마을이 나온다. 이곳에서 바로 오바마 가문의 대통령 당선이라는, 불가능할 것 같은 서사시가 시작되었다.

미국 대통령의 아버지 버락 후세인 오바마는 한때 수량이 풍부했던 빅토리아 호수에서 멀지 않은 이곳, 초가지붕을 얹은 둥그런 흙집에서 태어났다. 그가 태어나기 거의 100년 전인 1800년대 중반에 오봉오라는 한 젊은 농부가 이곳에 정착하기로 결심하였는데 이는 15세기부터 수단에서 이주해온 목축부족인 루오족의 대 이주의 한 갈래였다. 조크 오위니Jok' Owiny라는 오바마 가계의 첫 조상이 몇 세대 전에 빅토리아 호수의 위남만Winam Gulf 지역에 먼저 이주하기는 하였지만, 어업 전망이 밝고 주변 숲에 야생 동물이 많은 만의 서쪽 지역에 집안의 본 거지를 세운 것은 오봉오였다. 그 오두막은 오래 전에 사라졌지만 지금도 수백 명의 오바마가 사람들이 대통령의 할아버지가 심었던 높이 치솟은 푸른 고무나무 그늘 아래 살고 있다.

부족어인 루오어로 "소의 딸이 사는 곳"이라는 의미를 지닌 카냐디앙 마을은 오봉오가 정착한 이후 지금까지 변한 게 거의 없다. 전기가 들어오지 않으며 사람들은 여전히 아와치Awach강의 흙탕물 구덩이에서 물을 양동이에 담아 언덕 위로 길어와야만 한다. 이 물은 정수제 처리를 해야 사용할 수 있다. 소들과 이따금 보이는 닭들이 완만한 구릉지를 돌아다니다가 오바마 오피요의 무덤 위에 드리운 부드럽고 노란 시알라 나무 꽃을 따먹곤 한다.

이곳은 오바마가의 루오족 선조들이 정착한 루오족 땅이다. 예전에 이 지역에서는 청년들이 성년이 되면 그 상징으로 아랫니 여섯 개를 빼는 풍습이 있었으며, 아이들은 지금도 태어날 당시의 상황을 따서 이름을 짓는다. 루오어로 "오냥고"는 이른 아침에 태어났다는 뜻이며 흔한 이름인 "오코스"는 비가 오는 중에 태어났다는 뜻이다. 오바마가 미국의 제24대 대통령으로 역사에 이름을 새긴 뒤 몇 주 후에는 엄청나게 많은 아이들에게 그 이름을 지어 주었다. "오바마"는 '휘어진 또는 둘러가는'이라는 뜻을 가진 밤bam이라는 단어에서 나왔다.

아버지 버락 오바마는 카냐디앙에서 가장 크게 성공한 사례였다. 세계 정치 사전에 올라가기 오래 전부터 이 지역에서 그 이름은 엄청난 무게감을 가지고 있었다. 마을 노인 세대 중 많은 사람들은 오바마가 남자들만 갈 수 있는 강변의 라판두 기슭에서 어렸을 때 헤엄치던 모습과, 등불만 켜놓아 어두침침한 카냐디앙 마을 회관의 춤 경연대회에서 보인 절묘한 춤 솜씨를 아직도 기억하고 있다. 그러나 오바마의 마음은 자기 발보다 훨씬 빨랐기 때문에 명민함을 여권 삼아 지구에서 가장 먼 곳까지 가고 말았다.

아들이 미국 대통령 선거의 후보가 된 이후 아버지 오바마의 일생에 관한 축약된 이야기 하나가 사람들의 얘깃거리가 되었다. 그 이야기는 다음과 같다. 1950년대 말 케냐가 60여 년간 케냐를 지배해온 영국 식민정부로부터 독립을 준비할 즈음 오바마는 미국에서 대학교육을 받기 위해 선발된 핵심 청년 집단의 일원이었다. 그는 하와이 대학에서 눈부신 갈색 눈을 가진 젊은 여성 앤을 만났으며, 3년 만에 수재 모임인 피 베타 카파Phi Beta Kappa를 졸업하였다. 그리고 나서 믿기진 않겠지만 매일 5마일을 맨발로 걸어 학교에 다녔고 먼지가 나지 않도록 소똥과 진흙을 흙바닥에 바르는 게 일이었던 소년이 하버드대학에서 경제학 박사학위를 딸 수 있는 장학금을 받았다. 28살에 나이로비로 돌아온 오바마는 셸Shell/BP의 경제전문가 일을 구하는 한편 새로 독립한 케냐의 나아갈 방향을 제시하는 "독립uhuru" 세대의 일원으로 활동하였다. 옷장에 맞춤 양복을 갖추고 있으며 백인을 아내로 맞이한 버락 오바마는 틀림없이 거물이 될 운명이었다. 미국에서 돌아온 날 희색이 만연한 마을 사람들 옆에서 파란색 포드 자동차에 기댄 자세로 찍은 사진 한 장이 카냐디앙 마을에 사는 사촌의 벽난로 위에 가문의 소중한 유물로서 보관되어 있다.

그러나 그의 도약은 갑작스럽게 막을 내렸다. 미국에서 돌아온 후 6년 동안 오바마는 유망한 직장에서 번번이 해고당함으로써 그 동안의 경력이 허무하게 무용지물이 되었다. 세 번의 결혼에서 모두 실패하였고 자식들과 친밀한 관계도 거의 유지할 수 없게 되었다. 돈 한 푼 없이 점점 술에 의존하게 된 오바마는 아무 친구의 집에서나 쓰러져 잤으며 쓸쓸한 호텔 방에서 오랜 시간 홀로 지냈다. 그것은 충격적인 몰락이었다. 가장 가까운 친지들조차 왜 그렇게 되었는지, 무엇이 그렇게 만들었는지 알 수 없었다.

"버락은 아주 안타까운 경우에 해당하지요."라고 정부 부처의 책임자이자 케냐 의회 의원인 그의 친구 윌슨 아야는 말했다. "그는 범죄를 저지르지 않았어요. 특별히 잘못한 일도 없고요. 그저 경주를 끝내지 못했을 뿐이에요. 학교 다닐 때 우리는 항상 어떤 경주든 끝내야 한다고 배웠는데 그는 그러지 못했어요. 그냥 지쳐 쓰러진 거죠."

1982년 11월 어느 날 오후 늦게 오바마는 흰색 픽업트럭을 몰고 집으로 가는 도중 도로변에 있던 유칼립투스 나무의 높은 그루터기를 들이받고 즉사하였다. 그의 나이 마흔여섯 살 때였다. 여덟 자녀 중 몇 명은 오랫동안 아버지를 보지도 못했으며 대개 아버지에 관해서는 마음의 문을 닫고 있었다. 좋든 싫든 노인은 가버렸다.

25년 후 또 다른 버락 오바마가 등장하였는데 이 오바마는 시카고 출신의 이지적인 미국 상원의원으로서 돈키호테처럼 무모해 보이긴 했지만 미국 대통령 선거에서 민주당 후보로 지명되기를 노리고 있었다. 그 무거운 짐을 진 이름이 신문 헤드라인과 밤 뉴스를 독차지하자 아버지 오바마의 자식들에게 한바탕 복잡한 감정의 격랑이 일었다. 그들은 아들 오바마의 이름이 발음하기가 얼마나 이상한지에 집착했다.

아버지 역시 버락으로 불렸지만 그의 이름은 노동자의 이름이어서 첫 음절에 강세가 있었다. 미국식 발음은 두 번째 음절에 강세가 있어서 이름에 보다 공식적이고 귀족적인 느낌을 주었다. 이 점은 특히 아버지 오바마의 살아있는 세 아내가 기쁘게 여겼지만 그들이 서로 알고 지내지는 않았다.

기자들이 아들 오바마의 배경을 샅샅이 뒤지고 있었는데 언제나 그와 이름이 같은 아버지와, 만난 적도 거의 없는 케냐의 가족들에 대한 의문들이 제기되었다. 오바마의 출마와 그가 미국 최초의 아프리카계 미국인 대통령이 된 후 얻게 된 세계적 명성이 가진 경이로움으로 인해 자녀들은 아버지 오바마와 자신들의 관계에 대하여 다시 생각하기 시작하였고 그의 혼돈에 가득 찬 삶의 여러 요소들에 대한 호기심이 생겼다. 어쨌든 그들은 모두 가만히 있질 못하고 공격적이었던 안경잡이 아버지와 미국 신문의 전면에 나오는 좀 더 점잖기는 하지만 강렬하지는 않은 또 다른 아버지의 모습에 사로잡혔다.

의문이 꼬리에 꼬리를 물었다. 그들의 아버지는 어떤 사람이었나? 그와 관련하여 그의 자녀들은 어떤 사람들인가? 그의 진면모를 알고 싶어도 어떻게 자녀들이 그가 거짓말과 절반만 사실인 것들로 엮어 놓은 실타래를 풀 수 있겠는가? 심지어 그의 직계 가족의 구성조차 엄청나게 복잡했다. 그가 죽고 3년 후 자식 몇 명과 부인들은 누가 합법적인 상속자이며 "부인들" 중 그가 실제로 결혼한 사람은 누구인가를 확정하려는 법정 싸움에 휘말렸다.

첫째 부인과 넷째 부인, 장남과 막내 사이에 벌어진 그 파란만장한 법정 드라마는 4년을 끌었으며 가족 전체가 두 개의 진영으로 나뉘어 싸웠다. 사건의 가장 중요한 쟁점은 오바마의 첫째 부인인 그레이스 케지아 아오코 오바마가 자신은 남편과 이혼한 적이 없으므로 오바마 사망 당시에도 혼인관계가 유지되고 있었다고 한 주장이었다. 만약 그 주장이 사실이라면 대통령 어머니와의 결혼을 포함하여 그 후 세 건의 결혼은 모두 법적 효력이 없어져 버린다. 그 문제에 대하여 가족 중 몇 명이 험담과 욕설이 가득한 반대 진술서를 제출하였다. 큰아들의 죽음으로 피폐해지고 상심한 일흔일곱 살의 어머니조차도 거들고 나서서 그레이스가 오래 전에 아들과 이혼했다고 주장하였다. 이 복잡한 다툼을 심리한 나이로비 고등법원 판사는 오바마 어머니를 믿었던 것 같다. 1989년 실즈 판사는 그레이스는 오바마와 이혼한 사실이 있으며 그녀가 오바마와의 사이에서 낳은 자식이라고 주장한 네 명의 자녀 중 두 명도 오바마의 아들이 아니라고 판결하였다. 그러나 이것은 싸움의 첫 단계에 불과했다.

　둘째 아들인 버락 후세인 오바마의 이름이 나이로비 고등법원의 두툼한 사건 서류철에서 갑자기 튀어나왔다. 사건 관계자 중에는 오바마가 아버지라는 사실의 적법성에 대해 이의를 제기한 사람이 없었다. 그러나 1997년 일리노이주 시카고에 있던 버락 후세인 오바마는 부친 사망 당시 410,500케냐실링, 즉 57,500달러의 가치가 있었던 상속 유산에 대하여 자신의 권리를 부인하는 짧은 편지를 법원에 보냄으로써 재빨리 그 문제에서 빠져나왔다. 그가 편지를 쓴 것은 13구역을 대표하여 일리노이주 상원으로서의 첫 임기를 시작하고 나서 6개월 뒤였다.

그로부터 거의 10년 전인 1988년 여름 오바마는 이따금 궁금하게 여겼던 아버지의 실체를 직접 찾아보기 시작했다. 그때는 아버지가 돌아가신 지 6년째였고 시카고에서 지역사회조직가로서 막 일을 끝낸 그가 하버드대 법과대학원 준비를 하고 있던 때였다. 5주 동안 케냐를 방문한 오바마는 사방으로 뻗어나간 일가 사람들을 처음으로 많이 만났으며 그들로부터 아버지 오바마의 정치적 좌절과 집안에서의 고뇌에 대해서 들었다. 그는 또 어머니의 회상에서 수집한 정보보다 친척들이 아버지의 본질에 대하여 더 많이 알고 있지는 않다는 사실을 알게 되었다. 다른 부족에 속하는 자식들을 포함하여 함께 살면서 일도 함께 했던 많은 사람들에게 아버지 오바마는 이해할 수 없는 수수께끼 같은 존재로 인식된 것 같았다.

아버지 오바마가 루오족의 장기인 논쟁과 선수 치기의 대가였고 전설적인 바리톤 가수로 유명하기는 하였지만 거의 누구에게도, 심지어 그렇게도 많았던 술친구들에게조차 자기 속내를 드러내지 않았다. 그는 개인적인 일과 자식 문제를 말하는 것이 약점을 보이는 것이라고 여겼다. 하와이에서 낳은 아들에 대해서 몇 안 되는 아주 가까운 친구들과 가족에게만 얘기했을 뿐이었지만 조그만 야구 모자를 멋지게 쓰고서 세발자전거를 타고 있는 아이의 사진을 자기 책상 위에 놓아두고 있었다. 그는 하와이에 가족을 두고 떠난 지 2년 후에 찍은 그 사진을 잦은 이동과 혼란의 와중에도 늘 가지고 다녔다.

자녀들은 아버지를 전혀 이해하지 못하였다. 대통령 오바마의 이복 누나인 아우마 오바마는 『내 아버지로부터의 꿈』에서 다음과 말하고 있다. "버락, 사실 난 아버지를 잘 몰라. 아마 아무도 없을 걸… 정말로 잘 아는 사람은. 아버지의 인생은 아주 여러 곳에 흩어져 있어. 그래서 사람들은, 자식들조차 부분 부분만 알고 있을 뿐이야."

자녀들 몇 명이 아버지가 남긴 편지와 글들을 꼼꼼히 읽고서 불충분 한 모든 조각들을 맞춰보려고 하였다. 확실히 버락 오바마가 아버지인 자녀 다섯 중 넷이 책을 썼으며 그 책들은 적어도 부분적으로는 아버지 와 그가 자신들의 인생에 미친 영향을 곰곰이 반추한 것들이다. 『내 아 버지로부터의 꿈』처럼 그 책들도 일종의 갈망, 즉 아버지의 성격과 그 가 남긴 복잡한 유산을 이해하고자 하는 노력이다.

케냐 서부의 가족 마을에서 세 아내와 살고 있는 오바마의 장남으 로 괴팍한 성질에 53살인 아봉오 말리크 오바마만 유일하게 아버지에 대한 책을 쓰지 않았다. 적어도 지금까지는. 최근 말리크는 19살짜리 학생을 세 번째 부인으로 맞아들여 자신이 신문 헤드라인을 장식하였 다. 그는 또 오바마 마을로 가는 관광객들이 매일 지나치는 자신의 집 에 작은 이슬람식 사원을 지어서 가족들을 화나게 했다. 오바마 일가 에서는 이슬람 신앙에 대한 그렇게 노골적인 상징물이 오바마의 대통 령직 수행에 부정적인 영향을 미치지 않을까 우려하고 있다. 말리크는 아버지의 인생으로 이익을 챙기려 한다고 다른 사람들을 비난하면서 아버지를 있는 그대로 보여주는 완벽한 일대기를 언젠가는 자신이 쓸 것이라고 말하고 있다.

오바마의 유일한 딸이자, 첫째 부인인 그레이스 케지아와의 사이에서 낳은 두 번째 자식인 아우마 오바마는 소원했던 아버지에 대해서는 고통스러운 기억만 있다. 아버지는 딸에게 좀처럼 말을 걸지 않았고 자주 술에 취하고 짜증이 난 채 직장에서 귀가하곤 했다. 하지만 그녀는 신문에서 아버지의 인생에 대한 기사를 읽고 나서 자신에게 그런 경험을 하게 했고 아버지를 그토록 비통하게 만든 원인들에 대해 더 알고 싶어졌다. 그래서 그녀는 자신이 어린 시절을 보낸 알레고 지역 국회의원이자 아버지의 오랜 친구인 피터 올루 아링고에게 전화를 걸었다. 아링고는 다음과 같이 회상하였다. "아우마가 아버지의 인생에 대해 매우 고민을 많이 하고 있었지. 다른 아이들보다 더 많은 시간을 아버지와 보냈지만 아버지에 대해 전혀 아는 게 없다고 생각했어. 아우마는 아버지와 내가 어떻게 지냈는지, 어떤 친구였는지 하는 것들을 알고 싶어 했지. 하지만 가장 많이 알고 싶어 한 건 아버지가 왜 그렇게 몰락했는지에 대한 거였어."

2010년 미국 중간 선거 2개월 전에 아우마는 자신이 입양 간 나라의 언어인 독일어로 회고록 『삶은 언제나 사이에 온다』를 출판했다. 그녀의 책은 자신의 야망에 지독히 몰두했지만 자신의 불안으로 인해 너무나 큰 상처를 받아서 자기를 올려다보는 외로운 어린 딸이 잘 보이지 않았던 아버지에 대한 깊은 통한이다. 말년에 가서 결국 딸에게 손

길을 내밀 때 아버지가 그립지만 용서하지는 않는다. 아우마는 다음과 같이 쓰고 있다. "나는 아버지를 쉽게 용서할 수 없었다. 우리가 함께 있는 동안 너무나 많은 일들이 잘못돼 버렸고 내 눈에는 그때나 지금이나 모두 아버지 잘못이었다……. 아버지는 다른 사람의 말을 절대로 듣지 않으셨고 아무 문제도 없는 것처럼 행동하셨다. 우리 자식들이 어떻게 지내는지 아버지는 우리에게, 어쩌면 스스로에게도 묻지 않으셨다."

케냐에서, 오바마와 세 번째 부인 사이에서 태어난 두 아들 중 형인 마크 은데산조만큼 아버지에게서 깊은 영향을 받은 사람은 없었다. 은데산조와 그의 어머니에 따르면 그 무렵의 오바마는 자주 부인을 속이고 때리는 아주 폭력적인 남편이었다. 어린 시절에 깊은 상처를 받은 마크는 1980년대에 케냐를 떠나 미국에서 대학을 다니다가 오바마라는 증오스러운 이름으로는 아무 것도 하지 않겠다고 결심하였다. 케냐 집을 방문했다가 이복형인 버락 오바마를 처음 만났을 때 마크가 말했다. "언제인가 나는 내 진짜 아버지가 어떤 사람이었는지에 대해서 생각하지 않기로 결심했어. 아버지는 살아계셨을 때도 나한테는 죽은 사람이었어. 아버지가 술주정뱅이고 아내나 아이들에게는 전혀 관심을 보이지 않는 사람이라는 건 알고 있었어. 그 정도면 충분했어." 어린 시절 그를 괴롭혔던 차갑고 인정머리 없는 사람처럼 되지는 않겠다고 결심하고서 마크는 아버지에 대한 기억을 모두 지워버렸다.

20년 후 대통령 일행이 왔을 때 43살의 마크는 브라운대 물리학 학사와 스탠포드와 에머리대에서 석사학위를 마치고 중국 선전에 살면서 국제 마케팅 컨설턴트로 일하고 있었다. 선거 유세 중에 적어도 한 번 이상 마크는 자신과 키와 표정이 놀랍도록 비슷한 이복형을 만났다. 오바마는 자기 동생의 외모를 마치 김 서린 거울을 보는 것 같다고 묘사했다. 다른 형제들과 마찬가지로 마크 또한 이복형의 감동적인 성공에 자극받아 혼란한 가족사를 다시 생각해보고 오랫동안 꼭 닫아 두었던 마음의 문을 열었다. 그는 아버지와의 결혼 생활 7년 동안 어머니가 쓰신 일기를 여러 달 동안 읽고 나서 전에는 묻고 싶지 않았던 질문들을 어머니에게 부지런히 묻기 시작했다.

몇 해 전에 마크는 오바마 대통령이 『내 아버지로부터의 꿈』에서 고심했던 바로 그 문제들을 다루고 있는 책 한 권을 쓰기 시작했다. 마크 역시 오바마와 마찬가지로 혼혈아로서의 자신의 정체성, 아버지와의 관계, 그리고 자신의 뿌리에 대한 탐구와 씨름하고 있었다. 2008년 11월 오바마가 대통령에 선출되자 이에 자극받아 원고를 끝내고 2009년 말에는 마크 오코스 오바마 은데산조라는 이름으로 『나이로비에서 선전까지: 동양의 사랑 소설』이라는 자전적 소설을 썼다. 세계가 오바마라는 이름을 열렬히 받아들임으로써 마크 또한 그 이름의 소유권을 되찾을 수 있었다.

마크의 책에서 아버지라는 인물은 위협적이고 위험한 존재로 나온다. 아들 ─ 이 책에서는 데이비드이다 ─ 은 아버지를 "어머니를 자주 두들겨 패고 입에서는 싸구려 맥주 냄새가 진동하는 덩치가 거대한 사람으로 기억한다. 그는 오랫동안 아버지에 대한 좋은 추억을 찾았지만 아무엇도 찾을 수가 없었다." 어느 날 밤 아버지는 옆 침실에서 여섯 살짜리 아들이 두려워하며 움츠리고 있는 동안 어머니를 거칠게 공격한다. "어머니의 목소리는 공포에 질린 듯 비명을 지르고 있었다."라고 마크는 썼다. "아이는 그 목소리를 거의 알아차리지 못했다. 그리고 나서 넘어질 때 나는 소리가 쿵쿵 몇 번 들렸다. 아버지의 화난 목소리는 알아들을 수 없는 다른 목소리와 이중창이라도 하는 듯 소리를 높였다……. 어머니가 공격당하고 있었지만 그는 어머니를 보호해주지 못했다."

어머니와의 대화에서도 특별히 행복했던 아버지에 대한 추억은 떠오르지 않았다. 마크는 어떤 인터뷰에서 말했다. "아버지가 웃고 있는 모습을 한 번도 본 적이 없다. 술 마실 때만 빼고."

그러나 형의 회고록에서처럼 마크도 글쓰기를 통해서 일종의 해결책을 찾았다. 경험을 다시 떠올리면서 그는 아버지의 인생과 자신 또한 견뎌야 했던 아버지의 고난에 대해 깊이 생각하기 시작했다. "아버지가 어렸을 때 어떤 고통스러운 경험을 했었다는 사실을 알게 되었고 자기 잘못이 아닌 어떤 이유로 감정이 메말라 버렸음에 틀림없다는 사실을 깨닫기 시작했다. 사랑이 없거나 아버지처럼 과거에 신체적으로 학대를 받은 사람은 단단한 정서적 벽을 쌓게 된다. 이런 점을 깨달으면서 나는 아버지에 대해서 다르게 생각하게 되었다."

다음에 얘기할 사람은 조지 후세인 오냥고인데, 그는 나이로비 동부의 후루마라는 빈민가에 살고 있으며 이제 스무 살로 형제들 중 가장 어리다. 죽기 몇 개월 전에 오바마는 자엘 아티에노 오냥고라는 이름의, 자기 나이의 절반도 안되는 어린 여자와 살림을 차렸다. 그들이 낳은 유일한 아이인 조지는 오바마가 죽기 6개월 전에 태어났기 때문에 정치하는 이복형이 무대에 등장할 때까지 오바마 집안 사람들과 거의 접촉이 없었다. 조지의 어머니가 상속인이라고 주장하면서 오바마가 죽었을 때 누가 그의 부인인가라는 문제에 대한 법적 싸움이 시작되었다.

조지 역시 수수께끼 같은 아버지의 정체를 알아내려고 애썼다. 오바마가 선출되고 1년 뒤에 조지는 『고향: 희망과 생존에 대한 특별한 이야기』라는 회고록을 썼다. 조지에게 있어서 처음에는 아버지의 부재가 힘을 주기보다는 힘을 빼는 역할을 하였다. 그러나 그의 이야기는 부활에 대한 이야기다. 이야기는 어린 시절에 대한 암울한 묘사로 시작된다. 술 마시고 담배 피우다 학교에서 퇴학당했으며, 결국 기각되기는 했지만 강도 혐의로 감옥에 갇히기도 했다. 그러나 2004년 오바마가 상원의원 선출에서 성공한 것을 보고 자극을 받아 빈민가의 생활방식을 버리고 후루마에 사는 가난한 사람들의 대변자로서 다른 삶을 살기 시작하였다. 지금은 축구에 열광하고 있다.

아버지 오바마가 유령처럼 책을 통해 퍼져 나가 막내아들에 이르러서는 자신보다 더 나은 모습으로 잠시 실현된 것이었다. 가족들은 그를 조카들 학비를 선뜻 내주고 집에 와서는 돈을 한 줌씩 나눠주던 유명할 정도로 인심이 좋은 사람으로 이야기한다. 원칙론자였던 오바마는 조국에 대한 열렬한 충성과 상당한 개인적 희생을 감수하면서도 점점 부패해 가던 정치 지도자들에게 도전하는 의지로 불타올랐다. 그는 아프리카인들의 기질상 항상 그런 모습을 보이지는 않았지만 가슴 깊이 아픔을 느꼈다. 조지가 어린 시절에 책을 힘겹게 다 읽으면 가족들은 그를 보면서 뛰어난 경제 전문가였던 그의 아버지를 떠올렸고 그에게 아버지의 발자취를 따르라고 격려하였다. 조지는 어머니가 하신 말씀을 인용하면서 다음과 썼다. "그가 아직 살아있다면 내 역할 모델이 되었을 거야……. 어머니는 아버지의 죽음이 나라 전체는 아닐지라도 그녀 자신과 가족에게는 엄청난 비극적 상실감을 안겨 주었다고 말씀하셨다."

책에는 성급한 논조의 글도 있지만 개인적으로 조지는 2008년에 바퀴자국이 깊이 패인 먼지 덮인 도로를 달려 자신이 사는 판잣집에 와서는 그의 삶과 대통령의 삶 사이의 격차 때문에 자기 이야기를 의심하는 기자들 때문에 당황한 것은 말할 것도 없고 미국에 있는 형제의 성공의 엄청남 때문에 다소 당황한 것처럼 보이는 수줍음 많은 젊은이다. 오바마의 아들들은 놀라울 정도로 서로 다른 스펙트럼의 가장 끝 부분에 놓여있기 때문에 기자들의 비교는 어느 쪽 끝에도 모두 들어맞지 않는다.

아버지가 없음을 안타까워했지만 조지는 지금 사촌들과 살고 있는 임시로 만든 판잣집의 빨랫줄 아래 앉아 직계 가족이 많이 없다는 생각을 훨씬 더 많이 하고 있다. 사실 2006년에 오바마 대통령이 케냐를 방문했을 때야 비로소 조지는 아버지 쪽 친척들을 처음으로 만났고 세계적으로는 마마 세라로 알려져 있는 할머니 댁을 방문할 수 있었다. 조지의 어머니 자엘은 재혼해서 새로운 가족과 조지아주 애틀랜타시 교외에 살고 있다. 그녀는 몇 번이나 조지에게 미국 가는 비자를 얻어

주려고 했지만 성공하지 못했다.

그러나 후루마의 구불구불한 골목에서는, 오바마는 여전히 오바마이며 많은 케냐인들은 그 이름이 반드시 백악관 그리고 그곳의 모든 권력과 부에 연결시켜줄 것이라고 믿고 있다. 조지는 가끔 반 농담으로 "내 보디가드"라고 부르는 눈에 핏발이 선 건장한 젊은이와 함께 다닌다. 하지만 사실 조지가 후루마에서 옆집에 사는 누더기를 걸친 거지들보다 오바마 대통령을 더 많이 만나지는 않는다. 조지는 오바마 대통령을 단 두 번 만났다. 한 번은 조지가 다섯 살 때 오바마가 조지가 다니는 학교를 방문했을 때였고 또 한 번은 오바마가 미국 상원의원이 되어 방문했을 때였다.

조지는 언젠가 오바마 대통령과 아버지에 대해서 대화할 수 있기를 바라고 있다. 왜냐하면 아버지에 대해 알고 싶었던 때가 바로 오바마의 책 『내 아버지로부터의 꿈』을 보았을 때였기 때문이다. 조지는 어깨를 으쓱하며 말한다. "나는 궁금한 게 많아요. 형제들이 어떤 사람들인지도 알고 싶고 아버지는 어떤 사람이었는지도 알고 싶어요. 아버지가 자랑스러워요. 그런 생각이 들어요."

아버지가 돌아가시고 1년 뒤 오바마는 자다가 "차가운 감방에서, 꿈속의 방에서" 아버지를 만났다고 회고록에 썼다. 천으로 허리만 두른 채 비쩍 마른 잿빛 얼굴로 혼자 감방에 갇혀 있는 아버지를 보았다. 아버지는 아들을 칭찬하고 자기가 그를 얼마나 사랑하는지 말해주었다.

그러나 아들이 아버지와 함께 떠나려고 하면서 같이 감방을 나가자고 고집했을 때 아버지는 거절했다. 오바마는 아버지를 잃고 울면서 잠이 깼지만 또한 "아버지가 안 계신다 해도 그의 강한 이미지는 바탕 삼아 성장할 수 있는 든든한 성채나 삶의 모범이 되는 이미지, 혹은 실망을 나에게 주었다."는 사실을 깨달았다. 오바마는 그 자리에서 결심하였다. 아버지를 찾아보겠다고, 어쨌든 그를 알아야겠다고.

회고록에 기록한 것을 보면 자신의 정체성을 찾아 헤매던 20대 때 오바마는 살아생전 한 번밖에 만나지 못한 아버지에 대한 의문으로 여러 해를 보냈다. 케냐에서 일가 사람들과 이야기하는 도중에 그는 어렸을 때 믿었던 것처럼 아버지가 대단히 성공한 사람은 아니었다는 고통스러운 사실을 알게 되었다. 아버지에 대해 완전히 새로운 인식을 하게 되었지만 결국 "아버지가 어떤 사람이었는지, 아버지의 활력, 그 빛나는 장래성은 무엇이었는지, 무슨 이유로 아버지는 야망을 가졌었는지 여전히 모르고 있다."는 점을 인정하게 되었다. 많은 아버지 쪽 이복형제들처럼 결국 오바마도 아버지라는 사람을 만들어낸 힘들을 찾을 수 없었다.

세계에서 아버지 오바마의 이야기를 밝히기에 가장 좋은 위치에 있는 사람은 물론 미국 대통령이다. 휘하에 무한정한 자원과 인력이 있기 때문에 어쩌면 간단한 명령 하나로 그 일을 전담하는 조사팀을 배치하여 바로 종합보고서를 볼 수도 있을 것이다. 언론에 안 좋은 내용은 걸러서 이야기했거나 아예 말하기를 거부했던 가족들은 두루뭉술하게 알고 있는 사실들을 서로 공유하고 싶은 마음이 더 클 것이었다. 하지만 그는 그러지 않은 듯하다.『내 아버지로부터의 꿈』집필을 준비하면서 조사를 끝냈음에도 불구하고 책 속에서 아버지는 여전히 알려진 것이 거의 없는 인물, 음울한 유령으로 남아있다. 오바마는 아버지의 영혼을 어디까지 조사해야 하는가에 대해서 양면적인 감정을 느끼는 것 같다. 모르는 부분이 많이 있는 것이다.

오바마는 케냐에 체류하면서 할아버지인 오바마 후세인 오냥고와 흡사하게 아버지도 자기 내부에 도사린 악령으로 인해 근본적으로 결함이 있었으며, 그 자신의 두려움에 의해 파멸한 사람이었다는 사실을 알게 되었다. 오바마가 그럴 생각이 있었다면 한 발 더 나아가 또 하나의 "김 서린 거울"인 자신의 신기한 像을 발견하였을 것이다. 어쨌든 두 사람은 공통점이 많다. 두 명의 버락 오바마는 모두 예리한 지성과 분석 능력을 가진 사람으로 성장하였다. 대담한 야망을 가짐으로써 두 사람은 태생적으로 불리한 환경을 극복한 인생을 꿈꿀 수 있었다. 두 사람은 어떤 사람들은 오만함이라고 부르는, 도전이라는 특성을 가져 큰 꿈을 꿀 수 있었다. 한쪽 부모가 능력껏 그 빈 공간을 변명하고 떠나 고아가 되었다는 사실에도 불구하고 그들은 꿈을 크게 꾸었다. 공교롭게도 두 사람은 변화의 흐름이 이전에는 생각도 못 했던 삶을 그들 앞에 펼쳐 보여준 시대에 성년이 되었다.

그리고 두 사람은 주저 없이 그 기회를 향해 걸어갔다.

아버지 오바마는 자신이 인생의 실패자라고 생각했지만 인생 전체의 모습은 보지 못했다. 그가 뒤에 올 세대에 닥칠 사건을 알고 있었다면 다소 다른 식으로 자찬했을 것이다. 왜냐하면 미국 최초의 흑인 대통령, 세계를 책임지는 자리에 있는 사람이 될 아이를 낳는 것보다 더 큰 성공을 어떻게 바랄 수 있겠는가? 여러분은 아버지 오바마가 누군가에게서 자식의 업적에 대해 들어서 알게 된다면 무슨 말을 할지 궁금할 것이다. 하와이 대학에서 아버지 오바마와 동문수학한 닐 아베크롬비 하와이 주지사는 누구보다 그의 속내를 잘 아는 사람이었다. "누군가 그에게 가서 '있잖아, 자네 아들이 언젠가 대통령이 될 거야.' 라고 말한다면 그 친구는 이렇게 말할 거야. '당연하지. 내 아들인데.'"

chapter

2

위노 피니
키보르네

위뇨 피니
키보르네

"새에게는 세상이 결코 너무 멀지 않다."

부족 예언자인 킴뇰레 아랍 투루캇은 백인들이 깨닫기 훨씬 오래 전에 오바마의 도래를 예언했다. 무시무시한 쇠 뱀이 드넓은 호수에서 동쪽을 향해 몸을 일으킨 다음 연기와 불을 뿜으며 똬리를 풀고 부족이 사는 땅을 가로질러 가서는 마침내 물로 갈증을 풀고는 서쪽으로 사라질 것이라는 예언이었다. 이 짐승이 전에는 한 번도 본 적이 없는 일종의 외국인을 낳는데 그 "붉은 이방인"이 언젠가 나라를 다스린다는 것이다. 그의 예언은 옳았다.

백인들이 우간다 철도라고 부르는 이 철도는 길이가 582마일이었으며 해안도시 몸바사를 빅토리아 호수 연안 지역을 비롯한 아프리카 내륙 깊은 곳까지 연결하는 역할을 하였다. 1896년 제국주의 영국정부에 의해 만들어진 이 철도는 제국 역사상 가장 큰 규모의 토목 사업이었다. 이 사업은 또한 엄청난 재정적 재앙이기도 하였는데 처음 예상한 공사비 2백2십만 파운드의 배 이상의 비용이 소요되었으며 3만 명 이상의 인도 노동자를 수입해야만 했다. 이 노동자들 중 다수는 사자에게 잡아먹히는 신세가 되었다. 난관에 봉착한 철도 공사가 건조한 아프리카 평원을 가로질러 가면서 진척이 매우 더디지자 영국 언론들은 그 철도에 "미치광이 철도"라는 별명을 붙였다. 그러나 일단 완공되자 철도는 이 지역을 극적으로 변모시켜 케냐가 건국되게 하였으며 20세기 들어 이 나라가 엄청난 속도로 발전하는 원동력이 되었다.

1901년 12월 21일 영국 『타임』지는 의기양양하게 마지막 철로 이음판이 플로렌스 항 터미널에 설치됨으로써 동아프리카 내륙이 드디어 세상과 연결되었다고 보도하였다. 하지만 아직 해야 할 사업들이 많이 남아 있었다. 여러 지선들이 건설되어야 했다. 또 호수 반대편으로 승객을 수송하고, 그곳 우간다에 풍부한 상아, 짐승 가죽, 뿔 등을 싣고 돌아올 증기선들도 건조되어야 했다. 그리고 아프리카인들이 있었다. 이 쇠 뱀이 출현한 이후 난디라고 불리던 사나운 전사들인 킴놀레 부족 사람들은 전력을 다해 싸웠으며 영국인 거류지를 습격하고 값비싼 강철과 전선 그리고 보급품들을 훔쳤다. 그러나 그 제국의 기계는 계속해서 앞으로 전진하였으며 많은 난디들이 영국의 총탄에 희생당했다.

백인들이 몰려온다는 소문은 카비론도 지역의 초원을 거쳐 호수 가장자리, 케냐에서 세 번째로 큰 부족 루오족의 본거지에까지 전해졌다. 이따금 오곤 하던 선교사나 설탕과 옷감을 싣고 오는 아랍 상인들 외의 백인을 본 사람은 거의 없었다. 햇볕을 얼마나 쬐었느냐에 따라

하얬다 빨겠다 하는 신기한 피부색 때문에 그들은 새로 온 이 사람들을 "붉은 이방인"이라고 불렀다. 이 사람들 피부를 만지면 너무 부드러워서 손에 묻어날 거라고들 했다. 이들은 납작한 모자를 쓰고 목부터 무릎까지 옷으로 가리고 있었지만 루오족들은 길쭉한 짐승 가죽 한 장이나 헐렁한 헝겊 한 장만을 몸에 둘렀다. 새로 온 사람 중 많은 수가 불을 뿜는 무시무시한 검은 쇠막대를 가지고 다녔다.

철로 종점에서 남쪽으로 50마일쯤 떨어진 작은 마을에서는 노인들이 이 개발에 대해 논의하였다. 그 사람들의 목적이 무엇인지 알 때까지는 당분간 이방인들을 멀리 하는 것이 최선인 것 같았다. 하지만 검은 곱슬머리를 한 키 큰 젊은이 하나는 노인들의 충고를 귀담아 듣지 않았다. 그의 이름은 오냥고 오바마였는데 오바마 오피요의 8형제 중 둘째로서 영국이 이 지역을 동아프리카 보호령으로 선포한 해인 1895년에 태어났다. 그는 이 마을 출신 중 가장 먼저 영어와 스와힐리어를 배운 사람 중 하나였다.

애초부터 오냥고는 다른 아이들과 달랐다. 그는 매우 진지한 아이였으며 좀처럼 마을 아이들과 함께 놀지 않고 대신 혼자 하는 놀이를 즐겼다. 그는 몇 분 이상 가만히 있지를 못했는데 그래서 어떤 이들은 "엉덩이에 개미 올려놓은 것 같다"고 놀렸다. 그러나 그는 여러 가지 사물에 호기심이 매우 강했고 노인들이 여러 식물이 가진 약효에 대해 이야기해 줄 때면 발치에 앉아 듣곤 했다. 이런 식으로 그는 마법과 종교가 뒤섞여 있으며 '자주오크'라는 나이트러너들이 으스스한 소리를 내면서 어둠 속으로 재빨리 사라지곤 하는 지역에서는 대단히 유용한 지식인 약초에 대한 비밀을 배울 수 있었다.

오냥고는 백인에게도 호기심이 많았기 때문에 그들에 대해 알아보기로 마음먹었다. 십대 초반의 어느 날 그는 나중에 이름이 키수무로 바뀌게 되는 플로렌스 항으로 가서 여러 달 동안 소식이 없었다. 돌아왔을 때 그는 다른 사람처럼 보였다. 그는 백인들의 바지와 셔츠를 입고 있었으며 놀랍게도 발에는 신발이 신겨 있었다. 왜 그런 이상한 가죽을 걸치고 있냐고 물었지만 오냥고는 아무 말도 하지 않았다. 그의 아버지는 오냥고가 입은 그 이상한 옷은 루오족 풍습에 심하게 위배되는 할례를 한 사실을 숨기려는 의도이거나 상처 난 데가 아파서 그런 것이라는 결론을 내렸다. 오바마는 다른 아들들에게 "그 아이한테 가지 말거라. 그 아이는 부정해."라고 충고했다. 오냥고는 주도州都인 키수무로 돌아가서 오랫동안 백인들과 일했다. 그의 일생은 억압적인 식민지 시대와 격렬한 케냐 독립 운동을 생생하게 보여주는 연대기임이 뒤에 밝혀진다.

가족을 아프리카 황야에서 우아한 응접실이 있는 나이로비의 멋진 집으로 데려온 사람이 바로 거기서 요리사로 일하고 있던 오냥고였는데, 이것은 몇 세대 전에 시작된 긴 이주 과정에서 아주 중요한 한 걸음이었다. 오바마가 선조들의 긴 여정은 휘돌아 흐르는 백나일강가에 있는 수단의 바르 엘 가잘 지방, 나이로비 북동쪽으로 거의 1,000마일이나 떨어진 드넓은 사바나 초원에서 시작되었다. 오바마 혈족의 가장 먼 조상으로 추정되는 강 호수 나일로트족이란 유목민들이 자신들의 생명선인 소를 돌보며 수백 년 동안 살았던 곳이 바로 이곳이었다. 동부에 인구가 많아지면서 나일로트족은 15세기에 인구가 적은 정착지를 찾아 우간다 방면으로 이주하기 시작하였다. 이들의 단속적인 이주는 100년 이상 계속되었으며 우간다 북부를 거쳐 1500년과 1550년 사이에 케냐 서부에 이르렀다.

역사가들은 예전에 카비론도로 알려진 곳으로 빅토리아 호수가 있는 니잔자 지방으로 이주한 네 개의 대규모 집단들이 있었으며, 그들 중 한 갈래가 나중에 케냐의 루오족을 형성했다고 생각한다. 두 번째 대규모 집단은 조크 오위니, 즉 위대한 오위니족으로 위대한 오위니는 오바마 대통령의 13대조이자 케냐에 정착한 첫 번째 조상이었으며 용맹한 전사였다. 오낭고의 미망인인 세라 오그웰과 다른 오바마가 사람들이 현재까지 살고 있는 알레고에 도착한 후 오위니족은 반투어로 말하는 몇몇 호전적인 부족과 만났다. 그러나 오랜 전쟁 끝에 오위니의 자손들이 승리하였다. 많은 반투족 사람이 남아서 루오족과 결혼하였으며 농사 기술과 지역 정보를 공유하였다.

1800년대 초에 알레고는 다시 인구가 너무 많아져서 루오족 사이에 분쟁이 생겼으며 일부는 다시 이주하기 시작하였는데 이번에는 빅토리아 호수 동쪽 기슭을 따라 좀 더 남쪽으로 내려갔다. 오위니족의 후손인 오봉오도 그들 중에 있었다. 젊은 시절 위남만灣 남동쪽으로 이주한 그는 그곳에 풍부한 틸라피아를 잡아 생계를 꾸리며, 다른 사람들이 땅을 개간하는 것을 도울 수 있었다. 많은 정신적 부담을 가진 채 타지에 정착하면서 과도한 노동에 시달린 오봉오는 어린 나이에 죽었지만 나중에 아들 중 하나가 오바마 오피요라는 이름의 사내아이를 낳았다. 그 손자가 오늘날에도 카냐디앙에 남아있는 수십 채의 가옥 건축을 감독하였고 다섯 부인 중 한 부인과의 사이에서 오바마 대통령의 할아버지인 오냥고 오바마를 낳은 사람이다.

오냥고가 출생한 직후 영국인들이 도착하였는데, 이 중대한 시기에 케냐 역사에서는 아프리카인들의 전통적인 생활양식을 급격하게 변모시킨 전면적 변혁이 시작된다. 1884년에, 토착민족들이나 지형적 특성은 완전히 무시한 채 유럽 강대국끼리 아프리카 대륙을 야만적으로 나눠 가지도록 한 베를린 의회의 승인이 있은 뒤 영국은 야심가들의 선동으로 동아프리카에 진출하였다. 가장 중요한 목적은 인접한 우간다에 있는 나일 강의 수원을 어떻게든 독일과 다른 침략국들로부터 보호하는 것이었다. 게다가 영국 철도는 계속되는 노예무역을 단번에 차단할 수 있었으며, 이전에는 야생동물과 호전적인 부족들이 출몰하는 더러운 선로 위로 운행했던 무역 루트를 항상 열어두는 데 기여할 수 있었다. 영국인들은 또한 기독교와 자기네 생활방식이 아프리카의 영혼을 계몽시켜 "이교도 무리"에게 문명을 가져다 줄 것이라고 확신하고 있었다.

경제적, 인본주의적 정복이라는 목표에 영향을 받아 영국인 행정관들은 손에 회람판과 소중히 여기던 맥심 자동소총을 든 채 아프리카 시골 지역으로 진군해 들어갔다. 우간다 철도는 처음 예상 지출보다 훨씬 더 많은 돈을 이미 영국 정부에 지불했지만 토리당 지도부는 제국의 먼 곳에 있는 다른 식민지들이 요구받은 것처럼 이 새로운 보호령도 자체적으로 비용을 지불해야 한다는 입장을 고수했다. 행정관들이 했던 첫 임무 중 하나는 새로운 백성들에게 과세 제도를 적용하는 것이었다. 루오족 사회가 오랫동안 물물교환 제도하에서 운영되어 왔고 실제로 화폐도 없었다는 사실에 대해서는 신경 쓰지 말라. 그 제도는 곧 시행될 것이다.

전문 정치인이자 독립 이후에는 탁월한 야당 지도자였던 오깅가 오딩가는 영국 통치가 확립되던 시기에 중앙 난자에 살던 소년이었다. 그는 자신의 전기 『아직 자유가 없다』에서 다음과 같이 회상하고 있다. 아프리카인들은 백인들을 보면 다음 다섯 가지를 연상하였다.

예방접종, 강제노동, 옷, 학교, 세금.

관리들이 마을에 오면 아이들은 "그들이 모든 오두막집 지붕에서 파피루스 갈대를 뽑아서 정확하게 두 쪽으로 나누는 것을 지켜보았다." 갈대가 깨끗한 묶음으로 두 개 묶이면 그 구역의 등록이 완료되었다는 의미였다. 이런 식으로 복식부기를 한 뒤 갈대 한 묶음은 추장에게 주고 다른 하나는 관리가 보관하였다. 백인과 함께 다니는 세금 징수원들은 루오어인 '돌루오'로 말하지 않았고 부족 사람들도 아니었다. 그들은 오코체라고 불렸다.

세금은 시작에 불과했다. 1차 세계대전이 시작될 무렵 케냐는 혈족과 이질적인 민족 집단들이 느슨하게 결합된 연합체에서 힘과 강제에 의해 운영되는 행정기구가 되었다. 그런 조직 구조를 만들기 위해 영국인들이 확립한 시스템은 루오족의 이동을 급작스럽게 중단시켰으며 많은 문화 양식을 파괴했다. 부족 추장들인 루오디들이 그 과정에 참여하도록 유도당하였으며, 그들은 식민정부를 대신하여 질서를 유지하고 세금을 징수하는 일을 담당하였다. 이런 일로 인해 부족 노인들의 전통적인 권위가 훼손되었을 뿐만 아니라 추장 자신들도 뇌물수수와 족벌주의에 쉽게 경도되었고 결국 루오 사람들은 지도자에 대한 신뢰를 잃게 되었다.

그러나 이보다 더 충격적이고 보다 오래 영향을 미친 변화는 토지와 관계된 것이었다. 보호령에 재정 지원을 하는 노력과 더불어 영국인들은 유럽 이주민들이 케냐에 와서 세계 시장에 판매할 수 있는 농작물을 재배하도록 장려하는 운동을 시작하였다. 그들은 이 지역의 비옥한 토양과 풍부한 일조량 그리고 값싸고 풍부한 노동력을 극찬하는 신문광고를 게재하였다. 철도를 광고하는 한 포스터에서는 전망열차가 "세계에서 가장 큰 천혜의 자연보호구역을 통과"한다고 선전하면서 이 지역의 고원지대를 "귀족들의 겨울 별장"으로 불렀다. 작가 엘스페스 헉슬리가 이 새로운 식민지에 붙인 별칭인 자유로운 "백인의 땅"이라는 기대에 현혹되어, 이주자들은 계속 물밀듯 들어왔다. 처음 도착한 사람들은 남아프리카에서 온 백인 이민자들이었고 런던의 최상류층 일부와 세계대전에 참전한 퇴역군인들이 그 뒤를 이었다. 이들은 모두 모험과 기회에 대한 어떤 기대에 사로잡혀 있었다. 그들의 향락적이고 퇴폐적인 생활양식으로 인해 "해피 밸리"라는 지역이 형성되었으며, 마약과 혼음混淫은 이 지역에서 관례처럼 행해지던 것들로서 많은 영화와 책의 주제가 되었다.

이 농업 이주자들을 위해 식민정부는 보호령에서 가장 탐스러운 토지로, 오랫동안 마사이족과 키쿠유족이 차지하고 있었던 나이로비 북쪽 센트럴 지방의 비옥한 고원지대를 목표로 삼았다. 백인 이주자들이 비옥한 지역을 모두 사버렸기 때문에 아프리카인들에게는 특별히 설계된 "자연 보호구역"이 주어졌는데 이곳은 케냐 각 부족의 거주를 한정하는 지리적 지역이었다. 결국 키암부 남부에서 6만 에이커 이상의 땅을 이주자들에게 잃은 키쿠유족에게 그 대체 거주지는 물질적으로 뿐만 아니라 정신적으로도 매우 큰 충격을 안겨주었다. 『제국의 심판』에서 캐럴라인 엘킨스는 다음과 같이 썼다. "남자와 여자가 되려면, 즉 아이에서 어른이 되기 위해서는 키쿠유인은 땅으로 가야만 했다. 땅이 없이는 키쿠유인은 키쿠유인이 될 수 없었다." 보호구역은 곧 인구과잉에 처했고 키쿠유족이 자급할 수 있을 정도의 농작물을 경작할 적정 공간이 부족해졌다. 그 결과 일부 키쿠유족은 자신들이 살았던 바로 그 땅에서 이주자들을 위해 일하지 않을 수 없었다. "불법 거주자"라고 불리던 그들은 처음에는 자유롭게 농작물을 경작하고 가축을 먹일 수 있었지만 곧 엄격한 제한을 받게 되었다.

일단 이주자들이 그 백인의 땅을 접수하자 식민정부는 값싼 노동력에 대한 약속을 실천해야만 했다. 모든 주거지에 대해서 오두막세가 부과되었으며 주민들은 빚을 갚기 위해 육체노동을 하거나 임금을 벌어야만 했다. 이 경멸스러운 세금제도는 광범위한 영향을 미쳤던 화폐경제 초기의 특징이었다. 자발적인 노동이 이주자들의 필요를 충족시키지 못하자 추장들과 촌장들은 노동자 모집인이 되어 노동력이 있는 사람들을 샅샅이 뒤지고 다녔고, 이렇게 찾아낸 사람들은 강제로 저임금 노동 계약을 맺어야 했다. 전통적으로 비옥한 토지를 추가로 확보하기 위해 필요하면 자유롭게 이주할 수 있었던 루오족의 이주 방식이 중단되면서 냔자에 살던 많은 사람들은 돈을 벌기 위해 보호구역 밖으로 나가 일을 해야만 하였다. 오딩가가 자신의 전기에서 쓴 바에 따르면 "백인 지배자들이 냔자에서 강탈해간 것은 토지가 아니라 노동력이었다. 우리 지역은 전국에서 가장 큰 노동 예비군이었다."

직장으로 출퇴근하는 노동자들을 다루기 쉽고 순종적으로 만들기 위하여 영국인들은 1920년까지 16세 이상의 모든 남성 아프리카인이 보호구역을 떠날 때 키판데라는 통행 신분증을 지니고 다닐 것을 요구하는 의무 등록 제도를 만들었다. 이 신분증에는 이름과 지문 등 신원을 알려주는 정보 외에 고용주가 작성한 소지인의 업무 능력 평가도 담겨있었다. 1928년에는 키판데를 가지고 다니는 케냐인들이 675,000명에 이르렀다. 모서리가 접힌 이 작은 카드는 곧 식민정부가 정교한 그물망처럼 구석구석을 통제하기 위해 뻗친 촉수들 가운데 가장 욕을 많이 먹는 제도가 되었다.

가정집 하인으로 있던 오냥고 오바마도 정부에 신원을 등록하라는 요구를 받았다. 오냥고는 키판데처럼 생긴, 여권 크기의 작은 적갈색 장부를 한 권 받았는데 그 장부에는 광범위하고 자세한 개인 정보가 들어있었다. 장부 안에는, 이 장부를 항상 휴대하여야 한다는 규정을 어긴 사람은 "100실링 이하의 벌금이나 6개월 이하의 징역 또는 두 가지 모두에 처해질 수 있다"는 사실을 알려주는 엄한 경고가 들어 있었다. 오냥고의 자세한 개인 정보는 우아한 필체로 다음과 같이 쓰여 있었다.

원주민 등록법 No.: Rwl A NBI 097617

부족 : 루오

미고용 시 주거지 : 키수무

성별 : 남성

키 및 체격 : 6피트 중간 체격

피부색 : 검정

코 : 납작함

입 : 큼

머리카락 : 곱슬머리

치아 : 6개 빠짐

흉터, 부족 표시 또는 다른 특징 : 없음

장부 뒷면에는 오냥고를 고용했던 고용주들이 하인에 대한 평가들을 작성하였는데 대개 긍정적이었다. 오냥고는 한 달에 60아프리카실링 정도를 주는 직장을 다녔는데 이 금액은 현재 가치로는 약 145달러 정도 된다. 나이로비 총독관저의 하포드 대령은 오냥고가 "놀랄 만큼 성실하게 개인 급사 일을 수행하였다."고 썼다. 딕슨이라는 사람은 "그는 영어로 읽고 쓸 줄 알며 모든 요리법에 능통한데 무엇보다도 그가 만든 페이스트리는 정말 훌륭하다."라며 칭찬의 말을 쏟아냈다. 하지만 "이제 사파리에서 떠나기" 때문에 더 이상 오냥고가 필요 없게 된 것을 한탄하였다. 동아프리카 서베이 그룹의 아서 콜은 일주일 동안 일을 시켜보고는 오냥고를 매우 싫어했는데 "하는 일에 적합하지 않아서 결코 한 달에 60실링을 줄 만한 가치가 없는" 사람이라고 단언했다.

오냥고는 대부분의 시간을 나이로비에서 보냈지만, 정기적으로 전체 220마일이나 되는 거리를 걸어서 카냐디앙 인근에 있는 좀 더 큰 도시인 켄두 베이로 돌아가곤 했다. 오냥고는 착실하게 돈을 모아서 형제들 집에서 멀지 않은 곳에 직접 집을 지었다. 그러나 형제들이나 다른 마을 사람들과는 생활방식이 너무나 달랐기 때문에 그는 큰 호기심 거리이자 얘깃거리가 되었다. 부족의 좁은 한계를 벗어나서 백인의 생활방식을 택한 오냥고는 부족 사람들과 멀어지기 시작했으며 부족의 생활방식에서 이질감을 느꼈다. 이웃과 함께 있는 것이 때때로 마음이 편치 않았고 두 문화 사이에서의 계층화는 그의 아들이 훨씬 더 극단적으로 경험하게 될 혼란의 전조였다.

오냥고는 백인 고용주들로부터 스콘 만드는 법이나 접시 옆에 나이프와 포크를 놓는 위치 외에도 아주 많은 것들을 배웠다. 오냥고는 이제 청결한 사람이 되어서 위생과 정리정돈에 강박관념을 가질 지경이었다. 그는 끊임없이 목욕을 했고 다른 사람들에게도 자기 오두막에 들어오기 전에 발을 닦으라고 했다. 집도 티 하나 없이 깨끗했으며 사람들에게 물건을 늘 제자리에 두라고 요구했다. 마을 사람들은 늘 주식인 옥수수가루와 물로 만든 죽인 우갈리나 익힌 채소 요리인 수쿠마 위키를 먹었던 반면 오냥고는 향이 좋은 빵과, 버터를 넣은 스크램블드 에그를 직접 요리해서 먹었다. 파리가 비위생적이라고 생각한 그는 파리를 몰고 다니는 소가 자기 오두막 가까이 오지 못하게 했다.

과묵한 편이었던 오냥고는 세상사에 대한 정교한 규칙을 가지고 있었다. 오냥고의 일곱 형제 중 한 명의 손자인, 찰스 올루오치라는 마을의 한 노인은 식사 때 오냥고가 자기가 먼저 손을 씻을 때까지 다른 사람들은 기다릴 것을 고집했다고 회상한다. 56세저자 주: 이 책에 나오는 사람들의 나이는 모두 책이 출판될 연도의 나이로 표기하였다로 아직 카냐디앙에 살고 있는 올루오치 노인의 설명에 따르면, 손을 씻은 후 그는 혼자 밥을 먹었으며 "그가 식사를 다 마칠 때까지는 아무도 식탁에 앉을 수가 없었다." 오냥고는 형제들의 집을 방문하면 형수와 제수들에게 음식 요리법을 가르쳐 주었고 솥에 물을 넣을 때는 양을 재서 한번에 넣고 추가로 더 넣지 말라고 요구했다. 그는 다른 사람들이 자기 집에 오는 것을 좋아하지 않았다. 만나고 싶으면 약속을 정하라고 요구했다. 어쨌든 그가 만나는 데 동의하여 사람들이 약속 시간에 올 때는 특별한 인사말을 준비하는 게 신상에 좋았다. 안 그러면 호되게 당했다.

오냥고의 아들 버락과 학교를 함께 다녔던 79세의 아서 루벤 오위노는 다음과 같이 회상했다. "사람들은 그를 만나기를 두려워했어. 그에게 하고 싶은 말을 아주 잘 생각해 둬야 했지. 그는 아주 솔직한 사람이라서 사람들이 하는 말이 마음에 들지 않으면 딱 잘라서 말하곤 했지. 그는 논쟁하기를 좋아했어. '아니, 아니야. 그건 그렇지 않아.'라거나 '그렇게 된 게 아니야.'라고 말하곤 했지. 사람들이 나름대로 방법을 가지고 있어도 그의 방식대로 해야만 했지. 그게 맞다는 거야."

오냥고는 도시에서 일하는 데 탁월했고 영어와 스와힐리어도 유창했기 때문에 마을에서는 상당한 지명도를 가진 사람이었다. 그러나 그의 생활방식은 존경보다는 두려움을 일으켰다. 사람들이 그에 대해 설명할 때 반드시 사용하는 두 단어는 엄하다는 의미를 가진 크위니kwiny와, 또 다른 방언으로 같은 뜻을 지닌 게르ger가 있었다. 오냥고는 아기 우는 소리를 견디지 못해서 아기 엄마가 아기를 조용하게 만들지 못하면 곧바로 지팡이로 아기 엄마를 후려쳤다. 마찬가지로 아내가 그가 부르는 소리를 한번에 듣지 못하면 지팡이에 얻어맞거나 더 심한 경우 항상 문 옆에 준비돼 있는 뻣뻣한 하마 가죽 채찍으로 네 대를 맞았다. 그의 아홉 자녀 중 하나인 하와 아우마는 아내들이 집에 있다가 그가 집에 오는 소리를 듣고는 다크라는 커다란 솥 뒤에 숨어서 그에게 들키지 않았던 것을 기억하고 있다. "아버지는 아주 엄한 분이셨어요." 하와 아우마는 스와힐리어로 말했다. "아버지가 자식 중 하나를 지팡으로 때리고 있는데 누가 와서 왜 그러냐고 물어보면 아버지는 아무 이유도 없이 그 사람도 지팡이로 두들겨 팼어요."

오바마 마도호는 그 무시무시한 채찍의 고통을 너무도 잘 기억하고 있다. 나이를 먹어 허리가 구부정한 73세의 마도호는 11살 때 실수로 소와 그 수행원인 파리들이 오냥고의 오두막에 너무 가까이 가도록 했다. 그는 그때 처음으로 옷을 입기 시작했기 때문에 당시 자기 나이를 기억한다. 지금도 알레고의 오바마 가옥 옆집에 살고 있는 마도호는 다음과 같이 말했다. "그 채찍은 끝이 네 갈래로 갈라져 있어서 한 대를 때려도 넉 대를 맞는 느낌이 들었지. 다시는 소가 그의 집 가까이 가게 하지 않았어."

오냥고는 또 한 가지 중요한 측면에서 대부분의 다른 케냐 남성들과 달랐는데 그것은 종교였다. 1900년대 초 그가 어렸을 때 기독교 선교사들이 오냥고를 비롯한 많은 케냐 아이들을 교육할 학교를 짓기 시작하였다. 당시에는 많은 사람들이 백인의 생활방식을 배우는 데 열심이었으므로 선뜻 기독교로 개종하였고, 이제는 기독교가 루오 지역의 지배적인 종교가 되었다.

그러나 선교회 교사들은 또한 기독교 교리에 기초하여 복종을 가르쳤는데 식민지 관료들은 전적으로 이를 지지하였다. 착하고 자비로운 기독교 신자라면 "다른 뺨을 내밀어야" 했고 "적을 용서해야" 했다. 아울러 선교회 교사들은 일부다처제와 마법처럼 비기독교적인 많은 아프리카의 관습들을 인정할 수 없다고 선언하고 이 관습들을 즉시 버리라고 주장했다. 전통적으로 여러 명의 아내를 두는 것을 남자의 부를 나타내는 신분의 상징으로 여기던 많은 아프리카인들은 자신들의 행동을 부끄러워했고 자신의 신념에 대한 확신이 없어졌다. 이런 금지를 통해 기독교 교리는 아프리카인들로 하여금 전능한 하나님이 정해 놓은 본분을 받아들이고 자신에게 닥친 운명에 순종하도록 열등감을 심화시켰다. 기독교의 슬로건은 수동성이었으며 식민지 관리들은 그것을 기쁘게 여겼다. 저명한 케냐 역사가인 베스웰 오고트는 다음과 같이 썼다. "따라서 정부와 선교사들은 백인이 도덕적으로 우월하기 때문에 항상 옳다고 믿는 순종적이고 연약한 아프리카인들을 만드는 데 목표를 두었다."

그러나 오냥고는 이를 받아들이지 않았다. 백인의 학문과 조직적 힘을 존중하기는 하였지만 그는 많은 백인들의 관습이 올바르지 않다고 생각했으며 그들의 문화적 가식을 어리석게 여겼다. 그에게는 기독교에서 하는 그런 설교가 진심으로 들리지 않았다. 인간의 죄를 씻어줄 수 있는 예수 같은 사람이 누구란 말인가? 바보들만 적에게 자비를 보이는 법이다.

165,000명의 다른 아프리카인들처럼 오냥고도 1차 세계대전 동안 동아프리카에 있던 이웃 독일인들과의 전쟁에서 영국을 도운 사람 목록에 올라있었다. 오냥고는 거의 4년 동안 탕가니카에서 현장요원으로 일하였는데 이곳은 르완다, 부룬디, 그리고 탄자니아의 거의 대부분을 포함하고 있는 독일 보호령이었다. 그리고 역시 영국의 지배하에 있었던 잔지바르 섬에서 일하던 중 전쟁이 끝났다. 그곳에서 그는 이

슬람 신앙을 발견하였는데 이 신앙 체계는 기독교나 많은 루오인들이 전통적으로 숭배하던 신과 만물에 깃들어 있는 정령인 냐사예보다 훨씬 더 호소력이 있었다.

오냥고는 이슬람의 매우 절제된 관습들과 종교적·도덕적 완벽함을 이루려는 목표에 너무나 마음이 끌려 곧바로 개종하고 후세인이라는 이름을 받았다. 이렇게 하여 그는 많은 루오인들이 꺼림칙하게 여기던 소수 종교의 신자가 되었다. 8세기에도 동아프리카 해안에 무슬림 상인들이 오기는 하였지만 1900년대 초에 빅토리아 호수 지역까지 철도가 놓인 이후에야 비로소 이슬람이 내륙에 들어올 수 있었다. 오냥고가 전쟁이 끝나고 집에 돌아왔을 때는 아직 그 지역에 무슬림이 20여 가구밖에 없었으며 지역 인구에 비해 수가 매우 적었다. 1920년대 후반에 이슬람 개종이 확산되면서 몇십 년 뒤에는 이 지역에서도 이슬람이 보다 일반화되지만 그 전에 중요한 문화적 장애 몇 가지를 극복해야만 했다. 루오인에게 있어서 주요 장애 중 하나는 루오인들이 전통적으로 쓸데없는 짓이라고 여기던, 무슬림 남성의 할례 관습이었다. 따라서 이제 이름이 바뀐 후세인 오냥고가 집에 돌아왔을 때는 이전보다 훨씬 더 낯설게 보였던 것이다.

그때 오냥고는 20대 중반이었는데 결혼 시기를 놓친 나이였다. 까다로운 그의 요구와 괴팍한 습관 때문에 신붓감 찾는 일은 잘 진척되지 않았다. 오냥고가 아랍 남자들이 입는 전통의상인 길다란 붉은 칸주를 입겠다고 했을 때 문제가 더 커졌다. 결국 오냥고는 전통에 따라

12마리 이상의 소를 지참금으로 주고 어린 여자 몇 명을 신부로 맞았지만 그가 정해놓은 엄격한 가사 기준을 지키지 못한다고 두들겨 맞자 친정으로 달아나 버렸다. 오바마가의 노인들이 회상하는 바에 따르면 한 소녀가 또 시집을 왔지만 그녀도 곧 도망쳤다. 1920년대 말에 드디어 오냥고는 헬리마라는 이름의 고분고분한 젊은 여자를 찾았는데 그녀는 그의 엄격한 방식을 견뎌 낼 수 있어서 함께 살았다. 하지만 몇 년 뒤 그녀가 아이를 가질 수 없게 되자 오냥고는 다시 신붓감을 찾아다니기 시작했다.

어느 날 숲 속을 걷다가 그는 물고기가 담긴 광주리를 든, 뺨이 넓고 깊은 갈색 눈을 가진 아름다운 젊은 여인을 발견하였다. 다른 남자가 이미 청혼한 상태였지만 오냥고는 그녀의 아버지를 용케 설득하여 청혼을 거절하게 하고 소 15마리를 지참금으로 주겠다는 제안을 받아들이게 했다. 다음 날 오냥고는 그녀가 시장 가는 길에 붙잡아서는 자기 오두막으로 끌고 갔다. 그녀의 이름은 아쿠무 은조가였다. 오냥고는 곧 그녀를 설득하여 이슬람으로 개종시키고 "연인"을 의미하는 아랍식 이름의 변형인 하비바라는 이름을 지어주었다. 하지만 아쿠무는 자신을 납치한 오냥고를 결코 용서하지 않았기 때문에 그들의 결혼 생활은 처음부터 거센 폭풍이 몰아쳤다.

그들의 첫 아이는 딸이었으며 이름이 세라 냐오케였다. 그러다 다행히도 3년 뒤인 1936년 6월에 첫 아들이 태어났다. 루오족의 부계문화에서는 혈통이 아버지 가계로만 한정되기 때문에 아들 출산은 훨씬 더 축하할 만한 사건이다. 대개 남자가 여자보다 높게 대우받으며 많은 족보에 시집온 여자의 이름은 기록조차 되지 않았다. 예를 들어 사내아이들이 태어나면 밖에 데리고 나가기 전에 4일 동안 집안에서 키우지만 여자아이들은 3일 만에 밖에 데리고 나가도 된다. 장남은 특히 소중하게 여겨졌으며 막중한 책임을 떠맡았다. 루오어로 "나의 등"이라는 의미의 카디에르 응에야kadier ng'eya로 부르는 장남은 아버지를 보호하고 아버지에게서 배운다는 두 가지 측면에서 문자 그대로 아버지의 등을 지켜보아야 했다. 장남은 가족의 문화적 지식과 다른 집안과의 내적 관계를 관리하는 사람이었다. 가족 모두의 안녕은 장남이 살아 있는 한 장남의 책임이었다.

오냥고의 아들은 엄마의 매력적인 자질을 타고났다. 그의 얼굴은 엄마처럼 넓적하였고 갈색 눈은 아주 깊어서 엄마는 아들의 눈이 얼굴 속에 "들어가 있다"고 말하길 좋아했다. 부모는 그에게 아랍어로 "축복"을 의미하는 바라카버락라는 이름을 지어주었다.

장남인 바라카는 아버지와 함께 단지 그 둘만을 위한 몇 가지 의식에 참여해야만 했다. 예를 들면 새 집을 지을 때 장남에게는 아버지와 같이 그 부지에 가서 집 지을 땅을 준비하는 일이 맡겨졌다. 아버지는 남자의 권위 즉 일부다처제를 상징하는 수탉을 가지고 가며 장남은 자신의 자율성이 점점 커지고 있다는 것을 표시하는 새 자루가 달린 도끼를 가지고 갔다. 첫 아내는 불을 가지고 갔다. 장남이 마침내 자신의 가족을 꾸미고 자기 집을 지으면 아버지 집의 오른쪽에 마련된 영광스러운 장소를 받았다. 차남의 집은 아버지 집에서 왼쪽으로 멀리 떨어진 곳에 위치시켰다. 삼남은 오른쪽으로 가는 식으로 집안에서의 각자의 위치가 물리적으로 표시되었다. 새로 태어난 아이의 태와 마지막에 죽은 자의 몸이 묻힐 이 신성한 가족의 땅에서 방계 가족 전체가 변화하는 절기를 따르면서 모여 살았다.

괴팍한 오냥고조차 눈이 큰 바라카에게 푹 빠졌다. 나이로비의 직장에서 돌아올 때 그는 옷을 지을 특별한 옷감과 아기 침대에 쓸 모기장을 가지고 왔다. 오냥고는 아들과 함께 마을 밖으로 나갈 때는 아들에게 흰 야구모자와 어울리도록 자기처럼 흰 칸주를 입혔다. 교육이 주는 혜택에 대해 잘 알고 있던 오냥고는 아들에게 어릴 때부터 읽기를 가르쳤고 먼 곳까지 다녀온 자신의 이야기를 들려주었다. 셋째 하와 아우마가 태어나면서 가족이 늘었지만 오냥고는 아들인 바라카에게만 말을 건넸으며 종종 딸들과 말하기를 거절하였다. 딸들은 결국 머지않아 남편들을 따라 살림을 차려 나갔다. 버락의 어린 시절 친구였던 조지프 아켈로는 다음과 같이 회상한다. "오냥고는 버락이 아들이기 때문에 그에게만 말을 걸었어요. 딸들에게는 이렇게 말하곤 했지요. '얘들아, 너희들은 모두 이 집을 떠날 사람들이야. 결혼하면 이 집에 더 이상 살지 않을 거잖아.' 그런 다음 그들에게는 다시 말을 걸지 않았어요."

오냥고와 아쿠무 사이에서 셋째로 태어났으며 아직 생존해 있는 유일한 자식인 하와 아우마는 켄두 베이에서 한 시간 정도 차로 험한 길을 달리면 닿을 수 있는 오유기스 마을에 살고 있다. 그녀의 기억에 따

위뇨 피니 키보르네

르면 버락은 스와힐리어로 "황금빛 별"을 뜻하는 다하부 야 뇨타처럼 대우받았다. 하지만 그녀 역시 오빠를 흠모했다. 현재 과부가 된 그녀는 운이 좋으면 2킬로그램짜리 한 통에 약 30케냐실링, 미국 돈으로 약 40센트 정도 받고 파는 숯을 쌓아 놓은 더미 옆의 먼지 날리는 도로가에 앉아서 하루의 대부분을 보낸다. 그녀는 이도 없이 활짝 웃으며 방문객들에게 먼지가 두껍게 쌓인 도끼들이 한 줄로 늘어서 있는 옆에 그녀의 조카인 오바마 대통령의 사진과 가족사진이 걸려 있는 작고 어두운 집안을 기꺼이 보여준다. 그녀가 소중히 여기는 물건들 중 하나는 미국 상원의 인장이 새겨져 있는 6개짜리 물잔 세트인데 그녀 말로는 오바마가 상원의원일 때인 2006년에 알레고를 방문하면서 그녀에게 선물로 그 물잔 세트와 10,00케냐실링, 미국 돈으로 약 140달러를 주었다고 한다. 그녀는 요즘 오바마 대통령이 자기 치과 치료비를 주러 어느 날엔가 오지 않을까 매우 궁금해하고 있다.

오냥고의 모든 자식들과 많은 손자들처럼 하와 아우마는 이슬람교도로 자랐다. 작은 그녀의 집 전면에는 죽은 남편의 이름과 함께 많은 이슬람 국기의 특징인 검은 초승달과 별이 그려져 있다. 이슬람의 성지인 메카보다는 타고 간 비행기에 대해 이야기하는 데 더 관심이 있긴 하지만, 그녀는 경건하게 가족 몇 명과 최근에 메카에 다녀 온 이야기를 했다. "그 비행기가 온통 하얗고 이쁘더라고요. 화장실도 있고 침대도 있어서 호텔 같았어요. 그리고 차와 우유도 항상 있고요."

그녀가 회상하기에 바라카 오빠는 여섯 살 무렵에 기독교로 개종하였고 이름도 보다 기독교도처럼 들리는 버락으로 바꾸었는데, 어릴 때 다녔던 학교에서 기독교 선교사들이 그렇게 해야 한다고 고집했기 때문이었다. 그들은 그의 신앙에 대하여 특별히 차별하지는 않았다. 선교사들은 모든 비기독교도인 아이들에게 학교에 다니고 싶으면 입구에서 다른 종교를 떠나 기독교를 받아들이라고 요구했다. 20세기 초에 세례를 받은 많은 케냐 젊은이들은 아프리카식 이름과 기독교식 이름 두 개를 받았으며 기독교식 이름은 오바댜나 에즈라처럼 주로 성서에 나오는 이름들이었다. 나이든 뒤에는 기독교식 이름을 억압받던 과거의 유물로 여기고 버린 사람이 많았다.

교회의 요구에 무척 화가 났지만 아들을 교육시키기로 결심한 오냥고는 선교사들에게 드러내 놓고 대들지는 않았다. 딸들에게는 상황이 훨씬 간단했다. 다른 여자아이들처럼 딸들도 학교에 다니지 않았기 때문에 이름을 바꾸거나 집안의 종교를 포기하는 문제로 골치 아플 일이 없었다. 하와 아우마가 말한 바에 따르면 버락은 어떤 종교에 속하는지를 특별히 신경 쓰지 않았다. 대신 그는 다른 아이들과 달라지지 않으려고 신경을 많이 썼으며 완고한 아버지에 맞서기 위해서 그 문제에 대해 충분히 생각해 두었다. 하와 아우마는 "우리 아버지는 '너는 무슬림이다. 왜 너는 그렇지 않다고 말하는 거냐?'라고 말씀하셨죠. 하지만 버락 오빠는 아주 용감하게 아버지에게 말했어요. '제가 공부하고 있는 학교에서는 그런 애는 한 명도 안보여요. 기독교도만 보인단 말이에요.'"라고 증언한다.

종교 문제를 제외하고 버락과 그의 두 누이들은 그들의 부모들처럼 대개는 오랫동안 전해 내려온 루오족의 풍습과 전통에 따라 양육되었다. 어른이 된 버락이 20세기 스타일의 도시 남자처럼 살기는 했지만 그전 100년 동안 아프리카 시골 지역을 규정해 온 부족의 관습이 어린 시절의 그를 형성하였다.

오냥고의 가족은 원형으로 배치된 둥근 초가집으로 구성되어 있는 전통적인 루오식 주택에서 살았다. 각각의 집들은 정해진 기능이 있었다. 오냥고는 두올이라고 불리는 중앙에 있는 주택에서 살았지만 자기 오두막보다는 아내 중 한 명과 있을 때가 더 많았다. 순서로는 두 번째지만, 미카이라고 부르는 첫 아내처럼 행동했던 헬리마는 복합 가옥의 가운데에 있는 좀 더 큰 오두막에 살았다. 집안에 아무리 아내가 늘어날지라도 집안일을 감독하는 사람은 그녀였다. 한 가족의 가장은 대개 두 명 이상의 아내를 두었으며 아내들의 오두막은 아버지 오두막 앞에 아들들의 집이 놓이는 것과 똑같이 첫 부인의 집 앞에 서열이 낮은 순서로 배치되었다. 오냥고가 하비바와 결혼하였을 때 그녀는 셋째 부인인 레루가 되었으며 따로 떨어져 있는 자신의 오두막에서 지냈다. 세라와 버락이 태어났을 때 그녀와 헬리마가 그들을 함께 보살폈다.

계집아이들은 대개 자기 엄마 집에서 자다가 사춘기가 되어 시원데라고 부르는 할머니와 함께 집을 옮기고 나서는 결혼할 때까지 거기서 지냈다. 사내아이들은 10대가 되면 삼바라고 불리는 총각 주택으로 옮겨갔다. 11살에서 13살 사이의 사내아이들은 어른이 되었음을 나타내기 위해 아랫니 6개를 뽑는 의식을 치렀다. 그러나 선교사들이 인정하지 않은 많은 다른 풍습들처럼 이 관행도 버락이 태어났을 무렵에는 다행스럽게도 사라지기 시작했지만, 루오 지방의 많은 노인들은 여전히 그 숨길 수 없는 이 빠진 빈자리를 여전히 지니고 있다. 오늘날에도 남아있는 루오족의 주요 문화적 표현들 중 하나는 죽음에 대한 것으로, 며칠에 걸쳐 이루어지는 복잡한 의식과 시신의 매장이 특징이다. 시신은 여성의 경우 주 거주지의 출입문 왼쪽으로 가고 남성의 경우 오른쪽으로 간다. 기혼 남성이 사망한 경우 시신이 통과할 때 그 신호로 오수리라고 불리는, 지붕과 주 거주지에 걸쳐 놓은 나무 장대를 부러뜨린다. 그런 다음 형제들 중 하나가 미망인을 "상속"받는데 형제가 없는 경우에는 가족 중 다른 남성이 상속받는다.

정교한 행동 규칙이 루오족 남자와 여자, 특히 남자와 장모 사이의 관계를 계속 규제하고 있다. 예를 들면 아내의 어머니는 딸의 배우자에게서 일정 거리를 유지해야 한다. 장모는 사위를 너무 가까이서 껴안아서는 안 되며 심지어 딸의 집에서 사위에게 음식을 해줘도 안 된다. 그리고 절대로 사위의 집에서 밤을 지낼 수 없다. 만약 그런 행동을 하면 젊은 부부는 치라라는 병에 걸리게 되는데 이 병은 문화적 규범을 어길 때 발병하며 점점 몸을 약해지게 하는 특징이 있다. 미셸 오바마의 어머니 마리안 로빈슨이 2009년 오바마가 대통령에 취임한 직후 손녀를 돌보기 위해 백악관에 들어갔을 때 빅토리아 호수 인근의 많은 루오족 사람들은 못마땅해하면서 반드시 재난이 따를 것이라고 예언했다.

버락은 어릴 때 루오 지방에서 울려퍼지던 다양한 형식의 음악을 배웠다. 1940년대 초에 퀜두 베이는 음악 중심지로 유명하였으며 주로 인기 있는 빠른 템포의 마치 멜로디와 타악기를 기반으로 한 룸바가 연주되었다. 오냥고의 엄한 생활방식에도 불구하고 대부분의 가족 행사에서는 당시 루오족 가정에서 흔히 하던 것처럼 냐티티nyatiti라는 이름의 리라처럼 생긴 악기를 연주하곤 하였다. 이 음악은 흔히 자신들이나 다른 사람을 묘사하기 위해 사용하는 일련의 칭찬하는 말인 "찬양하는 이름praise names"과 관련된 대중적 형식의 언어적 유희로 이어졌다. 파크루옥pakruok은 은유법과 직유법을 사용하며 흔히 식물이나 동물 같은 자연 속 상징들을 이용하는 또 다른 형식의 자기 예찬이다. 루오인이 맥주를 즐기면서 자신을 설명하는 일련의 미사여구들을 말하는 것을 들어보면 루오족이 아닌 사람들은 루오사람들이 똑똑하기도 하지만 지나치게 오만하다는 케냐인들의 경구가 맞는 말이라고 생각할 것이다. 물론 그 세세한 평가가 모조리 거짓은 아닐지 모르지만 루오족에게 그런 자찬은 자랑이 아니라 게임에 가까운 것이다. 훗날 버락은 종종 친구들에게 다가가서 "나는 아름다운 여인 은조가의 딸 아쿠무의 아들이다an wuod Akumu nya Njoga, woud nyar ber"라고 선언하곤 했다. 혹은 "나는 아름다운 아이들의 아버지다an wuon nyithindo mabeyo"라고 말하기도 했다. 그가 즐긴 것은 어린 시절 몸에 밴 습관이었으며, 일부 못돼먹은 습관들도 포함하여 학교에서 배운 다른 습관들과 마찬가지로 그는 그 습관을 결코 그만두지 않았다.

집에서 만든 맥주를 조금 곁들이면 그 말들이 언제나 더 재밌어졌다. 이슬람교는 음주를 금함에도 불구하고 오냥고는 옥수수나 수수 같은 곡물을 증류해서 만든 전통주인 창아아chang'aa를 많이 마셨다. 가정집에서 제조한, 다른 인기 있는 술로는 부사아busaa가 있었는데 이 술은 기장이나 수수로 만들었다.

그러나 후세인 오냥고는 자신이 초기 기독교 계통 학교에서 맛보았던 공식 교육을 아들도 받게 하겠다고 결심하였기 때문에, 보통 여흥을 즐기는 데에도 엄격한 제한을 두었다. 버락이 학교 갈 나이가 되었을 무렵인 1940년대에는 기독교 계통 학교들이 동아프리카에서 가장 지배적인 교육기관이었으며 교과과정은 주로 읽기, 쓰기 그리고 성서의 가르침에 집중돼 있었다. 버락은 제7일안식일예수재림교회가 1906년에 버락의 집에서 3마일 정도 떨어진 곳에 설립한 겐디아초등학교에 다녔다. 매일 아침 그는 아이들과 함께 넓은 흙길을 걸어 학교에 갔다. 자동차가 없었기 때문에 케냐 아이들은 대개 삼삼오오 모여 이따금 찬송가를 부르면서 여러 마일을 걸어 학교에 갔다. 가끔 집에 돌아오는 길에 버락과 다른 사내아이들은 아둘라라고 하는 인기가 많던 하키를 하곤 했는데, 이 경기에서는 공을 상대 부족 진영에 넣는 데 야자나무로 만든 스틱을 사용하였다.

버락은 운이 좋게도 아버지 직업 덕분에 종종 신발을 신고 학교까지 가는 먼 길을 갈 수가 있었지만 그와는 다르게 많은 아이들은 집에서 그런 사치품을 사줄 여유가 없었다. 하지만 너무 귀한 것이었기 때문에 아이들은 돌투성이 길을 걸어가다 해질까 봐 신발을 들고 맨발로 다니곤 했다. 그러나 다른 대부분의 측면에서 오냥고는 아이들이 말을 듣지 않을 경우 주저 없이 지팡이로 두들겨 패거나 그 악명 높은 채찍으로 위협하며 겁을 주는 까다롭고 엄한 아버지였다. 그는 버락에 대한 기대가 가장 컸다. 오냥고는 많은 것을 혼자 힘으로 성취하였고 마을에서 가장 성공한 사람에 들었기 때문에 버락을 자기보다 나은 사람으로 만들겠다고 마음먹었다.

"오냥고는 이따금 아들을 옆으로 불러서 '나는 네가 지금 나보다 나은 사람이 되길 바래. 사람들이 나를 존경하지만 너는 나보다 훨씬 더 많이 존경받을 거야. 공부 열심히 하고 정신 바짝 차려. 그리고 항상 외모에 신경 써야 된다.'라고 말하곤 했지."라고 아서 루벤 오위노는 증언하였다.

오냥고는 백인에게서 계산과 기록 관리의 중요성을 배웠기 때문에 버락의 공부, 특히 수학 과목을 주의 깊게 점검하였다. 매일 버락이 학교에서 돌아오면 아버지는 저녁식사가 차려진 식탁 옆에 서서 아들에게 수학 덧셈을 큰 소리로 풀어보라고 시켰다. 셈을 완벽하게 하지 못했을 경우에는 앉아서 식사하지 못하거나, 밤새 자기 방에 갇혀 있었다. 현재 나이로비에 살면서 사업을 하고 있는 그의 첫째 사촌 윌프레드 오바마 코빌로는 다음과 같이 말해 주었다. "버락은 아이치고는 매우 똑똑했지만 장난도 잘 쳐서 갈 필요가 없다는 생각이 들면 가끔 수업을 빼먹기도 했지요. 하지만 버락은 아버지가 집에서 기다리고 계시다는 걸 알고 있었기 때문에 집에 가기 전에 수학 숙제는 꼭 풀고 갔어요. 아버지가 자기한테 기대가 크다는 사실을 잘 알고 있었으니까요."

숙제를 다 했든 안 했든 간에 다른 아이들은 버락네 집에 가는 것이 금지되었다. 오냥고는 다른 아이들을 단정치 못하고 버릇없는 애들로 여겼을 뿐만 아니라 아이들의 시끄럽게 노는 소리도 참지 못했다. 자기 아이들이 친구들과 놀기 위해 다른 집에 가는 것도 허락하지 않았다. 조셉 아켈로의 회상에 따르면 한 번은 버락이 그 규칙을 무시하고 친구 집에 들렀는데 오냥고는 몹시 화를 내며 "우리 집에 망고하고 구아바하고 다 있는데 왜 다른 집에 가려고 하지?"라며 고함을 질렀다. "네가 필요한 건 바로 이 집에 다 있어. 그러니까 여기 있어야 되는 거야."

그러나 아무리 오냥고라 하더라도 모든 규칙에는 예외가 있기 마련이다. 오냥고가 데리고 있던 직원들 중 하나가 다른 곳에 배치를 받아서 필요 없는 사진 몇 장을 오냥고에게 주고 갔다. 응접실에서 백인 여자들이 간단한 포즈를 취하고 앉아 있는 그 사진들은 루오 지방에서 엄청난 호기심을 불러일으켰는데 이곳에서는 많은 여자와 아이들이 백인을 본 적이 없었으며 카메라는 얘기로만 듣던 물건이었다. 용감한 몇 명이 안쪽 벽에 걸린 하얀 얼굴의 여자들 사진을 보려고 오냥고의 집에 살금살금 갔다가 결국 그에게 쫓겨나기만 했다. 오냥고는 사진 속 백인 여자들을 본 적이 있었다. 상상으로만 볼 수 있는 세상에 속하는 신비하고 매혹적인 괴물인 이 여자들을 그는 어렸을 때 집에서 보았다.

오냥고는 버려진 RCA 축음기 하나를 받았는데 이것은 초창기 전축

중 하나로서 원뿔 모양의 금속 나팔을 통해 소리를 냈다. 옆구리에 있는 손잡이를 돌리면 갑자기 나팔에서 줄루족 북소리가 천둥 치듯 쏟아져 나오거나 베토벤 소나타가 폭포처럼 울려퍼졌으며, 상자 옆의 다이얼을 돌리면 음악소리가 갑자기 커졌다. 마을사람들은 완전히 넋이 빠졌다. 이 기계를 매우 자랑스러워한 오냥고는 선택된 사람들이 와서 들도록 허락하였지만 그가 내세운 엄격한 규칙을 지켜야만 했다. 축음기를 집 가운데에 있는 높은 의자 위에 놔두고 아이들에게 그 앞에서는 조용히 앉아있도록 가르쳤다. 어른들은 축음기 소리를 들으러 집 문 앞 정도까지만 올 수 있었고 더 이상 가까이 오지는 못했다. 음악 소리가 먼지 나는 마당에 퍼지고, 놀란 닭들이 미친 듯 소리 나는 데서 도망치는 와중에 오냥고는 종종 충동적으로 벌떡 일어나 리듬에 맞춰 빙빙 돌기도 했지만 이내 다시 땅에 털썩 주저앉았다. 춤추는 것은 허락되지 않았다. 노래 부르는 것도 마찬가지였다. 그리고 두세 곡 정도 틀어준 후에는 갑자기 기계를 끄고 모두에게 돌아가라고 명령했다.

아켈로는 "버락은 항상 춤을 추고 싶어 했어. 리듬에 대한 감각이 있었지. 하지만 오냥고는 언제나 이 정도만 허락했지. 노래 두세 곡과 레코드판 한 장. 그게 다였어."라고 회상하였다.

하비바 아쿠무는 탈주를 꿈꾸었다.

독립적 기상을 가진 그녀는 지배하려 드는 남편과 결코 행복한 생활을 할 수 없었다. 그녀는 남편이 끊임없이 규칙을 만들어내는 것에 분통을 터뜨렸으며 포악한 남편에게 몹시 분개했다. 당시 아내를 때리는 것이 그리 특이한 일도 아니었을 정도로 매우 남성우월주의적이었던 루오족 사회에서조차 오냥고는 가혹한 편이었다. 그가 오라고 하면 처음 불렀을 때 와야 했고 그렇지 않을 경우 하비바는 심한 매질을 당했다. 그는 그녀가 집을 충분히 깔끔하게 유지하지 못한다고 늘 불평하였다. 아이들이 생기자 그들 사이의 긴장 상태가 더 악화되었다.

오냥고는 아이들에게 항상 자신이 나이로비에서 가져온 좋은 옷을 입힐 것을 요구했다. 아이들이 울면 하비바는 즉시 울음을 그치게 해야 했다. 그리고 자주 그녀의 육아가 마음에 들지 않으면 몽둥이찜질을 하곤 했다. 하비바는 세라와 버락이 태어난 후 두 번 콜론데 근처에 있는 친정집으로 도망쳤지만 두 번 다 뒤따라온 오냥고에게 잡혀 카냐디앙으로 돌아왔다. 이제 하비바는 오냥고 집안 사람이었기 때문에 친정 식구들도 남편 편을 들어 친정에 오지 못하게 했다. 적어도 처음에는.

오냥고의 입장에서도 남들과 어울리는 것을 좋아하는 아내가 마음에 들지 않았다. 하비바는 마을 여기저기에 사는 친구들 만나러 가기를 좋아하는 외향적이고 사교적인 사람이었지만 오냥고는 그녀가 그런 경박한 행동에 참여하는 것을 금하였다. 남편이 나이로비로 일하러 가서 장기간 집을 비우는 때를 이용하면 된다는 것을 알았기 때문에 하비바는 남편의 말을 대놓고 거스르지는 않았다. 마침내 그가 떠나면 그녀는 마음껏 이곳저곳 친구들을 만나러 다녔다. 특히 우기에는 버섯을 따서 친구 집에 가져다주기를 좋아했으며 친구 집에서 음식을 준비하면서 이야기를 나누곤 했다. 그러나 오냥고가 돌아오면 누군가가 그에게 그녀가 한 일들을 몰래 알려주곤 했다. 그러면 또 다시 획획 살갗을 찢는 끔찍한 채찍 소리와 애원하는 그녀의 비명 소리가 온 집안에 울려퍼졌다.

하비바가 남편의 잔인한 대우로 인해 점점 마음의 문을 단단하게 닫음에 따라 오냥고는 다른 여자의 품에서 위안을 찾기 시작했다. 그 여자들 중에 세라 오그웰이라는 이름을 가진 켄두 베이 출신의 어린 이슬람교도가 있었는데 그녀는 나이로비에서 오냥고와 함께 살다가 결국 그의 넷째 부인이 되었다. 그녀가 버락 오바마 미국 대통령의 할머니들 중 오늘날 전 세계에 "마마 세라"로 알려져 있는 사람이다. 아프리카 전통 복장을 하고 오냥고가 집 밖에 심어놓은 망고나무 아래에서 포즈를 취하고 있는 그녀의 사진들은 2008년 뉴스 기사에서 처음으로 등장하였다. 지금 빅토리아 호수 부근 관광코스에서는 으레 이곳을 들르게 되었으며 그녀는 몇 실링만 주면 실물 크기의 오바마 대통령 사진과 포즈를 취해준다.

1939년 다시 전쟁의 북소리가 전 세계에 울려 퍼지자 하비바는 그동안 갈망하던 대로 남편으로부터 벗어날 수 있었다. 독일이 유럽 전역으로 죽음의 진군을 시작함으로써 2차 세계대전이 촉발하자 대영제국은 다시 아프리카 군대의 힘을 빌려 전력을 보강하였다. 이번에는 영국의 아프리카 식민지에서 320,000명 이상의 아스카리askari, 즉 병사들을 왕립 아프리카 소총부대로 알려진 아프리카 연대에 파견하여 에

티오피아와 버마 전장에서 싸웠다. 후세인 오냥고는 주저 없이 세계적인 모험에 다시 참가하였다. 영국 대령의 요리사로 배속된 그는 3년 동안 버마, 스리랑카, 유럽 등지를 다녔다. 아내들과 세 아이들은 전쟁이 벌어진 몇 년간 다른 많은 아프리카인들처럼 금전적으로 더 힘들게 살기는 했지만 그가 없는 동안 상대적으로 평화로운 삶을 살았다. 그 하마가죽 채찍도 마침내 평화로이 돌돌 말린 채 놓여 있었다.

2차 대전이 끝나자 세상은 버락이 태어났던 시절과는 전혀 다른 곳이 되었다. 피비린내 나는 전쟁이 빅토리아 호수의 한가로운 기슭에서 완전히 사라진 것처럼 보였지만 전쟁은 낡은 세계 질서를 무너뜨리고 케냐뿐만 아니라 아프리카 대륙 전체에 새로운 시대를 열었다. 버락은 식민 압제의 굴레에서 조국을 구하고자 하는 혁명의 와중에 성년을 맞이했다. 그때 그는 아버지와 자신이 상상도 하지 못한 기회가 자신에게 왔음을 알아차렸다.

그 기회에 도달하는 데는 거의 15년의 세월이 필요했다. 1945년 전쟁이 끝나자 유럽 여러 나라는 물리적으로 황폐한 상태에 처했다. 전승국이었던 영국조차 경제가 붕괴하여 쇠퇴기에 접어들었고 이로 인해 영국의 식민지 지배도 점차 와해되기 시작했다. 1947년 대영제국의 보물인 인도 양여로 시작된 탈식민지화 작업은 거의 30여 년 동안 지속된 길고 긴 과정이었다. 아프리카 병사들은 고향에 돌아올 때 몇 달에 걸쳐 격렬하게 분출하게 될 강한 정치적 민족주의의 씨앗을 품고 왔다.

귀환한 케냐 병사들은 다른 사람이 되어 있었다. 예전엔 의기양양하기만 했던 백인들의 허약하고 쇠퇴한 모습을 목격하였을 뿐만 아니라 민족의 정치적 자결이 지닌 의미를 알게 됨으로써 끓어오르는 불만은 더욱 증폭되었다. 고향의 상황이 자신들이 떠나온 전쟁터보다 훨씬 더 나쁘다는 사실을 발견하면서 그들은 더욱 좌절했다. 자신들을 징집한 영국인 모병담당자들이 귀환 후에 수입이 더 나은 직장과 추가 정착지를 주겠다고 약속했었지만 지켜진 건 아무것도 없었다. 거꾸로 생활비와 모든 세금이 인상되었으며 토지는 전보다 더 구하기 힘들어졌다. 더 많은 정부 이주 계획에 매력을 느낀 백인 퇴역군인들이 몰려와서는 고원지대에 대한 권리를 주장하면서 이미 견딜 수 없이 사람이 붐비는 보호구역에 키쿠유족을 추가로 밀어 넣기 시작했다. 군복무에 대한 보상을 전혀 받지 못한 케냐 귀환 병사들은 백인의 나라에서 자신들의 의견은 고사하고 기본적인 욕구조차 무시당하면서 2등 시민처럼 대우받던 것보다 이곳이 더하다는 느낌을 받게 되었다.

식민 정부와 그들의 억압적 관행에 대한 사람들의 불만은 오래 전부터 케냐 땅에 희미하게나마 뿌리를 내리고 있었다. 1차 세계대전이 끝나고 몇 년 뒤에 기독교 학교에서 교육받은 한 무리의 젊은이들이 몇 차례 식민 당국에 도전하여 여러 가지 상반된 결과들을 가져왔다. 난자에서는 강제노동수용소와 계속 늘어나는 세금부담에 항의하여 1921년에 청년카비론도협회Young Kavirondo Association가 결성되었다. 같은 시기에 키쿠유중앙협회KCA는 점증하던 토지 몰수 문제와 악화된 키쿠유보호구역의 환경 문제를 해결하였다. KCA의 총서기는 존스턴 케냐타라는 이름의 청년이 맡고 있었는데 그는 나중에 케냐 최초의 대통령이 되며 50년 이상 케냐 정치를 지배하게 될 인물이었다. 1930년대 말무렵에는 초기에 몰아친 민족주의적 정서에 힘입어 KCA가 여러 민족 집단 중에서 가장 우세한 조직이 되었다. 루오동맹, 아발루이아협회, 난디킵시기스동맹 등 여러 다른 조직들이 있었는데, 모두 점증하는 불안감과 솟구치는 민족주의적 열정을 토로하였다.

그러나 청원이나 탄원 같은 관료주의적 방법을 통한 키쿠유인들의 끈질긴 운동은 식민지의 실세들을 극도로 화나게 만들었다. 그리하여 2차 세계대전이 발발했을 때 정부는 KCA를 불법화하고 대영제국의 안보에 위협이 되는 조직이라고 발표하였다. 전쟁이 치러지는 동안 반대하는 목소리는 모두 잠재워졌으며 전쟁의 경과는 케냐를 포함하여 세계의 중심을 영국으로 고착시켰다.

유럽 장성들이 전쟁 말기에 입은 전체 피해 규모를 산정하기 시작하자 키쿠유 정치가들은 훨씬 더 야심찬 의제를 가지고 다시 모습을 나타냈다. 그들은 이제 더 이상 기존 관료 체계 내에서 변화를 추구하지 않았으며, 오고스가 쓴 바와 같이, "식민정책 자체의 적법성에 의문을 제기하였다." 1944년에 케냐아프리카인동맹KAU이 결성되었고, 3년 뒤에 지금은 스스로를 조모Jomo, 즉 "불타는 창"이라고 부르는 케냐타가 의장에 임명되었다. 15년 동안 런던에서 재학했던 케냐타는 이 정당에 대해 엄청난 관심을 불러일으켰으며, 화제는 곧 독립으로 전환되었다. KAU는 전국을 휩쓴 정치적 소요를 주도함으로써 마우마우 봉기로 알려진 끔찍하고 기나긴 봉기와 떼려야 뗄 수 없는 연관을 갖게 되었다.

결성 초기에 KAU는 주로 "빼앗긴 땅"을 돌려달라는 요구에 집중하였으며 나이로비를 주무대로 활동하였다. 그 결과 난자 지방에서는 강한 추종세력을 만들 수 없었다. 많은 루오족들은 식민주의자들의 세금과 노동에 대한 요구로 인해 멀리 흩어져 살 수밖에 없었던 이질적인 루오 집단과 노동자들을 조직화하기 위해 1920년대에 결성된 복지협회인 루오동맹의 지지를 기대했다. 그러나 루오동맹은 거의 비정치적인 조직이었으며 식민지 관료들과 그들이 루오 지방에서 전쟁이 끝난 직후 몇 년 동안 신중하게 선발한 추장들에게 도전하는 것은 공공연한 정치활동보다 더 분명하게 개인의 입장이 드러날 가능성이 많았다. 전선에서 돌아온 지 얼마 되지 않아 후세인 오냥고는 난자 남부의 카라추오뇨 구역의 추장과 싸움을 시작했으며 싸움의 결과 그렇지 않아도 문제가 많던 그의 가족생활에 극적인 변화가 일어나게 된다.

전쟁에서 돌아온 오냥고 역시 다른 사람처럼 보였다. 이때 50이 다 된 나이임에도 여전히 대단한 성질은 변함없었지만 나이와 경험이 그를 어느 정도 누그러뜨렸다. 그는 여행을 통해 다른 민족들의 생활방식에 대해 많은 것을 알게 되었으며 남들과는 달리 원예기술을 연마했다. 그는 파인애플 씨앗과 유칼립투스 묘종 그리고 기타 이국적인 식물들을 가방 속에 꽁꽁 숨겨 가지고 돌아와서는 집 주변에 심었다. 그 밖에도 그는 신기한 농사기법과 젊었을 때 알게 되었던 것보다 진보된 형태의 약초 제약술을 배워 왔다. 그가 새로 알게 된 지식에 대해서는 너그러웠기 때문에 많은 사람들이 그에게 와서 치료도 받고 조언도 들었다. 그러나 많은 다른 귀환병들처럼 오냥고도 루오 지방을 뒤덮고 있던 암울한 경제상황과 관료들의 약속 불이행에 매우 실망하였다. 그래서 그는 카라추오뇨 구역에서 영국인들의 얼굴마담 노릇을 하던 그 지역 추장에게 망설임 없이 대들었다.

그 추장의 이름은 폴 음보야였는데 오냥고와 마찬가지로 존경받는 만큼 두려움의 대상이기도 하였다. 한때 제7일안식일예수재림교회의 목사였던 음보야는 기독교 계통 학교에서 교육받았으며 맞춤 양복과 넥타이 그리고 애지중지하던 모닝 티 컵 등을 보면 알 수 있듯이 백인처럼 살고 싶어 하였다. 영국인들을 깊이 존경하였고 1953년에는 잉글랜드의 엘리자베스 2세 여왕의 대관식에 참석하기도 하였지만 그 역시 고유의 전통을 소중히 여겼기 때문에 외국인들의 유입으로 루오족의 생활방식이 침식당하는 것을 걱정했다. 1938년에『루오의 풍습과 전통』이라는, 루오 문화와 역사에 대해 중요한 책을 저술하였는데 이 책은 오늘날까지도 매우 높이 평가되는 저작이다. 나름대로 그는 외국의 지배에 대한 저항을 촉구하는 많은 일들을 하였으며 아프리카인들에게 자신들의 문화에 대해 자부심을 가질 것을 권장하였다. 그러나 1930년대 중반에 식민 관리들에 의해 구역 추장으로 선출된 그는 세금 징수의 책임과, 영국인들을 위한 근로 작업과 군 복무를 할 몸이 건강한 사람들을 모집하는 책임을 동시에 떠맡았다.

음보야는 규율을 강조하는 엄격한 사람이었으며 영국인들의 명령을 한발 앞서 수행하여 훈장을 가장 많이 받은 아프리카인 관료 중 하나였다. 그의 감독하에 마을사람들은 세금을 낼 뿐 아니라 양치기, 집 밖에 변소 구덩이 파기, 그리고 아이들을 학교에 보내는 등의 일들을 해야 했다. 하지 못한 경우에는 공개적으로 모욕을 당했고 혹여 음보야의 경호부대원에게 채찍질을 당할 수도 있었다. 그가 탄 긴 파란색 쉐보레 자동차가 먼지 날리는 길을 요란한 소리를 내며 달려가면 많은 마을사람들은 "자 브리티시"마을 사람들이 음보야에게 붙인 별명가 자신들을 발견하지 못하기를 바라면서 뿔뿔이 도망쳤다.

또한 그 구역의 많은 사람들은 식민 정부의 추장 조직에 속한 다른 추장들처럼 음보야도 잡다한 행정업무를 수행하면서 자기 주머니를 불리고 있을 것이라고 믿고 있었다. 음보야와 부하들은 세금을 징수할 때 공식적인 부과금보다 훨씬 많은 금액을 청구하거나, 곡물이나 계란 등의 "선물"을 요구하였다. 강제로 공공 근로 작업에 참여한 사람들은 계약 임금의 일부만 받거나 전혀 받지 못했다. 후세인 오냥고는 바라자, 즉 공개적인 모임에서 대담하게 음보야에게 도전한 몇 안 되는 사람 중 하나가 되었으며 곧 말썽꾼이라는 낙인이 찍혔다. 어떤 사람들은 음보야가 오냥고를 지독히 싫어하는 또 다른 이유는 그의 영리한 아들 버락이 겐디아 학교에 같이 다니는 음보야의 아들보다 늘 공부를 잘하기 때문이라고 소곤거리기도 하였다. 그러나 그들이 가장 자주 부딪친 문제는 바로 돈 문제였다.

오바마의 사촌인 엘리 용가 아디암보는 다음과 같이 증언했다. "경찰이 종종 세금 대신 소를 가져가곤 했지만 후세인 오냥고는 세금 내기를 거부했어. 그는 음보야가 소들을 정부에 주지 않고 자신이 키우고 있다고 말했지. 그 다음에는 경찰이 와서 청년들에게 무보수로 도로작업을 하라고 명령하면 오냥고는 이렇게 말하곤 했지. '당신들 그러면 안 돼. 가서 추장에게 이 청년들 일한 삯 줘야 한다고 말해.' 폴 음보야는 그에게 무척 화가 났지."

오냥고가 전선에서 돌아온 지 얼마 지나지 않아 두 남자 사이의 긴장 상태는 마침내 터지기 일보 직전까지 이르렀다. 냔자에서는 이 일에 대한 여러 가지 변형된 이야기들이 전해졌는데 약간씩 다를 뿐이고 전체적인 줄거리는 기본적으로 같다. 카라추오뇨 구역의 키탈 마을에 살았던 아버지 오바마의 동창 조아시 무가 오쿠무에 의하면 그들이 마침내 충돌하게 된 계기는 후세인 오냥고가 전쟁 때 군에서 개최한 시합에서 뛰어난 운동 기량으로 받은 트로피였다.

매년 폴 음보야는 냔자 지방의 라이벌 마을들 사이에서 벌어진 축구 시합을 후원했다. 1943년에 시합이 벌어졌을 때 음보야는 "카라추오뇨 트로피"라는 이름으로 우승팀에게 수여하기 위해 오냥고에게 그 트로피를 기증하라고 요청했다. 짜증이 난 오냥고는 여전히 마을 대소사에 대해 어느 정도 영향력이 남아 있던 그 지역 장로회에 자신은 그 트로피 사용에 동의하지만 "후세인 오냥고 트로피"라고 부를 경우에만 기증하겠다고 다소 딱딱한 어투로 알렸다. 오냥고의 뻔뻔함에 화가 난 음보야는 장로들과의 공개회의에서 지역당국을 무시하는 오냥고와 같은 자닥들은 신뢰할 수 없다고 선언하였다. 자닥은 외국인이나 한 곳에 소속되지 않은 뜨내기를 말한다. 땅에 대해 깊은 애착심을 가진 민족인 루오족에게 그런 말은 엄청나게 모욕적일 수 있다. 음보야의 말에 오냥고는 분개했다. "오냥고는 음보야가 자신의 진정성을 의심한 것에 매우 화가 났지. 그는 이렇게 말했어. '음보야는 냔자에서 우리 집안이 오래 살아 온 걸 모르나?' 그리고는 곧바로 알레고 코겔로의 '집'으로 돌아가기로 결심했어."라고 오쿠무는 말했다.

그는 정말로 그렇게 했다. 며칠 지나지 않아 오냥고와 가족들은 몇 가지 물건만 챙기고는 150여 년 전에 오냥고의 코겔로 부족 조상들이 살았던 호수 북동쪽으로 떠났다. 그 이사는 상처 입은 루오족의 자존심 때문에 충동적으로 결정한 것이었다. 오냥고의 아내들은 모두 이사 가는 것을 탐탁찮게 생각했다. 헬리마는 나이가 들어서 새집을 지을 때 도울 수가 없었기 때문에 오냥고는 그녀가 가족들과 켄두 베이에 남아 있도록 했다. 알레고는 훨씬 더 무서운 곳이었는데 표범이 제멋대로 돌아다니며 이따금씩 대담하게 문을 발톱으로 긁어 대기도 하였다. 이 지역은 또 잡목이 빽빽하게 자라고 있어 작물을 심기 전에 엄청난 품을 들여야 했다. 하비바는 빽빽한 숲속에 숨어 있는 동물을 특히 무서워해서 오냥고가 일하러 나이로비로 돌아가면 밤늦도록 울곤 했다.

아시는 바와 같이 하비바는 남편이 집에 없을 때만큼이나 집에 있을 때도 무서워하였다. 조금 부드러워지기는 했지만 오냥고는 여전히 하비바의 살림 솜씨에 대해 불평하였으며 그들의 말다툼은 격렬하게 계속되었다. 세라가 새 식구로 들어왔음에도 불구하고 그 문제는 별로 나아지지 않았는데 왜냐하면 두 여인은 서로 입장이 달랐기 때문이다. 어린 여자에게 밀려났다고 느낀 하비바는 실의에 빠졌으며 알레고에서 아이들 셋하고만 있었기 때문에 외롭기도 하였다. 하지만 오냥고는 계속해서 조금만 짜증이 나도 지팡이로 아내들을 때렸는데 어느날 하비바와 언쟁을 하다가 완전히 설권을 잃었다.

하비바의 고집에 화가 난 오냥고는 삽을 들고 마당가로 갔는데 그 곳에는 깊은 도랑이 마당을 가로질러 흐르고 있었다. 오냥고는 열심히 땅을 파내더니 마침내 무덤 하나 만들 정도의 공간을 만들었다. 집에 득달같이 돌아와서는 하비바를 붙잡아 질질 끌고 무덤가로 가더니 자기 부족 이름인 "코겔로"라는 별칭을 가진 소말리족 검을 꺼냈다. 오냥고가 하비바의 목을 베고 나서 구덩이에 밀어 넣을 생각으로 검을 치켜들었을 때 이웃사람이 두 사람을 발견하고는 오냥고에게 그만두라고 소리치며 달려왔다. 하와 아우마는 다음과 같이 전했다. "아버지가 엄마를 마당에 데리고 가서 막 목을 자르려고 했을 때 이웃사람이 지나갔어요. 그 사람은 '오냥고씨, 지금 엄청나게 무서운 터부를 범하려고 한다는 걸 알기나 하는 거요?'라고 말했지요." 하비바는 급히 어린 딸을 옆에 있던 사이잘 덤불에 던졌는데 아마도 남편이 자기 다음에 아이를 공격할까 봐 두려웠던 것 같다. 아우마는 덧붙여 말했다. "내가 갓난아기였을 때였는데 아버지가 기르시던 고양이가 사람들에게 내가 거기 있다는 걸 알렸대요. 조금 있다가 사람들이 나를 구했고요."

하비바에게 있어서 결혼 생활은 이제 완전히 끝이었다. 바로 행동에 옮기지는 않고 적절한 때가 오기를 기다렸다. 오냥고는 다른 친척들이 살고 있던 자기 집안 땅에 새로 집을 짓는 일에 매달려 있었다. 착실하게 모아 둔 돈으로 다른 집들과는 전혀 다른 주택을 지었는데 마을사람들은 지금도 그때 일을 자세히 기억하고 있다. 그들이 살던 둥근 모양의 주택과는 다르게 오냥고의 집은 정사각형이었고 침실과 부엌이 따로 분리되어 있었다. 지붕은 양철 지붕이었는데 비가 오면 땡땡거리는 소리가 나기는 했지만 이것저것 널어 말릴 수가 있었다. 닭 키우는 계사도 비바람을 막기 위해 조그만 양철 지붕을 씌웠다. 오냥고와 사라가 집 짓는 일에 수선을 떨고 망고 나무와 바나나 나무를 무성하게 심고 하는 동안 하비바는 탈출 계획을 짜고 있었다.

어느 날 밤 하비바는 12살 먹은 세라와 9살 먹은 버락을 한 쪽으로 데리고 가서 충격적인 소식을 말해주었다. 그들은 2년째 알레고에 살고 있었지만 하비바는 자기가 아버지의 매질에서 살아남으려면 콜론데에 있는 친정으로 도망치는 수밖에 없다고 말했다. 자기와 함께 가기가 너무 힘들어 같이 갈 수는 없지만 나이가 조금 더 들면 자기를 따라오라고 했다. 그런 다음 오두막에 세 아이만 남겨둔 채 밤중에 몰래 빠져 나갔다.

버락과 세라는 마음이 너무 아팠다. 엄마도 몹시 그리운 데다가 계모인 세라는 자기가 낳은 아기와 버락과 세라의 어린 여동생을 돌보느라 너무 바빠서 자신들을 돌보지 않았다. 엄마가 떠나고 몇 주 되지 않아

오바마를 부탁해

버락과 세라는 어린 하와 아우마를 남겨두고, 직접 엄마를 찾아서 다시 데리고 올 수 있을지 알아보기 위해 떠나기로 결정하였다.

그들은 캄캄한 밤길을 걸어갔다. 짙은 수풀 속을 지나갈 때 굶주린 하이에나와 표범들이 자신들의 작은 움직임에 눈을 고정시키고 있을 것이 틀림없었지만 아이들은 낮에 간다면 어른들이 그들을 발견해서 즉시 집에 돌려보낼 가능성이 더 크다는 결론을 내렸다. 손위인 세라가 앞장을 선 채 아이들은 알레고에서 카냐디앙까지 거의 백 마일이나 되는 거리를 2주에 걸쳐서 걸어갔다. 아이들은 낮 동안에는 탁 트인 들판에서 잤으며 먹어도 되는 과일과 집에서 가지고 온 우갈리를 조금씩 먹으면서 버텼다. 마을에 도착했을 때 아이들 발에서는 피가 났고 옷은 너덜너덜 해져 있었다. 아이들이 발견됐다는 소식은 그런대로 곧바로 아버지에게 전해졌고, 가서 아이들을 보았을 때 그의 눈에서는 눈물이 흘렀다. 다른 사람이 그가 우는 것을 본 것은 이때뿐이었다. 지금 나이로비에 살고 있는 세라 냐오케의 아들 라잡 오우코 오바마는 이렇게 전하고 있다. "그는 아이들을 때리지 않았대요. 하지만 아이들에게 거기서 살 수는 없다고 말했다는군요. 아이들은 아버지를 따라 집에 갈 수밖에 없었지요. 아이들은 하비바와 함께 돌아가려고 했지만 하비바는 그러지 않았대요."

엄마를 되찾아오지 못한 그 일은 버락과 세라에게 지울 수 없는 상처를 남겼으며, 어린 시절을 공허감 속에 지내게 하였다. 어릴 때와 훨씬 나중에 어른이 되었을 때도 이따금 엄마를 만나기는 했지만 그들은 아버지와 남아있는 다른 부인을 돌보기 위해 남아 있었다. 어린 세라는 자라서 열렬히 독립적인 여성이 되었으며 일곱 아이를 혼자서 키웠다. 그녀는 종종 아이들에게 엄마를 찾으러 갔던 그녀의 여정을 얘기해 주곤 했는데 그렇게 자주 말해 주면서 위안을 얻는 것이었다. 버락은 그 일에 대해서 누구에게도 말하는 법이 없었다.

다음날 알레고까지 먼 길을 걸어 돌아오면서 오냥고는 고집 센 아들을 바라보다가 충동적으로 위뇨 피니 키보르네, 즉 "새에게는 세상이 결코 너무 멀지 않다."라는 파크루옥역주: pakruok, 일종의 자찬시을 지었다. 그는 버락이 비록 어린애지만 남들은 결코 꿈꾸지 못할 목표를 향해 먼 길을 갈 준비가 되어 있다고 생각했다. 아들이 보잘것없는 출신으로는 상상도 하지 못할 먼 곳으로 정말 여행을 떠남으로써 오냥고의 생각이 옳았음은 나중에 증명되며, 그 별명은 버락에게 계속 붙어 다녔다.

그러나 세월이 흘러도 버락은 어머니가 그를 떠난 그 날 밤에 잃어버렸던 소중한 것을 영원히 가질 수 없었다. 남은 생애 동안 그는 자괴감에 시달려 아내들과 아이들을 포함하여 누군가를 책임지기가 어려웠다.

3
chapter

마세노
중퇴

마세노 중퇴

버락 오바마는 수풀이 우거진 넓은 들판 속 사방으로 가지들을 뻗고 있는 늙은 무화과나무 아래에서 어떤 여자와 첫 말다툼을 하고 있었다. 그때 그는 열한 살이었다.

그녀는 로맨스의 대상이 아니었다. 그녀는 냥오마 코겔로 초등학교 선생님이었으며 매일 그늘에 앉아 한 무리의 점잖은 아이들에게 읽기와 쓰기를 가르쳤다. 그 학교는 건물이 없어서, 큰 나무가 십 년 전에 영국 성공회에서 설립한 이 신설학교의 교실 구실을 하였다.

식민 통치 기간에는 비범한 재능을 가지고 있고 부모가 수업료를 감당할 수 있는 아프리카 아이들만 학교에 다닐 수 있었다. 그러나 겨우 일주일 다니고 나서 오바마는 더 이상 학교에 가지 않겠다고 했다. 자기는 남자기 때문에 자기도 모르는 것을 가르칠 능력이 있을 리 없는 여자한테 배우지는 않겠다고 선언했다. 남자는 남자에게 배워야 한다. 어쨌든 그는 후세인 오냥고의 아들이었다. 속으로 그런 생각을 가진 학생들이 있었지만 그걸 입 밖에 꺼내지는 않았다. 하지만 오바마가 갑자기 일어나서 집으로 돌아가자 그들도 놀라움 속에 지켜보았다. "우리는 어릴 때부터 여자가 남자보다 못하다고 배워왔기 때문에 여자 선생님이 남자선생님만큼 잘 가르치지 못한다고 생각했어요."라고 오바마의 어린 시절 친구인 조지프 아켈로는 말했다. "버락은 그 여자 한테서는 자기가 원하는 지식을 배우지 못할 거라서 조금 더 먼 다른 학교에 가고 싶다고 했어요."

냥오마 코겔로 초등학교가 오바마가 다녀 본 유일한 학교는 아니었고 그 교사가 그가 불평한 유일한 교사도 아니었다. 다음 몇 년 동안 그를 가르친 선생님들이 모두 오바마의 상냥한 마음씨와 지적 호기심에 깊은 인상을 받기는 했지만 종종 무분별한 행동과 비판적 언사에 실망하기도 하였다. 학업이 마을 문을 벗어난 삶으로 가는 유일한 통로였던 시절에 오바마는 자주 학교 관리자들과 힘겨루기를 했으며 그들을 참지 못하게 만들곤 하였다. 어른이 되어서도 그는 자신에게 권위를 내세우는 사람은 누구라도 똑같이 행동하였다.

오바마가 여자에게 배우지 않겠다고 하였을 때 오냥고는 반대하지 않았다. 며칠 후 오바마는 키수무 가는 길에 있는 응이야 초등학교라는 다른 성공회 학교로 전학을 갔다. 그곳에서 오바마는 마음에 드는 남자 선생님을 발견하였으며 곧 공부를 아주 열심히 하는 학생이 되었다. 적어도 잠시 동안은. 매일 오바마는 연한 갈색 바지와 주머니에 파란색 십자가 모양의 학교 뱃지가 달려있는 흰색 셔츠를 열심히 챙겨 입었다. 그는 점심으로 먹을 음식을 조금 주머니에 넣고는 학교까지 5

마일을 뛰어갔다. 이웃사람들은 오바마가 맨발로 흙길을 달려갈 때 그의 열정만큼이나 빠른 속도에 내심 놀라워하며 종종 그를 구오크 자리크니, 즉 "빠른 개"라고 불렀으며 피요, 피요빨리 더 빨리라고 외쳤다.

기독교 계통 학교에서 흔히 그렇듯 응이야 초등학교의 교과과정은 훌륭한 기독교 신자를 양성하기 위해 설계된 것으로 일반 학과목, 종교과목, 직업 훈련이 혼합된 과정이었다. 매일 일과가 시작할 때와 끝날 때마다 학생들은 본관 건물 밖 멋들어지게 뻗어있는 라일락나무 가지 밑에서 함께 성경을 읽고 기도했다. 매일 들어 있는 목회 프로그램에도 여러 가지 기독교 교리와 노래들이 있었는데 이것들은 대부분 오바마가 처음 보는 것들이었다.

학생들은 수학, 영어와 더불어 유용한 기술도 배웠다. 남자 아이들은 동물 돌보는 데 쓸모가 있는 밧줄 묶기를 배웠으며 여자 아이들은 그릇 만드는 법을 배웠다. 학생들은 여러 가지 허드렛일을 맡아 하였다. 아침에는 매일 복도를 닦았고 오후에는 교사들이 교직원들에게 야채를 공급하던 커다란 밭을 관리하는 것을 도왔다. 2주에 한 번씩 금요일에는 남자 아이 몇 명이 먼지가 날리지 않도록 흙으로 된 교실 바닥에 소똥과 흙을 섞어서 바르는 일을 맡았다. 한동안 오바마는 수업 종 치는 일을 하였다.

오바마가 학교에서 가장 뛰어난 학생 중 하나로 인정받음으로써 오냥고가 아들이 어렸을 때 해 준 수학 교육이 큰 성과를 내게 되었다. 오바마를 가르친 선생님 중 한 명이었으며 나중에 그 학교 교장이 된 존

라부쿠는 배움에 대한 오바마의 지칠 줄 모르는 열정을 기억하고 있으며 아직도 그를 "학교에서 가장 똑똑한 아이"라고 부른다. 책을 읽을 때 오바마는 짧은 시간 동안에 많은 내용에서 핵심을 뽑아내 간결하게 요점을 설명할 수 있었다. 그는 특히 수학에 강했다. 조금만 배우고도 오바마는 친구들이 푸는 것보다 훨씬 빨리 복잡한 함수문제를 풀 수 있었다.

하지만 교사들은 학업 능력에 대해서는 어느 정도까지만 가치를 두었다. 그들은 자신들의 개인적 권위나 교리의 권위에 의문을 제기하는 모든 질문에 관심을 거의 기울이지 않았다. 이 학교에서 훌륭한 학생이란 규율을 잘 귀담아 듣고 따르는 학생이었다. 질문을 너무 많이 하거나 교실에서 배운 것 이외의 질문을 하는 학생들은 말썽꾸러기거나 건방진 아이로 여겨졌다. 학교 관리자들은 너무 엄격한 규율 때문에 학교를 그만두는 학생들이 종종 있다는 사실을 알고 나서 지나친 체벌을 하지 않으려고 조심하였다. 그러나 질문을 너무 많이 하는 학생은 교장실로 불려가서 규율 준수의 중요성에 대해 잠시 훈계를 들어야 했다.

이것은 오바마가 받아들이기 매우 어려워한 가르침이었다. 어리긴 했지만 오바마는 모든 문제나 주제에 대해 지성을 과시하여 주변 사람들에게 도전하였다. 오바마의 어린 시절 친구이자 응이야 동창이기도 한 아서 루벤 오위노는 그가 언제나 "왜 안 돼?"라고 물었던 것을 기억하고 있다. 어렸을 때 오위노가 소를 풀밭에 몰고 가면 오바마는 왜 한 곳만 가느냐고 묻곤 했다. "그래서 내가 긴 풀이 거기서 자라니까 거기 가는 거라고 말했지. 그러니까 오바마가 '안 돼. 긴 풀 찾으려면 다른 데로 가야 돼. 있잖아, 니가 가는 데서는 소가 잘 못 먹을 거야. 이쪽으로 가야 돼.'라고 말했어. 말싸움을 할 때면 오바마는 '넌 네가 하는 말이 뭔지도 모르지만 나는 내가 아는 걸 알려주고 있어.'라고 말하곤 했지. 그런 다음에는 정말 한도 끝도 없이 말싸움을 했어."

오위니는 오바마의 통렬한 말에 점점 익숙해졌으며 나중에는 친구의 날카로운 추궁이 거슬리기보다는 친근하게 여겨졌다. 하지만 교사들은 오바마의 많은 질문들을 불손하게 보았다. 그들이 특히 짜증스럽게 여긴 것은 수업을 잘 듣고 있는 듯하다가 갑자기 벌떡 일어나서는 그게 다 틀린 거라고 말하는 오바마의 버릇이었다. "오바마는 '이건 왜 안 돼요?'라거나 '저건 왜 안 돼요?' 아니면 그냥 '왜요?'라고 말하곤 했지."라고 오위니는 회상한다. "그런데 선생님들은 화를 내며 '안 돼, 절대 안 돼. 그런 질문을 하거나 그런 제안을 할 준비가 덜 됐어. 너는 우리가 읽으라고 한 것만 읽고 믿으라고 한 것만 믿어야 돼. 그 이상은 안 돼.'라고 말하곤 했지."

그러나 오바마는 자신의 의문과 반문들을 고집했다. 이따금씩 그는 반 아이들이 모두 보는 앞에서 용감하게 선생님에게 이의를 제기하기도 했다. 심지어 선생님이 훈계할 때조차 물러서지 않았다. 그러니 시간이 지나면서 그 놀이의 신선함도 옅어졌다. 8살 때부터 오바마는 수업에 빠지기 시작했고 한 번에 몇 주씩 학교에 안 가기도 했다. 오냥고가 심한 말을 할 때만 허둥지둥 학교에 갔다. 빠진 수업이 그의 학업능력에 조금이라도 영향을 미치는 것 같지는 않았다. 시험 때가 오면 오바마는 친구들 노트를 꼼꼼히 읽으며 다른 학생들이 며칠에 걸쳐 공부한 내용을 몇 시간 만에 익히곤 했다. 성적이 나오면 오바마는 수업도 빼먹고 집에 달려와서는 자기가 아직도 일등이라고 뽐냈다.

응이야 초등학교에서 그를 곤경에 처하게 한 것은 그의 도전하는 기질만이 아니었다. 일과가 끝나고 학생들이 집으로 돌아갈 시간이 되면 오바마는 종종 종적을 알 수 없게 사라지곤 하였다. 종종 오냥고가 아들을 찾으러 학교 정문에 오면 라쿠부 선생님은 오바마를 찾아오라고 아이들 몇 명을 학교 경계 밖에 있는 빽빽한 수풀로 보냈다. 이따금 아이들이 그리 멀지 않은 곳에서 놀고 있는 오바마를 찾아서 오냥고에게 데려다 주면 오냥고는 아들을 집에 데려가서는 반드시 매질을 했다. 하지만 어떤 때에는 아이들이 아무리 열심히 찾아도 오바마를 발견하지 못했다. 라쿠부는 오바마가 집에 가기를 주저하며 집에 있는 무엇인가 때문에 불안해 한다는 것을 깨닫기 시작했다. 그러던 어느 날 일과가 끝나고 학교 정문이 활짝 열렸을 때 그는 오바마가 집과 반대 방향으로 걸어가는 것을 보았다. 그러던 어느 날 오바마는 밤에 구아바를 먹으며 하이에나가 해칠 수 없도록 높은 나무에서 잠을 잤다. "다음날 아침 우리가 데려왔을 때 나는 그를 때릴 수가 없었어." 라쿠부는 한숨을 내쉬며 말했다. "그 아이는 아주 명랑한 아이였고 나도 그 아이를 무척 좋아했지. 내 생각에 그 아이는 이따금 집에 가기가 무서웠던 것 같아."

청년이 되면서 오바마가 아버지를 너무 많이 빼닮았다는 것이 점점 분명해졌다. 비범한 재능을 가졌음에도 불구하고 그의 잘못을 인정하지 않으며 고집 센 태도는 좋은 징후가 아니었다. 사실 오바마의 탁월한 지성은 다른 미천한 인간들을 속박하는 법칙들을 무시할 자유를 그에게 준 것 같았다. 오바마가 마음이 매우 넓은 사람임에는 틀림없었지만 앞으로 몇 년간 케냐 사회를 변화시킬 전면적인 변화에 대처하는 데 필요한 정서적 바탕이 부족함을 그는 이미 보여주고 있었다.

1949년 열세 살이 된 오바마는 학업에 있어 중대한 전환점에 직면하게 되었다. 당시 각 학교에서는 뛰어나게 똑똑한 학생들과 추장의 아들들에게 배정된, 케냐에서 몇 개 안 되는 중학교에 입학할 자격이 있는지를 결정하는 매우 어려운 시험인 공통입학시험에 응시할 가장 똑똑한 학생들을 선발하였다. 응이야 같은 학교에 다니는 대다수의 학생들에게 초등학교 졸업은 공식적인 교육이 끝났음을 의미했다. 시험에 통과한다고 해도 그 최고 수준의 중학교에 수업료를 낼 수 있는 가정은 거의 없었다. 오바마는 응시생으로 선발되었을 뿐만 아니라 멋지게 시험을 통과하여 집에서 도보로 25마일 떨어진 명망 있는 마세노 남자 중학교에 합격하였다. 가장 기뻐한 사람은 역시 후세인 오냥고였으며 그는 잔치를 위해 가장 살진 닭을 잡고 라쿠부를 집에 초대해서 축하하기까지 했다. "오냥고는 다른 사람들이 자기 집에 오는 것을 결코 좋아하지 않았지만 이번만은 예외였어."라고 라쿠부는 회상한다. "버락과 오냥고는 아주 들떠 있었어. 우리는 구운 닭을 먹고 차를 마셨지."

마세노 중학교 입학으로 오바마는 단번에 인재의 반열로 올라섰다. 케냐에서 가장 오래된 교육기관 중 하나인 성공회가 1906년 네 명의 루오족 추장들의 아들을 위해 마세노 중학교를 설립하였으며 이 학교는 케냐 역사에서 가장 빛나는 인물 중 몇 명이 이 학교 출신이라는 점을 자랑했다. 그들 중에는 케냐의 초대 부통령이자 1960년대의 탁월한 야당 지도자였던 오깅가 오딩가, 케냐의 저명한 역사가인 베스웰 오고트, 그리고 자유 투사이자 1950년대의 마우마우봉기 운동을 지지한 혐의로 체포되었다고 전해지는 유명한 "카펭구리아의 6인" 중 한 사람인 아치엥 오네코가 있다.

연합 중학교와 세인트메리 중학교 같은 소수의 일류 중학교들과 함께 마세노 중학교는 전원풍의 캠퍼스에서 케냐의 1세대 민족주의자들 중 다수를 배출했으며, 이곳에서 학생들은 비판적 사상을 접했고 냔자 지방의 다른 곳에서 온 루오인 학생들을 처음으로 만났다. 토고토의 스코틀랜드교회 학교를 다닌 초대 대통령 조모 케냐타를 포함하여 케냐에 산재한 기독교 계통 학교미션스쿨에서 교육을 받은 1세대 정치 지도자들은 종종 "미션 보이"라는 호칭으로 불렸다. 오바마의 학급에서는 학식 있는 엘리트들을 배출하였으며 마세노에서 4년 동안 오바마가 만났던 많은 소년들이 케냐 정부와 기업체에서 최상위층에 올라갔다.

졸업생들은 자랑스러운 역사를 하나 가지고 있었다. 1921년 케냐 최초의 정치적 저항조직들 중 하나인 청년카비론도협회를 조직하여 억압적인 식민통치에 대한 저항운동에 헌신한 사람들 중에 마세노 학생들이 있었다. 키판데통행증와 점점 과중해지는 세금, 그리고 정부의 강제노역 관행에 대해 강한 반감을 가진 이 청년들이 부족의 추장들을 대신할 새로운 세대의 일부였다. 나이로비에서 같은 해에 결성된 청년 키쿠유협회라는 또 다른 미션 보이 조직이 불만의 목소리를 키워나가고 있었다. 1922년 이 조직의 지도자인 해리 수쿠가 선동혐의로 체포되었을 때 감옥 밖에 있던 수천 명의 항의자들 중 25명이 이 케냐 최초의 정치적 저항이 된 사건에서 사살되었다. 30년 뒤 끓고 있던 민족주의적 감정은 전국적인 봉기로 분출되었다.

적도에서 몇 백 야드밖에 떨어져 있지 않았지만 잘 정돈된 탁 트인 운동장과 벽돌로 지은 기숙사를 갖추고 있는 마세노 중학교의 일과는 영국 공립학교 체계를 세세히 본떠서 만들어졌다. 학생들은 카키색 반바지와 흰색 셔츠로 이루어진 교복을 입었으며 교사들은 부시 재킷과 종아리를 덮는 긴 양말을 신고 반바지를 입었다. '규율'이 교훈校訓이었으며 통행로에서 벗어나 짧게 깎아 놓은 잔디 위로 걸어가거나 교사가 지나갈 때 정중하게 목례를 하지 않은 학생들은 화장실 청소를 하거나 공개적으로 체벌을 당했다. 아침식사 직전과 저녁식사 후에는 기도를 하였으며 성경 읽기가 일과에 포함돼 있었다. 주로 유럽 출신인 교사들이 가르친 교과과정에서는 앤서니 트롤로프, 찰스 디킨스, 토마스 하디 등의 작품을 포함하여 영국 문학을 자유롭게 볼 수 있도록 하였다. 1949년 오바마가 입학했을 때 마세노 중학교의 교장은 메이어였는데, 오고트는 자신의 전기 『시간의 모래에 찍힌 내 발자국』에서 그를 "마른 몸매에 험상궂은 얼굴을 하고 파이프 담배를 피웠으며 우리에게 영어와 문학을 가르쳤던 사람"으로 묘사했다.

마세노에서의 경험은 학생들에게 너무도 깊이 각인되었기 때문에 몇몇 졸업생들은 수십 년 후에도 여전히 "마세노 졸업생"은 쉽게 알아볼 수 있다고 주장한다. 많은 학생들이 어른이 되어서도 딱딱한 영국식 억양을 버리지 못했으며 또 다른 특징은 그들만이 구별할 수 있는 미세한 태도이다. "우리가 매우 영국화되었다는 것은 알고 계시죠. 우리는 영국 상류층처럼 행동하려고 노력했어요. 그건 아주 어리석은 짓이었지만 우리는 그들을 동경했지요." 오바마의 마세노 중학교 2년 선배로 1990년대 초에 전직 영국 국회의원이자 외무성 공사였던 윌슨 은돌로 아야의 말이다. "마세노 졸업생에게는 해서는 안 되는 행동이 있어요. 마세노 출신은 말과 태도 그리고 그들이 마세노에 다녔다는 것을 보여주는 어떤 특성을 구별할 수 있지요. 행동은 매우 절도가 있으며 매우 엄격해요. 나는 규율이 아주 쉬운 거라고 생각해요."

그러나 모든 졸업생이 마세노 교육이 미친 최종적인 영향에 대해서 똑같이 생각하지는 않았다. 『아직 자유가 없다』라는 자신의 전기에서 오딩가는 식민 정부와 이주자들이 모두 학교에서 자신들이 선호하는 "조용한 부족민들"이 아니라 "급조된 영국인"을 만들어내는 것을 언짢아했다고 단언한다. 그러나 거침없이 말하는 성격인 오딩가는 미션스쿨의 문을 박차고 나온, 독립적인 사고를 할 줄 아는 사람들은 학교의 흔적을 금세 지웠다는 점을 지적했다. 그들은 "길들여진 중개인, 백인 선교사들의 그림자이자 부하가 되었으며, 선교회의 위계질서에 대한 충성과 일단 교육받으면 정부조직 속에 흡수돼 버린다는 사실로 인해 억압되어 자기 민족의 독립을 이끄는 지도자가 되고자 하는 생각이 일지 않았다."라고 그는 쓰고 있다.

오바마는 이런 엄격한 학문적 훈련의 장에서 십대를 보냈다. 나면서 이슬람교도가 된 타고난 반골이자 격동하는 청춘의 생존자였던 그는 문제를 일으키기 십상이었다. 1년에 두 번씩 학교까지 25마일이나 되는 거리를 걸었던 것은 쉬운 일에 속했다. 다른 모든 학생들처럼 오바마도 옷가지가 든 나무로 만든 여행 가방을 머리에 이고 다른 학교로 가는 한 무리의 다른 학생들과 섞여 학교로 걸어갔다. 학생들은 종종 교육적 명분으로 기꺼이 도움을 주는 가족들 집이나 다른 사람들 집에서 하룻밤씩 지내곤 했다. 늘 그랬듯 오바마는 학업 성적이 뛰어났다. 그의 학교 기록으로서 색인 번호가 3422인 작은 갈색 카드에는 그가 B반에서 가장 똑똑한 학생들이 들어가는 A반으로 올라갔다고 적혀있다. 당시 메이어를 이어 취임한 바우어스 교장은 깔끔한 글씨로 오바마에 대해서 다음과 같이 썼다. "매우 날카롭고 성실하며 믿음직하고 다정한 학생. 집중력이 강하고 착실하며 외향적임."

다른 어느 곳에서보다 더 멋지게 오바마가 다른 아이들을 능가한 분야는 학교 토론 팀이었는데 이 팀은 정기적으로 학교 최고 수준의 다른 학생들과 대회를 했다. 주제는 매우 광범위했지만 학생들이 가장 좋아한 주제는 유럽의 식민 지배에 관한 것이었다. 토론자 A는 아프리카 편에 선다. 유럽인들은 백인고원에 있는 가장 비옥한 땅을 아프리카인들에게서 빼앗아갔으며 아프리카인들이 가져야 할 이유으로 자기들

주머니를 채웠다. 토론자 B는 영국 편을 든다. 이주자들이 개선된 농사기법을 들여와서 케냐인들에게 더 나은 품질의 콩과 옥수수를 제공했다. 또는 일부다처제라는 주제에 대해서 한쪽은 일부다처제가 즉시 폐지해야 할 비기독교적 관행이라고 주장하고 다른 쪽은 그것이 유럽인들의 거주를 수용하고자 하는 케냐인들의 지위를 상승시키는 귀중한 전통문화라고 주장한다. 동창들이 회상하는 바로는 오바마에게 금지된 관점 따위는 없었다. 그에게는 몰아붙이는 것이 중요했으며 지적 우위가 목표였다. 오위니의 회상에 따르면 "그는 토론회를 한번도 빠지지 않으려고 했지요." 그의 머리 모양은 정치가들이 멋을 부린 것처럼 이발사가 트럭, 영국식 영어로는 로리가 지나가도 될 만큼 크게 머리에 길을 냈기 때문에 "로리"라고 불렸던 고전적인 스타일로, 깔끔하게 한쪽으로 가르마를 탄 것이었다. "내 생각에 그가 보여준 것은 대안적 논법이었어요. 만약 당신이 이렇게 말하면 그는 저렇게 주장할 거에요. 그는 매우 설득력 있게 말하는 사람이어서 결국에는 당신을 자기편으로 만들 거에요. 하지만 알려진 바대로 그는 돌대가리 바보처럼 굴 때도 있었어요. 왜냐하면 사람들은 머리를 돌에 찧으면 결국 무엇을 얻을지 알고 있기 때문이지요. 부서진 머리 아니겠어요? 그것도 그의 전략이었어요."

마세노에서 1년을 보낸 후 오바마는 대담하게도 자신의 대안적 논증의 방향을 교사들과 질서 유지 임무를 맡은 학생 규율부로 돌리기 시작했다. 그는 곧 지독한 못된 짓으로 평판을 얻게 되었다. 한번은 규율부원이 수업 시간에 늦은 것에 대한 벌로 교실 청소를 명하자 그는 오만하게 자기 성적이 규율부원보다 높다는 사실을 지적하며 단호하게 거부했다. 규율을 담당하는 학생회장이었던 그의 동창 오이로 아요로는 그때 일을 다음과 회상하고 있다. "버럭이 말했어요. '난 청소 안 할 거야. 아무튼 너 지난 학기에 몇 등이었냐? 네가 할 일이 청소지 난 아니야. 다시 말하는데 너 몇 등 했냐?'"

동창들이 기억하기에 오바마는 규율 위반 행위를 많이 저질렀다. 그는 저녁 먹은 접시들을 닦아서 말리라는 요구를 거절했다. 대신 햇볕에 말리자고 주장했다. 그는 걸핏하면 수업에 늦었고 양배추와 우갈리, 즉 주식으로 먹던 옥수수가루와 물을 넣어 끓인 죽으로 이루어진 학교 급식에 대해 불평하였다. 자신은 책을 잘 안 읽기로 유명하면서도 그는 다른 학생들이 독서를 좀 더 부지런히 하지 않는다고 훈계하였다. 그는 또 한 친구와 학교를 몰래 빠져나가 마을 왈패들 몇 명과 어울려 술에 취했다. 그는 끊임없이 그런 기독교에서 금하는 대죄를 저질렀다. 그는 말끔하게 다듬어 놓은 녹색 잔디 위로 걸어 다녔다. 한번은 한 규율부원이 셔츠에 녹색 얼룩을 묻힌 채 깔끔하게 손질된 잔디 위에 빈둥거리며 누워 있는 오바마에게 다가가서 뭐하고 있느냐고 물었다. "이 학교에는 편안하게 앉을 만한 데가 없어. 그래서 누워있는 거야." 아요로가 회상한 오바마의 말이다. "우리 학교는 공부할 때 편하게 앉을 의자가 더 있어야 돼."

학교 관리자들은 예의 주시하고 있었다. 매일 학과가 끝나면 전교

생이 저녁기도를 하기 위해 예배당 앞에 모였다. 학생들이 기숙사 친구들과 반원으로 서면 교장은 대개 그 날 있었던 일들을 돌아보고 다음날 있을 행사들을 공지했다. 마무리하면서 교장은 그 날 말썽을 부린 학생에 대해 언급한다. "버락은 말을 잘 안 듣는 애여서 그의 이름이 자주 불렸지."라고 오바마와 친한 친구 중 한 명이었으며 1980년대에 케냐 재정경제부에서 사무차관을 역임한 예코하다 프란시스 마사칼리아는 회고했다. "메이어 교장은 오바마가 매우 똑똑한 학생이기는 하지만 성격에 문제가 있다고 아주 분명하게 말했어. 나머지 우리들은 그런 식으로 이름 불리는 걸 피하려고 애썼지."

오바마는 이미 반골 기질 때문에 따돌림당하고 있었지만 그를 외톨이로 만든 다른 것들도 있었다. 후에 오바마 집안의 이웃이 된 은돌로아야는 다른 학생들은 아마도 이슬람 신앙 속에서 자라지 않았을 것이기 때문에 오바마가 자신의 이슬람 배경이 학교에 있는 다른 아이들과 자신을 다르게 보이도록 만들었다고 생각했을지 종종 궁금하게 여겼다. 어릴 때부터 기독교식으로 배워온 대다수의 학생들은 마세노의 엄격한 규율을 쉽게 받아들였다. 그러나 오바마는 그렇지 않았다. "나는 그의 이슬람 배경이 마세노 시절에 어떤 영향을 미친 거라고 늘 생각했어. 그런 게 아니라면 그렇게 행동할 이유가 없었어. 아마 자라면서 교회에 가거나 성경을 읽을 필요가 없었기 때문에 그런 것들을 꼭 해야 되는 상황이 됐을 때 그에게는 남다르게 강한 영향을 주었을 거야."

오바마가 마세노에서 지낸 지 4년째 되는 해 말경에 바우어스 교장

집무실로 한 통의 편지가 도착하였다. 오바마의 친구이자 케냐의 베테랑 언론인인 레오 오데라 오몰로에 따르면 서명 없이 손으로 쓴 그 편지는 학교와 교사와 전통에 대해 길게 불평을 쏟아놓는 내용이었다. 우편 서비스가 불충분하고 음식이 못 먹을 정도다. 교사는 이류고 교복은 구식이고 쓸데없는 거다. 등등. 불평의 목록이 길었다.

전직 생물교사 출신으로 화를 잘 내며 덩치가 우람했던 바우어스 교장은 그 불평들에서 낯익은 어조를 찾아내고는 악명 높은 학생들 중 한 명이 하는 불평과 아주 비슷하다고 생각했다. 그는 이 사건을 경찰 특별 조사부서로 넘겨서 편지의 필체를 조사하기로 결정하였다. 그러나 경찰이 정황을 조사하기 전에 바우어스 교장은 자신이 직접 조치를 취하기로 마음먹었다.

매 학년 말이 되면 마세노 중학교의 교장은 모든 학생의 성적표를 검토하여 다음 단계 학업을 계속할지 여부에 대해 조언을 해주었다. 거의 모든 학생들이 높은 단계로 올라가기 때문에 그 절차는 대개 관례상 하는 일이었다. 그러나 1953년 봄에는 오바마의 이름이 나오자 듣기에 오바마의 태도에 매우 화가 나 있었으며 그 비판 편지를 쓴 사람이 오바마일 거라고 의심하고 있던 바우어스 교장은 오바마의 서류에 분명하게 거부의견을 썼다. 그는 오바마가 마세노의 학과를 마치지 못했다고 썼다. 게다가 그 사건을 기억하는 학생 중 한 명인 아요로에 따르면 오바마는 "케냐에 있던 모든 고등학교 입학 추천도 받지 못했다."

바우어스의 그 간결한 의견 표명은 저주였다. 학교의 보증이 없으면 당시 16살이었던 오바마는 다음 학업 단계로 올라가거나 대학에 응시하기 위해서는 반드시 필요한 케임브리지 학교증서를 받을 수도 없었다. 이런 사실로 인해 몇 년 앞서서 고등교육을 받으려던 그의 열정적인 노력은 좌절될 것이었다. 아들이 불명예스럽게 학교를 떠났다는 소식을 듣자 후세인 오냥고는 제정신이 아니었다. 일주일 뒤 오바마가 집에 나타났을 때 오냥고가 몽둥이로 너무 심하게 때린 나머지 오바마의 등에서 피가 흘렀다. 머리끝까지 화가 난 오냥고는 오바마에게 몸바사로 가서 사촌하고 같이 살면서 스스로 벌어서 먹으라고 시켰다. "너는 이제 교육의 가치를 배우게 될 거다." 오냥고는 아들의 등에 대고 소리쳤다. "네가 혼자 벌어먹고 살면서 얼마나 재미있게 사는지 볼 거다."

오바마가 마세노의 평화로운 교정에서 몇 년을 보내는 동안 이름 하나가 식민지 케냐를 지배하게 되었다. 그 이름은 타블로이드 신문에서 그 이름에 관한 기사를 읽은 런던의 동포들뿐만 아니라 영국 관료들도 두려움에 떨게 했다. 영국인들의 명을 받고 일하던 부족 추장들이 다른 누구보다 더 그 기사 내용에 몸을 떨었다. 역사적으로 유럽 이주민들이 도착하기 전부터 몇 세대 동안 케냐 중앙에 있는 비옥한 고원 남쪽에서 농사를 지었던 부족인 키쿠유족에게 그 이름은 영국의 점령이라는 길고도 혹독한 시련 속에서 들려오는 저항의 선언이자 희망의 목소리였다.
그 이름은 마우마우였다.
역사가들이 이 말의 유래에 대해 논란을 벌이고 있지만 1940년대 말의 마우마우 운동은 유럽인들을 케냐에서 쫓아내고 빼앗긴 땅을 다시 찾는 데 헌신한 키쿠유 반군들의 거센 봉기와 관련이 있다. 이 운동은 전쟁이나 중대한 고난에 처했을 때 드리던 의식인 전통적인 키쿠유 서약식의 거행과 함께 시작되었다. 그러나 식민주의자들의 토지 찬탈로 인해 절망의 끝에 선 키쿠유족이었기 때문에 집단 서약식은 살인과 파괴를 실행하는 은밀하고 폭력적인 운동으로 발전하였고 영국인들로부터 똑같이 잔인한 보복을 받는 계기가 되었다. 오바마가 마세노에서 3학년을 마칠 무렵인 1952년에는 이 싸움이 국내전으로 확산되어 결국 케냐 내부의 힘의 균형을 재편성하게 되었다. 영국인들은 마우마우를 소수의 불순분자들이 주도한 일탈적 운동으로 보고 해산시키려 하였지만 결과적으로 이 싸움은 독립을 위한 투쟁의 다음 단계로 이행하는 길을 밝혀주었다. 영국 병사들이 몇 년 만에 이 운동을 군사적으로 진압하기는 하였지만 케냐의 상황이 더 이상 그대로 유지될 수 없게 되었다는 생각을 하지 않을 수 없었다. 그들은 저항 노선에 대한 적절한 대안이 될 수만 있다면 케냐인들에게 국가의 정치적, 경제적 구조에 대해 더 많은 주권을 주어야 한다는 사실을 인식하였다.

저항의 길로 처음 들어서게 된 것은 오래 전이었다. 케냐 민족주의의 맹아는 1차 세계대전에 참전한 아프리카 병사들의 경험에 그 뿌리를 두고 있는데 왜냐하면 그들은 긴 여정을 통해 식민 체계 내에서 자신들이 종노릇을 하고 있다는 사실을 더 잘 알게 되었기 때문이었다. 또한 그 여정을 통해 영국 통치자들이 불완전한 인간일 뿐이며 자신들이 생각했던 전지전능한 우상은 아니라는 사실도 알게 되었다. 하지만 2차 세계대전이 끝날 무렵이 되어서야 식민 정부의 노역 정책과 엄격한 농업 정책에 대해 점점 커지고 있던 불만이 비로소 분출하게 되었다. 불만의 일단은 식민 통치하의 일상생활에서 계속되던 굴욕에서 기인한 것이었다. 아프리카인들은 모든 유럽인들이 이용하는 지역과 서비스 시설에서 늘 배제되었다. 나이로비의 많은 최고급 호텔과 레스토랑에는 다음과 같은 표지판이 걸려있었다. "아프리카인 출입 금지, 개는 가능." 그 밖에도 대부분의 아프리카인들은 무사이가나 라빙턴같이 살기가 더 나은 도시 지역에서는 살 생각도 할 수 없었는데 왜냐하면 이 지역들은 주로 백인들에게 주어졌고 대부분의 아프리카인들은 이곳의 생활비를 충분히 감당할 능력이 전혀 없었기 때문이다. 대신 토착민들은 동쪽 지역의 복잡한 빈민가에서 살 수밖에 없었는데 이 지역에서는 비위생적인 환경과 간헐적인 경찰의 급습에 시달려야만 했다. 그리고 아프리카인이 실수로라도 백인 고용주를 화나게 한 경우에는 고용주가 키판데를 찢어서 다른 직장을 구하지 못하는 일이 생기지 않기만을 바랄 뿐이었다.

토지 문제보다 더 치열한 분쟁이 있는 문제는 없었다. 전쟁이 끝나고 몇 년 뒤 키쿠유인들은 자신들이 쫓겨 들어간 보호구역이 몇십 년간 계속 농사를 지은 이후 생태계가 고갈되는 상태에 이르고 있다는 사실을 알게 되었다. 그렇지 않아도 키쿠유인들이 작물을 재배하고 시장에 내다 팔 여지를 제한해온 이주자들의 농산물이 전쟁 이후 급증하면서 그 상황을 더 악화시켰다. 기계화가 도래하면서 키쿠유인들은 한 차례 더 타격을 받았는데 보다 효율적인 농사 기법이 도입됨에 따라 비옥한 고원지대에서 "불법거주자"처럼 대우도 못 받으면서 고되게 일하던 많은 사람들이 농장을 떠나지 않을 수 없게 되었다. 일부는 이미 사람이 넘쳐나는 보호구역으로 돌아갔지만 다른 수천 명의 사람들은 나이로비로 갔는데 그곳 역시 실업과 인플레이션으로 불만이 터지기 직전이었다. 마우마우 과격파가 토지와 자유를 위한 투쟁의 길로 들어올 것을 제안하자 많은 사람들이 주저 없이 동참하였다.

폭력은 시골에서 시작되었다. 이주자들의 가축들이 여기저기서 불구가 된 채 발견되었고 그들의 집에서는 원인을 알 수 없는 화재가 발생하였다. "충성파"로 불리며 오랫동안 잔인하고 부패한 방식으로 영국인 편에 서서 욕을 먹어 왔던 지역 추장들이 의문의 변사체로 발견되었다. 만연한 불만으로 인해 집단 서약식이 확산되었고 참가자들은 저항의 명분에 투신하였다. 한 가지 공통된 서약은 "내가 우리 조직 내에 있는 적을 발견하고 죽이지 못하면 이 서약이 나를 죽일 것이다."였다. 또 다른 맹세는 다음과 같았다. "내가 이 서약을 유럽인들에게 누설하면 이 서약이 나를 죽일 것이다." 영국 정부가 1950년에 마우마우 운동을 금지하였지만 이 운동은 계속 이어져 인구가 밀집된 도심 지역과 키쿠유 보호구역 모두에서 광범위한 지지를 받았다. 한편 과격파의 활동도 확대되었다.

1952년 무렵에는 폭력적 분위기가 위기 상황으로까지 고조되었다.

몹시 흥분한 이주자 사회에서 정부가 공격적 조치를 취하라고 주장하자 신문은 농작물 소각, 암살 기도, 강도 사건 등의 기사로 가득 찼다. 그리고 상황은 갈수록 악화되었다. 10월에는 식민 관료 중 최고위층에 있으면서 마우마우 운동을 거세게 비판하던 와루히우와 쿵구 추장대표가 자신의 짙은 갈색 허드슨 승용차의 뒷좌석에서 총격을 당해 사망하였다. 이 암살 사건은 이주자 사회를 공포로 몰아넣었고 영국 관료들이 돌연 응징을 확대하는 계기가 되었다.

마우마우 투쟁을 주도한 것은 키쿠유족, 그리고 고원 지대와 나이로비 지역에서 영국 식민주의자들에 맞서 싸우던 엠부족과 메루족의 지지자들이었다. 또한 이 운동을 촉발시킨 뿌리 깊은 분노는 루오족을 포함한 다른 부족들 사이에서도 감지되었다. 2차 세계대전이 끝난 뒤 고향에 돌아온 많은 병사들은 선배들이 전쟁 후에 느꼈던 것과 마찬가지로 점점 커지는 좌절감을 느꼈다. 역사가 윌리엄 오치엥은 다음과 썼다. 퇴역 군인들은 "백인의 앞잡이에 불과한 추장들에게 반발하였다. 이 귀향 군인들은 백인에 대한 그들의 두려움을 '해방'시키는 운동을 시작했다."

케냐아프리카인동맹과 난자퇴역군인협회와 같은 조직들이 결성되어 치솟는 물가와 점점 늘어나는 세금에 대한 아프리카인들의 불만을 표출하였다. 1940년대 말에 일어난 거대한 저항의 불길이 전국으로 확산되자 오바마 가족에게도 직접적인 영향을 미치게 되었다. 후세인 오냥고는 초기 아프리카 정치조직들이 차지하고 있던 여러 직책을 수락

함으로써 이익을 챙기고 있던 충성파들에 대하여 반대 입장을 분명히 하였다. 그러나 그는 아프리카인들이 백인 군대를 이길 수 있는지에 대해서는 강한 의구심을 가지고 있었다. 그는 장남에게 다음과 같이 이유를 설명해 주었다. "백인 한 사람은 개미 한 마리와 같아. 쉽게 눌러 죽일 수 있지. 그런데 백인은 개미처럼 함께 일을 해……. 그들은 지도자를 따르면서 명령을 의심하지 않아. 흑인은 그렇지 않지. 아무리 바보 같은 흑인도 그 현명한 놈^{백인}보다 더 잘 안다고 생각하니까. 그래서 흑인이 맨날 지는 거야."

하지만 오냥고의 네 번째 부인인 마마 세라는 자기 남편의 이름이 정치 활동가 명부에 올라가서 1949년에는 강제수용소에 6개월간 구금되었었다고 말한다. 『내 아버지로부터의 꿈』에서 마마 세라는 지역민들에게 세금을 과도하게 부과하여 돈을 챙긴 일로 오냥고에게 혼난 적이 있는 한 식민지 관리가 영국 당국에 오냥고의 이름을 넘겨주었다고 말했다. 2008년 미국 대통령 선거 유세 기간 중 기자들이 연이어 오바마가로 몰려왔을 무렵에 마마 세라는 런던의 『타임』지의 어느 기자에게 영국인 교도관들이 반란에 대한 정보를 얻기 위해 자기 남편을 잔인하게 고문했었다고 말했다.

"아프리카인 교도관들이 백인 병사들 지시로 그가 자백할 때까지 아침저녁으로 채찍질을 했어요." 『타임』지에 세라 후세인 오냥고가 한 말이다. 백인 병사들이 정기적으로 감옥에 가서 거기 갇힌 아프리카인들에게 "징벌"을 가하였다. "오냥고는 그들이 몇 번이나 자기 고환을 쇠

막대기 두 개로 쥐어 터트리려 했었다고 말했어요. 또 머리를 아래로 향하게 하고 손과 다리를 함께 묶은 상태에서 날카로운 송곳으로 손톱과 엉덩이를 찔렀다고 했어요. 그때 우리는 영국인들이 친구가 아니라 적이라는 사실을 깨달았어요."

세라의 회상이 계기가 되어 마우마우 봉기 말에 구금되었던 키쿠유인들에게 고문이 가해졌다는 증언들이 잇달았지만 그녀의 회상 내용에는 문제가 있다. 영국인들이 마우마우 추종자들을 구금하기 위해 사용했던 강제수용소는 1952년까지는 만들어지지 않았었다. 오냥고가 반역자로 기소되어 수감되었을 수도 있지만 가족 중 누구도 그가 구금되었던 장소를 모르고 있다. 몇몇 가까운 친척들은 그가 구금되었다는 이야기를 전혀 믿지 않는다고 말한다. 마마 세라는 1990년대에는 손자인 버락 후세인 오바마에게 오냥고가 6개월간 갇혀 있었다고 말했지만 『타임』지와의 인터뷰에서는 2년 동안 갇혀 있었다고 말했다. 그가 구금될 당시의 상황이 정확히 어떠했는지는 몰라도 오바마가 다른 곳에 구금되었을 가능성은 있다. 들리는 말에 의하면 그가 집에 돌아왔을 때 비쩍 마르고 더러웠으며 엄청나게 다른 사람처럼 보였다고 한다. 오바마가 『내 아버지로부터의 꿈』에서 인용한 마마 세라의 말은 다음과 같다. "오냥고는 잘 걷지도 못했고 머리에는 이가 득실득실했지. 너무 서먹서먹해서인지 집에도 안 들어가겠다고 하고 무슨 일이 있었는지도 말을 안 했어." 아버지 버락 오바마는 당시 마세노에 있었기 때문에 구금 소식을 나중에야 들을 수 있었다.

버락이 학교 당국에 도전하고 있을 당시 나이로비의 정부 관료들은 반란군에 대한 기습공격을 준비 중이었다. 와루히우가 암살되고 일주일도 지나지 않아 신임 케냐 총독으로 급거 부임한 이블린 베어링은 런던의 승인을 받아 비상사태를 선포하였다. 긴급 입법과 후속 규정하에 정부는 민정을 유지하기 위해 마음대로 용의자를 구금하고 군대를 배치하였으며 런던의 승인도 받지 않고 법률을 시행했다.

비상사태가 선포된 첫 날인 1952년 10월 21일 이른 아침, 베어링은 조크 스콧작전이라는 암호명이 붙은 경찰 기습 검거 작전을 시작하여 케냐아프리카인동맹KAU의 마우마우 과격파와 활동가 180명을 체포하였다. 영국 증원 병력의 도움을 받은 나이로비 경찰은 범법자들을 트럭에 싣고 형식적으로 나이로비 경찰서로 이동했다. 베어링의 속셈은 강력한 무력시위를 통해 운동 세력을 굴복시키고 이주자들을 설득하여 영국 당국이 장악하는 것이었다.

검거된 인물 중 가장 거물급 인사 중 한 명은 키쿠유 KAU 의장인 조모 케냐타였는데 베어링과 다른 정부 관료들은 그를 마우마우 봉기의 배후에 있는 지휘자로 잘못 알고 있었다. 그는 사실 키쿠유 과두집권층의 원로 중 하나로서 마우마우 전선에서 오랫동안 반란을 진압하려고 애써 온 인물이었다. 케냐타는 1920년대 미션 보이 중에서 온건 민족주의자로 알려진 인물로 마우마우 운동의 선봉인 거칠고 어린 과격파가 너무 성급하다고 여겼으며 그들의 과격한 전술 또한 현명치 못한 것이라고 생각하였다. 그가 그들의 폭력적인 방법에 반대한다고 말하기는 하였지만 영국 당국은 키쿠유인들의 불만에 대해서 그랬던 것처럼 그의 말도 들으려고 하지 않았다. 오히려 널리 알려져 있던 케냐타를 주동자의 우두머리로 지목했다. 영국 당국은 그를 공개적으로 기소하는 것이 이주자들과 과격파 모두에게 더 확실한 메시지를 전달할 수 있다고 생각했다. 이런 당국의 계산 착오는 아주 오랫동안 후유증을 남기게 되며 역설적이게도 그 노쇠한 정치가를 민족주의적 명분을 이끌어 가는 상징으로 만들었다.

　"불법 집단을 조직한" 혐의로 기소된 케냐타와 다른 다섯 명은 북쪽 우간다 국경 부근의 외딴 도시인 카펭구리아로 이송되는데 이곳은 정부가 세상의 이목이 집중된 이 재판에서 모든 출입을 엄격하게 통제할 수 있는 장소였다. 정부는 사건 심문에 보수적 성향의 영국인 판사 랜슬리 새커를 선임하였다. 배심원은 없었다. 새커는 심리 업무비, 위치의 불편함에 대한 보상, 그리고 대개 유죄 평결을 확정하기 위한 뇌물로 인정되는 사례금으로 2만 파운드를 받았다. 기소할 실질적인 증거가 거의 없었음에도 불구하고 "카펭구리아의 6인"으로 알려진 케냐타와 다른 피고들은 1953년 4월 유죄가 확정되어 강제 노역이 있는 징역 7년과 종신 주거제약의 형을 선고받았다. 1959년 석방되었을 때 이미 60대 말의 노구가 돼버린 케냐타는 모두가 인정하는 지도자가 되었을 뿐만 아니라 케냐에서 자유의 대의를 위해 싸운 가장 유명한 투사가 되었다.

　그러나 케냐타 체포는 반란을 종식시키기는커녕 기존의 갈등을 심화시키기만 하였다. 비상사태 선포 몇 개월도 되지 않아 애버데어 산

맥과 케냐 산의 산림을 근거지로 하는 일단의 무장한 자유 투사들이 본격적으로 활동을 시작하였다. 일련의 매우 노골적인 살인 사건이 잇달았는데 그 중에서 가장 널리 알려진 사건은 럭 일가의 학살이었다. 1953년 1월 키쿠유 투사들은 근면하고 사람들의 사랑을 받았던 젊은 영국인 부부 에스메 럭과 로저 럭을 외따로 떨어져 있는 자신들의 농장에서 난자했다. 그들의 여섯 살 난 아들 마이클도 침대에 누워 자다가 살해당했다. 그 추악한 살인사건은 사진이 전 세계에 보도되면서 전쟁의 분수령이 되었다.

럭 일가가 살해당하고 몇 개월 후 정부는 일련의 가혹한 조치를 취하였지만 상황을 더욱 악화시키기만 했다. 긴급 조치로 집단처벌, 재판 없는 구금, 범죄자 재산 몰수 그리고 정당한 절차의 유예 등이 인정되었다. 그 외에 사형에 처할 수 있는 위법행위의 범위도 엄청나게 확대되었다. 이러한 극단적인 조치의 목적은 식민 지배를 재확립하고 반란군에 대한 확실한 조치를 거의 미친 듯이 요구하고 있는 이주자들을 만족시키는 것이었다.

그 후 2년 동안 영국인들은 군대를 동원하여 반란을 진압하였으며 1955년경에는 마침내 우위를 점하게 되었다. 하지만 그 후로도 5년 동안 비상사태를 해제하지 않았다. 수많은 용의자들이 재판도 없이 강제 수용소에 구금되어 잔인하게 고문당하였을 때 결국 남은 것은 충격적인 인간적 혼란과 고통뿐이었다. 정부에서는 구금당한 키쿠유인들이 8만 명이라고 밝혔지만 그 후 역사가들은 실제 총계는 15만 명에서 32

만 명 사이일 가능성이 더 높다고 보고했다. 그 싸움에서 죽은 키쿠유 반란군 수에 대한 추정치 또한 매우 폭이 넓다. 공식 통계에는 12,000명으로 돼 있지만 옥스퍼드 대학의 역사학자인 데이비드 앤더슨은 실제로 2만 명 이상의 키쿠유 투사들이 죽은 것으로 추산하였다. 그러나 하버드대학의 역사학자 캐럴라인 엘킨스는 퓰리처상을 수상한 자신의 저서 『제국의 추산: 케냐의 영국 강제수용소에 대한 밝혀지지 않은 이야기』에서 희생자 수가 앤더슨의 수치보다 훨씬 더 높은 수치라고 주장한다. 그녀는 식민 정부가 "키쿠유족을 제거하기 위하여 수만 명을, 어쩌면 수십만 명을 죽음으로 몰아넣은 살육의 군사작전"을 일으킨 것이었다는 결론을 내리고 있다. 앤더슨은 자신의 저서 『교수형 당한 자들의 역사: 케냐에서의 더러운 전쟁과 제국의 종말』에서 다음과 같이 썼다. 최종적인 숫자가 무엇이 되었든, 어떤 평가가 내려지든 간에 마우마우 전쟁은 "양측 모두에게 잔악함과 무도함에 대한 이야기이며 어느 누구에게도 대단한 자랑거리가 아닌, 영광은 더더군다나 아닌 더러운 전쟁이었다."

케냐 해안에서 거의 3백 마일이나 떨어진 몸바사에서 일하고 있었던 오바마는 진행 중인 그 싸움에 대해 틀림없이 매우 잘 파악하고 있었지만 고원 지대를 휩쓸고 있던 그런 위기 상황에서는 아주 멀리 떨어져 있었다. 게다가 자신의 문제도 만만한 것이 아니었다. 처음 직업세계에 발 디디면서 시작한 아랍 상인의 점원 노릇은 윗사람과 싸우고 홧김에 돈도 안 받고 그만두면서 끝나 버렸다. 그래도 보수는 상당히 적었지만 용케 다른 직장을 구하였다. 오냥고는 자기 아들이 어렵게 산다는 것을 몸바사의 친척으로부터 전해 듣기는 하였지만 오바마가 집에 들렀을 때는 성급하게 행동했다고 오바마를 나무랐다. 오바마는 지기 싫어서 지금은 돈을 훨씬 더 많이 주는 직장에 채용됐다고 우겼지만 오냥고가 월급 명세서를 보겠다고 하자 말없이 아버지 앞에 서 있기만 했다. 오냥고는 망신만 시키는 놈이라고 말하며 오바마에게 가버리라고 했다.

　갈 곳을 찾던 오바마는 1954년에 나이로비를 향했다. 그곳에는 학창시절 친구들이 있었기 때문에 다른 직장을 구할 수 있기를 바랐으며 어쩌면 굉장한 일이 있을 것만 같았다. 몇 주 뒤 오바마는 다시 점원 일을 구했는데 이번에는 인도인이 하는 법률회사였다. 그러나 곧 일보다는 정신없이 돌아가는 도시 생활에 훨씬 더 마음이 끌렸다. 비상사태가 선포된 몇 년 동안 많은 도시민들은 발전하고 있던 노동조합 운동을 통해 만성적인 실업과 저임금으로 인한 좌절감을 분출하였다. 케냐 노동부는 정치적 목적으로 이용되는지 여부를 확인하기 위해 노동자 조직의 구성을 예의 주시하는 한편 이와는 별도로 급진주의자들이 호소하는 극단론에 대한 대처의 일환으로 조심스럽게 단체협상의 진전을 독려하였다. 정부는 케냐 정치에 대해 강한 영향력을 가지고 있으며 결국 마우마우와 같은 급진분자들을 막아주는 방벽 역할을 할 중산층의 발전을 대체로 지원하고자 했다.

　오바마가 나이로비에 도착했을 때 한 젊은이의 이름이 최근 등장한 노조 운동과 불가분의 관계를 맺고 있었다. 그 이름은 바로 톰 음보야였다. 그는 당시 오바마와 같이 루오족 출신의 야심찬 젊은이였다. 두 사람은 뿌리 깊은 부족적 유대감과 급속하게 커지고 있던 정치적 열정으로 인해 서로에게 끌렸으며 우정을 키워갔다. 오바마보다 6살 위였던 음보야는 오바마 인생의 중요한 시점에 그의 멘토로서 오바마가 한 번도 보지 못한 자애로운 아버지의 역할을 하였다.

빅토리아 호수에 있는 루싱가 섬 출신으로 사이잘 농장 감독관의 아들이었던 음보야는 매력적이고 세련된 사람이었으며 이미 케냐아프리카인동맹의 간부로서 입지를 굳히고 있었고 오바마가 나이로비에 도착할 무렵에는 유명한 노조 활동가가 돼 있었다. 약관 24세의 얼굴이 둥근 이 조직가는 3년 전에 나이로비 시의회의 위생검열관으로 일하기 시작했는데 그때 인종주의자들의 태도를 잘 보여주는 일화로 애용되는 어떤 사건이 일어났다. 음보야가 혼자 위생국에서 우유 샘플을 검사하고 있을 때 어떤 유럽 여성이 한 명 들어왔다. 돌아서서 인사를 하자 그 여자는 음보야를 노골적으로 아래 위를 훑어보더니 "여기 누구 없어요?"라고 큰 소리로 말했다. 너무 약이 오른 음보야는 참을 수가 없었다. 그래서 한 말이 "아가씨, 눈에 문제가 있나요?"였다.

음보야는 오랫동안 케냐타를 흠모해왔지만 나이가 어린 사람은 통상적인 정치 경로보다는 노조 결성에서 더 큰 기회를 찾을 수 있을 것이라고 판단했다. 나중에는 철저하게 자본주의적 성향을 지닌 자유주의적 국제주의자가 되지만 젊은 시절의 음보야는 노동자들의 신실한 옹호자였다. 오바마의 경우 케냐 독립 초기에는 자신의 멘토 음보야보다 훨씬 더 좌파로 기울어 사회주의 모델을 열렬히 옹호하였다. 하지만 1951년 두 사람은 아프리카인들에게는 자결권이 있으며 제국주의가 지배하는 시대는 끝나야 한다는 확신에서 공통의 대의를 찾았다.

음보야는 혜성처럼 등장했다가 사라질 때도 혜성처럼 사라졌다. 1953년에 케냐타가 수감되고 수십 명의 다른 KAU 지도자들이 체포되었을 때 음보야는 갑자기 차출되어 공석이 된 동맹의 회계담당 대행을 맡았다. 몇 달 뒤에는 그 유명한 케냐노조연맹KFRTU의 총서기가 되었으며 그의 빠른 승진은 나이로비에 사는 아프리카인들에게 큰 얘깃거리였다. 케냐 독립 몇 년 전 케냐의 정치적 열망에 대한 열정적이고 세련된 표현으로 음보야는 케냐 정부 최고위층에 오르게 되었으며 당시 막 등장한 범아프리카의 정세 속에서 국제적인 유명인사가 되었다.

하지만 음보야 또한 결혼적령기가 된 젊은 총각이었기 때문에 깨끗한 흰색 턱시도를 입고 시내 여기저기서 벌어지는 댄스 대회에 아름다운 나이로비 아가씨들을 데리고 다니는 것을 좋아했다. 음보야는 대부분이 루오족이며 교양 있는 중산층 아프리카인들이 모여 사는 동네인 칼로레니 주택단지 주민이었는데 그가 동네 파티장이나 댄스장에 나타나면 어김없이 사람들이 몰려들었다. 들리는 말에 의하면 그런 와중에 그가 인근의 샤우리 모요라는 아프리카인 주택단지에 살고 있던 오바마를 만났다고 한다. 두 사람 모두 대단한 춤꾼이어서 사람들은 그들이 당시 인기 있던 기타 밴드의 연주에 맞춰 댄스홀을 가로질러 빙글빙글

돌면서 춤추고 있는 모습을 늘 볼 수 있었다. 둘 다 매우 세련된 서구식 차림새를 하였지만 오바마는 몇 년 뒤에야 음보야가 예술적으로 갈고 다듬은 그 옷차림새에 맞는 자세를 통달할 수 있었다. 또한 그들은 다른 사람들은 싫어하지만 둘 사이에서는 긍정적인 영향을 미친 성격, 즉 오만함을 공유하고 있었다. 음보야의 전기 작가인 데이비드 골즈워디는 그가 자신이 유능하다는 것에 대해서 너무나 잘 알고 있어서 이따금씩 "자기보다 못한 사람들을 경멸적으로 대했다."고 썼다. 골즈워디의 글에서 가장 기세등등할 때의 젊은 오바마의 모습도 엿볼 수 있다.

공직에 특별한 관심이 있는 것은 아니었지만 오바마는 당대의 정치적 논쟁에 몰두하였다. 칼로레니는 그러기에 가장 적합한 곳이었다. 오바마는 당시 유일한 아프리카인 변호사이자 저명한 인권운동가였던 아르그윙스코데크와 후에 우간다 수상과 대통령이 되는 우간다 출신 다변가였던 건설노동자 아폴로 밀턴 오보테 그리고 점점 능수능란한 선동가가 되어가고 있던 음보야 등과 같은 신진 민족주의 계열의 유력 인사들이 연사로 나오는 저녁 토론회에 자주 참석하였다. 오바마는 언제나처럼 반대 의견을 제기하였다. 나이로비의 화학노동자연합 총동맹 전국 의장을 오랫동안 역임한 웨레 디보 오구투는 다음과 설명했다. "오바마는 쉽사리 변할 사람이 아니었어요. 나이는 어렸지만 거물들의 정책이나 사상에 대해서도 받아들이기 전에 많은 질문을 했지요. 하지만 그가 정말로 가치 있게 여긴 한 가지는 대중이 중요하다는 사실이었어요. 그는 대중의 생각에 귀를 기울이는 것이 절대로 필요하다고 믿었어요."

음보야는 1955년 케냐를 떠나 영국 옥스퍼드의 러스킨 대학에 다녔는데 돌아왔을 때는 오바마와 서로 잘 아는 사이가 되었다. 그들은 1953년 전국 정당 결성이 금지된 후 거세게 일어나던 노조 결성 모임에 참가하였었다. 해외에 가 있는 동안 음보야는 보다 세속적이 되었으며 케냐의 미래에 대한 비전도 보다 분명해졌다. 음보야 쪽에서 오바마에 대해 아버지 같은 역할을 더 많이 했지만 두 사람은 우정을 지켜갔다. 오바마가 소용돌이치는 정치 현실에서 자신의 입장을 정하는 문제로 고심할 때면 여섯 살 차이임에도 불구하고 음보야는 아끼는 형이 돼 주었으며 그 후로도 오바마는 주기적으로 그에게 의지하였다. 오바마는 한 잔 하면서 당시의 혼란스러운 정치상황에 대한 이야기를 나누려고 음보야의 집에 들르던 많은 사람들 하나였으며 두 사람은 정부와 사기업에서 요직을 차지하게 될 사람들과 똑같이 친분이 있었다.

그들은 또한 모두 루오 지역의 붉은 토양에 뿌리 깊은 애착을 가지고 있었다. 오바마는 자신이 태어난 마을 인근의 호숫가 마을이며 음악가들과 열광적인 춤으로 유명한 켄두 베이에 정기적으로 들렀다. 켄두 베이는 우간다와 탄자니아같이 먼 곳에서 증기선들이 오는 유명한 항구였다. 부두에 도착한 여러 지역에서 온 상인들과 여행객들이 뒤섞여 자신들이 좋아하는 리듬을 그곳의 혼합된 음악에 보탰다. 지금은 훨씬 잠잠해진 켄두 베이는 한때 그 지역 여흥의 중심지로 여겨졌으며 그 유명한 "켄두 쇼"의 발상지였다. 켄두 쇼는 전국에서 밴드와 음악

오바마를 부탁해

가들이 와서 공연하던 참가자가 많은 지역 행사였다.

인근의 카냐디앙에서는 시내로 가는 도로가에 있던 사교 홀에서 저녁 댄스 파티와 경연대회가 연달아 열렸다. 주말에 종종 어릴 때 살던 집으로 돌아가곤 했던 오바마는 등불을 밝혀 놓은 그 행사에 정기적으로 참석하였으며 자주 최고 춤꾼에게 주는 상을 타기도 하였다. 오바마가 아직 10대였을 때 열린 전설적인 시합에서 오바마와 다른 젊은이가 저녁 경연대회의 결승전에 출전하였다. 한 무리의 사람들이 어두운 불빛 아래에서 하나도 놓치지 않으려는 듯 지켜보는 가운데 두 사람은 임시로 편성된 채점관들 앞에서 번갈아 가면서 춤을 선보였다. 처음은 룸바, 다음은 코러스 댄스나 탱고, 마지막은 자신이 선택한 춤의 순서였다. 경연하는 그 두 춤꾼은 한 시간을 넘게 버텼으며 이마에서는 땀이 흘러 내렸다. 결국에는 오바마가 우승하였다.

많은 그곳 노인들은 오바마가 늘 지니고 다니던 스포츠맨 담배를 두툼한 입술로 비스듬히 문 채 룸바를 추거나 빠른 속도로 마하 댄스를 추면서 파트너를 빙빙 돌릴 때 보았던 유연한 자세를 기억하고 있다. 그가 가장 좋아했던 노래 두 곡은 빅토리아 호수에서 몇 마일 떨어진 화구호의 이름을 딴 "심비 냐이마"와 "키두오기 달라집으로 올 수 없나요"였다. 오바마의 움직임은 놀라울 정도로 유연하여서 팔다리가 항상 음악이 중단되었을 때만 보였다. 이웃이었던 오바마 마도호는 이것을 다음과 같이 묘사했다. "그는 마치 뼈가 없는 사람 같았어요."

카냐디앙의 손위 사촌인 알프레드 오바마 오구타는 이렇게 회상하고 있다. "한동안 이 지역에서는 버락이 최고의 춤꾼이었지요. 그는 그걸 몹시 자랑스러워했어요. 어떤 여자가 그렇게 춤 잘 추는 남자와 춤추고 싶지 않았겠어요. 그가 춤추자고 하면 거절하는 여자가 없었지요."

흔하게 볼 수 있는 다른 댄스 행사는 마을 광장에 파피루스로 짠 거적을 임시로 만든 문에 붙잡아 매서 울타리 삼아 둘러놓은 가설 강당에서 열렸다. 강당 바닥이 그냥 맨땅이라 혹서기에는 먼지가 많이 나서 술꾼들은 노래 말미에 "아미엘 마 부루 에마 둠난 먼지가 날 때까지 춤 췄네"이라고 외치곤 하였다. 행사가 곧 열릴 것을 알리는 포스터들이 마을 곳곳에 나붙으면 연인들은 몇 주 전부터 연습을 시작했다. 가장 인기가 많던 댄스 행사는 8월과 12월 학교 방학 중에 열렸는데 많은 젊은이들이 행사에 참석하려고 근처 마을이나 나이로비에 있는 직장에서 집으로 돌아왔다. 입장료는 1케냐실링이었다. 이 댄스 행사 중 1956년 크리스마스 날 켄두 베이에서 열린 한 행사에서 당시 스무 살이었던 오바마는 신나게 룸바를 추다가 첫 번째 아내를 만났다.

그레이스 케지아 냔데가는 열여섯 살의 수줍음 많고 미소가 어여쁜, 겐디아 마을에서 온 아가씨였다. 그녀는 민트빛과 핑크빛이 어우러진 치마와 깔끔한 흰색 블라우스를 입고 붐비는 댄스홀 구석에서 쭈뼛거리며 서 있다가 오바마를 보았다. "나는 춤 잘 추는 사람을 찾고 있었는데 바로 그때 그를 본 거야!"라고 일흔한 살의 할머니가 되어 런던 외곽의 교외도시 브랙넬에 살고 있는 케지아는 외쳤다. "그는 너무 멋진 아이였어. 아주 똑똑했지. 그리고 다른 누구보다 춤을 잘 췄어. 우린 밤새 춤을 추었어."

댄스 행사에 케지아를 데려온 사람은 윌리엄이라는 오바마의 사촌이었다. 다음날 아침 오바마는 윌리엄을 그녀의 집으로 보내서 그녀에게 정식으로 자기소개를 해도 되는지 물어보게 했다. 이것은 루오족의 풍습으로 미묘한 사안의 경우 직접 대면하는 것을 너무 무례한 행동으로 여겼기 때문에 성인 두 사람 사이에서 협상을 하는 데 중개인을 이용했다. 남녀 관계의 첫 번째 단계에서는 버릇이나 취향 같은 상대방에 대한 정보를 얻기 위해서 대개 양쪽 집안에서 한 사람을 자감이라고 부르는 중개인으로 정해서 당사자 사이의 대화를 대신하게 했다. 대개 소나 다른 선물 형태로 주는 지참금을 나중에 어떤 이유로 돌려받아야 할 경우 이들이 중요한 증인 역할을 할 수도 있었다. 중개인들이 조사를 마치고 양쪽이 소개를 받아들인 다음에는 남자가 여자를 만나러 가는 것이 허락되었다.

하지만 케지아는 윌리엄의 제안을 듣자마자 거절했다. "'나는 남자한테 너무 부끄럼이 많아서 안 돼, 절대 안 돼.'라고 했지." 케지아의 회상이다. "그런데 윌리엄이 다음날부터 매일 오지 뭐야. 결국엔 내가 버락한테 시집가기로 결심했지. 부모님께는 말씀드리지 않았는데 왜냐하면 내가 너무 어리다고 부모님이 허락하지 않을 걸 알고 있었거든."

부부가 되어 함께 나이로비에 도착하자마자 오바마는 케지아를 데리고 아버지를 만나러 갔다. 그때 오낭고는 백인들만 살도록 허용된 아주 근사한 교외도시 무사이가의 어느 미국인 가정에서 요리사로 일하고 있었다. 그 집의 가장은 미국 국무부에서 대對여론 외교를 전담하는 부서인 미국공보원USIS의 나이로비 사무소에서 공보업무를 하고 있던 고든 핵버그였다. 공교롭게도 그는 케냐 학생들에게 가능한 장학 프로그램에 대해서 톰 음보야와 장시간 논의한 적이 있었기 때문에 나이로비에서 부상하고 있던 청년 민족주의자들과 꽤 친분이 있었다. 오냥고는 아들이 신붓감을 잘 골랐는지 보려고 그 젊은 부부를 핵버그의 집 밖으로 데리고 나가더니 마땅치 않아 했다. 오바마가 케지아보다 겨우 네 살 많았지만 오냥고는 그녀가 결혼하기에는 너무 어리다고 선언했다. "시아버지는 남편한테 '왜 저렇게 어린 사람을 데려왔어? 꼭 애 봐주는 계집아이 같잖아. 가서 결혼해도 될 만큼 나이가 든 사람을 찾아봐.'라고 하셨지. 시아버지는 만나는 사람마다 버락이 어디서 애 봐주는 계집아이를 골라 왔다고 말하고 다니셨어."라고 케지아는 말했다.

아버지의 말에도 단념하지 않고 오바마는 켄두 베이로 돌아가서 케지아 부모님의 허락을 구해서 승낙을 받았다. 그러자 결국 오냥고도 그 결혼에 동의했다. 그리고는 케지아의 친정에 지참금을 지불하는 긴 절차가 이어졌다. 전부 합쳐 열네 마리의 소가 카냐디앙에서 겐디아까지 걸어가서 "신부값"으로 치러졌다. 가족 중 연장자들이 첫 번째 소 한 쌍을 몰고 갔으며 오냥고의 형제 한 명은 다음 쌍을 몰고 갔다. 마지막 쌍은 일곱 살 먹은 사촌동생 윌프레드 오바마 코빌로가 몰고 갔는데 그런 책임을 맡게 된 것을 무척 좋아했다. "나는 항상 버락 형을 우러러 봤고 소들을 몰고 강을 건너는 것도 정말 신나는 모험이었지."라고 나이로비에서 사업을 하고 있는 예순한 살의 코빌로는 회상하였다. "소들을 데려다 주고 우리는 바로 집으로 돌아왔어."

1957년에 오바마와 그의 신부는 중개인, 지참금 분납 그리고 때로는 문자 그대로 신부 납치인 마코 등을 포함한 정교한 절차인 루오 관습법에 따라 결혼식을 치렀다. 이렇게 그들의 결합은 어떤 법정이나 성전도 승인할 수 없었으며 오직 공동체의 승낙으로써만 가능하였다. 만일 그들이 헤어지려고 하거나 결합을 끝내고 싶어 한다면 자신의 사안을 원로회의에 상정하여 충분한 근거가 있는지 여부를 판단하도록 할 필요가 있었다. 아내가 음식을 훔친 것이 확인되었거나 마녀이거나 몹시 게으른 것이 입증되었을 경우 이혼이 허락되었다. 또 남편이 마법사나 성불능자 또는 도둑으로 드러난 경우 또는 부엌일에 간섭하거나 자신이 직접 밥을 해먹는 경우에도 결혼생활이 끝날 수 있었는데 이런 것들은 폴 음보야가 1938년 저술한 『루오의 풍습과 전통』이라는 경탄할 만한 백과사전에 자세히 설명되어 있다. 어떤 경우에는 지참금이 남편 가족에게 반환되기도 했는데 이 절차를 와로 도크라고 불렀다.

루오족 풍습 중 일부는 세월이 지나면서 완화되기도 하였으며 종종 원로회의의 승인 없이 결혼생활을 끝내기도 했다. 독립 후에 먼 부족땅을 떠나 나이로비나 인근 도심 지역에 주거를 정하는 사람들이 점점 늘어나면서 이따금 그냥 결혼생활이 끝났다고 사람들에게 말하기만 하고 이혼했다고 주장하는 사람들이 생겨났다. 케지아와 결혼하고 몇 년 뒤 오바마는 다른 여자버락 오바마 미국대통령의 어머니와의 결혼을 심사숙고하다가 그대로 실행했다. 그러나 케지아는 자기들 두 사람은 남편이 죽을 당시에도 결혼 상태에 있었고 지금까지도 자신은 남편과 함께하고 있다고 주장한다. 그녀는 지하에 묻힌 오바마를 가리키려고 한발로 바닥을 톡톡 두드리면서 "지금도 그가 내 남편이라고 생각해."라고 단언했다. "그는 지금 저 아래에 죽어 있지만 지금도 내 생각을 하고 있다는 걸 알아. 그는 언제나 나에게 돌아왔어. 그러면 항상 내가 자기 아내라는 걸, 진짜 아내라는 걸 깨달았지."

하지만 결혼식이 끝나고 몇 개월간 그들은 행복했으며 그런 문제는 한참 뒤의 일이었다. 오바마와 새 신부는 오바마의 사촌 몇 명과 함께 나이로비 인근의 칼로레니 주택단지에 있는 어느 집으로 이사하여 함께 살기 시작했다. 이곳은 신접살림 차리기에는 안성맞춤이었는데 칼로레니 단지의 갈색 사암으로 지은 단층주택들은 루오인들이 오랫동안 바라던 쉼터였기 때문이었다. 아주 유명한 정치가들이 그곳에 다수 살고 있었으며 인근의 시립 운동장에서 주말에 풋볼 시합이 끝나면 수십 명의 루오인들이 술집과 레스토랑으로 몰려가곤 했다. 오바마는 그곳에 있으면 너무나 편안해져서 죽을 때까지 습관처럼 그곳에 머물곤 했다.

오바마가 새로운 생활에 자리를 잡아가고 있을 무렵 나이로비의 분위기는 눈에 띄게 변하기 시작하였다. 1955년 마우마우에 대한 군사적 승리를 마무리하기도 전에 식민정부는 당시 상황이 더 이상 성공적인 결말이 아니라는 사실을 인식하였다. 1954년 말경 마우마우와 그 추종세력을 대신할 아프리카인으로 구성된 지도체제의 발전을 촉진하기 위해 일련의 계획들과 함께 불완전하나마 개혁 작업이 시작되었다. 영국 관료들은 통제 가능한 수준의 정치적 표현을 허용하면서 활활 타오르고 있는 민족주의 불길이 사위어지기를 희망하였다. 이 일련의 계획 중에서도 가장 중요한 한 가지는 1954년의 리틀턴 체제였는데 이 체제에서는 새로운 정부 체계 내에 아프리카인 및 아시아인 장관을 포함하였고, 보다 중요하게는 각 민족 집단의 대표가 동등한 자격을 갖는다는 원칙을 수용하였다. 이런 체제하에서 하나의 계층으로 분명하게 분리된 아프리카인 유권자들은 마침내 케냐 입법의회에 8명의 아프리카인들을 앉힐 수 있게 된다.

다음 해에는 또 다른 문이 열리게 된다. 케냐의 자치가 아직 멀었다고 확신한 정부는 1955년 아프리카인들의 정치활동 금지를 조심스럽게 완화시키려는 움직임을 보였다. 정치조직의 결성이 가능해졌지만 키쿠유의 영역인 센트럴 지방을 제외하고 지역 단위로만 한정되었다. 그러나 마우마우 전쟁 내내 그랬던 것처럼 정부 관료들은 전쟁의 원인이었던 그 불만이 무기를 들었던 소수의 반란군에게만 있었던 것이 아니라 케냐 중심지 전체에 깊이 팽배해 있다는 사실을 계산에서 빠뜨렸다. 따라서 지역 지도자들은 새로운 정치적 상황에 뛰어들기 시작했고 1957년에 치러진 최초의 아프리카인 선거에 열성적으로 참가하였다. 대부분의 후보들은 아주 분명한 한 가지 과제만을 생각하고 있었으며 식민정부와의 타협은 그 목록에 없었다. 마우마우가 시골과 도시에서는 패배하였지만 힘의 균형은 서서히 유럽인들에게서 아프리카인들에게로 옮겨가고 있었다. 그리고 양쪽 모두 그 사실을 알고 있었다.

톰 음보야는 나중에 자신이 당수가 되는 나이로비인민회의당NPCP
과 노선을 같이하면서 나이로비 지역 의원 한 석을 위해 입후보한 네
명의 후보 중 한 명으로 나섰다. 매우 훈련이 잘된 조직의 지원하에서
음보야는 러스킨 대학에 있을 때 쓴 정치 선언서「케냐 문제: 아프리카
의 해답」에서 개괄한 바 있는 여러 주장들을 근거로 유세하였다. 그는
비상사태하의 제 규정들이 종식되기를 원했다. 인간다운 삶의 보장, 아
프리카인에 대한 일인 일표의 선거권 부여 그리고 아프리카인에 대한
전국적 정치조직의 허용이 반드시 시행되어야 한다. 케냐는 케냐인들
을 위한 나라다. 그의 슬로건은 "유럽지배 꺼져버려!"였다.

이 잘생긴 케냐 청년의 대담한 행보가 미국 언론 전반과 특히 미국
노동 운동 지도자들의 시선을 끌었다. 1956년 가을 음보야는 미국과
아프리카 사이의 관계 발전에 관심이 있던 미국의 자유주의자들과 저
명한 흑인 지도자들이 모인 단체인 아프리카미국위원회ACOA의 초청
을 받아 미국 대학 순회 연설을 하게 되었다. 음보야는 열렬한 환영을
받았다. 매우 성공적인 방문 기간 동안 그는 몇 년 뒤 수백 명의 케냐
청년들에게 최고의 교육 기회를 줄 프로그램으로 꽃피울 일련의 관계
를 구축하였다.

그가 체류하는 동안 미국 중앙정보국CIA이 미국에 많은 노동계 인맥
을 통해 그를 채용했다는 소문이 돌았다. 1959년 케냐노동자연맹 총서
기였던 음보야는 공산주의를 저지하는 것을 목적으로 미국 노조와 미

국 정부의 자금 지원을 받는 국제적인 노조 단체인 국제자유노조연맹 ICFTU의 평의회 위원이 되었다. 음보야는 ICFTU와 긴밀히 협력하였으며 여러 해 동안 그들로부터 지속적인 재원 지원을 받았다.

음보야가 암살되기 불과 몇 주 전에 발행된 1969년 자유주의 잡지 『램파츠』의 한 기사에서는 그때 상황을 다음과 같이 평가했다. "CIA의 케냐 프로그램은 선택적 해방운동 프로그램으로 요약할 수 있다. 가장 큰 수혜자는 톰 음보야였다……. 음보야는 CIA의 목적에 가장 적합한 인물이었다. 그러나 CIA는 가장 중요한 민족의 영웅이자 나중에 국가 수장이 된 조모 케냐타는 충분히 안전한 인물로 여기지 않았다."

음보야의 전기 작가는 그가 "고의로" CIA와 거래한 적이 한번도 없었다고 끊임없이 주장했었다는 사실을 지적하고 있다. 하지만 그 역시 그 젊은 민족주의자가 자신의 목적을 성취하는 데 아주 단호했었다는 점은 인정하고 있다. 골즈워디가 덧붙여 말하기를 음보야의 태도는 "미국인들만큼이나 정략적이었다. 아주 간단히 말하자면 그는 국내 정치를 위해서 돈이 필요했고 돈만 준다면 그게 누구든 상관하지 않았다."

그런 관계는 철저하게 현상의 배후에 가려졌으며 공직에 출마한 음보야 주변에서 맴돌던 많은 사람들에게는 큰 문제가 되지 않았다. 천성적으로 어디에 끼는 걸 싫어하던 오바마조차 국회의원 선거 유세전을 집어삼킨 열기에 휩쓸렸다. 그는 법률회사에서 일이 없을 때는 음보야의 사무실로 가서 전략 수립과 루오족의 지지를 이끌어내는 일들을 도왔다. 전국적인 조직이 금지되었음에도 불구하고 나이로비인민회의당

NPCP은 전국에서 가장 강력한 정치조직의 하나로 빠르게 성장하고 있었으며 음보야의 선거유세를 도우면서 오바마는 독립 이후 핵심적인 역할을 하게 되는 많은 활동가들을 만났다. 오바마도 그들 중 하나가 되고 싶었다. 드디어 여기서 오바마는 자신의 야심과 지성을 쏟아부을 수 있고 조국이 독립국가로서 발전하는 데 기여할 수 있는 어떤 돌파구를 발견하였다. 오바마는 민족주의자들이 자랑하던 서양식 옷과 도시 스타일을 점점 더 많이 받아들이기 시작했다.

"음보야는 전략을 개발하는 데 도움이 되는 똑똑한 사람들을 늘 곁에 두었는데 오바마도 그중 한 명이었어요."라고 오바마의 어릴 적 친구이자 거의 20년 동안 냔자 지방의 카라추오뇨 주민을 대표한 전직 케냐 의회 의원 피비 아시요는 회상한다. "버락은 언제나 그와 함께 그곳에 있었어요. 음보야에게 매우 헌신적이었지요."

그러나 오바마는 성격상 만족을 모르는 사람이었다. 그는 자기가 하는 일이 마음에 들지 않았고 보다 도전적인 일에 몰두하겠다는 생각은 변함이 없었다. 보수는 상당했지만 인도 사장 밑에서 일하는 게 짜증이 났으며 매번 일이 주어질 때마다 독설을 자제해야만 했다. 더욱 화나는 것은 마세노 시절 친구들이 캄팔라의 마케레레 대학에 진학하거나 더 높은 학위를 따기 위해 해외로 가고 있다는 사실이었다. 그의 친구들은 곧 있을 선거에 대한 말은 하지 않고 소련 학교에 비해 미국 학교가 상대적으로 더 낫다는 이야기를 하고 있었다. 교육은 모든 것의 열쇠였다. 하지만 지적으로는 최고의 자격을 갖추고 있음에도 불구하고 마세노에서 퇴학당했기 때문에 오바마는 그런 선택에 대해 생각조차 할 수 없었다. 그때 아버지 생각이 났다. 오바마는 아버지가 자신에게 얼마나 실망하고 계신지 너무나 잘 알고 있었지만 아버지의 장황한 불평을 듣는 게 너무 싫었다. 근래에는 아버지를 뵈러 핵버그 씨네 집에 들르는 것도 그만두었다.

아무것도 나아질 것 같지 않았다. 선거가 끝나고 얼마 되지 않아 케지아는 첫 아이를 임신했다는 사실을 알고 나서 벌써 아이에게 필요한 옷에 대해 이야기하였다. 오바마도 아들이 생긴다는 생각에는 구미가 당겼지만 아이 때문에 금전적으로 상당한 부담이 추가될 것이라는 사실도 알고 있었다. 오바마는 남은 평생을 따분한 사무원 노릇이나 하면서 붙박혀 있을 것이라는 생각에 며칠 동안 의기소침해 있었다. 후세인 오냥고의 아들이자 반에서 제일 똑똑한 아이였던 버락 오바마에게 어떻게 이런 일이 생길 수 있단 말인가?

변화가 바로 모퉁이 너머에 있다는 사실을 그는 알 수 없었다. 그리고 그 변화는 굽 없는 신발을 신고 꽃무늬 치마를 입은 채 오고 있었다.

4
chapter

미스 무니

미스 무니

마카다라 홀에 모인 사람들은 거의 30분째 기다리고 있었다. 이날은 1957년의 어느 습한 일요일이었는데 천 명도 넘는 사람들이 자기들의 정치적 영웅 톰 음보야가 단상에 오르는 모습을 열렬히 보고 싶어 했다. 나이로비에서 가장 큰 사교홀을 둘러싸고 있는 철판 벽 안에서 나이로비인민회의당의 차기 의장을 보려는 많은 사람들이 노래를 부르며 우왕좌왕하고 있었고 현관에는 이를 감시하는 백인 경찰들이 진을 치고 있었다.

종종 늦기는 했지만 음보야는 나이로비에서 가장 대중적 정치 모임인 이 주간 행사에 항상 참석하였다. 사람들이 슬슬 좀이 쑤실 무렵 한 사람이 단상으로 걸어 나왔다. 그러나 트레이드마크인 붉은색 점퍼를 입은 음보야가 아니었다. 그 사람은 여성이었다. 더 놀라운 건 백인이었다는 사실이다. 그 여자는 150센티미터가 채 안되는 키에 하얀 발목 위까지 오는 꽃무늬 치마를 입고 있었으며 각진 얼굴에 수줍은 미소를 띠고 있었다. 사람들은 영문을 몰라 갑자기 조용해졌고 그때 그

오바마를 부탁해

녀 뒤에서 음보야가 단상으로 나왔다. 이건 무슨 의미였을까? 물론 좋은 징조일 리는 없었다.

하지만 음보야가 통역관 역할을 하면서 그녀가 연설을 시작하자 사람들은 귀를 기울였다. 그녀의 이름은 엘리자베스 무니였다. 그리고 그녀는 그들의 삶을 바꾸게 될 사람이었다.

이 마흔세 살의 텍사스 토박이는 케냐인들에게 읽기와 쓰기를 가르치기 위해, 미국이 후원하는 어떤 프로그램의 일환으로 케냐 정부가 고용한 읽기쓰기 교사였다. 도착한 후 4개월이 지났을 무렵 무니는 프로그램에 대한 무성한 소문으로 어려움을 겪었다. 그래서 엄청나게 인기 있었고 교육을 열렬히 주창하던 음보야가 연사로 나와 줄 것을 제안했을 때 흔쾌히 받아들였다.

무니는 주어진 시간을 십분 활용하여 그 짜증이 나 있던 사람들에게 읽기와 쓰기를 배우기가 얼마나 쉬운지, 수업이 정확하게 어떻게 이루어지는지를 설명해 주었다. 그녀가 연단에 선 일로 미국 영사관이 발칵 뒤집혔고 지역 신문에는 질책하는 기사가 나오기도 했지만 이 두 기관은 세간의 이목이 집중된 정치인과 함께 연단에 선 그녀의 부적절한 처사에 무척 흥분해 있었다. 그녀는 자기 일을 다한 셈이었다. 그날 한 그녀의 연설로 분위기가 호전되어 그 다음 주에는 학생 수가 세 배나 늘었다. 케냐에 머무는 2년 동안 무니는 많은 아프리카인들의 인생행로를 바꿔 놓지만 버락 오바마라는 이름의 청년만큼 인생행로가 완전히 바뀐 사람은 없었다. 수개월에 걸쳐 무니는 갈피를 못 잡고 흔들리고 있던 오바마를 한 가지 목표에 집중할 수 있도록 도왔을 뿐만 아니라 여러 가지 정황이 오바마에게 우호적이지 않은 상황에서 결정적인 도움을 주어 결국 오바마가 미국행 비행기에 오를 수 있게 하였는데 이로써 한 세대 뒤에 올 정치적 격변의 씨앗을 심었다.

　오바마가 자주 음보야의 오후 연설회에 참석했기 때문에 무니와 오바마는 나이로비에서 몇 번 마주치기는 했다. 그러나 마카다라 홀에서 연설을 하고 얼마 지나지 않은 어느 날 오후에 무니는 오바마가 구술을 기록하는 사무원 타자수로 일하고 있던 인도인 법률회사의 비좁은 사무실을 우연히 들리게 되었다. 이번에는 두 사람이 말을 트기 시작했다. 나이로비 중심지인 리베이로 가의 엄격하고 간소한 사무실에서 일할 직원이 몹시 필요했던 무니는 오바마가 공부할 때만큼이나 타자가 빠르고 정확하다는 사실을 알아차렸다. 그녀는 즉시 비서 자리를 제안했고 오바마는 며칠 뒤 그녀와 일하기 시작했다.

　무니는 뉴욕에 살며 세계적으로 알려진 읽기쓰기 전문가인 프랭크 로바크의 동료였는데 그는 그녀에게 케냐로 갈 것을 권유하였고 자금 지원을 해주었던 사람이다. 사무실 경비에서 오바마에게 몇 달간 급여를 지급한 후 무니는 그에게 보다 정기적으로 급여를 주려고 로바크에게 부탁했다. 무니는 오바마의 능력에 감탄했다. 한 편지에서는 "가능하면 6개월 동안 버락 오바마O'Bama의 급여로" 쓸 거라고 월 100달러를 요청하면서 오바마 이름의 철자를 쓰면서 아일랜드식으로 아포스트로피를 찍었다.

로바크는 그러겠다고 했다. 그리고 1959년 초에 무니는 그에게 감사편지를 썼다. "비서 업무에 도움을 주셔서 감사드립니다. 오바마는 타자의 달인이에요. 타자가 너무 빨라서 불러주는 내가 힘들 정도라니까요. 제 생각에는 그를 미국에 데리고 가서 선생님 비서로 쓰시는 게 좋을 거 같아요."

오바마는 새로운 상사와 공통점이 전혀 없었다. 베티로도 알려져 있는 세라 엘리자베스 무니는 텍사스 주 포트워스에 있는 텍사스크리스천대학의 공동 설립자의 손녀였다. 독신이었던 그녀는 거의 평생을 교사로 살았다. 그녀는 새로 읽기를 한 가지 배운 사람이 자기가 배운 것을 다른 사람에게 가르치는, 따라서 한 번에 하나씩 새로운 지식을 전달하는 방법인 "한 사람이 하나씩 가르치기"로 알려진 세계적인 읽기쓰기 프로그램의 창시자이자 부흥사였던 로바크를 서른 살 때 만났다. 하나님에 대한 신앙과 메시아적 열정에 자극받은 무니는 읽기쓰기 운동에 뛰어들었다. 8년 동안 인도에서 일했는데 처음에는 기독교 계통의 기숙학교를 운영하다가 다음에는 성인 읽기쓰기 센터에서 가르쳤다. 케냐에 가기 전에는 당시 기독교가 지원하는 읽기쓰기 교사들을 위한 훈련 센터였던 메릴랜드 주 볼티모어의 코이노니아 재단에서 읽기쓰기 훈련 프로그램을 감독하는 지도교수로 2년을 보냈다. 로바크는 코이노니아 이사회의 의장으로 일하고 있었다.

갈색 곱슬머리에 꼭 끼는 모자를 쓰고 다녔으며 성격이 시원시원했던 무니는 주로 단정한 면 치마와 굽이 없는 신발 차림이었다. 가족들은 당시 은어로 "노처녀"였던 그녀가 오래전에 결혼할 생각을 접었다고 생각했다. 매우 독실한 기독교도였던 그녀는 하나님께서, 그녀의 설명에 따르면, 사람들에게 읽을 수 있는 권능을 부여하시려고 자기를 케냐라고 하는 "읽기쓰기 사파리"에 보내셨다고 믿고 있었다. 그녀는 매일 기도했다.

그때 오바마가 나타났다. 그는 스물한 살이었고 출발선에 선 경주마였으며 나이로비 일부에서 유행하던 "학자풍" 패션을 뽐내고 있었다. 멋지게 재단된 재킷을 입었고 학자풍의 뿔테 안경을 썼으며 이따금 파이프를 피움으로써 패션을 완성하였다. 파이프를 내려놓았다가도 다시 오랜 습관인 줄담배를 피워대더라도 신경 쓰지 마시라. 다 이유가 있었던 것이다.

첫 아들을 볼 무렵 그는 한바탕 타오르는 열정에 사로잡혀 있었다. 그는 새로 독립한 케냐의 발전을 위해 활약하고 싶었다. 그러나 마세노 퇴학이라는 오점이 남은 학업 기록과 보잘것없는 직장에 몇 번 다닌 것이 전부인 이력서밖에 없던 그로서는 성공 가능성이 기껏해야 중간 정도였다.

음보야는 케냐인들에게 독립을 준비할 때 실용적으로 사고하라고 촉구해왔다. 그는 그들이 조국에 도움이 되는 분야에서, 특히 경제학과 경영학 같은 분야에서 교육받기를 원했다. 수학 실력이 뛰어났던 오바마는 자신의 소명이 조국의 재정적 기초를 발전시키는 데 일조하고 미래 조국에 필요한 것을 기획하는 데 도움을 줄 수 있는 경제학자가 되는 것이라고 확신하였다. 그가 필요한 것은 대학 학위를 받을 수 있는, 어쩌면 친구들이 계획하고 있는 것처럼 외국에 있는 대학으로 가는 방법을 찾는 것이었다. 그의 오만함을 벌주는 대신 그런 방향으로 역량을 쏟을 수 있도록 길을 열어준 첫 번째 사람은 아버지가 아니라 다름 아닌 무니였다. 그녀가 백인이었다는 사실은 그들의 관계에 흥미를 더할 뿐이었다.

무니는 케냐 교육부가 당시 일련의 개발 목적 원조를 관리하던 미국무부 산하 단체 미국 국제교류관리청ICA이 자금 지원을 한 문맹퇴치 프로그램의 시범 사업을 지원하도록 고용되었다. 연봉 6,355달러를 받고 그녀가 맡은 일은 전국적인 문맹퇴치운동을 벌여 성인들에게 처음에는 모국어로, 그 다음엔 영어로 읽고 쓰는 법을 가르치는 것이었다. 첫 단계 사업은 유능한 관리 직원을 모아서 나이로비와 현장에 교실을 여는 것이었다.

배움의 욕구는 대단했다. 케냐에서는 10명 중 8명의 성인이 문맹이었으며 이 사실은 빠르게 독립을 향해 달려가고 있던 국가에게는 엄청난 장애물로 여겨졌다. 무니의 또 다른 임무는 교실에서 사용할, 루오어나 마사이어 같은 부족어로 쓰인 읽기 자료와 초급 독본을 만드는 것이었다. 로바크식 교수법은 관련된 소리 조합과 연계된 친숙한 그림을 이용하여 단어를 가르치는 것이었다. 학생이 소리와 사물 사이의 관계를 파악하면 음절을 알 수 있었고 결국 단어까지 익힐 수 있었다. 1950년대 읽고 쓸 수 없었던 수백만 명의 케냐인들에게 이 문맹퇴치운동의 정치적인 의미는 대단히 컸으며 로바크도 이 사실을 잘 알고 있었다. "그 사람들이 읽지 못한다는 사실이 안됐다고 생각하겠지만 진짜 비극적인 것은 그들이 사회문제에 대해서 자기 의견을 주장할 수 없고 투표도 할 수 없으며 모든 회의에 대표로 참가할 수도 없는, 침묵의 희생자이자 잊혀진 사람들이라는 사실이다."라고 로바크는 1943년 자신의 책『십억 명이 침묵한 사십 년』에서 썼다.

무니는 나이로비 중심의 리베이로 하우스 19호와 20호, 두 개의 사무실에 문맹퇴치운동본부를 열었다. 그녀는 곧 또 다른 백인 여성인 헬렌 로버츠의 도움을 받았는데 그녀는 1958년 여름 고향인 캘리포니아주 팔로알토를 떠나 자원봉사를 하러 온 읽기쓰기 교사였다. 로버츠는 여덟 손자를 둔 할머니이자 아동 도서 작가였는데 로바크의 연설을 듣고 곧 교수법을 배웠다. 무니가 유능한 관리자이기도 하였지만 열 살 이상 연장자였던 로버츠가 "사교적인 사람"이었기 때문에 두 사람은 한 팀이 되어 일을 잘 해나갔다.

두 중년의 백인 여성이 폭스바겐에서 만든 로버츠의 파란색 딱정벌레차를 타고 복작거리는 나이로비 시내 도로를 다녔기 때문에 두 사람은 호기심의 대상이었다. 그런 것에는 아랑곳없이 두 사람은 곧 케냐인들의 교육 기회에 대한 엄청난 욕구에 주목하기 시작한 신생 케냐인 단체들에 자신들을 알릴 수 있었다. 무니와 로버츠는 또한 "오지"를 두루 다니며 교사연수과정을 개설하고 읽기교재를 보급하였다.

로바크식 교수법이 빨리 인기를 얻어 무니의 교실들이 성인 학생들로 금새 가득차기는 하였지만 뭔가를 새로 시작한다는 건 어려울 수밖에 없었다. 처음에는 대부분의 케냐인들이 무니를 깊은 의혹의 시선으로 보았는데 그래도 피비린내 나는 마우마우 전쟁이 남긴 것들 중 하나인 식민정부의 후의로 생각하고 있다는 티는 내지 않았다. 교육에 목말라 있기는 하였지만 많은 케냐인들은 스와힐리어로 "배우는 것이 살 길이다"라는 뜻을 가진 "쿠소마 니 파이다"의 기치 아래 프로그램을 방송하던 정부홍보차량과 라디오 발표를 두려워했다. 대다수는 비상사태 시절 강제로 무자비한 강제수용소로 이주당했던 것처럼 이런 홍보도 세금을 인상하거나 다른 곳으로 이주시키기 위한 음모의 일환이라고 확신했다.

사실 당시처럼 강한 정치적 분위기 속에서 무니의 등장은 마카다라 홀에 있었던 사람들 외에도 훨씬 더 많은 사람들에게 의혹을 불러일으키기에 충분하였다. 며칠 후 나이로비에서 발간되던 주간지인 『선데이 포스트』지의 한 칼럼니스트는 그녀의 호소에서 뭔가 부적절하다는 낌새를 차리고 "나는 미스 무니가 성인들의 문맹퇴치에 대해서만 말했다는 사실을 알고 있지만 정치가들의 연단은 그런 연설을 하는 곳은 아니며 정부 부처의 대표가, 그것도 식민지에 반대한다는 공식입장을 가진 나라의 대표가 설 곳은 더더군다나 아니다."라고 썼다. 그리고 그녀가 연설하고 나서 일주일 뒤에 나이로비 범죄조사국의 한 직원이 방문하여 그녀의 외교의례 위반 행동에 대해 "상의"하였다. 하지만 열렬한 준법주의자였던 무니는 연설하기 전에 이미 교육당국으로부터 허가를 받아 놓은 상태였었다.

읽고 쓸 줄 모르는 사람들이 겪는 모진 고난에 깊이 깨달은 바가 있는 무니는 자신의 임무가 신이 이끄신 것이라고 확신하였다. 도착하고 몇 주 뒤에 쓴 편지에서 그녀는 한 무리의 읽고 쓸 줄 모르는 여자들이 그날 강당을 나서 "신선한 녹색 언덕을 넘어, 일부는 십 마일이나 떨어진 집으로 향해가던" 모습을 지켜보았다고 썼다. "그리고 나는 마침내 갈 길을 몰라 빙빙 돌기만 하던 것을 멈추고 내가 여기 있어야 하는 이유를 알게 되었다……. 나는 더 이상 신의 계획표를 의심하지 않는다. 내가 이 특정한 시간에 여기에 있는 데에는 어떤 이유가 있다."

무니의 노력은 대학 학위를 자랑할 수 있는 극소수의 케냐인들 중에서 두 유명한 대학 졸업자들의 관심을 끌었다. 한 사람은 1956년에 UC 버클리에서 최초의 박사학위를 받은 케냐인이 된 줄리어스 기코뇨 키아노 박사였고 다른 사람은 펜실베이니아의 링컨대학에서 문학 석사 학위를 받은 카리우키 카란자 은지이리였다. 키쿠유인으로서 정통한 경제학자였던 키아노는 무니가 케냐인들 사이에 만연해 있던 정부에 대한 불신을 뛰어넘을 수 있도록 도와 교사 모집을 할 수 있게 하였다. 키쿠유의 원로 추장의 아들인 은지이리는 1959년 돌아와 직장을 구하고 있다가 무니의 수석조교가 되었다. 두 사람은 톰 음보야를 도와 자금을 모금하고 공수 대상 학생을 선발하는 데서 중요한 역할을 하게 된다. 그들이 검토할 명단에 들어 있던 이름 하나가 버락 오바마였다.

사람들로 복작거리는 리베이로 가의 사무실에서 오바마는 사무실의 기본적인 업무를 담당하는 하급 사무원으로 일하기 시작했다. 그는 구술 기록, 사무실 정리 보조 외에도 루오어와 스와힐리어 번역 작업을 도왔다. 그러나 곧 6명의 청년으로 구성된 작문 위원으로 승진하여 모국어로 된 성인용 기초 읽기교재를 집필하는 일을 담당하였다. 재킷과 넥타이를 차려 입은 오바마와 다른 집필자들은 나무로 된 긴 테이블에 앉아 다음 입문서로 사용할 소책자들을 꼼꼼하게 저술하였다. 꿈이 컸던 오바마가 일이 좀 시시하다고 불평하기는 했지만 그 역시 그 일이 꿈을 이루는 데 중요한 첫 발걸음이라는 사실을 잘 알고 있었다. 일단 그 일은 보수가 아주 좋았다. 그러나 더 중요한 것은 문맹자들을 가르치는 일은 독립을 향한 발전에서 핵심적인 요소라는 점이었다.

오바마는 현자 "오티에노"가 교사의 모범으로 나오는 루오어로 된 책 총 3권을 썼다. 첫 번째 책은 『현자 오티에노 자리에코, 1권: 건강을 위한 현명한 방법』이었다. 오티에노는 여러 가지 건강에 좋은 음식에 대해 설명하고 나이프와 포크 사용법을 알려주며 화장실 만들기에 적절한 방법을 가르쳐준다. 두 번째와 세 번째 책은 각각 현명하게 농사짓는 방법과 시민권에 초점을 맞춘 책들이다. 오바마는 무니를 도와 그 세 권의 책을 만드는 데 거의 일 년 반을 작업하였으며 자랑스럽게 이력서에 그 책들을 포함시켰다.

두 미국 여성과 소수의 케냐인 조수들과 긴밀히 협력하면서 오바마는 허세 부리지 않고 시키는 대로 했다. 사무실 분위기는 아주 협조적이었으며 직원들은 여러 부족들로 구성돼 있었는데 그 이유는 부분적으로 다양한 부족의 언어로 쓰여진 자료가 필요했기 때문이었다. 오바마는 무니가 초기에 고용한 사람들 중에서 인도에서 학사학위를 따고 막 귀국한 조지 와녜에라는 키쿠유 청년과 긴밀히 협력하였다. 와녜에는 키쿠유 지도 만드는 일을 도왔으며 새로 나온 읽기 교재를 알려주는 소식지 『케이』의 초대 편집자였다.

『케이』 5호에 실린 오바마의 사진은 1958년 가을에 로바크가 방문했을 때 문맹퇴치센터의 칠판 앞에서 찍은 것이다. 오바마는 몇 주간 작업한 프로젝트였던, 예수 탄생 이야기를 루오어로 쓰는 것을 도우면서 분필을 들고 있다. 그 프로젝트에서는 종교적인 이야기 자체가 핵심적인 부분이었지만 로바크는 "그런 이야기를 쓰는 데 1,000개의 가장 많이 쓰이는 영어 단어가 사용되었다"는 점에 주목했다. 오바마는 로바크에게 깊은 인상을 남겼고 로바크는 은지이리, 무니와 작별 사진 찍을 때 그를 불러서 함께 찍었다.

매우 체계적인 사람이었던 무니는 리베이로 가의 문맹퇴치센터를 능숙하게 운영해 나갔으며 마카다라 홀에 나간 이후 케냐 정부와 영국 정부의 감시의 눈이 계속 자신에게 향해 있다는 사실을 잘 알고 있었다. 그러나 그녀는 같이 일하는 케냐인 직원들의 생활에도 관심이 매우 많았기 때문에 앞장서서 그들이 개인적인 목표를 달성하는 데 많은 도움을 주었다. 무니는 오바마 외에 거의 12명이나 되는 케냐 젊은이들이 자신들의 교육 목표를 이루는 데 도움을 주었다. 그녀는 하고 싶은 프로젝트와 자금 지원을 해주고 싶거나 만나고 싶은 사람들의 "위시리스트"를 계속 작성하였고 이따금 로바크에게 도움을 청하기도 하였다. 미국으로 돌아간 뒤에도 뉴욕주 보헤미아에서 자기 남동생과 2년간 함께 지낸 한 케냐 젊은이가 고등학교에 등록하는 것을 돕는 데 중요한 역할을 하였다.

오랜 시간 오바마와 함께 점점 발전해가는 교재를 탐독하면서 진지한 성격의 무니도 점차 오바마의 유머 감각을 좋아하기 시작했다. 그녀는 오바마에게서 잠재력이 무한한 매우 총명한 학생의 모습을 발견하였을 뿐만 아니라 여자들에게 강력한 자석 같은 매력을 가진 모습도 보았다. 그가 필사적으로 영어를 완벽히 구사하려 하고 아버지에게서 배운 엉성한 사교술을 발전시키려고 발버둥친다는 사실로 인해 그녀는 그에게 한층 더 끌렸다. 그들이 만났을 당시 오바마는 막 남성다움을 꽃피울 시기였다. 오바마는 케지아가 1958년 초에 첫 아들을 낳았기 때문에 이제 젊은 아버지가 되었다. 부부는 아기 이름을 로이 아봉고 오바마라고 지었다가 오바마가 나중에 말리크라는 이름을 붙였다. 케지아가 거의 전적으로 혼자 아들을 키웠지만 오바마도 아이 아버지로서의 책임에 대해 인식하고 있었다. 자기 자식은 없었지만 무니는 젊은 부부가 큰 낙이었고 오바마의 작은 가정에 큰 관심을 기울였다.

키가 큰 편은 아니었지만 넓적한 얼굴과 자주 보이던 진지한 표정 때문에 오바마는 위엄 있는 외모였다. 품격 있는 몸가짐과 아울러 오바마에게는 강렬한 신체적 매력이 있었다. 젊은 시절 퀸두 베이의 댄스홀에서 찬탄의 눈길을 자아냈던 바로 그 유연성이 이제는 일상생활의 우아한 동작에서 드러났다. 그러나 그의 매력이 가진 강렬함은 적어도 젊은이로서의 신체적 특성만큼이나 자신감과 패기가 만들어내는 분위기와도 깊은 관련이 있었다. 그리고 이제는 성숙해진 우렁찬 목소리는 복도 멀리에서도 졸고 있는 방 안 사람들을 차려 자세로 만들 수 있을 정도였다. 오바마는 확실히 눈여겨볼 만한 사람이었다.

오바마가 무니에게서 발견한 것은 조금 더 복잡하다. 그가 그녀에게 끌리는 점은 물론 그녀의 일이었다. 문맹퇴치센터에서 일하면 사회적 지위와 발전의 기회가 주어졌다. 그러나 무니와 오바마는 시골에서 드라이브를 즐기거나 대중적인 댄스 행사에 참가하거나 하면서 사무실 밖에서도 함께 시간을 보냈다. 그리고 그런 관계는 다른 종류의 혜택을 오바마에게 가져다 주었다. 아프리카 남자들 사이에서 백인 여성과 교제한다는 자체가 상당한 사회적 지위를 보장해 주었다. 그렇게 하는 것은 대담한 행동, 즉 유럽식 사회 규범을 더 이상 맹목적으로 따르지는 않겠다는 사람의 행동이었다. 식민주의자들이나 아프리카인들 사이에서도 다른 인종 사이의 교제를 찬성하지 않는 사람들이 있었지만 다른 사람들은 상황이 변하기 시작할 때라고 느꼈다. 다양한 정치논쟁에서 음보야와 맞섰던 변호사 아르그윙스코데크는 인종간 결혼이 케냐에서는 법에 저촉되는 행동이었던 1950년대 초에 외국에서 공부 중이던 음보야가 백인 여자와 결혼하자 공개적으로 결투를 신청하였다. 독립된 후에야 데려오기는 했지만 케냐타 역시 영국에서 백인 여자와 결혼했었다. 만일 다른 사람들이 무니와 오바마 사이의 관계가 가진 정확한 본질에 대해 곰곰이 생각해본다면 이해할 수도 있지 않을까? 음, 오바마의 관점에서라면 더욱.

오바마의 친구들은 무니와 오바마가 그녀의 1956년식 플리머스 자동차를 타고 도심을 유람하거나 길가에 차를 대 놓고 오바마가 고칠 가망이 없어 보이는 펑크 난 타이어를 수리하던 모습을 기억하고 있다. 그리고 오바마가 코겔로 부족 관련 사안들을 살피며 가난한 부족민을 지원하던 코겔로동맹협회 회의에 참석하면 무니는 그가 들어가 있는 동안 참을성 있게 운전석에 앉아 기다리곤 했다.

무니가 밖에서 기다린 건 회의 안건이 동맹의 사업과 관련된 것이고 철저하게 루오어로 진행되었기 때문이기도 하다. 또한 그녀에 대해 사교상의 적절성을 말하는 사람들이 틀림없이 있었을 것이다. 바로 6년 전만 해도 아프리카 남성과 백인 여성 사이의 교제는 법으로 엄격히 제한되었다. 케냐 보호령 형법에서는 다른 인종과 성관계를 가진 남녀는 최고 징역 5년에 처해질 수 있었다. 특히 백인 여성과 아프리카인 남성 사이의 교류는 오랫동안 엄청난 주목의 대상이었다. 1950년대 들어 교육자들과 정부 고문들을 포함하여 점점 많은 백인들이 들어오면서 흑인과 백인 사이의 교제가 다소 덜 특이한 현상이 되었다. 1951년에 그런 관계를 금지하는 법률이 폐지되어 상황이 좀 더 느슨해지기는 했지만 혼종 커플은 나이로비 거리에서 여전히 눈살을 찌푸리게 하는 모습이었다. 더군다나 시골 마을을 가로지르는 이면도로에서는 오바마와 무니의 모습이 기절초풍할 만한 광경이었다.

오바마는 전혀 신경 쓰지 않았다. 많은 케냐 남자들이 백인 여자에게 춤추자고 말하기 전에 신분증을 찢어버리고는 했지만 오바마는 곧바로 말했다. 그녀와 일하기 시작한 지 얼마 되지 않아 철도회사 강당에서 열린 댄스행사에서 우연히 무니를 만나자 오바마는 입술 사이에 담배를 멋지게 꼬나물고 손을 내밀었다. "당시에는 백인 여자에게 가서 춤을 청하는 건 무지 용감한 거였지."라고 루벤 오위노는 말했다. "행동도 잘 해야 했고 옷도 잘 입어야 했지. 말하자면, 교양 있게. 그런데 오바마는 완벽했어. 그래서 그가 그 백인 여자에게 춤을 청하니까 그 여자가 '좋아'라고 말하더군."

그리고 나서도 그녀는 몇 번 더 그와 춤을 추었다. 남들이 눈살을 찌푸리든 말든 오바마와 무니는 함께 춤추면서 진정으로 큰 기쁨을 느꼈다. 최고급 클럽인 아프리칸 클럽에서 열린 초대받은 사람만 입장이 가능한 이브닝 파티에 그녀를 동반해서 들어간 사람이 바로 그였는데 이 품격 있는 파티에서는 주로 클래식 음악이 흘렀으며 최고급 실크와 스모킹 재킷을 입은 손님들의 명단은 가히 인상적이었다. 고향 친구에게 보낸 편지에서 로버츠는 다음과 같이 썼다. "있잖아, 그 댄스파티는 정말 멋졌어. 밴드도 훌륭했고 손님들도 전부 고위층이었지…… 베티는 춤을 여러 번 췄어, 허리도 안 아픈가 봐. 그래도 엄청 피곤했을 거야."

오바마는 친구 몇 명에게 무니와의 관계를 언제까지 지속할 수 있을지 자신이 없다고 털어놓았기 때문에 친구들은 사태가 어떻게 전개되는지 예의 주시하고 있었다. 물론 오바마는 법규나 세세한 사회 규범에는 거의 신경을 쓰지 않았지만 중년의 백인도 그랬을까? 정부에서 일했던 사람이? 이것은 전혀 새로운 차원의 대담함이었다.

오바마가 문맹퇴치센터에서 일하던 첫 해에 함께 살았던 어린 시절 친구 리차드 무가는 오바마가 무니가 사는 방 2개짜리 아파트를 자주 방문했었다고 기억한다. 편지도 많이 썼지만 아마추어 사진작가이기도 했던 무니는 오바마의 사진을 많이 찍어서 평생 간직했다. 그 사진들은 대개 연출된 포즈를 취하고 있는 사진들인데 아마도 외국에 있는 학교나 직장에 지원할 목적으로 찍은 것 같다. 몇몇 사진에서는 그가 그녀의 아파트에 있던 상자 모양의 갈색 라디오 옆에서 카메라를 응시하고 서 있는데 표정은 수심에 차 보인다. 다른 사진에서 보면 그는 얼굴을 찌푸린 채 문맹퇴치센터 동료들과 나이로비 거리에서 나란히 서 있다. 어떤 사진에서는 꽃잎을 다 뽑아버린 듯한 하얀 꽃 한 송이를 들고서는 평소답지 않은 어색한 미소를 짓고 있다. "두 사람은 너무 가까워져서 둘 사이에 아무도 끼어들 수가 없었지."라고 무가는 증언한다. "두 사람은 요리도 함께 했어. 시간을 같이 보냈지. 그때 버락의 영어가 엄청나게 좋아진 걸 알아차린 사람들이 많았어. 무니 여사가 영어 배우기를 많이 도와줬던 거야."

케지아는 집에서 아이 키우느라 여념이 없었던 터라 남편에 대한 이런 저런 말들에 대해서는 전혀 모르는 것 같았다. 한번은 케지아와 로이가 무니와 다른 사무실 사람들과 함께 외출을 한 적이 있었다. 당시의 나이로비 관습으로는 남자들은 대개 저녁에 아내를 동반하지 않고 혼자 사람들과 어울렸다. 케지아는 이 백인 여자가 남편과 가까운 관계인 것에 분해 하기는커녕 오히려 남편에게 직장이 있다는 사실에 감사했고 두 사람의 관계가 더 큰 기회를 줄 수 있기를 희망했다. 케지아는 남편이 처음부터 바람기가 있었다는 사실은 인정하지만 무니가 남편의 연애 상대였다고 생각하지는 않는다.

오바마의 친구들이 생각하는 바와는 달리 여러 가지 이유로 무니가 오바마와 육체관계를 가졌을 것 같지는 않다. 우선 그녀의 종교적 신념은 모든 기혼 남성들을 멀리하는 것이었다. 게다가 무니는 오바마의 어린 가족들과 친했다. 이따금씩 무니와 사무실 직원들은 케지아와 아기 로이, 무니의 조수 와네와 함께 나이로비 교외로 소풍을 가곤 했다. 그리고 무니 자신이 십대 시절 아버지가 어머니를 떠난 후 가족이 무너지는 아픔을 겪었기 때문에 외도에 대해 깊은 반감이 있었다. 그녀는 오래 결혼생활을 유지하고 있던 자신의 두 오빠들만큼 결혼에 대해 신뢰할 수 있는 사람을 찾고 있는 중이라고 자주 말했다.

얼마 되지 않아 전국을 휩쓸고 있던, 강렬한 흥미를 유발하는 또 다른 사건이 오바마와 무니를 묶어주었다. 1959년 초에 오바마가 두 번째 오티에노 책을 끝마쳤을 무렵 고등 교육에 대한 케냐인들의 강렬한 욕구가 일어나기 시작했다. 교육은 단지 이상에 그치는 것이 아니었다. 교육은 케냐가 자치를 이루려면 반드시 필요한 사항이었다. 독립이 서서히 다가오면서 영국 관리들로부터의 통치권 이양이 한 발 한 발 진행되고 있었기 때문에 음보야가 자주 강조한 대로 아프리카인들에게 직업훈련에 대한 필요성이 절실해졌다. 1959년 들어 떠들썩했던 몇 개월이 지나면서 케냐의 미래뿐만 아니라 냉전의 영역 확장에 있어서도 핵심적인 문제가 되었다.

많은 사람들이 그때 일을 조금씩 증언하였다. 1800년대 중반에 도착한 이래 유럽 선교사들이 전국적으로 읽기와 쓰기를 보급하는 데 도움을 주어 왔지만 20세기 들어서도 케냐인들에게 교육 기회는 여전히 매우 제한되어 있었다. 미션 스쿨이 대개 선교 목적에 전념한 것과 마찬가지로 영국 정부가 세운 학교들도 자체의 설립 목적이 있었다. 식민주의자들이 세운 대부분의 학교들은 백인이 운영하는 농장에서 보조적인 역할을 하는 반숙련 노동자들이나 정부 관리를 돕는 공무원들인 하급 노동력을 생산하기 위한 학교들이었다. 식민주의자들이 결코 원하지 않았던 것, 또는 케냐인들이 믿었던 것은 독립적인 또는 비판적인 사고를 하는 사람들이었다.

대부분의 케냐인들은 운 좋게 학교를 다니더라도 몇 년 뒤에는 교육 체계 안에서 장애에 부딪쳤다. 1958년에는 그들을 받아줄 학교와 교사가 없었기 때문에 8학년을 마친 학생들 중에서 겨우 13%만 상급학교로 진학할 수 있었다고 음보야는 그의 자서전 『자유 이후』에 썼다. 용케 상급학교 진학에 성공한 학생들도 대학원 수준의 교육은 고사하고 대학에 다닐 기회조차 거의 없었다.

1950년대 말에는 케냐인들이 다닐 수 있는 캄팔라의 마케레레 대학과 나이로비의 동아프리카왕립기술대학, 이렇게 두 개의 고등교육

기관이 있었는데 그나마도 1956년이 돼서야 학생들이 입학할 수 있었다. 마케레레 대학과 후에 나이로비대학으로 불리게 되는 동아프리카왕립기술대학은 2년제 전문대학으로 고등학교 졸업과 동등한 학위만 줄 수 있었다. 따라서 등록한다고 해봐야 크게 실속은 없었다. 1955년에 당시 동아프리카 유일의 대학이었던 마케레레 대학은 지역 전체에서 총 205명의 입학생을 받았다. 1957년에는 총 251명의 학생이 입학했고 57명은 나이로비의 동아프리카왕립기술대학에 입학했다. 고등교육을 받고자 하는 사람들은 해외로 갈 수밖에 없었는데 그럴 만한 재력이나 실력이 있는 학생들은 극히 적었다.

1958년까지 국외에서 대학학위과정을 공부하는 케냐인 수는 200명 미만이었고 그중 74명은 영국에서, 75명은 인도와 파키스탄에서, 나머지 몇십 명은 미국에서 공부하였다. 1950년대 중반에 케냐 학생들이 한두 명씩 미국으로 가기 시작해서 1957년에는 적어도 34명이 대학에 등록했으며 1958년에 추가로 39명이 미국에 도착하였다. 그러나 몇 명을 제외하고는 집에서 학자금을 받는 학생들이 거의 대부분이었다. 1957년에는 겨우 7명의 케냐 학생들만 미국 장학금을 받았고 1958년에도 받은 학생은 9명뿐이었다. 1950년대 말에 8백만 명이 넘는 인구 중에서 대학학위를 가진 사람이 모두 합쳐 기백 명에 지나지 않았다. 이 소수의 사람들로는 독립할 경우 나라를 운영하기 위해 필요한 의사, 변호사, 은행가 그리고 다른 수천의 전문가들을 공급하기에 턱없이 부족하였다. 세력이 커지고 있던 민족주의 진영의 비평가들은 이런 상황이 우연이 아니라고 주장하였다. 그들은 식민주의자들이 대다수의 케냐인들이 가혹한 노동이나 하급 관리의 일만 하도록 족쇄를 채운 채 자신들의 노동력 수요를 충족시키는 교육제도를 의도적으로 만들어 낸 것이라고 비난하였다.

문제 중 한 가지는 미국의 중고등학교에 해당하는 상급학교가 케냐에 부족하다는 점이었다. 그리고 가까스로 상급학교를 졸업한 소수의 학생들이 마주치게 되는 또 다른 장애물은 영국 정부가 케냐 학생들이 미국에서 공부하도록 허가하는 데 주저한다는 사실이었는데 그 이유는 미국이 자국보다 못하다고 여겼기 때문이었다. 1950년대까지 케냐 내에서는 문화적으로 그런 선입견이 강하게 자리 잡고 있었기 때문에 영국 교육이 일반적으로 다른 모든 교육체계보다 우월하다고 여겨졌다. 그러나 미국 교육기관을 졸업한 1세대들이 한둘씩 케냐로 돌아와 아프리카인에게 허용된 최고위직에 속속 진출하자 그런 생각이 변하기 시작하였다. 이제 대학 학위를 가지고 백인을 똑바로 쳐다보는 아프리카인들이 등장한 것이다. 그들이 돌아오면서 식민통치로 인해 점증하던 불만에 기름을 부었고, 이것은 곧바로 정치적 표현으로 나타났다. 결국 미국이 유일한 선택지가 된 것으로 보인다.

수는 비록 적었지만 그들이 끼친 영향은 매우 컸다. 상대적으로 자유롭고 세련된 미국의 사고방식으로 새로워진 학생들이 돌아온 시기는 케냐 정치의 대의가 점점 위태로워지던 시기와 일치하였다. 1957년에 최초의 LEGCO 선거 참여가 아프리카인들에게 허용되면서 신세대 케냐 정치인들도 선거에 참여하였다. 그들 중에는 음보야와 전직 교사이자 루오동맹 의장이었던 중부 냔자의 오깅가 오딩가, 역시 전직 교사였으며 몸바사지방위원회 의원이었던 해안 지역의 로날드 은갈라 그리고 이미 LEGCO에서 리프트 밸리 지역 의원을 지내던 칼렌진 부족 사람 다니엘 아랍 모이 등이 포함돼 있었다. 선거가 끝나자마자 여덟 명은 곧바로 아프리카인의원기구AEMO를 결성함으로써 한 발빠른 행보를 보였다.

케냐 총선 며칠 전에 아프리카는 중대한 전기를 맞게 되는데 1957년 3월 6일 골드코스트가 영국으로부터 독립을 쟁취한 것이다. 이 나라에는 가나라는 아프리카 이름이 붙여졌는데 이는 한때 서아프리카 일대를 아울렀던 고대 가나 제국을 염두에 두고 선택한 이름이었다. 콰메 은크루마는 수상에 임명되자 "우리의 사랑하는 조국 가나는 영원한 자유국이다."라고 외쳤다. 가나는 식민 통치로부터 독립한 최초의 사하라 이남 지역 아프리카 국가가 됨으로써 제국주의 통치에 맞서 저항하던 아프리카 대륙 전역의 수많은 다른 나라들에 활력을 불어넣었다. 가나의 승리는 미국에서 돌아온 학생들이 들려주는 놀라운 이야기와 함께 다른 무엇보다도 케냐 민족주의자들을 자극하였다. 음보야는 런던에 있던 친구에게 이렇게 편지를 썼다. "전쟁은 계속되고 있다."

AEMO에는 내용은 짧지만 엄격한 요구 조건이 있었다. 회원은 의회에서 아프리카인에게 유럽인과 아시아인보다 다수를 차지하는 것이 허용되지 않는 한 어떤 관직도 수락하는 것이 금지되었다. 그들은 또 케냐의 미래에 대한 영국 정부의 계획을 분명히 밝힐 것을 요구하였다. 1957년 레녹스-보이드 체제하에서 아프리카인 대표가 꽤 늘어 14석까지 차지하기는 했지만 AEMO는 그것을 거부하고 대신 자신들의 요구사항에 대한 보다 완전한 응답을 요구했다.

1959년경에는 이런 분위기가 아프리카 민족주의 쪽으로 옮겨갔다. LEGCO의 아프리카인 의원들과 아시아인 의원들 전체가 정부의 입장 변화를 강하게 요구하며 지역구의원기구CEMO를 기반으로 파업에 돌입하여 통일전선을 구축하였다. 정치투쟁 속도가 갈수록 격화되자 이 단체는 오딩가를 수장으로 하는 대표단을 런던에 보내 비상사태의 즉각적인 해제와 모든 원로 정치 지도자들의 석방을 요구하였다. 비록 그들의 요구 중 일부에 대해 아무 언질을 주지 않았고 케냐타 석방에 대한 논의도 거절하였지만 영국 정부는 제헌의회가 필요하다는 데에는 동의하였다. 식민정부가 퇴각 중이었던 것으로 보인다.

음보야도 보통 대표단에 참가하려고 하였지만 그 전에 그의 첫 번째 미국 방문을 후원한 미국아프리카위원회의 초청을 받아들여 미국에 갔다가 4월 순회 연설을 위해 돌아갔다. 음보야가 런던에 가지 않음으로써 런던에서의 회담이 결실 있게 끝날 경우, 또는 그렇지 않을 경우라도 국가 지도자 경쟁에서 라이벌로 확실히 모습을 드러내고 있던 오딩가가 국내에서 정치적으로 이득을 볼 위험을 감수할 수밖에 없었다. 그러나 그것은 그가 기꺼이 선택한 위험이었다. 절묘한 시기 선택의 재능을 가진 정치가 음보야는 미국으로 돌아가는 그 기회를 놓치지 않았다.

1959년 4월 두 번째 미국을 방문한 음보야는 영웅 같은 환영을 받았다. 이때쯤에는 이미 세계적으로 엄청난 인기를 누리는 인물이 돼있었기 때문에 미국에서의 처음 며칠은 연설과 기자회견, 리처드 닉슨 부통령, 아들라이 스티븐슨, 케네디 상원의원과의 회견 등의 일정으로 가득 찼다. 잘생겼고 조국의 라이벌들에 비해 중도주의를 걸었으며 지적으로도 영민했던 음보야는 확실히 미국인들이 사랑할 수밖에 없는 아프리카인이었다.

범아프리카주의의 열기가 전 세계를 휩쓸고 있고 국내에서 참정권 운동의 맹아가 뿌리를 내리기 시작한 정세 속에서 미국 지도자들은 아프리카 전역에서 서서히 진행 중이었던 독립을 위한 몸부림을 계속 주시하고 있었다. 미국과 소련 사이에 긴장이 계속 고조되고 있었기 때문에 지배를 벗어나고 있던 영국 식민지들은 정치적 포섭의 대상으로 여겨졌다. 그 신생국들이 공산치하에 떨어지는 것에 대해 단호히 반대 입장에 서 있던 미국 정부로서는 언제 폭발할지 모르는 냉전 체제하에서 강경한 입장을 보일 수 있는 모든 방법을 동원하여 개입하지 않을 수 없었다. 노조 지도자들과 열심히 귀 기울여 듣는 대학생들 앞에서 갈수록 더 열정적으로 연설하면서 음보야는 교육과 아프리카 국가들의 정치적 자결 사이의 연관성을 여러 차례에 걸쳐 이해시켰다. 톰 색트먼은 『미국 공수』에서 "음보야의 연설 주제는 아프리카인들이 고등 교육을 받는 것을 인정하지 않음으로써 아프리카에 대한 지배를 지속시키려는 유럽 강대국들의 시도에 대한 호된 비판이었는데, 그가 주장하는바, 이는 신생 아프리카 국가들을 독립으로 이끌고 안정시킬 학식 있는 지도자들이 교육받는 것을 차단하는 것이었다."라고 썼다.

음보야는 오랫동안 키워온 꿈이 있었다. 그것은 아프리카에서 가장 총명한 최고의 학생들을 비행기로 미국에 보내 교육시키는 것이었으며 비행기만 있으면 이 학생들을 미국 대학의 문 앞에 데려다 줄 것이었다. 그에게 필요한 것은 미국 친구들의 도움이었다. 음보야는 인기를 이용하여 뉴욕에서 아르나브항공기협회 회장이었던 사업가 윌리엄 샤인먼과, ACOA 사장이었으며 첫 미국 방문 때 만난 적이 있던 조지 하우저와 다시 접촉했다. 샤인먼과 음보야는 1년여에 걸쳐 특히 특정한 학생들과 전반적인 장학 프로그램에 관한 편지를 무수히 주고받았다. 드디어 그들은 행동을 취할 준비가 되었으며 비행기의 구체적인 형태도 모습을 갖추기 시작했다.

그들은 공동으로 아프리카계미국인학생재단AASF을 설립하였으며 전국적으로 유명한 노동 변호사이자 전국도시동맹 의장이었던 시어도어 킬과 전직 야구 스타 재키 로빈슨을 포함한 저명한 아프리카계 미국인들로 인상적인 이사회를 구성하였다. AASF에 따르면 5주에 걸친 음보야의 방문 일정이 끝났을 때 50건 이상의 장학금 기탁을 약속받았으며 35,000달러를 모금하였다. 나중에 사업적 이익을 노리기는 했지만 샤인먼은 평생 아프리카에 매료되어 있었다. 그는 1999년 사망한 뒤 루싱가 섬에 있는 톰 음보야의 무덤 옆에 묻혔다.

케냐로 돌아간 음보야는 비행기를 수배하기 시작했다. 그의 경력에서 가장 큰 업적의 첫 단계는 그렇게 시작되었다. 학생 공수를 통해 조국에 돌아온 음보야의 지위가 크게 높아졌을 뿐만 아니라 케냐를 독립국으로 만드는 데 일조할 세대를 길러낼 수 있었다. 그들의 수는 많지 않았다. 독립 당시 해외 학위를 가진 케냐인은 5백 명이 채 안됐으며 이것은 식민지 시대가 남긴 가장 가슴 아픈 유산 중 하나였다. 그러나 그들의 광범위한 업적은 수가 적은 단점을 상쇄시켰다. 그 다음 4반세기 동안 그들은 케냐 의회와 내각의 절반을 차지하게 되며 기업체 최고위직을 독점하게 된다. 조국의 중요한 역사적 정보를 자신들만 집단적으로 기억하고 있는 노인들이기는 하지만 지금도 그들은 계속 최상위 계급을 구성하고 있다.

버락 오바마라는 이름이 2004년에 처음으로 미국 정치 용어에 포함된 이후 지금까지 사람들은 그의 아버지가 그 유명한 첫 번째 학생 공수의 일원이었다고 말해왔다. 오바마 대통령은 2007년 선거운동 당시에 그렇게 말했고 대통령이 된 후로도 여러 번 그렇게 말한 적이 있다. 그러나 아버지 오바마는 학생 공수에 포함되지 않았었다. 사실은 세인이 갈망하던 그 자리에 앉는 것이 거부당했다. 그리고 그를 거부한 사람은 로버트 스티븐스라는 이름의 열정적인 미국 청년이었다.

1957년부터 1959년까지 스티븐스는 나이로비 미국공보원의 문화담당관이었다. 성격 좋은 미시간 토박이 스티븐스가 하던 여러 업무 중에는 공수 기준을 충족시키는지 결정하기 위하여 학생들을 면접하는 임무도 포함돼 있었다. 상당한 권한을 가진 백인이었음에도 불구하고 스티븐스는 아프리카인 민족주의자들의 사랑을 받았다. 그가 스와힐리어에 능통하기도 했었지만 교육에 대한 아프리카인들의 욕구를 열심히 지원하였고 학생들의 성공을 돕기 위해 많은 일을 하였기 때문이다.

스티븐스와 나이로비 미국 영사관의 다른 직원들은 미국 장학생에 적합한 자격을 갖추려면 고등학교 졸업 후 2년간 추가로 교육받도록 한 미국의 요구조건에 오랫동안 반대해 왔다. 미국인들은 대학 가는 데 고등학교 졸업장만 있으면 되는데 왜 아프리카인들에게는 기준이 더 까다로워야 하는가라고 그는 주장하였다. 그는 케냐인들도 지원할 때 고등학교 졸업과 동등한 학력인증인 케임브리지학교증서만 있으면 되도록 워싱턴 관리들이 기준을 낮추게끔 설득하였다.

오바마와 인터뷰할 당시 서른네 살의, 아이 셋을 둔 아버지였던 스티븐스는 미국에 갈 기회를 열망하는 많은 케냐 학생들의 비공식적인 멘토가 되었다. 많은 청년들이 그의 조언을 들으려고 거번먼트 가의 이층 사무실 밖에서 몇 시간이나 기다리며 서 있었다. 자격 심사를 위해 그들을 인터뷰하면서 스티븐스는 버스 위와 열린 창 밖에 운집한 사람들에게 들릴 수 있도록 자주 목소리를 높여야만 했다.

스티븐스는 600개가 넘는 미국 대학 카탈로그를 가지고 있었다. 오바마를 포함한 학생들은 끊임없이 방문하여, 그 학교들에 대해 들어본 적도 없다는 사실은 개의치 않고 카탈로그에서 학교나 학교가 위치한 도시를 보기 위해 몇 번씩이나 본 페이지를 넘기곤 했다. 그는 또 미국에서 성공적인 학생이 되기 위한 방법을 가르치는 비공식적인 오리

엔테이션 강의를 열었다. 주된 주제는 아프리카 풍습과는 크게 달랐던 미국의 남녀 관계와 성 관습이었다. 위생과 관련해서는 깨끗한 양말이 중요한 주제였다. "나는 그들에게 양말을 갈아 신은 다음에는 항상 빨아야 한다는 점을 명심하라고 말해주었지." 지금은 은퇴하여 매사추세츠주 마블헤드에 살고 있는 스티븐스는 이렇게 회상했다.

음보야가 나이로비에 돌아오자 첫 번째 전세기를 채울 여든한 명의 학생을 선발하는 아주 힘든 과정이 시작되었다. 음보야와 키아노, 은지 이리 그리고 스티븐스는 선발위원회를 구성했다. 누구를 보낼 것인가라는 어려운 선택을 하기 위해 네 명은 자주 무사이가에 있는 스티븐스의 집 거실에서 밤늦도록 학생 목록을 들여다보곤 했다. 공수를 위해 세를 낸 브리타니아 비행기를 탈 수 있는 기회는 빅토리아 호숫가의 젊은이들에서 몸바사의 허술한 부둣가에 사는 청년들에 이르기까지 널리 퍼져 나간 하나의 꿈이 되었다. "미국에 간다는 건 정말 해볼 가치가 있는 일이었어요."라고 케냐의 저명한 언론인이자 말년에 오바마의 술친구였던 필립 오치엥은 말했다. "교육을 받지 않으면 결코 고참 사원 이상은 올라갈 수 없으니까요."

오바마는 장학생으로 선발되겠다고 마음먹었다. 그는 그것에 대해 계속 말했고 이따금 다른 지원자들과 노트를 서로 비교해 보기도 했다. 음보야와의 친분이 그에게 큰 힘이 되어줄 것이라고 생각한 오바마는 확신에 가득차서 스티븐스에게 인터뷰하러 갔다.

스티븐스는 오바마와 한 인터뷰를 잘 기억하고 있는데 그에게서 깊은 인상을 받았기 때문이 아니라 그 반대였기 때문이었다. 어느 날 아침 오바마는 말쑥한 양복과 넥타이 차림으로 서류를 손에 들고 스티븐스의 사무실에 나타났다. 스티븐스는 자기보다 어린 사람의 행동거지에 처음부터 거부감이 들었다. 오바마는 지나치게 자신만만해 보였는데 그것은 이력서에 상응하는 것 이상의 자신감이었다. 갑작스러운 마세노 탈락에 대해 스티븐스가 무슨 일이 있었는지 물었다. "그는 학교 기록에 대해서는 대충 얼버무리려고 했어요." 스티븐스의 회상이다. "그는 자기가 필요한 모든 증명서류를 다 가지고 있기 때문에 그건 문제가 안 된다고 나를 안심시키더군요."

그러나 오바마의 서류를 검토해보고 스티븐스는 정말 큰 문제 하나를 발견하였다. 상위 교육을 받으려면 반드시 필요한 영국의 검증 서류인 케임브리지학교증서를 오바마가 용케 구하기는 했는데 가장 낮은 점수인 3등급밖에 받지 못하였다. 그렇게 뛰어난 지적 재능을 가지고서 오바마가 왜 그렇게 어리석은 짓을 했는지는 이해하기 어렵다. 어쩌면 그는 자신의 능력을 너무나 당연시한 결과 어린 시절 학생이었을 때 자주 그랬던 것처럼 전력을 다하지 않았던 것으로 여겨진다. 어쨌든 미국에서 고등 교육기관에 입학하려면 1등급 케임브리지학교증서가 필요했다. 간혹 2등급은 입학허가가 나오기도 하였지만 3등급은 전혀 없었다. 스티븐스는 오바마에게 미안하지만 학생 공수 팀에 추천할 수가 없다고 말했다. "그는 달변가여서 나에게 말로 그 상황을 해결하려고 했지만 내가 해줄 수 있는 게 없었지. 그는 등급이 안되는 거였고 내가 그 얘기를 해줬더니 일어나서 가버리더군. 나중에 들으니 오바마가 다른 방법으로 미국 가는 데 성공했다더군. 깜짝 놀랐어." 스티븐스는 이렇게 증언하고 있다.

오바마에게 공수팀 탈락은 엄청난 충격이었다. 마세노 문제가 있었지만 자신이 공수팀에서 탈락하리라고는 전혀 생각지 못하였다. 그에게 굴욕감을 더했던 것은 친구들이 이미 입학 허가의 기쁨을 누리고 있었다는 사실이었다. 음보야 사무실에서 오바마와 만나 함께 자신들의 입학허가 조건을 점검했던 얼라이언스 고등학교 졸업생 오치엥은 시카고의 루스벨트 대학으로 정해졌다. 외국에서 1년 동안 생활하는 데 필요한 7,000실링을 몇 년간 저축해온 잭슨 이시기에는 위스콘신 주 스티븐스 포인트에 있는 위스콘신 주립대에 입학 허가를 받았으며, 나이로비의 한 정치가의 딸로 나중에 음보야와 결혼하게 되는 파멜라 오데데는 오하이오주 옥스퍼드에 있는 웨스턴 여대에 갈 예정이었다. 이 목록은 점점 늘어났다. 오바마는 케지아와 몇몇 사람들에게 자신이 이 황금 같은 기회를 부당하게 거부당했다고 불평하였다. "버락은 학생 공수 팀에 들어가지 못한 것 때문에 낙담이 컸지." 우간다 인민회의당 당수이자 전직 우간다 외무장관이었고 오바마 집안사람들과 두루 친한 친구였던 올라라 오투누는 이렇게 회상한다. "그가 몹시 바랐던 것이기도 했고, 그는 거절당하는 데 익숙하지가 않았어. 그게 당황스러웠던 거지."

자격 기준을 통과하지 못한 학생들은 그 소식을 받아들이려 하지 않앉다. 그들은 너무나도 가고 싶었기 때문에 비행기가 이륙하기 직전까지 혹시나 하면서 공항에서 맴돌곤 했다. 미국 공보원장이자 나중에 국제교육협회 나이로비 지부장이 된 핵버그는 후기 학생 공수에 탈락한 학생들의 모습을 다음과 같이 묘사했다. "그들은 탈락한 지원자들이었지만 마지막 순간까지 운이 바뀌길 바라면서 서성거리고 있었다. 밤새도록 눈물 흘리며 기원하는 이들 중에는 간혹 무릎까지 꿇고 가게 해 달라고 간청하는 아이들처럼 한층 극적으로 애원하는 경우도 있었다."

오바마는 결코 무릎 꿇을 생각은 하지 않았으며 스티븐스의 결정을 뒤집을 수 있는 다른 방법을 모두 동원했다. 그러나 음보야와의 친분 관계도 낮은 등급을 어쩌지는 못했다. 오바마는 미국에 갈 수 있는 다른 방법을 찾지 못하면 남은 평생을 사무실 뒤편에서 재미없는 일을 하며 보낼 수밖에 없는 운명으로 살아야 했다.

이때 다시 무니가 돕고 나섰다. 그녀는 오바마가 충분히 똑똑하다는 것을 알고 있었다. 많은 사람들이 이따금 고압적인 행동을 하는 오바마를 싫어하였지만 무니는 그에 대한 믿음이 확고했다. 하지만 그녀 역시 오바마가 부족한 고등교육을 극복하려면 태도가 변해야 할 것이라는 사실을 깨달았다. 어릴 때 오바마는 뛰어난 지적 능력으로 공부를 대충 해도 어려움이 없었고 이로 인해 공부에 완전히 몰두할 필요가 없었다. 그러나 미국 대학 진학을 앞에 두고는 오바마도 마음을 단단히 먹고 진지하게 몰입해야 한다는 데 동의하였다.

무니는 그에게 어떻게 해야 되는지를 가르쳐 주었다. 그녀는 자신의 경험을 통해 작은 격려와 지원이 큰 차이를 만들어낸다는 것을 잘 알고 있었다. 그녀가 어릴 때 메릴랜드주 타우슨에 있는 메릴랜드주립 사범대학에 다니는 동안 두 오빠가 학비를 대줬었다. 나중에 두 오빠와 함께 살았는데 세 명 모두 조지워싱턴대학에 다니며 서로를 도왔다. 그래서 1959년 초에 오바마를 돕겠다고 결심하고 나서 무니는 기계공학자였으며 캘리포니아 주 포모나에 살고 있던 오빠 마크에게 오바마가 대학 준비하는 데 쓸 책들을 보내 줄 수 있는지 물었다. "여기 있는 한 아프리카인이 미국 대학입시를 준비하고 있어요." 그녀는 파란색 항공우편용 편지지에 타자를 쳤다. "이 사람은 몇 년 동안 학업을 쉬었어요. 그래서 복습이 좀 필요해요. 여기서도 책은 구할 수가 있는데 미국 학교에는 안 맞는 내용이 많아요."

무니는 입시 교재 일습을 요청했다. 그녀가 원한 책은 "유럽사전 기간, 일반 과학, 생물학과 화학, 영문학, 영어문법 또는 수사학" 등이었다. 그녀는 오빠에게 학생들이 시험대비를 할 수 있는 "기초" 과정 책들을 구해달라고 부탁했다. 좀 더 빨리 배송되는 종이 표지 책이 가장 적합하였다. 그녀는 또 자기 물건들 사이 어딘가에 보관돼 있는 인도에서 가져온 교사용 책 "육군용 수학집중과정"을 찾아달라고 부탁했다. 그렇게 무겁지 않으면 함께 보낼 수 있을 거였다. 아니면 현지에서 구할 수 있는 수학 책들로 그럭저럭 공부는 할 수 있었다.

시간이 관건이었다. 보통 우편은 시간이 너무 오래 걸릴 거라고 덧붙였다. "책을 항공우편 속달로 보내주세요. 우편 요금 포함해서 책값으로 25달러는 낼게요."

미국으로 학생을 공수하는 일이 나이로비에서 점차 화제가 되고 있었기 때문에 무니도 참가조차 못한 수많은 학생들의 좌절을 함께 느꼈다. 그녀는 오빠에게 보내는 편지를 다음과 같이 마무리하고 있다. "아프리카인들의 교육에 대한 열정은 정말 너무나 절실해요. 기회를 잡는 사람은 너무 적구요. 미국 고등학교 졸업 자격이 있는 5,000명 중에서 800명만 미국으로 갔어요. 다른 학생들은 공부할 방법이 없어요. 그래서 미국 가는 학생들이 많지만 고등학교 다니는 비용이 너무 많이 들어요."

책은 2월에 도착했다. 무니는 올케에게 감사편지를 쓰면서 "며칠 후에 이 책들을 어떤 청년에게 줄 건데 그 청년이 정말 멋지게 해내리란 걸 알아요."라고 장담했다.

오바마는 공부를 시작했다. 평생 처음으로 억척스럽게 공부했다. 일이 끝난 저녁시간과 여가 시간에 미국에서 보내온 책들을 훑어보았고 여러 번 반복해서 공부했다. 그는 자신의 발전 속도에 스스로도 놀라서 마음을 다잡고 열심히 공부하고 있는 모습을 보여주기 위해 무사이가의 아버지에게 다시 들르기 시작했다.

오냥고는 대체로 근엄하게 지내면서 신발도 신지 않은 채 칸주를 걸치고 아름다운 핵버그의 집에서 성큼 성큼 걸어 다녔다. 밤에는 하인 숙소로 돌아가서 촛불을 켜고 코란을 읽었다. 핵버그가 요청했지만 필요 없다고 말하면서 주인이 아프리카인 거주 지역에 전기를 공급하는 것을 거부했다. 하지만 오냥고의 무거운 태도는 활기 넘치는 아들이 나타나자 상당히 밝아졌다. 핵버그의 12살짜리 딸 폴라는 오냥고가 오바마를 보고 전에 없던 함박웃음을 크게 짓는 걸 보았다.

오냥고는 아들의 뚝심에 깊은 감동을 받아서 둘 사이의 관계가 상당히 많이 풀리게 되었다. "버락은 옷을 잘 갖춰 입었고 세련됐었지. 자신감도 넘치고." 버몬트 주 에노스버그에 사는 예순 네 살의 폴라 슈람은 회상한다. "그는 초인종을 누르고 외쳤지. '아버지 뵈러 왔어요. 어디 계세요?' 그러면 오냥고는 기분이 아주 좋아졌어."

굳은 결심을 하고 공부한 몇 달 뒤 오바마와 무니는 학점이 조금 모자라긴 했지만 대학입시 준비가 다 되었다고 생각했다. 초조하게 결과를 기다리면서 오바마는 걱정으로 살이 빠졌다. 마침내 그의 성적표가 도착하였다. 마마 세라는 그가 성적표 열어보는 것은 보지 못했지만 그가 나중에 그녀에게 말해 주었다. 그녀는 그때 일을 다음과 전하고 있다. "그는 여전히 기뻐서 소리치고 있었어. 그래서 나도 같이 웃어 주었지. 예전에 학교에서 돌아오면 성적표를 자랑하던 그때하고 똑같이 한 거야."

오바마는 미국 대학에 지원할 충분한 점수를 받았다. 이제 그는 자기를 받아 줄 학교만 찾으면 되는 거였다. 무니와 로버츠는 동부와 서부의 대학들, 공학이 강한 도시 대학들, 그리고 그리스 문자 전통을 강조하는 남부의 대학들 등 여러 대학에 대해 설명해 주었다. 미국에서 인편으로 잡지 한 권과 신문이 오자 그들은 선택에 도움이 될 만한 대학 관련 기사들을 샅샅이 뒤졌다. 무니와 오바마는 1958년도 『새터데이

이브닝 포스트』지에 실린 하와이 대학 관련 문구에 눈길이 멈췄다. 그 문구는 "미국 영토에서 가장 특이하고 다채로운 캠퍼스"였다.

그 "다채로움"이라는 말은 중국, 일본, 폴리네시아, 한국, 필리핀, 하와이 및 백인 문화가 풍요롭게 섞여 있고 학생들 집단이 다양한 인종으로 구성되어 있는 데서 나온 말이었다. 사실 그 기사에 의하면 그 학교에는 혼합 인종 학생들이 너무 많아서 "코스모폴리탄세계인"이라고 불리는 새로운 혼합인종 범주가 만들어질 정도였다. 더 좋았던 것은 그 대학이 아주 많은 미녀들이 다니는 곳으로 한 명의 미인대회 수상자만 인정하지 않고 각 인종별로 각각 선출하여 일곱 명의 수상자가 학생연감에 실릴 정도였다. 마지막으로, 그러나 중요하기로는 마찬가지인 한 가지는 학교가 융통성이 있었다는 점이다. 하와이 대학은 매년 오바마처럼 태평양 남쪽 출신의 학점이 일부 부족한 학생들을 받아들이고 있었다. 모든 점들을 고려했을 때 이 학교보다 오바마에게 더 적합한 학교는 없었다.

마침내 오바마는 서른 개 대학의 총장들에게 자기소개서를 써서 보냈다. 그 대학들에는 모건 주립대, 샌프란시스코 주립대, 하와이대, 산타바바라 주니어칼리지 등이 포함돼 있었다. 일부 자기소개서에는 무니가 쓴 추천서가 첨부되었는데 무니는 오바마의 뒤가 잘린 성적증명서에 대하여 설명하고 이것을 케냐 학생들의 교육에 대한 간절한 욕구를 보여주는 사례로 제시하였다. "오바마씨가 조국을 위해 봉사하고 싶어 하는 열망을 생각해 보면, 1년 기한으로라도 그에게 반드시 기회가 주어져야 합니다."

다시 기다리는 시간이 되었다.

1959년에 부활절 휴가로 며칠 수업을 쉬게 된 무니와 로버츠는 그 여행 기회를 놓치지 않았다. 그녀가 케냐에 있었던 2년이 채 안 되는 기간 동안 네 가지 언어로 된 초급 독본이 완성되었으며 문맹퇴치센터도 정착되어 원활하게 운영되고 있었다. 무니는 가을에 계약이 만료되면 무슨 일을 할까 생각하기 시작하였다. 박사학위 공부나 텔레비전 방송 일을 생각해 보았지만 둘 다 적절한 것 같지 않았다. 그러던 중 그녀와 로버츠는 파란색 폭스바겐에 짐을 꾸려 숲 속에서의 모험을 찾아 우간다의 머치슨 폭포 국립공원으로 향해 떠났다.

처음에는 나일 강을 따라 잘 올라갔기 때문에 두 여인은 물속에 나른 하게 누워있는 악어와 하마를 보며 아주 신이 났었다. 어느 날 국립공원에서 무니가 사진 찍으려고 용기를 내어 코끼리에게 다가갔을 때 인솔자가 "쿠봐! 쿠봐 사나!커요, 아주 커요."라고 날카롭게 소리치기 시작했다. 그러다 더 다급하게 "피타! 피타!지나가요! 빨리 지나가요!라고 소리쳤는데 그때 코끼리가 커다란 귀를 세우더니 우리 쪽으로 다가오기 시작했다."라고 로버츠는 회고록 『펼쳐진 오솔길』에서 썼다. "그래서 나는 전속력으로 앞을 향해 뛰었다. 그 후로는 안전거리에서만 사진을 찍었다."

그들이 돌아왔을 때 두 대학에서 온 편지가 도착해 있었다. 물론 좋은 소식이었다. "책 보내준 소년이 샌프란시스코 주립대와 하와이대에서 입학 허가를 받은 걸 알면 언니도 기쁠 거야."라고 무니는 올케에게 썼다. "아마 공대가 있는 하와이대로 갈 거 같아요."

오바마는 입학 허가서를 흔들며 모든 사람들에게 자기의 승리를 자랑스럽게 알렸다. 하와이에 대해 들어 본 적이 없던 많은 사람들은 그곳이 정확히 어딘지 몰랐다. "나는 그곳에 대해서는 들어본 적이 없었지만 버락이 아주 좋은 곳이라고 말하더군." 오바마와 잠시 함께 살았던 친구 리차드 무가는 회상했다. "그는 해변과 아름다운 날씨에 대해 모두 말해 주었어. 거기 가는 것을 너무나 좋아하더군. 그리고는 나도 같이 미국에 갈 수 있으면 좋겠다고 했어."

소문은 삽시간에 빅토리아 호수 인근까지 퍼졌고 카냐디앙과 알레고에서는 축하행사가 밤늦도록 이어졌다. 버락이 해냈다. 그는 은색 장식이 달린 번쩍이는 자동차와 빅토리아 가의 높은 빌딩에 자기 사무실을 가진 거물이 될 것이었다. 그의 성취는 그가 자기 부족에서 최초로 대학에 갔다는 사실뿐만 아니라 문이 드디어 모든 사람에게 열렸다는 사실, 황톳길이 옆 마을까지만 뻗어 있는 것이 아니라 훨씬 더 먼 곳까지 뻗어있다는 사실을 알려주었다. 많은 고향 사람들은 그가 그때까지 이룩한 다른 어떤 것들보다 이번 성취로 그를 칭찬하였다. 그날 수십 마리의 닭이 요리되었고 축하의 건배로 여러 병의 부사아 술이 비워졌다.

모두가 축하행사에 참여한 것은 아니었다. 그런 사람 중 하나인 케지아는 버락의 소식에 아주 복잡한 감정을 느꼈다. 그의 승리는 그녀도 공유할 수 있는 것이었다. 왜냐하면 미국에서 학위를 받으면 앞으로 조국이 중요한 시기에 있을 때 오바마에게 요직이 보장될 것이고 따라서 자신의 지위도 같이 높아질 것이었기 때문이다. 어떤 의미에서는 이미 그랬다. 하지만 케지아는 최근에 둘째 아이를 임신한 것을 알게 되었다. 버락이 없으면 아이들과 자신의 부양을 주로 양가에 의지하면서 알레고와 켄두 베이 사이에서 살아야만 했다. 그녀는 그 기다림이 아주 길 것이라는 사실을 알고 있었다.

한편 오냥고는 한 해 전에 일을 그만두고 알레고에 가 있었다. 그는 그 소식을 듣고 묘하게 가슴이 아팠다. 오랫동안 자기 아이들, 특히 오바마를 위해 교육이 중요하다고 그토록 강하게 주장해왔었건만 후세인 오냥고는 오바마가 케냐에 남아 아내와 자식들을 돌봐야 한다고 생각했다. 한편으로는 아직 나머지 아이들 학비를 내야 하는데 미국에 간 오바마를 어떻게 지원해야 할지도 걱정되었다. 그러나 그가 가장 두려워한 것은 고집 센 새와 같은 자기 아들이 미국의 여러 가지에 현혹되면 아들을 영영 잃어버릴지도 모른다는 점이었다. "위뇨 피니 키보르네"라고 그는 아이들에게 한숨을 쉬며 말했다. 새에게 세상은 너무 멀지 않다. 그 새가 다시 한 번 날아갈 것이었다.

그 새가 할 일은 비용을 감당할 돈을 구하는 것이었다.

1959년 미국으로 갈 준비를 하던 많은 학생들에게는 여러 가지 자금 마련 방법이 있었다. 어떤 학생들은 운 좋게 전액 장학금을 받아 대략 1,000달러에 달하는 식비와 수업료를 충당하였고 어떤 학생들은 음보야나 키아노 그리고 다른 독지가들이 보증한 장학금을 받았기 때문에 하숙비만 어떻게 맞추면 되었다. 대다수의 학생들은 수년간 열심히 일을 하여 돈을 모았고 가족이 희생하여, 즉 가축이나 자기 물건을 팔아 돈을 마련하였다. 학생의 집안이나 부족에서 경비에 쓸 돈을 모금하기 위해 티 파티나 댄스 파티 등의 마을 행사인 하람베케냐의 기금마련행사가 많이 열렸다.

평범한 학생들에게 유학비용은 상상을 초월하는 것이었다. 미국영사관은 학생들에게 수업료 마련 외에도 비상금과 처음 1년을 미국에서 지내는 동안 지낼 수 있는지를 입증하는 보증금으로 300달러를 요구하였다. 전세 비행기가 공수되는 학생들에게는 600달러 정도의 항공료를 감당해 주었지만 오바마는 항공료도 부담해야만 했다.

오바마는 행동에 돌입했다. 7월에 그의 이름이 외국 학교에 입학이 허가되었지만 아직 자금이 모자란 학생들 목록에 포함되어 루오어 신문인『라모기』지에 실렸다. 그 기사는 "미고시 버락 오바마"라는 제하에 "알레고의 아들이 입학이 확정된 미국 하와이대에서 학업을 계속 하는 데 6,000케냐실링이 필요하다. 그는 루오에서 널리 알려져 있는 후세인씨의 아들이다."라고 나왔다.

그 다음 몇 개월 동안 오바마는 일부 하와이에 있는 조직을 포함하여 아프리카를 지원하는 열두어 개 조직과 접촉했으며 많은 사람들에게 개인적으로 호소했다. 이런 과정은 그가 앞으로 너무도 잘 알게 될 것이었는데 왜냐하면 미국에 있는 동안 오바마는 마지막 몇 주까지 계속 돈을 모금하려고 애써야만 했기 때문이다.

마침내 소수의 기부자를 찾게 되어 미국으로의 장정에 첫발을 내딛게 되었다. 아프리카계 미국인협회AAI에서 항공료와 추가 비용을 제공하였고 아프리카계 미국인 학생 재단이 적정한 금액의 경비를 제공하겠다고 약속하였다. 『라모기』지의 공지로 몇백 실링이 모이기는 했다. 하지만 그것으로는 부족했다. 아니 턱없이 모자랐다. 오바마는 여전히 수업료와 생활비를 감당할 돈이 없었다. 다시 무니가 오바마에게 꼭 맞는 계획을 하나 세웠다.

무니는 오바마가 나중에는 장학금을 타거나 스스로 학비를 벌 수 있을 거라고 생각했지만 첫 해 수업료 200달러를 자신이 대신 내주기로 결심하였다. 그녀의 수입을 생각해 보면 이건 전혀 쉬운 일이 아니었다. 하지만 무니는 오바마의 잠재력을 깊이 신뢰하고 있었고 단지 돈문제로 그가 정신을 다른 데 분산시키는 것을 원치 않았다. 3월에 로바크에게 쓴 편지에서 무니는 "그는 정말 똑똑하고 영어도 훌륭하기 때문에 공부를 잘할 것이라고 믿어 의심치 않아요. 그래서 기꺼이 돕고 싶어요."라고 토로했다. 그러나 이런 생각과 함께 그가 여전히 학점이 부족하고 몇 년간 학교에 다니지 않았기 때문에 더 집중적으로 학업에 몰두할 필요가 있다고도 생각하였다.

그러나 무니는 오바마가 관리를 잘 못하거나 1년이 가기도 전에 다 써버리기라도 할까 봐 몇백 달러나 되는 돈을 그에게 주기가 걱정되었다. 로바크에게 보낸 편지에서 그녀는 "많은 현금을 버락에게 맡기는 것이 마음에 내키지 않아요. 왜냐하면 내가 아프리카 사람들과 지내본 경험으로 봐서는 이 사람들, 돈 관리를 잘 못하거든요. 아마 돈

관리를 할 기회가 없었거나 많은 돈을 지녀본 적이 없어서일 거예요."
라고 설명하였다.

　그래서 그녀는 오바마를 자기 자신으로부터 보호할 한 가지 계획을
짰다. 그녀는 편지로 로바크에게 다음 학기 하숙비로 400달러를 보내
면 로바크가 오바마 대신 맡아 달라고 부탁했다. 그러면 로바크는 오
바마에게 학교에 지불 능력이 있는지 증명해야 하기 때문에 400달러
를 자신이 받은 거라고 말할 수 있게 된다. 이 돈은 1960년 오바마가
비용을 낼 때 사용할 수 있게 될 것이다. 그리고 마지막으로 남은 문제
하나가 있다. 무니가 1960년 소득세에서 그 돈을 차감할 수 있도록 그
가 바로 돈을 보내는 것이 아니라 그 다음 1월에 보내는 것이 가능한가
하는 문제였다. 무니의 연봉이 6,355달러였다는 사실을 생각해보면 오
바마에게 준 돈이 적지 않은 돈임을 알 수 있다. 비록 그녀가 다른 많
은 케냐 젊은이들도 지도하고 이따금 재정적으로 지원하면서 돕기는
했지만 오바마는 무니가 그들의 포부를 위하여 돈과 시간을 포함한 자
신의 자산을 상당히 많이 희생하도록 감동을 준 몇 안 되는 학생들 중
하나였다. "나는 버락을 위해 그 돈을 은행에 넣어두고 있는데 꼭 보답
받을 거라고 믿어요."라고 그녀는 썼다. "그 돈은 건드리지 않을 거지
만 그 동안 이자는 붙겠죠."

　로바크는 무니의 요청에 흔히 그랬던 것처럼 이번에도 들어주었다.
그래서 마침내 오바마는 자기를 원하는 학교와 학비를 댈 돈을 모두
갖게 되었다. 그는 인생의 궤적이 극적으로 바뀌어 케냐 앞에 펼쳐질

역사의 서장을 그가 떠맡게 되는 발걸음을 한 발 내딛는 순간에 놓여 있었다. 무니에게 깊은 고마움을 느낀 오바마는 미국에서 그녀를 방문하게 되며 케냐로 귀국한 후에도 계속 좋은 관계를 유지하였다. 7월에 400달러를 받고서 오바마는 직접 로바크에게 편지를 썼다. "정말이에요, 언젠가 미국에 오겠다는 저의 희망이 자라기 시작한 건 이것 때문이에요. 편지를 읽었을 때 제 눈을 믿을 수가 없었고 너무 기뻤어요."

오바마는 8월 초에 뉴욕에 가서 며칠 머물면서 그의 열정적인 후원자를 만나기를 희망했다. 만나는 일은 성사되지 않았지만 두 사람은 계속 연락을 주고받았고 로바크는 오바마가 하와이에 있는 동안 많은 지원을 해주었다.

오바마가 출발한 시기는 케냐가 독립을 향해 격하게 흘러가던 중요한 시기였다. 그해 중반까지도 케냐는 여전히 비상사태에 놓여 있었고 케냐타가 석방되는 시기에 있어서도 간단치 않은 과정이 남아 있었다. 정치 지도자들은 점점 예민해져 갔다. 우기가 지속되는 내내 LEGCO의 아프리카인 의원들은 다인종으로 구성된 당을 결성하려고 애쓰며 식민정부로 하여금 조만간 전국 단위의 정당 결성을 허용하라고 설득하였다. 그러나 회담은 번번이 마지막에 가서 교착 상태에 빠졌다. 당내 싸움으로 아프리카계 민족주의자들이 극단적으로 분열되었다. 리프트 밸리의 다니엘 아랍 모이와 해안 지방의 로날드 은갈라를 포함한 일부 LEGCO 의원들이 다민족 당 구상에 동의하였지만 음보야는 그런 당의 결성은 아프리카인들이 진정한 권력을 얻는 것을 가로막는 길이라고 주장하였고 오딩가와 키아노도 곧 그와 보조를 맞추었다. 두 아프리카인 집단 사이에 날카롭게 그어진 선은 다음 해 케냐에 양대 정당이 결성되는 결과를 가져왔다.

민족주의자들의 계속되는 압력으로 결국 몇 개월 뒤 런던에서 일련의 결정이 이루어짐으로써 독립을 향한 움직임은 한층 가속화되었다. 그해 가을에 있었던 선거의 특징은 식민장관이 앨런 레녹스-보이드에서, 보수당 청년층 중 가장 자유주의적이었던 이언 매클라우드로 교체된 것이었다. 한때 런던에서 선호되던 탈식민지화가 점차 속도를 높이고 있는 사태가 더 이상 묵인되지 않을 것이라는 사실을 예리하게 간파한 매클라우드는 행동을 취했다. 그는 다음 해에 케냐 독립을 위한 구체적 단계와 일정을 계획하기 위해 입법회의가 개최될 것이라고 발표하였다. 케냐 입법의회의 모든 의원들이 참석할 예정이었다. 초기에 한 어느 연설에서 매클라우드는 폭탄발언을 하였다. 케냐의 비상사태가 마침내 해제된 것이다. 나이로비에서는 그 발표가 나오자 축하하고 환호하는 사람들이 거리로 뛰어나왔다.

오바마로서는 자치에 대한 기대가 바로 지척에 있는 그런 엄청난 발전을 외면하고 나가기가 어려웠을 것이 틀림없다. 그는 여러 가지 일들이 곧 빠르게 진행될 것이고 자신이 오랫동안 기다려 온 조국의 부흥에 참여하지 못할 것이라는 사실을 잘 알고 있었을 것이다. 하지만 오바마는 자신의 운명을 만들기 위해 열심히 노력해 왔고 자기 앞에 놓인 새로운 길을 걸어가고 싶었다.

8월에 뉴욕행 편도 비행기 표를 예매하고 나서 오바마는 서둘러 유학 준비를 하면서 마지막 남은 한 달을 보냈다. 그는 오티에노 책 마지막 권을 완성하였고 문맹퇴치센터가 이룩한 업적에 대한 영화의 자막 만드는 일을 거들었다. 무니는 여전히 다음에 무슨 일을 할까 하는 문제로 조바심치면서 신의 인도를 열렬히 기다리고 있었지만 신앙심이 약해져 있었다. 향수병과 허리 통증으로 괴로워하던 그녀는 로바크에게 편지로 다음 비행기를 타고 집에 가고 싶은 유혹이 생긴다고 썼다. 설상가상으로 자신의 타이프를 도맡았던 믿음직스러운 오바마도 이젠 없었다. "이제는 타자 치는 일은 못 하겠어요."라고 오바마가 케냐를 떠난 다음 날 무니는 로바크에게 보낸 편지에 썼다. 그녀는 다음 몇 개월 동안 자기 인생이 얼마나 급격하게 변화를 겪게 될지도 전혀 알지 못하였다.

오바마는 출발을 오래 질질 끌지 않았다. 그는 알레고를 마지막으로 방문하여 아버지, 케지아, 아들과 함께 동네 사진관에 앉아서 사진을 찍었다. 그런 다음 세라와 아버지 그리고 울면서 기다리겠다고 약속하는 케지아가 지켜보는 가운데 단출한 자기 가족을 떠났다.

8월 4일 오바마는 나이로비를 떠나 미국으로 향해 날아갔다. 2년 뒤 바로 그날 버락 오바마 2세가 태어난다.

저 사람은
대체 누구지?

저 사람은
대체 누구지?

　난초 향기가 나는 시골풍의 하와이 군도는 버락 오바마가 호놀룰루에 도착하기 두 달쯤 전부터 급격히 변하기 시작했다. 1959년 6월 30일 미색과 적갈색이 어우러진 보잉707 한 대가 호놀룰루 공항 활주로를 향하여 시속 518마일의 속도로 비행했다. 호주 콴타스사 항공기 중 하나인 이 비행기는 샌프란시스코에서 하와이까지 운항하였는데 한 시간 59분 기록을 앞당겼을 뿐 아니라 세계에서 가장 고립된 지역을 리조트로 변화시켰다. 기념할 만한 이 보잉기의 착륙은 하와이에 제트기 시대가 도래하였음을 알리는 신호였다.

　"4시간, 49분. 휘-이-익!"이라고 『호놀룰루 애드버타이저』지의 표제에 나와 있듯이 이 비행으로, 잠자고 있던 낙원이 이제는 전 세계의 관광객들이 쉽게 갈 수 있는 곳이 되었다. 이 착륙은 1959년에 일어난 두 개의 중요한 사건들 중 하나였으며 이 폴리네시아 열도의 역사에서 가장 큰 변혁을 가져온 해라고 장담할 수 있다. 7주 뒤 하와이는 공식적으로 연방에 가입한 50번째 주州가 되어 마침내 100년 이상 지속된 지역 시민 및 정치 지도자들의 힘겨운 싸움이 끝났다. 몇 달 전에 주로 서의 지위를 부여하는 법안이 미국 의회에서 승인되었을 때 하와이에 서는 거대한 모닥불을 지폈고 즉흥적인 거리 파티와 연발 폭죽 등 기념행사들이 시작되었다. 파티는 연말까지 이어졌다.

제트 시대가 도래하고 주州의 지위를 얻게 된 하와이는 이후 현재와 같이 붐비는 관광의 성지가 되었다. 오바마가 호놀룰루에 살던 3년간, 건축 붐이 일어 해안선이 정비되었고, 수십 개의 호텔과 사무실 타워들이 물가에 자리 잡았으며, 섬의 삶과 문화의 리듬이 획기적으로 변하였다. 공항 활주로로 수천 명의 방문객이 밀려옴으로써 좋든 싫든 관광산업은 곧 설탕 산업과 함께 하와이의 가장 큰 산업 중 하나가 되었다. 교수들이 신경 쓰지 않을 때는 일부 학생들이 "피진어"라는 지역 크레올어를 쓰는, 활기 없는 하와이 대학에서조차 새로운 주에 널리 퍼진 낙관적 시대정신이 명백히 드러났다.

오바마와 같은 반이었던 조지 이케다는 다음과 같이 회상하였다.

"전 세계가 우리를 향해 열리는 것같이 느껴졌기 때문에 매우 흥미진진한 때였어요. 저는 열아홉 살이었고 주로서의 지위가 생기기 전에는 절대 대학원이나 본토로 갈 수 있다고 생각하지 못했어요. 하지만 갑자기 모든 곳에서 기회가 생겼고 우리가 새로운 주이기 때문에 사람들은 하와이 사람들이 참여하기를 바랐어요. 하와이 출신이라는 것이 엄청 좋은 때였죠."

그해 8월에 오바마가 처음으로 오래된 호놀룰루 공항의 시원한 시멘트 바닥을 디뎠을 때, 변화는 온화한 무역풍에 실려 이미 열도를 휩쓸고 있었다. 오바마와 하와이는 둘 다 새로운 시대로 변화하는 시발점에 서 있었다. 그리고 둘 다 각각 성장과 재정의再定義의 여정에 착수하고 있었다. 오바마의 고국이 제국주의 권력의 긴 지배에서 해방되는 시점이었고 그의 새 터전인 하와이도 마침내 2류의 지위에서 벗어나 완전히 주의 지위를 얻어 축하하고 있었다.

하와이의 새로운 비전이 오바마에게 동기를 부여했다. 나이로비에서 힘든 날들을 보내고 온 그는 이제 자신이 엄청난 호기심과 토론의 대상이라는 것을 알아챘다. 자주 언급했다시피 우유 젓기를 하던 케냐에서 수천 마일 떨어진 이곳에서, 버락 오바마는 전 세계의 억압된 사람들의 반란 징후이자, 아프리카 사람들의 민족자결권에 대한 강력한 요구를 변호하기 위한 대변인이었다. 오바마는 학부생일 때는 열심히 공부했지만, 오바마에게 반해 케냐의 상황에 대해 연설을 해달라는 학생들과 여러 종류의 단체들 앞에서는 연설을 하지 않을 수가 없었다. 사랑하는 조국에 관한 열정적인 웅변에 대해 짜증 내는 학생들이 있었지만, 다른 사람들은 오바마의 가슴 설레고 기개가 넘치는 이 우레 같은 찬가를 즐겨 듣곤 했다. 성격이 제멋대로이고 꿈이 많아 대담한 십대 소녀들이 그를 향해 웃음을 보내면 제대로 집중을 할 수 없었지만 곧 다시 정신을 가다듬었다. 졸업할 무렵에는 그토록 원하던 학위를 얻었다는 자신감으로 그 어떤 것에 대해서도 말할 수 있었다. 하와이는 오바마가 선택한 운명의 첫 단계였고 방향이 바뀌지는 않을 것으로 보였다.

그의 새로운 터전처럼, 오바마도 자신이 원하는 길을 가기 위해 과거에 등을 돌리기를 주저하지 않았다. 하와이의 주 승격은 관광객들이 달러를 가져오는 축복을 불러 왔지만 토착 문화가 침식되고 아름다운 자연경관이 돌이킬 수 없게 파괴되기도 하였다. 이런 하와이와 비슷하게, 오바마는 미국으로 향할 때 임신한 부인과 어린 아들을 두고 왔는데 그들은 마치 아프리카의 몹시 건조한 붉은 땅에 버려진 것 같았다. 오바마는 학교에나 출입국 관리에게 가족에 대해 말하거나 인정하지 않다가 가족 사항이 이력서에 유리한 경우에만 기재하였다. 오바마는 미국에 있는 동안 신분을 바꿔 백인 여자 한 명과 결혼하며 다른 여자에게 고백을 하고 여러 여자들을 유혹하게 된다. 일부다처제는 확실히 오바마가 태어난 고장의 문화적 특징이지만 루오 전통에서는 남편이 모든 부인과 함께 자신의 가정 하나를 꾸린다. 오바마는 그와 정확히 반대로 하였다. 한 곳에서 다음 곳으로 이동하면서 뒤에 남겨 둔 여자들뿐만 아니라 결국에는 아비 노릇을 잘 못한 자식들도 배신했다.

하지만 1959년이라는 급변하는 시기는 아직 시작되지 않았다. 이때는 오바마와 하와이가 서로를 알아가던 때였다.

오바마가 『새터데이 이브닝 포스트』에서 읽은 것은 사실이었다. 지금이나 그때나 하와이 섬들에서 뚜렷한 문화적인 특징은 다양한 인종의 구성에 있었다. 하와이는 연방에 마지막으로 승인된 주일 뿐만 아니라, 주요 인종이 백인이 아닌 주였다. 대부분의 시민들은 일본인과 중국인이었고 이들은 한 세대 전에 사탕수수 농장과 파인애플 농장에서 일하려고 온 사람들이었다. 필리핀 사람과 하와이 사람들도 상당히 많았다. 하울리라고 불리는 백인들은 1959년에는 인구의 1/3 정도였고 흑인은 632,000명의 섬 주민 중에서 1%도 되지 않았다. 인종 집단들이 대부분 같이 지내기보다 자신들끼리 모여 사는 경향이 있었지만, 모두를 아우르는 알로하 정신이 그들로 하여금 평화롭게 공존하도록 하였다.

이 다양성이 오바마를 태평양으로 이끄는 데 어느 정도 역할을 하였다. 백인이 아닌 사람들이 주요 인종이었지만, 흑인의 출현은 호놀룰루에서는 매우 이례적인 일이었다. 오바마는 하와이 대학 교정의 첫 아프리카 학생일 뿐 아니라, 많은 학생들이 난생 처음 본 흑인이기도 했다.

그의 피부색이 학생들 중에서 그를 특별하게 한 것은 시작에 불과했다. 오바마는 고압적인 바리톤 목소리부터 잘 다려진 바지 접단에 이르기까지 이 대학에서 행해지던 관행과는 거의 모든 면에서 달랐다. 하와이 대학 캠퍼스는 하와이 그 자체처럼 전혀 격식을 차리지 않았다. 학생들은 밝은 색 알로하 셔츠를 입고 꽃으로 된 무무헐겁고 화려한 하와이 전통여성복와 헐렁한 반바지를 입었다. '슬리파'로 알려진 샌들을 신거나 그도 아니면 신발을 아예 안 신거나 하였다.

오바마는 격식에 얽매이지 않는 이런 복장을 싫어했다. 그에게 있어서 교육은 엄중한 것이었고 그는 늘 그렇게 입었다. 그의 의복은 변하지 않았다. 그가 알레고의 먼지 날리던 길에서 염소를 몰던 나날과는 최대한 거리가 있는 앙상블이었다. 그는 단추를 채우게 되어 있는 흰색 긴팔 셔츠에 다림질한 검정색 개버딘 바지를 입고 대개 멋진 검정색 끈으로 묶는 신발을 신었다. 심지어 그는 때때로 우아한 실크 넥타이를 뽐내기도 했다. 대부분의 학생들이 아무렇게나 뒤죽박죽으로 책을 들고 다닌 반면, 오바마는 깔끔한 검정색 가죽 서류가방을 들고 다녔다. 결단력 있는 표정과 클래식한 복장을 한 그는 흔들거리는 야자나무 사이를 성큼성큼 걸어 다니는 위협적인 인물이었다. 그가 입을 열기 전까지는 말이다.

하와이 대학교 1학년이던 당시 오바마의 가장 친한 친구들 중 하나였던 페이크 제인은 오바마에 대해 다음과 같이 말했다. "그는 내가 난생 처음 본 실제 흑인이었어요. 그리고 그는 검을 뿐 아니라 짙은 보랏빛을 띠었어요. 그는 방에 들어와서는, 제임스 얼 존스보다 더 울리는 목소리로 '안녕'이라고 말하곤 했는데 그 목소리는 마치 점잖은 옥스포드 구두에 클립을 끼운 것처럼 멋스러웠지요. 당신이 봤더라면 아마 '저 녀석은 대체 누구야?'라고 생각했을 거예요."

그래서 오바마가 9월의 밝은 아침에 처음으로 하와이 홀의 신고전주의풍 기둥들 사이를 걸을 때 많은 사람들의 눈이 그에게 고정되었다. 버락 오바마는 이국적인 열매와 같았다. 그해 가을 그는 세 개 신문에 기사가 실렸고 갈수록 더 가슴 벅찬 이야깃거리가 되었다.

'하와이의 목소리'라는 뜻의 캠퍼스 잡지 『카 레오 오 하와이』는 '키크고 체격이 좋은 아프리카인'의 도착이 '여러 기업에서 사무원으로 일하며 2년이라는 긴 시간 동안 애써 들어온 영국의 엄격한 통신강좌 수업이 끝났음'을 나타낸다고 하였다. 『호놀룰루 애드버타이저』지는

175

캠퍼스의 첫 아프리카인 학생이 '흔히 볼 수 없는 아프리카 훌라춤의 일종인 오왈로 비슷하게 빙그르르 돌며 몸을 흔드는 훌라걸을 보고 기뻐했다'고 전했다. 『스타 불리틴』의 또 한 기사에서는, 오바마가 제2의 고향인 하와이의 여유로운 생활 속도에 대해 다음과 같이 기쁨을 표했다고 한다. "내 생각에 여기 있는 사람들은 훨씬 더 느긋한 것 같다. 뉴욕이나 런던처럼 바쁘게 움직이는 것을 볼 수 없다." 타자기 앞에서 열심히 공부하는 모습이 찍힌 친구 사진에서 오바마는 덧붙여 말하기를, 이 섬에 인종차별이 없는 것이 '독특하다'고 하였다. 가장 놀라운 것은, 그 누구도 피부색에 대해 의식하지 않는 듯한 인종 간의 태도였다.

하지만 낙원은 완벽하지 않았다. 『카 레오 오 하와이』와의 인터뷰에서 오바마는 몇 가지 불평을 털어놓았다. 하와이는 훨씬 더 크고 고층 빌딩이 많으며 야간 유흥업소에 인기 배우들이 많이 출연하는 태평양의 대도시일 줄 알았다는 것이다. 게다가 생활비가 상상한 것 이상으로 엄청나게 들었다. 케냐보다 음식 값이 세 배나 더 비쌌다. 틀림없을 거라고 예측하면서 그는 농담조로 말했다. "지금 가진 돈으로 일 년 반을 지내야 하는데 내가 보기엔 다음 학기부터 당장 수입을 충당하려고 일을 해야만 할 것 같아."

오바마는 그리고 나서 당시 검은 대륙 위에 만연한 정치적 혼란에 대해 설명하기 시작했다. 케냐인들이 자치 정부를 가질 준비가 되어있냐고 물어보면, 그는 다음과 같이 대답했다. "이런 질문을 하는 사람들에게는 나는 이렇게 대답할 거다. '아무도 한 나라가 자치를 할 수 있는지

없는지는 판단할 수 없다. 만일 그 국민들이 자치를 할 수 없다면, 자치를 잘 못하게 놔두어라. 그들에게 기회가 주어져야 한다.'"

오바마는 처음 몇 달간은 YMCA의 찰스애서턴하우스에 있던 수도원풍의 기숙사 방에서 기거했는데 이 건물은 와이키키 위로 솟아있는 그림 같은 화산 다이아몬드헤드가 내려다보이는 멋진 건물이었다. 하와이 대학 캠퍼스에서 대학가 바로 건너편에 있는 애서턴은 최초의 남학생 기숙사였고, 애서턴의 일층 라운지는 주로 승격된 후에 증가한 여러 나라에서 온 학생들에게 인기 있는 모임 장소였다.

그러나 호놀룰루의 규모에 실망한 오바마는 곧 대학의 일정에서도 지루함을 느꼈다. 새로운 국제 대학원 과정에 외국 학생들이 오기 시작했을 때 2학년이던 오바마는 학부생들이 게으름뱅이들이며 지적인 대화에서 자기 입장을 고수할 수 없다고 불평하곤 했는데 이유는 그가 그런 지적인 대화를 무척이나 좋아했기 때문이었다.

이 두 번째 불평은 전혀 터무니없는 것은 아니었다. 1907년에 세워진 후 반세기가 지난 그 대학교는 대부분 그 지역 학생들이 다녔고 대학의 분위기도 유난히 지방색이 짙었다. 학생들은 대부분 동양인이었고 소수의 백인들만이 본토에서 모험과 좋은 기후를 찾아 이곳에 와있었다. 또 학생들은 인종별로 모이기보다 고등학교 때 같은 반이었던 학생들과 모이는 경향이 더 컸다. 교실에서는 영어를 써야 했지만, 복도로 나가면 피진어가 튀어나왔다. 대학 관리자들은 60년대가 되기 전에 피진어 사용을 뿌리 뽑으려고 노력했고 통상적으로 학생들은 졸

177

저 사람은 대체 누구지?

업하기 전에 적합한 영어를 사용하는지 검사받았다. 캠퍼스 동쪽에 위치한 농업대에서 닭이 꽥꽥거리는 것 또한 교양 있는 분위기를 만들어주지 못했다.

토지를 무상으로 불하받은 하와이 대학은 건립 초기에 지역 주민들의 격렬한 저항을 극복해야 했다. 오바마는 이것을 영국 식민주의자들이 유동적인 노동력을 계속 유지하려는 의도에서 케냐인들에게 교육 기회를 매우 심하게 제한했던 것과 마찬가지로 이 지역 설탕 업체들이 국립대학이 생기면 노동력 공급에 부정적인 영향력을 줄 것이고 세금 부담도 늘 것이라는 불안감을 표현한 것이라는 사실을 제대로 알아차렸다. 그러나 그들의 저항은 결국 극복되었고 마노아 캠퍼스는 농장 작업자들의 자손들을 꾸준히 받아들였다.

호눌룰루시의 진줏빛 해변에서 북쪽으로 몇 마일밖에 떨어져 있지 않은 이 작은 캠퍼스에는 줄지어 늘어선 싱싱한 열대 식물들이 클래식한 베이지색 건물들을 장식하고 있었다. 보행로 가장자리에 맴돌듯 멍키포드 나무가 서 있었고 우아한 하와이 홀의 계단에는 우뚝 솟은 야자나무가 그늘을 드리우고 있었으며, 헤멘웨이 홀 맞은편에는 오렌지 히비스커스와 스칼렛 플레임빈 나무가 자리 잡고 있었다. 하지만, 1959년에는 6,923명이 지역 통학생이었고 그중 다른 나라에서 온 학생은 172명뿐이었던 마노아 캠퍼스는 조용한 곳이었다. 해가 지면 학생들 대부분이 하교했는데 대다수는 호눌룰루 시내 아파트나 수풀이 무성한 마노아 계곡의 가정집에 살았다.

당시에는 1960년대 말을 상징하는 캠퍼스 행동주의와 저항운동 같은 것은 생각도 할 수 없었다. 대신 ROTC 참여가 의무적이어야 하는지에 관한 기사들이 『카 레오』 헤드라인을 가득 채웠다. 그밖에 학생 연보 『카 팔라팔라』가 주최하는 춘계미인대회 후보들에 대한 장황한 논평들과 동서간 논의를 촉진시킬 새로운 국제 센터를 제안하는 논문에 대한 논란이 있었다.

교실 안에서조차 농장적 사고방식이 지배했다. 농장의 계급 구조에 거부감을 가진 학생들에게 교실의 형태는 권위주의적인 것이었다. 감히 손을 드는 학생들도 거의 없었고 실제로 스승에게 도전할 만큼 대담한 학생은 더더욱 없었다. 본토에서 온 교수가 학생들의 안주하는 모습을 개탄하며 1958년 5월 『새터데이 이브닝 포스트』에 다음과 같이 말했다. "무슨 말이든 교수가 한 말이면 복음처럼 받아들여진다."

놀랄 것도 없이 오바마는 정반대의 방침을 택했다. 도착했을 때부터 오바마는 참여해서 논쟁할 태세를 갖추고 있었다. 오바마는 마세노 학교에서 토론 수업에 대해 잘 배웠다. 거의 모든 주제에 관하여 자신의 견해를 열정적으로 주장하였지만, 반대 관점에서 주장하는 것도 즐겼으며 순식간에 입장을 바꿔 설득력 있게 주장할 수 있었다. 이렇게 주장하게 된 것은 그가 지적인 도전에 끌리기 때문이기도 했고, 과시하기 좋아하는 성격 때문이기도 하였다.

23살이 된 그는 대부분의 학부생들보다 나이가 위였고 자신을 더 성숙한 지성인이라고 생각했다. 수업 시간에는 언제나 다른 학생에게 반론을 펴거나 교수에게 거스르는 역할을 하였다. 일부 학생들이 그가 수사적인 장식과 끊임없는 비판으로 아는 체한다고 불평한 반면 다른 학생들은 안도의 한숨을 쉬었다. 그 대학 관광산업과의 연구원으로 오바마와 같이 정치학 수업을 들었던 조지 이케다는 다음과 같이 말했다. "버락은 말하기를 좋아해서 수업 토론 중에 조명을 받았어요. 다른 학생들은 대부분 그가 그렇게 하기를 원했어요. 왜냐하면 그로 인해 수업시간에 암송할 것을 안 해도 됐거든요. 당시에 우리 지역 학생들은 수업 시간에 말을 많이 하지 않았고 교수님이 말한 것은 무엇이든 다 받아들이려는 경향이 있었어요."

오바마가 의견을 피력한 곳이 교실만은 아니었다. 『아스테리스크』라는 캠퍼스 문학잡지의 최신판이 출간되면, 오바마는 일상적으로 겨드랑이에 최신판 잡지를 끼고서 헤멘웨이 홀 계단 아래에 있는 잡지사의 작은 사무실에 들러 의견을 한두 가지 제시하곤 했다. 칭찬은 거의 없었다. 당시 잡지 편집자였던 디트리히 바레즈는 다음과 같이 회상한다. "잡지를 꺼내서는 글 하나를 가리키며, 이 녀석은 자신이 하는 말이 뭔지 전혀 모르고 있다고 말하고 시 하나를 쿡 찌르면서 이 시는 아무 가치도 없다고 해요. 그는 매우 비판적이었어요. 몇몇 사람들은 그를 두려워해서, 그의 목소리, 견해, 검정 끈이 달린 그 젠장맞을 신발에 진저리를 쳤지만 우리는 그러지 않았어요. 어떤 사람들은 그냥 그를 피해 다녔어요."

영어를 전공한 바레즈는 국제적인 사건에 대해서는 관심이 거의 없었고 정치에는 더더욱 관심이 없었다. 그러나 자신도 우여곡절 끝에 하와이에 왔기 때문에 오바마의 이야기에 끌렸다. 전시 독일에서 태어난 바레즈는 아버지가 나치 단체의 구성원이었다고 한다. 이혼했을 때 어머니는 포르투갈 군인과 결혼했는데 그가 바레즈를 입양하고 전쟁 이후 가족을 하와이로 데려온 것이다. 바레즈는 오바마의 직설적이고 단호한 대화 방식을 좋아했다. 그 둘은 종종 캠퍼스 내의 옛 군대 막사에 지어진, 사람들이 즐겨 찾던 식당인 스낵바에서 점심을 먹으며 잡지에 대해 평가를 하곤 했다. 그들은 똑같이 25센트짜리 흰 빵 참치 샌드위치를 선택했다. 바레즈는 오바마가 약간 쌀쌀맞을 정도로 개인주의적인 사람이라고 느꼈다. 하지만, 오바마가 자유롭게 말했던 한 가지는 다른 학생들의 행동과 외모였다. 그리고 오바마는 맨발을 싫어했다. 아마도 맨발이 응이야 학교에 낡은 갈색 바지를 입고 맨발로 뛰어가던 날들을 떠오르게 했을 것이다. 이제는 더 높은 소명을 위해 잘 차려입은 대학생이 된 오바마는 신발이 구하기 힘든 상품이었던 어린 시절을 생각조차 하기 싫었다. 현재 하와이 큰 섬에서 살고 있는 유명한 판화 제작자이자 화가인 바레즈는 다음과 같이 말했다. "맨발에 대해서 오바마는 다른 사람이 뱉은 침을 밟고 걷는 것이 신경 쓰이지 않냐고 말했어요. 그는 맨발로 걷는 것이 더럽고 정말로 좋지 않은 일이라고 생각했지요."

오후에는 오바마가 종종 헤멘웨이 홀 밖 흔들리는 바유르 나무의 긴 가지 아래에 서 있는 모습을 볼 수 있었다. 그는 보통 범아프리카 운동에 대한 전망이나 근래에 발생한 인권운동에 관한 최신 뉴스, 또는 캠퍼스 확장 제안 등에 대한 논쟁에 몰두하였다. 파이프는 실제 흡연을 위해서라기보다는 극적인 효과를 위해 더 많이 사용되었다.

더 큰 단체에서도 호기심의 대상이었던 오바마는 지역 교회, 미국흑인지위향상협회NAACP, 로터리클럽이나 키와니스클럽 등 시내의 여러 장소에 초대되어 아프리카의 상황에 대해 연설하였다. 『스타 불리틴』이 벨기에 식민 정부가 떠난 여파로 인해 콩고에서 대규모 폭력사태가 발생할 것이라고 예측하는 사설을 쓰면, 오바마는 신랄한 반박 글을 썼다. 편집자에게 보내는 편지에서 그는 아프리카 사람들이 거리에서 정해진 방향이 아닌 쪽으로 걷는다는 사소한 죄로 채찍질당하고 감옥에 보내지는 것을 자신이 직접 목격하였다며 글쓴이가 벨기에 식민주의자들을 유능하고 동정심 많은 존재로 묘사한 것을 반박하였다. 오바마는 또 다음과 같이 썼다. "당신은 직접적인 정보를 더 많이 가지고 그들의 유능함이나 동정심에 대해 썼어야 했다."

심지어 세계 여러 곳에서 학생들을 모으려 애쓰던 하와이 대학의 관리자들조차 오바마의 관심을 끌었다. 도착하고 두 달이 채 안되었을 무렵 오바마는 소수의 외국 학생들 중 하나로서 동서 센터라고 불리게 되는 국제 과정 안에 대해 총장인 로렌스 스나이더와 논의하기 위해 초대되었다. 오바마가 깔끔한 흰색 옥스퍼드 셔츠와 검정 나비넥타이를 하고 스나이더와 다른 교수진들과 함께 칵테일을 마시는 장면이 『카 레오』 일면에 게재되었다.

세속적인 방식과 반짝이는 신발 때문에 하와이 대 캠퍼스의 일반 학생들과 구분은 되지만, 오바마는 그래도 자신과 어울리는 무리를 찾기는 했다. 그들은 『카 팔라팔라』 미인대회 후보들보다 더 다양했다. 먼저 캘리포니아의 인습타파주의자이자 르네상스적 교양인이며 재즈 마니아인 피터 길핀이 있었다. 모두를 놀라게 한 블루스와 재즈 음반 컬렉션의 소유자인 그는 그들의 문화적 가이드였다. 뉴욕주 스키넥터디 대학에서 학부를 마치고 그곳의 혹독한 겨울을 피해 도망치듯 하와이로 온 닐 아베크롬비는 그 집단의 정치가였다. 근육질의 체격 때문에 '목 없는 닐'로 알려진 그는 번갈아 가며 청원서를 유포하였고 사회학 조교로 일했다. 앤디 제인은 지역 청년이었다. 마우이에서 중국인으로 태어난 그는 세계를 여행하고 싶다는 불타는 욕망을 지닌 1학년 학생이었다. 자신이 몇몇 전도유망한 백인들과 어울리게 된 것에 다소 놀라워하면서 제인은 곧 그의 첫째 이름을 하와이어로 중국인이라는 뜻의 페이크로 바꾼다. 부인과 함께 호놀룰루에 와서 일 년간 하와이 대학에서 공부한 아베크롬비의 남동생 할과 심리학을 공부하면서 중퇴할 이유를 찾고 있던 힐로 원주민 키모 제럴드도 있었다. 그들은 모두 일이 년 동안 오바마와 알고 지내면서 그에 대해 각기 뭔가 다른 것을 알아냈다. 하지만 아베크롬비와 제인은 오바마와 훨씬 더 오래 관계를 가졌고 몇 년 뒤 오바마를 따라 케냐로 간다. 그들은 케냐에서의 오바마가 또 무척 다른 사람이라는 것을 알게 된다.

　　제인에 의하면 사우스베레타니아 가에 있는 스타더스트 칵테일 라운지는 그들의 단골집이자 그들의 집이었으며 "그들만의 학생회관"이기도 하였다. 캠퍼스 서쪽에 위치한 작은 노동자 바인 이곳을 선택한 이유는 푸짐한 보보반寶寶盤 때문이었는데 보보반에는 돼지갈비, 중국식 계란말이와 완탕이 포함되어 있었다. 보보반은 대부분의 학생들이 그랬듯 돈이 모자란 학생들에게 주식이 되곤 했다. 제인은 다음과 같이 설명했다. "우리는 9시에 수업을 들으러 갔다가 끝나면 스타더스트로 향했어요. 10시 전에 도착하면 보보반이 무료였거든요. 그 뒤에도 사람들이 자기 스케줄에 따라 하루 종일 들락날락했어요. 우린 거기서 점심도 먹고, 숙제도 하고, 자정에는 맥주 피처를 마시기도 했지요."

때론 인근에서 사랑받는 레스토랑이었던 조지 술집이나, 스트립쇼와 웃통을 벗은 고고 댄서들로 유명한 나이트클럽 포비든 시티로 넘어가기도 했다. 하지만 훨씬 더 인기 있던 도피처는 길핀의 아파트였는데 거기서는 소니 테리와 브라우니 맥기, 델타 블루즈멘의 히트곡을 들을 수 있었다. 차를 가지고 있는 녀석 하나가 오바마를 애서턴하우스에서 길핀네 집으로 태워 왔다. 그들은 피자를 먹으며 이야기하고 또 이야기하였다. 길핀은 이메일에서 이 집단에 대해 다음과 같이 묘사하였다. "우리는 모두 반문화적인 사람들이었어요. 우리는 권위주의적인 것은 무엇이든 싫어했고 전쟁과 A&H 폭탄에 반대했어요. 우리는 적극적으로 이런 공포스러운 것들에 대항했죠. 우리는 카프카, 너대니얼 웨스트, 버트런드 러셀, 존 도스 파소스 등 수많은 책을 읽었어요. 우리는 선승인 달마와 도겐의 제자였어요."

이 집단에서 오바마는 많은 역할을 하였다. 그는 선동가이자 즐거움의 원천이었으며 당면한 제국주의에 맞서 싸우는, 살아 숨쉬는 상징이었다. 특히 제인은 오바마가 들려주는 아프리카 숲 이야기와 그의 서정적인 억양이 오랫동안 내부에서 부글부글 끓고 있던 방랑벽을 사그러들게 하자 마음을 온통 빼앗기고 말았다. 그는 오바마의 주소를 주소록에 적어두고 그를 만나러 케냐에 가겠다고 맹세했었는데 10년 뒤에 실제로 만나러 갔다. 호놀룰루의 골동품 앨리 조합에서 골동품을 파는 제인은 다음과 같이 말했다. "당시에는 오바마를 만난다는 것이 세상의 반대편에 내가 만나러 갈 수 있는 사람이 있는 것과 같았어요. 그 사실은 내 꿈이 실제인 것처럼 보이게 했죠. 그리고 그곳은 내가 실제로 갈 수 있는 곳이었어요."

아베크롬비는 오바마를 가장 잘 이해했다. 아베크롬비는 오바마의 정치적 야망이 지구 반대편에서 펼쳐질 엄청난 일들과 연결되어 있다는 데에 무척 관심이 있었다. 길고 검은 수염과 굵은 검정 안경테로 잘 알려져 있었으며 캠퍼스 내 많은 화젯거리들의 중심에 서 있었던 아베크롬비는 미국 의회에서 20년간 하와이 지역 대표를 했고 2010년에는 하와이 주지사로 선출되었다. 종종 그와 오바마는 식민지에서 독립한 후 세계는 어떻게 될지를, 그리고 미국에서 싹트기 시작한 인권 운동과 아프리카에서의 독립 요구 사이의 유사점을 밤늦게까지 토의하였다.

그가 경제학자가 되기로 결정한 것은 부분적으로는 이 분야에 대한 각별한 애정과 상당한 적성 때문이었다. 그는 당시 전면으로 떠오르고 있던 거물들의 무대에서 중요 인물이 되고 싶었고, 펼쳐지고 있는 케냐 독립 드라마의 기폭제 역할을 할 수 있다고 믿었다. 재정학, 경제측정학 및 무역에 대해 잘 아는 경제학자로서, 그는 신흥 국가에 매우 필요한 사람이 될 것이었다. 그의 손은 나라의 경제적 토대 형성에 도움을 줄 뿐만 아니라 이론적인 체계 형성에도 도움을 줄 것이다.

자국에 대한 오바마의 열정은 본능적이었기 때문에 그는 어떤 기회에서든 막힘없이 아프리카에서 일어나고 있는 일들에 대해 토론하였다. 아베크롬비와의 토론에서 오바마는 재산 개념에 대한 특별한 관심과 아프리카의 공동체의식 개념이 자본주의 사회의 개인 소유와 같을 수 있다는 확신에 대해 말했다. 가나의 대통령 콰메 은크루마는 아프리카 사회주의와 전통적인 인문주의적 가치를 보존하기 위한 자신의 헌신에 관한 글에서 같은 주제를 피력하였다. 그와 같이 오바마는 직감적으로 조국이 독립 국가로서 겪게 될 경제적 취약점뿐만 아니라 아프리카의 전통적 가치에 대해서도 이해하고 있었다.

오바마는 케냐에 대해서는 매우 열정적이었다. 왜냐하면, 당시의 케냐는 그와 같은 상황의 사람들의 나라였기 때문이다. 25년 전이었다면 아마 그의 삶은 식민 지배하의 하위 관리자였거나 운이 좋다면 선생님이었을 것이다. 하지만 오바마는 성인이 된 순간 완전히 다른 인생으로 가는 문을 확실히 열었다. 그리고 그 어떤 것도 자기 길을 가로막게 하지 않았다. 아베크롬비는 다음과 같이 말했다. "그는 야망에 대해 말했어요. 대개는 아프리카의 독립에 관한 야망에 대해서였지요. 그리고

오바마를 부탁해

케냐에서 모습을 드러내고 있는 민족주의에 참여하려는 자신의 개인적 야망에 대해서도 말했어요. 강박적으로 매달리지는 않았지만 그것이 그의 삶의 중심이었어요. 그는 이러한 에너지와 목적으로 가득 차 있었죠. 우리는 모두 그에 대해 엄청 큰 기대를 하고 있었어요. 버락과 같은 사람들이 아프리카의 다음 지도자가 될 것이라는 희망을 가지고 있었어요. 그는 지도자를 하기에 완전히 적합해 보였어요."

하지만 오바마는 독립이 가져올 시련에 대해 걱정하기도 하였다. 신예 경제학자의 관점에서 볼 때, 국가를 외국 자본과 경제 의존에서 벗어나게 하는 일이 어려움을 잘 알고 있었다. 또한 그가 가치 있게 여기던 보다 공산주의적인 아프리카적 전통과 자본주의 경제의 측면들을 혼합하려는 시도가 어떤 도전에 직면할지에 대해서도 잘 알고 있었다. 부족 중심주의 또한 그가 많이 관심 있어 하는 것들 중 하나였다. 케냐타를 지지하는 키쿠유인들은 이미 강력하고 유대가 긴밀한 단체가 되었다. 독립을 향한 단호한 열망에 의해 서로 다른 부족 단체 간의 몇몇 정치적 차이점들이 부차적인 문제로 여겨지고 있었지만, 오바마는 아베크롬비와 밤늦게까지 대화하면서 예측하기를, 오랫동안 당파들을 억압했던 영국의 숨 막히는 지배가 제거되었을 때 예전의 부족 간 경쟁이 다시 나타날 것이라고 하였다. 이 부분에서 오바마의 예언은 적중하였다.

많은 사람들이 아프리카의 식민주의 거부를 미국 흑인들의 동등한 처우에 대한 요구가 증가하는 것과 연결지음과 동시에, 오바마의 열정을 사람들이 알아주기 시작했다. 그러나 그는 또한 다른 문제들에 대해서도 정통했다. 아베크롬비는 오바마의 지적인 범위에 감탄했다. 아베크롬비는 다음과 같이 말했다. "그는 그런 이미지를 일부러 만들 필요가 없었어요. 그는 문제를 전면적으로 파악했는데 그 이유 중 하나는 정보를 얻으려는 그의 의지였어요. 그는 일을 너무 열심히 했어요."

아프리카는 오바마가 유일하게 갈망하는 초점이었지만 그는 발전하는 미국의 정치 상황이 국제적인 영향력을 지녔다는 것을 이해했다. 확실히 눈에 띄는 외국 학생으로서 그의 활동들은 눈에 잘 띌 수밖에 없었고 그는 종종 그의 친구들이 참여하고 있던 더 공개적인 행사들에 참여하는 것을 사양했다. 하지만 오바마는 때때로 단상 위에 올라가고 싶어 참을 수 없었다. 1962년 5월의 경우, 그는 알라 모아나 공원에서 열린 어머니 날 평화 집회에서 다음과 같이 연설하였다. "군사 지출을 완화시키는 것은 무엇이든 우리를 도울 것이다…… 평화는 엄청난 자원을 낳을 것이다."

시민권에 관한 주제에서, 오바마의 참여는 완료되었다. 그는 열렬히 신문을 탐독하였고 다른 학생들에게 미국 흑인 탄압의 역사에 대해 뿌려댔다. 자국에서 계속되고 있는 상황에 너무나 잘 울려 퍼진 저항의 신념은 그에게 호소력이 있었다. 정치적인 일에 관여하는 것에 대한 그의 일반적인 주의에도 불구하고, 오바마는 때때로 정치에 뛰어들었다. 1961년 여름 명백한 통합의 적인 앨라배마의 주지사 존 패터슨이 중앙 정부 회담을 위해 호놀룰루에 도착했을 때 오바마는 공항을 휩싸고 시위하던 군중 중 하나였다. 오바마는 나중에 패터슨이 묵던 호텔에서도

오바마를 부탁해

피켓 시위에 참여했다. 할 아베크롬비는 다음과 같이 말했다. '이 시위는 하와이에서 처음 일어난 시민권 시위였어요. 시위 참여자들에는 중국인, 일본인, 백인 그리고 버락이 있었어요. 오바마만이 유일한 흑인이었죠. 그는 주지사의 차를 다른 사람들과 함께 둘러싸고 인종 차별을 끝내라고 했었죠.'

오바마의 참여는 값을 치렀다. 그만큼 헌신할 사람은 거의 없었는데 그는 그러한 소수 핵심층에게만 정중하게 대했다. 그는 다른 사람들의 결점에 대해 참지 못했고 본인 자신보다 능력이 적어 보이는 사람들에게 눈에 띄게 격분하였다. 다른 사람이 말하는 것에 대해 관심이 없을 때 그는 곧바로 얘기를 하였고 그들의 주장이 잘 연결되지 않았다고 생각이 들 때엔, 그는 직설적으로 이를 지적하였다. 만일 다른 사람들이 그의 언어적 맹공과 쿡쿡 찔러대는 파이프에 너무나 겁을 내지 않았다면, 그들은 아마 그에게 곧바로 응대했을 것이다. 아베크롬비는 한숨지으며 다음과 같이 말했다. "그는 자존감이 부족하지 않았어요. 우리는 그가 너무나 진실어려서 용서했어요. 하지만 그는 매우 벅찬 성격을 지니고 있었죠. 그는 자신처럼 술술 말을 풀어내지 못하는 사람들에 대한 짜증을 억누르지 못하고 그대로 주저 없이 지적했죠."

그 성격의 힘을 남아프리카의 대학에서 방문한 음악학 연구가보다 더 완전히 느낀 사람들은 없을 것이다. 백인이었던 그 남자는 하루 새에 학생들에게 연설을 하기로 되어 있었는데 오바마와 다른 학생은 다른 안건을 가지고 있었다. 첫 저녁에 남자가 오르비스 강당의 단에 올라섰을 때, 오바마는 그 남자가 입을 열기도 전에 벌떡 일어섰다. 백인 남아프리카 정부는 무슨 권리를 가지고 아프리카인들의 시민권을 빼앗는가? 그 남자가 대답하려고 할 때 전략적으로 강당 반대편에 위치해 있던 다른 학생이 벌떡 일어서서 더 공격적인 질문공세를 음악학 연구가에게 연발했다. 이는 계속되었고 그들의 언어적 난타는 사실상 음악학 연구가가 대답을 할 수가 없게 만들었다. 마침내 그는 항복하고 무대에서 내려왔다. 몇 학생들은 질문에 동참하였고 연설자가 떠났을 때 환호하였다. 하지만 청중들 중 몇몇, 그리고 인종차별정책에 반대하던 이들조차도 이 공격에 대한 반감을 함께 가졌다. 현재 뉴욕의 카네기 홀 극장 지배인인 키모 제럴드는 다음과 같이 회상했다. "나는 그 당시에 엇갈리는 감정을 가졌어요. 그의 전달력과 몸짓은 나에게 그는 인종차별정책 옹호자가 아니라는 것을 알려주고 있었어요. 하지만 그는 여기 그의 위치에서 억지로 하와이에서 남아프리카 정부를 대변했어요."

오바마에게 약간의 실망을 한 또 하나의 장소는 국제 학생 사무실이었다. 그곳의 행정인들은 오바마에게 사무실로 와서 통상적인 서류를 작성하도록 거듭 요청하였는데 그는 절대 나타나지 않았다. 그의 기록은 불완전했고 모호했으며 학교 측에서는 왜 그런지 가늠할 수가 없었다. 그들은 또한 오바마의 연애 습관에 대한 보고에 관하여도 걱정을 하고 있었다. 국제 학생 사무실은 그의 계집질과 불확실한 혼인 여부에 대해 처음으로 문제를 제기했다. 그의 가족에 대해 물을 때마다 오바마는 가장 유리할 것 같은 다른 대답을 했다. 때때로 그는 케냐에 부

오바마를 부탁해

인이 있었고 어떤 때에는 부인이 없었다. 그가 그의 두 번째 부인을 만났을 때, 그는 첫 부인과 이혼했다고 주장했었다. 나중에 그는 또 이혼하지 않았다고 하였다. 대부분 그는 질문에 대답하지 않으려 하였다. 그런데도 이러한 질문들이 그가 학교에 머무는 동안 귀찮게 따라다녔고 결국엔 처참한 결과로 막을 내렸다.

출입국 사무관들은 이 문제의 사실을 알아내기 위해 고전했다. 하와이 대학 외국인 학생 고문인 수미 맥케이브는 오바마가 하와이에서 두 번째 여름을 보내고 있을 때 이 문제를 주목했다. 1961년 호놀룰루 이민귀화국INS의 관리자인 라일 달링이 쓴 메모에 따르면 오바마는, "여기에 처음 도착했을 때부터 여러 명의 여자들과 뛰어놀고 있었다"고 한다.

달링의 메모는 INS가 내부적으로 'A'파일이라고 알려진 외국인 파일에 보존하였던 오바마에 관한 수십 개의 소식 중에 하나다. 비록 오바마는 이것에 대해 아마 알지 못했을 테지만, 이러한 파일은 연방 출입국 기관과 지속적으로 연락하는, 미국 내의 모든 미국 출신이 아닌 시민에 대해 보관되어 있다. 서신에는 미국 체류 기간을 연장하려는 오바마의 지원서, 근로 허가 요청, 그리고 여럿의 연관된 학교 문서와 메모가 포함되어 있다. 달링의 메모에 따르면, 맥케이브는 1961년 4월에 달링에게 전화하여 지난해에 대해 다음과 같이 말했다. "그에게 플레이보이와 같은 행동에 대해 주의를 줬어요. 오바마는 여자들한테서 떨어져 있도록 노력하겠다고 대답했었죠."

그는 노력을 열심히 하지 않았다. 일찍이 위스키를 스트레이트로 마시던 오바마는 파티맨이라는 평판을 얻게 되었다. 비록 열심히 공부했지만, 그는 애서턴 하우스와 국제 학생들에게 인기 있는 또 다른 집합소인 퍼시픽 하우스에서 열리는 모임의 단골이었다. 오바마는 기타를 들고선 그의 케냐 자장가를 흥얼거리며 관객들을 즐겁게 했다. 그리고 사적인 모임에서 그는 술을 마셨다. 20대 초반에 오바마는 이미 그가 사랑하는 조니 워커의 전설적인 주량을 가지고 있었고 보통 6잔 정도는 마셨으며, 그의 농담들이 상당히 시끌벅적해지고 여자들에 대한 유혹은 더욱 공공연해졌다. 이러한 때에는 그 누구도 그가 고국에 결혼한 부인과 아이들 둘이 있다는 생각은 전혀 하지 못했을 것이다. 그 당시 대학원생이던 도로시 헤크먼 그레고는 다음과 같이 회상했다. "그는 여자들과 노닥거리기를 좋아하는 남자였어요. 그는 일반적인 대화를 넘어 항상 여자를 사로잡을 준비가 되어 있었어요. 아시죠? 한 단계 더 멀리 진도를 나가는 거죠. 요즘에는 그걸 '유혹하기'라고 하죠. 그의 매력의 일부는 그의 지성이었어요. 그는 정말로 똑똑했어요. 하지만 그는 또한 매우 이야기를 잘하는 사람이었죠. 여자들은 그에게 매우 끌렸었죠."

1959년 가을에 주디타 클라크 무라시게는 탕가니카와 케냐에서 있었던 여러 달 동안의 체험 학습 과정으로부터 갓 돌아왔다. 그녀는 즉각 눈에 띄는 흑인 남자가 하와이 대학 캠퍼스를 가로지르는 것을 목격했다. 물결치는 금발을 지닌 매력적인 1학년생이 그에게 접근했을 때, 오바마는 그가 가장 좋아하는 주제로 넘어가서 그 둘은 몇 번의 커피 데이트를 몇 달간 하였다. 어느 날 밤 그들은 와이키키 해변 아래를 탐험했고 곧 관광객이 자주 찾는 곳이 된 돈 더 비치코머라는 유행의 나이트클럽에 들렀다. 그들은 오래 앉아 있지 않았다. 두근거리는 음악이 더 커짐에 따라 오바마는 그의 발끝으로 돌더니 무라시게를 춤 무대를 가로질러 빙빙 돌렸고 그녀의 머리칼은 그녀의 뒤로 흘렀다. 서로의 몸이 서로에게 미끄러지면서 거의 서로의 몸을 서로에게 미는 듯이 되었다가 다시 돌리면서 떨어졌고 바에 있던 다른 손님들은 조용해졌다. 야망 있는 아프리카 학생이라는 것도 한 몫을 했겠지만, 땀 흘리며 공개적으로 창백한 여학생을 다루고 있는 흑인이라는 점이 완전히 이색적인 것이었다. 무라시게는 다음과 같이 회상했다. '관중들은 꽤 상류층의 사람들이었고 우리는 모두 웃으며 즐기고 있었어요. 사람들은 당연히 우리를 보고 있었고 그래서 더 재미났죠. 내 생각엔 몇 사람들은 뭘 생각해야 할지 몰랐던 것 같아요.'

비록 오바마가 활동적인 사교 생활을 일궜지만, 그는 자신의 에너지를 그의 공부에 투자하였다. 일찍이 그는 그의 수업활동을 가능한 한 빨리 끝내려고 했다. 이는 케냐로 돌아가기 위한 시간을 줄이기 위해서이기도 했지만, 무엇보다도 그는 수업료를 줄여야 했다. 두 번째 학기부터 오바마는 이미 돈이 다 떨어지고 있었고 시내의 잉크 블럿 커피숍에서 설거지하는 일을 해서 일당 5달러를 벌었다. 그의 첫 여름 방학에는 도일 회사에서 시간당 1달러 33센트를 받는 잡일을 했다. 돈은 오바마가 미국에 있는 동안 계속되는 문제였고 오바마는 계속해서 다음해의 수업료를 마련하기 위한 압력을 받았다.

결국 그는 보통 4년 걸리는 그의 학부 공부를 3년 안에 끝냈다. 하지만 이렇게 하기 위해 그는 엄청난 수업량을 맡았다. 그의 첫 학기에 오바마는 경영 대학에 등록하여 표준 수업을 수강 신청했다. 이 수업들에는 사업 계산, 영어 영작, 정부 개론, 세계 문명, 개인위생 그리고 대중 연설이 포함되어 있었다. 그의 첫 해 성적은 좋았지만 뛰어나지는 않았다. 거의 대부분 A를 받았지만 B도 조금 있었고 여름 학기 중에 들었던 미국 역사 개론에서 유일한 C를 받았다.

그가 받은 B 중에 하나는 하와이에서 1년간 머물렀던 사우스 다코타의 젊은 교사 제임스 맥크로스키의 대중 연설 수업이었다. 그 당시에 각 말하기 수업에서 가장 뛰어난 학생을 뽑아서 그 학생들이 서로 경쟁하여 학교의 토론 팀에 들어갈 수 있게 하였다. 맥크로스키가 기억하기로는 오바마도 이를 위해 노력했는데 맥크로스키는 이 젊은 아프리카인에게 감명을 받지 못했다. "그는 좋은 목소리를 가지고 있었지만 할 말이 별로 없었어요. 그는 매우 뚜렷하지는 않았지만 무엇보다도 목소리가 컸던 걸로 기억해요. 하지만 그는 매우 개방적이고 상냥했어요."

설탕 공장의 2세대였던 일본인 부모님 슬하에서 자란 에드 하세가와도 대중 연설 수업을 들은 학생이었다. 그는 군부에서 3년간 복역해야 했기 때문에, 오바마와 같이 반 다른 학생들보다 나이가 더 많았고 둘은 자주 같이 점심을 먹었다. 그들은 스낵바를 택했는데, 이곳은 헤멘웨이 홀의 식당보다 훨씬 저렴했다. 바레즈와 그랬던 것처럼 그 둘은 또한 매 점심마다 같은 것을 먹었다. 하사가와는 다음과 같이 말했다. "우리는 10센트짜리 가장 싼 빵 끝부분으로 만든 샌드위치를 먹었어요. 그 속에는 작은 조각으로 갈아 놓은 햄이 들어있었어요. 남겨진 조각들을 같이 으깨서 만드는 햄이죠. 괜찮았어요. 이 샌드위치와 음료수가 우리가 살 수 있는 유일한 것이었어요."

오바마는 첫 해가 끝나갈 무렵 대중 연설에 질렸다. 그는 경제와 통계 수업 같은 실제 소용이 있는 그의 소명에 더 집중하기로 결심했다. 그는 또한 언어 자격 요건도 통과해야 했다. 오바마는 소련에 대해 지속적인 관심이 있었고 이는 특히 소련에서 젊은 케냐인들을 위해 여럿의 장학금을 보증했던 루오의 정치가인 오깅가 오딩가에 대한 감탄에서 기인하였다. 일촉즉발인 냉전의 적대행위에도 불구하고 하와이 대학교 캠퍼스에서 더 인기 있는 외국어 수업 중 하나는 러시아어였다. 소련이 몇 년 전 성공적으로 스푸트니크 위성을 쏴 올렸을 때부터 이 수업은 수요가 너무나 많아서 학교가 두 번째 러시아어 교사를 데려왔다. 오바마는 2학년 가을 그의 수업에 러시아어 초급을 추가했다.

그 수업에서 오바마는 시애틀에서 온, 관습에 얽매이지 않는 17살짜리를 만난다. 그녀의 이름은 스탠리 앤 던햄이었다.

1960년 8월 아이젠하워 대통령은 하와이 대학 캠퍼스에서 수천 마일 떨어진 곳에 강한 파문을 일으킬 책정액 법안에 사인하였다. 법안은 공식적으로는 동서간 문화 및 기술 교환 센터라고 불리는 국제 교환 센터를 짓기 위해 1,000만 달러를 대학교에 할당하는 내용을 포함하였다.

이 프로젝트의 목적은 전 세계의 지식인들이 모여서 생각을 공유할 수 있는 장소를 만들어 아시아와 미국 간의 관계를 향상시키는 것이었다.

법안이 사인되고 나서 몇 달 뒤, 열대 농업대학의 닭들이 쉬곤 하던 마노아 강 주변 캠퍼스 동쪽 끝에 센터의 새 건물이 건축되기 시작하였다. 하와이의 또 하나의 승리였다. 앞으로 동서 센터라고 불리게 되는 이곳은 주의 지위를 얻은 것에 더한 보석일 뿐만 아니라, 이는 또한 호놀룰루가 곧 오랫동안 구상 중에 있었던 태평양의 제네바로 인식될 것이라는 뜻이었다.

센터의 새로운 학생들이 미얀마, 일본, 필리핀, 그리고 더 먼 곳에서 흘러 들어옴에 따라 캠퍼스의 특색이 확실히 더 다양해졌다. 특히 기숙사가 지어지는 동안 몇 새로운 장학생들이 살았던 애서턴 하우스에서는 국제적인 일들과 냉전의 현실정치에 관한 토론이 흔하게 일어났다. 아래층 작은 부엌에서 학생들이 음식을 준비했는데, 여기에서는 다양한 이국적인 냄새를 풍겼다. 단조로운 관심사를 가진 유순한 학부생들한테 질린 오바마는 이 새로운 학생들을 열정적으로 맞이했다. 일찍이 오바마는 이 학교의 지식수준이 불만족스럽다고 경고했었다. 학생들이 열심히 공부하지 않을 뿐만 아니라 교수들도 특히 고무적이지 못했다고 했다. 오바마는 처음부터 더 나이 들고 더 교양 있는 무리한테 끌렸고 다음해 센터가 완성되었을 때에는 그곳에서 일주일에 두 번 식사를 했다. 2년간 동서 학생이었던 그레고는 다음과 같이 말했다. "내가 저녁을 먹으러 들어왔을 때, 그는 재미있는 얘기를 들려주며 식탁에서 사람들에게 둘러싸여 있었어요. 그는 식사 자리를 책임지고 있었고 내 생각엔 그는 이런 것을 원하는 것 같았어요. 그는 자신에 대해 매우 권위적인 태도를 보였고 우리들에게 아프리카에 대해 알려줬죠. 하지만 대부분 그는 질문을 했어요. 그는 정말로 미국에 대해 알고 싶어 했어요."

오바마는 자신과 동등한 지적 능력을 지녔다고 생각한 신입생 몇 명과 친해졌다. 한 명은 세속적인 경제학 학생이자 전 캄보디아 수상 킴 티트의 아들인 나란키리 티트였다. 또 다른 한 명은 로버트 루에니츠로 외국 근무를 할 젊은 미국인이었다. 이 셋은 같이 경제학 수업을 들었고 맥주와 푸푸를 먹으면서 개발도상국의 공산주의의 역할이 그들의 주요 주제였던 지정학에 대해 토론하며 여러 시간을 보냈다. 열변을 토하는 토론가 티트는 지역 교회에서 이 주제에 대해 이야기하자고 했고 그들은 곧 여러 지역 회당 등에 초대되었다.

각각은 자신의 토론 입지를 자신의 경험에 비춰서 가졌다. 1950년대 중반 프랑스에 살면서 헝가리 혁명과 독립을 위한 알제리 전쟁을 본 티트는 공산주의를 굳건히 반대했다. 아프리카의 공동체의식을 반영했다고 믿은 공산주의의 특징에 끌린 오바마는 티트와 반대 입장에 섰다. 외교에 능숙한 루에니츠는 중도에 섰다. 이윽고 루에니츠가 빠지고 오바마 대 티트 쇼는 여러 주변 섬으로 뻗어나갔고 결국 전문 협회, 지방자치 단체 및 교회에 나타났다. 존스 홉킨스 대학에서 국제 경제 부속 교수이자 IMF의 고위 간부가 된 티트는 다음과 같이 말했다. "오바마와 나는 반대 극에 서 있었어요. 나는 공산주의가 세상을 구할 수 있다고 생각하지 않았죠. 사실이기에는 너무 좋았고 내가 본 것들에 대해 예를 들어줬었어요. 오바마는 완전히 반대였어요. 그는 항상 공산주의가 어떻게 아프리카와 쿠바를 독립시켰는지에 대해 찬양했어요. 그는 공산주의가 무엇인지 전혀 몰랐어요. 오바마는 공산주의가 세계를 구할 거라 생각했어요. 자본주의는 무너지고요."

동서 무리도 서로 파티를 열었다. 파티를 했던 친구들 중 하나는 그의 집을 개방하여 음반을 듣고 맥주를 마시던, 진주만에 배치된 해군 장교 아놀드 나크마노프였다. 그들은 애서턴 하우스의 낡은 등나무 주위에 모여 커피를 마시기도 했다. 오바마는 특히 국제적인 일이 대화의 대부분을 차지했던 동서 무리와 교류하는 것을 좋아했다. 하지만 위스키가 손에 한 잔 두 잔 들어오기 시작하면, 오바마는 문학, 아프리카 음악과 춤, 그리고 최신 뉴스와 같은 다른 주제로 깜빡 빠지기도 했다. 그가 그곳에 여자 친구를 거의 데려오지 않았지만, 오바마는 추파를 던지기로 유명했고 음악만 나왔다 하면 춤추러 뛰어나갔다. 티트는 오바마가 상당히 재미있지만 알기 어려운 사람이라고 느꼈다. 티트는 다음과 같이 회상했다. "그는 다른 집단과는 거리를 두었죠. 그는 절대로 자신의 사적인 문제나 그의 집이나 부족에 대한 것은 말하지 않았어요. 그래서 그를 거기까지밖에 몰랐어요. 그는 절대 자신에 대해 개방하지 않아서 그를 잘 몰랐어요. 나는 그래도 그가 좋았어요. 그의 지성에 탄복했었죠. 매우 인상적인 남자였어요."

오바마의 음주는 덜 인상적이었다. 어떤 밤들엔 너무 많은 위스키를 마셔서 파티 중간에 정신을 잃거나 의자에 앉은 채로 식탁에 고꾸라졌다. 다른 학생들은 이 장면에 익숙해서 조심스럽게 자고 있는 그의 옆으로 돌아가거나 그에게 말을 걸었다. 그리고 파티가 끝날 때쯤이면 그들은 오바마의 볼을 때리고 일으켜 세웠다. 비록 약간 난처했지만 오바마는 사과를 하지 않았다. 티트는 다음과 같이 말했다. "사람들은 물론 어느 정도 농담조로 오바마에 대해 말했지만, 나는 절대 오바마에게 그런 일을 언급하지 않았죠. 내가 알 바 아니었으니까요."

공산주의의 열정적인 토론에 자극받아, 오바마는 1960년 가을에 그의 첫 러시아어 수업을 열정적으로 듣는다. 러시아어 초급은 새로운 자연 과학 건물 209호에서 몇 년 전 러시아어 학부 프로그램을 제정한 엘라 위스웰이 가르쳤다. 그의 같은 반 학생들 중에는 최근에 시애틀에 있는 머서 섬 고등학교를 졸업하였으며 감정이 드러나는 갈색 눈을 가진 날씬한 젊은 여성이 있었다. 시애틀 교외에서 갓 올라온 여학생이 러시아어를 선택할 가능성이야 높지 않겠지만, 스탠리 앤 던햄은 전혀 예상치 못한 일원이었다. 가구 판매원과 은행 임원의 외동딸인 던햄은 위스웰의 교실에 들어왔을 때 세상의 일부를 보았다. 캔자스주 위치타에서 태어난 그녀는 방랑벽이 있는 아버지 때문에 작은 가족이 캘리포니아로 이사했고 그 뒤에 오클라호마에 갔으며 텍사스에서 여행을 하다가 1950년대 중반에 시애틀에 왔다. 말 많은 몽상가인 그녀의 아버지 스탠리 던햄은 1960년 6월 그녀의 딸이 졸업한 후 또다시 호놀룰루로 이사하기로 한다. 그는 항상 그랬었던 것처럼 그곳엔 항상 다른 곳에 있다고 판명되었던 더 크고 좋은 직장이 있다고 약속했다.

그때쯤에 스탠리 앤은 여자로서는 이상한 그녀의 이름을 간결하게 설명했다. 그녀는 다음과 같이 말했다. "내 이름은 스탠리야. 아버지가 아들을 원해서 이렇게 이름을 지었어." 던햄이 호놀룰루에 도착했을 무렵, 그녀는 스탠리 이름을 지웠다. 더 이상 귀엽지 않았다. 그녀의 이름은 이제 앤 던햄이었고 그녀는 젊은 여자였다. 비록 부끄러워했지만, 던햄은 그녀 자신을 인습 타파주의적이라고 주장했고 확실히 진보적인 관점을 지니고 독립적인 사고를 한다고 생각했다. 그 당시의 많은 자존심 있는 십대들과 같이 그녀는 교외의 엄청난 순응을 증오했다. 그녀는 무신론자였고 아들라이 스티븐슨 민주당 대통령 후보를 위한 선거 배지를 뽐냈으며 외국 영화와 재즈를 좋아했다. 비록 그녀가 선하고 참을성 있게 남의 말을 들어주는 사람으로 알려져 있지만, 그녀가 생각하기에 거만하거나 진실이 아닌 것 같은 말에는 과장된 불신감으로 그녀의 큰 갈색 눈을 돌리는 것을 주저하지 않았다. 그녀의 아버지 만큼이나 몽상가였던 그녀는 그녀가 인간의 실패와 약점들을 그냥 넘길 수 있도록 낭만적으로 묘사하는 경향이 있었다.

던햄은 또한 각별히 밝았다. 다양한 어휘력과 그에 부합되는 지성으로 그녀는 거의 모든 주제에 대해 자신의 입장을 고수할 수 있었다. 그리고 그녀는 시대의 성우聖牛에 도전하는 것을 주저하지 않았다. 민주주의는 무엇이 그렇게 좋던가? 공산주의는 무엇이 그렇게 나쁜가? 그리고 왜 자본주의가 그렇게 좋았는가?

그녀는 확실히 지성인의 삶을 원했던 젊은 여성이었다. 결혼은 최소한 아직까지는 필요 없었다. 십대일 때에도 던햄은 이미 다른 문화에 매료되어 있었고 인류학자가 될 것이라고 선언한 바 있다. 던햄과 같은 반이자 친한 친구인 수전 보트킨 블레이크는 다음과 같이 설명했다. "이 세대는 준 클리버June Cleaver의 세대라는 것을 기억해야 해요. 광고에서는 모든 여성들이 자신의 집을 하이힐을 신고 거들을 입고 청소해요. 그래서 스탠리는 인류학자가 되고 싶다고 해요. 이게 대체 무슨 소리인가요? 저는 인류학자의 뜻조차 몰랐어요. 사전을 찾아봐야 했었죠."

그녀가 고등학교를 졸업했을 무렵 던햄은 시카고 대학에 입학 허가를 받았고 그곳에 가기를 고대했다. 하지만 그녀의 아버지는 그녀가 너무 어리다는 이유로 단호히 반대하였다. 많은 친구들 사이에서 U-Dub로 알려진 워싱턴 대학에 들어가는 것도 허락하지 않았다. 대신에, 던햄과 그녀의 부모들은 학위 수여가 끝난 며칠 뒤에 호놀룰루로 향한다. 던햄은 이미 껄끄러운 관계에 있던 그녀의 아버지에게 화가 났다. 그의 보호에 짜증이 나서 던햄은 그녀의 친구에게 다음과 같이 공표했다. "도대체 하와이 대학에 대해 들어본 사람이 있을까?"

하지만 학교가 시작하고 몇 주 내에 던햄은 그녀의 어조를 바꿨다. 그녀는 수업들이 흥미로웠다고 블레이크에게 편지를 썼다. 그녀의 옛 반 친구들이 나일론과 거들을 껴입고 다닐 때 그녀는 반바지와 무무를 입고 수업을 들었다. 그리고 또 하나, 그녀는 '러시아어 수업을 같이 듣고 있는, 매우 재미있는 케냐 출신의 아프리카 사람'과 사귄다고 덧붙였다.

수년 뒤 던햄은 그녀의 아들인 버락에게 아버지와 했었던 첫 데이트에 대해 알려줬다. 아버지 오바마는 그녀에게 한 시에 대학 도서관 앞에서 보자고 했었다. 그녀는 오바마가 오기 전에 도착해서 따뜻한 태양 아래에서 잠들어 버렸다. 그는 한 시간 늦게 도착했다. 그녀가 일어났을 때 오바마가 그의 친구들과 함께 내려다보면서 다음과 같이 말했다. '보시다시피, 얘들아, 내가 말했잖아, 그녀는 고운 여자라고. 그리고 그녀가 나를 기다릴 거라고 했잖아.'

그는 그녀를 애나라고 불렀고 그들의 교제는 강렬한 만큼 빨랐다. 아들 오바마의 책에서는 그 따뜻한 날 그의 아버지에 대해 어머니가 느낀 매력에 대해 심사숙고하고 있다. 수년 뒤에 아들 오바마는 그의 어머니와 함께 대개 흑인과 갈색의 브라질인이 나오므로 주목할 만한 1950년대 영화인 「흑인 오르페」를 보러 갔는데 그 영화는 불운하게 끝나는 연인의 이야기를 들려주었다. 던햄이 십대에 처음으로 봤을 때는 이 영화가 그녀가 본 첫 외국 영화여서 너무 좋아했었다고 한다. 아들 오바마는 이 영화가 흑인들을 어린아이와 같이 묘사하였으며, 어머니는 캔자스의 백인 중산층 소녀에게 금지된 단순한 환상의 반영, 따뜻하고 감각적인 다른 삶에의 약속을 옛날에 하와이까지 가져갔던 것이라고 생각한다.

던햄은 그녀의 친구들에게 새 남자친구 얘기를 너무나 하고 싶어 했다. 던햄은 흥분하여 블레이크에게 보내는 크리스마스카드에 다음과 같이 썼다. '내가 아프리카 사람하고 사랑에 빠졌어! 내가 아프리카 사람하고 사랑에 빠졌어.' 그리고 블레이크는 다음과 같이 말했다. '그녀는 항상 그를 '아프리카 사람'이라고 불렀고 내가 그녀에게 이 아프리카 사람은 이름이 있는지 물어본 기억이 나요.'

그러나 오바마는 그의 새 여자 친구에 대해 캠퍼스에 있는 친구들 대부분에게 아무것도 말하지 않았다. 이것은 별로 놀랍지 않았다. 왜냐하면 오바마는 말을 그렇게 많이 했지만, 개인적인 문제에 관해서는 조용했기 때문이다. 하지만 그는 친구들과 이따금씩 스타더스트에서 하는 파티에 던햄을 데려왔다. 그들 모임에 데려온 유일한 여자였다. 오바마 옆에 조용히 앉아 있는 그녀는 말이 별로 없었고 대신 남자들이 모임에는 거의 남자밖에 없었지만 논쟁하고 웃는 것에 귀 기울였다. 6살 더 어리고 머리 하나만큼 더 작은 그녀는 확실히 그의 잘생긴 연인에게 홀딱 반했었다. 아베크롬비는 다음과 같이 말했다. "그의 인생에서 그 어떤 여자도 그의 인생 안에 있었지 그녀들의 인생 안에 있지는 않았어요. 그는 여자보다는 자신의 지성과 더 사랑에 빠져 있었어요. 그녀에게 맞추기 위해 그의 방식을 바꾸는 일은 전혀 없었죠. 그녀는 단지 그와 함께 있는 것이었어요. 그는 항상 관심의 중심이었죠."

던햄은 블레이크에게 글을 쓸 무렵 임신했다. 이제 그녀는 몇 가지 어려운 선택에 직면했다. 던햄이 몇 달간 사귀었던 남자친구를 사랑한 만큼 결혼을 결정하는 것은 쉬운 일이 아니었다. 비록 하와이에서는 다른 인종 간의 결혼이 미국의 그 어떤 지역보다 훨씬 더 흔하여 1961년에 하와이에서 행해진 5,298회의 결혼식 중 36퍼센트가 다른 인종 간의 결혼식이었지만, 흑인과 백인 간의 결합은 섬들에 흑인의 수가 워낙 적어서 너무나 드물었다.

하와이 밖에서는 다른 인종 간의 결혼이 겪게 되는 장애가 훨씬 컸다. 다른 인종 간의 출산이나 다른 인종 간의 결혼은 22개 주에서 금지되었고 이 주들에서는 그 당시에 대부분 중죄였다. 합법인 주에서도 많은 사람들이 아직 다른 인종 간의 결혼을 자연 질서의 엄청난 위반이라고 간주하였다.

젊은 커플이 그들의 부모님들에게 결혼할 생각이라고 말했을 때, 폭죽이 빅토리아 호수에서 터진 것만큼 태평양에서도 크게 터졌다. 스탠리와 매들린 던햄은 딸이 그를 소개했을 때 오바마에게 다정하게 대해줬다. 그들은 둘 다 1951년 텍사스에서 1년간 지내는 동안 인종차별을 직접 겪었다. 한 잊을 수 없던 날에 매들린은 집에 돌아와서 아이들의 무리가 그녀의 10살짜리 딸과 앞 잔디밭에 앉아있는 친구를 놀리는 것을 발견했다. 아이들은 "검둥이를 사랑하는 애! 더러운 양키!"라고 소리 질렀다. 스탠리 앤과 그녀의 흑인 친구는 나무 아래에 누워서 두려움에 굳은 채 책을 읽는 척했다.

스탠리는 자신을 자유분방한 사람이라고 했다. 그는 재즈와 시를 좋아했으며 그의 가장 친한 친구 중에는 유태인들도 꽤 있다고 하였다. 매들린 또한 순응적인 생각을 싫어했으며 스스로 관점에 도달하는 것을 좋아했고 이는 그들의 손자들이 그들에게 '막연히 진보적'이라고 하기에 이른다고 그의 책에 나와 있다. 그들은 딸의 새로운 친구를 환영하고 싶어 했다. 하지만 딸이 오바마와 결혼하려고 한다고 했을 때 부모는 몹시 화냈고 둘 사이의 큰 문화적 차이를 걱정했다.

케냐에 있는 오바마의 첫 부인인 케지아의 작은 문제가 하나 더 남아 있었다. 그가 두 명의 아이들이 있고 하나는 한 살밖에 안되었다는 사항도 던햄이나 던햄의 부모님에게 말하지 않았다. 오바마는 학교 관계자들에게 루오 전통에 따르면, 남자는 그의 부인에게 이혼을 하고 싶다는 말만 하면 이혼할 수 있다고 하였다. 그리고 그렇게 했다고 말했다. 하지만, 루오 문화에서 이혼은 매우 드물었다. 부족 관례법에 따르면, 이혼하고 싶은 부부는 이혼이 필요한지 결정할 마을 연장자 의회 앞에 서야 했다. 만일 이혼해야 한다고 간주되면, 의회는 루오어로 '와로 도크'라고 하는 과정에서 돌려줘야 하는 소의 수를 정한다. 오바마와 케지아는 이런 방식으로 헤어지지 않았으므로 루오 결혼 관습에 따르면 아직 이들은 완전히 결혼한 상태이다. 던햄의 가족에게 알린 것은 그가 이혼했다는 것뿐인 듯하다.

그가 던햄과 결혼한 이후에도 오바마는 분명히 케지아를 아직 그의 부인으로 여기고 있었고 그렇게 생각한다는 편지를 썼다. 여러 부인을 가지는 것이 표준인 일부다처제 문화에서 온 오바마에게는, 다른 부인을 얻는 것은 예측 가능한 것이고 심지어 칭찬할 만한 일이기도 하다. 정말로 그는 그의 가족에게 둘째 부인을 데려올 것이라고 설명했다. 아직도 집에서 그를 기다리고 있는 케지아는 불쾌했지만 그리 놀라지는 않았다고 한다. 하지만 오바마는 던햄 가족에게 그가 부인과 두 아이들이 그를 기다리고 있다는 말을 할 기색을 전혀 보이지 않았다. 미국의 결혼 관습에 대해 잘 알고 있는 오바마는 확실히 던햄의 가족들이 이미 부인이 있는 그와 결혼하도록 허락하지 않을 것을 알고 있었다. 던햄이 이것을 알고 있었더라면 어떻게 됐을지는 별개의 문제이다.

매들린은 의심이 많았다. 그녀의 몽상가 남편보다 더 현실적인 그녀는 나중에 그녀가 오바마의 이야기들을 절대 특별히 믿은 적이 없다고 하였다. 드문 2004년의 인터뷰에서 매들린은 다음과 같이 말했다. "나는 외국에서 온 사람들이 나에게 말해주는 것들에 대해 약간 의심을 해요. 오바마는 이~상~했어요."

후세인 오냥고가 임박한 결혼식에 대해 들었을 때, 그는 화가 나서 스탠리에게 '오바마의 피가 백인에 의해 더럽혀지는 것'을 원하지 않는다며 결혼을 반대한다는 편지를 썼다. 그는 또한 그의 아들에게 엄격하게 고향에 가족이 있다는 것을 알려주었다. 백인들의 방식을 잘 알고 있던 후세인은 곧바로 요점을 말했다. "이미 부인과 아이들이 있다는 것을 용납할 것 같아? 나는 백인들이 이런 것을 이해한다는 말은 들은 적이 없다. 백인 여자들은 질투하고 제멋대로 구는 데에 익숙해." 오바마가 첫 부인과 전통 법에 따라 결혼을 했는데 이들이 이혼했다고 나타내는 서류가 없었기 때문에 던햄 가족도 불안했다. 오바마가 하는 말만 들어야 했다. 매들린 던햄은 계속되는 케냐의 마우마우 폭력 보도를 보고 거의 히스테리 상태가 되었었다. 그녀의 유일한 딸이 아프리카의 야생에서 단두대의 이슬로 사라질 것이라고 확신했다. 최후의 결정타는 후세인이 계획을 접지 않으면 아들의 비자를 취소하겠다고 협박했던 것이다. 부모들이 고함치며 탁자를 칠 때, 오바마와 던햄은 그녀의 부모님이 몇십 년 전에 했던 것처럼 함께 달아나기로 결정했다.

그들은 결혼식 장소를 하와이 섬 중에 가장 인기 있으며, 곡선 모양의 해변과 우뚝 솟은 화산 봉우리가 있고 오랫동안 신혼 여행자들이 가장 선호해 온 마우이 섬으로 정했다. 몇몇 사람들은 나중에 그 커플이 이 장소를 고른 이유가 북적거리는 호놀룰루 시내의 철저한 검사를 피하려고 한 것이라고 짐작했다. 다른 이들은 이 현장의 선택을 너무 낭만적이라고 생각했다. 결국 오바마와 던햄은 둘 다 돈이 많이 없었을 때 값비싼 비행기 표와 호텔방에 돈을 써야 했었을 것이다.

오바마와 던햄은 그들의 이혼법령에 따라 1961년 2월 2일 그림 같은 와이루쿠 도시에서 하와이 대학의 기말 고사와 봄 등록 기간 사이의 일주일간의 휴가에 결혼했다. 하와이어로 '파괴의 물'이라는 뜻을 지닌 와이루쿠는 상점 앞이 잘 손질되어 있으며, 와이루쿠 설탕 회사 공장에서 풍기는 사탕수수 타는 향기에 덮인 유혹적인 잔디밭이 있는 매력적인 소도시였다. 커플은 양가 가족이 불참하고 케이크나 반지와 같은 상징적인 것들 없이 분명 조용한 사회적 의식을 치렀다. 그녀는 18살이었고 그는 24살이었다. 그러나 며칠 뒤 호놀룰루로 돌아올 때, 그들은 작은 환영 연회를 가졌다. 이제는 결혼한 여성이 된 애나는 열광했다. 그녀는 블레이크에게 다음과 같이 편지를 썼다. "큰 소식이야! 아프리카 사람하고 결혼했어. 내 이름은 이제 버락 오바마씨고 우린 여

207

름에 아이를 낳을 예정이야. 부모님들은 꽤 잘 적응하고 있어."

아기가 태어난 하와이 대학에서 마지막 해를 시작할 오바마에게는 상황이 대단히 더 복잡해졌다. 보통 때처럼 그는 친구들에게 자신이 결혼했다거나 아기를 낳을 것이라는 말을 하지 않았다. 그는 이미 학업과 대학원의 유령이 떠올라 상당한 압박을 받고 있었다. 그해 봄은 대중 금융, 국제 무역 금융, 국제 관계 문제 등을 포함하여 그에게 공부할 것이 특히 더 많았다. 그는 아버지가 된다는 예상에 대한 그의 근심을 다른 이들에게 말해서 풀 수도 없었다. 최소한 스타더스트 무리에게 있어 오바마는 미혼으로 남아 있었고 눈부신 전망을 지닌, 거칠 것 없는 학생이었다.

또다시 오바마는 어떻게 돈을 벌어야 하느냐는 계속적인 문제에 부딪혔다. 그가 케냐를 떠난 뒤 무니와 거의 연락을 안 했지만, 오바마는 이 오래된 후원자에게 도움을 요청했다. 무니는 놀라운 결혼 소식이 있었다. 오바마는 여기에 자신의 이야기로 회답하지는 않았다. 오바마가 케냐를 떠난 몇 달 뒤에 미국으로 돌아온 후 무니는 엘머 커크라는 코이노니아 시절의 옛 친구와 편지를 주고받기 시작했다. 최근에 홀아비가 된 전기 공학자인 커크는 그녀의 영적인 헌신과 여행에 대한 사랑을 공유했다. 그와 그의 가족은 1950년대 중반에 그의 부인이 아프기 전 아프리카를 여행하기 위해 코이노니아에서 수업을 들었다. 그와 무니가 그들의 관계는 우정 이상이라고 인식한 뒤 그들은 1960년에 결혼하였고 그녀는 여행할 계획을 갖고 털사 오클라호마에 있는 그의 집으로 이사 왔다. 무니는 그녀의 남편의 이름을 쓰게 되었고 이제는 생각해야 하는 세 명의 의붓자식이 있었다.

집안 살림을 운영하는 데 필요한 돈 때문에 무니는 오바마에게 추가 지원을 해주지 못했다. 하지만 그녀는 널리 퍼져 있는 그녀의 많은 친척들에게 편지를 보내서 도와줄 수 있는 사람이 있는지 보았다. 캘리포니아주 엘커혼의 은퇴한 우편배달부로 그녀의 삼촌 중 하나인 로이 클라크가 그의 조카딸의 아프리카 친구를 위해 매달 10달러씩 기부하기로 했다. 하지만 오바마는 여전히 만성적으로 돈이 부족했다.

오바마는 또 다른 자금줄을 찾으려 했으나 이를 위해 많이 노력해야 했다. 그의 두 번째 해에 그는 하와이 대학에서 190달러의 장학금을 받았고 뉴욕의 아프리카 아메리카 기관에서 기숙사비로 1,000달러를 받았다. 하지만 그는 비용을 충당하기 위해 1,000달러가 더 필요했다. 1961년 봄에 그는 매달 인상되는 수당을 지급하는 로바크 문맹 기금에서 900달러를 승인받았다. 그는 또한 INS에서 파트 타임으로 25시간 일할 수 있는 승인을 받아서 일자리를 찾기 시작했다. 아직도 부족해서 육아 비용을 부담하기에는 분명 벅찼을 것이다.

결혼 후 봄에 공부와 재정적 문제의 압박을 받던 오바마는 체류 기간을 늘리기 위해 INS에 다시 한 번 지원해야 했다. 비록 일상적인 일이었지만, 그 과정은 그의 학술 기록과 일반적인 태도의 검사를 수반했다. 그의 체류 기간이 4달 뒤에 만기가 되기 때문에 오바마는 이민당국에 좋은 인상을 주기 위해 근심했을 것이다. 혼혈아를 낳은 이중결혼자는 당국이 봤을 때 좋은 후보가 아니었다. 그래서 오바마는 그의 이야기를 다시 쓰기로 한다. 새로운 버전에 아기는 없었다.

던햄과 결혼한 지 2달 이내에 오바마는 하와이 대학의 외국인 학생 고문인 수미 맥케이브에게 그의 부인이 아직 태어나지 않은 그들의 아기를 입양하려고 한다고 했다. 4월에 있던 INS 관리자인 달링과의 통화와 관련된 INS 메모에 따르면 다음과 같다. "오바마는 미국 시민인 부인을 임신시키고 결혼했음에도 불구하고 같이 살지 않았고 던햄씨는 구세군에게 아기를 주려고 준비 중이라고 했다."

던햄이 그녀의 아기를 입양 보내려고 했는지는 확실하지 않다. 아버지 오바마가 항상 완전히 사실을 말하지 않고 그 일에 대해 단순히 거짓말을 했을지도 모른다. 만일 던햄이 구세군과 연락한 적이 있었고 던햄과 했던 대화의 기록을 가지고 있을지 모르는 구세군의 임원들은 사생활 규정을 들어 이 문제에 대해 답하는 것을 거부했다. 당시 백악관 공보비서인 로버트 깁스는 인터뷰에서 오바마 대통령은 그들의 부모들 중 누구도 그를 입양 보낼 생각을 했다는 말을 들은 적이 없다고 했고 INS 메모도 본 적이 없다고 했다. 백악관의 대변인에 따르면, 오바마는 '이 요청의 극히 개인적인 본질 때문에' 이 문제에 대해 인터뷰하는 것을 거절했다고 한다. 호놀룰루의 은퇴 지역사회에서 살고 있는 89세인 맥케이브는 오바마를 잘 기억한다. 하지만 그녀는 그가 아기를 가졌다든지 아기를 포기한다는 내용의 대화는 하나도 기억하지 못했다.

흥미롭게도, 그의 책 『꿈』에서 오바마 대통령 자신이 그의 어머니가 입양을 고려했을지도 모른다는 가능성을 일으켰다. 그의 부모님들이 결혼했을 때에는 흑인과 백인 사이의 관계가 너무나 매도되는 시기여서, 오바마 대통령이 쓰기를, "적대적인 응시와 속삭임이 아마 나의 어머니와 같은 곤경에 처해 있던 여자에게는 뒷골목에서 낙태하게 하거나 최소한 입양을 받을 수 있는 먼 곳에 떨어진 수녀원에 보내게 만들었을지도 모른다."

아기를 이야기에서 뺐는데도 출입국 임원들은 충분히 오바마의 결혼 상태에 대해 의심했고 그에게 국외추방 조치를 취하는 것에 대해 고려했다. 그의 메모에서 달링은 오바마가 이미 케냐 여성과 결혼했었고 그러므로 아마도 이중결혼일 것이라고 했다. 오바마는 멕케이브에게 그가 그의 부인과 이혼했다고 했고 그녀에게 던햄 가족에게 했던 설명과 같은 설명을 했다. 출입국 임원들은 그에게 이중 결혼의 죄가 성립되면 그를 추방할 수 있는지에 대해 논했으나 이를 수행하는 것은 반대했다. 대신에 그들은 오바마가 "다음 체류 기간 연장 시에 자세히 심문받아야 하고 체류 기간 연장 거부도 고려되었다. 만일 그의 미국 시민 부인이 그를 위해 탄원을 하려고 한다면, 결혼이 진실되었는지 확실하게 조사를 수행할 것이다."라고 했다.

왜 오바마가 그의 아들을 입양 보내기 위해 포기한다고 주장했는지는 분명하지 않다. 아마도 그의 말들은 단순히, 그가 소중히 여기던 꿈을 붕괴시키기 위해 위협하는 위기 상황에 대처하는 무분별한 대응이었을지도 모른다. 명백히, 그녀와 결혼하고 싶을 정도로 오바마는 던햄을 깊이 좋아했다. 하지만 그는 또한 케냐의 정치 세계에서 크기 위해서는 미국에서의 그의 성공이 큰 역할을 한다는 것을 알았다. 갑작스러운 미국 교육의 종료와 다시 고국으로 돌아가야 하는 것을 의미하는 그의 체류 기간 연장 요구에 대한 거부는 받아들일 수 없는 굴욕이며, 학업의 실패 때문이 아니라 참견하는 관료의 방해 때문에 자신이 처벌받았던 마세노 경험의 고통스러운 되풀이가 될 수 있다.

아마도 혼혈이라는 이유로 미국의 많은 사람들이 업신여길 아이를 몇 달 뒤에 낳을 겁먹은 18살의 앤 던햄은 생각을 바꾸기 전에 그녀의 아기를 입양 보낼까 흔들리는 단계를 거쳤을지 모른다. 무엇보다 1961년 흑인을 이상하게 여기던 하와이에서 그 누가 혼혈의 유아를 입양하겠는가?

만일 그녀가 입양을 고려했었다면, 그녀는 시애틀에 있는 친구들이나 호놀룰루에서 알게 되었던 이들에게 이를 알리지 않았었다. 이 친구들은 그녀가 그럴 것이라고 생각하지 않았다. 그녀는 아기를 갖는 것에 대해 너무나 들떠 있었기 때문이다. 던햄의 임신은 무사 평온하게 지속되었고 1961년 8월 4일 오후 7:24에 버락 후세인 오바마 2세를 호놀룰루의 여성과 아이들을 위한 카피올라니 의료 센터에서 낳았다. 병원에서 흑인을 낳는 것은 너무나 드문 일이어서, 주 건강 부서에서 발행한 출생증명서에는 아버지 오바마의 인종은 아프리카인이라고 나와 있으며 이는 오바마의 대선 공약에 공개 보도되었다. 던햄의 인종은 백인으로 나와 있다.

구세군은 아기를 데리러 오지 않았다.

일주일 뒤에 나온 일요일 『애드버타이저』의 탄생 소식에는 부부의 주소가 하와이 대학 캠퍼스에서 몇 마일 동쪽으로 떨어져있는 칼라니 아나올 고속도로 6085로 나와 있다. 하지만 이 발표는 일면 정확하지 않았다. 버락 2세가 태어났을 당시 그들은 이미 따로 살고 있었다. INS의 기록에 따르면, 던햄은 그녀의 부모님과 살았고 오바마는 시내 근처 앨런캐스터 거리의 가파른 경사면에서 살았었다. 오바마는 몇 달 뒤 애서턴 하우스를 떠나서 도시 주변에 있는 6군데의 다른 주소에서 살았다. 하지만, 버락 2세가 태어나고 일 년간은 앨런캐스터 거리에 남아있었다.

던햄은 그녀의 아기가 태어난 뒤에 올 미래의 계획이 불확실하였다. 1961년 8월 31일로 되어 있는 INS 메모에는 이 부부의 의도를 다음과 같이 요약하고 있다. "미국 시민권자의 배우자는 다음 학기에 워싱턴 주립 대학에 갈 예정. 여기에서 학교가 끝나고 본토에 있는 학교에 가서 경제학 박사 학위를 받을 계획이고 그 뒤 케냐로 돌아갈 것임. 그들은 호놀룰루에서 1961년 8월 4일에 태어난 버락 오바마 2세라는 한 명의 아이가 있다."

하지만 동시에 던햄은 블레이크에게 자신이 직장을 찾기 위해 8월 말에 보스턴으로 가는 길에 시애틀을 들를 것이라는 노트를 써 보냈다. 그녀의 남편은 그곳 대학원에 입학이 허가되어서 다음 해에 그곳으로 이사할 것이라고 했다. 사실 이번 봄에 워싱턴 대학에 다닐 것이지만 던햄은 이에 대해서는 아무 언급도 하지 않았다. 블레이크는 던햄과 그녀의 3주 된 아기와 뜨거운 8월의 태양 아래에서 레모네이드를 마시고 설탕과자를 먹으며 그녀의 엄마의 현관에서 앉아 있던 것을 기억한다. 던햄은 남편에게 그랬던 것처럼 그녀의 아기에게 도취되어 있었다. 블레이크는 다음과 같이 회상했다. "그녀는 버락 오바마와 너무나 사랑에 빠져 있었어요. 그녀는 영국 통치 아래에서 막 나오려고 하는 아프리카의 떠오르는 희망인 이 남자와의 미래에 대해 너무나 신이 나 있었어요. 다 너무나 낭만적이었죠. 그녀는 보스턴에 가서 그들을 위한 발판을 만들고 돈이 필요했기 때문에 일을 할 것이라고 했어요. 그 뒤, 그녀는 그의 배우자가 되어 그의 아이들을 키울 것이었어요. 우와, 그건 너무나 용감하다고 당시에 생각했던 게 기억나요. 그녀는 18살밖에 안되었었거든요."

그들이 얘기하면서 던햄은 그녀의 아기를 돌보았고, 아기를 그녀의 가슴 가까이에 부드럽게 잡았다. 블레이크는 아기가 갑자기 기저귀를 더럽혔을 때 그의 길고 검은 속눈썹에 감탄하고 있었다. 던햄은 코를 찌푸렸고 팔을 쭉 뻗어 아기 버락을 그녀의 몸 앞으로 밀어내었다.

그녀는 "네가 한번 해보는 거 어때?"라고 하며 간청했다.

블레이크는 다음과 같이 물었다. "지금까지 엄마가 기저귀를 갈아주고 있었지? 있잖아, 너 정말로 이거 하는 방법 배워야 해."

던햄은 연락하며 지내자고 약속하며 그날 오후 늦게 떠났다. 하지만 블레이크와 던햄은 어린 그들의 일생의 소동 속에서 연락이 끊겼고 다시 대화하지 않았다. 그녀가 호놀룰루에 도착했을 때 오바마와 던햄은 전과 같은 삶을 재개하였다. 아직도 따로 살지만 이제는 감당해야 할 아기가 생겼다. 오바마는 그의 마지막 학기를 끝내기 위해 열심히 했다. 그는 또한 그의 부인과 아이와 길을 걸을 때 사람들이 그를 향해 돌아보는 것에 익숙해지려고 하는 중이었다. 미국에 있으면서 처음으로 그의 피부색이 불편하다고 느껴졌던 때 중의 하나였다. 어느 날 밤, 친구의 파티에서 그는 마침내 그의 특이한 결혼에 대해 솔직하게 논의할 사람을 찾았다.

82번 공정부대에서 복무했고 오바마가 하와이에서 만난 드문 흑인들 중 하나이자 루이지애나 토박이인 그의 이름은 알론조 드멜로였다. 오바마보다 열 살 많은 그는 오래전부터 그가 말하는 하와이의 흑인에 대한 끔찍한 차별에 익숙해져 있었다. 그래서 오바마가 그에게 부인과 길을 걸을 때 사람들이 그를 쳐다보는지 물어봤더니, 드멜로는 그가 무엇에 대해 말하는지 정확히 알고 있었다. 87세의 드멜로는 다음과 같이 말했다. "난 이렇게 말했어요. 당연히 쳐다보지. 나는 같이 쳐다보는데. 제 말은, 내 부인은 금발이었기 때문에 사람들이 항상 쳐다봤었어요. 그에게 익숙해질 거라고 말해줬었죠."

호놀룰루에서 그가 만난 모든 사람들 중에 오바마가 그의 방어를 내릴 수 있는 그룹은 스타더스트 무리였다. 그래서 때로 오바마는 그의 새로운 부인과 아기를 그들의 모임에 데려왔다. 아베크롬비와 다른 이들은 그 부부의 결혼이나 앞으로의 계획이 뭔지에 대해 절대 많이 물어보지 않았다. 오바마도 그들이 물어보지 않을 것을 알고 있었다. 결국

저 사람은 대체 누구지?

이곳은 하와이였고 그들이 축하하기 위한 파티에서 옹알이를 하는 이 아름다운 아기가 있었다. 아베크롬비는 오바마가 어느 날 밤 아기 버락을 그의 무릎에 놓고 넘어지지 않게 하며 열정적으로 그의 아들의 검은 머리와 긴 손가락을 그들에게 가리켜 보이던 때를 기억한다. 아베크롬비는 다음과 같이 말했다. "그는 매우 기뻐했어요. 어쨌든 이 세상에 또 하나의 오바마가 있는 거잖아요. 그가 오바마를 닮을지도 모르죠."

하지만 오바마는 아직도 지구 반 바퀴를 돌아서 있는 개발에 마음이 사로잡혀 있었다. 그의 미래와 그의 혼이 완전히 다른 곳에 헌신하고 있었다. 아기 버락이 태어난 몇 달 뒤, 그가 말하는 것을 들어봤을 때, 아베크롬비는 결혼이 유지될지 의심했다. 그가 알기에 오바마는 그의 꿈을 포기하려 하지 않았다. 그리고 충분히 야망 있는 던햄은 그녀 자신을 그의 계획에 종속시킬 사람이 아니었다. 아베크롬비는 다음과 같이 말했다. "오바마는 지금까지 이렇게 되었지만, 케냐에 대한 그의 헌신이 갑자기 일어난 예상 밖의 결혼보다 훨씬 더 강력했어요. 나는 항상 앤이 그와 함께 가지 않은 주요 이유는 독립에 대한 그의 전적이고 완전한 헌신 때문일 거라고 생각했어요. 내 생각에 그녀는 정말로 이 가부장적인 세계에 들어가서 부차적인 역할을 하는 세상으로 가는 것에 대해 생각하기 시작했을 것 같아요."

아기 버락이 태어나고 몇 달이 지나자마자 던햄은 적어도 어느 정도는 스스로 독립하였다. 1961년 가을 한 때에 그녀는 아기와 함께 시애틀로 다시 이사해서 워싱턴 대학교에 등록했다. 그녀는 캐피톨 힐의 위풍당당한 옛 집들 중 하나인 일층의 방 한 개짜리 아파트를 빌렸다. 던햄은 도시에 사는 머서 섬의 몇몇 친구들과 연락하였고 그녀는 결국 보스턴에 갈 것이라고 설명했었다.

그녀의 아기를 보는 사람은 남편과 건물을 관리하면서 지하에 사는 메리 투통기라는 젊은 여성이었다. 걸음마를 배우는 아이가 있고 임신한 투통기는 종종 던햄이 돌아올 때 같이 있었고 그 둘은 그들의 아기와 그들의 미래 계획에 대해 얘기했다. 던햄은 투통기에게 그녀의 남편이 아직 하와이의 학교에 있다고 했고 결국엔 아프리카로 갈 것이라고 말해줬지만, 왜 그들이 떨어져 있는지는 말하지 않았다. 나중에 언어병리학자가 되어 알래스카로 이주한 투통기는 다음과 같이 회상했다. "저를 가장 놀라게 한 것은, 그녀는 그녀의 남편과 엄청 사랑에 빠져 있었다는 점이에요. 그녀는 그에 대해 상당히 긍정적으로 말했어요." 하지만 상황은 복잡했다. 던햄은 아기를 돌보는 사람에게 그녀와 남편이 케냐에 돌아갔을 때, 그의 부족에서 그의 입지를 분명하게 하고 케냐의 상속인을 확고하게 하기 위해서는 순수한 아프리카 아이들을 키우고 그가 순혈의 케냐 여성과 결혼해야 한다고 말했다. 던햄은 자신의 모든 지성과 싹트기 시작한 문화적 지식으로 그 사실일 것 같지 않은 이야기를 믿었다. 오바마는 그가 고국에 돌아갔을 때 세 번째 부인을 얻을 것이라는 것을 확실히 하기 위해 또는 결국 그가 조국에 돌아갈 때 그녀가 케냐로 따라오는 것을 만류하기 위해 그 이야기를 지어냈다. 그는 또한 던햄에게 혼혈인 그들의 아들이 그의 친척들로부터

부정적인 반응을 얻을 수 있다고 하였다. 하지만 만일 오바마가 그의 부인이 케냐에 같이 가는 것을 막기 위해 이러한 이야기로 설득하는 것이었더라도, 던햄은 좌절하지 않았었다. 그녀는 투통기에게 그녀가 그녀의 부모님과 남편과 함께 이 곤경에 대해 오래 논의했고 케냐로 갈 의향이 있다고 말했다. 오바마는 그녀의 남편이었고 그녀는 앞에 놓인 그 어떤 문화적인 도전도 감당할 수 있었다. 투통기는 다음과 같이 회상하였다. "저는 왜 그녀가 이것에 대해 화내지 않았는지 궁금했어요. 저는 아마 그렇게 못했을 거라고 생각해요. 하지만 그녀는 그 상황을 받아들였고, 그녀가 확실히 그를 아주 많이 사랑한다는 걸 알게 되었죠."

캠퍼스의 공사 직원들이 1962년 봄 바쁜 건설 시즌을 위해 장비를 갖추고 있을 때, 오바마는 그의 미국 교육의 다음 장을 위해 계획을 마무리하는 중이었다.

몇 달 앞서 그는 무니에게 재정 지원을 위한 그의 이력서를 준비하는 일을 도와줄 수 있는지 물어보았었다. 털사에 있는 그녀의 식탁에서 이제는 그녀의 남편의 도움과 함께 무니는 3년 전 시작했었던 일을 계속했다. 그녀와 오바마는 그의 이력서에 적힌 업적들에 대해 자랑스러울 수 있었다. 3년 동안 그는 3.6이라는 평점뿐만 아니라 피 베타 카파로 수업을 완료했다. 그는 그의 목표가 "동 아프리카에서의 경제 개발에 관한 정부 업무"라고 했다.

무니는 최근 결혼한 케냐의 신임 노동 장관 톰 음보야에게 이력서를 보냈다. 그리고 그가 오바마가 그의 대학원 공부를 위한 재정적인 후원자를 얻게 도울 수 있는지 편지에서 물어보았다. 그녀는 다음과 같이 썼었다. "루오 동료로서 당신이 그의 업적에 대해 만족할 것이라고 확신합니다. 그가 하버드에서 이 박사 과정을 위해 공부할 수 있으면 더욱 더 큰 영광일 것입니다. 그는 기회와 두뇌를 지니고 있습니다. 이제 누군가는 확실히 자금을 가지고 있습니다."

오바마가 대학 입학 직원들을 위해 그의 이력서를 재단하고 있을 때, 계속 변하는 그의 혼인 여부가 또다시 변경되었다. 갑자기 케지아가 돌아왔다. 오바마는 이력서에 그의 가족을 케냐의 부인과 두 아이들이라고 썼다. 그는 던햄이나 아기 버락에 대한 언급을 하지 않았다. 그의 하와이 가족에 대해 커크 가족에게도 절대 말하지 않았다. 만일 오바마가 아이비리그에서 경쟁력이 있으려면, 적합한 아프리카 가족을 주장하는 것이 합법성이 의심스러운 다른 인종 간의 가족보다 나았을 것이다.

그 뒤 국가 전역에서 재능 있는 아프리카인들을 찾는 과정에서, 이제 25살의 오바마는 그의 혼인 상태만 조사하지 않으면 유리한 입장에 있었다. 그는 하버드, 예일, 버클리의 캘리포니아 대학교, 그리고 뉴욕의 새 학교에 지원서를 내고 이 모든 학교들에 재정 지원을 요청했다. 그의 편지가 돌아왔을 때, 그는 선택할 수 있었다. 새로운 학교는 수업료와 기숙사비뿐만 아니라 던햄과 그의 아들을 양육할 수 있는 캠퍼스의 일자리도 포함한 완전한 장학금을 제안했다. 하버드도 그에게 장학금을 제안했지만, 수업료만 포함했다.

논의는 없었다. 버락 오바마는 절대 중재의 가능성이라는 것을 좋아하지 않았다. 만일 그런 것이 있었다면, 그는 아마 그의 작은 가족을 부양할 수 있게 해줄 상당히 경쟁력 있는 뉴욕의 학교에 입학하는 것을 고려했을 것이다. 하지만 오바마는 최고를 원했고 그것은 하버드였다. 수업료만 포함되어서 던햄과 아기는 제외되었다. 몇 년 뒤 던햄은 그 순간에 대해 아들에게 다음과 같이 말했다. "버락은 너무나 고집스러운 녀석이라서 그는 꼭 하버드에 갔어야 했어. 나한테 어떻게 가장 좋은 교육을 포기할 수 있냐고 했지. 그는 자기가 최고라는 것을 증명하는 것 밖에는 생각할 수 있는 게 없었지."

그가 하와이를 떠나기 전에도 오바마는 본국을 바라보고 있었다. 본국으로 향하기 몇 주 전 오바마가 톰 음보야에게 쓴 편지에는 저개발 지역의 경제에 관한 그의 논문을 쓰기로 계획했다고 했고 그의 박사학위를 2년 안에 끝내기를 바랐다고 하였다. 오바마는 하와이에서 머무는 것을 즐겼지만, "최대한 빨리 집에 돌아가도록 하겠어요."라고 덧붙였다. 오바마는 음보야에게 자기 부인이 나이로비에 살고 있다고 알리면서 "그녀를 도울 수 있으면 감사하겠어요."라고도 덧붙였다.

음보야는 귀찮았다. 비록 오바마의 업적에 대해서는 기뻤고 그가 돌아왔을 때 그를 정부에서 일할 수 있게 한다는 희망에 그가 경제학자로서 성숙하는 것을 보는 것도 좋았으나, 그는 오바마의 요청에 짜증이 났다. 그는 오바마가 그의 부인과 아이들을 위한 충분한 책임을 다하고 있지 않다고 생각했다. 음보야가 하와이에 있는 오바마의 가족에 대해 알고 있었는지는 확실하지 않다. 음보야는 자신을 가정적인 남자라고 생각했고 케지아와 아이들을 걱정했다. 그는 오바마를 "그의 가족을 더 잘 보살피지 않는다"고 꾸짖으며 "너의 출세를 위해 일하는 것은 아주 좋지만, 너의 책임을 다 하면서 그래야 한다"고 톰 음보야의 딸인 수전 음보야가 말했다.

음보야의 재촉에도 오바마는 그의 계획을 변경하지 않고 대신에 케지아와 그의 두 아이들이 잘 보살핌받고 있는지 확인하였다. 이를 위해 그는 나이로비의 문맹퇴치센터에서 베티 무니와 가깝게 일하다 그해 일찍 케냐로 돌아왔던 팔로 알토 여자 헬렌 로버츠로 선회하였다. 오바마는 이미 로버츠에게 케지아가 나이로비에서 다닐 수 있는 학교를 찾는 것을 도와주고 그의 작은 가족을 돌봐줄 수 있는지 물어보았다. 여러 학생을 그녀의 날개 아래에 두었던 엄격한 감리교 신자인 로버츠는 지체 없이 조치를 취했다.

한 달 이내에 케지아는 나이로비에 가서 그들의 아이들이 오바마의 부모님과 코겔로에 있는 동안 교회 군사 학교에서 낮에 6시간, 밤에 2시간씩 수업을 들었다. 비록 문맹센터에서 자원봉사자로 일하면서 사실상 그녀의 유일한 수입원인 적은 사회 보장 연금에 의존해 사는 로버츠는 케지아에게 몹시 필요한 안경과 옷을 만들기 위한 직물 통들을 사주었다. 자신을 발전시키려는 케지아의 욕구에 감명받아서 로버츠는 앨리스 샌더슨이라는 동료 문맹센터 직원에게 5월에 그녀가 나이로비아에 있는 동안에는 케지아를 지원할 준비가 되었다고 썼다. "나는 세 벌의 옷을 지을 재료를 그녀에게 줬고 내가 여기에 있는 동안 필요한 자금을 계속 줄 거야. 그녀는 빨리 배우고 있고 버락이 돌아올 때 적합한 부인이 되기를 너무나 원하고 있어."

7월에 케지아는 그녀의 도시 생활에 정착했고 그녀의 아이들도 도시로 데려오는 것에 대해 생각했다. 하지만 로버츠는 그들을 누가 지원해줄 것인지 이외에 그들이 어디에 살아야 하는지도 걱정이었다. 로버츠는 그녀의 친구에게 다음과 같이 썼다. "그러면 아이들과 이동비와 방 등이 또한 나의 책임이고 내가 떠난 뒤 그들이 무얼 할지 모르겠다. 버락이 학교에 다시 들어가면 그들을 돌볼 만큼 충분한 일을 했으면 좋겠어. 케지아는 매우 착하고 스스로 많은 것을 해. 그녀는 자신의 옷도 만들 수 있고 아이들의 옷도 만들 수 있어. 바느질도 할 줄 알아. 그러니까 내 생각에 버락이 마침내 돌아왔을 때 그녀가 확 달라진 것을 알아챌 거야."

하지만 오바마는 그의 아이들의 생활공간이 마음에 들지 않았다. 그는 아이들이 그의 부모님과 사는 것을 원하지 않았고 케지아에게 그렇게 전달했다. 그의 가족이나 케지아의 가족도 나이로비에 아이들과 홀로 사는 것은 안전하지 않다고 하였다. 비록 케지아의 오빠가 도시에 살고 있었지만, 그녀가 들어와서 살기에는 충분한 공간이 없었다. 그 누구도 그녀가 어디에 가야 할지 확신할 수 없어서 케지아는 학교 방학 동안 그녀의 아이들과 함께 있기 위해 켄두 베이로 돌아왔다. 두 아이들이 월말에 아팠을 때, 의료비 명목으로 로버츠는 케지아에게 추가로 돈을

오바마를 부탁해

췄다. 하지만 그녀는 오바마에게 "그의 가족을 위해 희생을 좀 해야 한다"는 단호한 편지를 썼다고 샌더슨에게 이야기했다. "버락은 딸아이를 한 번도 본 적이 없지만 케냐를 떠나기 전에 알고 있어야 했어요."

오바마는 케지아가 켄두 베이에 그녀의 가족들과 함께 있으라고 권고했고 마지막에 그녀는 두 부모님의 집에 번갈아 가면서 머물렀다. 하지만 8월 말에 오바마는 이미 그의 관심을 다른 곳으로 돌렸다. 새는 다시 날 준비가 되었다. '오텡가 피니 키보르네', 그의 오랜 알레고 이웃들이 후세인 오냥고의 파크루옥을 변형하여 즐겨 부르던 대로, 야생매인 버락에게는 그 어떤 거리도 멀지 않았다.

그가 그들에게 지원을 할지 말지 몰랐던 그의 두 가족을 두고 동쪽으로 케임브리지를 향했을 때 오바마는 몇 번 그의 친구들에게 들렀고, 가는 길에 미국을 구경했다. 그는 닐의 형제인 할 아베크롬비와 원래 스타더스트 무리였던 부인과 함께 살고 있는 셜리를 만나기 위해 샌프란시스코에서 멈췄다. 오바마는 그 커플을 우아한 저녁식사에 초대하고 싶었고, 대규모 포도주 저장고와 고급 요리로 유명한 도시의 주요 지물인 블루 폭스를 선택했다. 그들은 그들의 젊음과 가장 세계적인 도시에 있다는 것을 축하하고자 했다. 그리고 그들은 오바마가 다음날 그의 교육 경력을 다음 장으로 옮길 케임브리지로 떠나는 것에 축배를 들었다.

하지만 그들이 계획했던 것과 같이 되지는 않았다. 세 명이 레스토랑의 고급 레드 카펫에 올랐을 때, 웨이터는 젊은 금발 커플과 흑인 동료를 유심히 보았다. 레스토랑 앞에 빈 테이블이 여럿 있었으나 웨이

터는 그들을 주방문에서 몇 피트 떨어지지 않은, 방 전체에서 상당히 어두워 보이는 구석에 있는 테이블로 보냈는데, 이것은 확실히 그들의 피부가 검은 손님을 감추기 위한 것이었다.

세 명은 잠시 그들에게 지금 일어난 일을 믿을 수 없고 놀라서 침묵을 지키고 있었다. 그들은 다른 테이블을 요청하기로 하였고 그들의 웨이터가 돌아오기를 기다렸다. 그러고도 그들은 좀 더 기다렸다. 그들은 레스토랑의 구석으로 추방당했을 뿐만 아니라 그 누구도 그들의 주문을 받으려 서두르는 것 같지 않았다. 아베크롬비는 "우리 모두는 샌프란시스코에서조차 인종차별이 있다는 것을 알았어요. 그리고 오바마는 몹시 격노했죠. 내 생각에 그와 같은 일이 그에게 한 번도 일어난 적이 없었던 것 같아요."라고 말했다.

하와이는 이미 멀게 느껴졌다. 알로하의 정신은 멀리까지 이동하지 않는 것 같아 보였다.

세계
최고 대학교
하버드

세계
최고 대학교
하버드

하버드대 캠퍼스 곳곳으로 구불구불 난 낡은 아스팔트길들 위로는 지난 수세대에 걸쳐 야심만만한 학생들이 숱하게 오가고 있다. 이들 중 일부는 그 길을 따라 위대한 영광의 자리로 죽 나아갔지만 다른 일부는 그러지 못했다. 자신들이 반드시 전자에 속하리라고 믿어 의심치 않고 이 선망의 길을 따라 활기찬 발걸음을 내디딘 사람들 가운데는 버락 후세인 오바마라는 같은 이름을 가진 두 사람도 들어 있다.

먼저 오바마 1세는 리타우어 센터에 숙소를 잡았다. 전면에 위풍당당한 여섯 기둥의 주랑이 있는 웅장한 화강암 건물인 그 곳은 하버드에서 대영제국 양식으로 건축된 마지막 건물이다. 적도 근처 아프리카 열사의 땅에서 맨발로 어린 시절을 보냈던 그가 미국에서 가장 유서 깊고 명망 높은 학문의 중심에 들어왔다는 사실만으로도 기념비적인 성공을 거둔 셈이다.

그로부터 거의 30년 후 그의 아들 오바마 2세는 훨씬 더 현대적인 개닛 하우스에서 두각을 나타내게 된다. 개닛 하우스는 1838년 건축

된 그리스 부흥 양식의 3층 건물이다. 둔중한 느낌의 리타우어 센터에서 불과 수백 미터밖에 떨어지지 않은 개닛 하우스에는 『하버드 로 리뷰Harvard Law Review』라는 저명한 학술지 편집국이 자리 잡고 있었다.

그 곳에서 로스쿨 2년생인 오바마 2세는 당시 103년 역사의 이 학술지 사상 첫 흑인 편집장에 임명됐다. 하버드 법학도가 얻을 수 있는 가장 큰 영예의 주인공이 된 것이다. 그는 이러한 성공을 통해 전국적인 언론의 주목을 받는다는 것이 무엇인지 처음으로 느낄 수 있었다. 여기서 궁극적으로 대통령직까지 이어지는 과정이 시작됐다고 할 수 있다.

어떤 면에서 하버드는 오바마 부자의 관계를 가장 잘 보여준다. 물론 이들이 하버드 교정에서 만난 적은 전혀 없지만 이들의 하버드 재학은 각자의 성공가도에 하나의 정점을 찍었다고 할 수 있다. 이들의 하버드 성공 스토리는 이들이 하와이 호놀룰루의 고층 아파트에서 함께 보낸 어색한 한 달보다 이 둘을 훨씬 더 긴밀히 연결시켜 준다.

이들이 처음 하버드로 오게 된 계기를 보면 이들의 공통점이 여실히 나타난다. 예리한 지성, 강렬한 야망과 함께 타고난 환경을 훨씬 뛰어넘어 더 먼 곳을 열망하는 담대함이 바로 그 공통점들이다. 만약 이 두 사람이 인파로 북적이는 케임브리지 도로와 나란히 리타우어에서 개닛으로 이어지는 완만하게 굽은 보도에서 마주쳤다면, 서로에게서 바로 자신의 모습을 발견하고 깜짝 놀랐을 것이다.

이 두 오바마가 상대편에 대해 어떤 감정을 가졌었는지 사람들은 궁금해할 수밖에 없다. 아들 오바마는 하버드 재학기간 중 자신을 버리고 간 아버지 생각을 많이 했을까? 개닛의 3층에서 한참 법률 기사들과 씨름하다가 잠시 리타우어의 창문을 들여다보며, 말쑥하게 다린 흰 셔츠 차림에 경제학 책들을 껴안고 화강암 계단을 뛰어올라가는 아버지 모습을 상상해 봤을까? 아버지가 하와이의 어린 아들 대신 하버드와 경력 그리고 케냐로 돌아간 뒤의 밝은 미래를 상징하는 리타우어를 선택한 것에 대해 그는 얼마나 분개했었을까?

『하버드 로 리뷰』 편집장이 된 뒤 분주했던 몇 달 동안 오바마가 아버지의 부재와 자신과의 관계 그리고 고통스럽게 찾아낸 아버지의 어두운 실체들을 진솔하게 기록한 회고록 『내 아버지로부터의 꿈Dreams from My Father』의 집필 계약을 체결했던 점에 비춰 이 주제는 당시 그의 마음을 무겁게 짓누르고 있었던 게 분명하다. 스물아홉 하버드 학생이 자신의 인생이 회고록을 출간할 만한 가치가 있다고 느낀 걸 보면 스스로에 대한 확신이 어느 정도였는지 짐작할 수 있다. 이 대목에서 바로 30년 전 케냐의 한 20대 청년이 미국 유학 비행기 티켓을 따내기 위한 면접 때 보여주었던 자신만만한 태도가 연상된다.

그렇다면 아버지 오바마는 어땠을까? 그는 헤진 청바지에 가죽점퍼 차림인 호리호리한 미국인 둘째 아들에게 뭐라고 말했을까? 모처럼 장한 아들을 만난 뿌듯함에 흠뻑 빠져들었을까? 아니면 같은 이름의 아들에게 수십 년 전 자신처럼 공부를 더 열심히 하라고 꾸짖었을까? 그도 아니면 야심만만한 젊은 시절 자신의 꿈만을 좇아 하와이의 작은 가정을 버렸던 결정을 후회하며 민망해했을까? 아마도 그는 아

오바마를 부탁해

들과 오랜 세월 떨어져 있을 수밖에 없었던 저간의 사정에 대해 변명하려 했을 것이다.

두 사람 모두 하버드 시절은 많은 것을 이룬 시기였다. 아들은 법학 쪽에서, 아버지는 경제학 쪽에서 풍요로운 성장기를 보냈다. 특히 아버지는 케냐 귀국 이후 진가를 발휘할 새로운 경제학 방법론에 접하게 된다. 둘 모두에게 하버드 출신이라는 이력은 결국 자신의 정체성에서 가장 중심적인 부분이 되었다. 물론 그 과정은 크게 달랐지만 말이다.

1962년 가을 오바마 1세는 케임브리지에 도착해서 하버드 야드 양편으로 담쟁이덩굴에 뒤덮인 유서 깊은 벽돌건물들을 처음 보는 순간 3세기가 넘는 학문적 전통의 무게에 압도당해 틀림없이 극도의 흥분에 휩싸였을 것이다. 교육의 실용적 가치와 정신력을 철저히 신봉한 나머지 어린 나이에도 몇 킬로미터를 걸어서 누더기 교과서를 나눠 쓰는 양철지붕 학교로 등교했던 그에게 하버드는 별천지처럼 느껴졌을 것이다. 하버드는 하와이대처럼 학생들이 슬리퍼에 닭똥을 밟고 다니던 이류 주립대학이 아니었다. 하버드는 미국, 아니 세계 학문의 중심이자 인류 정신의 가능성에 대한 기념비적인 존재라고 할 만한 곳이었다. 하지만 오바마가 나중에 날카롭게 지적했듯이 하버드도 완전무결하지는 않았다.

그는 그해 12월 하와이 집에서 수많은 외국인 학생들에게 하숙을 치던 친구 실비아 볼드윈에게 이런 편지를 보냈다. "내 생각에 하버드는 적어도 지적으로는 굉장히 자극을 주는 곳이야. 한편으로 케임브리지대학 같은 분위기가 나면서도 약간 억지로 꾸민 듯한 느낌도 들어. 그래도 아주 좋은 학교라고 생각해. 학위 논문을 마칠 수 있을 때까지 적어도 이삼 년 이곳에서 지내려 해."

오바마의 하버드 재학 시절은 미국의 정치사뿐만 아니라 하버드 역사에서도 중요한 시기였다. 1962년에는 50년대의 차분한 분위기가 여전히 짙게 남아 있었다. 남학생들은 식사 때 넥타이를 매야 했고 여학생들은 자정 이후 상급생들의 기숙사 출입이 금지되어 있었다. 하지만 60년대 후반기에 대대적으로 번진 인권, 마약, 여성해방 운동 같은 이슈들이 이미 이때부터 조금씩 스며들기 시작하고 있었다. 하버드대 심리학과 강사 티머시 리어리와 조교수 리처드 앨퍼트나중에 램 대스로 유명해짐는 1년뒤 대학에서 해고될 때까지 공공연히 LSD나 실로시빈 같은 환각물질의 사용을 권장하면서 "정신분석을 받거나 하버드에 4년 다니는 것"보다 더 해로울 것도 없다고 말했다.

하버드와 인근 래드클리프 재학생들은 당시 급부상한 인종 문제에 긴밀하게 동조하게 됐다. 두 대학 학생들은 하워드 존슨 레스토랑 체인이 미국 남부지역에서 행한 인종분리 정책에 대한 항의 표시로 보스턴 시내 전역의 이들 레스토랑 앞에서 피켓 시위를 벌였다. 이들은 또 두 대학에 흑인 정교수가 한 명도 없다는 사실에도 강력히 이의를 제기했다.

흑인 인권 운동가인 맬컴 엑스는 1961~1964년 하버드를 세 차례 방문할 때마다 점점 더 많은 청중을 끌어 모았고 소수의 흑인 재학생들에게는 흑인으로서의 정체성 탐구를 촉구했다. 오바마 1세가 미국에 도착한 지 몇 주 뒤 마틴 루터 킹 목사는 하버드 로스쿨에서 인종통합의 미래에 대해 연설하면서 흑인들이 평등을 위한 싸움에서 더 큰 역할을 담당해야 한다고 촉구했다. 킹 목사는 흑인들은 공정한 대우를 추구하는 과정에서 필요하다면 목숨을 내놓을 각오까지 해야 하지만, "담담히 죽음을 맞아야" 한다고도 했다.

물론 60년대 초반 하버드에서 가장 큰 사건은 잭역주: 존 F. 케네디 전 미국 대통령의 애칭이라는 이름의 하버드 졸업생이다. 케네디 가문은 유난히 하버드 출신이 많고 하버드 학위를 자랑스러워하는데 그중 한 명인 존 F. 케네디1940년 졸업가 바로 1년 전 미국의 대권을 잡은 것이다. 이는 대학 동문회에서도 엄청난 경사가 아닐 수 없었다. 윈스럽 기숙사 출신에 수영부원으로 학창시절을 보낸 케네디는 하버드와 끈끈한 유대관계를 맺고 있었다. 케네디는 자신과 함께 뉴 프론티어 정책을 추진할 팀을 구성하면서 주로 하버드 출신들을 인선했다.

하버드 야드의 그레이에서 홀워디 홀로 이어지는 위풍당당한 사각형 캠퍼스의 분위기는 열광적이었다. 대선 후 몇 주 동안은 누가 워싱턴 DC로 불려 올라가고 어떤 자리로 가게 될지 하마평이 무성했다. 몇몇 자리는 내기의 대상이 되기도 했다. 결국 50명이 넘는 하버드 동문들이 발탁됐는데 이 중에는 문리대 학장으로 있다가 국가안보담당 보좌관에 임명된 영민하고 카리스마 넘치는 맥조지 번디, 경제학부 교수에서 인도 대사가 된 달변의 존 케네스 갤브레이스, 백악관 통치사료를 기록하는 특별보좌관이 된 해박한 아서 슐레진저도 들어 있었다. 케네디 정부의 장관들 중에도 하버드 출신이 최소한 4명이었다. 이처럼 하버드맨이 대거 발탁되자 언론에서도 큰 논란이 일었다. 제임스 레스턴은 『뉴욕 타임스』에 "조만간 하버드에는 인근 여자대학인 래드클리프 외에는 아무도 남아나지 않을 것"이라고 비아냥거려 인구에 회자됐다.

대학 신문인 『하버드 크림슨Harvard Crimson』은 케네디 재임 2년 반 동안 하버드 출신 주요 인사들의 거취와 함께 다른 케네디 일가의 일거수일투족을 예의 주시했다. 초선 상원의원이 된 에드워드 케네디 1954년 졸업의 워싱턴 DC 첫 연설은 이 신문 1면을 장식했다. 심지어 하버드 학부생 유머잡지인 『하버드 램푼Harvard Lampoon』이 케네디 대통령 딸인 캐럴라인을 '올해의 소녀'로 선정한 소식도 1면에 등장했다.

같은 해 봄 이 신문은 케네디 대통령도 이사인 하버드대 감독이사회가 춘계회의를 워싱턴 DC에서 개최하고 백악관에서 만찬을 같이 할 것이라는 발표를 자랑스럽게 대서특필했다. 물론 워싱턴 DC까지 가서 회의를 여는 것은 대통령의 편의를 봐주기 위함이었다.

하버드와 케네디 행정부 간 긴밀한, 아니 그 정도를 넘어 근친상간이라고까지 표현되는 관계는 주지의 사실이다. 이 양자 간 관계를 리처드 노턴 스미스는 저서 『하버드의 세기Harvard Century』에서 아마도 가장 간명하게 다음과 같이 정리했다. "케네디 정권에서 하버드는 때때로 정부의 제4부 행세를 했다. 케네디 대통령 자신도 그런 인상을 애써 떨쳐내려 하지 않았다."

이는 상아탑의 인재가 어떻게 최고 권력의 측근에 자리 잡을 수 있는지 보여준 매력적인 실례였다. 오바마 1세도 그 매력에 사로잡혔다.

그는 케냐로 돌아가서 톰 음보야의 핵심 참모그룹 일원이 되기만 하면 케네디가 하버드 동문들을 발탁했듯이 음보야도 자신을 중용하리라고 확신해 마지않았다. 그런 생각을 하면서 그는 하버드에서 이전보다 훨씬 더 결의를 단단히 다지고 공부에 매진했다. 자신이 케냐의 특권지도층 일원이 되는 것은 이미 운명적으로 예정돼 있다는 식이었다.

오바마는 하버드 캠퍼스 전체가 유례없이 오만에 가까운 자신감에 휩싸여 있을 때 입학했다. 이처럼 자신만만한 분위기는 일정 부분 지난 몇 년간 일어난 학생 구성의 중요한 변화 때문이기도 했다. 하버드는 2차 세계대전 이래 자신의 위상을 높이기 위해 무진 애를 쓴 결과 60년대 초반에 이르러서는 더 이상 상류층 자제들만 다니는 지방 명문대가 아니라 훨씬 더 광범위한 출신 배경과 지적 잠재력을 가진 인재들의 보금자리가 되었다. 하버드의 문을 두드리는 지원자들이 계속 늘어나면서 동문 자제들이 입학 허가를 받는 숫자는 학교 입학처 관계자들이 깜짝 놀랄 정도로 크게 줄어들었다. 학교는 점점 더 우수한 학생들만 선발했다. 그 결과 지원자 대열에는 더욱 똑똑하고 학문적 재능이 있는 학생들이 몰렸다. 최종적으로 선발된 학생들이 대부분 우등상 수상자이자 전국 장학생이고, 그도 아니면 반에서 일등만 하던 학생들이라 자신감으로 똘똘 뭉쳐 있었다고 말한다면 그들을 정당하게 평가한 건 아니다. 리처드 노튼 스미스는 당시 하버드 학생들을 다음과 같이 묘사했다. "그들에게 하버드는 하늘을 찌르는 자존심 그 자체였다. 그들은 좋게 말하면 서로 자극을 주고받고 도전적으로 난상토론을 벌이는 등 아주 조숙했다. 하지만 나쁘게 말하면 신경과민에 독선적인 '학점의 개grade hound'에 불과했다. 주변에서는 '수석 졸업생들의 자존심'이라 불리는 현상에 주목했다. 그것은 검투사들처럼 공부를 가장 잘하는 학생들을 한데 던져놓고 자신들의 닳고 닳은 영광을 입증하는 사투를 벌이도록 하는 것이었다." 요컨대 그들은 오바마와 비슷한 부류들이었다.

그 외 모든 면에서 케냐에서 온 신입생 오바마는 하와이에서처럼 호기심의 대상이었다. 그 호기심은 일정 부분 그의 검은 피부색 때문이었다. 하버드는 당시 꾸준히 해외 유학생 숫자를 늘리고 있었지만 대부분 유럽이나 아시아 출신이었다. 1962년 하버드 전체 재학생 중에서 아프리카 출신은 총 81명이었고, 문리대 대학원에만 12명이 재학 중이었다. 당시 13,668명의 전체 하버드 학생 가운데 미국 국적의 흑인은 약 1%에 불과했다. 여기에 아프리카 유학생들을 합쳐도 하버드 캠퍼스에서 검은 얼굴을 가진 학생이래야 200명을 약간 넘는 정도였다.

하버드의 흑인 학생들은 숫자가 너무 적어서 외국 유학생이건 미국적이건 간에 서로 모를 수가 없었다. 그래서 나이지리아 출신으로 하버드 64년 졸업생인 아지나 느와포는 그해 가을 뿔테 안경을 쓰고 레버렛하우스 앞을 성큼성큼 지나가는 호리호리한 흑인을 처음 보자마자 바로 자기소개를 했다. 나중에 하버드에서 미국 흑인학 조교수가 된 느와포는 당시 상황을 다음과 같이 표현했다. "오바마는 자신만만하게 걸었어요. 자신을 전적으로 신뢰하는 사람의 걸음걸이라고나 할까요. 그는 고개를 꼿꼿이 들고 어깨는 활짝 펴고 있었습니다. 당시 패배자처럼 어깨가 축 처진 채 걸어 다니던 미국 흑인들과는 완전히 딴판이었어요."

　얼마 뒤 느와포는 오바마와 몇몇 아프리카 출신 유학생들을 자신의 기숙사 방으로 초대했다. 그 자리에서 대화는 이내 헤겔과 마르크스의 상대적 우열을 둘러싼 열정적인 토론으로 바뀌었다. 일행 중 나이가 가장 많았던 오바마가 토론을 주도했다. 수학 전공인 느와포로선 지루하기 짝이 없는 주제였다. 그는 일행 중 한 명에게 음료수를 둔 곳을 알려주고는 밖으로 산책을 나갔다. 그는 "3시간쯤 뒤에 돌아왔더니 다들 방금 가고 없데요."라고 회상하며 껄껄 웃었다.

　당시 미국 흑인 대학생들은 여러모로 아프리카 유학생들과 명분을 공유하면서도 수많은 문화적 장벽들에 직면해 있었다. 미국 흑인 대학생들은 대부분 아프리카계 미국인이 아니라 미국인 니그로역주: 흑인을 가리키는 경멸적 표현로 자랐고, 여전히 일부 지역에서는 니그로 소리를 듣고 있었다. 그들의 부모들은 자식들에게 아프리카 뿌리를 받아들이지 못하도록 했고, 심지어 어떤 경우엔 자신들의 혈통 자체를 전적으로 수치스럽게 여기도록 했다. 그들에게 아프리카는 더러운 맨발에 야만의 풍습을 가진 곳이자 과거였다. 아프리카 유학생들로선 깜짝 놀랄 일이었지만 일부 미국 흑인 대학생들 사이에서는 곱슬머리를 곧게 펴는 파마가 여전히 유행하고 있었다. 이 스트레이트파마 유행은 몇 년 뒤 상당수 미국 흑인들이 아프리카 전통을 받아들이고, 곱슬머리 헤어스타일이 흑인정체성을 규정하는 보편적 수단이 되고 나서야 중단되었다.

　사실 많은 아프리카 유학생들에게 60년대 초반 미국 흑인의 열악한 상태는 엄청난 충격이 아닐 수 없었다. 아프리카 유학생들 상당수는 고위 정치인 가문 출신인 데다 오바마처럼 조국에선 가장 공부를 잘한 축에 들었기 때문에 저마다 상당한 자부심을 갖고 있었다. 이들로선 미국 흑인들이 일상적으로 2등 시민 대우를 받고, 어떤 경우 흑인들 스스로 그렇게 여긴다는 사실을 이해하기 어려웠다. 그러다가 아프리카 유학생들 자신이 인종차별의 피해자가 됐을 때, 예컨대 전화상으로 아파트 임대가 가능하다고 해서 찾아갔더니 갑자기 임대를 거절당하는 것과 같은 일이 반복되자 일부는 당장 조국으로 돌아가고 싶은 충동을 느꼈다.

오바마도 노골적인 인종적 적개심의 대상이었는데 자신은 그런 사실을 전혀 눈치 채지 못했던 것 같다. 오바마는 처음 케임브리지에 와서 캠퍼스 가장자리에 있는 뉴잉글랜드풍 볼품없는 임시건물 1층에서 살았다. 이 임시건물은 한 층 위에 한 층, 그 위에 또 한 층을 쌓아 '트리플 데커'로 불리는 목조 3층 아파트였다. 오바마는 몇 달 뒤 찰스강에서 멀지 않은 널찍한 3층짜리 아파트 3층으로 이사를 갔다. 그 아파트 주인은 하버드의 학교 신부이자 인근 성聖콘스탄틴 앤 헬렌 그리스 정교회 신부인 아서 메택서스였다. 앞서 당시 하버드대 총장 네이선 퓨지는 직접 메택서스에게 아프리카 유학생 몇 명을 숙박시킬 수 있는지 물어 봤다.

그러나 오바마와 룸메이트인 나이지리아 출신 대학원생이 매거진 스트리트에 있는 메택서스의 아파트로 이사를 오자마자 이웃사람들이 현관으로 찾아와서 이들의 이사에 맹렬히 반대했다. 메택서스 목사의 부인인 조지아는 다음과 같이 회상했다. "그들은 우리가 이웃 사이의 친근한 관계를 망쳐놓았다고 말했어요. 그들은 우리가 그 흑인 아이들에게 방을 내준 것에 몹시 화를 냈는데 그 뒤로 다시는 우리에게 말 한마디 하지 않았던 것 같아요. 그러나 남편은 철두철미 사제였기 때문에 우리는 그렇게 생각하지 않았어요. 그 아이들은 좋은 대학 출신이었고 나는 그 점을 존중했어요. 쿠키를 구우면 그 아이들에게도 올려 보내주곤 했어요."

그러고 나서 하버드 광장의 카페테리아인 헤이스 빅포드에서 사건이 일어났다. 학생들 사이에 '더 빅'이라는 친근한 이름으로 알려진 인기 식당이었다. 나이지리아 출신의 하버드 학부생인 우체나 누오수는 같은 나이지리아 출신 MIT 대학원생과 막 자리에 앉아 식사를 하려다가 쟁반이 지저분한 것을 발견했다. 이들이 식당 지배인에게 새 쟁반으로 바꿔달라고 요청하자 그 지배인은 "너희 나라에서는 이런 좋은 음식을 구경도 할 수 없잖아"라고 면박을 줬다. 이들은 우리 둘 다 공민의 한 사람으로서 식당에서 좋은 서비스를 받을 권리가 있다고 항변했다. 이에 지배인은 "너희는 그 공민에 포함되지 않아"라고 쏘아붙였다. 설상가상으로 누오수가 신고해서 출동한 경찰들은 물어보지도 않고 다짜고짜 이 두 아프리카 유학생들을 무단침입과 소란 혐의로 체포해 밤새 구금했다.

하버드 당국이 변호사를 보내서 변호한 끝에 두 학생 모두 무죄로 석방됐지만 이 사건은 이들에게 두고두고 깊은 인상을 남겼다. 나중에

이스트 테네시 주립대에서 산부인과 전공으로 의학박사 학위를 받은 누오수는 자신의 하버드 시절을 기술한 회고록에서 당시 상황을 다음과 같이 언급했다. "알다시피 나는 화성인이 아니에요. 당시 TV에 항상 인권 문제가 나고 있어서 나도 세상이 어떻게 돌아가고 있는지는 알고 있었어요. 하지만 아무 합당한 이유도 없이 밤새 유치장에 갇혀 서 있자니 정말 분통이 터지더군요."

1963년 봄이 되면서 하버드의 흑인 학생들은 서로 공통점이 많다는 걸 깨닫고 상호 이해 증진과 발언권 제고 차원에서 힘을 모아 학내에 그들만의 클럽을 결성했다. 한 학생이 『하버드 크림슨』에 설명한 것처럼 이 별도 클럽 결성 방안은 아프리카 출신 유학생들과 미국 흑인 학생들 간 '부자연스러운 구분' 현상에 종지부를 찍자는 의도였다. 그 같은 구분 현상은 두 그룹이 대체로 연관이 없다고 본 백인들이 조장했다는 게 정설이었다. 그러나 이 계획은 곧 난관에 부딪쳤다.

가칭 '아프리카 유학생 및 아프리카계 미국 학생 연합AAAAS'은 명칭 그대로 하버드와 래드클리프에 재학 중인 아프리카 출신 유학생과 미국 국적 아프리카계 학생들에게만 회원 자격을 인정하려 했다. 대학 당국은 이러한 회원 가입 조항이 차별적이라고 판단하고, 해당 조항을 수정하지 않는 한 이 클럽의 인가를 거부하겠다고 밝혔다. 이 문제를 놓고 학내에선 흑백 학생 양측 모두 열띤 논쟁을 벌였다. 몇 달간의 논란 끝에 AAAAS는 회원가입 조항에서 문제가 된 표현을 삭제하는 데 동의하고 공식 인가를 받아 안도의 한숨을 내쉬게 되었다. 물론 회원 가입 조항을 변경했다고 해서 백인들을 회원으로 받지 않겠다는 AAAAS의 의도는 거의 바뀌지 않았다. AAAAS 결성을 주도한 학생들은 "회원은 하버드와 래드클리프의 학생들 중에서 초청된 자로 한다"는 새로운 조항을 의도적으로 집어넣어 자신들이 원하는 학생만 받아들일 수 있게 했다.

하지만 AAAAS와 하버드 당국의 갈등은 그걸로 끝난 게 아니었다. 몇 주 뒤인 1964년 1월 AAAAS는 『미국 아들의 메모Notes of a Native Son』와 『다음에는 불을The Fire Next Time』이란 소설을 쓴 흑인 작가 제임스 볼드윈을 첫 연사로 초청하면서 강연 입장료로 차등요금제를 적용했다가 또 다시 학교 측의 경고를 받았다. AAAAS는 민권단체 회원과 인근 록스베리와 도체스터 거주 서민들에겐 입장료로 50센트만 받고 다른 사람들은 1달러를 받겠다고 밝혔었다. 그러나 대학 당국은 모두에게 동일 요금을 적용해야 한다는 입장을 분명히 했다.

오바마는 이 같은 대학 내 민권활동에 대체로 무관심했다. 우선 대학원생으로서 교과외 활동을 할 시간이 거의 없었다. 아프리카 출신 학부생들은 통상적으로 맬컴 엑스나 마틴 루터 킹 목사의 연설을 들으러 몰려가거나 AAAAS 분규에도 뛰어들었지만 대학원생들은 정치활동에 보다 신중했다. 정치 활동에 관여했다가 나중에 이민귀화국에서 일상적인 체류연장 허가를 받을 때 문제가 생길 수 있다는 우려 때문이었다.

오바마는 하버드 대학 1,500달러, 로바크 문맹퇴치 재단과 펠프스 스토크스 재단 각 1,000달러 등 3곳에서 3,500달러의 장학금을 받고 있었다. 오바마는 논란의 소지가 있는 활동에 관여했다가 후원단체들의 입장을 난처하게 하지나 않을까 조심했을 것이다. 1960년대 초반 경제학부 대학원에 다녔던 나이지리아 유학생 실베스터 우고는 당시 상황에 대해 다음과 같이 말했다. "우리는 학생 비자로 체류 중이었으니까 튀는 행동으로 주목의 대상이 되고 싶은 생각은 없었어요. 우리는 공부하러 왔지 정치하러 온 것이 아니니까요. 우리가 정치활동에 관여했다면 정치한다는 말을 들었을 거예요. 그래도 우리는 무엇이 어떻게 돌아가는지 정말 관심이 많았어요. 그래서 관련 기사나 논문, 서적은 모두 읽었어요. 하나도 빠짐없이 읽었어요."

오바마는 하버드의 전통과 지적 수준에는 분명히 깊은 감명을 받았지만 하버드 특유의 환경에는 쉽게 적응하기 어려웠다. 아프리카를 떠나온 지 3년이 되던 당시에 그는 대학 내의 극심하게 경쟁적인 분위기와 지나치게 WASP역주 : 미국 사회 주류인 앵글로색슨계 백인 개신교 신자에 치우친 문화에 큰 부담을 느끼고 있었던 게 분명하다. 1888년 하버드에 입학한 저명한 흑인 학자이자 민권운동가인 윌리엄 두보이스처럼 오바마도 백인 주류층과는 거리를 두려 했다. 두보이스는 회고록에서 다음과 같이 술회했다. "나는 하버드에 있었지만 하버드의 일원은 아니었어요. 그런 내가 하버드 졸업식 축가인 '공평한 하버드Fair Harvard'를 불러야 했으니 아이러니가 아닐 수 없었죠. 내가 그 노래를 부른 건 음악이 좋았기 때문이지 가사에 나오는 순례자하버드생로서 무슨 자부심을 느꼈기 때문은 아니에요."

대신 오바마는 하버드의 아프리카 출신 유학생들과는 대체로 친하게 지냈다. 다른 학생들보다 그들 사이에서 음악은 물론이고 대화를 함께 하는 게 그의 취향에 더 맞았다. 주말마다 가볍게 친목 모임을 갖던 아프리카 유학생 그룹의 일원으로서 오바마는 케임브리지 공원에서 몇 블록 떨어진 하버드 광장의 가든 스트리트에 있는 국제학생협회나 학생들의 아파트 숙소 모임에도 참석했다. 여기에선 종종 라이브 밴드를 불렀고 보스턴 지역 다른 대학교의 외국인 학생들까지 끌어들였다. 아프리카 유학생들 중에서 캠퍼스 밖의 술집이나 레스토랑에 갈 여유가 있는 학생은 거의 없었기에 자체 대안을 마련한 셈이다.

운 좋게 오너 드라이버 친구를 둔 학생들은 여름방학 주말마다 뉴욕으로 가서 리버사이드 차로변의 인터내셔널 하우스에 있는 케냐학생연맹 회원들이나 미국 전역에서 온 다른 아프리카 유학생들과 어울렸다. 이 학생들은 대다수가 학업을 마칠 때까지 수년간 고국으로 돌아가지 않을 예정이었기 때문에 고국의 정치 소식을 열심히 주고받거나 축구 이야기를 나눴고 고국의 최신 음악도 교환했다.

고국의 상황에 대해선 토론할 것이 많았다. 식민통치 세력은 물러나고 있는 중이었고, 해방된 아프리카 국가들은 마침내 자신들의 정부와 법제도를 갖게 됐다. 1960년에 큰 나라인 콩고와 나이지리아, 그 뒤 몇 년간 탄자니아와 우간다 등 과거 영국과 프랑스, 벨기에 식민지였던 국가들 거의 대부분이 독립했다.

드디어 1963년 12월 12일 케냐가 60여 년의 식민통치를 종식하고,

아프리카의 전통적인 창과 방패가 가운데에 그려진 흑·적·녹 3색의 새 국기를 의기양양하게 게양했다. 하필 3주 전 케네디 대통령 암살 사건으로 미국 전체가 비탄에 잠겨있었으나 아프리카 유학생들은 파티와 열정적인 연설로 케냐의 독립을 축하했다. 언젠가 한두 차례 무더운 여름날 밤에 오바마가 뉴욕 브로드웨이의 웨스트 엔드 바에서 위스키 몇 잔을 들이켜며 케냐의 초대 대통령인 조모 케냐타에 대해 활기차게 인물평을 하던 모습이 목격됐다.

예일대에서 수학하고 미시간 주립대에서 교육심리학 박사학위를 취득한 뒤 귀국해 나이로비의 케냐타 대학에서 심리학을 가르쳤던 프레드 오캇차는 당시 상황을 이렇게 회상했다. "바의 그 테이블에서 우리 케냐인들은 대부분 고국에 돌아갔을 때 가고 싶은 자리 이야기를 했지만 오바마는 좀 더 지식인 티를 냈지요. 나는 당시 그가 케냐타에 대해 비판적인 입장이라는 걸 몰랐어요. 하지만 그는 아주 솔직했어요."

경제학과 대학원생인 오바마는 몇 안되는 하버드 출신 케냐인들과의 각축이 이미 시작됐고, 자신이 나이로비로 돌아가면 똑같이 하버드 학위로 무장한 이들과 본격적으로 경쟁하게 되리라는 사실을 예민하게 의식하고 있었다. 오바마가 입학하기 한 해 전에 하버드 학부를 졸업한 힐러리 응웨노는 이후 케냐의 가장 유명한 정치 저널리스트가 돼 자신이 발행한 『위클리 리뷰』에 케냐의 정치 격동 현장을 기록하게 된다. 온건파 키쿠유족인 필립 은데과는 1962년 가을부터 1년간 하버드 행정대학원에서 수학했다. 그는 하버드 학위는 없었지만 1964년에 경제기획개발부의 기획관 자리를 잡기 위해 오바마와 협력하게 된다. 케나의 가장 뛰어난 경제학자 중 한 명인 은데과는 여러 정부 부처에서 사무차관으로 근무하는 등 케냐의 공직사회에서 수십 년 동안 아주 존경받는 지도자 반열에 오르게 된다.

또 다른 경제학과 대학원생으로 1962년 하버드를 졸업한 워싱턴 잘랑오 오쿠무도 있었다. 이후 저명한 국제 중재인으로 성공한 그는 그 훨씬 이전인 1960년대 후반에는 케냐 관광공사의 이코노미스트 자리를 놓고 오바마와 끝까지 경쟁을 벌이기도 했었다. 하버드는 이들 케냐인들 각자의 이력서에 비교할 수 없을 만큼 찬란한 광택을 덧씌워주게 된다. 케냐 고향 마을의 가족들은 이들의 하버드 학력을 우러러봤으나 대부분 얼마나 영예로운 것인지조차 이해할 수 없었다.

오바마의 절친으로 케냐의 6선 국회의원인 피터 아링고는 하버드 출신 친구에 관해 이렇게 말했다. "오바마는 하버드 출신이었어요. 그것도 목소리 큰 하버드맨이라 사람들에게 대놓고 하버드 학력을 과시했죠. 당시 케냐에서 하버드는 그 이름만으로도 대단했어요. 여기서 누가 하버드에 간다고 꿈이나 꿨겠습니까?"

일종의 선견지명으로 오바마는 개발 경제학에 초점을 맞춰서 학업에 몰두했다. 개발 경제학 공부가 장차 유엔이나 케냐 정부에서 일하는 데 도움이 되기를 기대했기 때문이다. 어떤 면에선 그 선택의 타이밍이야말로 최선이었다. 오바마가 위풍당당한 회색 요새 같은 리타우어 센터에 처음 도착했던 당시는 경제학계 전체가 지각변동을 겪고 있을 때였다. 그리하여 경제학의 중심은 주로 제도와 실증적 측정, 사회 역사적 맥락 등에 초점을 맞추던 것에서, 수학적으로 정의된 균형모델을 기반으로 한 훨씬 더 추상적인 분야로 변모하게 된다. 경제학의 기존 관행이 완전히 바뀌게 된 것이다.

20년 전 존 메이너드 케인스의 저서『고용, 이자 및 화폐의 일반이론』때문에 경제학에 대변혁이 일어나고 근대 거시경제 사상의 기반이 확립됐듯이 2차대전 후 정교하고도 복잡한 수학적 모델이 경제학계에 도입되면서 경제학자들의 이론뿐만 아니라 사고방식까지 급격하게 변화하고 있었다. 현실 관찰에 근거한 서술적 구성 대신에 수학 모델과 공식의 논리가 새로운 운용 방식이었다. 이들 신진 경제학자들은 자연과학 중에서 물리학의 성공에 큰 영향을 받아 경제 생산과 거래도 거의 정확하게 모형화할 수 있다고 믿었다.

1950년대 말쯤 컴퓨터의 규모, 개수가 늘어나고 연산속도가 빨라지면서 복잡한 데이터 분석에 걸리던 시간이 며칠이나 심지어 몇 주에서 불과 몇 시간으로 줄어들었다. 직접 컴퓨터 프로그램을 작성해야 했던 건 조금도 걱정할 필요 없었다. 경제학에 입문한다는 것이 어깨를 으쓱거리게 하던 시절이었다. 오바마의 클래스 메이트였던 로저 놀은 1960년대 초엽 당시 "젊은 경제학도란 복숭아가 주렁주렁 매달린 과수원에서 맨 먼저 걸어가는 사람과 같았다"고 비유했다. "이건 완전히 새로운 방식이었어요. 만약 당신이 25세의 경제학자로서 그걸 다 받아들일 수 있었다면 당신은 다른 사람은 아무도 할 수 없었던 뭔가를 할 수 있었다는 것이죠."

이제 필요한 건 수학을 이해하는 것뿐이었다. 오바마가 경제학 수업을 받던 때는 곧 쓸모없어질 구식 관행에 초점을 맞추기보다 경제학을 재정립하는 데 도움을 줄 리니어 프로그래밍 명령어와 계량경제학 기법을 실용적으로 활용할 수 있었다. 반면 수업 내용 중 일부는 아주 생소했고, 고등 수학에 지나치게 의존하고 있어서 특히 미적분학이나 복합 회귀분석 분야에 정통하지 않은 학생들은 허우적거릴 수밖에 없었다.

학생들을 유난히 힘들게 한 것이 과목 그 자체의 문제만은 아니었다. 오바마의 클래스 메이트 가운데는 나중에 경제학 분야에 큰 기여를 한 엄청난 천재 그룹이 들어 있었다. 그들은 주로 백인들이고 남자들이었다. 그들은 겉으로 속내를 드러내려 하지 않았지만 저마다 1등을 노리고 있었다. 1962년 오바마와 함께 박사과정에 들어간 대학원생 35명 중에는 레스터 서로도 있었다. 박사과정을 가장 먼저 끝내고 미국에서 가장 유명한 경제학자 중 한 사람이 된 서로는 여러 권의 저서를 냈고, 마침내 MIT 경영대학원장이 됐다. 코네티컷 주지사와 인도 대사, 하원 의원 등을 지낸 체스터 볼스의 아들인 샘 볼스는 모교 교수를 거쳐 매사추세츠 애머스트대 교수를 하면서 자유시장 경제이론을 강력히 비판했다. 리처드 제크하우저는 당시 국방장관이던 로버트 맥나마라가 군사전략에 대한 논평을 듣기 위해 몇 년간 여름철마다 소집한 '신동 클럽'의 일원이었으며, 이후 정책분석 분야의 선구자로 이름을 날렸다.

이처럼 쟁쟁한 학생들이 많은 학과에서 오바마가 더 이상 가장 똑똑한 학생이 아닌 것만은 분명했다. 그의 몇몇 클래스 메이트들은 내심 교내의 아프리카 출신 유학생들이 자신들보다 수준이 떨어진다고 의심했지만 그런 속내를 드러내지는 않았다. 하버드 경제학과 대학원생 출신으로 나중에 오하이오 주립대 명예교수가 된 라스 샌드버그 교수는 당시 상황을 다음과 같이 회고했다. "아프리카 유학생들이 특별히 우수한 건 아니라는 느낌은 있었어요. 이유는 모르겠어요. 클래스 메이트 사이에 잘난체하는 경우가 많았지만 그래도 지적 허영 정도였죠. 클래스엔 전국에서 내로라하는 학생들이 모여 있었어요. 우리야말로 하나님이 세상에 내려보낸 천재라고 자부했죠."

정치적이면서 보스 기질도 있고, 나비 넥타이로 유명한 노동경제학자인 존 던롭이 학과장으로 있는 동안, 경제학과 대학원은 하버드 특유의 분권 체제하의 소우주였다. 교수들은 각자 자신들의 일에만 열중했는데 그중 대부분은 대학 밖의 일이었다. 그래도 학생들을 지도하는 데에는 정성을 다했다. 몇몇 학생들은 특정 교수와 돈독한 관계를 형성했다. 투입-산출 분석으로 나중에 노벨상을 수상한 러시아 출신의 걸출한 경제학자인 바실리 레온티예프는 종종 아끼는 학생들과 찰스 강으로 플라이 낚시를 가곤 했다. 찰스 강물이 오염돼 있었지만 아랑곳하지 않았다.

사무실 소파 옆에 라이플 총을 놔뒀던 은발의 경제사학자 알렉산더 거셴크론은 자신의 관심을 끈 학생에게는 책상 위 은쟁반에 보관하던 드라이 색 셰리주나 레미 마틴 꼬냑 한 잔을 따라주곤 했다. 물론 학생들이 엄청나게 바쁜 저명 교수들과의 상담 시간을 얻기 위해 애쓰는 경우가 더 많았다.

학생들 전원이 혹독하고 치열한 경쟁 과정을 끝까지 마치고 졸업할 수 있었던 것은 아니다. 1960년대 초엽만 해도 수학이 그렇게 중요하리라고 예상하지 못했던 학생들 상당수가 2년 후 석사학위만 받고 달아났다. 남은 학생들은 그들이 받아간 석사학위를 패자에 대한 위로패 정도로 여겼지만 떠난 학생들은 주식으로 치면 손절매를 선택한 셈이다. 제임스 듀젠베리 교수는 자신의 화폐금융학 강의시간을 항상 찬바람이 쌩쌩 도는 인사말로 시작했다. "개강할 때는 정말 많은 천재들이 있었는데."라며 자신의 이야기에 귀 기울이는 학생들을 천천히 오랫동안 훑어보다가 말을 이었다. "나중에 보면 그 친구들 다 어디로 사라졌는지 모르겠어."

1학년은 필수과목들로 고행의 연속이었다. 1930년대 초엽 독점적 경쟁론을 발표하면서 이름을 날렸던 경제학과의 터줏대감 에드 체임벌린의 경제이론이 있었는가 하면, 근엄한 인물로 당시 수학의 대세를 학과 내에서 가장 먼저 지지한 로버트 도프먼이 가르치던 거시경제학도 있었다. 통계학과 경제사 역시 필수였다.

학생들은 2학년이 되면 자신들의 특정 관심 분야를 임의로 선택해서 그쪽 공부에 주력해 나갔다. 물론 어떤 분야를 선택하더라도 학년 말 구두 시험 때 너댓 개 주제 분야에 걸쳐 포괄적인 프리젠테이션을 해야 한다는 점은 잘 알고 있었다. 이 구두 시험들을 통과해야 논문 작성 단계로 진행할 수 있었다.

그의 클래스 메이트 대다수처럼 오바마도 학부 시절 보통 정도의 수학만 이수했고, 거시경제학의 혹독한 어려움에 거의 대비가 돼 있지 않은 상태였다. 오바마는 당시 베스트셀러 경제학 교과서인 『경제학 원론』의 저자인 'MIT의 전설' 폴 새뮤얼슨과 일반 균형이론의 수학적 변형 입증 방식을 공동 고안해낸 케네스 애로 같은 당시 새롭게 떠오른 분야의 선구자들을 숭배했다. 그는 그들의 저서를 탐독했다. 그는 첫 몇 달은 학과의 수학 시험에 간신히 합격했지만, 학과 공부의 무거운 짐을 짊어지고 진도를 따라잡으려 안간힘을 써야 했다.

하와이에 있던 친구 실비아 볼드윈에게 쓴 편지에서 오바마는 그답지 않게 "상황이 점점 더 힘들어진다"고 털어놨다. "여기는 경쟁이 너무 치열해서 완전히 돌아버릴 지경이야. 학교의 일상적 활동이나 이론 정립을 위한 자체 조사, 논문 작성 준비는 물론이고 최소한 1주에 책 12권에다 관련 연구서, 정기간행물, 전문학술지들을 죄다 읽어야 한다니까. 말 그대로 정말 눈코 뜰 새가 없다구."

사실 오바마는 너무 바빠서 하와이 시절 즐겼던 대중 연설이나 교내 사교활동에 낼 시간이 없었다. 오바마가 하버드에 온지 한 달 뒤 미국 흑인으로는 첫 노벨 평화상1950년 수상자이자 적극적인 민권운동 지지자인 랠프 번치 박사가 캠퍼스에서 연설하면서 콩고뿐만 아니라 아프리카의 많은 나라들이 아직 독립할 준비가 안 돼 있다고 지적했다. 2년 전 하와이에서 이 같은 주장을 들었다면 격분했겠지만 이번에 오바마는 공개적으로 아무 말도 하지 않았다. 『하버드 크림슨』에 항의 편지를 쓰지도 않았다. 케임브리지 대로변 화강암 계단에서 폼 잡으며 열변을 토하지도 않았다.

오바마는 리타우어 센터 2층에 있는 커피숍의 정규 멤버도 아니었다. 그곳 커피숍에선 서로나 볼스 같은 학과의 선두주자들이 어울려 베트남전과 남부의 인종 분규를 놓고 토론하거나 다중회귀 분석과 리니어 프로그래밍을 숙고하던 곳이었다. 그 시간 오바마는 대개 리타우어 센터 지하의 작은 열람실에서 골칫덩어리 미적분 문제들과 씨름하고 있었다.

당시 리타우어 센터 커피 간담회는 경제학 연구를 일신시킨 변화의 생생한 징표였다. 구조적 불균형, 계량경제 예측 모델, 게임 이론 등과 같은 첨단 이론들은 교과서에 실리기는커녕 아직 불명확한 상태였다. 나중에 스탠퍼드 대학 경제학 교수가 된 학과 친구 로저 놀은 당시 상황을 이렇게 설명했다. "그곳에 매일 나오던 친구들이 다른 친구들보다 공부를 더 잘했어요. 라운지에선 최근 현안들을 놓고 대화를 주고받았죠. 그곳이 바로 최신 이론들을 이야기하는 장소였어요. 전면에 나서고 싶은 친구라면 그렇게 해야 했죠. 케네스 갤브레이스보다는 케네스 애로같이 되고 싶을 테니까요."

놀은 캘리포니아 공대에서 이학사를 취득했고 수학 분야에서 표창까지 받았던 수학에 능한 학생 가운데 하나였다. 서부 해안 특유의 솔직함과 상냥한 성격을 지닌 그는 말 붙이기 편한 학생이었다. 그래서 하루는 오바마가 라운지에 들러 그에게 미적분 수업 관련 도움을 청했었다. 미적분은 그 프로그램의 핵심이었다. "오바마는 내게 이렇게 말했어요. '이봐 친구 이거 어렵다, 이거 정말 어렵다. 이건 내가 생각했던 경제학이 아니야.'"라고 놀은 회상했다. 놀은 오바마와 여러 차례 함께 공부했다. "하지만 그는 불평하지 않았습니다. 그는 단지 자신이 학부에서 공부했던 것과 다른 종류의 경제학에 반응한 것뿐입니다. 그가 다른 헤매는 25명의 학생들 가운데 특별히 못하는 것이 아니었으며 완전히 헤매고 있는 학생들도 있었습니다. 많은 학생들이 오바마보다 형편없는 모습을 보였습니다. 학생들 사이에 준비의 차이는 엄청났고 이는 그룹을 가르치는 것을 극도로 어렵게 만들었어요."

오바마는 새로운 기법들을 통달할 수 있었고 하버드에서 2년째 되는 봄, 마침내 종합시험과 구두시험을 통과할 수 있었다. 그러나 자신의 하버드 시절에 대한 오바마의 이야기는 케냐로 돌아가면서 상당히 달라진다. 오바마의 말에 따르면 수학 과외가 필요했던 학생은 자신이 아니라 자신의 라이벌로 떠오르는 필립 은데과였고 은데과가 도움을 청했던 사람은 다른 사람이 아닌 버락 오바마였다. 공부를 확실히 익힌 오바마가 은데과를 도와줬을 가능성은 있다. 비록 은데과가 하버드에 오기 전 케냐의 명문 알리앙스 하이스쿨과 마케레레 대학교를 다녔었지만, 듣자 하니 그는 고등수학 과목에 애를 먹었다. 그는 하버드에서 학위를 받지도 못하고 1년 만에 하버드를 떠났다. 그러나 그 뒤 수년간 은데과가 꾸준히 높은 지위로 올라가면서, 오바마는 자신이 그를 가르쳐줬던 사실을 과시하듯 이야기하며 은데과가 그 지위들에 걸

맞지 않다고 성내며 깎아 내렸다. "오바마는 주먹으로 탁자를 내려치면서 '필립은 아는 게 없어', '그 놈은 수학이고 경제고 아무것도 아는 게 없단 말이야'라고 말하곤 했어요."라고 오바마의 친구였으며 케냐의 저명한 경제학자로 금융경제기획부 사무차관을 지낸 프란시스 마사칼리아는 회상했다. "오바마는 '나는 그로서는 꿈도 꾸지 못할 수준의 경제학자란 말이지'라고 말하곤 했습니다." 그의 하버드 시절에 대한 과장 가운데 창의적인 부분은, 특히 오바마가 켄 애로의 가르침을 받았다고 주장하면서 그 유명한 경제학자의 수업에서 자신이 얼마나 탁월했는지를 자세히 말한 것이다.[21] 그러나 애로는 1968년이 되어서야 하버드에 왔고 이는 오바마가 하버드를 떠나고 4년이 지난 후였다.

1960년대 초반 학사학위를 열망하며, 어떤 경우는 고등학교 졸업장을 따려고 보스턴에 도착하는 점점 더 많은 케냐의 젊은이들에게 오바마는 여전히 크게 느껴졌다. 그들은 얼마 안 되는 돈을 손에 쥐고 격동하고 있는 미국 도시에 대해 아는 것도 별로 없이 미국에 도착했다. 그들이 알고 있던 것은 그들이 간절하게 바라는 것의 많은 부분을 오바마가 이미 이뤄냈다는 것이다. 그는 학사학위를 취득한 것은 물론 대학 최우수 졸업생 클럽인 피 베타 카파Phi Beta Kappa의 1인으로 인정받기도 했다. 이제 그는 세계에서 가장 유명한 대학교에 와 있고 케임브리지의 국제 마케팅 연구소에서 여름 아르바이트를 하고 있었다. 그곳은 전 세계의 회사들에게 제품 마케팅 프로그램을 제공하는 작은 회사로 오바마로서는 여기서 얼마간의 여윳돈을 벌 수 있었다. 그가 이렇게 인상적인 만큼 그의 주변을 서성이며 좋은 음식을 요리해줄 여자친구가 끊이지 않았다. 그리고 어린 학생들이 매거진 스트리트에 있던 그의 아파트를 찾아와 문을 두드릴 때면, 오바마는 그들을 따뜻하게 맞이하고 그들이 잘 곳을 제공해줄 뿐만 아니라 그들에게는 꼭 필요한 조언도 아끼지 않았다. "오바마는 우리의 롤 모델이었습니다. 그는 정말 우리에게 영감을 주었습니다." 케냐의 부통령과 국내공안 장관을 지낸 조지 사이토티는 말했다. "그는 존경받으면서도 친근하고 진지한 모습이었습니다. 아시다시피 우리는 어렸고 그는 교육과정에 대한 것과 우리가 해야 할 것들에 대해 단호하게 이야기했습니다. 그의 말투는 마치 지금의 버락 오바마 대통령 같았습니다."

당시 열여덟 살이었고 웨스턴의 케임브리지 스쿨 졸업반이었던 사이토티는 오바마의 아파트로 찾아가던 열두 명의 어린 학생들 가운데 한 명이었다. 일부는 하루나 이틀 밤 정도 머무르곤 했지만 어떤 학생들은 여름 내내 머무르면서 수업이 끝나고 밤에는 근처의 엉뚱한 곳에서 일하곤 했다. 모지스와 오티에노 와송가 형제는 보스턴 북부의 고등학교에 다니면서 주말이면 늘상 오바마와 함께 지냈다. 오바마는 이들에게 '우오드 루오스wuod ruoth'라는 별명을 붙여주었는데 루오어로 추장의 아들이라는 뜻이다. 와송가 형제의 아버지는 사실 후세인 오냥고로 잘 알려진 추장이었는데 이 점이 그들과 오바마를 더 가깝게 만들었다.

오유코 오냥고 음베체는 겨우 열네 살 때인 1960년 톰 음보야의 2차 미국으로의 유학생 공수계획 편으로 매사추세츠에 도착해 어섬션 대학에 입학하기 전에 우스터에 있는 어섬션 고등학교에 다녔다. 그러나 음베체는 종래의 안내 정보들은 별 도움이 안 된다는 것을 재빨리 알아챘다. 그가 수년 후 뉴욕에 위치한 UN에 있는 케냐의 파견단에 일자리를 찾는 데 도움을 구했을 때, 키쿠유족과 루오족 사이의 폭발할 것 같은 반목은 이미 돌아올 수 없는 강을 건넌 상태였다. 알파벳 '오 O'로 시작하는 이름은 그 소년이 루오족임을 단번에 알아차릴 수 있게 했고 키쿠유족이 대부분인 그 사무소에서는 아무런 정보도 얻을 수 없었다. 음베체는 주변에 도움을 청하러 다녔고 오바마라는 더 나이 많은 학생의 이름을 들었을 때 그 역시 매거진 스트리트로 향하게 되었다. 음베체는 오바마의 추천으로 근처 병원에서 기술자로 일하며 오바마의 집에서 한여름을 보내는 것으로 그치지 않고, 궁극적으로는 오바마의 영향으로 인생의 목표를 바꾸게 되었다. 음베체는 오바마가 수시로 고급 수학의 중요성을 이야기했고 음베체에게 미적분을 공부해서 보다 복잡한 수학적 문제들을 다룰 수 있도록 해야 한다고 강조했다고 회고했다. 흥미를 가지게 된 음베체는 수학을 공부하기 위해 하버드의 여름학교에 등록했고 마침내 의료 공학자가 되기 위해 의대를 가려던 계획을 포기하게 되었다. "그는 항상 수학은 누구와도 의사를 소통할 수 있는 언어와 같은 것이라고 말했습니다. 그리고 나는 그가 무슨 말을 하고 있는지 깨닫기 시작했어요. 뭔가 호기심을 가지게 된 겁니다."

스물여섯 살의 오바마는 그룹에서 가장 나이가 많았다. 몇몇 저녁은 리타우어 센터의 이지적 강렬함과는 동떨어지게도 파이프를 입에

물고 앉아 함께 지내는 어린 학생들과 재즈를 들었다. 그들은 오바마가 가장 좋아하는 링갈라 음악이나 "인디펜던스 차차"를 유행시킨 자이르 가수 타부 레이 로셰로Tabu Ley Rochereau의 재즈곡들을 들었다.

오바마의 어린 시절에서 기인한 또 다른 취미는 여러 사람이 참가한 사람에 대해 유머러스하거나 자찬하는 문장을 주고받는 방식의 루오족의 게임인 파크루옥pakruoks 주고받기였다. 오바마는 자주 그의 손을 들어 음악을 멈추도록 요청하고, 스스로를 "나는 아름다운 여자 은조가의 딸 아쿠무의 아들이다An wuod akumu nya Njoga, wuod nyar ber." 혹은 "나 오바마, 코겔로의 아들, 여자들이 목숨을 거는 검은 피부의 사나이, 백인들이 인정할 때까지 책을 다 삼켜버린 사나이다An Obama wuod kogello, wuoyi madichol manyiri thone, wuoyi mochamo buk ma musungu oyie." 라고 말하곤 했다. 어린 학생들은 오바마의 훈계를 듣는 데 익숙해져 있었다. "똑똑한 젊은이는 파티를 멀리하고 수학을 공부해야 한다." 게임은 개인의 특징이나 특이한 버릇들에 대한 왁자지껄한 흉내로 이어지곤 했고 그들 모두 터져 나오는 웃음을 참지 못했었다.[22]

오바마가 그 곳에 있을 때면 항상 꾸준한 대화가 오고 갔고 대화는 때때로 새벽까지 이어졌다. 모국의 상황은 항상 대화의 중요한 주제였다. 1964년 공화국 선포의 서곡이 된 독립이 있고 몇 달 동안, 케냐는 국가 건설의 실질적 작업이 진행되며 분주했다. 아프리카화와 국가의 경제구조와 같은 주요 이슈에 대한 KANU와 KADU 두 정당 간의 심각한 차이는 더욱 악화되었다. 오바마의 멘토였던 톰 음보야는 법무부

장관으로 지명되었고 오바마는 음보야가 케냐타의 보수적 지지 세력과 관계를 점점 더 강화하는 것을 불안하게 지켜봤다. 오바마는 그러한 관계의 발전을 주의 깊게 지켜보았으며 귀국해서는 조국의 미래 모습을 놓고 전개되는 정치 논쟁에 직접 뛰어 들었다.

비록 오바마가 그의 아파트로 모여드는 어린 학생들의 멘토가 되어주는 것을 기쁘게 생각한 것은 분명하지만 한편으로는 고향에 있는 형제자매들에 대한 생각이 그의 머릿속을 채웠다. 장남인 오바마는 그의 형제자매의 학비에 대한 재정적 지원을 해야 하고 전반적으로 도울 의무가 있었다. 이는 다시 말해 오바마가 동생들을 도와야 한다는 뜻이었다. 1960년대 초반 케냐의 가족들은 일반적으로, 딸들은 결혼을 하면 집안일에 전념해야 한다고 생각했고 따라서 딸들은 대학교육을 시킬 필요가 없었다. 오바마의 누나인 세라도 오바마만큼이나 영민하고 의지가 강했었다. 그녀는 상급학교에 진학시켜달라고 애원하곤 했으나 후세인 오냥고는 결코 들어주지 않았다. 오바마 가문에서 버락 오바마 다음 순위의 남자는 후세인 오냥고와 그의 아내 세라 오그웰 사이의 첫째 아들 오마르 오케치 오바마였다. 오마르는 미국에 있는 큰형보다 열한 살이 어렸고 가족은 현재 그의 상급학교 진학을 간절히 원하고 있었다.[23]

오바마는 가슴 깊이 그 책임을 느끼고 잘 나지 않는 여유시간을 이용해 동생에게 적합한 학교를 찾기 위해 그 지역의 고등학교들을 탐방했다. 오바마는 한 여성과 친해지게 되는데 공교롭게도 그녀는 남자 사립 고등학교인 브라운 앤 니콜스와 가까운 연줄이 있었다. 이 학교는 보스턴의 유명 정치인과 기업인을 다수 배출하였고 운 좋게도 녹음이 우거진 케임브리지 안에 있으며 하버드와도 가까운 곳에 위치해 있었다. 그녀의 이름은 엘렌 프로스트로 개발도상국에 관심이 있는 래드클리프 학생이었다. 프로스트는 아프리카 학생들의 파티에서 오바마를 알게 되었고 이 둘은 이따금 커피를 마셨다. 프로스트의 동생이 브라운 앤 니콜스에 다니고 있을 뿐만 아니라 시내에 있던 투자은행의 은행가였던 그녀의 아버지는 그 학교의 회계담당관이었다. 엘렌은 어쩌면 그녀의 아버지가 오마르를 학교의 입학담당관에게 추천해 줄 수 있을 것이라고 제안했다.

프로스트의 아버지는 동의했고 1963년 가을 수수한 차림의 건장한 젊은이가 불타는 학구열을 가지고 케임브리지에 도착했다. 오마르는 음보야의 1963년 미국 유학프로그램을 통해 미국에 도착한 것으로 보인다. 그의 이름은 초기 유학생 리스트에 포함되어 있다. 그 리스트에 기재된 내용을 보면 그의 형 버락은 동생의 여행경비로 300불을 지불했다.[24] "오마르는 키가 크고 여위었으며 품성이 착한 소년이었어요." 나중에 미국 정부와 기업에서 다양한 국제관계 업무를 담당했던 프로스트는 이렇게 회상했다. "그는 그의 이복형과는 별로 닮지 않았었어요. 하지만 같은 반 친구들은 아프리카 정글에서 온 이 소년에게 완전히 매료되었습니다."

비록 오마르가 학교에서 아프리카에서 온 유일한 학생이었지만 학교 마크가 부착된 깔끔한 상의와 그의 형이 매일 입는 것 같은, 풀을 먹인 흰 셔츠 차림의 그는 특권층들의 사립학교 학생들 틈에서 아주 잘 어울려 보였다. 1966년도 졸업학번인 친구들보다 세 살은 족히 많은 그는, 덤불을 배회하는 야생 동물들에 대한 이야기와 불굴의 마우마우 결사대역주: 케냐 키쿠유족이 1950년대 영국 식민통치에 대항하기 위해 만든 무장투쟁단체에 대한 공들인 이야기들로 10학년 친구들을 즐겁게 만들었다. 그의 깔보는 듯한 영국 악센트에 매료된 다른 학생들은 자신들의 길들여진 교외의 생활과는 완전히 다르고 훨씬 이국적인 생활 이야기를 듣고 싶어 했다.

오마르 오바마는 보스턴 생활 처음 몇 년간은 자신의 형과 매거진 스트리트의 룸메이트와 종종 짬을 내 만났었다. 형 오바마가 자신의 공부에 몰두하게 되면서 어린 오마르는 상당히 독립적인 생활을 했었을 것이다. 둘 사이에 상당한 나이 차이가 있었기 때문에 다른 사람들이 보기에 그 둘은 이복형제라기보다는 삼촌과 조카 관계처럼 보였다. 오마르는 도착 2년째 되는 해에 학교신문과 학교 토론팀에 깊게 관여했다. 하지만 그가 정말 재능을 보인 곳은 축구 경기장이었다. 축구 코치였던 스티븐 허머 홈즈는 오마르가 처음 운동장에 나온 날을 기억했다. 오마르는 달랑 티셔츠와 반바지만 입고 있었고 축구화나 정강이 보호대는커녕 양말조차 신지 않고 있었다. 케냐의 다른 대부분의 어린 축구선수들처럼 오마르는 맨발로 하는 축구에 익숙해져 있었다. 홈즈가 그에게 발에 뭘 신을 것을 고집하자 오마르는 크게 거부했다. 홈즈

코치는 다음과 같이 회상했다. "오마르는 이렇게 말했습니다. '코치님, 난 신발을 벗어야 해요. 제발 코치님. 공을 느낄 수가 없다고요. 공을 찰 때 방향을 조절할 수가 없어요. 제발요 코치님!' 그리고 나는 대답했지요. '오마르, 나도 그렇게 해줄 수 있으면 좋겠다. 하지만 우리가 여기서 게임을 하려면 신을 신어야 한단다. 그게 규칙이란다.'라고 말입니다."

그에게 맞는 축구화를 찾는 것은 쉬운 일이 아니었다. 오마르의 발은 엄청나게 넓을 뿐만 아니라 맨발로 여러 해 동안 축구를 하면서 생긴 두툼한 각질층을 가지고 있었는데 홈즈는 그것을 "마치 발바닥에 가죽신을 꿰매놓은 것 같았습니다."라고 묘사했다. 오마르의 평범하지 않은 발을 위해 맞춤 축구화가 만들어졌고 오마르가 그 축구화에 적응하는 데 몇 주가 걸렸다. 그러나 그가 운동장으로 마침내 돌아왔을 때, 오마르는 발끝을 쓸리게 공을 몰아가는 독특한 스타일로 이내 팀에서 가장 골을 많이 넣는 선수가 되었다. 팀 내 다른 누구보다도 훨씬 재능 있는 선수였지만 오마르는 기꺼이 나서서 팀 동료들에게 그의 기술을 가르쳐 주었다. "그는 팀을 최우선으로 했습니다. 그 다음은 팀 동료, 마지막이 자기 자신이었습니다."라고 홈즈는 말했다. "아주 겸손한 친구였습니다."

돈이 부족했기 때문이든 성적이 안 좋았기 때문이든, 오마르는 그 학교를 졸업하지는 못했다. 그는 2년 만에 그 학교를 그만두고 1965년 가을 뉴턴 근처의 공립 고등학교에 등록했다.[25] 당시는 오바마가 케냐로 돌아간 때이고 오마르는 형의 감독 없이 혼자 힘으로 살아가야 하면서 어려움을 겪었을 것이 분명하다. 뉴턴으로 옮기는 과정에서 오바마가 몇 년 전 일했던 케임브리지 국제 마케팅 연구소의 동창 코디네이터였던 쾌활한 존 윌리엄스가 오마르의 후견인이 되어 주었다. 윌리엄스의 아들도 뉴턴 공립 고등학교에 다니고 있었다. 이유는 알려져 있지 않으나 그해가 가기 전 오마르는 그 학교도 졸업하지 않고 자퇴한다.[26]

얼마 지나지 않아 오마르는 자신의 이름보다는 아버지의 아프리카 이름을 선택한 O 오냥고 오바마로 이름을 바꾸었다.[27] 그는 몇 년간 케임브리지에 남았고 그의 형이 살았던 아파트에서 몇 블록 떨어진 페리 스트리트의 아파트에 살았다. 그의 아파트는 찾아오는 케냐의 학생들에게는 전설적인 만남의 장소이자 묵어가는 곳이 되었다. 버락 오바마가 1970년대 초반 방문했을 때 그 역시 페리 스트리트의 베란다에서 파크루옥 주고받기를 하고 음악을 들으면서 우갈리역주: 옥수수나 기장가루로 만든 음식으로 주로 고기나 채소와 함께 먹음와 생선을 먹으며 일요일 아침을 보냈었다. 당시 하버드에서 인류학을 공부했던 아촐라 팔라 오케요는 미국에 방문하고 있었던 오바마의 이복 여동생 제이투니 오냥고가 정기적으로 들르곤 했다고 기억했다. "페리 스트리트는 신고식을 치르는 장소 같은 곳이었어요. 보스턴에 있는 케냐인이라면 그 곳에 가야 했습니다."라고 오케요는 말했다. "우리는 지쳐 쓰러질 때까지 노래하고 춤췄죠. 정말 재미있었어요."

그들의 조카가 대통령이 되고 수많은 카메라맨들이 몰려올 때까지 오바마의 고모와 삼촌은 보스턴 지역에서 비교적 조용히 살았다. 1990

년대 초반 보스턴에서 사라졌던, 오바마 대통령이『내 아버지로부터의 꿈』에서 쓴 그 '오마르 삼촌'은 매사추세츠주 도체스터에 있는 웰스 마켓이라는 작은 편의점의 회계 담당자였고 가끔 점원으로도 일했다. [28] 보도에 따르면 1994년 여름 그가 근무 중이던 어느 날 밤 검은 마스크를 쓴 두 명이 가게를 습격했다. 그는 톱으로 자른 라이플로 두들겨 맞고 강도를 당했다. 지금 오마르는 다른 몇몇 케냐인들과 함께 프레이밍햄 외곽의 한 집에서 남의 눈을 피해 살고 있으며 인터뷰를 거절했다.

그러나 제이투니는 언론을 피하느라 힘든 시간을 보냈다. 영국의 기자가 오바마의 선거운동 막바지 몇 주 동안 제이투니 고모를 찾았을 때, 그녀는 사우스 보스턴의 공공 주택 단지의 불법 건축물에 살고 있었다. 직설적인 성격의 제이투니는 59세로 1980년대 후반 케냐 주류회사의 컴퓨터 프로그래머로 일했으며 2000년에 미국으로 왔다. 언론은 그녀가 정치적 망명을 신청했다가 거절되었고 추방명령이 내려졌던 사실을 알아냈고, 그녀의 사례는 유명한 사건이 되어 불법 이민자에 관한 이슈를 촉발시켰다. 오바마 대통령이 취임하고 첫 해 동안 제이투니는, 심지어 스스로의 묘사로조차, 그녀가 미국에 남기 위한 그녀의 전쟁에서 이민법을 시험대에 올림으로써 오바마에게 정치적 짐이 된 것 같았다. 그녀의 조카가 당선된 후 제이투니는 보스턴의 법정에 두 번 화려한 모습을 드러냈고 그때마다 정장을 입은 한 무더기의 변호사와 수십 명의 기자들이 그 뒤를 따랐으며 그녀는 그런 모습을 보면서 반복적으로 "주를 찬양합시다"라고 외쳤다. 2010년 봄 이민국은 그녀의 정치적 망명을 허가함으로써 그녀가 영주권을 신청하고 궁극적으로는 시민권까지도 신청할 수 있게 함으로써 지켜보던 사람들을 놀라게 했다.[29]

오마르처럼, 제이투니도 큰 오빠를 우러러 봤다. 후세인 오냥고와 사라의 둘째 아이인 제이투니는 1960년대 나이로비에서 오바마와 잠깐 동안 함께 살았던 가족 몇 명 중 하나였다. 『내 아버지로부터의 꿈』에서 그녀는 어렸을 때 버락이 자신이 가장 좋아하는 댄스파트너였다고 말하며 함께 참가했던 여러 댄스 콘테스트를 묘사했다. 제이투니와의 짧은 인터뷰에서 제이투니는 자신이 큰오빠에게 인생 전체에 걸쳐 깊은 은혜를 입었으며 특히 어렸을 때 소중한 구두를 사주었던 것을 고마워하고 있다고 덧붙였다.

하버드 재학 시절 아버지 오바마는 대체로 다른 학생들과 비슷하게 지냈다. 수업에 꼬박꼬박 참석했고 늦은 밤까지 책과 씨름했다. 그러나 오바마는 또한 아프리카에서 온 사내이기도 했다. 그는 특정한 개인적 취향들을 가지고 있었으며 그것을 억제하려고 애쓰지 않았다. 그 중 하나가 여성편력이었다. 리타우어 센터의 뒷이야기를 들려주는 사람들도 그의 이런 면에 대해서는 사실상 아는 것이 거의 없었다. 실제로 상당수가 이에 대해서는 기억하고 있지 않았다. 그러나 그를 좀 더 가까이 알고 지낸 사람들은 그가 종종 폭음을 했고 일련의 어린 아가씨들 뒤를 적극적으로 따라다니는 것을 보았다. 그리고 하버드 교무처 직원들도 곧 이를 알아챘다.

오바마에게 있어 여자들은 취하라고 있는 것이었다. 일부다처 문화에서 자랐기에 그는 한 남자가 자신의 정력과 지배력의 측정 수단으로서 여러 여자를 차지하는 것은 당연하다고 생각했다. 그 자신의 아버지 후세인 오냥고도 일생 동안 최소 네 명의 부인들과 셀 수 없는 다른 여자들이 있었고 루오족 남자들은 전통적으로 최소 두세 명의 부인이 있었다. 이러한 관습은 문화의 아주 핵심적인 부분으로 한 남자의 부인들은 모두가 함께 살며 첫 번째 부인이 서열의 가장 높은 위치를 차지하고 나머지 부인들을 감독하는 전통을 가지고 있었다. 사실, 만약 오바마가 그의 첫 아내인 케지아와만 결혼하고 다른 여자와는 결혼하거나 아이를 가지지 않았다면 그의 고향에서는 이것이 오히려 관심을 끄는 주제가 되었을 것이다.

그러나 종종 같은 시기에 여러 명을 대상으로 하기도 했던 오바마의 끊임없는 여성편력은 문화적 관례에 따른 습관을 넘어서는 것이었다. 마치 그럴 수만 있다면, 그는 자신이 마주치는 모든 여자들과 성적 관계를 가져야 한다고 생각하는 것 같았다. 오바마는 분명 자신이 선택하고 마침내 자신의 부인이 된 여자들에게는 완전히 매혹되었고 그들을 사려 깊게 배려했을 수 있다. 그러나 그는 그가 잘 모르는 어떤 부류의 여자들에게는 그들의 육체 이외에는 어떤 것에도 관심이 있는 척 꾸미려고조차 하지 않았고 그에 대해서 아무런 미안함도 느끼지 않았다. 그런 태도는 몇몇 미국 여성들을 경악하게 했다. 오바마의 매력을 직접 경험했던 엘렌 프로스트는 여자에 대한 그의 노골적인 유혹을 일종의 강박으로 설명했다. "오바마의 관점에서는 한 남자가 여러 여자를 수집하는 것이 자연스러운 것이었어요. 그게 섭리였던 것이죠." 프로스트는 말했다. "사실 그는 여자를 상대하는 자신의 능력을 자부하고 있었어요. 파티장에서의 그를 보셨어야 해요. 그는 춤추는 것을 좋아했고 또한 아주 관능적인 댄서였습니다. 그는 아주 노골적인 유혹의 춤을 추었어요. 은근함은 거리가 멀었죠. 그것은 마치 여자들을 잠자리로 끌어들이는 어떤 힘을 가진 것 같았어요. 그는 여자들을 지적인 방법으로 유혹하려는 시도조차 안 했어요. 그는 노골적이고 도발적인 언어를 사용했어요. 아주 대놓고 성적이었던 것 같아요. 나는 버락을 좋아했고 그가 흥미롭다고 생각했었지만 그가 그럴 때는 싫었어요. 그것은 여자에 대한 타고난 재능 같은 것이었어요."

추크우마 아지키웨는 오바마와 같은 시기에 하버드에 다니던 아프리카 학생 가운데 한 명이다. 나이지리아가 독립한 후 초대 대통령의 아들인 아지키웨는 1963년 하버드 학부를 졸업하고 이후 하버드 경영대학원에서 MBA를 취득했다. 아지키웨는 오바마의 성실한 공부 습관에 감명받았다. 그러나 그가 공부를 하지 않고 폭음을 할 때면 깜짝 놀랐다. 한번은 오바마가 만취한 채로 출입구에서 어린 여학생들에게 노골적으로 치근대는 모습을 보고 데리고 들어왔다. 또 한번은 한 파티에서 거나하게 취한 오바마가 파티에 온 다른 손님과 주먹질을 하는 모습을 목격하기도 했다. 아지키웨는 캠퍼스에서 오바마를 보면 피하기 시작했다. 아지키웨는 인터뷰에서 오바마를 "통제할 수 없는 탄도

미사일"이라고 정의했다.

네 번의 결혼에 대해, 오바마는 자신의 아내와 아이들 이야기를 모두에게 알리지는 않았다. 쾌활한 프로스트가 콕 찔러보는 질문에, 오바마는 자신이 하와이에 아들이 있으며 그 아들을 자랑스럽게 생각한다고 털어놓았다. 그러나 오바마는 아지나 느와포에게 자신이 하와이를 방문할 것 같다고 이야기하면서 그 곳에 가는 이유를 "그곳 날씨가 좋으니까"라고 말하고 아들은 언급하지 않았다. 오바마가 데이트했던 여자들의 경우 실수로 그 사실을 들키기라도 하면, 좀 완곡하게 표현하자면, 다소 문제가 되었다. 몇몇 여자들은 오바마가 한 번이 아니라 동시에 두 명과 결혼한 사실을 알고 불같이 화를 내기도 했다.

느와포는 자신이 2학년이던 어느 토요일 저녁 방에서 공부하다가 그의 창을 세게 두드리는 소리를 들었을 때를 떠올렸다. 그것은 오바마의 여자 친구였다. 래드클리프의 학부생이었던 그녀는 울면서 안으로 들어오게 해달라고 애원했었다. 오바마가 결혼했다는 사실을 이제 막 알게 된 것이 분명한 그녀를 위로하고 있는데, 오바마가 불쑥 나타나서는 그녀에게서 떨어지라고 했다. "오바마는 내게 굉장히 화를 냈습니다. 내가 그의 여자 친구를 가로채려고 한다고 생각한 것입니다," 느와포는 한숨을 쉬며 말했다. "하지만 난 결코 그런 것이 아니었습니다. 나는 내 스스로도 여자 친구를 곧잘 사귈 때였습니다. 수많은 여자들과 복잡한 관계를 유지할 능력이 있던 그가 쉽사리 그런 결론을 내릴 수 있다는 것이 흥미로웠습니다. 우리는 그 일이 있은 후 자주 만나지 않았습니다."

호놀룰루에서는 앤 던햄이 오바마의 여성편력에 분개하고 있었다. 그녀는 그가 돌아오기를 원한 것이 아니었다. 1963년 말 던햄은 오바마가 그녀의 곁으로 돌아오지 않을 것이며 공부를 마치고 함께 아프리카로 가지 않을 것이라는 사실을 받아들이고 체념했다. 하지만 오바마는 떠나면서 아들을 위한 양육비를 지급하겠다고 약속했다. 그러나 학교생활을 하면서 기본적으로 들어가는 비용에다 찾아오는 가족들을 돌봐야 하는 부담으로 압박을 받고 있었기에, 오바마는 그가 약속한 양육비를 한 번도 지급하지 않았다. 던햄은 그가 가끔씩 보내는 편지들에서 그가 케임브리지에서 다른 여자들과 데이트하고 있음을 눈치 챘고, 돈을 그런 데이트에다 써버리고 있다고 짐작하면서, 겉보기에 영원히 바닥나지 않을 것 같은 참을성에 마침내 한계가 오고 말았다. 1964년 초 그녀는 이혼 절차에 착수했고 그해 봄, 태양이 입맞춤한 섬 마우이에서 맺어졌던 흔치 않은 혼인 관계에 종지부를 찍게 된다. 오바마는 케임브리지에서 그가 공식 이혼 서류를 수령하였다는 우편물 수취확인서에 서명을 했지만 이혼이 확정되던 호놀룰루 법정에 모습을 나타내지는 않았다.

던햄은 그 뒤 몇 년 동안 친구들에게 오바마가 케임브리지에 있으면서 여윳돈을 자신의 어린 아들이 아닌 다른 여자들에게 썼다는 사실에 너무 화가 났었다고 털어놓고는 했다. "그녀는 오바마가 보스턴에 여자 친구들이 있었지만 자기는 아프리카 사회의 남자들이 종종 한 명 이상의 여자를 만난다는 것을 알기 때문에 개의치 않는다고 말했어요."라고 앨리스 듀이는 말했다. 그녀는 던햄의 하와이 대학교 박사논문 심사위원장이었으며 나중에 인류학 명예교수가 되었다. "그러나 오바마가 배리버락 오바마 주니어에게 썼어야 할 돈을 여자 친구들에게 썼다는 사실은 정말 그녀를 화나게 했어요. 언젠가부터 '그럴 수도 있지'가 '이봐, 돈을 보내주겠다고 한 것은 당신이잖아'로 바뀌고 다시 '이래선 안 되겠다'로 바뀌었습니다. 배리는 버락이 책임져야 하는데도 그가 이런 기대에 부응하지 않는다는 것이 그녀를 점점 짜증나게 했습니다."

1964년 이혼이 확정되기 몇 달 전, 이민국은 오바마가 하와이에 있을 때 놀랐던 것같이 오바마의 여자관계에 한 번 더 놀란다. 이번에 오바마는 어린 케냐 여성과 데이트를 하고 있었는데 그녀는 유니테리언 유니버설리스틱 봉사단Unitarian Universalistic Service Committee의 후원으로 미국에 왔으며 매사추세츠의 서드베리 고등학교에 다니고 있었다. 그녀는 학교 성적이 안 좋을 뿐만 아니라 무단으로 런던 여행을 다녀왔다. 이 사실은 UU 관계자들을 굉장히 당혹스럽게 만들었다. 그의 "A" 파일에 따르면 그녀의 남자친구로 추정되던 오바마는 그녀를 학교에 재등록하기 위해 미친 듯 애를 썼다. 이민 감독관이었던 맥도날드가 당시 이민귀화국 보스턴 사무소의 책임자였던 해밀턴에게 쓴 메모에서 결론내리기를 "오바마는 [연방 당국이 작성한 문서에 의하면] 잘 빠져나가는 성격으로 판단된다."[31] 하와이에서 오바마의 행적을 인지한 해밀턴은, 오바마가 어려움을 겪고 있던 다른 어린 여성들에게 여전히 개입하는 데 분명 골치가 아팠을 것이다.

그 사건에 대하여 우려한 이민국 관리들은 하버드에서 오바마의 지위를 자세히 들여다보기로 결정했다. 그들은 또한 그의 일상적인 체류 연장 신청을 당분간 승인 보류하기로 결정하였다. 관리들은 하버드의 국제 사무국에 연락했다. 그러나 그곳 직원들과의 대화 과정에서 명확한 결론을 얻기보다는 오히려 석연치 않은 점들이 더욱 더 발견되기 시작했다. 오바마는 이민국 직원에게 그가 하와이에서 어떤 여자와 결혼했으며 이혼할 예정이라고 말했었다. 그러나 하버드의 관리들은 이민귀화국의 요청을 받고 약간의 조사를 했고, 오바마가 두 명의 여자와 결혼했다는 것에 고민했다. 그들은 그 사실이 그를 중혼자로 만드는 것인지 아니면 그가 그냥 전형적인 루오족 전통에 따른 것인지를 확신할 수 없었다. 이민국 감독관 맥키언은 메모에 "하버드는 그가 케냐와 호놀룰루에서 각각 누군가와 결혼했지만, 오바마는 여러 명과의 결혼이 허용되는 부족 출신일 것이라고 생각하고 있습니다."라고 썼다. 오바마가 결혼했다는 진술을 조사한 적이 없었고, 그럴 필요도 없다고 생각했던 하버드는 명백히 유쾌하지 않았다. 하버드 국제사무국 책임자 데이비드 D. 헨리는 이민귀화국에 말하기를 자신이 직접 오바마의 결혼 상태에 대한 이야기를 나눌 것이지만 오바마가 그의 시험을 끝내기 전까지는 그러지 않겠다고 말했다. INS의 메모에 따르면 "만약 오바마가 평정심을 잃게 되고 시험에 떨어지기라도 했을 때 그 사실을 시험 탈락의 구실로 삼으면 하버드는 그 결과와 관련하여 우리에게 책임을 물을 것이다."[32]라고 되어 있다.

　이틀 후 하버드의 국제사무국은 분노로 이성을 잃었다. 오바마의 지인 몇 명과 이야기를 나눈 후 사무국은 오바마가 세 번째 여자와 결혼했다고 생각했는데, 케임브리지의 이 여성은 그가 데이트하고 있는 것으로 알려진 이였다. 학교 당국이 잘못 안 것이다. 오바마가 누군가와 데이트를 하는 것은 사실이었지만 그들이 결혼한 사이는 아니었다. 그들은 또한 오바마가 재정적 문제가 있다는 사실도 알아냈다. 비록 하버드가 이듬해에도 오바마가 풀타임 학생으로 재학하며 학위 논문을 완성할 것이라고 쓰여진 이민국 필요 서류에 서명을 해준 상태였지만, 이제 헨리는 하버드가 오바마를 아예 돌려보내야 할 것인가를 고민하고 있었다.

　오바마의 개인적 기록을 들여다볼수록 헨리는 더욱 불안해졌다. 헨리는 1941년에 하버드를 졸업했으며 학교 입학처 책임자를 지낸 하버드맨이었다. 4년 전 그는 미국 대학교들의 아프리카 장학생 프로그램을 설립했다. 고등학교 교사였으며 미국에 온 많은 아프리카 학생들에 많은 것을 걸었던 헨리로서는 오바마의 행동은 분명 참을 수 없는 것이었다. 그는 그것이 오바마의 고향에 있는 루오족 사이에서는 보편적으로 받아들여질 수 있는 행동이라는 점은 개의치 않았다. 그런 행동은 보스턴에 있는 헨리가 수용할 수 없는 것이었다. 3주 후 이민국 관리들은 하버드와 접촉했다. 헨리는 그들을 다시 불러 오바마가 하버드로 다시 돌아오지 않을 것이라고 말했다. 헨리는 학장들 가운데 한 명인 경제학과 학과장과 이야기를 했고 오바마가 종합시험에 통과했으며 논문을 준비할 동안 학교에 머무를 자격이 있다는 사실을 알았다고 설명했다. "그러나 그들은 그를 쫓아내기 위해 노력할 것이며 뭔가를 꾸밀 계획이었다"라고 맥키언은 내부 메모에 썼다. "그러나 셋 모두 하버드 교무 담당자들 이에 동의할 것이다. 그들은 오바마에게 자신들이 더 이상 돈을 대주지 않을 것이며 따라서 그가 케냐로 돌아가 집에서 논문을 준비하는 것이 더 나을 것이라고 말할 계획이다." 헨리는 맥키언에게 "모든 것을 세세히 준비하는 데" 한 달 정도 소요될 것이라고 말했다. 그러나 그는 "하버드는 오바마를 1964~1965학년도 학기 동안 풀타임 학생으로 등록할 계획이 없음"을 분명히 했다.[33]

헨리는 1964년 5월 27일 오바마에게 보낸 편지에서 단도직입적으로 말하고 있다. 비록 하버드가 오바마에게 첫 두 해 동안 장학금을 제공하였으나 앞으로는 더 이상 그리 하지 않겠다는 것이다. 헨리는 편지에서 "경제학과나 문리대학원 모두 케임브리지에서 당신에게 추가적인 지원을 할 재원이 없으며… 우리는 따라서 당신이 하버드 내 체류를 중단하고 케냐로 돌아가 연구와 논문 작업을 계속해야 한다는 결론에 도달했습니다."[34] 그 편지는 대학원의 부학장이던 펠프스, 경제학과 학장이던 존 던롭에게 보내졌다. 그 둘은 이러한 결정에 명백하게 관계한 사람들이었다.

오바마는 분노했다. 하버드의 지원 중단에 이어, 이민귀화국은 그의 체류 연장을 거부하기로 결정했다. 대신 30일 내에 이 나라를 떠나라는 갑작스런 통지가 전해졌다. 제정신이 아닌 오바마는 이민귀화국 사무실을 방문해 체류 연장 신청이 거부된 구체적인 이유를 알려달라고 요구했다. 이민국 담당자는 그 문제는 충분히 검토되었으며 헨리의 편지를 근거로 신청이 거부되었다고 단호하게 말한다. 정보를 더 달라는 오바마의 반복적인 요청에도 불구하고 그 담당자는 "오바마와 관련한 결정은 최종적인 것"이라고 말했다고 내부 메모는 적고 있다. 오바마는 재차 방문했지만 아무도 그에게 무슨 일이 일어난 것인지 설명해주지 않았다.

하버드의 결정은 오바마에게는 재앙이었다. 지난 5년 동안 그는 유일하고 중요한 목표를 향해 결연하게 노력해왔다. 그는 역사적으로 가장 중요한 분기점에서 조국을 떠났고 박사학위를 따기 위해 가족이나 개인적인 것들을 옆으로 미뤄왔다. 그 학위야말로 그의 인생의 성취에 있어 하나의 이정표가 될 것이었기 때문이었다. 모든 시험들을 스스로 통과해 오면서, 높은 곳에 올랐었고 많은 것을 포기했었다. 그러나 이제 그는 하버드에서 갑자기 쫓겨나고 이의를 제기할 기회도 거의 없이 미국을 떠날 것을 명령받았다.

오바마가 이민국 직원들과 실랑이를 벌이면서도, 그의 어깨를 헤아릴 수 없이 무겁게 느끼게 했던 짐을 덜어준 사람이 하나 있었다. 그녀의 이름은 루스 비어트리스 베이커였다. 스물일곱 살이며 키가 크고 곱슬곱슬한 금발을 지닌 루스는 몇 년 전 보스턴의 시먼스 칼리지를 졸업하였는데, 경영학을 전공했고 숫자에 밝은 여성이었다. 유태계 세일즈

맨의 딸로 골격이 큰 여자인 루스는 수줍다고도 할 수 있는 머뭇거리는 태도를 가지고 있었다. 그러나 수년간 비서 일에 권태를 느꼈고 초등학생을 가르치는 일에도 열의가 없던 그녀는 나이지리아 학생들의 여름 축제 파티에서 빳빳한 흰 셔츠에 잘 다려진 개버딘 바지를 입고 룸바를 추는 오바마를 만났을 때 뭔가 새로운 것에 눈을 뜨게 되었다. 루스는 빙빙 도는 댄서들에 휩쓸렸고 둘 사이의 끌림은 즉각적이었다. 정말이지, 이건 색다른 것이었다. 일은 정말 색다르게 되어갔다. 다음 날 오바마는 그녀의 문을 두드리고 데이트를 신청했다.[36]

그 다음 달까지 그들은 열정적인 관계를 지속했다. 그들은 케임브리지에서 가장 인기 있는 클럽을 찾아가 춤을 추었다. 그들은 나른한 여름 오후를 그의 아파트에서 보내거나 찰스 강의 둑을 느긋하게 걸었다. 그리고 브루클린 고등학교 1954년 졸업생 가운데 우등생 단체의 일원이었고 대학에서는 명예 위원회 대표로 학생의 의무를 다하는 소녀였던 불안정한 뉴턴 소녀, 루스 베이커는 서서히 그녀에게 어울리지 않는 행동을 하고 있었다. 아프리카에서 온 남자와 사랑에 빠진 것이다.

비록 열정적인 연인이 있었으나, 오바마는 하버드와의 문제로 정신이 산만해져 있었다. 이제 오바마는 구두시험과 서면 시험을 뒤로하고, 논문을 시작하고 싶은 마음이 간절했다. 그의 논문 주제인 "발전에 대한 스테이플 이론의 계량경제학적 모델"[37]은 현재 케냐에서 논의되고 있는 농업과 밀접한 관련이 있을 뿐 아니라 오바마가 학교에서 공들여 배운 계량경제학적 재능을 실행에 옮길 수 있게 해줄 것이었다. 오바마는 이민국의 결정을 돌려놓기 위한 노력으로 이민국 사무실에 반복적으로 전화를 걸었지만 이민귀화국이나 하버드 모두 꿈쩍도 하지 않았다. 하버드의 박사학위에 대한 그의 꿈을 포기하지 않으려고, 오바마는 고향으로 돌아갈 비행기 표를 살 충분한 돈이 없다며 시간을 끌었다. 이민귀화국이 오바마에게 떠날 것을 강요하자, 오바마는 돈을 가지고 7월 초 케냐로 돌아가는 편도 비행기 표를 들고 나타났다. 오바마는 그의 표현대로 눈가가 젖은 루스에게 뜨거운 작별을 고하면서 케냐로 올 것을 강하게 권했다. "케냐로 와", 그는 그녀에게 강하게 입맞춤하면서 속삭였다. "우리 결혼하자." 그리고 그녀는 그의 말을 따랐다.

루스는 오바마가 나이로비에 두 명의 아이를 두고 있다는 것을 알고 있었다. 그는 그녀에게 자신과 함께하게 되면 그녀가 그 아이들을 돌봐야 할 것이라고 말했다. 그러나 루스는 오바마가 당시 하와이에 걸음마를 배우는 아들이 있다는 사실이나 그가 미국에서 만난 다른 여자들에게도 같은 초청을 했었다는 사실은 알지 못했다. 모든 것은 부차적인 문제였다. 그녀는 오로지 보스턴에서의 평탄하고 무료해 하품만 나오던 이전의 생활, 아홉 시에 출근해서 다섯 시에 퇴근하며 전화는 울리지 않고 텔레비전 앞에서 혼자 밤을 보내는 그런 생활만 떠올랐다. 나중에 한꺼번에 알게 될 일이었다. 루스는 오바마가 그녀에게 한 말을 두고 고민했다. 그녀는 가까운 친구들과 같이 오바마가 한 제의의 장단점을 저울질했다. 그녀는 머뭇거리며 그 결과를 부모님께 말했고 부모는 대경실색하여 이민귀화국에 연락해 그녀를 막아줄 것을 애원했다.[38] 결국 해외여행은커녕 그전까지 비행기를 타본 적조차 없던 루스는 사랑을 좇아 아프리카로 가기로 결정했다.

"나는 엄청난 사랑에 빠져있었어요. 그뿐이에요." 그녀는 분명하게 말했다. "나는 내가 미국에서 뭔가를 이룰 만한 힘도 없고 누군가에게 특별한 존재가 될 수도 없다는 것을 알고 있었어요. 그래서 만약 아프리카로 간다면 내 인생은 완전히 달라질 것이라고 생각했어요."

그녀가 옳았다. 그녀의 인생은 완전히 달라져버렸다.

세계 최고 대학교 하버드

사진 1. 하와이에서 유학생 시절의 버락 후세인 오바마. 오바마는 미국에서 교육받고 나중에 1963년 독립한 케냐가 국가의 모습을 갖춰가는 데 기여한 케냐의 청년 엘리트 집단 중 한 명이었다.

사진 2. 버락 오바마 대통령의 증조할아버지 오바마 오피요의 묘소. 묘가 있는 곳은 1936년 오바마 대통령의 아버지 버락 후세인 오바마가 태어난 카냐디앙이다.

274

사진 3. 케지아 오바마, 버락 오바마의 네 명의 부인 가운데 첫 번째 부인으로 자녀인 말리크, 아우마와 함께 1960년대에 찍은 사진.

사진 4. 버락 후세인 오바마는 소년시절 보기 드물게 총명한 학생이었다. 오바마는 케냐 서부의 명문 마세노 학교에 입학하여 몇 년간 공부했지만, 그의 문제 행동은 교장을 화나게 했고 이로 인해 그는 그곳에서 학업을 마칠 수 없었다.

사진 5. 오바마의 급우였으며 어릴 적 친구인 아서 루벤 오위노. 그는 오바마가 자주 "너는 네가 무슨 말을 하고 있는지도 모르지. 내 말 잘 들어봐."라고 말했으며 그리고는 끊임없는 말다툼이 이어졌었다고 회상했다.

사진 6. 엘리자베스 '베티' 무니는 1950년대 후반 케냐에서 활동한 미국의 문맹 퇴치 활동가다. 그녀가 가장 좋아하는 사진 중 하나인 이 사진은 1959년 마사이족을 방문했을 때 찍었다.

사진 7. 무니와 헬렌 로버츠, 헬렌은 캘리포니아에서 온 문맹퇴치 자원봉사자로 케냐에서 자신들의 승용차 앞에 서 있다. 무니는 1958년 오바마를 그녀의 비서로 고용했으며 나중에 하와이 대학의 첫해 학비를 대주었다.

사진 8. 오바마와 무니는 거의 2년간 함께 일했으며 이때 그녀는 그의 사진을 많이 찍었다. 이 사진은 그가 그녀의 집에 있는 라디오 앞에서 포즈를 취하고 있는 모습.

사진 9. 초급 독본 편찬 위원회에서 열심히 활동하는 모습. 무니 밀에서 케냐 성인 문맹퇴치 프로그램과 관련해서 일하는 동안 오바마는 막 글을 깨친 초보자를 위해 건강, 농사, 시민의식에 관하여 루오어로 된 세 권의 초급 독본을 지었다.

사진 10. 베티 무니가 촬영한 버락 오바마.

사진 11. 1958년 케냐에서 오바마 가족과 소풍을 나온 베티 무니. 왼쪽부터 케지아, 갓난아이인 말리크, 베티 무니, 버락 오바마, 문맹퇴치 사무소에서 함께 일하던 조지 와니.

사진 12. 호놀룰루 YMCA에서 공부하고 있는 버락 오바마. 그는 하와이 주립대학에서 공부한 첫 아프리카 출신 학생이었다. 캐주얼 복장을 선호하는 다른 학생들 사이에서 그의 사무원 같은 복장은 두드러져 보였다.

사진 13. 하와이 대학 재학 시절 버락 오바마를 모르는 사람은 없었다. 그는 아프리카와 관련한 주제에 대하여 대중 앞에서 빈번하게 연설했고, 공산주의와 민주주의의 대치와 같은 주제를 놓고 다른 학생들과 토론했다.

사진 14. 하와이 대학을 최상위로 졸업한 지 거의 10년 후인 1971년 호놀룰루로 돌아온 오바마가 사색에 잠겨 있다. 이 방문 기간 동안 오바마는 처음으로 자신의 아들 버락 오바마 주니어를 만났고 그의 세 번째 아내는 나이로비 법원에 이혼 소송을 제출한 상태였다.

사진 15. 오바마는 하와이 대학의 학부생이었지만, 이스트 웨스트 센터에서 여러 나라 출신 대학원생 모임과 자주 어울려 시간을 보냈다. 이 사진은 1961년 호놀룰루의 국제 학생 파티에 참석한 모습.

사진 16. 1962년 알라 모아나 파크에서 열린 평화집회에 참석한 오바마. 군중 앞에서의 짧은 연설에서 오바마는 군비를 감축할 것을 요구했다. 그는 "평화는 엄청난 자원의 절약을 가져올 것이다"라고 말했다.

사진 17. 하와이 대학교 학생이었던 파케 자네는 오바마의 캠퍼스 친구로서, 나중에 케냐로 여행가서 오바마를 방문했다. 오바마는 자신이 톰 음보야 암살 재판에서 증언한 것 때문에 살해 위협을 받았다고 자네에게 말했다.

사진 18. 톰 음보야, 많은 지지를 받던 케냐의 민족주의 지도자가 1960년 런던에서 열린 케냐 컨퍼런스에 참석했다. 음보야는 루오족으로 오바마의 멘토였으며 1969년 7월 암살되기 조금 전 두 사람은 나이로비 길 모퉁이에서 대화를 나눴다.

사진 19. 조모 케냐타, 케냐 건국의 아버지이자 대통령, 1964년 나이로비의 기념식에 참석했다. 오바마는 케냐타의 경제정책들과 그의 주변을 채운 키쿠유 출신의 끈끈한 집단을 공개적으로 비판했다.

사진 20. 오마르 오케치 오바마, 버락 오바마의 이복동생으로 1963년부터 1965년까지 매사추세츠 케임브리지의 브라운 앤 니콜스에 다녔다. 뒷줄 왼쪽에서 세 번째, 축구대표로 활동했으며 학교 토론팀과 학교 신문사의 멤버였다.

사진 21. 루스 비어트리스 베이커, 1958년 보스턴의 시먼스 칼리지를 졸업했다. 베이커는 오바마와 몇 주 동안 케임브리지에서 데이트를 했으며 나중에 오바마를 좇아 나이로비로 가서 1964년 크리스마스이브에 그의 세 번째 부인이 되었다.

사진 22. 오바마와 점점 늘어나는 그의 가족들이 1960년대 후반과 1970년대 내내 살았던 나이로비 우들리 에스테이트 지역. 이웃들은 종종 그의 굵은 바리톤 목소리를 담장 너머로 들을 수 있었고 오바마의 결혼 생활이 평탄치 않았음을 잘 알고 있었다.

사진 23. 1971년 호놀룰루에서 찍은 것으로 보이는 사진에서 버락 오바마 부자가 포즈를 취하고 있다. 이 크리스마스 방문은 아버지 오바마가 하버드 대학에 다니기 위해 1962년 하와이의 작은 가정을 떠난 후 두 사람이 함께 지낸 유일한 시간이다.

사진 24. 하와 아우마 오바마, 아버지 버락 오바마의 누이이자 오바마 대통령의 고모가 케냐 오유기스의 자신의 집 앞에 서 있다. 그녀는 길가에서 석탄을 팔아 생계를 꾸리고 있다.

사진 25. 칼로레니 퍼블릭 바, 나이로비 남동쪽에 있으며 루오족이 즐겨 찾던 술집.
오바마는 은퇴할 때까지 매일같이 퇴근 후 칼레오니에 들렀으며 1982년 11월 사
망하기 직전 마지막 몇 시간을 친구들과 술을 마시며 보냈다.

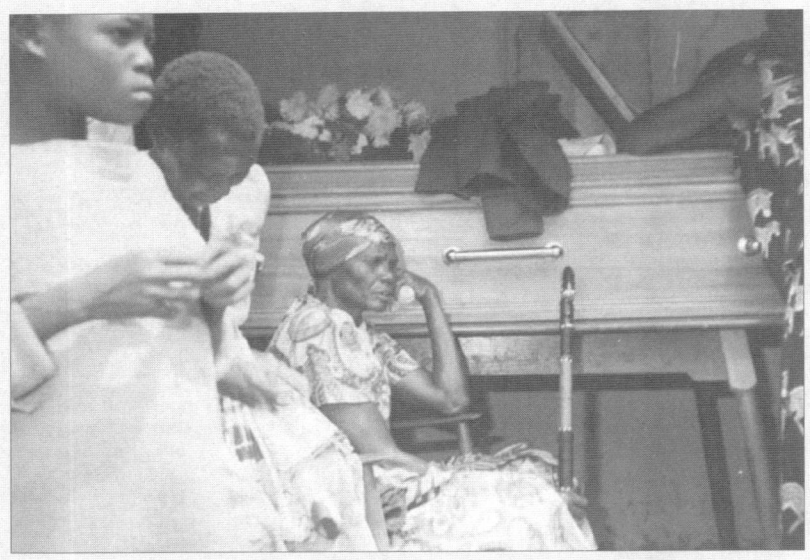

사진 26. 1982년, 버락 오바마의 모친인 하비바 아쿠무가 아들의 관 옆에 비통한 표정으로 앉
아있다.

사진 27. 알레고의 가족 묘역에 있는 버락 후세인 오바마의 묘소. 그의 아버지 후세인 오냥고 오바마의 묘소가 뒤쪽 가까이에 있다.

사진 28. 마크 은데산조, 오바마 대통령의 부계쪽 여섯 형제자매 중 한 명이 2009년 광저우에서 인터뷰에 응하고 있다. 은데산조는 직접 쓴 반자전적 소설에서 그의 아버지를 육체적 학대를 가하고 폭음을 하는 사람으로 묘사했다.

사진 29. 오바마 대통령의 형제자매 가운데 두 번째로 나이가 많은 아우마 오바마는 2010년 그녀의 자서전『삶은 언제나 사이에 온다(Das Leben kommt immer dazwischen)』을 출간했다. 독일에서 공부한 그녀는 아버지가 가족을 망가뜨리고 수년간 방치한 것을 용서할 수 없다고 썼다.

사진 30. 조지 후세인 오냥고 오바마는 오바마 대통령의 막내 동생으로 그의 아버지가 죽기 6개월 전에 태어났다. 그는 자신이 미국 대통령과 공유하는 아버지를 기억하지 못한다. 나이로비의 슬럼가인 후루마에 살고 있다. 조지는 자신의 회고록『고향: 희망과 생존에 대한 특별한 이야기』를 썼다.

사진 31. 버락 오바마의 큰 아들, 말리크 오바마는 2010년 가을, 열아홉 살 여고생을 세 번째 부인으로 삼으면서 스스로 신문의 헤드라인을 장식했다. 말리크는 53세로 알레고에서 그의 할머니 마마 세라의 이웃에 살고 있다.

사진 32. 버락 오바마의 네 명의 부인들 가운데 첫 번째인 케지아 오바마, 그녀는 뒤늦게 돌아온 남편과 이혼하지 않았고 심지어 두 명의 미국 여성과 결혼을 한 뒤에도 결혼을 유지함으로써 오바마가 자신과의 사이에 태어난 아이들의 아버지 노릇을 하게 했다.

7
chapter

나이로비의
사나이들

나이로비의
사나이들

버락 오바마가 나이로비로 돌아왔을 때 케냐는 못 알아볼 만큼 변화해 있었다. 그가 케냐를 떠나 있던 5년 동안 정치적·경제적 권력은 아프리카인의 손에 반환되었고, 이에 따라 케냐는 제국주의의 압제에 숨막혀하던 식민지에서 이제는 흥분의 도가니에 빠진 독립국가로 변모했다.

오바마가 예견했듯, 런던에서 열린 1960년 랭커스터 하우스 회의는 자유를 향한 케냐의 진군에 있어 중요한 분기점이었다. 영국 정부는 자신들의 점진적인 식민통치 철수 정책을 포기하는 대신 자치정부를 수립하고 신속하게 독립을 진행시키겠다고 발표했고 이는 케냐의 협상 대표들을 깜짝 놀라게 만들었다. 백인들이 지배해온 나라를 아프리카인의 손에 돌려주겠다는 것이었다.

이듬해, 구금되어 있다 석방된 조모 케냐타는 독립국 지위를 얻은 첫 해 케냐아프리카민족연맹Kenya African National Union, KANU의 의장에 취임했다. KANU는 케냐 독립 초기 정치적 주도권을 두고 경쟁한 두 개의 대표적 정당 가운데 하나였다. 랭커스터 하우스 회의 후 두 해

동안 런던에서 열린 일련의 회담에서, 영국과 케냐의 협상대표들은 어느 한 지역이나 부족이 장악하지 않는 중앙정부 수립을 위한 독립헌법 제정에 합의를 이루게 되었다. 케냐 정부가 빈곤한 아프리카인들을 한때 백인들이 거주하던 지구로 이주시키는 절차가 단계적으로 시작되면서, 영국 정부의 결정에 배신감을 느낀 많은 유럽 출신 정착민들이 빠져나가기 시작했다.

오바마가 귀국하기 불과 여덟 달 전인, 1963년 12월 12일 자정, 통치권의 이양이 공식적으로 이뤄졌다. 케냐타 총리, 에든버러 공작, 말콤 맥도날드 총독이 나란히 서서 케냐인들의 열광적인 환호와 노래 속에 영국 국기인 유니언 잭이 내려지고 대신 흑, 적, 녹색의 케냐 국기가 높이 올려져 휘날리는 것을 지켜보았다. 반세기 이상의 식민통치가 끝나자, 수천 명의 케냐인들은 춤과 불꽃놀이로 축하했고 이는 밤새도록 계속되었다. 마침내 우후루역주: Uhuru, 아프리카어로 독립, 자유라는 뜻으로 민족주의 운동의 구호였다가 온 것이다.

케냐타는 영국이 통치하던 방식의 원칙들 가운데 상당 부분을 수용했다. 경제 성장과 토지 사유화 등이 바로 그것이다. 그러나 케냐타는 동시에 이 나라의 모습을 서서히 바꿔놓게 될 몇 가지 상징적인 조치를 취했다. 그중 하나로 인종 증오 표지판이 즉시 제거되었다. "아프리카인과 개는 출입금지"라고 적힌 간판들이 오랫동안 나이로비의 고급 호텔과 레스토랑의 현관에 붙어 있었다. 그러나 이제 그런 간판은 어디서도 찾아볼 수 없게 되었다. 60년 동안 아프리카인의 출입을 거부했던 시설들이 비로소 아프리카인들에게 테이블과 의자를 내주었다. 한때 부유한 식민통치 세력들이 독점했던 나이로비 중심 서쪽 지역의 우아한 주거시설들은 서서히 유색인종을 받아들이기 시작했다. 심지어 영국인 휴양시설의 상징이라고 할 수 있는 무사이가 클럽과 나이로비 클럽 같은 최고의 사교 클럽들조차 마지 못해 조금씩 문호를 개방했고 그 좁은 문으로 소수의 아프리카 엘리트들이 들어갈 수 있었다. 그리고 한때 자신이 기르는 애완동물에 케냐타나 오딩가 같은 케냐의 지도자들의 이름을 붙였던 정착민들은 이제 좋든 싫든 그동안 자신들이 저지른 오만한 행동들의 대가를 치르게 되었다.

심지어 거리의 이름까지 새롭게 바뀌었다. 나이로비가 거의 사람이 살지 않는 오지의 늪지대에서 사람이 북적대는 현대적 수도로 성장하면서, 식민 정부는 거리와 장소에 자신들의 우월한 역사를 기념하는 이름을 붙이는 방식으로 도시의 영혼에 식민제국의 정체성을 새겨 넣었었다. 독립을 얻고 우후루 지도자들이 가장 먼저 한 일들 중 하나가 그런 이름들을 걷어내는 것이었다. 케냐의 얼굴이라 할 수 있는 나이로비에서 얼룩들이 지워지고 깨끗한 피부로 거듭나는 것이다. 오랫동안 '델라미어 애버뉴'로 불려 온, 나이로비의 중심을 잇는 대로에는 '케냐타 애버뉴'라는 새 이름이 붙여졌다. '프린세스 엘리자베스 웨이'라는 이름의 교차로는 '우후루 하이웨이'가 되었고, '코노트로드'는 '팰리어먼트 로드'로 바뀌었다. 케냐의 가장 중요한 정부기관 몇 개에 둘러싸여 있으며 가로수가 늘어선 '코로네이션 애버뉴'는 '하람베 애버뉴역

주: Harambee: 스와힐리어로 '모두 함께 당긴다'는 뜻으로 '연대와 동참'을 의미하며 케냐의 국가 문장에 새겨져 있다로 **명명**되었다. 이러한 변경들은 수년 동안 나이로비를 떠난 적 없는 사람들조차도 혼란스러워할 정도였다. 그래서 『데일리 네이션』지誌는 새로운 지명과 거리명 안내서를 펴내면서 이렇게 홍보했다. "이제 길 잃을 염려는 하지 않으셔도 됩니다!"[1]

1964년 8월 오바마가 케냐 땅을 다시 밟았을 때, 케냐타는 이미 일련의 헌법 개정들을 통해 자신의 권력에 방해가 되는 것들을 제거하고 정치적 기반을 더욱 강화하기 위한 준비를 하고 있었다. 같은 달 케냐타는 헌법을 대통령제로 변경하겠다는 뜻을 밝혔다. 이 제도는 그에게 막강한 권한을 가지게 할 것이었다. 그는 또 은밀하게 정적들을 완전히 몰락시킴으로써 15년 가까운 기간 동안 거의 아무 도전 없이 자신이 통치할 수 있게 만드는 1당 구조의 기반을 마련했다. 권력이 집중된 정부를 견제하기 위해 케냐아프리카민주연합Kenya African Democratic Union, KADU이 결성되었으나 정치적 압박과 개헌안의 결과로, 그해 말 소속 당원 상당수가 케냐타가 이끄는 KANU로 옮겨가게 되었고 결국 KADU는 해체된다. 1964년 12월 온 나라가 첫 독립기념일을 축하하고 있을 때, 케냐타는 새 공화국의 초대 대통령이 되었다. 그는 민족의 지도자였고 이제 새 정부는 물론 여당까지 장악한 독보적인 지도자가 되었다.

다음 순서는 아프리카인들을 백인들이 차지하고 있었던 권력의 자리에 앉히는 것, 바로 "아프리카화Africanization"였다. 이것은 케냐타가 조국을 자신의 국민들에게 돌려주겠다고 약속하면서 내건 강력한 슬로건으로 그 시절 어떤 마법의 주문 같은 것이었다. 그 의미는 경제, 산업, 정치 분야의 국가기관과 제도를 유럽인들로부터 되찾아 아프리카인들의 것으로 만든다는 것이다. 최소한, 발상 자체는 그런 것이었다.

수많은 젊은 남녀가 조국 건설의 임무를 맡기 위해 해외 유학에서 돌아왔고 이런 물결 속에 오바마가 있었다. 비록 식민통치 시절의 여러 사회 경제적 구조를 새롭게 바꾸는 데는 여러 해가 걸릴 것이었지만, 당시 케냐에 있던 56,000명의 유럽인들은 새로운 정부가 어떻게 자신들을 대할지 불안해했고 결국 머지않아 이들 가운데 수천 명이 케냐를 떠났다. 나이로비 지역 상권을 오랫동안 지배해온 거의 177,000명이나 되는 아시아인들도 대부분 역시 마찬가지였다.[2] 상황이 이렇다 보니 당시는 마음만 먹으면 불가능한 것이 없을 것 같은 황홀한 시기였다. 관공서와 민간 기업에 수천 개의 자리가 비어있었고 그 자리에 앉힐 만한 자격을 갖춘 해외 대학 학위를 가진 케냐인은 어림잡아 600명 정도에 불과했던 것을 감안하면, 일자리의 결정은 구직자의 입맛에 달려있었다.[3] "말 그대로 원하는 일을 고를 수 있었습니다," 하버드 대학원을 61년도에 졸업하고 케냐인으로는 처음으로 『데일리 내셔널』의 편집장이 되었으며 나중에 『위클리 리뷰』라는 이름의 정치뉴스 및 분석 저널을 창간한 힐러리 응웨노는 이렇게 회고했다. "정말 짜릿한 시절이었습니다. 배운 사람들에게는 특히 그랬습니다."

오바마는 귀국하고 몇 주 내에, 하람베 애버뉴의 셸/비피Shell/British Petrolume사에서 재무 부서의 간부훈련생으로 취직했다. 비록 오바마가 정부의 이코노미스트로서의 자신을 상상해왔지만, 셸사의 일자리는 그가 정부의 한 자리를 차지하기 위해서 필요한 일종의 기본적 훈련을 그에게 제공해 줄 수 있는 좋은 기회였다. 오바마는 그 회사에서 일하는 많은 젊은 아프리카인 중 하나였고 몇 달이 가지 않아 회계 책임자로 승진했다. 그의 임무는 회사의 성과와 그 정보 시스템에 대한 재무보고서를 작성하는 것이었다.[4] 독립 후 몇 년 동안 급속한 "아프리카화"과정에서, 많은 회사들은 최소한 그 분위기에 동참하는 시늉이라도 하기 위해 아프리카인들을 앞다퉈 채용했지만 준비되지 않은 자리에 그들을 배치하여 중요하지 않은 일을 맡기게 되면서, 나중에는 채용한 아프리카인들을 '보여주기'용으로 이용한다는 의심을 받게 되었다. 그러나 셸의 나이로비 지사는 능력 있는 몇몇 아프리카인들을 조기에 승진시켰었기에 케냐의 아프리카화에 적극 협조했던 것으로 보인다.

대학 학위라는 축복을 받은 이들에게는 많은 기회가 열려 있었다. 기업과 국가기관들이 그들에게 일자리를 주었고 이런 일자리는 그들의 삶을 바꿔놓을 만큼 많은 봉급을 제공해주었다. 당시 내무부 장관인 오깅가 오딩가의 지시에 따라 시내의 여러 시설들이 유색인종에 대한 빗장을 풀면서, 많은 젊은 직장인들이 도시 상류층의 생활 양식을 따르기 시작했다. 이는 그들의 어린 시절 케냐에서는 상상조차 할 수 없는 것들이었다. 그들은 굵고 흰 테두리의 타이어가 장착된 우아한 차를 몰았다. 당시 그들 사이에서 가장 인기 있던 차는 통통한 푸조 403 세단으로 도로들의 아프리카화Africanization의 줄임말인 "니제이션Nization"이라는 애칭으로 불렸다. 그들은 거버먼트 로드에 있는, 선반마다 동양의 실크와 이집트의 면제품으로 가득 찬 고급 의류 상점에서 쇼핑을 했다. 그리고 그들은 그전까지 오랫동안 아프리카인의 출입을 허용하지 않았던 나이로비의 최고급 호텔 뉴 스탠리와 노퍽에서 고급 호박색 위스키가 담긴 잔을 부딪쳤다. 그 변화는 너무나 뚜렷했기에 다르에스살람에서 학생들을 가르치던 영국 청년은 택시운전사에게 왜 이렇게 흥겨운 분위기인지 물었다. 나중에 영국 케임브리지 대학교에서 현대 아프리카사 교수가 된 존 론스데일은 그 운전수가 이렇게 대답했다고 회상했다. "음, 이유는 간단해요, 당신들이 우리를 더 이상 원숭이라고 부르지 않으니까요."

이 새로운 도시의 부족들이 나이로비를 벗어날 때면 그 변화가 케냐에 주는 영향은 더욱 컸다. 그들은 매끈한 자동차를 타고 먼지 나는 도로를 운전해 조상 대대로 살던 고향을 방문했다. 그곳에서는 자동차 자체가 엄청난 구경거리였고 마을 사람들은 놀라서 벌어진 입을 다물지 못했다. "우리는 그들을 나이로비의 사나이들이라고 불렀습니다", 코겔로의 버락 오바마 상원의원 초등학교역주: 아버지 오바마의 고향 마을에 있는 초등학교로 2006년 당시 상원의원이던 버락 오바마 대통령이 케냐로 여행갔을 때 이 학교를 방문하였고, 그 방문을 기념하여 학교 이름을 바꿨다의 교장 마나세 오유초는 한숨을 내쉬며 말했다. 그는 아직도 그 시절을 생생하게 기억하고 있었다. "그들은 영어를 썼고 양복을 입었으며 멋진 차를 가지고 있었습니다. 그들은 아주 똑똑한 사람들끼리 모여 함께 일했고 우리는 모두 그렇게 되고 싶었습니다. 간단히 말해 우리는 그냥 오바마처럼 되고 싶었습니다."

대학 당국이나 이민국 관리들이 더 이상 오바마의 행동을 감시하는 것도 아니었으니, 오바마는 전에 없이 급성장하는 도시의 사교계 속에서 흥청망청했다. 오바마는 심지어 나이로비의 사나이들 사이에서도 돋보였다. 우아한 실크 넥타이에 최고급 양복점의 맞춤 정장을 걸친 오바마는 반짝이는 구두를 신었으며 그 구두 위에 먼지 한 점 없도록 조심했다. 지난날 피우던 독한 싸구려 담배는 정제된 고급 담배로 바뀌었고 조니 워커 블랙이 즐겨 마시는 술이 되었다. 오바마는 자신이 학식 있는 사람들과 어울리는 것을 좋아한다는 사실을 숨기지 않았고 그가 생각할 때 열등해 보이는 사람들은 농담 반 진담 반으로 '지적 난장이들'이라고 불렀다. 일행 가운데 누가 스와힐리어로 말하기라도 하면, 오바마는 주저하지 않고 그를 나무랐다. 영어만, 그것도 제대로 된 영어만 써야 했다. "우리는 어떤 기준을 충족시켜야 했습니다," 오바마의 어릴 적 친구로 6선 의원을 지낸 피터 아링고는 이렇게 회고했다. "오바마는 우리가 그의 기준을 따라 줄 것을 요구했습니다."

오바마의 전설적인 바리톤 목소리는 그의 미국 체류 시절 음색이 더 짙어졌고, 이런 목소리는 그의 신분 상승에 도움을 준 반면 고향의 몇몇은 그의 새로운 악센트로 인해 그의 말을 잘 알아듣지 못하게 만들었다. 그러나 오바마는 자신의 분위기를 서구적인 것으로 만들려 애쓰면서도 자신의 뿌리는 어느 때보다도 확고하게 루오에 두고 있었다.

오바마는 시내에서 루오 출신 친구를 만날 때면, 루오식 별명을 부르며 반갑게 인사했다. 그는 고향 코겔로의 학교와 단체들을 지원하는 복지재단의 꾸준한 후원자이기도 했다. 국가가 나아갈 방향을 놓고 진행되는 정치적 논쟁에서 부족 간 분열이 분명해졌을 때, 오바마는 루오의 뿌리를 어느 때보다도 더 강하게 움켜쥐었다. "그가 모습을 나타내면, 우리는 '아쿠무의 아들, 은조가의 딸'이라고 외쳤습니다."라고 윌슨 은돌로 아야는 회상했다. 윌슨은 위스콘신 대학에서 석사학위를 받은 사업가였고 내각의 고위직들을 역임했다. "그는 루오어를 섞어 이렇게 농담하고는 했습니다. '어이 부시맨 뭘 마시고 있나?', '그거 돈 내야 되는 거야!'라고 말이죠."

최근 정부 발표나 정책 집행에 대한 대화에 열중할 때면 오바마는 자신의 하버드 이력을 언급하고 싶어했다. 그는 비록 논문을 마무리하지 않았음에도 자신을 오바마 박사로 불러주길 바랐다. 오바마가 자신의 상상 속에서만 박사라는 사실을 아는 사람은 거의 없었다. 어쨌든 그가 하버드에서 공부했다는 것만으로도 충분하고도 넘치는 것이었다. 케냐인 가운데 그 차이를 아는 사람은 극소수였고 누군가 그런 지적이라도 할라치면 오바마는 이렇게 받아 넘겼다. "내가 하버드에서 박사과정을 밟고 있을 때 넌 어디 있었는데?" 아링고가 회고하듯 그는 자신이 하버드 출신임을 모두에게 주지시켰다.

브루너 호텔의 어두운 바에 도착하거나 정규회원 명부에 올라 있는 최신식 바 산스치크에서 자리에 앉을 때면 그는 항상 같은 주문을 했다. 오바마는 그가 정말 좋아하는 단어를 느릿하게 말하곤 했다. "스카치 더블". 오바마는 바로 연달아 같은 주문, 즉 스카치 두 잔을 또 주문하곤 했다. 이 때문에 오바마에게는 "더블-더블"이라는 별명이 붙었다. [5] 심지어 당시 나이로비의 과음하는 문화에서도 오바마는 대단한 주당이었다. 그의 술친구들이 세어본 바에 따르면, 오바마는 네 번의 '더블-더블' 즉 열여섯 잔을 앉은 자리에서 마시고 바를 걸어 나갈 수 있었다고 한다. 대식가가 아니었던 오바마는 우갈리와 구운 고기요리 또는 그가 좋아하는 수쿠마 위키라는, 녹색 잎의 채소와 토마토를 섞은 요리를 먹을 때만 마지 못해 술잔을 내려 놓고는 했다. "우리는 함께 자주 술을 마셨고 많이 취해서 집으로 돌아갔습니다. 때때로 그는 집에 갈 수 없을 정도였습니다," 당시 『네이션』지의 칼럼니스트였던 필립 오치엥은 회상했다. "버락은 항상 직선적이었습니다. 그는 사람들을 좋아했지만 대단히 자기중심적이었습니다. 그는 거만했지만 그건 사람을 끄는 거만함이었습니다. 전혀 불쾌하지 않았습니다. 그는 야망을 가지고 있었고 비현실적으로 큰 꿈을 가지고 있었습니다. 그는 좌중을 지배하고 싶어했는데 이런 그의 성격은 그가 일으킨 많은 문제의 원인이 되었습니다."

오바마는 시내의 회원제 클럽에 가입하지 않았고 아프리칸 클럽 African Club과 같이 본격적으로 신흥 도시 엘리트들을 위해 설립된 클럽이나, 아프리카의 고급 공무원들을 위한 클럽 또는 거의 이십 년 전 여러 인종들을 위해 설립된 유나이티드 케냐 클럽 같은 클럽들에 참여하지 않았다. 그러나 그는 프레드 오캇차 같은 그의 많은 동료들을 만나기 위해 종종 클럽에 들렀다. 프레드 오캇차는 그들의 학창시절 뉴욕에서 몇 차례 오바마와 만난 적 있는 사이였으며 유나이티드 케냐 클럽의 전 이사회 이사였다. 오바마는 마음속에 있는 말을 하는데 주저한 적이 없었다. "그는 평범한 사람이 아니었습니다," 오캇차는 말했다. "만약 누군가 말도 안 되는 소리를 하고 있으면 그는 면전에 대고 잘못된 곳을 지적했습니다. 그는 이렇게 말하는 거죠. '이봐 당신, 당신 지금 뭘 모르고 이야기하고 있는 거야.'라고 말입니다. 만약 그를 모르는 사람이라면 화를 내거나 아니면 그를 달래려고 술이라도 한잔 살 수도 있겠습니다만 그런 건 상황을 더 나쁘게 만들 뿐이었습니다. 그러나 그를 아는 사람이라면, 그냥 그러려니 합니다. 그게 오바마 스타일인 걸 아니까요."

한번은 유럽인들과 부유한 아프리카인들의 칵테일 파티에서, 오바마는 미국인 교수가 케냐의 정치 상황에 대해 언급하는 것을 어깨너머로 듣게 되었다. 오바마는 그의 말이 못마땅했다. "버락은 그에게로 바로 가서는 이렇게 말했습니다. '당신은 그 내용에 대해서 아무것도 모르고 있어. 그리고 잘 알지도 못하는 일은 그렇게 함부로 이야기하는 게 아니야.'라고 말입니다." 오바마와 가족끼리 잘 아는 사이이고 케임브리지에서 오바마와 알고 지낸 오티에노 와송가는 회상했다. "음, 아마도 그 교수가 그런 말을 들어본 건 처음이었을 겁니다. 그러나 버락은 누군가가 옳지 않은 말을 하면 면전에서 그 사실을 가장 먼저 지적하는 사람이었습니다. 그는 이렇게 말하곤 했습니다. '내 말 잘 들어두면 그 주제에 대한 당신의 지식을 넓히는 데 도움이 될 거요.'라고 말입니다."

오바마는 다른 사람들 앞에서 상관의 잘못을 지적하는 데도 주저하지 않았다. 항상 자신의 주장을 확신했던 오바마는 근거를 제시하고 한두 명의 학자들을 인용하면서 상대가 틀렸다고 딱 부러지게 단언했다. 그러면서도 오바마는 자신이 그들을 당혹스럽거나 수치스럽게 만들고 있다는 사실을 인식하지 못하는 것 같았다. "그러니까, 그는 그냥 오바마답게 행동한 것뿐입니다. 그냥 대담했어요." 오바마와 함께 응이야 학교를 다녔으며 정부의 정보 담당관으로 일했던 아서 루벤 오위노는 말했다. "그는 고위직 사람들이 그런 방식으로 지적받으면 당혹스러워할 수 있다는 것을 알지 못했습니다. 그렇게 상관의 잘못을 지적한 후에 오바마는 계속해서 껄껄 웃으며 모두에게 술을 사곤 했습니다. 대부분 사람들은 그냥, 버락답다고 생각했습니다."

어떤 사람들은 새로이 등장한 오바마를 좋아했다. 대부분의 당시 아프리카 남자들처럼, 오바마는 자신의 개인적인 이야기를 많이 하지 않았다. 하와이에 있는 아들의 존재를 알고 있거나 코겔로에 있는 그의 아이들에 대해 많이 알고 있는 사람은 극소수의 친한 지인들뿐이었다. 비록 왕성한 사교활동을 하면서도, 그는 자신을 너무 알리거나 남을 너무 많이 아는 것을 원하지 않았다. 마치 그의 쩌렁쩌렁한 질문과 자신감에 찬 주장으로 듣는 사람이 너무 가까이 오는 것을 막으려는 것 같았다. 그러나 오바마 스타일을 알고 있던 사람들은 그의 과도한 허세와 심문하듯 하는 대화는 그가 사람을 사귀는 독특한 방법이라는 것을 알고 있었다. 그리고 일단 나름의 검증이 끝나고 나면 모두를 위한 술자리가 만들어졌다. 오바마는 술집에서 인심 후하기로 유명했다. 그는 종종 모두에게 술을 돌리고 이를 자신의 계산서에 올리도록 했고 이는 심지어 몇 해 후 오바마가 그럴 여유가 없던 시절에도 계속되었다. 그가 술집에서 즐겨 했던 장난은 그의 계산서를 그 술집의 다른 사람에게 보내는 것이고 주로 높은 사람들이 그 대상이 되었다. 오바마는 특히 그의 계산서를 톰 음보야에게 직접 보내거나 므와이 키바키에게 보내는 것을 즐거워했다. 그의 희생양들이 지불해주는 금액들은 그들이 오바마를 관대하게 아끼는 정도를 보여주는 척도로 판단되었다.

오바마가 관심을 가졌던 것은 나이로비의 술집들만이 아니다. 그는 도심 거리를 누비는 매끈한 세단들에 홀딱 빠졌었다. 그런 세단은 종종 모든 소유물을 떠나기 전에 급하게 처분하려는 식민 지배세력들로부터 싼 가격에 구할 수 있었다. 그가 귀국하고 한동안, 오바마는 로슬린에 있는 그의 집에서 시내의 셸사 사무실까지 대형 녹색 메르세데스를 자랑스럽게 몰고 다녔다. 오바마가 케냐로 돌아온 지 얼마 되지 않아, 1964년 봄 케임브리지의 한 칵테일파티에서 오바마를 만나 그의 세련된 말솜씨에 깊은 인상을 받은 바 있는 보스턴의 변호사 에드 벤저민이 나이로비로 출장을 가게 되었다. 벤저민이 뉴 스탠리의 호텔 방에서 오바마에게 전화를 걸었을 때 오바마는 즉시 그에게 시내 관광을 시켜주겠다고 했다. "그는 한 시간 내로 올 테니 새로 산 메르세데

304
오바마를 부탁해

스에 타고 있는 자신을 찾으라고 말했습니다." 벤자민은 그때를 회고하며 말했다. "오바마는 그 차를 아주 자랑스러워하는 것이 분명했습니다. 그는 우리를 태우고 돌아다니며 관광을 시켜주었고 저녁 식사할 곳을 알려주었습니다. 그는 아주 품위 있고 매력적이었습니다. 그는 분명 대단히 똑똑하고 우아한 사람이었습니다."

그러나 오바마의 차 중 가장 멋진 차는 차체 옆을 따라 넓고 흰 경주용 차 줄무늬가 새겨진 거대한 포드 페어레인이었다. 그 차를 볼 기회가 있었던 몇 안 되는 어린 소년들은 수십 년이 지났는데도 오늘날까지 생생하게 그 차를 기억하고 있었다. 타아 팔라가 열 살이었을 때 오바마의 친구였던 그의 형 프란시스와 타아는 1966년 한 화창한 오후 키수무 바로 바깥 코너를 돌던 자동차와 거의 충돌할 뻔 했다. 프란시스와 오바마는 몇 년간 만나지 못했었다. 그들은 각자 차에서 뛰어나와 서로 인사하러 달려갔다. "난 그림 같던 그 차를 아직도 기억합니다. 내가 태어나서 본 중에 가장 멋진 차였습니다." 나중에 르완다 에어의 기장이 된 팔라는 그렇게 회상했다. "오바마는 파이프를 피워 문 채 차에서 내렸고 이내 차로 가서 시원한 맥주 몇 병과 잔 두 개를 꺼냈습니다. 그리고 그것들을 차 보닛 위에 올려놓고는 형과 맥주를 마시며 대화를 나눴습니다. 그러니까 오바마는 안에 미니바까지 있는 환상적인 차를 몰고 다닌 것입니다. 난 그 모습이 너무나 인상적이었습니다. 내가 그것을 기억하는 이유 중 하나는 그 차가 마치 비행기처럼 보였고 그때 처음으로 파일럿이 되고 싶다는 생각을 했기 때문입니다."

팔라보다 대여섯 살 많았던 오바마의 사촌 에라스투스 아몬디 오쿨은 그 차를 처음 보았을 때 당시 열일곱 살이었음에도, 웅장한 파란색 차체가 부르릉 소리를 내며 퀸두 베이로 들어오자 기겁하며 놀랐었다. 오바마가 활짝 웃으며 아이들이 탈 수 있도록 뒷문을 열어주자 키득거리던 대여섯 명의 아이들이 차로 뛰어올랐다. 오쿨이 차에 타본 것은 그때가 처음이었다. "그건 마치 비행기 같았어요. 우리는 날고 있었습니다." 오쿨은 소리쳤다. "그리고 에어컨까지 나오고 있었습니다. 나는 그런 차는 상상조차 해본 적이 없었습니다. 그는 항상 우리에게 공부할 것을 강조했고 그날은 이렇게 말했습니다. '만약 너희가 학교에 가지 않는다면 너희는 이런 차를 탈 수 없을 거야.'라고 말이죠. 우리는 모두 학교에 가서 오바마 박사처럼 되겠다고 결심했습니다."

오바마는 어린 시절의 마을로 돌아올 때면, 선물을 잔뜩 가지고 왔다. 여러 색깔의 옷감, 가방, 몇 자루의 감자와 구아바 그리고 가장 운 좋은 아이가 차지하게 될 운동화 한 켤레였다. 마을 사람들의 눈에 오바마는 이제껏 본 중에 가장 훌륭한 인물로 보였으며, 그의 방문을 설레며 기다렸다. 그가 마을 사람들에게 강조하는 것은 항상 똑같았다. "그는 언제든 항상 교육을 이야기하고 또 이야기했습니다. 그가 가장 중요하다고 생각하는 것은 교육이었습니다."라고 에즈라 오바마는 말했다. 에즈라는 오바마의 사촌으로 그의 학비 상당 부분을 오바마가 부담했다. "나중에 그는 내게 이렇게 말하곤 했습니다. 아이들을 위해 해줄 수 있는 가장 좋은 것은 그 아이들이 교육받을 수 있게 해주는 것이라고 말입니다. 나중에 아이에게 주려고 돈을 모을 것이 아니라 그 아이들을 교육시키라고 말했습니다. 만약 아이들에게 교육받을 기회를 주었다면 모든 것을 준 것이라고 말입니다."

그리고 곧, 카나디앙 출신의 새, 하늘 높이 날아 올라 하버드 학위와 제트기보다 멋진 차를 손에 넣은 오바마가 그의 성취 목록에 훌륭한 장식을 하나 더 추가한다. 음중구역주: mzungu, 케냐어로 백인을 의미한다를 아내로 맞게 되는 것이다. 오바마는 케임브리지의 여자친구가 자신을 따라 케냐까지 올 거라고는 전혀 생각하지 못했다. 하지만 그가 케임브리지를 떠난 지 불과 5주 후 루스 베이커는 그가 그녀 앞에 두고 간 초대장을 들고 그를 따라가기로 결심했다.

믿음만으로 내린 그녀의 결정은 보통 사람이 납득하기는 힘든 것이었다. 시먼스 대학에서 경영학을 전공한 루스는 1958년 졸업한 이래, 극히 평범한 과정을 밟아 왔다. 학교의 명예위원 출신답게, 그녀는 항상 올바른 일을 하기를 좋아했었다. 아니 최소한 옳은 일이 무엇인가를 깨닫기 위해 노력했다. 그녀는 보스턴의 변호사 사무실에서 몇 년간 일했고 교외의 학교에서 6학년을 직접 가르쳐보기도 했다. 그녀의 친구들이 볼 때, 키가 크고 솔직한 젊은 여성 '루디Ruthie'는 그다지 모험을 좋아하는 부류는 아니었지만 아주 단호한 성격이었다. 그녀는 뉴턴 인근 근사한 비컨힐에서 친구들과 살고 있었고 그녀를 금지옥엽 아끼던 그녀의 부모는 품행이 단정한 딸을 항상 지켜보았다. 비록 그녀가 몇 번 남자를 소개받는 자리에 나가기는 했지만, 루스는 몽상가도

낭만주의자도 아니었다. 그리고 그녀의 초등학교 친구인 주디 엡스타인은 루스가 아프리카 출신 연인을 따라 나이로비로 갈 것을 생각 중이라는 이야기를 듣고 충격받았다. 그러나 엡스타인은 루스의 현실적 태도에 더 놀랐다. "그녀는 그를 많이 사랑하고 있었어요. 하지만 그녀의 계획은 정말 사무적인 것 같았어요." 엡스타인은 말했다. "그녀는 나이로비로 가서 정말 자신이 그와 결혼하고 싶은지 알아보려고 했어요. 그건 정말 현실적인 생각이었죠."

루스는 그녀 부모의 다급한 만류에도 불구하고, 꼭 필요한 물건만 담은 작은 여행가방을 꾸렸다. 그녀는 오바마에 대한 생각을 떨칠 수 없었고 무엇이 옳은지 정확히 알고 있는 듯한 그의 대담하고 단호한 어조가 머리에서 떠나지 않았다. 자신의 인생 목표를 찾고자 애쓰는 젊은 여성에게 오바마의 카리스마는 그의 입술 가득한 웃음만큼이나 유혹적이었다. "사실 난 자존감이 없었어요," 루스는 나중에 말했다. "사람들은 모르고 있었지만 난 지나칠 정도로 자신감이 없었어요. 그리고 난 보수적으로 살아 왔기 때문에 정말 순진했었어요. 오바마는 정반대였어요. 그는 정말 확신에 차 있었고 정말 매력적이었어요." 혼자 떠난 나이로비로의 길고 긴 비행 끝에, 루스는 기대에 차 엠바카시 공항의 입국장으로 걸어 들어갔고 인파 속에서 사랑하는 사람의 얼굴을 찾았다. 그러나 오바마는 그곳에 없었다. 루스는 크게 심호흡을 하고, 오바마를 아는 사람이 있는지 물으며 공항을 이리저리 돌아다녔다. 오바마의 이름은 널리 알려져 있었기에 많은 사람이 그를 알고 있었다. 한 루오족 여성이 그녀의 손을 잡고 자신의 집으로 데려가서는 그곳에서 오바마에게 전화를 걸었다. 한 시간쯤 후 패기만만한 그가 나타났다. 그러나 그것은 불길한 징조였다. "저는 말이죠, 아주 예민한 사람이 아니라서 서운하지 않았어요," 루스는 이야기했다. "나는 아마도 '이거 어떻게 된 거지?'하고 생각하고 있었고, 그런데 그때 그가 와서 만났으니 그럼 된 거였죠."

오바마는 자신의 신붓감이 아주 자랑스러웠다. 여전히 백인 아내를 둔 경우는 드물었고 대체로 고학력 또는 재력을 가진 사람들만이 그러한 트로피를 차지할 수 있었다. 그는 그녀를 데리고 시내 이곳 저곳을 다녔고 자신이 아는 주요 인사들을 방문해 그녀를 소개했다. 음보야의 핵심 인맥 중 하나로 천연자원 및 야생동물부 장관을 지냈으며 오바마와는 켄두 베이 시절부터 오랜 친구인 새뮤얼 아요도를 방문한 오바마는 그의 등을 때리면서 흥분한 목소리로 그에게 졸랐다. "그는 이렇게 말했습니다. '루스한테 내 아버지는 왕이고 우리 가문은 대단히 고귀하다고 말해줘!'라고 말입니다. 우리는 그냥 웃었습니다." 아요도의 미망인인 다마리스 아요도는 회고했다. "그는 정말 그녀에게 좋은 인상을 주고 싶어 했습니다."⁶

그는 또한 그녀를 이용해 다른 사람에게 깊은 인상을 주고 싶어 했다. 그는 주저하지 않고 자신의 하버드 학위와 함께, 보스턴 악센트를 가진 예쁜 백인 아내를 과시했다. 오바마는 술집에서 그의 옆자리에 친구가 앉으려고 하면 장난 삼아 못 앉게 하면서 "자넨 내 옆에 앉을 수 없어. 내가 백인과 결혼한 걸 잊었나, 이 미련한 아프리카인아?"라고 농담하곤 했다. 오바마는 백인과 결혼한 동료와 마주치기라도 하면, 그를 '동서'라고 부르며 그와 어깨동무를 했다.[7]

마침내 오바마는 루스를 자신의 고향 마을로 데려갔다. 그들은 나이로비에서 카냐디앙까지 함께 차를 운전해 갔다. 그곳은 옥수수와 기장 밭과 초가집 모양의 루오족 전통 가옥이 점점이 흩어져 있는 관목 숲을 지나 마침내 냔자 지역으로 위남만을 완만하게 돌아들어 가는 곳이었다. 오바마의 하늘색 승용차가 엉성한 가옥들이 모여 있는 마을 한가운데로 미끄러져 들어가자, 오바마의 친척 수십 명이 기를 쓰고 차창 안을 기웃거렸다. 먼저 그녀의 다리를 보기 위해 남자들이나 여자들 할 것 없이 조수석 문이 열리는 것을 주의 깊게 지켜봤다. 루오족은 다리가 작은 여자는 틀림 없이 작고 허약한 아이들을 낳게 될 것이라고 믿었다. 반대로 만약 여자의 다리가 크면, 그녀는 강하고 튼튼한 자식을 낳을 것이라고 믿었다. 다행스럽게도, 루스의 다리에 등급을 매기는 것은 어렵지 않았다. "루스는 다른 어떤 백인 여자보다도 아름다운 다리를 가지고 있었습니다." 오바마의 사촌인 찰스 올루오치는 단언했다. "마을 사람들은 아직도 그녀의 다리 이야기를 합니다."[8]

그녀의 꾸밈없는 태도와 함박웃음은 마을 사람들이 그녀를 좋아하게 만들었다. 가족들이 소중하게 간직하고 있는 당시의 흑백사진이 올루오치의 벽난로 위에 놓여 있다. 사진 속에서 오바마의 일가친척들은 오바마의 근사한 승용차 앞에서 오바마와 짧은 여름 원피스 차림에 바

싹 자른 금발의 루스와 함께 일렬로 포즈를 취하고 있다. 그러나 오바마의 가족들이 그녀의 종아리와 상냥함에 깊은 인상을 받았다면 그건 그녀를 아직 모르는 것이었다. 얼마 후, 오바마와 루스가 코겔로를 방문했을 때, 요리를 위해서 물이 필요하게 되었다. 그때 백인이자 대학 학위를 가지고 있는 루스가 직접 아와치 강으로 물동이를 들고 가 물을 길어 왔다. 많은 마을 주민들은 여전히 그 기억을 떠올리며 혀를 내둘렀다. "오바마가 와서는 나를 이끌고 자신의 집으로 갔습니다. 거기서 그의 백인 아내를 만날 수 있었습니다. 그는 자신이 백인 여성을 어떻게 대하는지 보여주고 싶어 했습니다." 92세에 냥오마 초등학교의 교사로 은퇴한 도라 뭄보는 말했다. "그는 그녀를 정말 자랑스러워했습니다. 내가 버락에게 왜 그녀와 결혼했냐고 묻자, 그는 그녀가 자신을 위해 요리하기로 했다고 말했습니다. 그녀는 많은 것을 감수하기로 했었습니다. 그녀는 물동이를 들고 강까지 물을 길러 갈 수 있는 진정한 아내였습니다."

이 둘은 나이로비의 유력 백인들이 거주하는 로슬린의 우아한 집으로 이사했다. 자주색 자카란다 나무가 우거지고 잘 다듬어진 녹색 생울타리로 둘러싸인 집이었다. 나이로비 북서쪽에 위치한 많은 널찍한 부동산들처럼, 로슬린은 오랫동안 유럽인들만의 지역이었지만 극소수의 아프리카인들이 하나 둘 이사해 왔다. 오바마가 새로이 가정을 꾸리는 상황을 가족 모두가 기뻐한 것은 아니었다. 어느 날 아침 후세인 오냥고가 들이닥쳐, 오바마에게 그의 첫째 아내와 두 아이를 데려와 함께 살 것을 강요했다. 만약 그의 아들이 그렇게 첫 번째 아내를 존중할 수 없다면, 최소한 루오에 따로 적당한 집이라도 마련해주라고 했다.[9]

그러나 오바마는 거부했다. 오바마는 이제 배운 사람이었다. 그리고 비록 그가 그의 아이들을 데려오고 싶은 마음이 간절했음에도 불구하고, 그는 친구들에게 자신은 동시에 여러 명의 부인들을 거느리는 '아프리카인같이' 살 생각이 없다고 말했었다.[10] 비록 루스는 자신이 케임브리지에서 오바마에게 약속했듯 첫째 부인이 낳은 아이들과 함께 사는 것에 동의했고 루스가 케지아를 금방 만나게 될 리도 없었지만, 한 지붕 아래 다른 부인과 함께 살게 될 수도 있다는 사실에 루스는 기겁했다. 서구에서 아프리카 남자를 만나 결혼한 많은 백인 여성들이 비슷한 어려움을 겪었다.

이런 백인 여성들이 유럽이나 미국에서 현재의 남편을 만났을 때만 해도 그 아프리카 남자들은 겉보기에 완전히 서구화되어 있었다. 하지만 그녀들은 그 남자들이 아프리카 땅으로 돌아오자마자 부족의 관습이 깊게 밴 모습으로 변화하는 것을 목격했다. 케냐의 남자들은 아내를 두고 술집이나 나이트클럽으로 나가서 술을 마시기 일쑤였고 또 오랫동안 집을 비웠다. 그들은 집안일은 거의 하지 않았고 광범위한 성적 자유를 당연하게 여겼으며 정부나 심지어는 여럿의 부인을 두는 것을 정당하게 생각했다. 백인 여성들은 아프리카 남자와 결혼 후에도 존중받는 자신을 꿈꿨지만 하찮은 대접을 받는 지위가 되어버렸음을 어느 순간 깨닫게 되었다. 1960년대 중반 케냐에서 현장 연구를 하던 영국의 젊은 대학원생 셸리아 냠웨루는 그녀의 경험을 담은 에세이에서, "이러한 부부들은 처음 만날 때만 해도 대학원생들 또는 젊은 전문직들이었고 또 동등하고 행복한 결혼으로 이어졌지만 결국 남녀가 동등하지 않다는 사실을 깨달은 여성들은 낙담하게 되곤 했습니다."[11]

나이로비로 오기 전 오하이오주 클리블랜드의 케이스 웨스턴 리저브 대학교에서 루오족 남편을 만난 헬가 카굼바는, 보다 직설적으로 표현했다. "백인 여성들에게, 이곳은 지옥이나 다름없어요."라고 카굼바는 단언했다. 그녀는 1970년대 초반 오바마와 왕래했고 나중에 남편과 아체고로 이사했다. "여자는 여기서 동등하지 않았어요. 여자는 상품 취급을 받거나 아니면 기껏해야 하층 시민이에요. 여자는 남편에게 어디 가냐고 물을 수도 없어요. 이곳에 온 많은 외국인 아내들에게 그것은 재앙이었지요. 남편들이 다른 여자를 데려오면, 그녀들은 도망쳤고 그러면 비로소 그 결혼 생활이 끝났어요. 우리는 그녀들을 공항까지 태워주고 위조 여권을 만들어 이 나라를 벗어날 수 있도록 도왔어요. 그녀들은 남편이 따라와 자신들을 살해할까 봐 두려워했어요."

이런 백인 여성들은 아프리카의 대가족 전통을 감수해야 했다. 나이로비의 신흥 엘리트들의 집에는 형제자매, 사촌, 지인들이 끊임없이 찾아왔고, 그들은 종종 장기간 머무르기도 했기 때문에 그녀들은 끊임없는 집안일에 치여 지냈다. 오바마의 일가친척들도 마찬가지였다. 당시 로이Roy와 리타Rita라고 부르던 오바마의 아이들이 오바마가 케냐로 돌아온 지 얼마 안 되어 집으로 들어왔다. 그의 누이인 제이투니와 사촌 에즈라가 시내의 학교에 다니는 동안 배우자들과 함께 정기적으로 머물곤 했다. 나중에 오바마의 엄마가 데려온 의붓 형제가 들어왔다. 게다가 다른 가족들이 잠깐씩 머물렀다. 루스는 그들이 누군지조차 알지 못했다.

이런 상황으로 스트레스를 받는 것은 백인 아내들만은 아니었다. 케냐의 남자들은 새로운 생활에 대한 욕구 역시 대단했다. 그들은 도시의 전문직이면서 동시에 고향의 가진 것이 없는 아주 방대한 범위의 가족들을 보살펴야 한다는 책임감에 짓눌렸다. 그들의 뿌리는 고향의 문화와 전통에 깊게 박혀 있었기에 케냐의 시골 부락 주민과 나이로비 전문직의 삶 사이에서 균형을 유지하기란 쉬운 일이 아니었다. 오바마는 한 발은 루오의 땅에 다른 한 발은 하람베 애버뉴에 디딘 채 그 균형을 찾기 위해 애썼다. 『아프리카의 대도시: 자립의 도시 나이로비 African Metropolis: Nairobi's Self-Help City』의 저자 앤드루 헤이크는 이런 혼란에 빠진 새로운 계층의 케냐인들이 느끼던 심적 부담에 대해 이렇게 썼다, "불안정하고 긴장된 생활을 하며, 많은 빚까지 지고 친구들 중 누구를 믿어야 할지조차 알 수 없는 상황으로 인한 스트레스로 힘들어하는 사람들이 적지 않았다." [12]

오바마와 루스가 함께 사는 처음 몇 달간은 케임브리지에서와 별로 다를 것이 없었다. 루스는 네이션지의 비서 자리를 얻었고 오바마는 셀사에서 그의 계량경제학적 재능을 발휘했다. 둘은 퇴근 후 나이로비의 명소인 스타라이트 나이트클럽에 가서 춤을 추곤 했다. 이 곳은 콩고 음악이 연주되고 점점 더 다양해지는 나이로비의 인구 구성을 반영하듯 여러 종류의 사람들이 몰리는 곳이었다. 늘 그랬듯 오바마의 춤 솜씨는 열광적인 반응을 불러 일으켰고, 사람들이 감탄하며 박수를 치면 신이 난 오바마는 루스를 과장되게 빙글빙글 돌리며 플로어 한복판을 가로질렀다. 둘은 다음날 새벽까지 춤을 출 때도 있었다. 그런 날이면 루스는 피곤한 눈으로 출근할 수밖에 없었고 이런 이유로 그녀의 상사는 불과 석 달 만에 그녀를 해고해버렸다. "우리는 매일 저녁 그렇게 나가 즐겼어요. 그럴 때면 나는 잠을 한숨도 자지 못했어요." 루스는 탄식하며 말했다. "나는 아주 녹초가 되었었어요. 난 정말 엉망이었어요. 어떤 것에도 집중할 수가 없었죠."

그러나 루스는 얼마 되지 않아 오바마의 변화를 눈치챘다. 어떤 날들은 그가 너무 취해서 차가 있는 곳까지 가는 것조차 힘들 정도였고 루스는 그런 그가 집까지 운전할까 봐 걱정했다. 오바마의 퇴근 시간은 점점 늦어졌고 자정이 넘어서야 집으로 돌아오는 경우가 잦아졌다. 그는 위스키와 향수 냄새를 풍기면서 비틀거리며 돌아오곤 했다. 오바마가 루스에게 멍청하고 둔하다고 욕하며 화를 내고 소리를 지르는 일들이 벌어졌다. 그리고 어느 날 밤, 그는 자신이 한 번 더 결혼한 적이 있을 뿐 아니라 하와이에 아들도 있음을 털어놓았고 이런 사실은 루스를 경악하게 만들었다. "그는 자신의 막내 아들이 거기에 있으며 자신은 그 아들이 아주 자랑스럽다고 말했어요", 루스는 말했다. "그는 한 아이가 모자를 쓰고 세발 자전거를 타고 있는 작은 사진을 가지고 있었어요. 오바마는 그 사진을 우리가 살았던 모든 집에 간직했어요. 그는 그 아들을 사랑했어요. 그는 그 부인에 대해서는 한번도 말하지 않았어요. 나는 그녀에 대해서는 전혀 아는 바가 없었어요. 하지만 나는 어느 것도 개의치 않았어요. 말했듯 나는 그냥 사랑이 아닌 열렬한 사랑에 빠져있었어요, 그게 전부에요. 나는 정말 물정을 몰랐었어요."

루스의 불안감은 점점 커져갔고 오바마가 몇 안 되는 친구에게 자신의 복잡한 심경을 털어놓기도 했지만, 그럼에도 불구하고 그 둘은 그해 말 결혼하기로 결정했다. 연애과정에서 우여곡절을 겪었던 그들이었기에 둘 중 누구도 상대를 떠나기가 어려웠을 것이다. 루스는 미국으로 돌아가서 자신의 결정이 옳지 않았었음을 인정해야 하는 상황을 감당할 자신이 없었고 오바마도 자신을 더욱 빛내주는 아내를 쉽게 포기할 수는 없었다. 그리고 최소한 몇 가지 점에서 그들은 여전히 서로에게 열정을 가지고 있었다. 그것은 그들이 케임브리지에서 열렬히 나눴던 바로 그 열정이다. 1964년 크리스마스 이브에 두 명의 친구가 지켜보는 가운데 그들은 시 등기소 치안판사 앞에 나란히 섰다.[13] 예식은 완전히 약식이었다. 반지도 없었고 선물도 없었다. 그녀는 예식이 시작되기 전 오바마의 손을 잡으려다가 잠깐 망설였다. "나는 속으로 '정말 이 남자하고 결혼해야 하나?'하고 생각했어요." 루스는 회상했다. "나는, '이 결혼이 얼마나 지속될까?'하는 생각을 했어요, 나는 본능적으로 불길함을 느꼈어요. 그러나 그냥 결혼해버렸어요."

오바마를 부탁해

오바마 부부가 함께 새로운 인생을 시작하는 1965년의 신년 벽두에, 케냐도 발전 단계에 들어섰다. 오바마는 사회와 가정 모두에서 거침 없이 행동했다. 몇 달 지나지 않아, 그는 당시 격동하던 정치적 논쟁에 적극적으로 참여했고 공직에 오르기도 했으나 그것은 그를 더 출세하 게 만들 수 있는 정치적 주류 세력과 더욱 척지게 되는 계기가 되었다.

독립 후 첫해 동안 조모 케냐타는 권력을 더욱 장악하고 조금이라도 잠재적 정적이 될 수 있는 세력들을 무력화시키는 데 골몰했다. 키쿠유 족과 케냐타의 친인척으로 구성된 최초의 내각이 들어섰고 이는 수 세 대에 걸친 케냐의 정치사에 부정적 영향을 끼치게 된다.[14] 비록 지지가 높은 루오의 지도자 오깅가 오딩가가 새 공화국의 부통령으로 지명되 었지만, 그 자리는 권한이 의도적으로 크게 제한된 것이었고 이로 인해 대통령이나 대통령의 정책에 그의 목소리를 낼 수 없게 만들었다. 1964 년 12월 공화국을 선포하고 케냐타가 대통령에 취임하면서, 케냐 건국 의 아버지는 중앙집권정부를 수립하고 이를 통해 자신의 개인적 권력 을 공고히 하였다. 이런 것들은 향후 그의 독재를 위한 기틀이 되었다.

새로운 국가의 정치형태만큼이나 중요한 것이 경제체제였다. 공화국 선포가 있기까지의 기간 동안, 케냐타는 케냐를 떠나는 영국의 행정 관 료들과의 대화에서 이미 혼합경제를 선택하기로 마음먹었음을 보여준 다. 이는 상당 부분에서 유럽인들이 구축한 인프라를 대체로 유지하는 것이다. 그는 분배보다는 성장을 우선시하였고 외국의 투자자들, 다국 적 기업들과 관계를 유지하는 것을 중요시하였다.[15] 아프리카 민족주의자들은 또한 식민지 시대에 시작된 토지 사유제도를 연장하는, 논란 많은 개념에 대한 지지도 이미 밝혔었다. 이는 자산을 공동체가 공유하는 아프리카 전통을 바꾸게 될 것이었다.[16] 계속 진행 중인 아프리카화는 기업이나 정부 전반에 아프리카인 직원이 배치될 것을 요구했고 또한 점진적인 성장을 통해 국가의 자산의 소유권이 아프리카인의 손으로 옮겨지는 궁극적인 전환을 요구했다. 그러나 그 자산의 지배권이 정확하게 누구의 손으로 가야 하는가에 대한 질문에는 결론을 내리지 못했다. 이런 문제의 일부를 해결하고 그가 생각하는 경제 프로그램을 도입하기 위해, 케냐타는 국내에 머무르는 외국인 그룹의 충고하에 그의 고위 보좌관들 중 핵심 그룹으로 눈을 돌렸다.

그 과정에 있어 동력기관은 하람베 애버뉴의 재무부 빌딩 4층에 들어선 신설 부처인 경제계획개발부MEPD였다. 개발 계획—실행 가능한 프로그램과 보조를 맞춘 자원의 투입으로 자립 성장을 이루겠다는 개념—은 모든 후진국과 서방에서 유행하고 있었다. 케냐타는 톰 음보야를 그 부서의 신임 장관으로, 그리고 므와이 키바키를 그의 보좌관으로 임명했다. 몇몇 사람들은, 항상 음보야의 정치적 기반 확대를 염려해온 케냐타가 부통령이나 재무장관직을 그에게 주지 않고 MEPD 장관 자리를 준 것은 잠재적 정치 라이벌의 힘을 약화시키기 위한 것이라고 추측했다. 그러나 음보야는 그 직책을 열성적으로 맡아 수행했다. 그가 생각했듯 그 일은 조국의 경제체제를 확립하고 토지의 배정이나 외국인 투자와 같은 민감한 문제들을 정면으로 다룰 수 있는 기

오바마를 부탁해

회였다. 그 문제들은 KANU의 일부 좌파 당원들이 의구심을 가지기 시작한 사안이었다.

해외에서 공부를 막 끝내고 돌아온 많은 젊은 경제전문가들의 입장에서, MEPD는 매력적인 정부부처였다. 음보야의 지성과 열정이 가득찬 이 신설부처는 대부분의 다른 정부기관보다 훨씬 효율적으로 운영되었고 고급 교육을 받은 경제전문가와 계획가들의 마음을 끌었다. 그들 가운데 상당수는 조국의 발전 가능성에 열정적으로 헌신했고, 그들은 스스로를 연합군으로 생각했다. 이때 MEPD의 통로를 친근하게 '집'이라고 부르곤 했던 신참 경제전문가들은 이제 흰머리가 되었다. 1964년의 마지막 주에 그 팀이 조심스럽게 구성되었다.

12월 어느 화사한 아침, 온화한 버몬트주 사람인 에드가 에드워즈는 창문 바로 바깥에서 진홍색 부겐빌레아의 향기가 짙게 풍겨오는 가운데 자신의 2층 서재에 앉아 기획관 자리를 위해 인터뷰할 젊은 경제전문가들의 이력서를 찬찬히 읽고 있었다. 텍사스의 라이스 대학교의 교수로 포드재단으로부터 연구지원을 받고 있던 에드워즈 교수는 케냐 독립 정부 구성과정에서 기술 및 경영 자문을 위해 고용된 해외 전문가들 가운데 한 명이었다. 에드워즈는 예리한 생각을 가진 경제학자이며, 음보야와 아주 밀접한 친분을 가지고 있어 인재 확보를 비롯한 광범위한 분야에서 권한을 위임받고 있었다.

에드워즈는 방금 읽은 이력서가 마음에 들었다. 버락 오바마 지원자는 하버드에서 대학원 과정을 마쳤으며 현재는 불과 몇 블록 거리의 셸/비피Shell/BP사에서 일하고 있었다. 케냐를 떠나는 영국인 관리자들 가운데 한 사람이 MEPD의 핵심 업무를 담당하는 기획관으로 오바마를 에드워즈에게 추천했다. 그것은 오바마가 오랫동안 꿈꿔온 바로 그런 종류의 일이었다.

몇 분 후 도착한 오바마는 더욱 에드워즈를 매료시켰다. 오바마는 MEPD가 간절하게 필요로 하고 있는 계량경제학과 경제모델링에 조예가 깊었고 그 모습도 우아한 정장에 로열 블루 색상의 실크 넥타이를 하여 나무랄 데가 없었다. 그러나 한 가지 문제가 있었다. 에드워즈는 이미 그 자리에 다른 사람을 마음에 두고 있던 참이었다. 그 다른 젊은이는 에드워즈가 최근 한 결혼식에서 만난 젊은 경제학자로 그 이름은 필립 은데과였다. 알리앙스 고등학교와 마케레레 대학교를 졸업한 은데과는 다재다능했으며 부드러운 목소리를 가진 키쿠유족으로 케냐타의 핵심 인맥들의 지원을 받고 있었다. 에드워즈는 그 두 사람이 서로를 알고 있으리라고는 전혀 상상하지 못했고 둘 모두에게 선임 기획관 자리를 제안했다. 그는 때가 되면 그 둘 중 한 사람이 수석 기획관 자리로 승진하게 될 것이며 곧 그렇게 되리라 생각했다. "오바마는 정말 인상적이었습니다. 말할 나위 없었죠," 버몬트주 폴트니 자택에서 가진 인터뷰에서 그는 이렇게 회고했다. "그래서 나는 그에게 기획관으로 시작해서 6개월 정도면 보다 확실한 결정을 내릴 수 있을 거라고 이야기했습니다."

오바마는 화가 났다. 그는 여기서부터 이미 자신이 공부를 도왔던 은데과를 의식하게 되었다. 그러나 오바마는 자제하고 그의 라이벌에 대해서 아무 말도 하지 않는 대신 자신이 수석 기획관 자리에 적임자 임을 주장하고 그 직책을 줄 것을 요구한다. "그는 그 자리야말로 자신이 가야 할 곳이라고 단호하게 주장했습니다," 에드워즈는 한숨을 내쉬며 말했다. "그러나 그 자리를 줄 만큼 내가 그를 잘 안다고는 생각하지 않았습니다. 나는 시간을 줄 테니 기획관 자리를 두고 생각해보라고 했고, 결국 그는 주장을 굽혔지요."

며칠 후 오바마는 그의 마세노 학교 시절의 오랜 친구인 프란시스 마사칼리아와 마주쳤다. 그는 최근 MEPD에서 일하기 시작한 상태였는데 그 앞에서 에드워즈의 제안에 대한 강한 불만을 토로했다. 은데과와 관련한 내용은 일부에 불과했다. 그 자리는 2천 케냐실링 정도의 보수를 받기로 되어 있었다. 마사칼리아는 경제통계 담당관 자리를 같은 보수로 수락했고 그는 그 액수가 아주 적정하다고 생각했다. 그러나 오바마는 그 액수가 불충분하다고 생각했다. "그는 '정말 쥐꼬리만한 월급이야. 나는 그 자리를 맡지 않을 거야'라고 말했습니다." 마사칼리아는 회고했다. "그는 '자네 같은 독신자는 그게 어떤 건지 모른다네'라고 말했고, 우리는 '자네는 백인 아내와 아이들이 있으니 항상 돈이 더 필요하겠지'라고 말했습니다."

이후 항상 은데과는 —언제나 은데과가 문제였다— 한 발짝 앞에 있었다가 어느새 저 만치 가 있었다. 사실 수학과 관련한 은데과의 약점은 오바마가 그의 라이벌의 성공에 분통을 터뜨릴 수 있는 유일한 이유였다. 은데과는 신중했고, 사려 깊었으며 조심스러운 태도를 가진 남자였고 이 모든 것들은 오바마와 분명하게 구별되는 것이었다. 그 역시 백인 여자와 결혼했다. 그리고 오바마는 그를 좋아하지 않았다. 은데과가 마침내 수석 기획관 자리를 차지했을 때, 그리고 겨우 3년 만에 경제계획개발부의 사무차관으로 승진했을 때 약이 오른 오바마는 노골적으로 분노를 표출했다. 은데과가 사무차관이 되었을 때 그는 겨우 서른 살이었는데, 그 자리는 보통 훨씬 나이 많은 사람들이 차지하던 것이었다. 점차 은데과는 케냐 정부와 기업들의 무대에서 요직들을 차지하게 되고 오랫동안 정치 지도자들의 자문을 맡게 된다. 은데과가 성공의 계단을 하나씩 오를 때마다, 그에 대한 오바마의 분노는 더욱 깊어졌다.

은데과 역시 오바마를 딱히 좋아하지 않았다. 은데과와 가까운 몇몇 사람들은 은데과가 많은 성공을 거뒀음에도 불구하고, 수학과 관련하여 초기에 자신이 겪었던 어려움과 그가 목표로 했던 하버드 학위를 얻지 못했다는 사실을 의식하고 있는 것을 느꼈다. 오바마는 자주 그 사실을 공개적으로 지적하고 자신이 상대보다 우월하다고 단언했고 이는 둘 사이의 거리를 더 멀게 만들 뿐이었다. "오바마가 필립의 과외선생 노릇을 했다는 것은 우리 모두 알고 있었습니다. 우리는 그가 가진 문제를 다 알고 있었습니다만 필립은 그의 키쿠유족 친구들이 중요한 직책들을 맡을 수 있도록 밀어주고 있었습니다." 마사칼리아는 설명했다. "그러나 오바마는 그냥 넘어가지 않았습니다. 기회 있을 때마다, '필립은 아무것도 몰라,'라고 말하곤 했고 혹시라도 필립 밑에서 일하게 될 수 있는 일은 절대로 맡지 않았습니다."

MEPD에서의 근무는 앞으로 그가 두고두고 똑같은 한탄을 하게 만드는 것들의 어두운 서막이 되었다. 그 한탄이란 바로, 돈은 항상 부족하며, 자신의 능력에 훨씬 못 미치는 일을 맡고 있고, 자신의 상관들은 분에 넘치는 자리에 앉아있다는 것이다. 최소한 독립 직후 몇 년 동안은 나이로비에 있는 좁은 경제전문가 사회에서 오바마는 그의 대단한 재능으로 인해 존경받았고 따르는 사람도 많았었다. 은데과, 마사칼리아, 키바키를 비롯하여 MEPD에서 공직을 시작한 상당수가 꾸준히 정부 내에서 성장했으며, 그들은 다시 만나게 되기도 하고 또 함께 일하게 되기도 했다. 그러나 이런 친밀한 그룹 내의 주요 멤버 가운데 일부는 업무 일선에서 심각한 문제를 일으키는 오바마의 태도를 보고 크게 실망했고 60년대 말경에 이르러서는 오바마의 이런 말썽 많은 태도를 모르는 사람은 거의 없었다. 오바마의 거침없는 대담함이 케냐타의 개인적 주목을 끌 정도가 되면서 오바마는 여러 문제로 곤경에 빠지게 된다. 오바마와 함께 일했던 사람들 중 일부는 그를 도우려 했지만, 그렇지 않은 사람도 많았다.

오바마가 처한 어려운 상황은 분명 오바마의 공적 처신과 이후 몇 년 동안 규정들을 뻔뻔하게 무시한 데 적지 않은 원인이 있다. 그러나 당시의 정치적 문화에서 집권 세력에 대한 비판이나 반대는 점점 더 금기시되고 있었던 것도 사실이다. 정치적으로 보다 너그러운 시기에는 오바마의 직선적인 태도가 용납되었을 수도 있고 따라서 그의 삶이 다른 궤적을 그릴 수도 있었을 것이다. 그러나 독립이 이뤄지고 몇 달 동안 빠르게, 비판을 하는 사람들은 무자비하게 제거되는 경향이 뚜렷해졌다. 케냐 역사에 줄줄이 새겨진 정치인 암살사건들 가운데 가장 첫 번째는 언론인이자 공공연한 공산주의자였던 피오 가마 핀토이며, 그는 차를 운전하다 총격을 받고 사망했다. 핀토는 오딩가와 친밀한 관계로 야당의 대변인이었다. 많은 사람들이 그의 죽음을 케냐타 측이 직접 저지른 일이라고 믿었다.

케냐 정부와 오바마의 악연은 4년이 넘게 이어졌고 일촉즉발의 위기는 몇 차례 주요 사건에서 크게 불거졌다. 그것은 소위 「세셔널 페이퍼 10호Sessional Paper No. 10와 그 적용방안」이라는, 경제 개발에 대한 정부의 장밋빛 청사진에 의해 촉발되었다. 이 문서는 1965년 음보야가 책임진 부처에서 작성한 것으로 케냐의 철학적 기반과 구체적 실천 계획에 대하여 광범위하게 요약하고 있었다.

이 보고서는 KANU 내 케냐타의 보수주의자들과 케냐타의 정책 일부에 대해 비판적이며 보다 급진적인 그룹인 오딩가를 중심으로 모인 세력들과의 사이에 깊어지는 분열을 해결하려는 의도였다. 케냐타는 단 한 번도 어떤 종류의 급진적 경제정책도 옹호한 적이 없었다. 새 정부 출범 초반 그는 영국의 정치 세력과 그들의 재무적 이익에 대해 우호적인 태도를 신속하게 보여주었다. 독립 이전 케냐의 틀을 상당 부분 손대지 않은 채 두는 정부의 전략에 불안을 느낀 급진 세력은 현장에서 토지와 경제 정책에 대해 보다 공공을 염두에 두는 접근 방식을 요구했다. 그들은 외국 자본에 대한 의존을 줄이고 두드러져가는 계층 간 구별을 신속하게 종식시키며 신흥 자본 엘리트의 손에 집중된 토지를 재분배하기를 원했다.

그들은 또한 보다 신속한 아프리카화를 요구했다. 그러나 충원이 필요한 자리에 적합한 아프리카인을 찾는 것은 생각했던 것보다 훨씬 어려운 일이었다. 아프리카인 대부분은 작은 상점에서 일한 경험 이외에는 비즈니스 경험이 사실상 전무했고 관리자 경력이 있는 사람은 더욱 드물었다. 후세인 오낭고처럼 독립이 있기 전 나이로비에서 일했던 케냐인들은 대체로 유럽인들의 집에서 하인으로 고용되었었으며 오전 아홉 시에 출근하고 다섯 시 퇴근하는 사무직이라든지 하는 것들은 생소한 개념이었다. 이러한 이유로, 상당수 외국인 집단은 독립 이후에도 여러 해 동안 요직을 장악한 채로 남게 된다. 1967년 정부의 인사담당 부서의 조사에 따르면 나이로비의 1,690개 고위 전문직들 가운데, 유럽인들이 여전히 3분의 2를 차지하고 있었으며 아프리카인들은 대부분의 말단직을 점하고 있었다.[18] 오바마와 다른 많은 케냐인들은 계속되는 백인들의 지배에 분개했고 과도기 동안 일선 업무 현장에서 인종 간의 갈등은 심심치 않게 나타났다.

그러나 케냐타는 국가의 방향에 대한 논쟁에 염증을 느꼈다. 세셔널 페이퍼 10호는 그 모든 것을 방지하기 위해 고안된 것이었다. 그 보고서는 자본주의나 공산주의 어느 쪽의 편도 들지 않으면서 활기찬 경제 성장의 길을 모색하고 아프리카 전통의 장점을 이끌어 낼 수 있는 사회주의의 구현을 요구하고 있었다. 사회경제적 평등에 대한 수사적 포용으로 포장되어 있지만, 그럼에도 그 보고서는 자유시장경제를 가슴 깊이 받아들이면서 외국인의 투자에 문호를 개방하고 있었다. 보고서에서 케냐타가 그런 주제에 대한 토론을 전혀 장려하지 않는다는 것은 명백했고, 그가 직접 쓴 그 보고서의 서문은 더 이상의 토론을 종식시키려 했다. 케냐타는 다음과 같이 썼다. "모든 주장들이 나왔고 토론이 이뤄졌으면, 우리는 케냐인의 조국 건설의 임무에 착수해야 합니다. 지금부터 이 보고서를 우리 민족의 단합된 목소리로 삼고 우리 조국 건설에 전념합시다."[19]

공개적으로 반대의견을 나타낸 사람은 아주 소수였다. 마케레레 대학의 교수이자 경제학박사이며 나중에 유엔사회개발연구소의 이사가 된 다람 하이는 『동아프리카저널』 1965년 6월호에서 그 보고서의 계획은 경제 관련하여 아프리카인의 몫을 늘려 줄 수 없으며, 현재 나타나고 있는 부의 불평등을 악화시킬 것이라고 밝혔다.[20] 그러나 그의 비판은 오바마가 한 비판에 비하면 아주 조심스러운 축에 들어간다.

『동아프리카저널』 바로 다음 달 발행호에서 오바마의 비평은 그 보고서의 작성자들이 아프리카 사회주의를 적절하게 정의하지 못하고 있다고 조롱했다. 그는 더 나아가 정부의 제안은 전반적으로 케냐를 외국자본에 의존하게 만드는 기존 경제체제 대부분을 영속시키고 식민통치정부가 키워 온 경제적, 계층적 차이를 해결하는 데 아무 역할을 하지 못할 것이라고 경고했다. 그는 특히 그 보고서가 토지 소유권과 관련하여 집단이 공동 소유하는 아프리카 제도 대신 토지의 사유화를 지지한 데 대해서 이렇게 썼다. "이 보고서는 아프리카의 가장 훌륭한 전통을 한 구석에 처박았을 뿐만 아니라 그 원칙을 이해하지도 못하고 발전시키려고도 하지 않았다는 사실이 놀라울 뿐이다."[21]

그러나 오바마는 토지의 집단 공동 소유를 전통이라는 관점으로만 받아들이고 있는 것은 결코 아니었으며 고리타분한 아프리카의 상투적 표현을 동원하지도 않았다. 대신 그는 모든 수확을 공정하게 분배하고 경제 권력의 과도한 집중을 막을 수 있는 부족 협동 조합의 창설을 통해 토지를 통합한다는 새로운 접근방식을 제시했다. 비록 그가 그러한 협동 조합이 어떻게 운영될 것인가에까지 깊게 들어가지는 않았지만 그가 제안한 것은 논쟁이 되고 있던 대립되는 경제 원칙들을 창의적으로 혼합한 것이었다. 만약 토지가 공동의 소유가 될 수 있다면 자산으로 이용하면 안 될 이유가 어디 있겠는가? 그러나 개인의 소유 허용을 선택한다면, 그는 그 농장의 크기의 제한이 있어야 한다고 주장했다. 이러한 주장은 케냐타 대통령에게조차 도발적인 주장이었다. 그래서 케냐타는 "이건 대통령부터 모든 평범한 사람까지 모두에게 똑같이 적용하란 소리구만."이라고 평했었다.[23]

비록 오바마가 외국 자본을 조국의 성장에 필수적인 요소로 인정하긴 했지만, 그는 조국의 자산을 보다 넓게 배분하고 순수한 아프리카화의 광범위한 이행을 강하게 촉구했다. 조국의 기업들을 케냐인이 아닌 유럽인, 아시아인이 장악하고 있다고 인식한 오바마는 정부가, 이윤을 창출하는 데 조국의 자원이 어떻게 사용될지에 중점을 두기보다는 어떻게 하면 사회 전체에 혜택이 가도록 할지를 고민해야 한다고 주장했다. "아프리카인들이 발전하고자 한다면 아프리카인들에 그들의 땅과 그들의 조국을 돌려주어야 하고 그들에게 경제적 힘을 주어야 한다."라고 오바마는 단언했다. "그 보고서는 만약 아프리카인을 위해 그런 기업들을 국유화하거나 수용하면 성장이 지연될 것이라는 우려들을 이야기하고 있다. 그러나 누구를 위해 성장하겠다는 것인가? 이 땅의 주인인 아프리카인을 위한 것인가? 그렇다면 왜 이 나라의 성장을 위한 경제 수단을 아프리카인이 지배하면 안 된다는 것인가? 이 나라는 이 지역 태생이 아닌 사람들이 거의 모든 것을 소유하고 있다는 것을 모두가 알고 있다. 정부는 이와 관련해 어떠한 조치를, 그것도 빨리 취해야 한다."[24]

결론에서 오바마는 정부가 고작 하나의 보고서를 만들어낸 것을 냉소했다. "어쩌면 형식적으로라도 하나쯤 있는 것이 아예 없는 것보다는 나을지도 모르겠다!"[25]

그것은 대단히 용기 있는 글이었고, 정부가 자본주의를 중시하고 있다는 직설적인 평가이면서 평범한 사람들을 대변하는 진심 어린 호소였다. 8페이지의 글에서 오바마는 수십 명의 전문가들이 보고서에서 취하고 있는 주요 입장들에 대해 자신의 의견을 표명하고 있는 동시에 후진국들이 직면하고 있는 복잡한 문제를 해결하고자 했다. 또한 몇 가지 관점에서 볼 때 그러한 기고는 오바마를 공개적으로 대단히 위험한 입장에 놓이게 하는 것이었다. 국유화나 토지 조합과 같은 사회주의적 개념을 옹호함으로써 오바마는 스스로를 급진적인 오딩가 캠프의 일원으로 보이게 만든 것이었다. 오딩가 캠프는 정부로부터 아주 탐탁치 않게 여겨지고 있는 상황이었다. 그가 비록 간접적이었다 할지라도 케냐타의 막대한 토지 축적에 대하여 공개적으로 의구심을 제기하기까지 했다는 사실은 그가 이제 흔한 말로 '찍혔다'는 것을 의미한다. 그 발표는 또한 보고서 작성의 책임자였던 톰 음보야와 자신의 관계에도 좋지 않은 영향을 주게 된다. 비록 오바마가 중립적 입장을 취하려 하고 있었지만 그는 그럼에도 그의 친구가 공들인 결과를 비판한 셈이다.

케냐 전문가이며 미시간 대학의 인류학 및 사학 명예교수인 데이비드 윌리엄 코언은 2010년 3월 오바마의 기고를 분석한 글에서 오바마의 글이 당시의 지배적 정치세력들 가운데서 교묘한 입장을 취하면서 예리하고도 선견지명이 있다고 기술한다. 그는 오바마의 기고문이 "케냐를 위해 거의 잊혀졌던 사례들올바른 정부, 누진세, 사적 투자에 대한 효과적 규제 등을 언급하고 있다"고 썼다. "1965년의 글이 당시로는 상상할 수 없었던 1980년대와 1990년대의 구조조정그리고 국가 경제활동 부문에 대하여 민간이 가지는 특권, 그리고 우리가 살고 있는 오늘날 통제받지 않은 자본의 실패에 대한 가장 적절한 비판들의 원전이라고 할 수 있을 만큼 놀랍도록 정확하게 오늘날 상황에 맞아떨어지는, 현재를 비판하기 위해 과거에 이루어진 리허설과도 같습니다."[26]

코언은 오바마가 단지 정부만 비판한 것이 아니라 오딩가와 음보야

두 정치 거물 사이에 공동의 토대를 구축하고자 노력했다고 주장했다. 그는 이렇게 덧붙였다. "어떤 면에서, 이 주장은 아버지 오바마가 오딩가의 좌파적 의제와 친숙한 일부 입장을 다시 끄집어내는 한편 음보야의 정치 스타일을 차용해 오딩가의 정치적 기교의 재완성을 모색했다고까지 이어질 수 있습니다."[27]

『앎의 위험: 1990년 케냐 존 로버트 오우코 장관 사망사건에 대한 조사』를 아티에노 오디암보와 공저한 코언은, 어느 쪽이든, 오바마는 그 기고의 여파와 결과를 개인적으로 감당해야 했을 것이라고 말했다. "그것은 용기 있으면서도 소용없는 것이었습니다. 음보야의 측근들은 스스로 오바마와 거리를 두려 했었을 것이고 한편 케냐타는 그 기고의 내용을 똑똑히 알고 있었을 것입니다. 만약 케냐타가 그 전까지 오바마를 신경 쓰지 않았었다면 아마도 그때부터 오바마를 지켜보기 시작했을 것입니다."[28]

세셔널 페이퍼 10호의 발간은 케냐의 경제가 나아갈 방향에 대한 토론을 마무리 짓기는커녕 지속적인 험한 논쟁을 만들어냈고 당내의 좌파와 보수파 사이에 이념적 간극을 넓혀 놓았다. 1966년 봄, 오딩가와 케냐타 사이의 갈등은 절정에 이르렀다. 3월 오딩가는 사임하고 직접 야당인 케냐 국민연맹Kenya People's Union, KPU을 창당했다. 그는 사임하면서, 케냐타가 정부를 키쿠유화하고 있다고 맹렬히 비난하고 그의 사임 성명에서 외국인으로 구성된 "보이지 않는 정부"와 외부의 상업적 이윤추구 세력이 정부를 장악하고 있다고 선언했다. 그 정부에

대해서 그는 "개인적 이윤을 좇고 있다"고 선언했다.[29]

　오딩가의 탈당으로 당 내에서 케냐타에 대한 반대 세력은 거의 남지 않았다. 비록 음보야가 공식적으로 케냐타의 최측근 자문역 가운데 하나로 남아 있지만 이 노회한 과두정치인은 자신의 후임자 자리를 노리고 있는 것이 확실한, 생각을 분명하게 표현하는 루오 출신 젊은 정치인을 불신의 눈으로 바라보기 시작했다. 오딩가가 사임하면서, 케냐타와 키암부 출신 세력들은 누구의 눈치를 볼 필요도 없이 자유롭게 성장중심 경제를 추구할 수 있었다. 노먼 밀러와 로저 예거는 『케냐: 번영을 위한 탐색』에서 쓰기를, "이 나라는 충직한 공무원 조직의 전문적 지도하에 자본주의의 과정으로 나아가게 될 것이다. 사실 급속하게 팽창하는 관료체제는 대통령에 대한 충성심을 유지하고 있는데, 그 관료체제의 구성원으로 있으면 그들의 사회적 지위와 물질적 보상이 보장되었기 때문이다. 아프리카식 사회주의는 곧 실용주의와 야망의 바다 위에 표류하는 주인 없는 빈 배 같은 처지가 될 것이다."[30] 추종자들에게는 보상이 하사되는 전제정치가 이제 견고하게 자리를 잡고 있었다.

　오딩가의 사임에 오바마는 더욱 낙심했다. 그러나 그것은 그가 루스와 결혼하고 몇 개월 되지 않아 그에게 다가오기 시작하는 여러 불길한 징조들 가운데 하나일 뿐이었다. 그런 먹구름 가운데 하나는 오바마가 그 기고를 한 지 몇 주 지나지 않아 현실이 되었다. 사건은 친구가 새로 산 초록색 피아트를 오바마가 운전하면서 일어났다. 그의 술친구였던 필립 오치엥은 그를 동화 『버드나무에 부는 바람』에 나오는

두꺼비 토드역주: 동화 속에서 그는 허영과 사치에 젖어 있으며 오만한 성격의 주인공으로 자동차 운전석에 앉는 것을 몹시 좋아한다에 비유했다. "그는 운전대를 잡으면 몹시 흥분하곤 했어요. 그는 토드처럼 아주 세게 밟았습니다. 팔다리를 퍼덕이며, 완전히 통제 불능이었지요. 누구도 그가 운전하는 차에는 타고 싶지 않았습니다."

어느 날 저녁 나이로비 외곽에서, 전날 밤새도록 아데데 아비에로라는 이름의 상냥한 얼굴을 한 젊은이를 데리고 폭음을 한 오바마가 운전하던 차는 다른 차와 정면으로 충돌했다. 우체국 일을 하며 네 형제의 생계를 책임지던 스물여섯 살의 아비에로는 그 자리에서 즉사했다.[31] 오바마는 두 다리가 부러지고 여러 곳이 골절되었다. 그는 아가 칸 병원에 넉 달 이상 입원해 다리가 회복될 때까지 치료를 받았다. 아비에로의 죽음에 낙담한 오바마는 친구들에게 병실로 위스키를 몰래 들여오게 했고 하루는 술에 취한 채 침대에서 굴러 떨어져 또 다른 뼈가 부러졌다.[32] 아비에로와 같이 겪은 사고는 오바마와 관련된 수많은 음주운전 사고 가운데 가장 첫 번째 것으로 이런 사고들은 오바마의 다리에 충격을 누적시켰고, 결국 오바마는 목발이나 지팡이에 의지하게 되었다.

교통사고가 일어나자 오바마의 어머니인 하비바 아쿠무는 때때로 켄두 베이에서 나이로비까지 와서 그의 간호를 도왔고 침대 머리맡에 앉아 그와 이야기하곤 했다. 그녀는 언제나 그에게 술을 그만 마실 것을 당부했다. "술이 너를 죽일 게다,"라고 말했다고 그녀의 또 다른 아들 라지크 오티에노 오린다는 회상했다. 오바마는 그냥 웃어넘기면서 술을 끊겠다고 그녀에게 약속하곤 했다.

그가 병상에 오래 누워있는 동안 오바마의 두 아내들은 뜻밖의 첫 조우를 하게 되었다. 그가 케냐로 돌아온 지 얼마 되지 않아, 오바마는 알레고에 있는 케지아와, 그들의 아이들과 함께 한 주를 보냈었다. 그는 그녀에게 자신이 나이로비에 집을 마련하고 있으며 준비가 되는 대로 돌아오겠다고 말했었다. 비록 그가 케지아에게 하와이에 있는 앤과 그의 아들에 대한 이야기를 했었지만, 루스가 나이로비로 오고 있다는 사실은커녕 루스에 대한 이야기는 한마디도 하지 않았었다. 따라서 케지아는 어쩌면 이미 익숙해져 버린 기다림을 계속했다. 그때 케지아는 그녀의 남편이 돌아오길 기다린 지가 5년이 되는 시점이었다. 오바마에게 연락할 전화도 없었기에 그녀는 오바마가 언제쯤 돌아올지 물어보는 편지를 보냈으나 답장을 받지는 못했다. 오바마에 대해 들은 것은 오바마에게 큰 교통사고가 일어났으며 죽게 될 것이라는 그녀의 남동생의 이야기였다. 깜짝 놀란 그녀는 황망히 나이로비행 야간 버스에 올랐고 도착하자마자 서둘러 바로 병원으로 갔다.[33]

그녀가 들어서자 친척들이 그녀를 둘러싸고 소식을 전해주었다. 그들은 버락이 괜찮아질 것이라고 안심시켰다. 하지만 그것이 전부가 아니었다. "그들은 내게, 오바마에게 보스턴에서 온 미국여자가 있고 그들이 결혼했다고 말했어요. 나는 믿을 수 없었어요. 어떻게 그럴 수가 있어요? 나는 그 세월을 그저 기다리고 또 기다렸는데 그는 백인 여자와 결혼해버렸다니," 케지아는 소리쳤다. "정말 가슴이 찢어지는 것 같

앉아요. 나는 그저 이렇게 말했어요. '난 이제 어디로 가야 하나?', '난 뭘 해야 하나?'"

　그 두 여자는 좁은 대기실로 안내되었고 그곳에서 어색한 몇 마디 대화를 나눴다. 루스는 그 만남에 대해 거의 아무것도 기억하지 못했지만 케지아는, 루스에게 케냐에 잘 왔다고 인사하면서도 이 백인 여자가 아프리카에서 얼마나 배겨날 수 있을까 궁금해했던 것으로 기억한다. "나는 우리가 곧 알게 될 거라고 말했어요. 우리가 알게 될 거라고 말이죠." 케지아는 분명하게 말했다. "내 말뜻은 '당신이 이곳이 어떤 곳인지 안다고 생각하는 모양인데, 글쎄, 어디 두고 보자'라는 거였어요."

　이후 몇 년간 케지아는 자신의 아이들을 방문할 때 잠깐 루스를 볼 기회가 있었다. 케지아는 자신의 아이들이 아버지와 함께 있을 수 있는 것으로 족했다. 그녀로서는 감당할 수 없는 아이들의 사립학교 교육비를 오바마가 지불했기 때문이다. 그러나 루스는 케지아와 연관되지 않기를 원했고 그녀가 올 것으로 예상되는 날에는 집 밖으로 자리를 피하곤 했다. 케지아는 루스와 처음 만나고 얼마 후 몸바사에 있는 레스토랑에 취직했기 때문에 덜 자주 방문했다. 비록 오바마가 일 때문에 몸바사에 가게 될 때면 그의 첫 번째 아내를 방문한 것은 분명하지만 두 여자를 친하게 만들려는 노력은 하지 않았다. 사실, 보다 가까운 사이가 되고 싶었던 사람은 케지아 혼자였다.

　그해 말 병원으로 놀라운 소식이 전해졌다. 오바마는 다리를 허공에 매달고 누운 채, 자신의 숙원인 하버드에서의 박사학위 취득이 영영 불가능할 것이라는 소식을 들었다. 몇 달 전 오바마는 하버드에 편지를 써서 그가 "개발의 스테이플 이론에 대한 계량경제모형"이라는 제목의 논문을 제출하기 위해 하버드로 돌아갈 수 있는지를 물었다. 그러나 하버드는 그가 돌아오는 것을 원하지 않은 것이 분명했다. 11월 학교 교무과장은 그가 논문 제목을 등록하지 않은 것을 알고, 회신에서 자신이 오바마의 복귀를 위한 이민 승인을 제공하지 않을 것이라고 말했다. 정말 오바마가 논문 제목을 등록하지 않았다고 해도, 모든 시험을 통과한 학생의 복귀를 그러한 이유로 막는 것은 아무래도 지나쳐 보인다. 그러나 그것이 교무과장이 쓴 그대로다. 그는 오바마에게 경제학과 함께 작업했던 교수진에게 연락해서 논문의 마무리가 얼마나 임박했는지 설명하고 이미 끝난 챕터가 있으면 경제학과로 보낼 것을 권고했다. 이런 조건들이 충족되면, 이민서류의 필수적 질문들을 '시작'할 수 있다고 교무과장은 썼다.[34]

오바마는 이후 논문에 관련하여 더 이상 아무것도 진행하지 않았다. 소식에 낙담한 오바마는 그 논문을 한쪽으로 치워버렸던 것으로 보인다. 그리고 불가사의하게도 그 논문은 사라져버렸다. 몇 달이 지난 어느 날 오후 오바마와 루스가 집을 비웠을 때 분명 도둑들이 쳐들어와 텔레비전과 함께 가져가버렸다. 그들이 훔쳐간 물건들 속에는 오바마의 논문이 포함되어 있었다. 아니면 오바마가 루스에게 그렇게 말했을 뿐일 수도 있다. "오바마가 그렇게 말했어요," 루스는 회상했다. "나는 모르겠어요. 어쩌면 그 도둑들이 오바마의 논문과 서류들이 들어 있던 가방을 가져가 버렸는지도 몰라요. 있을 법한 일이에요. 그러나 무슨 일이 벌어졌든 간에, 그는 사본을 만들어둔 것도 아니었고 그 논문을 다시 쓸 수도 없었기 때문에 정말 화가 났었어요. 박사 논문은 그렇게 끝나버렸어요."

루스도 일이 잘 풀리는 것이 아니었다. 혼자 외딴 곳에서 종종 오랫동안 어수선한 로슬린의 집에 혼자 남겨지면서, 루스는 처음으로 몇몇 이웃집의 문을 두드리고 스스로를 소개하며 친구를 만들려고 시도했다. 그러나 이웃 대부분은 영국인들이었고 아프리카인, 그것도 미국 여성과 결혼한 사실을 그렇게도 떠들어대는 아프리카인과 결혼한 젊은 미국 여성에게 별 관심을 가지지 않았다. 루스는 다른 방법을 시도했다. 종종 서로의 집에서 커피모임을 가지는 주재 외국인 부인들의 소모임에 끼기 시작했다. 그러나 어쩌면 그녀 자신의 불안정 때문에 루스는 자신이 만나게 되는 아프리카 여성들에게 더 다가간다는 사실을 깨닫고 계속 비참할 정도의 고독을 느꼈다. 심지어 1965년 초 자신이 임신한 사실을 알게 된 것도 결혼 생활에 대한 그녀의 쌓여만 가는 실망감을 완전히 씻어내지는 못했다. 이제 오바마는 다른 여자들과 어울리는 것을 숨기려조차 하지 않았다. 그는 자신이 그러면 안 되는 이유를 찾을 수 없었다. 루스가 그에게 그만하라고 요구하면 오바마는 그녀에게 조용히 하라고 소리를 지르고 퉁명스럽게 집 밖으로 나가 버렸다. 어떨 때 그녀는 오후 내내 텅 빈 집에서 몇 시간씩 혼자 울면서 남편이 어딜 갔을까 생각했다. "나는 케냐에서 2년을 울었어요," 루스는 한숨을 내

쉬었다. "나는 엄마 아빠가 그립고 집이 그리웠어요."

오바마는 극심한 외도를 했으면서도 루스가 임신했다는 소식을 듣고 대단히 기뻐했다. 또 한 명의 아이, 그것도 아들이기라도 한다면 그에게는 자랑거리가 늘어나는 것이었다. 오바마가 아내의 불행을 아주 외면만 한 것은 아니었다. 그는 어느 날 저녁 아프리카인의 클럽에서 젊은 스코틀랜드 여성을 만났을 때 그녀에게 자신의 집으로 와서 아내를 만나줄 수 있는지 물었다. 그리고 자신의 아내가 좀 외롭다고 말했다. 당시 나이로비 북동쪽의 엠부 마을의 선생님으로 일하고 있던 캐서린 윌슨은 오바마의 배려심에 감동해 그러기로 했다. 윌슨과 루스는 둘 다 20대의 젊은 여성으로 나이로비의 복잡한 사회상 속에서 갈피를 잡으려 분투하고 있었기에 서로를 이해했다. 그리고 그녀는 곧 매 주말 놀러 오는 친구가 되었다.

윌슨은 이 부부를 보면서 오바마의 과격한 대화 태도에 충격받았다. 그녀는 이렇게 느꼈다고 한다. "오바마는 자신을 이해시키고자 할 생각이 없는 것 같았어요. 그는 고함을 질러대는 등 과장스러웠어요. 나는 그의 그런 태도 때문에 그를 이해하기가 더 힘들다고 느꼈어요. 그는 자신을 이해하기 어렵게 만들려는 것 같았어요. 자신을 이해시키는 것을 두려워하는 것처럼 보였어요." 그러나 윌슨은 루스와의 대화를 훨씬 가슴 아프게 기억했다. 루스는 자기보다 어린 윌슨에게 자신의 가슴 깊숙한 불행들을 털어놓았고 그녀가 심지어 미국으로 돌아갈까 고민하고 있다는 사실까지 인정했다. 산달이 다가오면서 그녀는 가족을 더욱 그리워했다. "그것은 그녀에게 아주 고통스러운 상황으로 보였고 그녀는 극도로 외로워하고 있었어요," 윌슨은 말했다. "나는 루스가 다른 사람들이 오바마의 허풍과 고함만으로 그를 판단하는 것을 좋아하지 않는다고 느꼈어요. 이렇게 말하면 좀 그렇지만, 내가 그녀의 입장이 아니라는 사실이 천만다행이라고 느꼈어요. 그는 결혼상대는 커녕 여자와 친해지기도 힘든 남자가 되고자 하는 것처럼 보였어요."

1965년 말이 되어가면서 오바마의 가계가 다소나마 개선되기 시작했다. 루스는 네슬레 케냐 지사 총책임자의 비서로 자리 잡았다. 그녀는 일을 통해 의욕을 얻었을 뿐 아니라 그녀의 상사는 많은 도움을 주는 가까운 친구가 되어주었다. 그리고 11월 그녀는 아들을 낳았고 마크 오코스라고 이름 지었다. 아들은 그의 루오식 이름인 오코스로 불렸는데 그 이름은 "비가 내릴 때 태어난 사람"이라는 뜻이었다. 갓난 아들에게 흠뻑 빠진 루스는 잠시나마 그녀의 슬픈 결혼생활을 잊을 수 있었다. 그녀는 아기를 키우는 일을 도와줄 젊은 여성을 구했다. 그 아기는 그녀가 그렇게 간절히 필요로 했던 '함께 있어줄 사람'이었다.

오바마도 근사한 새 직장을 얻었다. 1966년 9월 도심 한복판, 우아한 3층짜리 식민통치사무소 건물인, 오래된 군사 기록 보관소에서 새로운 케냐의 중앙은행이 문을 열었고 은행은 수십 명의 경제전문가를 필요로 했다. 오바마는 셸사 내의 보직과 관련 몇 개월째 마찰이 있어왔고 두 번째 승진이 이뤄지지 않자 불만을 품고 있었으며 자신이 자신의 상사들보다 더 뛰어난 학력을 가지고 있다며 공개적으로 이의를 제기하고 있었다. 새로운 은행이 문을 열기 며칠 전 오바마는 셸사에 자신의 사임을 알리고 자신이 '헤루피 하우스'라는 새 이름이 붙은 건물의 중앙은행에서 일하게 될 것이라고 보고했다. 대학원 출신 훈련생으로 채용된 오바마는 케냐 내의 다른 은행들의 경제분석을 수행하고 특정 기업의 성과 예측을 개발하는 부서에 배치되었다.

그는 그곳에서 아홉 달 근무했다.

오바마의 첫 번째 불만은 은행에 유럽인이 너무 많다는 것이었다. 사실 은행에서 근무하는 60명 가운데 22명이 외국인이었고 그들 대부분은 지휘하는 자리를 차지하고 있었다.[36] 오바마를 감독하는 사람도 월드뱅크에서 온 영국인 이코노미스트였다. 그곳에서 일하던 다른 많은 케냐인들과 마찬가지로 오바마도 영국인들이 계속 행세하는 것을 가슴 깊이 분하게 여기고 있었다. 대부분은 그러한 분개를 겉으로 드러내지 않았지만, 오바마는 누가 듣든 상관없이 그의 상사를 비판했다. "오바마는 그들이 아무것도 모른다고 불평했습니다," 여전히 MEPD에서 근무하고 있었던 마사칼리아는 말했다. "사실 그들은 정말 오만했습니다. 그들 대부분은 우리 흑인들은 아는 것이 없고 자신들은 모르는 것이 없다고 생각했습니다. 그러나 이제 케냐인의 나라이므로 우리는 그들이 물러가길 원했습니다. 나는 버락에게 이렇게 말하곤 했습니다. '어이 친구, 그냥 바보인 척해. 자네도 살아남아야 할 것 아닌가?' 그러나 오바마는 그렇게 할 수 없었습니다. 그렇게 하는 법 자체를 몰랐습니다."

대신 신참인 오바마는 자신보다 나이나 경력이 몇 년씩 많은 선임 이코노미스트들의 자격을 폄하했다. 그리고 그는 종종 그들의 면전에 대고도 그렇게 했다. "그는 항상 자신의 하버드 경력을 들먹였습니다," 중앙은행 총재의 비서였던 글래디스 오골라는 회상했다. "그는 이렇게 말하곤 했습니다. '당신이 이코노미스트입네 하면서 하버드도 안 다녔다는 거요? 도대체 어느 학교를 다녔던 거요? 당신이 하고 있는 말이, 말 된다고 생각하는 거요? 내가 이 나라의 최고 이코노미스트들 가운데 한 명인 셈이군.' 모두들 못마땅하게 생각했습니다. 물론 어떤 사람들은 그냥 그를 무시했어요. 왜냐하면 오바마는 종종 취해있었으니까요."

그리고 1967년 봄, 케냐인이 처음으로 그 은행의 아프리카 출신 총재가 되는 날이 왔다. 여기서, 오바마가 볼 때 그 자리가 과분한 또 다른 은데과가 등장했다. 이 사람의 이름은 덩컨 은데과Duncan Ndegwa로, 그는 마케레레 대학과 스코틀랜드의 세인트 앤드루 대학을 졸업했다. 그 역시 케냐타가 가장 신임하는 자문위원들 중 한 명으로 대통령실 비서와 정부 공무원 조직의 수장을 지냈다. 누가 봐도, 심지어 오바마 눈으로 봐도 은데과는 화려한 경력을 가지고 있었다. 그러나 그도 키쿠유족 출신이었고 오바마는 그런 부족 중심주의가 은데과로 하여금 그 자신에게 과분한 경력을 가질 수 있도록 길을 닦아 주었다고 불평했다. 그럼에도 불구하고 그 둘은 술집에서 마주치면 함께 잘 어울렸다. 그 둘은 서로에게 호감을 가지고 있었고 오바마의 지적 재능과 언변은 은데과에게 깊은 인상을 주었다. "오바마는 꽤 영리했습니다. 다른 사람을 배려하는 신중함은 없었지만 대단히 재미있었습니다."[37] 은데과의 뒤에서 오바마는 친구들에게 신임총재가 자신만큼 훌륭한 교육을 받지 못했다고 여전히 불평을 늘어놓았다. "어쨌든 은데과가 하버드에 다니지 않은 것은 사실이니까요," 오티에노 와송가는 웃으며 말했다. "오바마는 '왜 나를 총재로 임명하지 않는 거지?'라고 말하곤 했습니다. 은데과는 오바마처럼 좋은 학교에서 경제학을 제대로 공부하지 않았었습니다."

오바마는 분명 어느 정도 정교한 경제학적 기량을 가지고 있었다. 그러나 그는 생활의 기본적인 면 몇 가지를 관리하는 데 있어 문제가 생기기 시작했다. 그는 종종 지각했고 와서도 숙취에서 벗어나는 데 몇 시간씩 걸리기도 했다. 어떤 날은 출근길에 일어난 작은 교통사고로 늦었다. 엉망이 된 그의 재정상태는 더 큰 문제였다. 오바마는 처음 몇 달간은 여러 장의 수표를 결제하지 못했고 그의 상관은 더욱 그를 걱정하기 시작했다. 그러나 그들이 오바마의 몇몇 행태를 지적하자 오바마는 자신의 의견을 거침없이 상관들에게 말했다. 오바마는 자신의 직무를 적절하게 처리하였지만, 중앙은행의 책임자는 그의 지나친 행동들을 용인할 수 없다고 판단하고 여름이 되면서 그를 해고했다.[38] "유감스러웠지만 그는 절제할 줄을 몰랐습니다," 은데과는 설명했다. "그리고 은행은 규율을 확립해야 했지요."

은데과는 떠나는 그를 보며 안타깝게 생각했다. 케냐의 중앙은행을 설립한다는 것은 국가의 건설에 있어 중요한 부분이었고 케냐인이 그 과정에서 낙오하는 것을 바라보는 것은 실망스러운 일이었다. 뿐만 아니라, 오바마를 좋아하게 되었기에 그가 어디에서 정착하게 될지 걱정했다. "나는 오바마가 자신의 지적 능력을 너무 과시하려 했다고 생각합니다. 나는 항상 그가 전문가들 사이에서 일하는 것보다 자신에게 더 잘 맞는 교육기관 같은 곳에 있었어야 했다고 생각했습니다." 은데과는 말했다. "나는 다른 어느 곳에서도 그가 좋은 결과를 거두는 것을 볼 수 없었습니다. 왜냐하면 오바마는 사람들과 협력할 줄을 몰랐기 때문입니다. 그는 사람들에 대해 동정심을 대단히 많이 가지고 있었습니다. 그렇지만 협력할 줄은 몰랐습니다."

분노하고 낙담한 오바마는 본격적으로 자신의 별명에 딱 들어맞는 생활을 시작했다. 실직 상태의 몇 달 동안, 그는 오후면 술집들을 전전했고 오랫동안 집에 들어오지 않았다. 나이로비의 좁은 전문직 사회에서 소문은 삽시간에 퍼졌다. 그리고 대부분의 오바마 동료들은 무슨 일이 일어났는지 알게 되었고 이는 오바마의 수치심을 더욱 깊게 했다. 오바마는 자신의 아내를 보호하려는 노력조차 하지 않았다. 사람들 앞에서, 심지어 루스와 아기가 곁에 있을 때에도 오바마는 지나가는 여자들에게 추파를 던졌고 루스가 이를 나무라면 그녀에게 불같이 화를 냈다. 루스가 없을 때면 오바마는 주저하지 않았다. 결국 루스와 아기를 안타깝게 여기던 친구 한 명이 그녀에게 오바마의 여성 편력에 대해 낱낱이 알렸다. 루스는 더 이상은 참을 수 없다고 결심했다.

집으로 돌아갈 때가 온 것이다. 루스는 바람난 남편을 떠나려고 했던 여자들과 그들의 남편들이 어떻게 그녀들을 따라와 두들겨 팼는지에 대한 이야기를 많이 들었었기에 자신이 신중해야 한다는 사실을 잘 알고 있었다. 그녀는 자신과 자신의 아기에게 그런 일이 일어나는 것을 막으려 했다. 그녀는 친구에게 주말 동안 오바마를 초대해 그와 함께 키수무를 방문하도록 시켰다. 오바마는 항상 루오 지역으로 돌아가는 것을 좋아했으니 그런 여행을 거절할 것 같지 않았고 실제로 그는 그 여행을 거절하지 않았다. 그 여행은 루스가 탈출을 준비하기에 충분한 며칠의 시간 여유를 주었다.

일단 오바마가 떠나자 루스는 신속하게 움직였다. 며칠이 채 지나지 않아 루스와 오코스는 보스턴행 편도 비행길에 올랐다. 루스는 가슴이 찢어지는 것 같았다. 여전히 오바마를 깊이 사랑했지만, 그와의 결혼을 견딜 수 없다고 결정했고 이제 그녀는 미국에서 직장을 잡고 다시는 케냐로 돌아오지 않을 계획이었다. 그러나 루스의 조심스러운 계획은 한 가지 가능성을 간과하고 있었다. 몇 주 후, 오바마도 보스턴행 비행기표를 끊는다. 그녀를 데리러 가려는 것이었다.

사자, 호랑이
그리고 거짓말

사자, 호랑이
그리고 거짓말

중년에 들어선 모리스 조지프 베이커는 지금까지 자신이 나름 많은 것을 이뤘다고 자부하고 있었다.

그의 자동차 부품 판매사업은 계획보다 더 번창하고 있었다. 그가 사랑하는 딸 루스는 시먼스 대학교를 졸업한 후 시내의 법률회사에서 일하고 있었다. 뿐만 아니라 1958년에는 뉴턴 교외에 있는 목장 주택을 소유하게 되었다. 뉴턴은 보스턴에서 겨우 9마일 거리에 있었고 그 집은 전면이 벽돌로 된 주택이었다. 조는 노동자들이 모여 살던 마을인 몰덴의 한 길모퉁이 출신이었고 그곳에서 그는 자신의 부모들이 운영하는 상점 이층 방에서 자랐다. 그런 그에게 지금 자신이 이룬 것들은 대단한 성취로 여겨지는 것이 당연했다.[1]

유머센스와 탐스러운 금발머리를 가진 눈에 넣어도 아프지 않을 딸 루시를 조는 '루디'라는 애칭으로 부르곤 했었다. 그런 그녀가 아프리카 출신 남자를 따라가 결혼한다고 했을 때 조의 가슴은 찢어지는 것 같았다. 그 남편감이 흑인이라는 사실도 조의 가슴을 아프게 한 이유

가운데 하나였다. 조는 정통파 유대교 가정에서 자랐고 당연히 자신의 딸도 같은 유대인과 결혼할 것으로 생각했었다. 1964년 그녀가 떠난 후, 조는 오랫동안 단골이었던 첼시 마켓의 프레스맨즈 유대식 조제 식품점을 더 이상 찾지 않았다. 오랜 친구를 볼 낯이 없었기 때문이다.[2] 친척들에게는 루디가 평화봉사단으로 봉사활동을 떠났으며 혹사당하는 아프리카 사람들의 삶을 돕고 있다고 말했다. 그러나 사촌들은 케냐로 갔다는 루디가 어떻게 지내는지 오랫동안 아무 소식도 듣지 못했다. 사실 그녀는 그냥 사라진 셈이었다.

그러던 중 그녀가 돌아왔다. 1967년 여름 하트먼 로드 16번가에 나타난 루스는 한 손에 작은 수트케이스 하나를 들고 다른 팔에는 갓 돌을 지난 아들 오코스를 안고 있었다. 그녀를 보고 반가운 베이커는 그녀를 집안으로 들였고 방긋거리는 손자의 모습에 눈물을 흘렸다. 그러나 그것도 잠시, 눈물을 그친 그들은 주저하지 않고 딸에게 말했다. 그녀와 그녀의 커피색 피부의 아기는 그 집에서 머무를 수 없다는 것이다. 조의 아내 아이다는 몇 군데 전화를 걸더니 불과 몇 시간 만에 케임브리지 인근 친척집에 루스와 오코스의 거처를 마련했다. 그녀는 집에 있을 수 없다는 사실에 크게 상심했지만 당혹해하는 부모를 이해했다. "그게 그렇게 섭섭하지는 않았어요. 왜냐하면 난 엄마를 이해했으니까요," 루스는 설명했다. "엄마는 다른 사람들이 어떻게 생각할지 몹시 걱정했어요. 그녀는 내가 이웃들과 멀리 떨어져 있기를 원했지요. 백인인 딸이 흑인 아기를 낳아 데려온 것을 설명할 수 없었으니까요.

그런데 말이죠, 그건 아무렇지 않았어요. 그들은 여전히 날 사랑한다는 것을 알고 있었어요. 그리고 저도 부모님들을 사랑했어요. 진정한 사랑은 변하지 않잖아요."

아프리카에서의 쓰라린 경험을 한 루스는 이제 미국에서 인생을 새로 시작하기로 결심했다. 그녀는 일자리와 장기적으로 살 수 있는 집을 물색하기 시작했다. 그러나 그녀가 별 성과를 얻기도 전에 그녀의 현관 앞에 오바마가 모습을 나타냈고 그는 뉘우치고 있었다. 그녀가 그와 재결합했으면 하는 마음으로 그녀의 부모가 오바마에게 그녀의 주소를 알려주었다. 어쨌든 그가 그 아이의 아버지였기 때문이다. 그러나 그 재결합이 꼭 이루어지길 원한 것만도 아니었다. 루스는 오바마를 단념시키려 했지만, 또 한편으로는 그가 포기하지 않기를 바랐다. 오바마는 애원 공세로 루스를 흔들어 놓았다. 그는 가슴 깊이 그녀를 사랑했고 그녀가 그와 함께 돌아가기만 한다면 그는 모든 것이 달라질 것이라고 맹세했다. 그는 다시는 다른 여자들에게 추근대지 않겠다고 했다. 그는 다른 여자를 쳐다보지도 않겠다고 했다.

뿐만 아니라, 그는 이미 새로운 직장이 마련된 상태였다. 10월부터 오바마는 새로이 창설되는 케냐관광개발공사Kenya Tourist Development Corporation, KTDC의 선임 개발 사무관으로 예정되어 있었다. 관광산업은 케냐에서 활짝 피어나기 시작하던 산업으로, KTDC는 이 산업을 감독하면서 늘어나는 호텔과 관광지들에 대한 공공투자를 지휘할 주목받는 공기업이었다. 오바마는 조직 내에서 두 번째로 높은 지위였으며 연간 2,275파운드라는 괜찮은 보수를 받기로 되어 있었다.[3] 오바마는 그 일을 맡게 되면서 정부의 고위 이코노미스트 대열에 합류하게 됨과 동시에 케냐타 대통령이 각별히 관심을 기울이고 있는 산업의 최일선에 서게 되었다.[4] 그것은 필립 은데과가 올라선 사무차관급 직책도 아니었고 KTDC의 최고 책임자도 아니었지만 그래도 괜찮은 자리였다. 그리고 그 일자리는 그가 간절히 필요로 하던 재기의 기회를 제공해주었다.

넉넉한 보수뿐만 아니라, 멋진 주택도 함께 제공되었는데 그 주택은 나이로비 중심 서쪽의 우들리 지구에 위치하고 있었다. 이 근방은 나이로비 시의회가 1940년대 후반 유럽인들만을 위해 개발한 곳이다.[5] 그러나 독립 이후 높은 초록 울타리로 둘러싸인 이 근사한 주택 단지로 국회의원이나 장관들 같은 극소수의 고위 아프리카인들이 이사 들어오게 되었다. 오바마의 집은 붉은 타일 지붕에 안락해 보이는 석조 방갈로였으며 하인들의 거처가 별도로 분리되어 있어서 오바마를 찾아오는 그의 일가친척들은 여전히 그곳에서 기거했다.

루스는 얼마 가지 않아 미국에 머무르겠다는 자신의 계획을 포기하고 그와 함께 나이로비로 돌아가기로 했다. 그러나 그것은 그녀에게 충실하겠다는 오바마의 약속 때문도 오바마가 루시의 눈 앞에서 흔들던 몇 가지 당근 때문도 아니었다. "우리 사이에는 어떤 끈이 있었어요, 열정 같은 끈, 남자와 여자를 한데 묶는 그런 사랑 같은 것 말이에요." 루스는 말했다. "그는 자신이 할 수 있는 나름 최선의 방법으로 나를 사랑했어요. 그것은 단지 내가 백인이어서가 아니었어요. 그런 이유라면 그것은 분명 오래가지 않지요. 내게 있어 그는, 아주 강한 열정을 품게 만드는 대상이었어요. 나는 살면서 그런 열정을 다시 느껴보지 못했답니다."

일단 그들이 나이로비로 돌아오자, 오바마의 약속은 단지 루스가 짐을 풀 때까지만 지켜졌다. 두 사람이 새로운 집에 자리를 잡고 얼마 되지 않아 오바마는 흥청거리는 생활로 다시 돌아갔고 루스는 네슬레에서 비서 일을 하면서 한편으로는 가정부 한 명만의 도움을 받으며 오바마의 온갖 친척들의 뒤치닥거리를 했다. 이제 그 집에는 오바마의 아이만도 세 명이 살고 있었고 친척들의 방문도 끊임없이 이어졌다. 나중에 말리크로 알려진 오바마의 큰 아들 로이는 한때 백인들만 다닐 수 있었던 명문 레나나 학교에 재학 중이었다. 이후 아우마로 알려진 리타는 결국 케냐 고등학교에 입학하게 될 때까지 통학하는 학교에 다녔다. 그들이 자신들의 아버지와 새엄마의 집으로 이사 들어왔던 초기에는 생모인 케지아가 정기적으로 사탕과 작은 선물들을 들고 방문했었지만, 케지아의 눈물 짜는 행동은 오바마를 짜증나게 만들었다. 결국 오바마는 케지아의 방문을 갑자기 금지해버렸다. 이후 아우마는 자신의 생모를 거의 7년 가까이 만나지 못하게 되었다.[6]

뒷마당의 하인들이 기거하는 공간에는 오바마의 어린 친척들도 살고 있었다. 오바마가 미국에서 돌아온 지 얼마 되지 않아 그는 자신의 첫째 사촌인 에즈라를 거뒀다. 에즈라는 후세인 오냥고의 형제 중 한 명의 아들로 영리하고 재미있는 아이였지만 그의 아버지는 그의 학비를 댈 수 없었다. 그래서 에즈라는 1967년 성냥갑 같은 하인용 거처로 이사 들어왔고 에즈라가 그곳에서 머무른 4년 동안 오바마는 그의 학비를 지불했다. 에즈라만이 아니었다. 또 다른 사촌인 윌슨 오바마도 비슷한 도움을 얻고자 찾아왔고 오바마는 거의 2년 동안 학비를 대주고 거처를 제공해주었다. 오바마의 의붓 형제인 아미르 오티에노 오린다도 그 집을 들락거렸다. 오바마의 의붓 누이인 제이투니 오냥고는 1960년대 후반 그 집에서 몇 주간 머물렀고 이후 말리크와 아우마를 돌보는 것을 도왔다.[7] 그렇게 이런저런 오바마의 일가친척들이 그렇지 않아도 바쁜 루스를 더 분주하게 만들었고, 그녀는 종종 집안에서 사람들과 마주칠 때마다 이렇게 중얼거리곤 했다. "나는 저 사람들이 누군지도 모르겠어."

한편 오바마는 다시 한번 나이로비의 유명 유흥업소들의 단골이 되었고 호텔의 멋진 술집들 이곳저곳을 옮겨 다니곤 했다. 새로운 지위를 얻었을 뿐만 아니라 사람들이 오바마의 계량경제학적 지식에 대단한 관심을 가지면서 이에 신이 난 이 '더블-더블'은 더 많은 술친구를 사귀게 되었다. 그들이 자주 찾던 곳 중 하나는 새로 문을 연 인터콘티넨털에 있던 바인 더 빅 파이브The Big Five였다. 아프리카의 광대한 동물보호구역에서 사냥하기가 가장 어렵고 위험한 다섯 종류의 동물에 빗대어 지은 것이다. 그 아늑한 공간에서는 여러 분야의 인사들과 교류할 수 있었다. 안락한 가죽 의자에 앉은 손님들은 대부분 뉴저지에서 온 눈이 촉촉이 젖은 관광객이거나, 가까운 재무성 건물에서 걸어

나온 장관 또는 냅킨에 이런 저런 기호를 표기하고 있는 세계은행의 프로젝트 매니저들로 이들은 이 곳에서 서로 어울릴 수 있었고 이 모든 것들을 벽에 붙어 있는 사자와 가젤이 유리눈알로 지켜보고 있었다.

그 바는 고위공무원들과 기업사회의 고위직들도 찾았다. 그 곳을 찾던 아프리카 엘리트 중에는 케냐의 현 대통령이며 당시 상공부 장관이었던 므와이 키바키 그리고 오바마의 마세노 학교 시절부터의 오랜 친구이며 당시 톰 음보야가 이끌던 경제계획개발부의 이코노미스트이자 통계전문가였던 프란시스 마사칼리아가 있었다. 가까이 위치한 의회의 의원들 그리고 일단의 재무성 간부들도 그 모임에 종종 어울렸다. 그곳에서 더블샷을 마시다가 싫증나면, 오바마는 종종 파나프릭 호텔로 향해 시바스나 마르텔 꼬냑을 마셨다. 그날 밤의 마무리로 오바마는 때때로 스타라이트 클럽을 찾아 이른 새벽까지 플로어를 누비다가 우들리에 있는 집으로 갔다.

집에 도착할 무렵의 오바마는 종종 몸을 가누지 못하고 횡설수설할 정도로 취해 있었다. 만약 루스나 아이들 중 하나가 실수로 문에 빗장을 채운 채 잠자리에 들기라도 하면, 오바마는 문을 큰 소리가 나도록 두드렸고 문을 열라고 고래고래 소리를 질렀다. 바로 이웃에 살고 있었고 전에 중앙은행에서 함께 근무하던 시절부터 오바마를 알고 있는 글래디스 오골라는 그 시끄러운 한 마디 한 마디를 모두 들을 수 있었다. "그는 루스에게 고함을 치곤 했어요, '문 열어 이 여편네야. 문 열라고!'하면서 말이에요," 오골라는 회상했다. "오바마는 '내가 아직 집에 돌아오지 않았는데 왜 벌써 자고 있는 거야? 당장 문 열란 말이야!'. 그러면서 문을 두드렸어요, 쾅, 쾅, 쾅."

우들리 주민들 모두가 그 바리톤 목소리의 이웃이 누군지 알고 있었다. 심지어 오바마가 술 취하지 않았을 때도 그의 천둥 같은 목소리는 울타리를 넘어 이웃들의 정적을 깨뜨리며 퍼져나갔다. 때때로 그는 아이들을 부를 때조차 목소리를 낮추지 않았다. 그가 루스와 말다툼이라도 하는 날 밤이면 그의 윽박지르는 목소리는 로든 그로브 거리까지 들렸으며 종종 더 멀리서도 들렸다. 그들이 그 집으로 이사 온 지 얼마 되지 않아 오바마는 이웃들의 입방아에 오르게 되었다. 좋은 이야기는 별로 없었다. "버락은 한밤중에야 집에 돌아오곤 했고 그들은 매우 소란스럽게 싸우곤 했어요," 가까이 살았던 은돌로 아야는 회상했다. "그걸 모르는 사람들은 없었으니까요. 나는 우리 모두가 루스를 염려했던 것 같아요. 버락은 폭력적인 사람은 아니었는데 그의 말투는 정말 거칠었어요."

글래디스 오골라와 그녀의 남편 보아즈는 매일같이 계속되는 오바마의 부부싸움 때문이 아니더라도 우연찮게 오바마를 잘 알고 있었다. 보아즈 오골라 역시 MEPD에서 근무했던 이코노미스트였고 오바마는 그의 지식과 경륜을 존경했다. 가끔씩 오바마는 한잔 하러 그에게 들르기도 했으며 두 사람은 정부기관에서 일하는 다른 이코노미스트들 가운데 학벌이 자신들보다 열등하다고 여겨지는 사람들을 비판하곤 했다. 오바마는 또한 자신이 관심 있는 예쁜 여자들에 대해 공공연하게 이야기하곤 했다. "버락은 루오족이고 일부다처주의자였으니 그에게 이런 것은 큰 문제가 아니었어요," 오골라는 말했다. "그는 아주 노골적이었어요."

루스보다 조금 나이가 적은 글래디스 오골라는 자신의 새로운 미국인 친구를 좋아하게 되었다. 루스는 분명 케냐를 좋아했고 케냐의 풍습의 많은 부분을 존중했다. 자신의 방식만을 고집하는 일부 백인들과는 달리, 루스는 케냐 여성들과도 친하게 지냈다. 그녀는 오바마가 데려온 아이들은 물론 심지어 그의 가까운 사촌들에게조차 헌신적이었다. 루스는 아이들을 위해 파나프릭과 사파리 파크 호텔에서의 야외 물놀이와 전원으로의 소풍을 준비하기도 했고 그들을 학교나 병원에 데려다 주기도 했다. 때때로 오바마로부터 그들을 보호하기도 했다. "루스는 정말 대단한 여성이었습니다," 61세에 코카콜라의 시장 개발 부장으로 퇴직해 나이로비 외곽에서 살고 있는 에즈라 오바마는 말했다. "그녀는 우리 모두를 자식처럼 똑같이 대했고 나는 그녀를 정말 존경했습니다."

그러나 루스가 아무리 모든 것들을 잘 해내려고 노력해도 오바마는 항상 불만스러워 보였다. 그리고 시간이 지날수록 그의 고함소리가 더욱 거칠어졌고 그럴 때면 루스는 오골라에게 도움을 청했다. 루스는 종종 어둠 속을 달려가 이웃의 부엌에 피신해 있곤 했다. "오바마는 한밤중에 집에 돌아와서는 그녀에게 음식을 만들라고 시켰고 그녀가 말을 듣지 않으면 그녀의 목이나 어깨를 때렸어요," 글래디스 오골라는 회고했다. "루스는 비명을 지르고 울면서 도로를 달려 우리 집으로 오곤 했어요. 그녀는 두들겨 맞고 욕설을 듣는 것에 신물이 나 있었어요. 그녀에게는 아주 아주 힘든 시간이었고 나는 그녀를 걱정했어요."

아이였던 마크 은데산조는 격렬하게 화를 내는 자신의 아버지를 두려워했고 그와 마주치지 않으려 애썼다. 그래야 그가 무심코 그의 아버지의 성미를 건드리지 않을 수 있기 때문이었다. "내가 차가운 아버지에게서 느꼈던 것, 그것은 두려움이었습니다." 은데산조는 인터뷰에서 말했다. "나는 아버지를 두려워했습니다. 그는 크고 무시무시한 남자였고 무슨 일이 벌어질지 알 수 없었습니다. 그가 우리나 어머니나 다른 가족을 때리려고 했냐고요? 그는 술을 마실 때 또는 친구와 함께 있을 때가 아니면 웃지 않았습니다."

매일 밤 자신들의 아버지가 집에 올 때 어떤 상태일지 두려워했기 때문에 아이들은 방과 후 오후를 불안에 떨면서 보냈다. "집안의 모두가 완전히 벼랑 끝에 서 있었습니다. 아버지가 언제 돌아올지 몰랐기 때문입니다." 은데산조는 인터뷰에서 말했다. "아버지는 항상 취해서 집에 돌아왔습니다. 그리고는 밤새 불이 켜져 있고 아버지의 쩌렁쩌렁한 목소리와 고함소리, 어머니의 높아진 언성과 울음소리, 비명소리가 들리곤 했습니다. 물건들이 던져지는 소리가 들리고 계속 끊임없이 그런 소리들이 들리고 들리고 또 들렸습니다. 나는 본능적으로 어머니와의 유대감이 형성되었습니다. 왜냐하면, 어머니는 두려워하고 있으면서도 저를 보호하려고 했습니다. 그리고 그것은 아버지를 더욱 화나게 만들었습니다. 그는 나를 불만스럽게 생각했습니다. 우리는 이제 어머니의 관심을 놓고 경쟁하고 있었으니까요. 나는 어머니가 낳은 첫 번째 혈육이고 아버지에 대한 어머니의 관심 중 일부는 제게로 떠나왔습니다. 가끔 어머니가 저를 안고 있을 때면, 아버지는 어머니에게 이렇게 소리지르곤 했습니다. '그 버릇없는 녀석 그만 좀 끼고 돌아'."

루스에 대한 오바마의 무시는 집 밖에서도 이뤄졌다. 그가 다른 여자들에게 더욱 노골적으로 추근거리게 되면서 그는 사람들 앞에서 자신의 아내를 수시로 모욕했다. "그는 다른 여자들 앞에서 저를 깎아내리고 그녀들에게 추파를 던졌어요. 항상 거기엔 다른 여자들이 있었죠." 루스는 한숨을 내쉬며 말했다. "그는 저를 비하하는 것을 아주 즐겼어요. 그게 그의 기분을 더 좋게 만들었기 때문이죠."

루스가 참고 견딘 이유는 두 가지다. 첫째는 마크 오코스, 그리고 두 번째는 데이비드 오피요다. 그들이 나이로비로 돌아온 지 몇 달 되지 않아, 루스는 자신이 둘째를 임신한 사실을 알았고 이제 그녀는 더욱 남편과 떨어질 수 없게 되었다. 오바마는 루스가 자신을 떠난다면 다시는 두 아이를 볼 수 없게 만들 것이라고 협박했었다. 그리고 케냐의 가부장적 문화를 감안할 때 그가 아주 간단히 그렇게 할 수 있다는 것을 그녀는 잘 알고 있었다. 자신의 아이들을 최선을 다해 잘 키우겠다고 결심한 그녀는 그 아이들을 태어나게 한 그 결혼생활을 지키려 발버둥치면서 자신이 처한 상황을 찬찬히 돌아보았다. 네슬레에서의 근무는 그녀에게 직업적 에너지의 발산을 가능하게 해주고 가장 필요로 하는 정서적 위안을 제공해주었다. 무엇보다도 그곳에서의 근무는 그녀가 집에서는 전혀 느낄 수 없는 자존감을 가지게 해주었다. 그녀는 또한 많은 친구들을 사귀고 있었는데 그 중 몇몇은 그녀에게 아이들을 데리고 밤에 도망치라고 강하게 충고했다. 그러나 오바마가 아이들을 때린 적은 없었다. 오바마의 화풀이와 괴롭힘의 대상이 자신만이라면 그녀는 감당할 수 있다고 생각했다.

그러나 그것이 쉽지는 않았다. 어느 날 밤, 오바마는 여느 때처럼 만취해 돌아왔다. 하지만 이번에는 예쁜 어린 여자 한 명을 팔에 끼고 있었다. 그가 여자를 데려온 것이 그때가 처음은 아니었다. 그럴 때면 루스는 침실 가운데 하나로 함께 들어가는 오바마와 그의 여자 친구를 보며 그저 눈물짓고 돌아섰었다. 그러나 그날 밤 오바마는 자신이 루스의 간섭 없이 안방 침대를 쓸 수 있도록 루스에게 집에서 나갈 것을 강요했다. 어쨌든 그는 루오족이었고 자신이 원한다면 어떤 여자에게 라도 그럴 권리가 있다고 분명하게 말했다. 그의 목소리는 점점 커졌다. 그러나 이번엔 루스도 호락호락하지 않았다. 그녀는 결코 비켜주지 않겠다고 했다. 그리고 그녀는 동네가 떠나가도록 소리를 질러댔다.[8]

1952년 마우마우 혁명을 지원한 혐의로 케냐타와 함께 유죄판결을 받은 카펭구리아 6인 가운데 1인이며 그로 인해 7년을 복역한 바 있는 아치엥 오네코가 오바마의 이웃에 살고 있었다. 오네코는 오딩가와 케냐인민연합에 동참하기 위해 자신의 오랜 감방 동료인 케냐타에 등을 진 사람으로 전설적인 자유투사이자 개척적 신문의 편집자였다. 비록 오바마보다 훨씬 선배이긴 하지만 그 역시 마세노 학교를 다녔었다. 집안에서 오바마의 소동에 화가 난 오네코는 오바마의 친구인 은돌로 아야에게 전화를 걸었다. "그는 이렇게 말했습니다. '너희 젊은 놈들, 네놈들이 너희 친구 버락을 타일러봐라. 그 녀석 아주 망나니짓을 하고 있다." 아야는 이야기했다. "그래서 나는 다른 친구를 불러 우리가 할 수 있는 일이 있는지 알아보러 함께 오바마의 집으로 갔습니다."

상황은 엉망이었다. 루스는 얼마나 소리를 질러대고 있었는지 그녀는 한동안 집안에 찾아온 사람이 있다는 것도 알아차리지 못했다. "오바마는 술에 취해 그녀에게 루오족의 전통에 따라 자신은 어떤 여자든 어느 때고 집에 데려올 수 있다고 설명하고 있었습니다." 아야는 말했다. "나는, 그러니까 그는 우리하고는 다른 분파의 루오족 출신인 것 같다고, 왜냐하면 우리는 루오족이지만 이렇게 하지 않는다고 말했습니다. 우리는 나와서 이야기를 할 수 있도록 버락을 오네코의 집으로 데리고 가려고 애를 썼습니다. 하지만 그는 우리에게 꺼지라고 했지요. 그리고 우린 그 자리를 떴어요. 우리는 우리가 참견할 일이 아니라고 생각했던 것 같아요."

루스와의 결혼생활이 점점 껄끄러워지면서, 오바마는 그의 첫째 부인 케지아에게서 위안을 얻으려고 했다. 최소한 케지아는 그랬다고 주장하고 있다. 1960년대 말 몸바사의 레스토랑에서 웨이트리스로 일하는 동안, 케지아는 오바마가 출장으로 그곳을 통과할 때마다 종종 그녀에게 들렀다고 말했다. 케지아는 그런 방문들의 결과로 오바마의 아들 한 명을 임신하게 되었다고 주장했다. 아보라고 부르던 샘슨 난데가가 1968년에 태어났다. 2년 후 버나드 오티에노가 태어났고 그녀는 그 역시 오바마의 아들이라고 주장한다.[9]

그러나 오바마 가족들의 상당수는 그 아이들이 오바마의 자식이 아닌 것으로 믿고 있다. 그들은 오바마가 그 아이들을 자신의 다른 자녀들처럼 자신의 집으로 데려가지 않았다는 사실을 근거로 내세우고 있다. 그리고 오바마는 그들에 대해서도 별로 이야기하지 않았다. 더욱 설득력 있는 것은, 1989년 오바마의 유산에 대한 분쟁에 대한 판결에서 나이로비 고등법원은 케지아가 제시한 오바마가 친부라는 증거를 신뢰하지 않았으며 그 아이들은 오바마의 자식이 아니라는 결론을 내렸다는 점이다. 실즈 판사는 판결문에서 케지아는 오바마가 사망할 때까지 출생신고를 하지 않고 있다가 사망 후에야 상속자 명단에 이름을 올리기 위해서 그 아이들의 출생신고를 했다고 적시하고 있다. 실즈는 또 케지아가 제시한 오바마와 그녀와의 만남의 증거는 버나드와 아보가 태어난 후의 기간과 관련된 것들이라고 적고 있다.[10] 오바마가 그 아이들의 생부이건 아니건, 케지아는 오바마가 언제 누구와 결혼했을 때든, 그의 일생 내내 오바마 자신의 연인이었다고 단호하게 주장하고 있다. "루스나 이런 다른 여자들, 심지어 애나조차도, 나는 정말 신경 쓰지도 않아요", 케지아는 인터뷰에서 어깨를 으쓱하며 말했다. "결혼하려면 하라죠, 나는 조강지처에요. 누구든 결혼하겠다면 결혼하라구요. 나는 신경 안 씁니다. 그는 항상 내게 돌아왔어요."

루스는 오바마의 무절제한 행동에는 몇 가지 이유가 있다고 믿고 있

사자, 호랑이 그리고 거짓말

었다. 첫 번째는 독립 후 수년 동안 나이로비에 넘쳐난 풍요롭고 다양한 유혹들이었다. 비록 오바마가 미국에서는 지켜보는 눈들로 인해 그런 성향을 간신히 억제할 수 있었지만, 1960년대 중반 모두가 들떠있던 시절, 케냐로 돌아온 그는 완전히 딴판이 되었다. 미국에서의 학교생활에 대해 루스는 강조했다. "미국에서 그는 하루하루 단위로 평가를 받게 됩니다. 그는 적절한 품행을 유지해야 했습니다. 그게 중요한 차이입니다. 그러나 그가 케냐로 돌아온 후 그의 모든 친구들이 '한잔하자, 춤추러 가자, 여자 꼬시러 가자, 이거 하자, 저거 하자'라고 계속 말하니, 그는 자제할 수 없었어요. 그런 강한 유혹들을 그는 거부하지 못했습니다. 그는 그런 유혹을 이겨낼 만한 힘이 없었던 것뿐이에요. 그래서 유혹에 굴복하게 되고 또 더 많이 굴복하게 된 거죠."

그러나 루스는 오바마의 실패의 가장 큰 원인은 오바마가 자신에 대한 믿음이 부족했고 이것을 케냐의 정치상황이 더욱 악화시켰기 때문이라고 믿고 있다. 비판자의 숨통을 조이는 케냐타의 통치방식은 그의 허락이나 핵심 파벌의 승인 없이 아무것도 할 수 없다는 것을 의미했다. 오바마는 이미 세셔널 페이퍼 10호에 대한 신랄한 비판으로 눈 밖에 난 데다가 중앙은행 근무 시절의 비판적 논평도 상황을 악화시켰다. 큰 인물이 되기를 갈망할수록, 오바마는 그 꿈에서 더 멀어졌다. 그의 운명이 다른 사람들의 호의와 케냐의 파워 엘리트들의 변덕에 달려 있다는 사실은 상황을 더욱 나쁘게 만들었다. 사실 그가 하버드의 교무처와 충돌한 이래, 그는 번번이 권력으로 이어진 문턱에서 좌절했었다. 이런 불확실성은 루오족 특유의 허세와 합쳐졌고, 그는 자신의 드러난 결점을 덮기 위해 만성적인 과장을 택하게 되었다. "어떨 때 보면 그는 매력적이고, 정말 매력적이고 사랑스럽고 놀라웠어요. 그는 여자들이 원하는 바로 그런 모습이었죠. 그리고 바로 그 다음날은 그 여자를 때리고 학대하지요," 루스는 말했다. "있잖아요, 그는 혼란스러웠어요. 그는 자신에 대해 아주 혼란스러웠어요. 그는 엄청나게 불안해하고 있었어요. 그는 자신이 대단한 사람인 체했어요. 그러나 자신감이 있는 사람은 자신이 잘났다는 이야기를 그렇게 할 필요가 없는 법이잖아요. 또 자신에게 거짓된 자신감을 주기 위해 그렇게 항상 술을 마셔댈 필요도 없지요."

글래디스 오골라는 오바마가 맨정신일 때 그를 설득하려고 했다. 그녀는 왜 루스를 때리냐고 물었다. "그는 이렇게 말하곤 했어요, '절대로 그녀를 때리지 않았습니다. 그녀는 그냥 시끄럽게 비명 지르길 좋아할 뿐입니다.' 나는 그 말이 틀렸다고 말했어요. 내 남편이 그와 이야기를 나눴을 때, 그는 자신이 술을 너무 많이 마시다 보니까 그래서 목소리가 커졌다고 이야기했어요."

비록 오바마와 함께 폭음을 하는 친구들이 많이 있었지만, 그는 당시의 문화에서도 과도할 정도로 술을 마셨다. 케냐타의 핵심세력들이 더욱 득세하여 어느 때보다도 권위적이고 도전을 용납하지 않게 되었다는 사실 또한 그의 암울한 분위기에 일조하였다. 1967년 말까지 케냐타와 오딩가가 이끄는 급진세력 사이의 대립은 더욱 악화되었다. 케냐타는 사회주의 케냐인민연합의 형성을 용인하였으나 그의 입장을 양보하기는커녕 달이 지날수록 그의 발언은 점점 더 날을 세웠다. '케냐타의 날'에 열린 나이로비의 대중집회에서 좌파 야권의 기반을 매도하고 KPU 구성원들을 깎아내리기 위해 케냐타는 다음과 같이 선언했다. "이후 그들은 풀밭의 뱀들로 간주될 것이며… 뉘우치고 다시 KANU로 돌아오는 것을 허용하겠다. 만약 그들이 돌아오지 않는다면 KPU는 조심해야 할 것이다. 우후루를 위한 우리의 투쟁은 계속될 것이다. 귀가 있는 자는 이 충고에 귀를 귀울이고 들으라. 우리는 우리의 우후루를 위해 싸울 준비가 이미 되어있다."[11]

1966년에서 1969년 사이 케냐타는 야당을 방해하고 자신의 권위에 도전하는 루오족들을 고립시키기 위한 조치를 취했다. KPU의 확대를 효과적으로 제한한 수단 중 하나는 그들의 새로운 당 지역사무소 등록을 거부한 것이다.[12] KANU 관리들은 지역 단위의 야당 조직을 구성하려 시도하는 사람들을 공공연하게 협박하거나 그 보복으로 꼭 필요한 사업 허가나 학교 서류를 쥐고 내주지 않았다. 정부가 KPU가 여당인 KANU와 경쟁하는 것을 더욱 어렵게 만드는 일련의 법안과 개정안들을 발효시키면서 케냐타는 머지않아 야당을 완전히 궤멸시킬 것으로 보였다.[13]

이제 오딩가를 효과적으로 봉쇄하게 되자, 케냐타의 키쿠유 그룹은 더욱 톰 음보야를 불신의 눈으로 바라보기 시작했다. 음보야는 당시 명백한 후계자감이었다. 음보야는 광범위한 노조 조합원들과 의회 의원들 사이에서 엄청난 지지를 받고 있었을 뿐만 아니라 서방 국가들, 특히 미국의 중대한 지원을 받고 있는 것으로 믿어졌다. 연로한 케냐타의 건강이 악화되기 시작하면서 많은 키쿠유족들은 대통령직이 키쿠유족이 아닌 사람의 손으로 들어가게 될 것을 더욱 우려했다. 음보야의 정치적 의도에 대한 소문들이 걷잡을 수 없이 퍼져나갔다. 그가 대통령 자리에 욕심이 있다는 것은 더 이상 비밀이 아니었다. 어떤 사람들은 그가 오딩가와 비밀동맹을 구축하고 KPU 내의 한 자리를 맡고 있다고 수군거렸다.[14] 다른 사람들은 보다 기만적인 혐의로 그를 의심했다. 어느 쪽이든, 음보야를 향한 케냐타의 핵심층이 가진 적대감은 급속도로 고조되었다. 음보야의 전기 작가인 데이비드 골즈워디는 "그의 직위는, 안정된 재임기간은커녕, 오히려 확고한 재임기간을 가진 자들의 음모론에 취약하게 노출되어 있었다…. 1960년대 후반 음보야는 아마도 어느 때보다 자신의 친구들의 숫자를 헤아려야 했을 것이다."라고 썼다.[15]

그의 정적들의 숫자는 셀 수 없이 많아 보였다. 1967년 겨울 컨벤트 드라이브에 있는 그의 집에서 파수를 보던 보초가 그의 흰색 메르세데스에 여러 발의 총격을 가했다. 음보야는 타고 있지 않았다. 그는 체포되어 수감되었고 정신질환을 앓고 있던 것으로 발표되었다. 그럼에도 불구하고, 골즈워디에 따르면 음보야는 자신의 신변 안전을 더욱 걱정하고 있었다. 1968년 6월 로버트 케네디가 피살된 후, 음보야는 마침내, 아프리카 미국 학생 재단에 관계하고 있던 자신의 미국인 친구들인 윌리엄 샤인먼과 프랭크 몬테로와 뉴욕에 본부를 둔 문화기금조직인 피스 위드 프리덤의 관리인 로버트 가보와 자신의 개인 경호원을

고용하기로 합의했다.[16]

많은 이들이 루오 출신 두 거물인 오딩가나 음보야 둘 중 한쪽과 운명을 같이하던 것과는 달리, 양쪽 기반의 각각 어떤 특징들에 끌리던 오바마는 양쪽 정치캠프에 끈을 유지하고 있었다. 그가 세셔널 페이퍼 10호에 대한 비판에서 강력하게 주장했던 것처럼, 오바마는 오딩가가 분명하게 내세우는 어떤 사회주의적 원칙이 케냐의 경제적 기초의 특징이 되어야 한다고 믿고 있었다. 그러나 동시에 그는 친서방국가적인 음보야가 옹호하는 자본주의적 원칙들이 적용되어야 할 곳들도 생각하고 있었다. 그는 특히 KANU 내에서 자신들의 당의 사무총장인 음보야를 흔드는 세력들에 분개했다. 비록 음보야의 핵심측근에서는 밀려났지만, 오바마는 계속 음보야를 멘토로 생각했다. 음보야의 지위가 어느 때보다도 높이 올라가면서, 그 둘의 관계는 몇 년간 더욱 소원해졌지만 그러나 그들은 그럼에도 불구하고 내내 친구관계를 유지했다. 음보야의 깊어지는 정치적 고립은 오바마가 낙담하는 또 하나의 이유였다.

정부의 성과에 환멸을 느낀 다른 사람들처럼, 오바마는 케냐타의 국정이 참담하게 실패했다고 결론 내렸다. 그가 루스와 돌아온 후 몇 달 동안, 그가 오랫동안 꿈꿨던 조국에 대한 기대의 상당 부분들은 그 실현에 실패한 것으로 보였다. 아프리카인의 당당한 독립국가로 일어서기는커녕, 외국 자본에 대한 지나친 의존은 케냐를 여전히 비틀거리게 만들었다. 동시에 국내의 자산들은 소수의 특권층 손에 집중되었다. 오바마는 민주주의에서 자유로운 기업들이 중요한 역할을 한다고 믿었지만 동시에 아프리카 특유의 공동체의식을 깊이 존중했다. 그는 대다수에게 국가의 혜택이 돌아가야 한다는 강한 신념을 가지고 있었다. 그러나 대신 그는 고삐 풀린 자본주의와 점점 걷잡을 수 없이 퍼져가는 부족주의가 우후루의 약속을 갉아먹고 있는 것을 지켜봐야 했다.

어느 쪽의 권력과도 분명 좋은 사이가 아니었음에도, 오바마는 루오족 출신이라는 사실이 자신의 발목을 잡게 될 것이라고 믿고 있었다. 케냐의 정치 권력을 키쿠유족들이 틀어쥐고 있다는 사실에 더욱 좌절하게 되면서 오바마는 전보다 훨씬 더 폭음을 하기 시작했다. 조국이 나아가고 있는 방향과 자신에게 마땅히 어울린다고 믿는 고위직 진출에 실패한 데 대한 좌절이 서로 더해져 그 절망은 들끓는 분개로 굳어졌다. 항상 그랬듯이 그는 직설적으로 말하기를 주저하지 않았다. "오바마는 케냐타가 밀어붙이고 있던 과도한 자본주의, 존재하고 있는 빈곤층을 고려하지 않는 자본주의의 도입을 좋아하지 않았습니다." MP에서 알레고까지 오바마의 오랜 친구인 피터 아링고는 말했다. "테이블 밑으로 부스러기나 흘려주는 이런 분배는 그의 성에 찰 수 없었고 그는 못마땅함을 주저하지 않고 입밖에 내었습니다. 나는 그에게 제발 말조심하라고 부탁했지만 그는 그러려 하지 않았습니다. 그는 그것을 자신 개인의 일처럼 생각했습니다. 그는 아프리카는 용감한 사람을 필요로 하며 자신이 나서서 이야기할 필요가 있다고 느꼈습니다."

독립의 격동으로부터 케냐가 형성되면서, 그들의 새로운 지도자들은 경제성장을 위해 뜻밖의 사람들에게로 고개를 돌렸다. 그들 대부분은 와중구역주: wazungu - mzungu의 복수로 백인들이라는 뜻였다. 그들은 카메라를 들고 다녔다. 그들은 케냐나 아프리카 대륙에 대해 아는 것이 거의 없었다. 그러나 그들은 주머니에 적지 않은 돈을 넣고 다녔다. 스와힐리어로 그들은 와탈리이라고 불렀다. 관광객이라는 뜻이다.

케냐에서 관광사업은 새로운 것이 아니었다. 심지어 1963년 독립이 선포되기 이전에도 주로 영국, 유럽, 미국에서 방문객들이 케냐의 내륙으로 사진 촬영이나 사냥을 하기 위해 여행을 왔다. 다른 사람들은 몸바사나 말린디의 파도 모양 해변을 관광하러 왔다. 독립국 케냐의 국기가 펄럭이며 게양된 후 2년 동안 휴가차 케냐를 찾은 방문객의 수는 22,363명에서 32,351명으로 45%나 껑충 뛰었다. 영국에서 오는 방문객의 숫자만도 1964년과 1965년 사이에 두 배로 뛰었고 사업차 방문이나 군인을 포함한 모든 방문객의 수는 최고 81,448명에 이르렀다.[17] 관광사업이 경제의 다른 어떤 분야보다도 급속도로 고용을 창출할 뿐만 아니라 상당한 외화를 벌어들이는 것으로 판단되자 정부 지도자들은 관광산업을 부양하기 위한 숙박시설과 기간시설의 대규모 확대에 착수했다.[18] 케냐정부는 큰 기대를 걸고 있었다. 1968년 발간된 케냐관광개발공사의 5개년 계획에서 그들은 1973년까지 케냐를 방문하는 연간 관광객의 수를 385,000명으로 예상하고 케냐경제에 대한 순수 기여액을 1천6백2십만 파운드로 내다봤다.[19]

이러한 목표를 달성하기 위해, 이제 막 출범한 KTDC에게는 고도로 숙련된 이코노미스트, 아프리카 관광객의 취향을 분석하고 외국인 투자자를 끌어모을 수 있는 누군가가 필요했다. 나이로비의 몇 안 되는 이코노미스트 그룹 내에서 오바마는 언제나 물망에 올랐다. 그러나 KTDC의 선임 개발담당관 자리에 거론되는 이름은 오바마만이 아니었다. 또 다른 후보의 이름은 워싱턴 잘랑오 오쿠무로 우연찮게도 그 역시 1962년도에 하버드에서 학사 학위를 취득한 젊은 이코노미스트였다. 두 사람 모두 뻔뻔할 정도로 자신감을 가지고 있었고 KTDC의 이사회는 그들의 모습과 능력에 깊은 인상을 받았다. 두 사람 다 흠잡을 데 없는 최신식 유럽스타일 복장으로 나타났다. 그러나 이사회는 결국 오바마에게 그 자리를 제안한다. 오쿠무는 이후 케냐타의 개인 비서가 되었고 국제적으로 신망받는 협상가로 1994년 남아공의 대통령 넬슨 만델라와 데클레르크, 잉카타 자유당의 망고수투 부텔레지 사이의 협상을 중재했으며 이 협상은 남아공 흑백동참 자유총선의 토대가 되었다. "오바마는 매우 인상적이었습니다. 매우 세련되고 자신의 생각을 분명히 말했습니다." KTDC의 총책임자이고 오바마의 직속상관이었던 제러마이 오우오르는 말했다. "그가 해낼 수 있을 거라는 것을 한눈에 알아볼 수 있었습니다. 이사회는 그를 대단히 매력적이라고 생각했습니다."

사실 오바마의 경제학적 지식은 이사회가 보기에 눈부셨기 때문에 그의 전 직장에서 있었던 불미스러운 기록들이 작지 않은 장애물이었음에도 그를 고용하기로 결정했다. 비록 오쿠무를 물리쳤지만 오바마에게는 6개월간의 시험 고용과 1년간의 수습이 결정되었다. 1967년 9

월 8일 열린 KTDC의 이사회 회의록에 따르면 이사회는 오우오르에게 "미스터 오바마의 다짐을 받을 것"과 그의 시험고용이 몇몇 "과거 고용주들의 부정적인 평가"로 인한 것임을 설명할 것을 지시했다. 뿐만 아니라, 오우오르는 "이 시험 기간 동안 오바마에 대한 감독을 철저히 할 것. 근무시간 외의 과음행위는 개인적인 행위로 간주될지라도 그것이 공사의 직원으로서의 역량을 저하시키거나 영향을 준다면 더 이상 개인적이 아닌 것으로 간주할 것,"을 지시받았다.[20] 오바마는 두 달이 채 못되어 KTDC 이사회 이사들이 가장 당혹스러워하는 내용의 신문 헤드라인의 주인공이 된다.

"관광공사 간부 음주운전 혐의", 『데일리 네이션』지의 1967년 11월 4일자 기사 제목이다. 오바마는 칵테일파티 후 새벽 4시에 응공 로드를 따라 속도를 내다가 우유 수레와 충돌했다. 그는 당시 도로 옆에 정차시키고 전화로 경찰에 사고 신고를 했다. 공판에 제출된 진료 기록은 그가 "맥주 여섯 병 또는 열두 잔의 위스키 정도"를 마신 것으로 나타나 있다는 것이 기사의 내용이다. 오바마의 변호사는 오바마가 혐의에 대하여 유죄를 인정했다는 점과 하버드 학위를 가지고 있음을 언급하며 관대한 판결을 요청했다. 사건 공판을 담당했던 판사인 압둘라는 변호사가 주장한 "경감 사유"를 받아들여 오바마에게 50파운드의 벌금형과 1년간의 운전 금지 명령을 내렸다. 압둘라는 판결문에서 그를 구속시키는 판결을 내릴 수 있었음을 덧붙이면서 "피고인이 감옥 바깥에서 국가에 대해 봉사를 하는 것이 더 가치가 있다,"라고 결론 내렸다.[21]

KTDC의 이사회는 달리 주장했을 수 있다. 오바마는 KTDC에 3년 동안 근무하면서 이코노미스트로서 그의 막강한 경제학적 기량을 발휘했다. 그러나 탈 많던 그 곳에서의 근무는 참담하게 끝이 났다. 그는 술 냄새를 풍기며 지각을 하는 경우가 잦았고 권한을 넘어서는 행위로 자주 책망받았다. 그러나 그의 더욱 지독한 문제는 일을 하면서 이런 저런 특혜를 누리기 위해 그가 반복적으로 공사의 사장인 오우오르를 사칭한 것이다. 자신이 생각할 때 자신보다 학벌이 떨어지는 사람의 밑에서 근무한다는 사실에 자존심이 상한 오바마는 스스로 자신을 사장으로 승진시킴으로써 상황을 간단하게 바로잡았다. 동시에 그의 개인적 매력은 관광객과 투자자들 모두에게서 칭찬을 받았다. 오바마는 자신의 어린 시절 초원에서 있었던 흥미진진한 이야기들로 그들을 즐겁게 했다. 그들은 그 이야기 대부분이 뻔한 거짓말임을 개의치 않았다.

KTDC에서 오바마가 가진 문제의 핵심에는 오우오르에 대한 그의 무시가 있었다. 마세노를 졸업한 오우오르는 독실한 크리스천 가정에서 자랐고 깊은 믿음으로 신앙심이나 개인적 생활에서의 절제가 철저한 사람이었다. 매주 월요일 전주의 활동을 돌아보는 회의를 소집했고 그 회의를 "월요 아침기도 모임"이라고 이름 붙였는데 오바마는 이에 대해 크게 반발했다. 오우오르는 당시 다른 많은 케냐인들처럼 인도의 대학교들에서 사회과학으로 학사와 석사 학위를 받았다. 그러나 하버드 출신인 오바마는 상사의 학벌을 공개적으로 무시했다. 그리고 오우오르는 그 사실을 알고 있었다. "그게 말입니다. 미국에서 공부를 하고 돌아온 사람들은 스스로에 대한 기대가 컸습니다. 그들은 높이 올라가려고 했습니다," 오우오르는 말했다. "그리고 오바마처럼 자신들이 인도에서 교육 받은 누군가의 밑에서 일하게 된다면, '인도에 뭐가 있어? 인도에서 무슨 교육을 받나? 아무것도 없어!'라고 생각합니다. 그들 생각에 교육은 영국이나 미국에서 받아야 되는 거죠."

함께 긴밀하게 일해야 했던 두 사람은 처음부터 삐걱대기 시작했다. "제리 오우오르는 청렴한 크리스천에 아주 엄격한 사람입니다. 그러나 버락은 자유로운 남자였습니다. 그러니 그 둘이 어떻게 잘 지낼 수 있었겠습니까?" 오바마의 오랜 친구 아서 루벤 오위노가 되물었다. "한 사람은 떠들기 좋아하며 우쭐대는 성격이고 다른 한 사람은 과묵하고 하나님을 믿는 사람이었습니다. 그 둘 사이에서 뭘 기대하겠습니까?"

비교적 몇 명 안 되는 직원들 가운데 한 명인 오바마의 책임은 여러 가지였다. 그의 주된 임무는 케냐의 관광산업의 가능성을 평가하고 예상 관광객 수를 예측하며, KTDC가 지분을 투자하게 될 호텔이나 공원 프로젝트의 실현 가능성에 대한 연구를 수행하는 것이었다. KTDC의 다른 개발 담당관인 은야링고 오부레와 함께 오바마는 관광객들의 여행일정과 그들의 취향을 조사하기 위해 주기적으로 관광객 그룹과 저녁을 함께 보냈다. 그들의 열성적 관심에 자극받은 오바마는 종종 자신의 어린 시절 경험담을 과장해서 들려주며 관광객들을 즐겁게 만들곤 했다. 그 이야기들은, 야만인, 식인 짐승들에 대한 이야기일 때도 있고 불가사의한 영혼들의 이야기로 전개되기도 했다.

"우리는 오두막 모닥불 주위에 둘러 앉곤 했고 주로 이야기는 오바마가 했습니다," 오부레는 회상했다. "그는 터무니없는 과장을 하곤 했습니다. 그가 자주 했던 이야기 중 하나는 그가 어렸을 때 자신이 가축들을 돌볼 때에 대한 이야기입니다. 갑자기 사자 무리가 나타나서 소들을 공격했고 버락은 자신의 창을 들고 첫 번째 사자의 가슴을 찔러 죽였다고 합니다. 그리고 그는 나머지들에게 다가가 찌르고 찌르고 또 찔렀다고 말했습니다. 물론 나는 그것이 거짓말이라는 것을 알고 있었습니다. 그가 어릴 적 살던 지역에는 사자가 서식하지도 않았다고 생각합니다. 하지만 관광객들은 그냥 그런 이야기를 아주 좋아했습니다. 한번은 버팔로가 자신의 친척에게 덤벼들었다고 말했습니다. 버락은 어쩌다 보니 나무 위로 올라갔고 버팔로의 등 위로 떨어지게 되어 버팔로와 씨름을 하게 되었고 결국 버팔로를 쓰러뜨렸다고 합니다. 그의 이야기는 이런 식으로 계속되었습니다."

오바마는 그들이 묵었던 호텔의 매니저들에게는 또 다른 거짓말을 했다. 그들은 호텔 부지 물색을 위해 나이로비 북쪽의 애버데어 산 지역으로 여러 차례 여행을 했었는데 한번은 오바마와 오부레가 탄 자동차의 타이어에 구멍이 났다. 당시 그들은 커피고원의 중심에 위치한 케냐에서 유명한 휴양지인 호화로운 아웃스팬 호텔에 묵고 있었다. 두 사람 모두 타이어를 교체할 줄을 몰랐기 때문에, 오바마는 호텔의 총지배인에게 연락했다. "그는 자신을 오바마 박사이며 KTDC의 총책임자라고 소개하며 도와줄 수 있는지 물었습니다. 나는 나중에 그렇게

371

사자, 호랑이 그리고 거짓말

직위를 사칭하는 것은 옳지 않다고 그에게 말했습니다만 오바마는 제게 그냥 저쪽으로 가 있으라고 손짓했습니다. 그리고 호텔의 총지배인은 극진한 친절을 베풀었습니다. 그는 우리가 출발할 때 우리에게 새 타이어를 사라고 800실링을 주기까지 했습니다."

장거리를 함께 운전하고 다니면서, 오바마는 오부레에게 한 가지 이야기를 해주었는데 하도 믿기지 않는 이야기라서 오부레는 그냥 대놓고 웃어넘겨버렸다. 자기의 개인사에 대한 이야기를 절대 하지 않는 편이었던 오바마가 자신의 입으로 미국에 아들이 있다고 말한 것이었다. 사실 그가 말한 하와이에 살고 있던 아들은 버락 오바마 주니어였다. "예, 물론 나는 그의 말을 한마디도 믿지 않았습니다." 오부레는 단언했다. "버락은 늘 터무니없는 소리를 했으니까요."

오바마는 곧 자신이 곤란할 때만이 아니라 일상적으로 자신을 KTDC의 총책임자라고 소개하기 시작했다. 호텔이나 레스토랑의 직원들은 고위 관리에게 잘 보이기 위해 오바마를 극진히 대우했다. 공짜 술을 마실 수 있었고 가장 좋은 방을 쓸 수 있었다. 테이블 위에는 근사한 음식이 차려졌고 테이블 밑으로는 약간의 돈도 "빌릴 수" 있었다. 종종 호텔의 매니저들은 몸소 건물 밖에 대기하고 있는 차까지 오바마를 에스코트하곤 했다. 오부레는 오바마에게 그러지 말 것을 계속 이야기했고 그럴 때면 오바마는 마지 못해 "알았어, 알았다고, 이제 앞으로 안 그럴게."라고 대꾸했다.

그러나 오바마는 이내 또 그랬다. 마침내 그의 KTDC 총책임자 사칭 사실이 나이로비의 KTDC 사무실에 앉아 있던 진짜 총책임자의 귀에 들어갔다. 주기적으로 호텔의 매니저들은 KTDC의 진짜 총책임자에게 수시로 전화를 걸어 오바마의 흥청망청 행각을 보고하곤 했다. 그리고 오우오르가 퇴근 후 파나프릭 호텔이나 브루너 호텔에 들렀을 때 바 매니저는 그에게 KTDC의 총책임자인 어떤 박사가 이미 바에서 공짜 술을 몇 잔이나 시켰다고 알려주곤 했다. 오우오르는 그런 것들을 모두 과장이 섞인 이야기들일 것이라고 생각했었으나 어느 날 오바마는 그 선을 넘고 말았다. 오바마가 탄자니아로 출장을 갔던 어느 날 저녁, 오바마는 너무 술에 취해 현지 경찰들에게 체포되어 구금되었다. 퇴근해 집에 있던 오우오르는 한 통의 전화를 받았다. "그것은 탄자니아의 경찰서장 전화였습니다. 그는 자신들이 현재 KTDC의 총책임자를 구금 중이며 그는 주취로 체포되었다고 말했습니다." 오우오르는 회고했다. "그리고 그는 내가 KTDC의 회계원이라고 들었다며 그 체포된 KTDC의 총책임자가 말하길 경찰이 자신의 회계원에게 연락하면 그 회계원이 자신을 보석으로 석방시킬 것이라고 말했다고 했습니다."

오우오르는 오바마가 자신이야말로 KTDC의 총책임자로 적합하다는 확신 때문에 그런 허세를 부리고 지속적으로 상급자를 사칭한다는 것을 이해하고 있었지만 이제 지쳐버렸다. 그래서 그는 오바마를 앉혀 놓고 그에게 분명하게 말했다. "나는 그에게 '자넨 이코노미스트야. 자넨 그와 관련된 교육을 받았지,'라고 말했습니다." 오우오르는 회고했다. '그러니 똑똑한 이코노미스트가 있다면 총책임자가 얼마나 멍청하든 그건 문제가 안 돼, 자네 혼자서 이코노미스트도 되고 총책임자도 될 수는 없어. 그건 별개의 일이야. 만약 사람들에게 내가 경제학에 대해 아무것도 모른다고 말하고 싶다면 계속 그렇게 떠들어도 좋아. 그러나 내가 맡은 일은 그런 지식을 필요로 하는 게 아니야. 자네는 이코노미스트야. 그러니 이 회사에서 자네가 해야 할 일이나 똑바로 하란 말이야.'"

이사회 이사들은 오바마의 6개월 시험 고용기간이 끝날 때까지 그에 대해 우려했다. 그들은 아침에 오바마가 술 냄새를 풍긴다는 보고를 계속 받았다. 그들은 또한 오바마가 승인 없이 방송 토론에 나가서 보수를 챙긴 것에도 화가 났다.[22] 그러나 이사회는 그의 업무 성과에는 만족하고 있었다. 관광산업은 안정적인 비율로 성장을 계속하면서 케냐에서 가장 빠르게 발전하는 산업 중 하나로 자리 잡고 있었다. 그해 말까지 총 262,000명의 외국인이 관광이나 사업차 방문할 것이었다. 케냐의 인기 있는 야생동물구역의 숙박시설을 늘리기 위한 노력의 일환으로 케냐 사파리 로지 앤 호텔 주식회사는 트사보 국립공원 내에 각각 100개의 객실을 갖춘 숙박시설 두 곳의 건설을 시작했다. 동시에 해변 도시 몸바사에서 2백 개의 객실을 갖춘 바닷가 호텔을 출범시켰다. 오바마의 재무계획하에 KTDC는 세 곳 프로젝트 모두를 관리하는 지주회사에 대한 최대지분 투자자로 부상했다.[23] 또 다른 프로젝트와 관련된 일도 시작되었는데 이는 나중에 케냐의 가장 인기 있는 관광명소가 되었다. '아크Ark: 방주'라고 불린 이 곳은 애버데어 한가운데에 있는 나무 꼭대기에 자리 잡은 숙박시설로, 그곳에서는 다양한 사냥들을 쉽게 관찰할 수 있었다.

나이로비 시내에서도 증축 계획이 진행되고 있었다. 각광받는 국제적 호텔인 파나프릭의 소유주들은 KTDC로부터 담보대출을 받아 현재 84개 객실 규모를 거의 두 배로 확장하고 수영장을 건설하기로 합의했다. 힐튼 인터내셔널도 도심의 객실 600개 규모인 호텔의 경영을 담당하기로 약속했고, 이 역시 공사가 진행되고 있었다. 그들은 몇 블록 떨어진 유명한 뉴 스탠리 호텔의 운영도 담당하게 된다.[24] 그 호텔들의 직원을 충원하기 위해 KTDC의 논의는 호텔 직업학교의 개발로 옮겨 갔다. 그 학교는 1970년대 초반에 개교를 계획하고 있었다. 1969년까지 2만 명의 고용을 창출하고 있었으며 수많은 사람들이 그들의 희망을 걸고 있었던 관광산업은 번창하고 있는 것으로 보였다.[25]

1968년 6월 집행위원회 회의에서, 이사회는 오바마의 고용을 확정했다. 하지만 의장이 오바마에게 "그는 여전히 감독과 지도가 필요하다"는 점을 전하도록 권고하고 있다.[26] 오바마는 자신의 성과에 충분히 만족하고 있었기에 수습이 끝나고 불과 두 달밖에 지나지 않은 8월 뻔뻔하게 급여 인상을 요구했다. 오우오르에게 쓴 편지에서 오바마는 자신의 급여를 MEPD의 수석 기획관이 받는 것과 동일한 수준으로 올려줄 것을 요청한다. 다시 말하면 오바마는 필립 은데과가 받는, 정확히 말하면 은데과가 몇 달 전 그 부처의 사무차관으로 승진하기 전까지 받던 것과 같은 수준의 보수를 요구했다. 이사회는 그의 요청을 거부하면서 그 두 가지 직책을 비교할 수 없다고 적시했다.[27] 은데과는 계속, 꾸준히, 얄밉게도 오바마보다 저만치 앞에 있었다.

자신의 성과가 당연한 인정을 받지 못한다는 데 좌절한 그는 폭음을 계속했다. 이제 그의 전설적인 '더블 더블'은 그가 바에서 본격적인 술판에 빠지기 직전에 목을 축이는 것에 불과한 것이 되었다. 점심시간에 그는 맥주 대여섯 병을 줄줄이 해치웠고 오부레의 천천히 마시라는 충고는 무시했다. 오우오르는 오바마가 월요일 "아침 기도 회의"에 수차례 빠지는 것이 그가 주말 동안 마신 술의 숙취 때문이라고 생각하고 화가 났다. 오바마는 또한 그가 참석하기로 되어 있던 회의들에 불참하기 시작했다. 그러나 그의 불참에 대해 물어 보면 그는 단호하게 자신이 자리에 있었다고 주장했다. 어느 금요일 아침 오바마는 직장에 나타나지 않았고 주말이 끝난 후에도 모습을 보이지 않았다. 화요일 제정신이 아닌 루스가 KTDC 사무실에 나타나 자신의 남편이 어디 있는지 아는 사람이 없느냐며 미친 듯이 묻고 다녔다. "우리는 전혀 몰랐습니다," 오부레가 회상했다. "그러나 그날 오후 키수무 경찰이 전화를 걸어와 그가 술이 취해 키수무까지 운전해서 갔다고 말했습니다. 그는 완전히 길을 잃었고 자신이 어디에 있는지도 알지 못한다고 했습니다. 루스는 머리끝까지 화가 났습니다. 그가 사라진 건 그때만이 아니었습니다."

루스가 오바마를 찾아다녀야 했던 것도 그때가 마지막이 아니었다. 오바마가 키수무까지 갔던 일이 있고 시간이 얼마 흐르지 않은 어느 날, 오이로 아요로는 오바마와 다른 몇몇 정부 부처에서 일을 하는 이들과 시내의 난자 바에서 낮술을 마시고 있었다. 그들이 다른 곳으로 술자리를 옮기려던 차에 한눈에 봐도 화가 난 루스가 나타났다. 그녀는 눈물 범벅이 되어 오바마에게 함께 가자고 애원하며 소리쳤다, "왜 당신은 하루 종일 술집에서 시간을 보내나요? 함께 집으로 가요!"라고 말한 것으로 아요로는 기억했다. "버락은 화를 냈습니다," 아요로는 말했다. "그는 소리질렀습니다, '꺼지라고 한 대 때리기 전에! 내가 어디에 가든 무엇을 하든 여편네가 참견할 일이 아니야. 꺼지라고 이 여편네야.' 그는 정말 그녀를 때릴 듯했고 그녀는 달려 나가 버렸습니다."

오바마는 얼큰해지면 인심이 후하기로 유명했다. 그는 바에서 친구들에게 연달아 술을 샀고 가끔은 술집에 있는 전체에게 한두 잔을 사기도 했다. 그러나 그렇게 헤픈 씀씀이로 인해 그는 금방 돈이 떨어졌다. KTDC 업무차 출장을 갈 때 그가 정기적으로 만나게 되는 사람들은 술을 마셨을 때 오바마의 씀씀이 버릇을 경계하게 되었다. 오바마의 오랜 친구인 레오 오데라 오몰로는 오바마가 KTDC에서 일하던 시절, 나이로비에서 키수무로 가는 길에 있는 케리초의 브룩 본드 티 컴퍼니에서 언론 담당관으로 일하고 있었다. 오바마는 종종 그곳에서 며칠 쉬어가곤 했다. 이 둘은 오몰로의 집에서 위스키 한 병으로 시작하곤 했지만, 이내 오바마는 외국인 임원들이 즐겨 찾는 티호텔Tea Hotel의 클럽 같은 곳으로 가자고 우겼다. 오바마는 그곳의 바나 레스토랑에서 매력적인 여성들을 꼬시고 싶어 했다. 아니면 오몰로가 회상하듯 "백인 여자든, 흑인 여자든, 아무 여자든 예쁜 여자들이 있는 곳에서 술을 마시고 싶어 했습니다."

사자, 호랑이 그리고 거짓말

"그러나 그러고 난 뒤 그는 저를 곤란하게 만들곤 했습니다. 왜냐하면 그는 많은 술을 마시고 다른 사람들에게도 많은 술을 사곤 하고 그 청구서는 제게 던져주곤 했습니다," 오몰로는 설명했다. "그는 하루 저녁에 내 한 달치 월급만큼의 술을 마시곤 했습니다. 버락은 함께 술 마시면 가장 재미있는 친구지만 때때로 나는 그를 피했습니다. 나는 그가 이곳을 지날 때 내가 이 근방에 없을 거라고 말하곤 했고 그런 날은 자정이 될 때까지 집에 들어가지 않았습니다. 나는 그의 방문을 감당할 수가 없었습니다."

오바마의 술친구들은 그의 절망과 키쿠유 부르주아들에 대한 분노를 잘 알고 있었다. 그들은 점점 더 케냐의 정치 경제를 점점 더 독차지하고 있는 것으로 보였다. 모두가 그의 생각에 공감했다. 그러나 1968년 말 두 명의 미국인 방문객이 오바마의 현관에 찾아왔고 그들에게는 케냐 정치에 깊게 패인 골에 대한 오바마의 장황한 불만이 전혀 새로운 이야기였다. 그들이 그를 마지막으로 봤을 때 오바마는 호놀룰루의 헤멘웨이 홀 밖에서 재미있는 이야기를 들려주고 케냐의 독립이 오고 있음을 알리고 있었다.

닐 아베크롬비와 페이크 제인은 1년이 넘게 유럽을 배낭여행 하고 나이로비에 있는 자신들의 오랜 친구를 만나러 찾아온 것이었다. 여행에 지친 그들은 오바마의 우들리 집에서 쓰러지다시피 했고 지난 6년간에 대한 이야기를 나눴다. 오바마는 그들을 보고 매우 기뻐했으며 그들을 나이로비의 야간 명소들로 안내했다. 그러나 아베크롬비는 오바마가 폭음을 하고 종종 사라졌기에 그가 외톨이일 수도 있다고 생각했다. 그는 버락 주니어에 대하여 한마디도 언급하지 않았으며 이들이 자신의 아들을 봤는지도 묻지 않았다. 제인이나 아베크롬비도 하와이에 있는 그의 아들을 입에 올리지 않았다. "가정사는 하와이에 있을 때 그랬던 것처럼 일 다음이었습니다," 아베크롬비는 회고했다. "그는 정부가 그의 능력을 조금도 이용하지 않는다는 데 분노하며 절망하고 있었습니다. 그가 술을 많이 마시는 것을 보면 분명히 알 수 있었습니다. 그는 술을 계속 마시는데도 그리 취하지 않았습니다. 어쩌면 이제 술을 마시는 것이 이미 그의 존재 일부가 되어버린 것 같았습니다."

그들의 2주간의 방문은 우연히도 케냐의 성공과 민족적 단합을 기념하는 국경일과 겹쳤다. 그것은 케냐의 성공을 축하하기 위해 케냐타와 정부 부처 장관들 다수가 참석하는 나이로비의 특별 행사로 진행될 예정이었다. 케냐 내의 다양한 부족들의 대표가 참석할 예정이었다. 아베크롬비와 제인은 참석하고 싶었지만 오바마는 가기를 거부했다. 그는 그들에게 자신이 대통령을 방해하고 싶지 않다고 말하며 부족 간 파벌로 분열된 조국이 단합을 축하하려 한다는 사실을 비웃었다. "버락이 원한 것은 자신의 조국을 위해 뭔가 하고 싶다는 것이었지만 그는 자신이 그럴 수 없다고 생각했습니다," 제인은 말했다. "조국의 경제 개발을 위해 일하는 점에서 그는 자신이 여전히 음보야 쪽의 일원이라고 생각했지만 그는 어느 쪽과도 좋은 사이가 아니었습니다. 그가 하와이에 있을 때 조국에 대해 가지고 있던 모든 열정이 정부와 관료주의적 타성의 벽에 부딪혀 산산이 부서져버린 것처럼 보였습니다. 나는 그를 보고 너무 안타까웠습니다."

상황은 곧 더욱 나빠졌다.

1969년 7월 5일 아침, 우기가 물러가고 얼마 안 된 나이로비 시내에는 모처럼 시원하고 화창한 날이 밝았다.

낮 휴장 시간이 되기 전에 장보기를 마치려는 사람들로 토요일의 거리는 북적거렸다. 오바마도 친구인 마이클 키녱기의 부인과 사람들 사이를 걷고 있었다. 그녀는 쇼윈도 속의 최신 숙녀복 패션을 알아보고 있었다. 그들은 당시 거버먼트 로드로 불리던 길 쪽으로 모퉁이를 돌다가 치하니의 약국 앞에 멈춘 차에서 내리는 톰 음보야를 보았고, 오바마는 반갑게 인사했다. 음보야는 전날 아디스 아바바에서 열린 아프리카를 위한 경제위원회 회의에서 막 돌아온 참이었다. 음보야가 MEPD의 사무차관인 필립 은데과 함께 공항을 걸어가는 사진이 『이스트 아프리칸 스탠더드』지에 실렸고 그 사진은 거의 모든 신문 가판대에서 볼 수 있었다.[28]

멈춰 선 음보야와 오바마는 몇 분간 이야기를 나눴다. 오바마는 음보야에게 일행을 소개했고 음보야가 불법 주차한 사실을 두고 농담을 했다. "불법 주차하셨습니다," 오바마가 웃으며 말했다. "딱지 떼이시겠는데요."[29]

그리고 둘은 헤어졌다. 오바마와 키녱기 부인은 의류 상점으로 향했고 음보야는 피부에 바를 크림을 구입하기 위해 약국에 들어갔다. 10분쯤 후 음보야는 오랜 친구인 약국 주인에게 인사를 하고 거리로 나왔다. 문에서 몇 피트 거리에 양복을 입은 야윈 사내가 왼손에 서류가방을 들고 오른손은 주머니에 찔러 넣은 채 서 있었다. 두 발의 총성이 울렸다. 음보야가 쓰러지면서 그의 붉은 셔츠에 핏자국이 번져갔고 행인들이 그를 걱정하며 모여들었다. 얼마 후 그가 나이로비 병원에 도착하기 전에 사망했다는 발표가 있으면서 케냐의 미래는 완전히 바뀌고 말았다.

그의 사망이 발표되고 몇 시간 후, 암살범이 키쿠유족이라는 소문이 나라 전체에 파다하게 퍼졌다. 그런 소문이 돌 수밖에 없었다. 첫째, 키쿠유족들이 정부의 요직을 차지했다. 그리고 그들은 KANU에서 오딩가를 효과적으로 축출했다. 이제 그들은 백주대로에서 음보야를 살해했다. 키쿠유 말고 누구를 의심할 수 있겠는가? 오후 늦게 소요와 시위가 시작되었다. 루오의 땅 전체가 충격과 비탄에 휩싸이고 분노로 들끓으면서 걷잡을 수 없는 군중들이 키수무를 거쳐 움직이기 시작했다. 3일 후 성 패밀리 성당에서 행해진 위령미사에서 대부분 루오족인 2만여 명의 성난 군중들이 몰려나왔다. 케냐타 대통령의 승용차가 도착했을 때, 경찰들은 분노한 시위대들이 돌과 막대기로 차를 공격하고 오딩가를 지지한다는 표시로 케냐인민연합KPU의 상징인 황소를 의미하는 "두메"를 외치는 것을 막을 수가 없었다. 음보야의 피살은 케냐타가 독재하는 가운데 곪아 온 과거 5년간의 억눌렸던 절망과 숨겨왔던 긴장을 폭발하게 만든 것으로 보였다.

어떤 면에서 소문은 정확했다. 음보야가 피격되고 5일 후, 나하숀 아이작 은젠가 은조로게가 용의자로 지목되었고 나중에 살인 혐의로 기소되었다. 그 발표는 나라 전체를 전율하게 만들었다. 은젠가는 키쿠유족으로 밝혀졌다. 그러나 결정적인 증거가 없었고 진정한 동기도 알 수 없었다.

이후 진행된 재판은 음보야를 살해할 때 쓰인 스미스앤웨슨 38구경이 은젠가의 것이라는 것 말고는 아무것도 밝혀내지 못했다. 예비 공판에서 은젠가가 경찰에게 "왜 나를 골랐나요? 왜 거물을 지목하지 않나요?"라고 물었다는 다른 정보가 대두되었다. 소상인에 KANU의 하급 운동원이었던 은젠가는 그 "거물the big man"의 정체를 밝히기를 거부했다. 그는 곧 유죄판결을 받았고 사형을 선고받았다. 비록 정부는 은젠가가 교수형에 처해졌고 그 과정이 소수에게 공개되었다고 발표했지만 많은 사람들은 그가 살아있을 것이라고 믿었다.[30] 많은 케냐인들은 케냐타나 그의 핵심층에 소속된 사람들이 그 암살을 주도했으며 은젠가는 희생양에 불과한 것으로 의심했다.

은젠가의 예비 공판에는 66명의 증인이 있었으며 본 재판에는 더 많은 목격자가 있었다. 검사측 최종 증인은 버락 후세인 오바마였다. 그의 증언에 대한 신문보도에 따르면 오바마는 선동적인 발언은 전혀 하지 않았다. 그는 단지 자신과 음보야가 잠깐 이야기를 나눴다고 증언했으며 자신이 음보야의 주차를 두고 농담하면서 했던 말을 그대로 옮겼다. 그는 "음보야는 뭔가를 두려워하고 있음을 눈치챌 만한 어떤 말도 하지 않았다.”고 덧붙였다.[31] 이러한 발언은 누군가의 미움을 살 만한 종류의 말은 아니었다. 그러나 정치적으로 인화성이 강한 시점에서 은젠가의 재판에 증인으로 나섰다는 것만으로도 대단히 위태로운 일이었다. 세셔널 페이퍼 10호에 대한 도발적인 발언과 술자리에서의 불평들로 오바마는 이미 비판자로 알려져 있었다. 은젠가의 재판에서 증언하는 것은 케냐타의 면전에 대고 핏빛 저항의 깃발을 흔드는 것이었다.

오바마는 대단히 위태로운 위치에 있었다. 그의 오랜 멘토는 이제 가고 없었다. KTDC 내에서 그의 입지는 결코 안정적이지 않았다. 키쿠유족들이 이제 정치시스템 내에 아무런 장애물 없이 권력을 행사할 수 있게 되었음을 만끽하게 되면서 이미 자신들을 대표할 사람이 충분하지 않은 루오족들은 더욱 제약을 받고 위축될 것이 분명했다. 하버드의 사학자 캐럴라인 엘킨스는 오바마의 증언을 “관에 못을 박는 행위였다. 어느 쪽에도 그를 도와줄 사람은 없었다. 그러므로 그것은 아주 대담한 행동이었다.”라고 설명했다.[32]

오바마는 간단하게 증언을 거부할 수도 있었다. 그는 잠자코 있으면서 수면 아래에서 관심을 끌지 않고 경력을 유지할 수 있기를 바랄 수 있었다. 그러나 그의 성격에 잠자코 있을 수는 없었다. “나는 그에게 이건 자살행위라고 말했습니다. 그들이 음보야를 죽였다면 자네도 죽일 수 있는 거야,” 피터 아링고가 고개를 가로저으며 말했다. “그는 ‘아니야, 나는 내 생각을 이야기해야 해.’라고 말했습니다. 그는 톰이 살해된 것을 견딜 수가 없었습니다. 그는 증언을 한다면 자신도 살해될 수 있을 것임을 알고 있었습니다. 그는 케냐타가 그 사건이 묻히기를 바라고 있다는 것도 알고 있었습니다. 그러나 그는 앞으로 나섰고 증언했습니다."

몇몇 사람들은 오바마의 행위를 영웅적인 것으로 받아들였다. "톰의 죽음은 충격적인 사건입니다. 그 사건이 우리에게 주는 충격은 미국에서 케네디가 암살된 충격만큼 큰 것이었습니다." 케냐의 사학자이자 국제적 여성운동가인 아촐라 팔라 오케요는 말했다. "자유운동을 했던 사람인 케냐타가 그런 살인을 꾸몄다는 것은 상상할 수 없는 일이었습니다. 사람들은 아무 말도 할 수 없었고 그를 거스른다면 살해당했을 것입니다. 버락은 대담하게 말할 수 있는 몇 안 되는 사람들 중 하나였습니다."

오바마는 자신이 증인석에서 밝혔던 것보다 더 많은 것을 알고 있었을 수도 있다. 수년 후 오바마는 친구 둘에게 자신이 음보야의 살해범을 보았고 자신이 그 범인을 지목할 수 있는 유일한 목격자라고 털어놓았다. 총격의 목격자로 증언한 아홉 사람 중에서 음보야를 향해 발포한 자로 용의자 여러 명 가운데 서 있는 은젠가를 지목할 수 있었던 사람은 아무도 없었다.[33] 오바마는 하와이 시절 친구인 페이크 제인이 1974년 나이로비를 방문했을 때, 자신이 은젠가를 공개적으로 지목하지 않기로 결정했었고 그 이유는 재판이 있기 전에 가족에 대한 살해협박을 받았기 때문이라고 말했다. 그는 또한 1973년 시내를 걷고 있을 때 그를 차로 친 사건은 그의 증언에 대한 보복살해가 미수에 그친 것이라고 주장했다. 핀토의 사망, 이제 음보야의 피살 등을 고려하면 오바마가 자신의 안전을 우려한 것도 무리가 아니다. 사실 음보야의 피살은 미스터리와 의혹으로 덮인 채 남아있고 오늘날까지도 나이로비에 살고 있는 음보야의 가족들은 파문을 두려워하여 오바마가 그들에게 자신이 본 것을 털어놓았는지에 대해 언급하지 않으려 하고 있다.[34] 그 사건에 직접적으로 관계되지 않은 많은 케냐인들은 그에 대해 공개적으로 언급하기를 거부하고 있다. 제인과 같이 나이로비의 보복적 정치문화에서 멀리 벗어나 있는 미국인 친구야말로 오바마가 진실을 털어놓을 수 있는 상대로 보였을 것이다. "버락은 자신이 암살범을 목격한 유일한 사람이고 그를 지목할 수 있는 유일한 사람이라고 말했습니다." 제인은 회상했다. "그러나 만약 그가 입을 연다면 자신과 자신의 가족이 살해될 것이라고 말했습니다. 그는 누가 그를 협박했는지는 말하지 않았습니다. 그는 그냥 '음보야를 살해한 그 사람들'이라고만 말했습니다. 그리고 나는 그를 믿습니다. 버락은 대단히 진실했으며 그는 항상 모든 것에 대해 솔직했습니다."

오바마의 발언을 이제 와서 거슬러 올라가 판단하는 것은 쉽지 않다. 꼼꼼하게 음보야의 전기를 쓴 골즈워디는 오바마를 언급하고 있지 않다. 음보야의 암살과 관련된 다른 어떤 문서에서도 오바마는 등장하지 않는다. 분명 오바마는 자신의 필요에 따라 진실을 제멋대로 바꾸기도 했었다. 오바마가 제인에게 털어놓던 당시, 사실이 아닌 것을 꾸며대고 싶었을 수도 있다. 살인정권세력들의 위협을 받고 있는 용감한 애국자가 일자리에서 쫓겨나는 독선적인 주정뱅이보다 훨씬 더 모양새가 좋은 것은 사실이다. 그러나 오바마의 이야기가 완전히 터무니없다고도 할 수 없다.

정치적 암살에 의한 핏물은 케냐의 근대사에 걸쳐 깊숙이 흐르고 있다. 은젠가 사건에서 그를 지목할 수 있는 목격자가 없다는 사실에 놀라는 사람은 없었다. 공공연하게 그런 태도를 취하고자 했던 사람들은 결국 스스로 총탄의 희생자가 될 것 아닌가? 목숨을 잃은 정치 엘리트 가운데 음보야는 첫 번째 희생자도 마지막 희생자도 아니다. 4년 전 핀토가 총격을 받았다. 1969년 1월 유명한 운동권 변호사인 아르그윙스 코데크가 공식적으로는 교통사고로 사망한 것으로 발표되었지만 나중에 다시 부검된 그의 사체에서 총알이 발견되었고, 많은 사람들은 그가 암살되었다고 믿었다.[35] 그 다음은 한때 케냐타의 개인 비서였다가 그와 등지고 케냐타의 부패와 빈민에 대한 외면을 고발한 카리우키였다. 그는 1975년 응공 힐에서 살해된 채 발견되었으며 손가락 여러 개가 잘려나간 상태였다. 1970년대 중반까지, 역사가이자 인류학자인 데이비드 코언은 "암살의 전통이 케냐에서는 통치 방식의 한 부분으로 견고하게 자리 잡고 있었다."라고 썼다.[36]

『앎의 위험: 1990년 케냐 존 로버트 오우코 장관 사망사건에 대한 조사』를 공저한 코언은 오바마가 증언을 하고 나서 그로 인해 협박을 받았을 가능성이 충분히 있다고 믿고 있다. "오바마가 증언대에 선 행동은 대단히 위험한 것입니다," 코언은 인터뷰에서 말했다. "케냐에서 권력자들의 적들은 제거되기 십상이었습니다. 누구든 이런 종류의 사건에 증인이 된다는 것은 스스로를 암살의 잠재적 희생자로 만드는 것입니다."

이런 정황을 볼 때, 오바마가 살해 협박을 받았다는 주장은 더 신빙성이 있어 보인다. 오바마는 또 다른 친구에게 자신이 은젠가를 지목할 수 있을 뿐만 아니라 시내를 돌아다니는 것을 종종 보았고 그를 체포할 수 있도록 그 살해범의 이름과 인상착의를 경찰에게 알려주었다고 말했다. 그런 정보는 중요한 것이었을 것이다. 뿐만 아니라 오바마는 수사관들이 그가 한 증언을 하지 말라고 충고했다고 말했다. 케냐 정치권의 원로인 그 친구는 오늘날까지도 자신의 안전을 우려해서 자신의 신분을 드러내기를 거부했다. 그러나 그는 오바마가 그 이야기를 말할 때 그답지 않게 두려워하고 있는 것처럼 보였다고 말했다. "버락은 항상 공개적으로 말하는 스타일이었습니다만 이 사건의 경우 그는 매우 조심스럽고 아주 두려워하는 것같이 보였습니다,"라고 그 친구는 말했다. "내 생각에 그는 죽을 때까지 이 사실을 품고 있었을 것입니다."[37]

음보야가 살해되고 몇 달 동안 부족 간 불안은 국가 전역에서 걷잡을 수 없이 소용돌이쳤고 정치적 위기가 드리워졌다. 선거가 멀지 않았기 때문에 케냐타는 1969년 10월 자신이 확고히 장악하고 있음을 강조하기 위한 목적으로 순회유세를 시작했다. 그러나 그가 새 병원 개소식을 주재하기 위해 오딩가의 정치적 본거지인 키수무에 도착했을 때 KPU의 젊은 당원들이 "두메"를 외치고 "톰은 어디 갔는가?"라고 쓰인 팻말을 흔들며 야유를 퍼부었다. 격분한 케냐타는 악랄한 독설로 불과 몇 피트 앞에 서있던 오딩가를 공격하기 시작했다. 만약 우정만 아니었다면 그는 오래전에 오딩가를 감옥에 집어넣었을 것이라고 단호하게 말했다. 그는 오딩가에게 명령하기를 "이런 자네 졸개들을 당장 멈추게 해. 만약 그렇지 않는다면 나의 노여움을 맛보게 될 거야. 나는 한다면 해. 오딩가, 자네가 두 눈을 크게 뜨고 나를 볼 수 있을 때 내 말을 똑똑히 들어. 내가 자네에게 당장 명령하는 거야. 저 기어다니는 버러지 같은 자네 부하놈들을 아주 박살내 가루로 만들어버리겠어. 저들이 나를 가지고 놀려고 한다면 가루로 만들어버리겠어. 거기 너희들 시끄럽게 굴지 마. 내가 그리로 가서 너희들을 직접 밟아버리겠어." [38]

이제 분노한 것은 군중이었다. 시위대가 케냐타의 떠나는 차를 향해 달려들고 돌을 던지자 경찰은 군중을 향해 발포했다. "키수무 학살"이라고 부르는 이 사건에서 일곱 명이 사망하고 70명이 넘는 사람들이 부상을 입었다. 케냐타는 부랴부랴 현장을 떴고 그 후 여생 동안 다시는 냔자를 방문하지 않았다. 이틀 후 오딩가와 다른 KPU의 지도자들이 체포되었고 KPU는 마침내 불법단체가 되었다. 오딩가는 2년 동안 구금되었다. 그리고 그로 인해 케냐타는 마침내 반대세력을 궤멸시키고 도전받지 않는 자신의 일인독재 일당독재의 틀을 마련했다. 키쿠유와 루오족 사이에 있던 틈은 벌어지기 시작해 세대에 걸친 부족 집단 간의 분열이 되었다.

루오족에게는 험난한 몇 년이 다가오고 있었다. 회사나 공직에서 루오족들의 승진이 정체되는 경우가 흔했고 일부는 일자리를 노골적으로 빼앗겼다. 루오족들의 영향력은 심각하게 축소되었다. 자신의 이

오바마를 부탁해

름 때문에 직장에서 거부되었다고 생각하는 사람들이 적지 않았고 종종 그 주장이 틀리지 않았다. 1969년 키쿠유족은 인구의 20%에 불과했지만 정부의 고위관리직의 30%를 차지하고 있었고 루오족은 인구의 14%를 차지하고 있었지만 고위직의 10.8%만을 차지하고 있었다. 그러나 3년 후에는 41%의 고위직을 키쿠유족이 차지하고 있었고 그런 요직에서 루오족이 차지한 부분은 8.6%로 축소되었다. [39] 음보야가 사망하고 오딩가가 감금되면서, 케냐타는 자유롭게 자신의 일가와 충성스러운 키쿠유족들만의 정치왕조를 마음껏 확대할 수 있었다. 루오족은 할 수 있는 한 신중하게 기다리는 것 외에는 뾰족한 수가 없었다.

오바마는 비판을 대놓고 했다. 음보야의 죽음에 대한 자신의 분노를 삭이기는커녕, 기회만 있으면 항상 그랬듯 케냐타와 "케냐 국민에 대한 그의 배신"을 비난했다. 그는 케냐타가 자신이 주장하는 것처럼 런던에서 교육받은 적이 없으며 개인적으로 막대한 재산을 축적했다고 주장했다. 그는 독립의 약속을 저버린 부족주의자였다. 그리고 케냐타는 그의 친구인 톰을 살해했다. 술집과 레스토랑에서 오바마는 키쿠유족 손님들에게 다가가서 그들에게 그 암살에 대해 책임지라고 주장하곤 했다. 그리고 그가 취할수록 그의 목소리는 더욱 커졌다. "그는 키쿠유족들한테 아주 함부로 행동했습니다. 그는 키쿠유들에게 가서는 말했습니다. '너희 키쿠유 놈들, 너희들이 톰 음보야를 죽였어. 내 형제를 죽였어.' 그는 정말 무모하게 그런 행동을 했습니다." 1960년대와 70년대 정부의 이코노미스트였던 조엘 보누케는 말했다. "사람들은 그에게 제발 그만하라고 간곡히 충고했지만 그는 전혀 개의치 않았습니다. 그것이 용감한 행동일까요, 바보 같은 짓일까요? 그건 보는 사람들 눈에 달려있는 것입니다."

오바마의 경제학적 기량에 대한 명성 때문이었는지 아니면 그렇게 대놓고 말하는 사람이 거의 없었기 때문인지, 그의 발언들은 널리 퍼졌다. 마침내 케냐타 자신도 알게 되었다. "오바마는 항상 자신이 희생되고 있다고 말했습니다." 『네이션』지의 칼럼니스트인 피터 오치엥은 말했다. "그러나 사실 많은 키쿠유족들은 그가 너무 똑똑해서 그를 좋아하지 않았습니다. 케냐타는 오바마가 자신과 자신의 파벌에 대해 나쁘게 말하는 데 대해 매우 화가 났습니다. 거물은 비판의 대상이 되어서는 안 되며 모두들 그것을 알고 있었습니다."

오바마의 여러 일가를 비롯해 많은 루오족들에게는 음보야의 죽음 이후 오바마의 증언과 정부에 대한 지속적인 비판 때문에 오바마가 벌을 받았다는 것이 공통된 믿음이다. 그러나 케냐타가 오바마를 주목하고 있었다 할지라도, 자신의 추락의 씨를 뿌린 것은 오바마다. 음보야가 피격되기 이틀 전 KTDC는 오바마의 행실과 관련한 비밀 보고서를 검토하기 위해 이사회 전원회의를 열었다. 비록 의사회 의사록에 특별한 우려가 뭔지 구체적으로 명시하지 않았지만 오우오르는 이사회가 그에 대한 조치를 취해서는 안 되는 소명서를 쓰도록 오바마에게 요구할 것을 주문받았다.

여섯 달 후, 이사회는 오바마에 대한 구체적이고 지독한 항의에 주목했다. KTDC의 장기적으로 추진하는 프로젝트 가운데 하나는 관광객들을 대상으로 케냐인들의 문화와 생활 방식을 보여주는 민속 마을인 보마를 조성하는 프로젝트였다. 오바마는 그 프로젝트에 대한 강한 지지자였고 다른 개발자들이 케냐의 다른 지역에 경쟁이 될 만한 마을을 조성하는 것을 단념시켰다. 1970년 1월 이사회가 보마 계획에 대한 지출을 승인하고 얼마 되지 않아서, 오바마는 일방적으로 하청업체들과 건축업자들에게 계약조건을 변경했다. 그렇게 함으로써 그는 프로젝트의 가격을 낮췄고 완료 시기를 10주 단축시켜버렸다.[40] 오바마는 어떠한 승인도 받지 않고 개정된 조건으로 계약을 주었다.

그가 왜 그랬는지는 불분명하다. 그러나 이사회 이사들을 놀라게 한 것은 계약의 구체적인 내용이 아니다. 오바마는 분명 조건을 정부에 더 유리하게 협상했기 때문이다. 이사들을 화나게 한 것은 그런 절차의 승인을 얻는 데 오바마가 거짓말을 했다는 것이다. 오바마는 이사회에 대하여 총책임자인 오우오르가 당시 해외 출장 중이었기에 그는 건축업자와 서명하기 전에 이사회 의장인 올레 티피스와 상의했다는 입장을 유지했다. 그러나 이사회는 그 설명이 "완전히 불만족스럽다."고 판단했다. 이사회는 "오바마가 의장에게 상의를 했다는 어떠한 서면 증거도 없고 이것은 미스터 오바마 쪽의 중대한 무책임한 행동이라고 판단했다.[41] 이사회는 건축업자에 연락을 취해 프로젝트를 즉시 중단시켰다.

그 이슈는 봇물을 트고 말았다. 1970년 5월 11일 이사회 집행위원 지명 위원회의 회의에서, 이사들은 오바마에 대해 이야기 나누기 시작했고 그가 몇 가지에 대해 거짓말을 했다고 결론지었다. 이사들은 앞서거니 뒤서거니 하며 오바마가 저지른 불쾌한 행위들을 공개했다. 의장인 잔 모하메드는 오바마가 그에게 오우오르가 키수무로 떠났고 자신에게 권한을 넘겼다고 알린 시간을 들었는데, 그때는 사실 오우오르가 자신의 책상에 앉아 있을 때였다. 이사회 이사 마세카는 자신이 이사가 되기 전 몸바사에서 오바마를 만난 적이 있는데 그때 오바마는 자신을 KTDC의 부사장이라고 소개했었다고 했다. 그러나 그런 직책은 존재하지도 않았다. 다른 이사인 마티바는 보마 문제와 관련해 오바마가 거짓말한 것에 덧붙여 "오바마가 저지른, 그를 해고시킬 만한 다른 것들"에 대한 증거가 있었다. 다른 이사는 과거의 KTDC 이사회가 오바마의 해임을 결의한 것과, 그것이 KTDC를 감독하는 관광 및 야생동물부의 개입으로 중단되었던 것을 들춰냈다. 오우오르도 그의 근무 중 음주에 대한 보고서와 오우오르에 대한 사칭 그리고 회의 불참과 관련한 보고서를 잔뜩 가지고 있었다. 오바마의 "대외적 이미지"를 걱정한 위원회는 이사회가 오바마에 사임을 요구할 것을 권고한다. 술 냄새를 풍기며 개인적 과장을 전혀 개의치 않는 것은 그들이 마음속으로 생각했던 이코노미스트의 모습이 아니었다. 만약 오바마가 떠나기를 거부하면, "이사회는 그를 즉시 해고한다."[42]

오바마가 해고되기 몇 달 전, 오우오르는 벽에 써놓은 걸 보며 오바마의 방식을 바꿔보고자 노력했다. 그는 오바마같이 지성과 능력을 갖춘 사람이 품위를 지키지 못하는 것을 보며 안타까워했다. 오우오르의 동생은 오바마를 미국에서 알고 있었다. 그리고 오우오르는 자신의 부하에 대한 개인적 책임감을 느꼈다. 그는 몇 번 루스와 오바마를 자신의 집으로 초대해, 루스에게 오바마가 술과 거짓말을 끊게 하기 위해 할 수 있는 방법이 있는지 알아보라고 간청했다. 그러나 루스는 이미 해봤다고 대답했다. "그게 말입니다. 오바마뿐만이 아닙니다. 미국에서 공부하고 오는 다른 친구들이 있습니다. 그들은 스스로를 잘 관리하지 못합니다," 오우오르는 말했다. "그들은 아주 지적 수준이 높고 학위를 얻었기 때문에, 그들이 그 종잇조각을 가지고 있기 때문에 자신들이 모든 것을 갖췄다고 생각합니다. 그러나 당연히 그게 끝이 아닙니다. 그것은 단지 시작에 불과했었습니다. 필립 은데과를 보세요. 그는 하버드를 마치고 돌아왔습니다. 그리고 그는 스스로를 하버드 출신답게 관리했습니다. 그는 품위를 가지고 있으며 대단한 배려심을 가지고 있습니다. 오바마는 자신을 하버드 출신답게 관리하지 못했습니다. 그게 모든 차이를 만든 것입니다."

오바마는 이사회의 조치를 알고 그에 맞섰다. 모하메드 이사회 의장과의 만남에서 오바마는 자신이 사임을 거부할 경우 어떤 결과가 있을지 알려줄 것을 요구했다. 그는 자신이 자신의 거취를 결정하기 위해 몇 주 시간을 더 줄 것을 요구했다. 모하메드는 그 문제에 대한 더 이상의 논의를 거부했고 1970년 6월, 음보야의 피살과 이어지는 탄압이 있은 지 1년이 채 되지 않아 오바마는 해고되었다.[43] 34살의 나이에 이제 그의 이력에는 세 곳의 직장에서 실패했다는 꼬리표가 붙어 있었다. 그리고 오바마는 언제든 다른 일자리를 금방 얻을 것이라고 생각했지만, 사실 이제 어느 일자리도 얻을 수 있다는 기약이 없었다.

오바마가 예상했듯 오바마의 해고 소식은 정부의 이코노미스트들과 기획관들 사이에 빠르게 퍼져갔다. 크게 낙담한 그는 자신이 잘 알고 있는 위안 수단을 찾았다. 어느 날 늦은 밤 술집에서 혼자 운전을 해 귀가하던 오바마는 길가에 주차해 있던 차와 정면 충돌했다. 그의 친구 몇몇은 그 교통사고가 자살시도가 아니었나 하는 의구심을 가졌다. 한쪽 다리의 뼈 여러 군데가 부러졌고 오바마는 거의 한 달 가까이 입원해 있었다. 6년 전 그가 두 다리가 부러진 채 누워 있었을 때처럼 나쁜 소식을 담은 편지 한 통이 병상 머리맡까지 찾아왔다. 이번에 온 편지는 치안 및 국방부에서 온 것이었다. 정부는, 어쩌면 케냐타가 직접 그의 여권을 취소함으로써 그가 그렇게 잘할 수 있는 종류의 일을 할 수 없게 만들었다.[44]

'위뇨 피니 키보르네', 후세인 오냥고가 하곤 했던 말처럼 하늘을 나는 새가 가지 못할 세상은 없다. 그러나 그렇게 높이 멀리 날았던 새는 이제 어느 곳으로도 날 수 없는 처지가 되었다.

신조차
날 원하지
않는다네

신조차
날 원하지
않는다네

1970년대 중반, 미국에서 막 돌아온 아룽구-올렌데는 오랜 친구인 버락 오바마로부터 전화를 받았다. 올렌데는 경제분석에 열성을 가지고 MIT에서 1년간의 객원연구원 생활을 최근 끝낸 전기공학자로 이제 자신의 진로를 결정하기 위해 막 돌아온 참이었다. 두 사람은 수년 전 알게 된 사이로 당시 두 사람은 수학적 프로그래밍에 매료되어 있었다. 그런 그에게 오바마는 일자리를 제안했다. "그는 자신이 컨설팅 회사를 설립할 계획이라면서 함께 일하자고 했습니다." 나중에 아프리카 과학학회의 사무총장이 된 올렌데는 이렇게 기억했다. "그는 우리가 근사한 팀이 될 것이라고 말했고 나도 그의 제안에 흥미를 느꼈습니다."

그러나 올렌데는 오바마와 이야기를 나누면서 그가 처한 상황을 알고 충격받았다. 5년 전 두 사람이 만났을 때는 오바마가 케임브리지에서 막 돌아왔을 때였다. 하버드에서 받은 학위에다 매력적인 백인 아내는 말할 것도 없고 우아한 태도까지, 오바마는 아프리카에서 새로이 떠오르고 있는 엘리트 집단의 일원으로서 완벽해 보였었다. 그 엘리트 집단은 케냐의 권력 구조를 서서히 장악하고 있었다. 올렌데는 다른 오랜 친구들과 만나면서 오바마의 집에서의 난폭한 행동들과 직장에서의 안하무인격 태도들에 대해 들었다. 그럼에도 불구하고 올렌데는 오바마를 좋아했고 그와 팀을 구성하는 것을 진지하게 고민했다. 그 고민은 올렌데가 UN에서 일하기로 결정하면서 끝나게 되었다. 이후 30년 동안 그는 UN에서 일하게 된다. 하지만 올렌데는 오바마의 무분별한 행동들이 결국 오바마 자신을 더 추락하게 만들 것을 염려했다.

그 컨설팅 회사는 영원히 실현되지 않았다. KTDC에서 해고된 후 오바마는 이런저런 일들을 시도했으나 어느 것도 오래가지 못했다. 그는 케냐 수자원부에서 몇 달간 일했고 이어서 세계보건기구WHO에서 지방의 물 공급 관련 자문을 하기도 했다. 그러나 오바마는 몇 달이 채 되지 않아 실직하여 소득도 없고 직장을 얻을 가능성도 없이 방황했다. 직장의 엄격한 조직생활에 적응하지 못해 쫓겨나고 자신의 아내는 물론 자식들과의 사이에도 불화가 깊어지면서, 오바마는 쇠락의 시기에 들어섰고 이런 쇠락은 6년 가까이 지속되었다. 비록 그가 몇몇 오랜 친구들과 가까운 관계를 유지했고 즐겨 찾던 술집들에 누군가 대신 술값을 내주는 한 계속 모습을 보이긴 했지만, 오바마는 주기적으로 오랫동안 눈에 띄지 않곤 했다. 그런 그가 다시 나타날 때면, 그는 변해 있었다. 그의 세상은 이제 확연히 줄어있었다.

남편이 실직하자 루스는 가정을 꾸려가기 위해 허우적거렸다. 이제 그녀가 전적으로 가계를 책임지고 있었다. 집세와 생활비, 식모의 급료뿐만 아니라 다섯 아이들의 사립학교 학비를 지불해야 했다. 오바마가 데려온 네 명의 아이들의 학비에다 에즈라의 학비, 수시로 들르는 오바마의 가족들과 관련한 잡다한 지출까지 그녀가 감당해야 했다. 오바마는 아이들을 학교나 스포츠활동하는 곳까지 태워다 주는 일조차 거의 돕지 않았다. 대부분 비슷한 수준의 다른 케냐인들의 가정에서처럼 그러한 일은 루스나 식모의 몫이었다.

비록 루스가 네슬레에서 직장생활을 하고 아이들을 실어 나르는 두 가지 일을 병행하면서 가정을 정상적으로 유지하려 애썼지만 오바마는 가정에 무심했다. 대부분의 오후 그는 산스치크나 브루너 호텔의 바로 갔고 그곳에서 저녁 내내 정부의 실정과 자신이 처한 상황의 부당함에 대해 불평했다. 그가 집으로 돌아올 무렵이면, 그는 몸을 가누지 못하고 횡설수설하기 일쑤였다. 그럴 때면 아이들은 침대에 웅크리고 숨죽인 채 오바마가 가구를 부수며 자신의 약삭빠르지 못함을 저주하는 소리를 들어야 했다.

아우마도 그 고함소리들을 들었다. 그녀가 수년 후 동생인 오바마 주니어에게 말하기를 "그 양반은 로이나 나를 야단칠 때를 빼고는 우리와 대화한 적이 없어. 아버지는 만취해서 늦게 집에 돌아오곤 했고 루스에게 소리지르며 음식을 만들라고 시키는 것을 들었어," 버락은 『내 아버지로부터의 꿈』에서 이렇게 옮기고 있다. "아버지가 집에 안 계실 때면 루스는 로이와 내게 '아버지가 미쳤고 그런 아버지를 둔 것이 가엾다'고 말하곤 했어. 나는 그런 이야기를 하는 루스를 원망하지 않았

어. 나도 아마 그녀의 말에 동의했던 것 같아." [1]

오바마는 루스에게 한참 동안 폭언을 퍼부었고 그녀의 머리를 수없이 내리치며 오랫동안 화풀이를 했다. 그러나 실직상태가 몇 달 더 지속되고 더욱 절망하면서 루스에 대한 오바마의 행동은 더욱 난폭해졌다. 루스는 판사의 금지명령을 받아내기도 했고 그가 다음엔 어떤 짓을 저지를지 끊임없이 걱정했다. 그녀는 언젠가는 오바마가 자신의 분노를 아이들에게 표출할 것을 염려했고 그런 일이 생긴다면 이젠 끝이라고 다짐했다. 그럼에도 불구하고 그녀는 오바마를 떠나지 않았다. 어쨌든 그녀는 아직도 오바마를 사랑하고 있었기 때문이다. 그리고 그도 역시 그녀를 사랑하고 있다고 믿었다. "나는 모든 것에도 불구하고 오바마를 사랑했어요. 나는 그냥 그에 대한 엄청난 열정을 가지고 있었어요. 그리고 나는 내 아이들을 사랑했어요. 나는 그저 모든 일이 저절로 나아질 것이라고 믿는 그런 성격이에요." [2]

그러나 상황은 나아지지 않았다. 오히려 더 나빠졌다. 어느 날 밤, 오바마는 항상 그렇듯 불만 가득한 기분으로 술집에서 돌아왔다. 그러나 이번에는 칼을 가지고 있었다. "어느 날 그는 문을 쾅, 쾅, 쾅, 두드렸고 어린 아우마는 당연히 문을 열어줬어요." 루스는 회상했다. "그리고 들어온 그의 손에는 칼이 들려 있었어요. 그는 칼을 내 목에 대고는 소리쳤습니다. 나는 당연히 겁에 질렸지요. 그는 여러 차례 나를 두렵게 만들었습니다. 그러나 난 그가 날 정말 해칠 거라고는 생각하지 않았어요. 그는 그저 겁을 주려고 허세를 부리고 있다고 생각했으니까요. 심지어 아이들도 그 모든 것을 목격했어요. 이웃에 도움을 청하러 달려간 것은 로이였어요. 그 이웃은 나와 친구인 루오족 여성이었는데 그녀가 버락을 말렸어요. 그녀는 말했지요, '버락, 이러지 말아요. 이러면 안 돼요.'"

심지어 그때도 루스는 오바마를 떠나지 않았다. 대신 그녀는 이혼을 고려하기 시작했다. 만약 그녀가 이혼하고 마크와 데이비드의 양육권을 확보할 수 있다면, 자신이 오바마를 상대로 드디어 일종의 지렛대를 가질 수 있으리라고 생각했다. 오바마가 그녀에 대해 함부로 할 수 있는 이유 가운데 하나는 그가 그녀로부터 아이들을 떼어 놓을 수 있다는 사실이었다. 그런데 그녀가 양육권을 가진 입장에서 그와 타협할 수 있다면 어쩌면 오바마의 행동을 변화시키고 그의 고질적인 음주 습관을 중단시킬 수도 있으리라고 생각했다. 최소한 그녀는 그렇게 희망했다.

1971년 11월 오바마는 뜻밖의 계획을 알린다. 그가 장기간 해외여행길에 오른다는 것이다. 어쨌든 그는 여권을 돌려받았고 이제 국제적 컨설팅 업무를 다시 추진하고자 했다. 직장을 구할 수 없자 오바마는 컨설팅 회사를 차리겠다는 자신의 희망을 계속 추구했고 여행을 통해 KTDC 시절의 일부 인맥들과 관계를 되살릴 수 있기를 희망했다. 그가 여행가방을 들고 집을 나서자마자 루스는 자신의 변호사에게 전화를 했다. 여러 차례의 방문에서 오바마가 루스를 학대하는 모습을 수시로 목격한 그녀의 친구와 오바마의 사촌은 이제 자신들이 목격한 것을 증언할 준비가 되어 있었다. "나는 그 결혼이 지속될 수 없음을 알고 있었고 뭔가를 준비할 필요가 있었어요," 루스는 말했다. "이혼은 내게 그런 자유를 줄 것이고 그는 나를 법적으로 구속할 수가 없을 테니까요. 그건 아주 중요해 보였어요."

루스가 나이로비 법원에 이혼신청을 제출한 동안, 오바마는 지구를 반 바퀴 돌아 호놀룰루에서 현재의 아내에게는 거의 이야기를 한 적이 없는 던햄과 함께 크리스마스를 보내고 있었다. 그는 자신이 지난 10년 동안 사무실에 소중하게 간직해온 사진 속에서 세발자전거를 타고 있던 사진의 주인공인 작은 남자아이도 알아볼 수 있었다. 이제 열 살이 된 버락 오바마 주니어는 휴일을 몇 주 앞두고 현관 계단에 나타난, 다리를 살짝 저는 어두운 그림자를 보며 분명 여러 가지가 뒤섞인 느낌을 가졌다. 그의 아버지가 9년 전에 떠나버린 이래 어린 인생에는 나름 많은 변화가 있었다. 어린 오바마가 네 살이 되었을 때 그의 엄마는 또 다른 외국인 학생과 사랑에 빠졌고, 이 쾌활한 인도네시아 청년은 그녀의 어린 아들과 레슬링하기를 좋아했었다. 1968년 앤 던햄은 롤로 소에토로와 결혼했고 자카르타에 터전을 잡았다. 결혼생활은 오래가지 않았고 1971년 어린 오바마는 외조부모와 함께 살며 사립학교에 다니기 위해 호놀룰루로 돌아왔다. 앤은 그해 크리스마스를 보내기 위해 하와이로 돌아왔고 결국 그녀와 그녀의 어린 딸 역시 호놀룰루에서 살기 위해 완전히 돌아왔지만 그녀의 두 번째 남편과 이후로도 수년 동안 이혼하지 않았다.

오바마가 도착한 날 거실 한구석에서 조용히 자신의 아버지를 유심히 관찰하던 어린 오바마는 자신의 아버지가 놀랄 만큼 여위고 바지 속에서도 무릎은 뾰족하게 불거질 정도임을 눈치챘다. 파란색 블레이저와 빳빳한 셔츠에 진홍색 애스콧타이를 목에 두르고 있는 아버지 오바마의 모습은 하와이의 캐주얼한 스타일들과 비교하면 지나치게 차려 입은 모습이었다. 그의 지팡이도 둥근 상아 손잡이가 있는 우아한 형태였다. 그러나 그의 눈은 약간 노랬다. "눈이 한때 말라리아를 앓은 적이 있는 사람처럼 노랬다. 그의 몸은 부서질 듯해 보였고 그가 담배에 불을 붙이거나 맥주에 손을 뻗을 때면 위태롭다는 생각을 했다."[3]

오바마는 한 달 정도 머물렀다. 그 기간 동안 그와 던햄은 가족의 추억이 깃든 하와이의 이곳저곳들을 방문했다. 그들은 함께 살았던 아파트, 자신들의 아들이 태어난 카피올라니 메디컬 센터 그리고 오바마가 떠난 후 그녀가 한 살 된 아들과 자신의 부모와 함께 살기 위해 자리 잡았던 곳으로 근사한 베란다가 있는 유니버시티 애버뉴의 단층 건물을 향해 차를 몰았다. 몇 주가 지나면서 관찰력 뛰어난 아이는 아버지의 존재와 그가 다른 사람에게 미치는 이상한 영향을 알아챘다. 아버지 오바마가 만들어내는 전기와 같은 어떤 진동은 손자가 '그램프스'라 불렀던 외할아버지 스탠리를 활기차게 만들었다. 심지어 하와이어로 조부모를 뜻하는 투투에서 기인한 '투트'로 부르던 할머니 매들린조차도 그와 함께 정치와 국가재정에 대한 논쟁에 참여하게 만들었다. 그가 위엄 있고 모든 것을 감싸는 목소리로 우아하게 손짓을 하며 재미있는 이야기를 할 때면 사람들은 그에게 귀를 기울였다. 그러나 아버지와 아들 사이에는 별다른 대화가 없었다. "나는 그의 앞에서는 벙어리가 된 느낌이 들곤 했다,"라고 그의 아들은 적고 있다, "그리고 그는 내게 말하도록 강요하는 법이 없었다."⁴

하와이를 방문한 오바마는 만감이 교차했다. 자신이 위대한 꿈에 도취해 패기만만하게 지냈던 하와이의 경관은 반가우면서도 씁쓸하게 느껴졌다. 그는 많은 옛 친구들을 찾지 않았으며 제인이나 아베크롬비와 연락하려는 노력조차 하지 않았다. 이해할 수 없지만, 그는 하와이대학교에서 앉아 있는 모습으로 여러 장의 사진을 찍었고 이 사진들은 아무런 설명 없이 앨범의 학교 관련 사진 모음에 보관되어 있다. 사진 속에서 오바마는 회색 정장에 짙은 색의 손수건을 가슴 주머니에 꽂고 진지하게 먼 곳을 응시하고 있다. 그가 십 년 전 셔츠 차림으로 다양한 학생들과 찍은 패기만만한 학부생의 모습과는 전혀 다른 것이었다.

자신과 루스와의 결혼생활이 쓰라린 파국에 가까이 왔음을 짐작한 오바마는 하와이 방문을 계획하면서 자신의 전처가 그와 함께 케냐로 올지도 모른다는 기대를 어느 정도 가지고 있었음이 분명하다. 앤은 당시 스물아홉 살에 소에토로와의 결혼생활에 문제가 있었고 그 결혼이 오래가지 않을 것을 직감하고 있었을 가능성이 있다. 그녀는 이미 인류학 석사과정을 밟기 위해 하와이 대학교에 등록을 이야기하고 있었다. 그녀는 오바마의 제안을 진지하게 고려했지만, 자신과 자신의 아이들이 안정적인 생활을 할 수 있는 하와이에 남는 것이 더 낫다고 결론지었다. "결국 그는 돌아와서 그녀에게 함께 아프리카로 가자고 했습니다,"

앤의 오랜 학교 친구 수전 보트킨 블레이크는 회상했다. "물론 이것은 그가 떠나고 난 지난 세월 동안 그녀가 기다렸던 것입니다. 그러나 그녀는 사람들에게 이제 다시는 어디로 떠날 자신이 없다고 말했습니다."

앤의 최종적 거절은 뚜렷한 긴장을 형성시켰다. 이제 사람들은 오바마의 방문에 싫증을 느끼기 시작했다. 투트와 그램프스는 오바마의 존재에 지치기 시작했고 저녁이면 그가 임시로 머물던 거처인 임대아파트로 돌아가는 것을 기다리기도 힘들어졌다. 그렇게 쌓인 스트레스는 결국 어느 날 저녁 어린 버락이 만화영화를 보려고 텔레비전을 켜면서 폭발했다. 아버지 오바마는 아들에게 즉시 텔레비전을 끄고 방으로 들어가 공부할 것을 명령했다. 아이가 시청할 수 있게 해야 한다고 앤이 주장하면서 이는 가족 간의 날카로운 언쟁으로 비화했고 극도로 짜증나 있던 네 사람은 큰 언쟁을 벌였다. 버락 주니어는 문을 닫은 자신의 침실에서 홀로 만화영화를 보면서 "아버지가 돌아가고 모든 것이 평상으로 돌아갈 수 있는 날을 손꼽기 시작했다."[5]

아들 오바마의 기다림은 두 주 후 아버지 오바마가 그에게 공항에서 작별의 포옹을 하고 머리 위 파란 하늘로 사라지면서 끝이 났다. 아들 오바마는 다시는 그 아버지를 보지 못했다. 한동안 이 둘은 편지를 교환했다. 그러나 버락이 스무 살이 되고 자신의 뿌리와 정체성에 대한 고민에 빠지면서 그 편지 쓰기는 중단되었다. 그리고 그의 아버지로부터 온 항공우편 더미는 벽장 속으로 치워졌다. 아들 오바마가 그의 회고록 속에 자신의 아버지에 대한 복잡한 감정을 정리하기까지는 쓰라린 크리스마스의 만남이 있고 다시 20년의 세월이 걸렸다.

나이로비로 돌아오는 길의 오바마는 또 한번의 거절에 낙담한다. 그가 없는 동안 루스는 변호사와 이혼관련 상담 끝에 마침내 혼인관계에 종지부를 찍을 수 있었다. 이성을 잃은 오바마는 1967년 그녀가 그들의 첫 아이와 미국으로 도망쳤을 때 그랬던 것처럼 한 번 더 설득해 그녀의 마음을 돌리려 했다. 그러나 이번에는 루스도 흔들리지 않았다. "그는 말했어요, '이러지 마, 이렇게 끝내지 마, 제발'", 루스는 말했다. "그리고 나는 말했지요, '아뇨, 아뇨, 아뇨, 난 끝낼 거에요, 버락, 난 이런 말도 안 되는 상황 이젠 신물이 나요.' 나는 우리가 이혼했지만 그래도 그와 함께 살 것이라고 말했어요. 당신도 알 수 있듯 당시 난 이제 하나의 카드를 가지게 되었으니까요. 난 이제 아이들의 양육권을 가지고 있었어요."

루스가 어렵게 얻어낸 그 카드로 달라진 것은 없었다. 오히려, 오바마는 자신의 방종한 생활방식을 계속 이어갔고 아내의 분노 따위는 개의치 않는 것 같았다. 마침내 어느 날 밤 그는 비틀거리며 집으로 돌아와 그의 막내 아들인 데이비드 오피요에게 손찌검을 했다. 그것으로 루스의 한이 없을 것만 같았던 인내심도 갑작스럽게 바닥나게 되었다. 며칠 후 오바마가 오후 외출을 나가자, 루스의 친구는 우들리 하우스 앞에 자신의 픽업트럭을 대기시켰고 루스는 신속하게 트럭에 자신의 짐을 실었다. 해질녘 그녀와 두 아들 그리고 식모는 웨스트랜드에 임대한 집으로 이사 들어갔다. 다음날 아침 화가 머리끝까지 난 오바마가 찾아와 그 집의 문을 소란스럽게 두드렸다. "그는 내게 소리쳤어요, '너 이

화냥년, 내가 아이들을 데려가겠어. 널 죽여버릴 거야.' 그런 소동이 계속되었어요. 술에 취해와서 고함을 질러대고 더 취해와서 더 질러댔어요. 난 그가 나를 쫓아온 것이 자존심 때문이었다고 생각해요. 사람들은 무슨 일이 벌어지고 있는지 다 알고 있었기에 자존심이 상했을 거에요. 그들은 다 봤으니까요." 루스는 말했다. "그는 매주 찾아왔고 똑같았죠. 소리지르고 내게 욕설을 퍼붓고. 그것은 정말 우릴 아주 불안하게 만들었어요. 그렇게 한 달 가까이 지속되었고 우리는 케냐 경찰 범죄수사대에 연락했어요. 그리고 그들이 그를 소환했습니다. 그들은 오바마에게, '이봐 버락, 그 여자를 그만 괴롭히게.'라고 말했어요. 그리고 그 이후로 그는 우리를 다시는 괴롭히지 않았어요. 그렇게 끝났어요."

루스 말고도 많은 사람들이 루스의 집 앞에서 오바마가 질러대는 고함소리를 들었다. 그의 난폭한 행동에 이웃들은 몸서리를 쳤고 나이로비의 입 빠른 사교모임들 사이에 금방 소문이 돌았다. "당시 그는 아주 따돌림을 당했습니다." 당시 재정경제기획부의 기획담당 차관보였던, 고위 정부 경제관료였으며 그 아내가 루스와 친구 사이였던 해리스 물레는 말했다. "그것은 어느 정도 그의 개인사 때문입니다. 내 말뜻은, 오바마가 정말 아프리카인같이 살았다는 것입니다. 그가 그녀를 어떻게 대했는지에 대해서는 정말 경악할 만한 이야기들이 있습니다. 내 아내는 내가 상상할 수 없을 만한 이야기들을 꽤나 자주 내게 말해주곤 했습니다. 그러나 더 큰 문제는, 솔직히 말하면, 오바마는 항상 파산상태였다는 것입니다. 그는 돈 없이 술집에 들어가서 누군가가 술을 사주기를 기대했고 비싼 위스키만 마셨기 때문에 아주 골칫거리였습니다. 그래서 친구들은 그 때문에 화가 나곤 했고 그를 피하려고 했습니다."

1973년 루스와 어린 아들 둘이 떠나자, 오바마는 붉은 지붕의 우들리 하우스에 사실상 혼자 남게 되었다. 가정부는 루스와 함께 떠나버렸다. 에즈라는 그 전해에 코카콜라 나이로비 공장에서 기계예비부품을 관리하는 일을 얻어 떠났다. 오바마가 알선해준 그 일자리에서 그는 20년 동안 훌륭한 직장생활을 하게 된다. 말리크는 명문 레나나 학교에 다니고 있어 별로 집에 오지 않았다. 아우마는 최근 케냐 고등학교에 입학하여 주중에는 기숙사에 있었고 가끔씩 주말에만 집으로 돌아왔다. 오바마는 그에게 음식을 만들어 줄 사람도 없고 그가 소파에서 잠이 들어도 그의 손에 들려있는 잔을 거둬줄 사람도 없이, 거의 항상 혼자였다.

당시 열세 살이었던 아우마는 가족이 뿔뿔이 흩어진 것으로 깊은 상처를 받았다. 루스는 아우마가 네 살 때부터 아이들과 함께 살았다. 그리고 그녀는 아우마와 말리크가 기억하는 유일한 엄마였다. 이제 그녀의 "엄마"와 어린 동생들이 가고 없을 뿐만 아니라, 그녀의 기본적인 것들을 챙겨주거나 그녀 아버지의 난폭한 행동으로부터 그녀를 지켜줄 사람이 없는 것이었다. 그녀가 방학이나 주말에 그 텅 빈 집으로 돌아오면 찬장에는 아무 음식도 없었다. 비록 오바마가 자신이 필요한 데 쓸 돈을 빌려 올 수 있었지만, 자신이 넉넉한 체하기 위해 오바마는 종종 그 돈을 자선단체에 기부해버렸다. 루스가 떠나고 몇 달 동안에 대해, 아우마는 2010년 자신의 회고록『삶은 언제나 사이에 온다』에서

신조차 날 원하지 않는다네

이렇게 적고 있다. "슬픈 시기가 시작되었다."[6] "아버지와 동생은 그 집의 고요함에서 벗어나고 싶어 하는 것같이 보였다."라고 아우마는 언급하면서, "그들이 집에 돌아올 무렵 나는 이미 잠이 들었을 때가 많았고 아버지는 내게 말을 시키기 위해 종종 나를 깨웠다."[7]

그는 자신의 딸을 불러 함께 거실에 앉도록 하고, 길고 외로운 밤 어린 딸을 붙들고 적적함을 달래려 했다. 오바마는 자신이 자식들을 깊이 사랑했고 그들을 부양하기 위해 할 수 있는 한 열심히 일했다고 주장했고 아우마는 소파 한쪽 끝에 앉아 그런 그를 차갑게 바라보았다. 밤이 더디게 갈 때면, 오바마 자신이 좋아하는 슈베르트의 5번 교향곡을 전축에 올려놓고는 졸고 있는 딸에게, 자신이 인생에서 마주쳤던 여러 어려움들을 늘어놓았다. 그러나 아우마는 그의 슬픔에 냉담했다. 오랫동안 자신이 무관심했던 아이와 유대를 구축하려는 한밤중의 그의 노력은 너무 늦었고 너무 부족했다. 극적으로 쏟아지는 플룻과 호른 소리에 휩싸이면서 그녀에게는 아버지가 하는 말이 들리지 않았다. "나는 아버지와 멀리 떨어져 앉아 있었습니다. 나는 그의 깊은 슬픔을 이해할 수 없었고 그의 외로움에 어떠한 연민도 느낄 수 없었습니다."라고 그녀는 적고 있다. "그 당시 나는 아버지가 우리에게 초래한 상황은 전적으로 아버지의 잘못이라고 확신하고 있었습니다."[8]

어느 정도는 오바마 자신도 그것에 동의했다. 비록 그가 자신이 겪고 있는 상황을 케냐타와 키쿠유 일당의 탓으로 돌리고 공개적으로 그들을 비난했지만, 결국 오바마는 자신의 자녀들과 여러 먼 친척들까지 부양할 수 없다는 사실을 뼈저리게 깨달았다. 알레고로 여행 갈 때면 그는 자신이 실직했다는 사실을 한번도 언급하지 않았다. 오히려 그는 음식과 선물들을 잔뜩 싣고 갔다. 그것들은 친구들이나 노조연맹에서 꾼 돈으로 산 것들이었다. 이제는 팔꿈치가 닳았지만, 그의 트레이드마크인 유럽식 정장 차림에 영락없이 잘나가는 정부의 경제관료로 자신을 나타냈다. 그러나 가까운 친구들과 따로 있을 때면 뿔뿔이 흩어진 자신의 가족의 비통한 상황을 슬퍼했고 더욱 술에 집착했다. "당시는 그에게 아주 아주 힘든 시기였습니다," 그의 오랜 친구이며 알레고 지역 전직 국회의원인 피터 아링고는 말했다. "나는, 어쨌든 그 자신의 성격에 문제가 있음을 그 스스로 알고 있었다고 생각합니다. 단지 그는 그것을 어떻게 고쳐야 할지 몰랐을 뿐입니다. 그것은 정말 그에게 자존심 상하는 상황이었습니다. 그래서 그는 케냐타를 비난했습니다. 오바마가 가족을 부양할 수 없게 만든 것은 바로 케냐타라는 것입니다. 버락은 자신이 결코 꺾을 수 없는 거대한 괴물과 맞서 싸우고 있는 것입니다. 이때부터 그는 낮 시간에도 폭음을 하기 시작했습니다. 그가 할 수 있는 일은 아무것도 없었습니다."

오바마를 가장 괴롭게 만든 것은 그의 여러 친척들이나 심지어 자신의 딸의 학비조차 지불할 수 없다는 사실이었다. 그가 오냥고의 책상에서 뛰어난 산수 실력을 보인 이래, 그는 공부야말로 성공으로 들어서는 입장권과 같은 것이라고 교육받아왔다. 그는 무수한 어린 조카와 사촌들의 학비를 뿌듯한 마음으로 대신 지불해 왔고 대학 졸업장이 주는 혜택을 오랫동안 강조해왔다. 그런 버락 오바마 박사가 더 이상 그마저도 할 수 없다는 사실은 그를 깊이 상심하게 했다. 오바마가 노력을 하지 않은 것은 아니다. 그가 실직상태인 몇 년 동안, 오바마는 수시로 시내에 있는 국제교육기관에 들렀다. 이곳은 미국에 본부를 둔 비영리단체로 해외 연수나 훈련의 기회를 제공하고 있었는데 친척들의 학비 지원을 바라는 마음에 오바마는 이곳을 자주 찾았다. 1972년부터 1975년까지 그 사무소의 책임자였던 조세핀 미첼은 가끔 저녁까지도 일을 했었는데 거의 일주일에 한 번은 오바마의 방문을 받았다. "그는 돈을 구하고 있었어요," 이제 73세에 밴쿠버 섬에서 살고 있는 미첼은 말했다. "그는 항상 마음속에 가족들 여럿의 명단을 가지고 있었어요. 그는 이렇게 말하곤 했어요. '내게 아주 명석한 조카녀석이 하나 있는데 이 이야기 꼭 들어보셔야 합니다.'라거나 '여기 내가 그 녀석을 위해 생각해 둔 학교가 있습니다.' 아니면, '이곳이 내가 다녔던 학교라는 걸 아십니까?'"

미첼은 그의 의지에 감동받았다. 그러나 그녀는 그에게서 강한 술 냄새를 느꼈고 그것은 분명 오바마의 설득력을 떨어뜨렸다. "그는 아주 확고했습니다." 미첼은 덧붙였다. "만약 그를 아침에 만난다면, 그는 괜찮아요. 그러나 그는 점심때 몇 잔 마시고 집에 가는 길에 몇 잔 더 마셨어요. 저녁이면 그는 술에 절어 있었어요. 알다시피, 그쯤 되면 그는 정말 사람들이 피하고 싶은 그런 사람이었어요. 그는 더 이상 조리 있게 생각할 수 없었습니다. 그것은 정말 안타까운 일이었어요."

비록 일부 오바마의 동료와 친구들이 그를 멀리했지만 오모기 칼레브는 그러지 않았다. 칼레브는 오바마와 취향이 비슷할 뿐만 아니라 카냐디앙에서 멀지 않은 곳에서 태어났고 오바마와 동갑이었다. 잠깐 동안 이 둘은 같은 학교에 다니기도 했다. 사교적이고 쾌활한 칼레브는 웨스트랜드에 새 레스토랑을 소유하고 있었는데 이곳은 콩고 밴드가 출연하고 댄스 플로어가 있어 인기가 있었다. 칼레브는 자신의 오랜 친구가 아주 위험한 상황에 처하게 될까 우려했고 그래서 오바마를 보살폈다. 그는 오바마가 더블-더블을 마실 만큼 두둑한 돈을 지니게 했고 자신의 집에서 몇 달씩이나 머무를 수 있게 했다. 주말에는 둘이 즐기러 길을 떠나기도 했다. 그들은 몸바사의 해변으로 갔고, 탄자니아의 깨끗한 호텔에 머물기도 했으며, 나이로비의 호화스러운 레스토랑에서 식사를 했다. 그리고 때때로 최종 도착지에서 몇몇 젊은 여자들을 만나도록 준비해두기도 했다. "우리는 젊고 예쁜 아가씨들과 어울리는 것을 좋아했습니다," 칼레브는 말했다. "그리고 우리와 어울릴 아가씨들은 예뻐야 한다는 철학이 있었고 종종 우린 그런 아가씨들과 어울렸습니다. 그러나 정확하게 말하자면, 그가 항상 이랬던 것은 아닙니다. 당시 그가 정말 좋아했던 것은 그가 마시는 술과, 함께 술을 마시는 다른 사람들이었습니다."

다른 사람들처럼, 칼레브도 오바마의 음주량을 걱정했고 특히 그가 술을 마시고 운전석에 앉는 것을 특히 염려했다. 1970년대 초반 오바마는 일련의 경미한 교통사고들을 겪었고 대부분은 야간에 일어났다.

신조차 날 원하지 않는다네

경찰은 그의 위험한 운전 습관에 대해 자주 훈계했다. 그러나 오바마는 경찰을 개의치 않았고 자주 음주운전을 했다. 오바마의 어머니가 몇 해 전 그랬듯, 칼레브도 오바마가 조심하지 않는다면 교통사고로 생의 마지막을 맞을 것이라고 경고했다. "나는 말했어요, '자넨 술 때문에 죽게 될 걸세,'" 칼레브는 회고했다. "그는 이렇게 말했습니다, '집어치우게. 만약 그것 때문에 죽게 된다면, 죽으면 되지 뭐.'"

아니나 다를까, 오바마는 또 한 번 심각한 교통사고를 당했다. 이번에는 두 다리뿐만 아니라 왼쪽 슬개골이 부서졌다. 무릎 상처는 석 달간의 깁스와 여섯 달간의 입원을 필요로 했다.' 그의 회복기간 동안 그는 더 침울해졌다. 입원해 있는 동안 걸을 수 없었기에 오바마는 그나마 그를 금전적으로 버틸 수 있게 만들었던 작은 용역 일조차도 더 이상 할 수 없었다. 1973년 말 마침내 그는 퇴원을 했지만 목발을 짚은 채 다리를 절고 있었다. 이런 다리의 불편함은 그의 남은 인생 상당기간 계속되었다. 하버드를 졸업한 후세인 오냥고의 아들 오바마는 이제 장애자에 생계수단이 없으며 친구도 하나 둘 떠나버리는 신세가 되었다. "그가 외면받은 이유는 돈이 한 푼도 없는 지독한 빈곤 때문이었습니다," 물레는 말했다. "케냐에서는 돈이 없다면 그건 정말 곤란한 상황이 됩니다."

오바마는 망가진 자신의 다리나 재정적 궁핍보다도 더 큰 문제가 있다고 믿었다. 그리고 그것은 자신이 은젠가의 재판에서 한 증언에 대해 앙심을 품고 보복하려는 키쿠유족들이라고 믿었다. 비록 케냐타 정권이 어떤 식으로든 오바마를 실제로 표적으로 삼았는지, 아니면 그가 몇몇 친구들에게 털어놓았듯 그의 가족에 대한 살해위협을 했는지는 분명하지 않지만 그가 가진 두려움만큼은 진짜였다. 1974년 하와이의 오랜 친구 페이크 제인과 그의 당시 여자친구 줄리 로스터가 나이로비를 방문했을 때, 그 둘은 케냐타 정부에 대한 오바마의 집착에 충격을 받았다. 케냐타는 자본주의자적 방식으로 조국을 배신하고 정실주의를 펼쳤을 뿐만 아니라 자신을 살해하려 했다고 오바마는 단언했다. 그는 자신이 다리를 다친 것은 거리에서 어떤 차가 자신을 치려고 했을 때였고 그것을 오바마는 "나에 대한 직접적인 살해 시도"라고 불렀다고 제인은 회고했다. 오바마는 지속적으로 고통을 느끼는 듯 보였고 그의 분노는 수그러들지 않았다. 밤에 그와 함께 시내 술집을 순회하면서, 제인은 그의 불평을 듣고 있기가 불편했다. "그는 외출 나가면 고주망태가 되었고 친구들 모두를 불쾌하게 만들곤 했습니다," 제인은 회고했다. "우리는 야외 바에 있곤 했는데 그는 이런저런 의견 또는 그들이 한 행동 아니면 그들의 입장 등 여러 가지 이유로 그들에게 자신의 화풀이를 했습니다. 그는 그들을 면전에 대고 조롱했습니다. 그는 누군가를 손으로 가리키며 말하기를, '저 자식은 바보야,'라거나 아니면, '그는 자기가 무슨 말을 하는지 모르고 있어,'라고 했습니다. 말을 꺼낼 기회도 없었습니다. 그런 모든 분노를 쏟아내는 그와 같이 있기란 정말 고역이었습니다."

제인과 로스터는 나이로비에 머무는 한 주 동안 시 외곽의 캠핑장에서 머무를 계획이었으나 오바마의 권유에 오바마의 집으로 들어갔었다. 그러나 오바마와 며칠 머무른 후 그들은 야영장으로 다시 가기로 결정했다. "그는 재미있고 매력적이지만 계속되는 불평으로 다른 사람을 지루하게 만드는 사람이었습니다," 로스터는 단언했다. "우리는 공원으로 돌아갔습니다. 왜냐하면 그곳은 훨씬 조용했으니까요."

종종 오바마는 케냐의 비참한 상황에 대하여 불만을 터뜨리다가 누군가와 주먹다짐으로 이어지곤 했다. 아링고는 난자 바에서의 어느 날 밤을 떠올렸다. 오바마가 아주 큰 소리로 자신의 하버드 학위를 떠벌이자 술집은 조용해지면서 다른 사람들이 그를 돌아보았다. "그리고 술집 뒤편에서 목소리 하나가 들려왔습니다, '꺼져버려,' 그리고는 뻔하죠," 아링고는 말했다. "오바마는 그에게 달려갔고 대판 주먹다짐이 벌어졌습니다. 우리는 가까스로 그들을 떼어 놓았습니다. 오바마는 다음날 아주 미안해했습니다. 나는 말했습니다, '자네 이제 사람들 있는 데서 그렇게 싸우면 안 되네. 자넨 이제 어른이라네.'"

그리고 최악으로 치욕스러운 일이 일어났다. 케냐 고등학교의 교무처에서였다. 아우마 오바마의 수업료 납부는 몇 주씩 지체되기 일쑤였다. 그런 일은 한 번만이 아니라 반복적으로 일어났다. 그럴 때마다 아우마는 경리 사무실로 불려가서 미납액 청구서를 받고 납부가 완료될 때까지 집에 가 있으라는 말을 들었다. 그녀가 그렇게 집에 돌아올 때마다 오바마는 자신의 빚을 대신 갚아줄 몇몇 친구에게 연락을 했다. 그러나 오바마는 그들이 자신을 도와주지 않을 것을 잘 알고 있었다.

자신의 딸 학비를 지불할 능력이 없다는 사실을 인정하고 싶지 않았던 오바마는 곧 비어있는 계좌를 채워 놓을 것처럼 호기롭게 수표를 써주었다. 아우마는 진지하게 2마일 거리를 터덜거리며 걸어 학교로 돌아갔고 거기서 손에 쥐고 있던 수표는 아무짝에도 쓸데없는 것임을 쓰라리게 깨달았다.[10] "그래서 며칠 후 나는 한 번 더 집으로 돌려보내졌고 다시 아버지에게 학비를 부탁해야 했다."고 아우마는 적고 있다. "그렇게 한 번씩 집으로 갈 때마다 이 끔찍한 상황에 대처할 수 있도록 내 낯은 점점 더 두꺼워졌다."[11]

그런 일들이 몇 번 일어난 후, 그 학교의 여교장은 아우마의 딱한 처지를 알게 되었고 나서서 그녀에게 장학금을 제공했다. 아우마는 학교 생활을 이어갈 수 있었고 가능한 한 집에는 돌아가지 않았다.[12] 1975년 말이 되면서 이제는 돌아갈 집조차 없어져 버렸다. 집세를 낼 수 없었던 오바마는 자신이 6년 동안 살았던 우들리 하우스에서 쫓겨났다. 사실상 노숙자나 다름없는 처지가 된 그는 친구 아링고와 칼레브 또는 조카 에즈라의 집 소파에서 잤다. 그가 친구에게 돈을 빌리거나 도움을 얻을 수 있을 때면 혼자 호텔 방에서 잤다.

그의 극도로 비참한 재정상황에도 불구하고, 오바마는 보통 자신에게 한두 잔 살 수 있는 지인들을 만날 수 있는, 자신이 즐겨 찾는 술집들을 계속 빈번하게 드나들었다. 하루는 오바마가 인터콘티넨털 호텔의 로비를 자신의 아직 부상당한 다리를 이끌고 조심스럽게 걸어가다가 자신보다 나이 어린 친구 오유코 음베체와 마주쳤다. 오바마가 음베체를 만난 것은 케임브리지 시절이었다. 아직 고등학생이던 음베체는 수학적 원리에 대한 오바마의 유창한 논리에 감명받았고 그것은 그가 생각했던 직업을 의사에서 공학자로 바꾸게 되는 계기가 되었었다. 오바마의 케임브리지 아파트에서 여러 날 밤을 보내며 넋을 잃고 오바마의 이야기에 귀를 기울였던 음베체는 그 뒤 몇 군데 대학에서 학위를 받았고 나이로비 대학에서 강의를 하고 있었다. 오바마의 야윈 모습과 절름거리는 걸음에 놀란 음베체는 오바마의 사고 소식을 들었고 안타깝게 생각한다고 이야기했다. "오바마는 말했습니다, '자 자네도 알겠지, 이젠 신조차도 날 원하지 않는다네,'" 음베체는 회고했다. "여기서 그는 자기에게 일어난 사고에서 자신이 죽었어야 했다고, 그러나 그는 이제 신조차도 그를 원하지 않는다고 생각한 것입니다."

1975년 일련의 중대한 사건들의 전개는 오바마 인생의 끝없을 것 같은 추락에 제동을 걸게 된다. 그것은 케냐인의 가슴을 찢은 정치적 비극으로 시작되었다. 그러나 그것은 오바마의 놀라운 개인적 부활로 끝을 맺는데 그 부활은 오바마가 다시 근사한 바에서 위스키를 마실 수는 있을 정도의 르네상스를 가져온다.

시작은 정치에서였다. 톰 음보야의 사망과 오딩가의 KPU에 대한 탄압 이후 몇 년간 케냐타는 비교적 정치적으로 평안한 시기를 누렸다. 이 기간 동안 그에 대한 오랜 비판자들은 잠잠히 있었다. 그러나 그것이 오래가지는 않았다. 파란만장한 국회 의원이며 JM으로 알려진 조사이어 므왕기 카리우키는 한때 케냐타의 개인 비서이자 그의 추종자였다. 그러나 다른 몇몇 반체제 키쿠유족들처럼 카리우키는 정부의 빈민들에 대한 무관심과 부자들의 점진적인 부의 축적에 점점 더 불만을 가지게 되었다. 카리우키는 "우리는 10명의 백만장자와 천만 명의 거지가 사는 케냐를 원하지 않는다,"라는 유명한 발언을 하는데 이것은 그를 인민의 영웅으로 만들게 된다.

카리우키는 계층 형성의 위험성에 대한 경고를 하는 단순한 잔소리꾼이나 짓밟으면 되는 여느 반대론자가 아니었다. 키쿠유에서도 적지 않은 지지를 얻고 있던 내부자였었다. 그리고 그것이 그가 제거되어야 하는 이유였다. 1975년 3월 3일, 두 명의 마사이족 노인이 그의 시체를 응공 힐 덤불에서 발견했다. 그의 사체는 여러 발의 총탄 자국이 있었으며 손가락 여러 개가 잘려나간 상태였다.[13] 그의 살해사건은 나이로비 대학생들의 수업거부와 같은 광범위한 분노를 촉발하게 되었고 의회 의원들도 정부를 비난하고 살인사건 조사 위원회를 구성했다. 『데일리 네이션』지는 3월 14일자 1면 톱 제목으로, 다음과 같이 외쳤다, "우리는 진실을 원한다."

케냐타는 음보야의 사망 직후 키수무의 소요 사건에서 그랬던 것처럼 자신의 적들을 탄압했다. 그 사건과 관련하여 정부의 조사에 비판적인 보고서는 감춰졌고 의회 내의 일부 비판자들은 구금되거나 자리에서 쫓겨났다. 케냐타는 노쇠의 기미를 보여온 노인이었을 수도 있지만 여전히 자신의 반대파들에게 언제든 철권을 휘두르고 그들을 탄압

신조차 날 원하지 않는다네

할 수 있는 힘이 있었다. 몇 달 후 연례 '케냐타의 날'의 행사에서 케냐타는 다음과 같이 모골이 송연해지는 발언을 한다, "하늘에는 매가 떠 있어 언제든 길을 잃는 병아리를 습격할 준비가 되어 있다."[14]

　다른 많은 케냐인들처럼 음보야가 살해되고 불과 6년 만에 일어난 카리우키의 살해에 오바마는 크게 낙심하게 되었다. 그 일이 있고 몇 달 동안, 사람들은 어느 정도 입조심을 했지만, 그 사건은 시내의 술집과 레스토랑에서 뜨거운 주제가 되었다. 실제로 10월 어느 날 오후 오바마와 아링고는 인터콘티넨탈 호텔의 테이블에 앉아 술을 마시며 정부의 탄압에 따른 정치적 파장에 대해 이야기하고 있었다. 이때 그들은 당시 재정경제기획부의 장관인 므와이 키바키가 방을 가로질러 그가 항상 앉는 자리로 가는 것을 보았다.

　키바키는 능력 있는 경제전문가로 이미 몇 개의 공직을 거쳤으며 그가 1960년대 중반 음보야의 MEPD 보좌관으로 일하면서부터 오바마와도 아는 사이였다. 비록 그가 정부의 요직을 차지하고 있는 키쿠유족이었지만 그는 루오족에 대한 연민을 가지고 있었다. 그것은 부분적으로 그가 음보야와 함께했던 시절로부터 비롯된 것이다. 그는 케냐 독립 이전 KANU의 내부 경쟁에서 심지어 한때 오딩가와 연합한 적도 있었다. 키바키는 오바마와 위스키에 대한 취향이 같았을 뿐만 아니라 오바마의 수학적 재능과 경제 모형화 실력에 대하여 깊은 인상을 받은 바 있었다. 그래서 그날 바에서 오바마가 그에게 다가갔을 때, 키바키는 그에게 악수를 청했다. 아링고가 기억하는 바에 따르면, 오바마는 단도

직입적으로 말했다. "그는 이렇게 말했습니다, '나는 직업이 없어서 술한잔 사 마실 돈도 없습니다. 나는 당신보다 두 배는 뛰어난 이코노미스트인데 왜 당신은 직업이 있고 나는 없는 것입니까?' 키바키는 오바마를 정말 좋아했습니다. 그는 그와 그의 말투를 이해했습니다. 그래서 그는 오바마에게 위스키 더블샷을 사면서 다음 주에 자신의 사무실로 오라고 말했습니다. 그곳에서 오바마는 일자리를 얻게 되었습니다."

오바마는 매우 기뻤다. 드디어 그는 진지한 일을 하게 될 가능성이 생겼고 그의 옛 생활의 모습으로 하나 둘 되돌리기 시작할 수 있었다. 1975년 11월 초, 오바마는 하람베 애버뉴의 재무부 빌딩으로 걸어 들어갔다. 그곳은 11년 전 미국에서 돌아온 그에게 에드가 에드워즈가 수석기획관 자리를 주기를 거절했던 그 건물이다. 오바마는 기획담당 사무차관보인 해리스 물레를 상관으로 두게 되었는데 그는 오바마를 보고 불쾌하지 않았다. 비록 그가 오바마의 가정생활을 못마땅해했고 KTDC 시절 그가 일으킨 문제들을 잘 알고 있었지만 그 역시 오바마의 능력에 감탄했으며 그가 가치 있는 기여를 할 수 있으리라고 생각했다.

그의 거침없는 성격을 잘 알고 있었기에 물레와 여러 사람들은 오바마에게 어떤 일을 맡길지 조심스럽게 궁리했다. 그들은 오바마가 KTDC에서 문제를 일으키게 만든 재정적인 부분이나 또는 관리 책임을 가지게 되지 않는 기술적인 일을 맡는 것이 적당하다고 결론 내렸다. 오바마는 산업 인프라 부문의 상업적 개발을 위한 기획 담당관이 되었다. 그 일은 숫자들을 정확하게 처리해야 하는 곳으로 보통 대학을 갓 졸업한 직원들이 담당하는 것이었다.[15] 그는 연간 1,446파운드를 받기로 되었고 이는 그가 KTDC에서 받았던 것과 비교하면 아주 적은 액수였다. 고령이 되어가는 케냐타가 오바마에게 일자리를 주는 것을 반대하지 않았다는 것은 그가 단지 그 사실을 몰랐을 수도 있고 아니면 그 자리가 너무 하찮았다는 의미가 될 수도 있다. "오바마는 충분히 자격이 있었고 나는 그가 잘 해낼 것이라고 믿었습니다," 물레는 말했다. "KTDC에서 오바마는 조직의 운영을 돕는 임무를 담당했었습니다. 그러나 그의 성격은, 솔직히 말하면, 그에 맞지 않습니다. 우리가 그에게 맡긴 일은 안 보이는 곳에 앉아 정보를 모아서 그걸 가공해서 마침내 결과를 만들어 내놓는 것이었습니다. 그리고 그는 그걸 잘 해냈습니다."

　오바마는 2층에서 일하는 여러 직원들의 얼굴을 알아볼 수 있었다. 그들 중 상당수는 자신과 함께 공직생활을 시작했지만 이제 자신보다 훨씬 고위직이 되어버린 이코노미스트들이었다. 비록 그 부서의 이코노미스트와 기획담당관들의 숫자가 지난 10년간 크게 늘긴 했지만 그들은 음보야와 함께 시작한 자신들의 사명에 대해 여전히 열의를 가지고 있었으며 서로에 대한 동지애도 가지고 있었다. 텍사스에서 온 교수이자 수년 전 오바마를 실망시켰던 에드워즈도 여전히 선임 고문으로 그곳에서 일하고 있었다. 오바마가 하버드에서 공부를 도와 준 필립 은데과는 최근 UN에서의 일을 맡기 위해 자신의 재정기획부 사무차관 자리를 떠났다. 그리고 오바마의 마세노 학교 몇 년 후배인 프란시스 마사칼리아는 이제 기획부의 수석 이코노미스트로 오바마의 새로운 상관이었다. 오바마를 아주 좋아했던 마사칼리아는 그를 따뜻하게 맞았다. "나는 오랜 친구인 그에 대해서 항상 연민을 가지고 있었습니다. 그런데 그를 다시 보니 기뻤습니다." 마사칼리아는 말했다. "그는 훌륭한 교육을 받았지만 우리 사회가 써먹지 않은 인재였습니다. 그리고 그 사실은 우리를 가슴 아프게 했습니다."

하급 직원으로 일을 하게 된 오바마를 보면서 모든 사람이 기뻐한 것은 아니었다. 그를 알던 일부는 그렇게 낮은 직책으로 있는 오바마를 보는 것이 불편했고 심지어 다소 당혹스럽기까지 했다. 또 어떤 사람들은 그들이 익히 들었던 오바마의 음주와 남들의 주목을 받고 싶어 하는 태도가 문제가 될 것이라고 우려했다. 그러나 다른 사무차관이 오바마의 고용에 대해 의문을 제기하면 마사칼리아는 나서서 그를 변호했다. 사무차관에게 쓴 편지에서 마사칼리아는, "다음을 강조하고 싶습니다. 미스터 오바마의 태도와 관련하여, 미스터 오바마를 과거부터 알았던 사람이라면 그가 문제가 될 수 있다고 생각할 수도 있습니다. … 우리는 그러나 미스터 오바마가 상당히 변화했다고 믿게 되었습니다. 뿐만 아니라 우리는 그가 공무원으로 있는 동안 지켜야 할 품위와 규율과 관련하여 그를 감독하고 있습니다."[16]

오바마가 다시 직장생활을 시작하면서 살아나던 그의 기분은 2주 후 가족으로부터 전해진 비보에 바뀌고 말았다. 팔순에 쇠약하고 눈도 거의 보이지 않던 연로한 사나이 후세인 오냥고가 세상을 떠난 것이다. 장남으로서 오바마는 장례식을 주관해야 할 책임이 있었다. 그는 이제 막 일을 시작해서 아직 급여를 받지 못했기 때문에 가불을 신청했다. 다섯 달 후 그는 무수한 각종 비용을 지불하기 위해 두 번째 가불을 신청했다. 그것은 그저 시작일 뿐이었다. 재무부 근무시절 내내 오바마는 돈이 부족했고, 그에게는 급하게 돈이 들어가야 하는 조사나 개인적인 문제가 수시로 일어났다. 그의 가불 요청은 거의 항상 승인되었다. "나는 그저 돈이 한 푼도 없네,"라고 오바마는 1975년 11월 가불을 요청하면서 마사칼리아에게 보낸 편지에 적고 있다. "제발 돈을 자네가 수령하도록 처리해서 그 돈을 내 조카인 올웨니 오구투에게 전해줄 수 없겠나?"

1976년 5월 그는 정중하게 1,000케냐실링의 가불을 요청한다. 재무부의 선임 인사담당관에게 보낸 편지에서 오바마는 자신이 재정적 문제로 곤란을 겪고 있다고 적었다. 그의 첫째 아들 말리크가 키수무에서 사립학교에 입학하려는 참일 뿐만 아니라 병까지 앓고 있고, "나 역시도 학교에 들어가는 아이들 모두의 수업료와 교복 값으로 많은 돈을 지불해야 하는 상황입니다. 게다가 나는 최근 부친상을 치렀고 그로 인해 경제적으로 매우 쪼들리는 상황입니다."

1977년 그는 너무 쪼들렸기에 레이스 코스 로드에 얻은 아파트의 세를 낼 수가 없었다. 1978년 2월 오바마네 집주인인 조지프 무리웅기는 재무부 인사담당관에게 편지를 써서 "오바마가 자신에게 밀린" 4,200케냐실링을 받을 수 있도록 도와달라고 요청했다. 그 돈을 받아내려는 무리웅기의 노력은 별 성과를 거두지 못했다. "나는 오바마를 여러 차례 방문했고 그는 항상 내게 아주 무례하게 말했습니다,"라고 무리웅기는 적고 있다. "그는 심지어 내게 자신이 박사라는 것을 알기나 하냐고 묻기까지 했습니다."[17]

그의 경제적 어려움에도 불구하고, 오바마는 한 번 더 경제관료로서 일하게 되고 그가 잘할 수 있는 일들을 담당하게 되었다. 그러나 처음에 그가 맡았던 그 일들이란 그가 하버드에서 배운 다중회귀분석이나 정교한 경제모형기법과는 별 관련이 없는 것들이었다. 오바마는 대신 케냐의 교통시스템에 가장 기본적인 것들을 다뤘다. 예를 들어 확대되어야 하고 보다 효율적으로 만들어야 하는 북쪽 연안의 킬리피 페리와 관련된 일이나, 과적 상용트럭이 나이로비-몸바사 구간과 케리초-부시아 구간에 심각한 손상을 줌에 따라 특별 규제가 필요한 차축하중제한과 같은 것들이다.[18] 지난 몇 달간 업무가 더 복잡해지면서 오바마는 종종 마사칼리아나 물레 대신 메모를 작성하거나 질의에 응답하기도 했다. 그러나 오바마의 긴 메모는 눈에 띄게 분명하면서도 포괄적이어서 어느 세세한 것 하나 빠뜨리지 않았다.

자신의 상관들을 위해 아무 불평 없이 그 메모들을 작성한 버락 오바마는 변해 있었다. 비록 그가 침착함으로 오바마 박사란 호칭을 부활시켰고 우아한 나이로비 세레나와 유명한 노퍽 같은 안락한 호텔들을 술꾼 친구들과 계속 드나들었지만, 옛날의 잘나가던 때가 그리웠다. 빛나던 메르세데스는 흰색 픽업트럭으로 대체되었다. 그의 친구들은 그가 자신과 동승할 수 있는 사람의 수를 제한하기 위해 차를 바꿨다고 농담을 했다. 비싼 벤슨앤드헤지 담배 대신 이제 그는 555s나 현지산 스포츠맨을 피웠다. 파이프는 이제 옛날이야기가 되었다. 비록 오바마가 그와 춤을 추려는 어린 아가씨들과 룸바를 췄지만 그가 우아한 흰색 수트를 입고 감탄하는 군중 앞에서 스타라이트 클럽의 댄스 플로어를 뽐내듯 누비던 시절은 지나가버렸다. 그가 특히 사무실에 있을 때나 잘 모르는 사람들과 있을 때면 그의 주변에는 조용하고 가라앉은 기운이 감돌았다. 오바마는 항상 한쪽 편을 택해야 하는 싸움에 참여하곤 했다. 그런 싸움은 그가 마세노 학교 시절 탁월함을 보여줬던 토론과 비슷한 것이다. 그러나 더 큰 싸움은 이미 끝나버렸다. "그가 마침내 직업을 찾았지만 그땐 이미 상처가 너무 깊었습니다. 맡은 일은 너무 미미했고 때는 너무 늦어버렸습니다," 아링고는 말했다. "그는 많은 빚을 안고 있었고 이제 일가의 어른으로서 마을 사람들을 보살필 수도 없었습니다. 그것은 그의 생각에 마땅히 자신이 해야 할 일이었습니다. 그의 아이들도 별로 잘 지내지 못했고 이는 오바마를 더욱 짓눌렀습니다."

그러나 오바마에게 변하지 않는 것도 있었다. 마사칼리아와 물레는 오바마가 다른 직원과 접촉하는 것을 제한함으로써 그가 팀과 결부되는 것을 막으려 했다. 오바마 역시 자신이 생각하기에 사무실 내에 자신보다 못하다고 생각되는 직원들과 마주치지 않으려고 최선을 다했다. 그는 그들이 "지적 난장이"라고 중얼거리곤 했는데 다들 들을 수 있을 정도의 크기였다. 재무부로 돌아온 오바마는 제임스 오티에노라는 이름의 다른 이코노미스트를 만났다. 그는 천연자원 부문의 기획 담당관이었다. 오바마처럼 루오족인 오티에노는 오바마와 동향 출신으로 고향에 서로 함께 아는 사람들이 있었다. 오티에노는 진지하고 고도로 숙련된 이코노미스트였으며 인프라 분야에 새로 온 오바마 앞에서 쉽게 의견을 굽히지 않았다. 오티에노는 오바마처럼 활기 넘치는 유머감각을 가지고 있지 않았지만 그 둘 모두 지적 토론을 좋아했고 애연가에 애주가였다. 사람들은 그 둘을 당시 영국의 인기 있는 코미디로 로니라는 이름의 두 사람을 주인공으로 한「두 로니들The Two Ronnies」에 비유했다. "짐은 약간 신경질적이고 과민해서 버락처럼 사교적이지 않았습니다," 알렉스 오본도는 말했다. 그는 보험사 중역으로 오바마의 가까운 술친구 가운데 하나였다. "그러나 그 둘은 잘 어울렸습니다. 왜냐하면 그 둘은 아주 총명했고 그들의 두뇌는 같은 스피드로 회전했기 때문입니다."

오티에노는 사무실에서 나오는 쓰레기들을 싫어했기 때문에 오바마처럼 다른 직원들과 떨어져 있는 것을 선호했다. 그랬기 때문에 오티에노와 오바마는 자신들만의 근무방식을 도입했다. 그들은 재무부의 직원들이 출근들 하기 훨씬 전인 새벽 다섯 시에 나와서 자신들의 독립된 사무실에서 조용히 장시간 일하다가 정오가 되면 퇴근했다. 그리고 그들은 칼로레니 술집으로 향했다. 그곳에서 그들은, 평범한 시간표대로 생활하는 사람들이 모습을 나타내기 시작하는 늦은 오후까지 그들의 남은 하루를 보냈다.

적색 타일 지붕에 색색의 주류 로고가 벽에 그려진 칼로레니 술집은 루오족들이 즐겨 찾는 곳으로 유서 깊은 주택지역 끝자락에 위치해 있었다. 도시의 동쪽보다는 저소득층들이 사는 지역으로 도심 한복판 5성급 호텔들이나 치솟은 오피스 빌딩들과는 한참 거리가 있는 칼로레니에는 중간급 공무원, 노동자, 소규모 사업자들이 뒤섞여 모였다. 이 두 이코노미스트와 기획담당관은 실외의 제멋대로 뻗은 자카란다 나무 아래의 자리에 앉기를 좋아했고 이곳에서 돼지갈비와 미시카키라고 부르는 양념에 재운 소고기 꼬치가 쇠꼬챙이 위에서 이글거리는 것을 지켜볼 수 있었다. 대화는 일 이야기에서 정치나 가까운 시립 경기장에서 열린 축구 결과까지 여러 분야를 두루 넘나들었다. 오바마와 오티에노는 매일 그곳에서 술잔을 손에 든 채 오후를 보냈다. 오티에노의 손에는 터스커 맥주가, 오바마의 손에는 조니 워커가 들려 있었다. 초저녁이 되면 대개 오티에노가 먼저 자리에서 일어섰고 오바마는 더 머물렀다. 보통 오바마는 운전할 수 없을 만큼 너무 취했었기에 누군가 다른 사람이 집까지 태워주었다. "그들은 샴쌍둥이 같았습니다," 당시 중앙은행에서 이코노미스트로 일했으며 칼로레니를 찾는 단골 중 한 사람이었던 메샥 오냥고가 말했다. "그들은 다른 사람들의 방해를 받는 것이 싫어서 일찍 왔습니다. 그들은 어떤 종류의 임무가 주어지더라도 제시간에 끝낼 사람들입니다. 그래서 그들이 타고난 것이죠. 이들은 정말 뛰어난 두 사람이었습니다."

그리고 '두 로니들'이 자신들의 임무를 완수하는 한 그들은 원하는 시간에 들어오고 나갈 수 있었다. "사실 오바마는 낮에는 별로 사무실에 있지 않았습니다." 선임 기획담당관인 존슨 홍구가 말했다. 그는 나중에 그 부의 사무차관이 되었다. "사람들은 자신들이 오바마를 바꿀 수 없다는 사실을 알고 있었기 때문에 오바마의 행동을 묵인했습니다. 오바마가 맡은 일을 잘 해냈기에 그의 행동은 용인될 수 있었습니다. 그는 정오까지 일하고 점심시간에 술을 마시러 가곤 했습니다. 그럼 그 날은 그걸로 일과가 끝인 셈이었죠."

완전히 끝난 것은 아니었다. 만약 그날 오후 두 사람 가운데 누군가가 처리해야 할 일이 생기면, 재무부는 종종 칼로레니로 차를 보냈다. "만약 사무실에 급한 일이 생겨 그들이 필요해지면 그 차가 둘 중 한 사람을 데리고 왔습니다." 같은 부 중앙통계청에 근무하던 이코노미스트인 곤디 헤스본 올룸이 말했다. "운전사가 이렇게 말할 때도 있었습니다. '아주 꼼짝도 안 합니다. 어떻게 생각하세요? 또는 어떻게 하면 좋겠습니까?'"

비록 마흔 살밖에 안된 오바마였지만, 재무부 복도에서 마주치는 대부분보다 오바마의 나이가 많았고 그의 하버드 경력은 상당한 영향력을 가지고 있었다. 그는 젊은 이코노미스트들에게 자신을 오바마 박사로 부를 것을 요구했다. 그들 가운데 적지 않은 수가 최신의 계량경제학 공식과 수학적 기법에 대하여 기꺼이 토론하려 하는 오바마를 아주 재미있는 멘토로 생각했다. 오바마보다 거의 열다섯 살이 어렸고 이제 막 파이낸셜 프로그래밍 코스를 막 끝냈던 메샥 오냥고는 오바마가 고용되고 얼마 되지 않아 빅 파이브에서 오바마와 마주쳤다. 그 둘은 곧 국내 신용과 외국인 자산의 관계에 대한 대화에 빠져들었고 오냥고는 깊은 인상을 받았다. "그는 정말 파이낸셜 프로그래밍에 있어 천재였습니다." 오냥고는 말했다. "나는 오바마가 계량경제학을 다룬 최초의 케냐인이라고 생각합니다. 그는 분석과 시뮬레이션 모두에 있어 그냥 아주아주 탁월했습니다."

일을 시작한 지 아홉 달이 지난 1976년 8월 오바마는 정규직이 되었다.[19] 그와 함께 더 큰 책임이 주어졌고 곧 정부 일로 출장을 다니기 시작했다. 특히 두 개의 프로젝트가 오바마의 재무부 시절 임무의 가장 대표적인 것들이다. 첫 번째는 이디오피아와 국경을 따라 투르카나 호수와 오모 강 유역을 개발하는 장기 프로젝트였다. 투르카나는 세계에서 가장 큰 사막호로 이디오피아의 오모 강으로부터 물을 공급받았으며 그 지역은 광범위한 선사연구 현장이었다. 유럽경제공동체가 자금을 대는 그 프로젝트는 그 지역의 기본적인 인프라의 개발과 그 곳의 야생동물, 어업 그리고 관광의 운영개선을 요구했다. 오바마는 그 프로젝트의 자금조달에 대해 예측하고 국제 자문기관이 준비하는 타당성 연구를 감독하는 것이었다. 1980년, 그 프로젝트 관련, 정부 문서와 보도자료에 자신을 버락 오바마 박사로 묘사한 오바마는 아디스 아바바에서 열린 일련의 회의에서 종종 케냐의 대표단을 위한 협상을 이끌었다.

오바마는 또한 관광산업의 제고는 물론 국외의 시장 개발에 중요한 것으로 판단되는, 인접한 나라들과의 몇 개의 도로 개발 프로젝트에서 중요한 역할을 했다. 가장 큰 것은 케냐와 수단을 연결하기로 계획된

580킬로미터 길이의 도로로 로드워와 남수단의 주바를 연결하는 것이었다. 1979년 노르웨이가 공학적 연구에 자금을 지원하기로 했지만 케냐는 프로젝트 전체를 위한 재원을 마련해야 했다. 오바마는 1970년대 후반부터, 그 두 프로젝트를 검토하는 기술위원회들과 잠재 투자자들에게 컨설팅을 해주기 위해 수단에서 유럽에까지 광범위한 지역으로 출장을 갔다.[20]

1978년 8월 22일 조모 케냐타가 사망하면서 오바마의 더 높은 공직으로의 진출길이 다소나마 트이게 되었다. 케냐 건국의 아버지인 이 음제에역주: Mzee, 스와힐리어로 존경받는 원로를 뜻한다의 서거로 나라 전체가 슬퍼했고 그의 여러 결점과 지나친 처사들도 그의 죽음에 대한 애도 속에서 용서받게 되었다. 그는 공과를 함께 남겼다. 그는 조국이 비교적 안정적인 경제성장의 혜택을 누리게 했다. 그러나 케냐는 서방 국가들의 자금과 영향에 크게 의존하고 있다. 비록 케냐가 광범위하게 인권을 존중했지만 케냐타의 극도로 독재적이고 무자비한 통치 방식은 선택받은 소수에게만 언론의 자유를 허용했다. 오랫동안 정치인 생활을 했으며 11년 동안 부통령을 지낸 대니얼 아랍 모이의 케냐의 2대 대통령 취임은 아주 다른 시대의 시작을 열었다. 최소한 처음에는 그랬다.

온화한 교사 출신으로 칼렌진 부족인 모이 대통령은 몇몇 키쿠유 지도자들을 입각시키면서 재빠르게 키쿠유 엘리트들의 기득권을 확보했다. 이때 므와이 키바키가 부통령이 되었다. 이와 동시에 정치적 파벌주의와 부패의 종식을 선언하고 정치범들을 석방하였으며 여러 광범위한 부족들 간의 연정을 구성했다. 보다 자유로워진 정치환경은 루오족의 직업적 장벽을 완화해주었다. 음보야의 사망 이후 정부와 민간 분야 내의 상당수 루오족들은 승진을 못하고 있었다. 국가적 문맹퇴치 운동과 학생들에게 무상 우유 제공을 포함한 국내 정책은 광범위한 지지를 얻었다.[21] 부분적으로 세계적 경제침체에 따른 경제문제가 대두되어 그를 괴롭혔는데 이 회복에 1년 이상이 소요되었다.

1980년 오바마는 기획담당관으로 승진했다. 그 직위는 보다 높은 서열과 약간 더 많은 보수가 제공되었다. 그러나 오바마는 자신이 능력에 못 미치는 직책을 맡고 있다는 만성적인 신념을 결코 굽히지 않았고 또다시 종종 스스로를 멋대로 승진시키기 시작했다. 그것은 그의 직책을 약간 올리는 것으로 시작했다. 특히 그를 모르는 사람들과 있을 때 그는 스스로를 선임 이코노미스트 또는 다른 고위 간부로 자신을 소개했다. 당시 MEPD의 사무차관으로 승진했던 마사칼리아는 오바마의 허세에 대한 소문을 들었다. 그러나 마사칼리아는 크게 걱정하지 않았다. 박사 호칭을 사용하고, 고위직을 사칭하며, 심지어 근무시간에 일상적으로 술을 마시는 것과 같은 오바마의 행실은 어느 것 하나만으로도 미국이라면 바로 해고감이었다. 그 무렵 오바마의 그런 꾀바른 행동들은 이제 그의 캐릭터의 일부로 받아들여졌다. 최고위층을 비롯해 이하 정부 관리들은 오바마가 가진 고도의 전문능력을 이용하기 위해 그 정도는 기꺼이 용인하려는 것 같았다. "사실 그는 일상적인 대화 속에서 듣는 사람들에게 자신을 과대포장하려 하고 자신이 맡지도 않은 직책을 갖다 붙였습니다," 마사칼리아는 말했다. "그는 대단한 사람인 체 행동했고 사람들이 그 자신을 그렇게 믿어주기를 바랐습니다. 하지만 현실은 그의 희망과 달랐습니다. 당시의 나이로비는 아주 작은 도시고 사람들은 그가 누군지 다 알고 있었습니다. 그래서 나는 그런 행동과 관련해 뭔가 조치를 취할 필요가 있다고는 생각하지 않았습니다."

이후 UN개발계획의 고문으로 일했고 몇 년간 케냐의 국회의원으로 활동한 마사칼리아는 자신이 오바마를 완전히 통제하기가 쉽지 않았다고 털어놓았다. "알다시피 우리는 친구였습니다," 그는 어깨를 으쓱하며 말했다. "우리의 우정은 아주 오래된 것이었습니다."

오바마는 더욱 대담해졌다. 1980년 오바마는 케냐팀이 도착하기 전 가나 관리들과 실무조율을 위해 선발대의 일원으로 가나에 출장 갔다. 그러나 회의에서 오바마는 스스로를 MEPD의 장관이라고 소개했고 당시의 진짜 장관은 오욘카 박사였다.[22] 이튿날 도착한 오욘카가 자신을 소개했을 때 가나의 협상단은 깜짝 놀라며 그를 사기꾼 취급했다. 마침내 경위를 파악한 오욘카는 존슨 홍구를 보내 오바마를 따끔하게 훈계하도록 했다. "다른 사람들처럼, 오욘카도 버락의 행실을 알고 있었기 때문에 그렇게 많이 화를 내지는 않았습니다," 홍구는 말했다. "나는 버락을 데리고 나가 맥주를 마시며 그의 행동이 부적절했고 계속 그래서는 안 된다고 말했습니다. 오바마는 그냥 껄껄 웃어버렸습니다."

비록 오바마의 급여가 제법 인상되었고 마웬지 가든의 자그마한 2층짜리 정부 소유 도시주택을 임대할 수 있었지만, 고급 우들리 주택과 비교하면 엄청나게 추락한 것이었다. 뿐만 아니라 그의 경제적 어려움은 계속 그를 괴롭히고 있었다. 이제 기획 및 국가개발구상부Ministry of Planning, National Development and Vision라고 불리는 부서에 보존된 그의 낡은 분홍색 인사기록 파일에는 급여인상 요청서, 호텔요금의 지불을 간청하는 국제전신문, 미납 공과금과 외상값을 갚아달라는 요청서들로 빼곡했다. 장례식 비용들이 목록의 맨 처음에 있었다. 처제와 그녀의 복중의 아기가 사망했다. 첫째 사촌이 캄팔라에서 총에 맞았다. 다른 사촌이 몸바사에서 죽었다. 아들이 학교에서 쫓겨났다. 그 이유는 "저는 아들의 2학기 수업료를 미납했는데 이번 3학기분도 납부하지 못했기 때문입니다. 제가 1977년 7월과 8월 각각 한 번씩 두 번의 초상을 치르지 않았다면 아들의 학교 수업료를 지불했을 것입니다. 제가 가진 모든 돈이 이 장례식들에 들어가 버렸기 때문입니다." 그는 아들의 수업료를 납부하지 않으면 학교가 아들에게 시험을 치르지 못하게 할 것이라고 덧붙이고 급하게 가불을 요청하면서 다음과 같이 썼다, "특히, 제가 아들의 교육에 그렇게 오랫동안 돈을 쏟아 온 것을 감안할 때 그런 일이 벌어진다면 그것은 끔찍한 일일 것입니다."[23]

오바마의 파일에는 또한 그가 근무를 시작하고 몇 달 되지 않아 알레고로 귀향 휴가를 가면서 그의 '아내와 다섯 아이들'의 여행비용에 충당할 돈을 요청하고 있다. 그러나 당시 오바마는 함께 사는 아내가 없었다. 두 명의 자식들, 마크와 데이비드는 루스와 살고 있었고 아우마와 말리크는 거의 기숙사에서 지냈다. 또 다른 아이는 하와이에 살고 있었고, 버나드와 아보는 그들의 생모인 케지아와 살고 있었다. 그럼에도 불구하고 그가 소속한 부서는 이 상상 속의 행복한 가족들이 함께 여행할 수 있도록 기차요금의 지불을 언제나 선뜻 승인했다.

오바마의 폭음하는 버릇 역시 조금도 줄어들지 않았다. 근무 시간에 '더블-더블'을 마시는 일은 꾸준히 계속되었고 대부분의 사람들은 이를 알고 있었다. 사실 그의 동료들 가운데 일부는 그의 두뇌시스템에 알코올이 들어갔을 때가 그렇지 않을 때보다 더 잘 기능한다고 생각했다. 오바마가 1980년 투르카나 호수 프로젝트를 의논하러 아디스 아바바로 출장 갔을 때의 일이다. 이디오피아의 대표단들은 오바마가 저녁 내내 연신 위스키를 들이키는 모습을 보며 실망스러워했다. 그가 다음 날 회의에서 컨디션이 안 좋을 것을 걱정한 것이다. 그러나 다음날 아침, 오바마는 대단한 업무능력을 보였다. 이디오피아 측 사람들은 그가 프로젝트와 관련하여 자신들은 거의 기억도 못하고 있는 통계수치와 세부사항들을 줄줄 꿰고 있는 모습에 경악했다.[24]

케냐타가 죽고 얼마 되지 않아, 물레는 MEPD의 사무차관으로 승진했다.[25] 물레는 심지어 높은 자리에 있으면서도 자신이 아끼는 오바마에 대하여 관심을 가지고 계속 그를 지켜봤다. 그리고 그가 보기에 오바마가 특별한 임무에서 뭔가 벽에 부딪힌 것 같거나 그가 평소 잘 하던 계산들이 잘 되지 않는 것 같아 보일 때면, 물레는 오바마에게 50실링을 쥐어주며 나가서 모이 애버뉴의 그가 좋아하는 술집에 가서 위스키 한두 잔을 마시도록 했다. "나는 그에게 가서 한잔 마시고 오도록 했습니다." 물레는 말했다. "나는 그가 술기운 없이 일하는 것을 힘들어한다는 사실을 알고 있었습니다. 그래서 그의 머리가 삐걱대며 잘 돌아가지 않는 것 같아 보이면 난 그를 술집 티나로 보냈습니다. 그러면 잠시 후 돌아온 그는 일들을 멋지게 해치웠습니다."

그러나 오바마의 음주가 항상 일에 도움이 된 것은 아니다. 월요일마다 오바마는 동료들에게 술 냄새를 풍겼는데 그것은 그가 주말 동안 엄청나게 마신 술 때문임을 사람들 대부분은 알고 있었다. 오바마가 출장여비를 홀랑 마셔버린 경우도 여러 차례였고 때론 그가 나이로비를 출발하기도 전에 다 써버리는 경우도 있었다. 재무부의 차관보였고 오바마와 잠시 아파트를 함께 썼던 서배스천 오코다는 오바마가 여비로 7천 케냐실링을 물 쓰듯 써버린 1976년의 어느 날 밤에 대해 이야기했다. 여행을 준비하고 공항으로 향하는 대신 오바마는 대여섯 명의 친구들을 불러모아 나이로비의 상징이라고 할 수 있는 케냐타 인터내셔널 컨퍼런스 센터의 회전식 타워 레스토랑으로 데려가 술을 마셨다. 다음날 아침까지 그들은 술집에서 흥청거리고 있었고 오바마의 수중에는 한 푼도 남아 있지 않았다. "버락은 모든 사람에게서 돈을 빌려 여비를 마련하고는 공항으로 달려갔었습니다," 오코다가 말했다.

오바마의 알코올 탐닉은 함께 술을 마시는 대부분의 사내들 사이에서는 쉽게 용인되었다. 나이로비는 과음하는 문화였기 때문에 많은 양의 음주는 관습상 불가피했다. 그의 친구들 몇몇이 보기에 오바마는 다소 지나친 정도였다. 따라서 그의 어머니나 일부 친한 친구들이 그에게 술을 끊을 것을 간곡하게 타일렀다는 사실은 1970년대 후반이 되면서 오바마가 얼마나 극단적으로 술을 많이 마시게 되었는지를 알 수 있게 해준다. 그러나 그의 음주 패턴과, 재무부가 그의 제멋대로인 행동을 용인하고 있음을 잘 알지 못하던 사람들은 그의 행동에 충격받았다. 예를 들어, 하버드 국제개발 연구소의 컨설턴트로 1981년 케냐의 농무부와 일하고 있던 클라이브 그레이는 복도를 걸어가는 오바마를 보게 되었다. 그레이는 오바마와 같은 시기에 하버드 대학원에 다녔었기에 한눈에 그를 알아보았다. 그는 더 야위었지만, 그레이는 넓적한 얼굴과 굵은 테의 안경을 잊을 수 없었다. 그는 오바마가 비틀거리다가 넘어지지 않으려고 한 손을 벽에 짚는 것을 보고 그가 취해 있음을 눈치챘다. 그땐 점심시간도 아직 한 시간이나 남은 시간이었다. "나는 다른 친구에게 그가 어떻게 된 거냐고 물었습니다," 그레이는 회상했다. "그리고 난 그가 항상 취해있다고 들었습니다. 그것은 정말 부끄러운 일이었고 정말 한심한 행동이었습니다."

1980년 6월 오바마는 마흔네 살이 되었다. 그는 심지어 당시 루오의 기준으로도 복잡한 가정사를 가진 중년의 남성이었다. 그는 지금껏 세 명의 부인이 있었고 다섯 명 또는 일곱 명의 아이가 있었다. 그 숫자는 누가 세느냐에 따라 달라진다. 자식들과의 관계는 사실상 모두와 껄끄러울 뿐이었다. 그리고 상황은 더욱 복잡해졌다.

오바마는 한 여자를 만났다.

그녀의 이름은 자엘 아티에노였다. 루오어로 아티에노는 '밤중에 태어난'이라는 의미다. 그녀는 키가 크고 상냥한 말씨였으며 길게 땋은 머리는 등까지 내려왔다. 그녀와 학교를 함께 다닌 오바마의 이복 누이가 자엘을 그에게 소개했다. 그녀는 스무 살이었고 오바마의 외동딸 아우마와 동갑으로 오바마보다 스물네 살이 어렸다. 이듬해 그녀는 오바마의 집으로 들어왔고 둘은 결혼하기로 했다. 자엘이 임신 중이었기 때문에 소로 지불하는 지참금은 생략되었다. 루오의 전통에 따르면, 여자가 임신 중일 때 지참금을 주면 액을 불러 뱃속의 아이가 죽을 수 있다고 믿었다. 그러나 오바마의 형제 가운데 한 사람이 그녀의 어머니에게 1000실링을 아이에ayie로 주었다. 그것은 루오의 전통 혼례의 첫 절차로 신부의 어머니에게 감사를 표시하고, 양가가 그 결혼을 승낙하고 진행하기로 약속했음을 나타내는 것이다. 결혼식은 1982년 12월, 그 아기가 태어난 지 여섯 달이 될 때 올리기로 했다.[26]

오바마에게 있어 자엘과의 결혼은 그가 오래도록 필요로 한 생활의 안정을 제공해주었다. 다른 많은 아프리카 남자들처럼, 젊은 아내를 집에 남겨둔 채 오바마는 계속 친구들과 밤시간에 술집들을 떠돌았다. 그러나 이제 그는 집에서 만든 음식을 먹을 수 있었고 그를 돌봐줄 사람이 있었다. 마웬지 가든 단지의 시멘트 블록 담과 손바닥만한 뒤뜰 테라스가 있는 성냥갑 같은 집에서의 생활이란 오바마가 한때 익숙했던 것들과는 아주 거리가 먼 것이지만 최근 몇 년 동안의 음습한 호텔방이나 원룸 아파트와 비교하면 비약적인 발전이었다. 오바마는 또한 투르카나 호수와 수단 도로 프로젝트와 관련해 열심히 일한 데 대해 드디어 어느 정도 인정을 받게 되었다. 1982년 초 그는 국가의 필수적 프로젝트로 여겨지던, 1984년에서 1988년까지를 포함하는 케냐의 5번째 국가 개발계획에 참여하도록 발탁되었다. 오바마는 도로와 주택에 대한 기획그룹의 의장이 되었으며 이 그룹은 독립 이후 케냐의 발전을 돌아보고 미래의 계획 수립을 담당하게 되었다. 골방에서 숫자와 씨름하는 일을 시작한 지 7년 만에, 그는 이제 매주 열리는 정기 위원회에서 수십 명의 정부 직원을 감독하게 되었다. 그것은 부서의 장도 아니었고 공식적인 승진도 아니었지만, 그 자리는 오바마 자신이 마땅히 가져야 된다고 믿었던 권위를 어느 정도 느끼게 해주었다.

그러나 1982년의 케냐에서 목표를 수립한다는 것은 벅찬 일이었다. 심화된 세계경제의 침체는 케냐 경제에 심각한 충격을 주었고 극심한 외환 부족에 직면하면서, 새로 시작한 모이 대통령의 통치를 너그럽게 봐주는 소위 허니문 기간은 채 1년을 채우지 못했다. 늘상 상품이 부족했고 계속되는 파업이 나라 전체를 흔들었다. 많은 사람들은 케냐의 식량공급이 충분한가에 대해 우려했고 그 우려는 충분한 근거가 있었다. 모이는 더욱 격변하는 상황을 통제하기 위한 노력의 일환으로, 반대 세력을 엄중 단속하고 힘을 의도적으로 보여주기 위해 육군의 규모를 늘렸다. 1982년 8월 1일 케냐의 공군들이 쿠데타를 모의해 보이스 오브 케냐 방송국을 점령하고 자신들이 정부를 장악했다고 주장했다. 육군 병력이 몇 시간 만에 방송국을 되찾으면서 그 계획은 얼마 지속되지 못했으나 거리의 약탈과 혼란은 며칠씩이나 지속되었다. 그 뒤로 몇 주 동안 통행금지가 시행되었고 크게 흔들렸던 이 나라는 다시 평상을 되찾기 위해 힘든 시간을 보냈다.

그해가 저물 무렵 자엘은 자신의 남편이 몹시 걱정되었다. 5월에 태어난 그들의 아기는 아기는 조카의 이름을 따라 조지 후세인 오냥고 오바마라고 이름 지었다. 또 다른 아들의 탄생은 오바마에게 활기를 주었지만, 한편으로 그는 자신의 재정상태와 어떻게 또 학비를 지불해야 할지를 걱정했다. 그는 케냐의 경제 위기와 모이 대통령의 우경화에 몹시 분노했다. 안 좋았던 과거로의 복귀라는 망령이, 아무리 그전보다는 약한 수준일지라도, 그를 낙담하게 했다. 저녁마다 오바마가 집 밖으로 나설 때면 자엘은 그에게 신중하게 행동할 것을 당부했고 그가 행여 거리를 순찰하는 군인이라도 자극해 감옥에 갈까 봐 걱정했다. 두 사람을 방문하고 있던 오바마의 의붓 형제인 아미르 오티에노 오린다도 동의했다. "그녀는 오바마에게 나가지 말라고 했습니다," 오린다는 회고했다. "그녀는 그가 욱하는 성격이고 순찰하는 군인들을 두려워하지 않을 것임을 알고 있었습니다. 그는 계속 '나라 꼴이 엉망'이라고 말했습니다."

오바마를 더 우울하게 만드는 것이 또 있었다. 그를 오랫동안 괴롭힌 필립 은데과가 미증유의 정상에 막 도달했고 그의 그림자는 어느 때보다 길게 드리워지게 된 것이다. 은데과는 최근 새로 취임한 모이 대통령의 자문역을 포함해 고위직을 두루 거쳤고 그때까지 케냐의 상업은행의 의장이었다. 그러나 1982년 11월 은데과가 케냐 중앙은행의 총재가 될 것이 확실시되었고 이 자리는 케냐 정부에서 가장 영향력 있는 직책 가운데 하나였다. 옛날 하버드 시절 오바마가 공부를 도와준 것이 다 알려져 있는 그 은데과가 이제 15년 전 오바마가 대학원 졸업 수습생 자격으로 10개월 근무하다 쫓겨났던 바로 그 은행의 총책임자가 되는 것이었다. 12월 은데과의 중앙은행 총재 취임은 오바마로서는 짜증나는 일이었다.

11월 하순 어느 날 오바마는 집에 돌아와서 몇 가지 불길한 이야기를 했다. 그는 자엘에게 만약 자신이 죽는다면 조지를 꼭 최고로 좋은 학교에 보내야 하며 만약 자신이 조지가 열여덟 살이 되기 전에 죽는다면 그녀는 그가 가진 모든 것을 모든 자식들에게 똑같이 나눠주어야 한다고 말했다. 그는 "정부가 자신이 남긴 것 중에 한 푼도 가져가는 것을 원하지 않는다"고 단호하게 말했다.[27] 자엘은 오바마에게 왜 그런 소리를 하냐고 수차례 다그쳤지만, 오바마는 더 이상 이야기하기를 거부했다.

3일 후 오바마는 죽었다. 11월 26일 밤 오바마가 칼로레니 술집에서 집으로 돌아오는 길에 그의 픽업트럭이 유칼립투스 나무의 그루터기를 들이받았다. 아무도 그 사건이 어떻게 일어났는지 정확하게 알지 못했다. 그리고 함께 술을 마시며 어울리던 사람들은 즉시 그것이 사고가 아닐 수 있다는 의문을 품었다. 그날 오바마는 평소보다 늦게까지 일했다. 그는 5차 개발계획의 형태를 규정하게 될 재무적 제약들과 관련한 다가오는 위원회 회의를 준비하고 있었으며 생각했던 것보다 늦게 퇴근했다. 그는 초저녁에 건물을 나섰고 칼로레니로 가는 길 지하 주차장에서 에드가 에드워즈와 우연히 마주쳤다. 선임 경제 자문이던 에드워즈는 오바마의 불분명한 말투에 그가 이미 몇 잔 마셨음을 알 수 있었다. 그가 오바마와 마주칠 때마다 오바마는 그런 상태였기 때문에 오바마에게 술을 줄여야 그가 가진 뛰어난 재능을 더 잘 쓸 수 있다고 몇 분간 타일렀다. 오바마는 에드워즈의 훈계를 들을 때마다 그랬듯이 말없이 듣고 있었다. "그는 내 앞에서는 말을 잘 하지 않았습니다," 에드워즈는 회고했다. "그는 들으며 고개를 끄덕였습니다. 그러나 내게 가타부타 대답하는 법이 없었습니다. 그는 공손하게 듣기만 했습니다."

오바마는 오는 길에 인터콘티넨털에 들러 몇 잔을 더 마셨다. 저녁 8시쯤 칼로레니에 도착한 그는 유난히 즐거운 상태였다. 그곳에 있던 20여 명의 단골들도 얼큰한 상태였고 그 자리는 활발한 분위기였다. 오티에노는 테이블 위로 몸을 숙여 대화에 깊게 빠져있었다. 오본도와 올룸도 마찬가지였다. 오바마는 바로 가서 그의 트레이드마크인 더블-더블 위스키 세트를 시켰고 다른 몇몇 손님들에게도 한 잔씩 돌렸다. 저녁 열 시 삼십 분, 오바마는 자신이 돈이 없을 때 자신에게 종종 술을 사주었던 친구인 데이비드 오위노 웨야에게 자신의 차까지 걷자고 말했다. 그날 밤 오바마가 운전을 할 수 없는 상태가 되면 보통 오바마를 집까지 태워다 주던 사람은 다른 약속이 있었다. 몇몇 사람이 오바마에게 태워다 주겠다고 했지만 오바마는 자신이 운전할 수 있다고 단호하게 말했다. "그는 약간 취했지만 아주 즐거운 상태였습니다," 웨야는 말했다. "우리가 차에 도착했을 때 그는 내게 200실링을 주면서 말했습니다. '나는 가지만 자넨 들어가서 몇 잔 더 하게. 내일 점심때 보세.'"

웨야가 오바마와 이야기를 나눈 마지막 사람이다. 30분 후 오바마는 집에서 가까운 거리에서 엘곤 로드Elgon Road의 도로변에 있는 널찍한 나무 그루터기를 들이받았다. 그는 즉사했다. 몇 시간 후 현장으로 경찰이 출동해 그의 시신을 영안실로 옮겼다. 그가 죽었다는 소식이 당일 빠르게 퍼지면서, 망연자실한 몇몇 친척들이 서둘러 찾아왔다.

사고에 대한 무성한 추측들이 빠르게 생겨났다. 오바마의 사망 과정은 그의 삶의 근본적인 면들만큼이나 그의 가족들이나 친구들에게 불가사의했다. 오바마가 겪었던 취직의 어려움을 그의 당차고 과감한 발언들에 대한 복수 때문으로 여기던 가족들은 이름 모를 정부의 적들이 그를 살해했다고 믿었다. 가족들 사이에서는, 그 사고에도 '오바마의 시신이 멀쩡했고 차도 손상되지 않았고 전면 유리조차도 깨지지 않았다'는 믿음이 신화처럼 내려오고 있었다. 심지어 그의 안경도 말끔했다고 그들은 주장하고 있다.[28] 만약 오바마가 차를 타고 취한 채 나무를 향해 달려들었다면 분명 그의 시신은 심각하게 훼손되었을 것이고 그의 차는 산산조각이 되었어야 했기 때문이다. 따라서 그가 다른 어떤 방식으로 살해되었고 차 안으로 옮겨져 마치 그가 교통사고를 당한 것처럼 꾸몄다는 것이다. 그것이 그들의 논리였다.

어떤 사람들은 오바마의 죽음이 자살이라고 확신하고 있다. 그렇지 않으면 어떻게 그가 자신의 아내에게 한 말을 설명할 수 있겠는가? 오바마 자신의 추락한 인생에 대한 분노와 조국의 미래에 대한 그의 쓰라린 절망은 비밀이 아니었다. 그의 자기파괴적 음주벽도 마찬가지다. 국외를 여행하고 있던 피터 아링고는 자신의 오랜 친구 오바마와 마지막으로 나눈 대화를 기억했다. 오바마는 자신의 아이들이 그렇게 여기저기 뿔뿔이 흩어지고 또 몇몇은 형편없이 지내는 것에 낙담했었다고 했다. "그 사실은 그를 힘들게 했습니다." 아링고는 말했다. "그래서 나는 그가 사망했다는 소식을 듣고도 놀라지 않았습니다."

지금까지 가장 그럴 듯한 시나리오는 경찰이 밝혔듯 오바마가 음주교통사고로 사망했다는 것이다. 오바마와 그의 차는 사고로 뭉개졌다. 『나이로비 타임스』지는 오바마의 차가 너무나 참혹하게 파괴되어 "그의 사체를 차에서 끄집어낼 때 쉽지 않았다"고 보도했다.[29] 검시관은 오바마가 "교통사고로 심장이 파열되어 출혈로 인해 사망"했다고 결론 내렸다.[30] 오바마가 고의적으로 차를 나무그루터기로 몰았는지는 알 길이 없다. 그러나 분명한 사실은 사망 무렵의 오바마가 마침내 어느 정도 평화로운 위치에 도달해 있었다는 것이다. 그는 자신이 사랑하는 일을 하고 있었고 어느 정도 자존감을 되찾았었다. 다시 아버지가 되었다는 것은 전과는 다른 아버지가 되어 자신이 이전에 해보지 못한 아버지 노릇을 할 수 있게 되었음을 의미한다.

가족의 시골집인 알레고에서 치러진 장례식은 며칠 동안 정성스럽게 계속되었다. 자신이 불충분한 대접을 받고 있다고 느끼고 지낸 몇 년의 세월을 보냈던 오바마로서는, 자신의 장례식에 참석한 유명인사들의 명단을 보고 기뻐했을 것이다. 거기에는 국회의원들과 재무성의 수십 명의 동료들이 있었다. 피터 아링고와 로버트 오우코 외무부 장관은 그의 치열한 지성과 열정을 기렸다. 오바마의 어머니, 하비바 아쿠무는 눈물에 젖은 채 부서질 듯한 모습으로 그의 나무로 만든 관 옆에 비탄에 잠겨 앉아 있었다. 그녀는 큰아들을 잃은 슬픔을 그녀의 깊은 주름살에 새겨넣고 있었다. 하비바는 흰색 꽃무늬 드레스와 파란 머릿수건을 두르고 그의 관을 보호하듯 곁에 앉아 있었다. 마치 살아있을 때 그를 괴롭혔던 절망으로부터 죽은 아들을 지키려는 것 같았다.

오바마는 집에서 험한 길로 한 시간 거리의 빅토리아 호수 북쪽 가족묘소의 아버지 곁에 묻혔다. 깨진 노란색 타일로 덮인 그의 무덤에는 루오어로 이베드 기 크웨ibed gi kwe, 즉 "명복을 빕니다"라고 새겨져 있다. 만약 버락 오바마가 자신의 인생에 대하여 루오어로 노래하게 한다면, 그는 그의 마지막 10년간의 혼란을 되새기게 하기보다는 카냐디앙의 초막에서 태어난 어린아이의 특별하고 믿기 힘든 여행을 노래하도록 했을 것이다. 그 새는 높이 멀리 날았다. 비록 오바마는 그가 열망했던 그 높이에 도달하지 못하고 추락했지만 그는 동 세대의 많은 케냐인들이 가늠할 수 없는 야망을 가졌었다.

힘들었던 어린 시절부터 오바마는 아프리카의 붉은 먼지 위로 빠르게 떠올랐다. 그의 치열한 지성을 여권 삼아 그는 단지 20세기에 머무는 사람이 아니라, 식민통치의 압제에서 조국이 형성되는, 세계를 변화시키는 지렛목의 받침점에 서 있었던 사람이다. 오바마는 그가 그렇게 가지고 싶어했던 마음속에 그린 지위를 위한 기반이 되어줄 학문적 보석인 하버드 박사학위의 바로 코앞까지 갔었다. 그러나 하버드는 그를 거부했다. 하버드의 즉결심판에 너무나 상처받은 오바마는 나이로비로 돌아갔고 그런 고귀한 희망과 함께 시작했던 논문은 심지어 볼 수조차 없었다. 절망에 빠져 그 논문을 도둑들이 훔쳐갔다고 주장했을 때, 그가 정말 잃어버린 것은 자신에 대한 깊은 확신이었다.

오바마는 절망에서 완전히 헤어나온 적이 없다. 그러나 그 절망도 그가 조국의 운명이 걸린 결정적인 순간에 앞으로 나서는 것을 막지는 못했다. 많은 조심스러운 사람들이 반대자들을 후려갈기는 고압적인 정부로부터 물러서 있을 때 오바마는 권력에 대고 진실을 이야기했다. 새로 독립한 케냐의 위험에 맞서 꿈 많은 젊은이로서 떠났던 곳, 그로부터 급격하게 변화하는 신생독립국 케냐가 처한 어려움에 맞섰고 오바마는 조국에 대한 자신의 이상과 쓰리게 실망스러운 현실을 조화시키고자 몸부림쳤다. 그는 무수한 개인적 불이익을 감수하면서도 굴복하지 않았다. 결국 그의 친구 은돌로 아야가 말했듯이 벼락은 경주를 끝낸 것이 아니다. 오히려 그는 너무 빨리 가버려서 그가 세계에 준 영향을 목격하지 못한 것이다.

거의 매일 세계 저 멀리에서 온 관광객들이 그의 무덤에 덮인 깨진 노란 타일들을 바라보고 벼락 오바마 대통령의 아버지가 누워 있는 곳에서 사진을 찍어 집으로 가져간다. 역사의 새로운 페이지가 열렸고

오바마를 부탁해

오바마의 영향은 그가 상상했던 것보다 훨씬 더 큰 것이었음이 증명되었다. 비록 그는 그것을 결코 알지 못했지만 그는 전 세계에서 가장 강력한 남자를 만들어 남기고 떠났다.

그 또 다른 오바마가 이 사실을 알았다면 무척 기뻐했을 것이다.

감사의 글

실화를 담는 프로젝트는 한 마을 주민의 숫자만큼이나 많은 사람들의 도움을 필요로 한다는 표현은 진부하지만 역시 맞는 말이다. 이 프로젝트는 거대 도시의 시민 수만큼 많은 사람으로부터 도움을 받았다. 이 책을 쓰는 2년 반 동안 나는 전 세계의 수많은 사람들의 도움에 의지해야 했다. 나는 먼저 나이로비와 키수무의 친구들과 자문단들로 이뤄진 내 팀에 감사를 표하고 싶다. 그렇게 깊이 파 들어가고 그 먼 거리를 여행 갔다가 돌아오곤 했던 오코스 비어트리스 아코스, 레오 오데라 오몰로, 테리 와이리무 그리고 펠고나 아티에노 오치엥 네 사람에게 가슴 깊이 감사 드린다. 그들 한 사람 한 사람은 빈번하게 만나는 벅찬 장애물들에도 불구하고 진실을 찾기 위해 헌신했다.

오바마의 가족들 상당수가 시간을 내주었고 도움을 주었다. 나는 특히 나를 여러 번 켄두 베이까지 운전해서 데려다 주었던 에즈라 오바마와 오바마 코빌로 그리고 언제나 따뜻하게 맞아준 하와 아우마에게 감사드린다. 또한 프랜시스 마사칼리아, 프레드 오캇차, 비탕게 은데모, 아촐라 팔라 오케요, 존슨 홍구, 피터 아링고, 에드가 에드워즈 그리고 추크우마 아지키웨에게도 그들이 보여 준 너그러움과 자세한 설명들에 대해 감사를 표하고 싶다.

하와이와 관련해 도움을 준 많은 사람들 가운데 가장 첫 번째이면서 가장 중요한 사람으로, 의지 굳은 리포터이며 거의 2년 가까이 현장의 동료였던 켄 고바야시가 있다. 켄 고마워요. 또한 주지사 닐 아베크롬비, 할 아베크롬비, 페이크 제인 그리고 나란키리 티스에게도 감사 드린다.

제이콥스 팀 시시와 스트릿 제이콥스, 그레이스 하마다, 샌드라 메이, 제이슨 워커, 제인 빌, 태비, 카스트로 그리고 딕시에게도 감사를 표한다. 그들 한 사람 한 사람은 공들여 만든 플로 차트를 내가 두고 나갔을 때도 참아주었다.

시간이 없을 때조차 시간을 내 읽고 의견을 준 나의 특별한 친구들 래리 타이, 주디 래코스키에게도 진심으로 감사 드린다. "할렐루야"라고 외치고 싶다. 나는 또한 킴 블랜턴, 세라 웨슨, 더들리 클렌디넨 그리고 필 베넷에게도 깊은 감사를 표한다. 존 론스데일, 다람 하이, 데이비드 코언, 파커 시프턴, 도미니크 코난 그리고 셀리아 냠웨루가 보여 준 전문성과 인내에도 감사를 드린다.

또 엘리자베스 무니 그리고 헬렌 로버츠의 가족들이 많은 사진과 편지를 제공함으로써 마침내 내가 특별한 이야기를 써내려 갈 수 있게 해준 데 대해서 감사 드린다. 만약 첫 번째 오바마를 미국에 보낸 미스 무니가 없었다면 지금 백악관에 있는 오바마는 아예 존재하지 않았을 수도 있다.

줄곧 도움을 준 로이스 베켓, 데이비드 아널드, 리즈 쿠니, 폴 냥가니, 아지나 느와포, 도로시 그리고 밥 스티븐스, 기타우 와리기, 바바라 그리고 셔러, 리처드 파커, 로저 놀, 앤 트레버, 브렌던 배넌에게도 감사 드린다.

마지막으로 인사한다고 결코 덜 감사하는 것이 아님을 알아주기 바라며, 내게 이 책을 쓸 시간을 주었고 책이 마무리된 후 다시 나를 받아준 『보스턴 글로브』지에 나는 큰 빚을 졌음을 밝힌다.

주석

주

1장

1. 피터 퍼스트브룩, 『The Obamas: The Untold Story of an African Family』(London, Preface Publishing, 2010), 52쪽. 데이비드 코언 저, 베스웰 오고트와 키어런 편집, 『Zamani: A Survey of East African History』(Kenya, Nairobi: East African Publishing House, 1968), "The River Lake Nilotes from the Fifteenth to the Nineteen Century)" 149쪽.

2. 그레이스 케지아 아오코 오바마, 버락 후세인 오바마의 재산에 대한 1985년 승계 소송 번호 233 사건에 대한 1988년 11월 진술, 케냐 고등법원, 나이로비.

3. 하비바 아쿠무, 버락 후세인 오바마의 재산에 대한 1985년 승계 소송 번호 233 사건에 대한 1988년 11월 진술, 케냐 고등법원, 나이로비.

4. 실즈 판사 판결문, 1985년 승계 소송 번호 233 사건, 1989년 6월.

5. 은데산조, 에즈라 오바마 및 오바마 코빌로와의 인터뷰.

6. 버락 오바마, 『Dreams from My Father』(New York: Random House, 1995), 212쪽.

7. 아봉고 말리크 오바마와의 인터뷰.

8. 버락 오바마, 『Dreams from My Father』, 217쪽.

9. 아우마 오바마, 『Das Leben kommt tmmer dazwischen』(Cologne, Germany: Bastei Lubbe GmbH & Co. KG, 2010), 213쪽.

10. 앤드루 제이콥스, 『New York Times』, 2009년 11월 4일자, "An Obama Relative Living in China Tells of His Own Journey of Self-Discovery."

11. 버락 오바마, 『Dreams from My Father』, 344쪽.

12. 마크 은데산조와의 인터뷰.

13. 마크 은데산조, 『Nairobi to Shenzhen』(San Diego: Aventine Publishing, 2009), 6쪽.

14. 상동, 133쪽.

15. 조지 오바마와 데이미언 루이스, 『Homeland: An Extraordinary Story of Hope and Survival』(New York: Simon and Shuster, 2010), 48쪽.

16. 상동, 269쪽.

17. 버락 오바마, 『Dreams from My Father』, 129쪽

18. 상동, 221쪽.

19. 닐 아베크롬비와의 인터뷰.

2장

1. 로널드 하디, 『The Iron Snake』(New York: G. P. Putnam's Sons, 1965), 308쪽.

2. 아사 오코스, 『A History of Africa, Vol. 1: African Societies and the Establishment of Colonial Rule, 1800–1915』(Nairobi, Kenya: East African Educational Publishers, 2006), 198쪽–199쪽.

3. 오깅가 오딩가, 『Not Yet Uhuru: The Autobiography of Oginga Odinga』(Nairobi, Kenya: East African Educational Publishers, 1967), 1쪽.

4. 버락 오바마, 『Dreams from My Father』, 397쪽.

5. 상동, 398쪽.

6. 데이비드 코언 저, 베스웰 오고트, 키어런 편집, 『Zamani: A Survey of East African History』 (Kenya, Nairobi: East African Publishing House, 1968년) 중 "The River Lake Nilotes from the Fifteenth to the Nineteen Century," 142쪽.

7. 상동, 154쪽.

8. 상동.

9. 베스웰 오고트, 『A history of the Luo Speaking Peoples of East Africa』(Nairobi, Kenya: Anyange Press, 2009), 512쪽.
   피터 퍼스트브룩, 『The Obamas: The Untold Story of an African Family』(London, Preface Publishing, 2010년), 47쪽.

10. 버락 오바마, 『Dreams from My Father』 395쪽.

11. 찰스 올루오치, 엘리 용가 아디암보와의 인터뷰.

12. 캐럴라인 엘킨스, 『Imperial Reckoning: The Untold Story of Britain's Gulag in Kenya』(New York, Henry Holt and Co., 2005), 7쪽.

13. 오깅가 오딩가, 『Not Yet Uhuru: The Autobiography of Oginga Odinga』(Nairobi, Kenya: East African Educational Publishers, 1967), 2쪽.

14. 캐럴 디프리, 『The Luo of Kenya: An Annotated Bibliography』(Washington DC: Institute for Cross-Cultural Research, 1968), 26쪽.

15. 우간다 철도, 홍보부서 포스터, 날짜 미상.

16. 캐럴라인 엘킨스, 『Imperial Reckoning: The Untold Story of Britain's Gulag in Kenya』(New York, Henry Holt and Co., 2005), 14쪽.

17. 오깅가 오딩가, 『Not Yet Uhuru: The Autobiography of Oginga Odinga』(Nairobi, Kenya: East African Educational Publishers, 1967), 23쪽.

18. 리처드 볼프, 『The Economics of Colonialism: Britain and Kenya, 1870–1930』(New Haven, CT: Yale University Press, 1974), 119쪽–120쪽.

19. 버락 오바마, 『Dreams from My Father』, 425쪽.

20. 이 수치는 미국 달러에 대한 영국 실링의 인플레이션 비율을 고려하지 않은 수치임.

21. 버락 오바마, 『Dreams from My Father』, 426쪽.

22. 페니나 은달로와의 인터뷰.

23. 베스웰 오고트, "British Administration in the Central Nyanza District of Kenya, 1900–60," 『Journal of African History 4, no. 2』(1963), 256쪽.

24. 상동, 258쪽.

25. 사아드 카이랄라와의 인터뷰.

26. 버락 오바마, 『Dreams from My Father』, 403쪽.

27. 버락 오바마의 출생일은 분명치 않다. 그의 첫 학교 기록에는 출생일이 기재되어 있지 않다. 그의 하와이 대학 성적 기록에는 1934년 6월 18일로 기재되어 있다. 하지만 그의 결혼 증명서와 이력서에는 1936년으로 기재되어 있다. 친지들도 그가 1936년에 태어난 것으로 생각하고 있기 때문에 저자도 그 날짜를 사용하였다.

28. 폴 음보야 저, 제인 아치엥 번역, 『Luo Kitgi Gi Timbegi』(Nairobi, Kenya: Atai Joint Limited, 1938), 88쪽.

29. 상동, 45쪽.

30. 파커 시프턴, 『The Nature Entrustment: Intimacy, Exchange, and the Sacred in Africa』(New Haven, CT: Yale University Press, 2007), 51쪽.

31. 폴 음보야 저, 제인 아치엥 번역, 『Luo Kitgi Gi Timbegi』(Nairobi, Kenya: Atai Joint Limited, 1938), 54쪽.

32. 오냥고의 음주 습관은 찰스 올루오치, 하와 아우마, 오바마 마도호 등과의 인터뷰를 근거로 묘사한 것이다.

33. 폴 음보야 저, 제인 아치엥 번역, 『Luo Kitgi Gi Timbegi』(Nairobi, Kenya: Atai Joint Limited, 1938), 137쪽.

34. 사라 오바마와의 인터뷰.

35. 티머시 파슨스, 『The African Rank–and–File: Social Implications of Colonial Military Service in the King's African Rifles, 1902–1964』(Portsmouth, NH: Heinemann, 1999), 2쪽.

36. 버락 오바마, 『Dreams from My Father』, 409쪽.

37. 베스웰 오고트, "British Administration in the Central Nyanza District of Kenya, 1900–60," 『Journal of African History 4, no. 2』(1963), 269쪽.

38. 티암베 젤레자 저, 아치엥 편집, 『A Modern History of Kenya, 1895–1980』(London: Evans Brothers, 1989), "Kenya and the Second World War, 1939–1950," 166쪽.

39. 베스웰 오고트 저, 오고트와 키어런 편집, 『Zamani: A Survey of East African History』(Kenya, Nairobi: East African Publishing House, 1968), "Kenya under the British, 1895 to 1963," 282쪽.

40. 베스웰 오고트, "British Administration in the Central Nyanza District of Kenya, 1900–60," 『Journal of African History 4, no. 2』(1963), 270쪽.

41. 매슈 카로테누토, 캐서린 루옹고 공저, "Dala or Diaspora? Obama and the Luo Community of Kenya," 『African Affairs 108, no. 431』(2009): 197쪽–219쪽.

42. 오깅가 오딩가, 『Not Yet Uhuru: The Autobiography of Oginga Odinga』(Nairobi, Kenya: East African Educational Publishers, 1967), 102쪽.

43. 음보야에 대한 이런 견해는 찰스 오군 야모, 찰스 올루오치, 엘리 용가 아디암보, 페니나 은달로 등을 포함한 마을 사람들과 비어트리스 아코스와의 인터뷰 내용을 바탕으로 한 것이다.

3장

1. 오바마 마도호와의 인터뷰.
2. 도미닉 오디다와의 인터뷰.
3. 상동.
4. 버락 오바마, 『Dreams from My Father』, 415쪽.
5. 존 오야와, 『The Standard』, 2008년 11월 4일자, "Tracing Obama Snr's Steps as a Student at Maseno School."
6. 오깅가 오딩가, 『Not Yet Uhuru: The Autobiography of Oginga Odinga』(Nairobi, Kenya: East African Educational Publishers, 1967).
7. 베스웰 오고트, 『My Footprints on the Sands of Time: An Autobiography』(Kisumu, Kenya: Anyange Press, 2003), 38쪽.
8. 오바마가 마세노 학교에 입학한 날짜는 불분명하다. 학교 관계자는 그가 1951년에 입학했다고 말하지만 반 친구들과 가족들은 1949년으로 알고 있다.
9. 베스웰 오고트, 『My Footprints on the Sands of Time: An Autobiography』(Kisumu, Kenya: Anyange Press, 2003), 38쪽.
10. 오깅가 오딩가, 『Not Yet Uhuru: The Autobiography of Oginga Odinga』(Nairobi, Kenya: East African Educational Publishers, 1967), 62쪽.
11. 존 오야와, 『The Standard』, November 4, 2008, "Tracing Obama Sr's Steps as a Student at Maseno School."
12. "로리" 헤어스타일에 대한 설명은 오스카 오봉고, 『The Sunday Nation』, 2004년 8월 15일자, "Kaloleni Home of Ex-Uganda Leader," 참조.
13. 버락 오바마, 『Dreams from My Father』, 419쪽.
14. 캐럴라인 엘킨스, 『Imperial Reckoning: The Untold Story of Britain's Gulag in Kenya』(New York, Henry Holt and Co., 2005), 26쪽.
15. 윌리엄 로버트 오치엥, 『A History of Kenya』(London: Macmillan, 1985), 130쪽.
16. 버락 오바마, 『Dreams from My Father』, 418쪽.
17. 상동.
18. 벤 매킨타이어, 폴 오렝고 공저, 『The Sunday Times』 2008년 12월 3일자, "Beatings and Abuse Made Barack Obama's Grandfather Loathe the British."
19. 버락 오바마, 『Dreams from My Father』, 418쪽.
20. 데이비드 앤더슨, 『Histories of the Hanged: The Dirty War in Kenya and the End of Empire』(New York: W. W. Norton and Co., 2005), 41쪽.
21. 키쿠유족은 출생 기록을 보관하지 않기 때문에 케냐타의 출생일은 확실치 않다. 그의 전기 작가는 그가 1890년대 말에 태어났을 가능성이 많다고 썼다. 제러미 머리브라운, 『Kenyatta』(New York: E. P. Dutton, 1973), 37쪽.

22. 데이비드 앤더슨, 『Histories of the Hanged: The Dirty War in Kenya and the End of Empire』, 5쪽. 캐럴라인 엘킨스, 『Imperial Reckoning: The Untold Story of Britain's Gulag in Kenya』(New York, Henry Holt and Co., 2005), 13쪽.

23. 캐럴라인 엘킨스, 『Imperial Reckoning: The Untold Story of Britain's Gulag in Kenya』(New York, Henry Holt and Co., 2005), 16쪽.

24. 데이비드 앤더슨, 『Histories of the Hanged: The Dirty War in Kenya and the End of Empire』, 2쪽.

25. 버락 오바마, 『Dreams from My Father』, 419쪽.

26. 데이비드 골즈워디, 『Tom Mboya: The Man Kenya Wanted to Forget』(New York: Africana Publishing Company, 1982), 17쪽.

27. 톰 음보야, 『Freedom and After』(London: Andre Deutsch, 1963), 29쪽.

28. 데이비드 골즈워디, 『Tom Mboya: The Man Kenya Wanted to Forget』(New York: Africana Publishing Company, 1982), 14쪽.

29. 상동, 93쪽.

30. 앨프리드 오바마 오구타와의 인터뷰.

31. 그레이스 케지아 오바마와의 인터뷰.

32. 폴 음보야 저, 제인 아치엥 번역, 『Luo Kitgi Gi Timbegi』(Nairobi, Kenya: Atai Joint Limited, 1938), 65쪽.

33. 상동, 66쪽.

34. 상동, 80쪽.

35. 베스웰 오고트 저, 베스웰 오고트와 윌리엄 로버트 오치엥 편집, 『Decolonization and Independence in Kenya, 1940-93』, "The Decisive Years, 1956-63", 51쪽.

36. 상동, 56쪽.

37. 댄 섹터, 마이클 안사라, 데이비드 콜로드니 공저, 『The CIA Is an Equal Opportunity Employer』(Cambridge, MA: Africa Research Group, 1970).

38. 데이비드 골즈워디, 『Tom Mboya: The Man Kenya Wanted to Forget』(New York: Africana Publishing Company, 1982), 159쪽.

4장

1. 엘리자베스 무니, 1958년 12월 21일자 프랭크 로바크에게 보낸 편지, 시러큐스 대학교, 프랭크 로바크 컬렉션.

2. 엘리자베스 무니, 1959년 2월 16일자 프랭크 로바크에게 보낸 편지, 시러큐스 대학교, 프랭크 로바크 컬렉션.

3. 캐럴라인 블레이클리, 로버트 로바크 공저, 『Literacy Journalism at Syracuse University: A Thirty-Year History, 1952-1981』(Syracuse, NY: Lit-J Alumni, 1996), 80쪽.

4. 제니 클루그먼, 빌린 네얍티, 프랜시스 스튜어트 공저, 『Conflict and Growth in Africa, Vol. 2: Kenya, Tanzania and Uganda』(Paris: The Organization for Economic Co-operation and Development, 1999), 36쪽.

5. 프랭크 찰스 로바크, 『Forty Years with the Silent Billion: Adventuring in Literacy』(Old Tappan, NJ: The Fleming H. Revell Co., 1970), 13쪽.

6. 프랭크 케이, 『East African Standard』 1957, "Teaching Adult Africans How to Read and Write Makes Two-Year Scheme."

7. "No, Miss Mooney," 『The Sunday Post』 1957년 9월 22일자. Records of U.S. Foreign Assistance Agencies, Office of Educational Services, Africa and Europe Program Division, RG 469, The U.S. National Archives and Record Administration, College Park, MD.

8. 엘리자베스 무니, 1957년 5월 31일자 친구들에게 쓴 편지, 커크 가족 제공.

9. 짐 하퍼, 『Western Educated Elites in Kenya, 1900-1963: The African American Factor』(New York: Routledge, 2006), 63쪽, 65쪽.

10. 『The Key』, Kenya Adult Literary News 5호(1959년 2월): 5쪽.

11. 헬렌 로버츠, 1959년 5월 뮤리엘 맥크로리에게 보낸 편지, 그녀의 아들 던 로버츠 제공.

12. 짐 하퍼, 『Western Educated Elites in Kenya, 1900-1963: The African American Factor』(New York: Routledge, 2006), 3쪽, 10쪽.

13. 톰 음보야, 『Freedom and After』(London: Andre Deutsch, 1963), 142쪽.

14. 짐 하퍼, 『Western Educated Elites in Kenya, 1900-1963: The African American Factor』(New York: Routledge, 2006), 5쪽, 94쪽.

15. 톰 음보야, 『Freedom and After』(London: Andre Deutsch, 1963), 143쪽.

16. 맨스필드 어빙 스미스, "The East African Airlifts of 1959, 1960, and 1960" (박사학위 논문, 시러큐스 대학교, 1966), 18쪽.

17. 국제통화기금(IMF), 유엔 경제사회국의 국제 재정 통계 데이터베이스에서 인용.

18. 맨스필드 어빙 스미스, "The East African Airlifts of 1959, 1960, and 1960" (박사학위 논문, 시러큐스 대학교, 1966), 14쪽.

19. 데이비드 골즈워디, 『Tom Mboya: The Man Kenya Wanted to Forget』(New York: Africana Publishing Company, 1982), 76쪽.

20. 톰 색트먼, 『Airlift to America: How Barack Obama, Sr. John F. Kennedy, Tom Mboya, and 800 East African Students Changed Their World and Ours』(New York: St. Martin's 2009), 49쪽.

21. 맨스필드 어빙 스미스, "The East African Airlifts of 1959, 1960, and 1960" (박사학위 논문, 시러큐스 대학교, 1966), 27쪽.

22. 짐 하퍼, 『Western Educated Elites in Kenya, 1900-1963: The African American Factor』(New York: Routledge, 2006), 124쪽.

23. 맨스필드 어빙 스미스, "The East African Airlifts of 1959, 1960, and 1960" (박사학위 논문, 시러큐스 대학교, 1966), 38쪽.

24. 톰 음보야, 『Freedom and After』(London: Andre Deutsch, 1963), 139.

25. 엘리자베스 무니, 1959년 1월 28일 오빠 마크 무니에게 보낸 편지, 커크 가족 제공.

26. 상동.

27. 엘리자베스 무니, 1959년 2월 16일 마저리 무니에게 보낸 편지, 커크 가족 제공.

28. 버락 오바마, 『Dreams from My Father』, 421쪽.

29. 프랭크 테일러, 『Saturday Evening Post』 1958년 5월 24일자, "Colorful Campus of the Islands," 39쪽.

30. 버락 오바마, 『Dreams from My Father』, 427쪽.

31. 헬렌 로버츠, 미출간 자서전 『The Unfolding Trail』, 179쪽, 그녀의 아들 던 로버츠 제공.

32. 엘리자베스 무니, 1959년 3월 31일 마저리 무니에게 보낸 편지, 커크 가족 제공.

33. 도라 뭄보와의 인터뷰.

34. 맨스필드 어빙 스미스, "The East African Airlifts of 1959, 1960, and 1960" (박사학위 논문, 시러큐스 대학교, 1966), 37쪽.

35. 『Ramogi』, 1959년 7월 7일자, 3쪽.

36. 엘리자베스 무니, 1959년 3월 23일자 프랭크 로바크에게 보낸 편지, 시러큐스 대학교, 프랭크 로바크 컬렉션. 커크 가족의 사용 허락을 받고 게재하였음.

37. 상동.

38. 버락 오바마, 1959년 7월 28일 프랭크 로바크에게 보낸 편지, 시러큐스 대학교, 프랭크 로바크 컬렉션.

39. 데이비드 골즈워디, 『Tom Mboya: The Man Kenya Wanted to Forget』(New York: Africana Publishing Company, 1982), 120쪽-123쪽.

40. 엘리자베스 무니, 1959년 8월 5일자 프랭크 로바크에게 보낸 편지, 시러큐스 대학교, 프랭크 로바크 컬렉션.

5장

1. 『The Honolulu Advertiser』 1959년 7월 1일자, "Jet Age Makes Debut in Hawaii."

2. 로버트 슈밋, 『Demographic Statistics of Hawaii 1778 to 1965』(Honolulu: University of Hawaii Press, 1968)

3. 『Ka Leo O Hawaii』 1959년 10월 8일자, "First African Enrolled in Hawaii Studied Two Years by Mail."

4. 『The Honolulu Advertiser』 1959년 10월 10일자.

5. 『Honolulu Star Bulletin』 1959년 11월 28일자, "Isle Inter-Racial Attitude Impresses Kenya Student."

6. 『Ka Leo O Hawaii』 1959년 10월 8일자, "First African Enrolled in Hawaii Studied Two Years by Mail."

7. 로버트 커민스, 로버트 포터, 『Malamalama: A History of the University of Hawaii』(Honolulu: University of Hawaii Press, 1998), 4쪽.

8. 하와이 대학교, 총장실. 이 수치는 총장 비서 데브라 앤 이시이가 2009년 8월 제공한 수치임.

9. 프랭크 테일러, 『Saturday Evening Post』 1958년 5월 24일자, "Colorful Campus of the Islands," 96.

10. 버락 오바마, 『Honolulu Star Bulletin』 1960년 6월 8일자, "Terror in the Congo."

11. 『Ka Leo O Hawaii』 1959년 11월 5일자, 1쪽.

12. 라일 달링(이민귀화국 관리자), 보관용 메모, 1961년 4월, 버락 오바마 "A" 파일.

13. "Applications to Extend Time of Temporary Stay," 1960년 7월과 1961년 8월, 버락 오바마 "A" 파일.

14. 버락 오바마의 하와이 대학 성적표, 프랭크 로바크 컬렉션.

15. 수전 보트킨 블레이크와의 인터뷰.

16. 버락 오바마, 『Dreams from My Father』, 127쪽.

17. 상동, 124쪽.

18. 로버트 슈밋, 『Demographic Statistics of Hawaii 1778 to 1965』(Honolulu: University of Hawaii Press,1968) 210쪽.

19. 페기 패스코, 『What Comes Naturally: Miscegenation Law and the Making of Race in America』 (Oxford: Oxford University Press, 2009), 242쪽.

20. 달링, 보관용 메모. 달링은 "위 사람은 케냐에서 다음과 같이 이혼했다고 주장한다"고 썼다.

21. 데이비스 멘델, 『Obama: From Promise to Power』(New York: Harper Collins, 2007), 29쪽.

22. 버락 오바마, 『Dreams from My Father』, 126쪽.

23. 상동, 422쪽.

24. 수전 보트킨 블레이크와의 인터뷰.

25. 닐 아베크롬비와 페이크 제인과의 인터뷰.

26. 달링, 보관용 메모.

27. 버락 오바마, 『Dreams from My Father』, 12쪽

28. 달링, 보관용 메모.

29. 출생증명서, 오바마 대선 캠프 제공.

30. 버락 오바마 "A" 파일.

31. 엘리자베스 무니 커크, 1962년 5월 8일 톰 음보야에게 보낸 편지, Hoover Institution Archives at Stanford University, Tom Mboya papers.

32. 버락 오바마, 『Dreams from My Father』, 126쪽.

33. 버락 오바마, 1062년 5월 29일 톰 음보야에게 보낸 편지, Hoover Institution Archives at Stanford University, Tom Mboya papers.

34. 헬렌 로버츠, 1962년 5월 15일 앨리스 샌더슨에게 보낸 편지, 로버츠의 아들 던 로버츠의 허락을 받고 인용하였음.

35. 헬렌 로버츠, 1962년 7월 4일 앨리스 샌더슨에게 보낸 편지, 로버츠의 아들 던 로버츠의 허락을 받고 인용하였음.

36. 헬렌 로버츠, 1962년 8월 21일 앨리스 샌더슨에게 보낸 편지, 로버츠의 아들 던 로버츠의 허락을 받고 인용하였음.

6장

1. 1962년 12월 20일 버락 오바마가 실비아 볼드윈에게 보낸 편지, 볼드윈이 간직하고 있다.
2. 모턴 켈러, 필리스 켈러 공저, 『Making Harvard Modern: The Rise of America's University』(뉴욕: 옥스 퍼드 대학 출판, 2001) 301-305쪽에서 저자들은 1960년대 지속적으로 발생한 남녀 기숙사의 상호 방문에 대해 묘사하고 있다.
3. 프레드 헤칭거의 1962년 12월 14일자 『New York Times』 기고, "하버드 향정신성 약품의 해악을 두고 논쟁"
4. 하버드 대학 신문인 『Harvard Crimson』의 1962년 10월 25일자 기사 "킹 목사, 통합을 위한 투쟁은 계속되어야 한다고 역설"
5. 리처드 노턴 스미스 저, 『The Harvard Century: The Making of a University to a Nation』(뉴욕: 사이몬 앤 슈스터 출판사, 1986), 224쪽
6. 제임스 레스턴이 1960년 12월 30일자 『New York Times』에 쓴 글, "하버드에는 래드클리프만 덩그러니 남게 될 것이다."
7. 도널드 그레이엄, 1963년 5월 13일자 『Harvard Crimson』, "감시이사회의 이틀 일정의 회의가 시작되면서 케네디 대통령이 오늘밤 회의를 주재할 예정"
8. 스미스, 『The Harvard Century』, 13쪽
9. 상동, 216쪽
10. 1964년 10월 26일 발행 "1962-63년 하버드 대학교 운영현황 보고", 공식 등록 현황
11. 재학 중인 흑인 학생의 숫자는 여러 곳의 협조로 추정하였다. 1970-71년 하버드 대학교 운영현황 보고서는 소수민족 출신의 학생 숫자가 10년 전에는 1퍼센트가 채 못되었다고 적고 있다. 베르너 솔러스, 캘드웰 티트콤, 토머스 언더우드 등이 쓴 『Blacks at Harvard: A Documentary History of African-American Experience at Harvard and Radcliffe』(뉴욕: 뉴욕 대학 출판부, 1973)는 1963년 하버드의 흑인 학생 수를 "전체 학생의 약 1퍼센트를 이룬다"라고 추정했다.
12. 1964년 5월 27일 엘렌 레이크가 『Harvard Crimson』에 쓴 기사, "경찰, 빅포드 식당에서 두 명의 나이지리아인 체포"
13. 1964년 4월 27일 로렌스 파인버그가 『Harvard Crimson』에 쓴 기사, "아프리카 학생들 미국 내의 흑인 학생들과 클럽 결성"
14. 1964년 1월 13일 『Harvard Crimson』의 사설 "AAAAS와 차별"
15. 미 이민귀화국이 보관하고 있는 버락 오바마의 "A" 파일 Form 1-20A. 1962년 8월 오바마가 서명한 이민 국적법에 따른 비이민 학생증명서.
16. 두보이스의 자서전, 『The Autobiography of W.E.B. DuBois: A soliloquy on Viewing My Life from the Last Decade of Its First Century』(뉴욕: 인터내셔널 퍼블리셔, 1968년), 136쪽.
17. 스티븐 마글린과의 인터뷰. 마글린은 1965년 하버드에서 박사학위를 받았다.
18. 리처드 실라의 인터뷰. 실라는 1969년 하버드에서 경제학 박사학위를 받았다.
19. 피터 맥클랠런드와의 인터뷰. 맥클랠런드는 1966년 하버드에서 경제학 박사학위를 받았다.
20. 1962년 12월 20일 버락 오바마가 실비아 볼드윈에게 보낸 편지, 볼드윈이 간직하고 있다.

21. 해리스 물레와의 인터뷰. 물레는 1970년대 오바마의 상사였다.

22. 오유코 오냥고 음베체, 모지스 와송가, 오티에노 와송가, 조지 사이토티와의 인터뷰.

23. 오마르 오바마의 생년월일은 불분명하다. 버킹엄 브라운 앤 니콜스 학교의 학적기록에 따르면 오마르 오케치 오냥고 오바마는 1945년 3월 10일 생이다. 이 학교의 학적 담당 책임자인 베스 제이콥슨이 관련 정보를 제공했다. 매사추세츠의 자동차 등기소 기록에서는 그의 생일이 1944년 6월 3일로 되어있다.

24. 캘리포니아주 스탠포드대학교의 후버연구소가 1973년 9월 톰 음보야에게 전달한 메모 "공수 유학 학생들 현황", 톰 음보야의 서류들에서.

25. 버킹엄 브라운 앤 니콜스 학교의 학적 담당 책임자인 베스 제이콥슨이 관련 정보를 제공했다.

26. 뉴턴 노스 하이스쿨의 기록. 교장실에서 자료를 제공했다.

27. 오마르의 이름의 개명사실은 법원 기록과 그의 매사추세츠 자동차 등기소의 기록에서 나타난다.

28. 매사추세츠 커먼웰스 기업부, 웰스 마켓은 1992년 3월 16일 등록되었으며 매사추세츠 도체스터 애버 뉴 1760에 있었다.

29. 마리아 사체티가 1992년 『The Boston Globe』지에 쓴 기사, "오바마의 고모 망명 허용"

30. 제이투니 오냥고와의 인터뷰.

31. 1964년 1월 31일 맥도날드가 해밀턴에게 쓴 메모. 이민귀화국이 보관중인 오바마의 이민서류파일에 함께 보관되어있다. 부처의 정책에 따라 일부 이름은 프라이버시를 이유로 삭제되었다.

32. 오바마의 이민서류파일에 포함되어 있는 1964년 4월 28일자 맥키언(이민 조사관)의 메모.

33. 1969년 5월 19일자 맥키언의 메모.

34. 데이비드 헨리가 1964년 5월 27일 버락 오바마에게 보낸 편지. 이 편지는 오바마의 "A"파일에 포함 되어 있다.

35. 1964년 6월 18일 보스턴의 서기보 멀린이 서명한 "보관용 메모". 버락 오바마의 "A"파일에 포함되어 있다.

36. 2010년 4월 7일 루스 은데산조와의 인터뷰에서.

37. 버락 오바마의 이력서. 케냐의 국가계획개발부가 보관하는 오바마의 인사파일에 포함되어 있다.

38. 골든(이민국 조사관)이 1964년 8월 28일 작성한 메모. 오바마의 "A"파일에 포함되어 있다.

7장

1. "길 잃을 염려를 하지 않아도 됩니다!", 『The Nation』, 1964년 5월 8일자.

2. 케냐 공화국, 1967년 통계요약, 14쪽. 체리 거첼, 마우르 레너드 골드슈미트, 도날드 로스차일드의 『Government and Politics in Kenya; A Nation Building Text』(케냐 나이로비: 이스트 아프리칸 퍼블리싱 하우스, 1969) 22의 1962년 인구조사 수치.

3. 짐 하퍼의 『Western-Educated Elites in Kenya, 1900-1963: The African American Factor』(뉴욕: 루트 레지, 2006) 124쪽. 하퍼는 케냐 독립 당시 해외에서 학위를 받은 사람은 500명이 채 안되었다고 말하고 있다. 1년 후 수십 명이 해외에서 귀국함으로써 그 숫자가 600명에 이르렀다.

4. 므와우라 응가리와의 인터뷰에서.

5. 레오 오데라 오몰로와의 인터뷰에서.

6. 데이비드 골즈워디, 『Tom Mboya: The Man Kenya Wanted to Forget』(뉴욕: 아프리카나 퍼블리싱 컴퍼니, 1982), 139쪽. 골즈워디는 아요도와 음보야를 가까운 사이로 묘사하고 있다.

7. 2010년 2월 자레드 오노노와 저자의 인터뷰.

8. 에즈라 오바마와 찰스 올루오치의 인터뷰에서. 두 사람은 일반적인 여성의 다리의 중요성을 이야기했고 특히 루스의 다리에 대해서도 이야기했다.

9. 레오 오데라 오몰로와의 인터뷰에서.

10. 자레드 오노노와 피터 아링고의 인터뷰에서.

11. 셀리아 냠웨루의 에세이, "Letting the Side Down: Personal Reflections on Colonial and Independent Kenya," 그랜트 허먼스 콘웰과 이브 월시 스토다드 편저, 『Global Multiculturalism: Comparative Perspectives on Ethnicity, Race, and Nation』(런던: 로우맨 앤 리틀필드, 2001), 185쪽.

12. 앤드루 헤이크, 『African Metropolis: Nairobi's Self-Help City』(뉴욕: 생마틴 프레스, 1977), 74쪽.

13. 나이로비 등기소, 결혼증명서 1964년 제47호. 나이로비 고등법원의 상속 사건 파일에 결혼증명서 사본이 보관되어 있다.

14. 골즈워디, 『Tom Mboya』, 216쪽

15. 베스웰 오고트와 윌리엄 로버트 오치엥 편집, 『Decolonization & Independence in Kenya, 1940-93』(런던: 제이 커리, 1995), 85쪽.

16. 노먼 밀러, 로저 예거, 『Kenya: The Quest for Prosperity』(불더, CO: 웨스트뷰 프레스, 1994), 31쪽.

17. 골즈워디, 『Tom Mboya』, 248쪽. 골즈워디는 그 직책에 대한 음보야의 생각은 물론 다른 사람들이 그 지명을 어떻게 받아들이는지 설명했다.

18. 거첼의 『Government and Politics in Kenya』, 349쪽.

19. "아프리카 사회주의와 케냐의 계획수립에 있어 그 적용,"을 담고 있는 세셔널 페이퍼 10호는 국립보관소에 가면 사본을 볼 수 있다.

20. 다람 하이가 1965년 6월 17~19일 동안 『East African Journal』에 기고한 "케냐인을 위한 아프리카식 사회주의"

21. 버락 오바마가 1965년 7월 29일 『East African Journal』에 기고한 "우리의 사회주의가 직면하고 있는 문제들"

22. 상동.

23. 상동.

24. 상동 33쪽.

25. 상동.

26. 데이비드 코언이 2010년 3월 케이프타운 대학교와 콰줄루 나탈 대학교에 제출한 논문 「비판의 위험과 활용: 케냐의 개발계획에 대한 1965년 오바마 시니어의 소감을 읽고」의 8쪽. 이 인용은 코언이 저널리스트인 데이빗 렘닉에게 2009년 4월 15일 한 언급과 여기서 인용한 논문에 포함되어 있다. 여기서의 인용은 저자의 허락을 받았다.

27. 상동, 27쪽.

28. 데이비드 코언과의 인터뷰에서.

29. 1966년 4월 15일자 『East African Journal』.

30. 밀러와 예거의 『Kenya』, 40쪽

31. 케빈 아비에로, 레오 오데라 오몰로 에라스투스 아몬디 오쿨과의 인터뷰에서.

32. 윌슨 은돌로 아야와 루스 은데산조와의 인터뷰에서(2010년 4월).

33. 케지아 오바마와의 인터뷰에서.

34. 하버드대학교 학적과가 버락 오바마에게 1965년 11월 16일자로 보낸 편지. 오바마의 "A"파일에 포함
   되어 있다.

35. 헤루피는 스와힐리어로 "통계"를 의미한다.

36. "케냐에서 은행의 역사와 케냐의 중앙은행"(케냐 중앙은행), 16쪽

37. 덩컨 은데과의 인터뷰에서.

38. 상동.

8장

1. 마티 싱어 박사와의 인터뷰에서.

2. 플로렌스 프레스맨과의 인터뷰에서.

3. 1967년 12월 14일 열린 케냐 관광공사(KTDC)의 "이사회 의제와 회의록", 케냐 나이로비 국립보관소.

4. 1969년 12월 열린 케냐 관광공사(KTDC)의 "이사회 의제와 회의록", 연례보고서 초안, 케냐 나이로비
   국립보관소. 이 서류는 관광개발공사에 대한 개요와 관광산업에 대한 케냐타의 언급이 담긴 상당수 메
   모들을 제공해준다.

5. 앤드루 헤이크, 『African Metropolis: Nairobi's Self-Help City』(뉴욕: 생마틴 프레스, 1977), 257쪽.

6. 아우마 오바마, 『Das Leben kommt immer dazwischen』(독일 콜로뉴: 바스테이 루베 GmbH & Co.
   KG, 2010) 28쪽.

7. 상동, 27쪽.

8. 루스 은데산조와의 인터뷰(2010년 4월)에서.

9. 케지아 오바마의 인터뷰에서.

10. 케냐 나이로비 고등법원 1985년 사건번호 233, 판결일 1989년. 이 서류는 1985년 상속사건 번호 233
    와 1990년 상속사건 번호 63 두 건 모두에 포함되어 있다.

11. 조모 케냐타, 『Suffering without Bitterness: The Founding of the Kenya Nation』(케냐 나이로비: 이스
    트 아프리칸 퍼블리싱 하우스, 1968) 343쪽.

12. 수전 D. 뮤엘러, "1966년에서 69년까지 케냐 정부와 야당," 『Journal of Modern African Studies 22,
    no.3』(1984년 9월), 408쪽

13. 상동, 415쪽

14. 베스웰 오고트와 윌리엄 로버트 오치엥 편집, 『Decolonization & Independence in Kenya, 1940–93』 (런던: 제이 커리, 1995) 85쪽.

15. 데이빗 골즈워디, 『Tom Mboya: The Man Kenya Wanted to Forget』(뉴욕: 아프리카나 퍼블리싱 컴퍼니, 1982), 267쪽.

16. 상동, 274쪽

17. 케냐공화국 경제통계청 1966년 6월 발표, 52쪽 표36, 케냐 국가기록 보관소.

18. 갬블, 『Tourism and Development in Africa』(런던: 머레이, 1989), 32–34쪽.

19. 1969년 12월 열린 케냐 관광공사(KTDC)의 "이사회 의제와 회의록", 연례보고서 초안, 케냐 나이로비 국립보관소.

20. KTDC에서 오바마의 근무기간 동안과 관련된 모든 내용은 케냐 관광공사(KTDC)의 "이사회 의제와 회의록"과 1967년 9월 8일 집행위원회 회의, (국가기록 보관소 보관)을 참고로 하고 있다.

21. "관광공사 간부 음주 운전 혐의", 『The Daily Nation』의 1967년 11월 4일자 기사제목이다.

22. 1968년 6월 18일, KTDC 집행위원회 5차 회의록, 케냐 국가기록 보관소.

23. 1969년 12월 열린 케냐 관광공사(KTDC)의 "이사회 의제와 회의록", 연례보고서 초안, 케냐 나이로비 국립보관소.

24. 상동, 3쪽

25. 조지프 오우마, 『Evolution of Tourism in East Africa: 1990–2000』(케냐 나이로비: 이스트 아프리칸 리터러처 비류, 1970), 103쪽

26. 1968년 6월 18일, KTDC 집행위원회 5차 회의록, 케냐 국가기록 보관소.

27. 1968년 8월 13일, KTDC 집행위원회 6차 회의록, 케냐 국가기록 보관소.

28. 골즈워디, 『Tom Mboya』, 279쪽

29. "음보야 살해사건 오늘 피고측 증거제출", 『The Daily Nation』 1969년 9월 9일자 기사.

30. 힐러리 응웬고, "토마스 조세프 오지암보 음보야 살해와 일당 독재국가의 귀환", 『Afro Article』 2007년 12월 7일.

31. "음보야 살해사건 오늘 피고측 증거제출"

32. 캐럴라인 윌킨스와의 인터뷰에서.

33. 골즈워디, 『Tom Mboya』, 284쪽

34. 수전 음보야와의 인터뷰에서.

35. 피터 퍼스트북, 『The Obamas: The Untold Story of an African Family』(런던: 프레피스 퍼블리싱, 2010), 218쪽.

36. 데이비드 윌리엄 코언, 아티에노 오디암보 저, 『The Risks of Knowledge: Investigations into the Death of the Hon. Minister John Robert Ouko in Kenya, 1990』(아테네: 오하이오 대학 출판부, 2004), 5쪽.

37. "익명을 요구한 분"과의 인터뷰.

38. 아티에노 오디암보, "1969–1992년 동안 케냐에서의 인종청소와 시민사회", 『Journal of Contemporary African Studies 22, pt.1』(2004), 29–42쪽

39. 존 넬리스, 『The Ethnic Composition of Leading Kenyan Government Positions』(웁살라: 아프리카학 스칸디나비아 연구소, 1974), 14–15.

40. 1970년 5월 4일 케냐관광공사 2차 회의록, 케냐 국가기록 보관소.

41. 상동.

42. 1970년 5월 11일 케냐관광공사 1차 집행임명위원회 회의록, 케냐 국가기록 보관소.

43. 1970년 6월 15일 KTDC 집행위원회 2차 회의록, 케냐 국가기록 보관소.

44. 은야링고 오부레와의 인터뷰에서.

9장

1. 버락 오바마, 『Dreams from My Father』(뉴욕: 랜덤하우스, 1995), 215쪽.

2. 루스 은데산조와의 인터뷰(2010년 2월)

3. 버락 오바마, 『Dreams from My Father』, 원문 65쪽.

4. 상동, 66쪽.

5. 상동, 68쪽.

6. 아우마 오바마, 『Das Leben kommt immer dazwischen』(독일 콜로뉴: 바스테이 루베 GmbH & Co. KG, 2010) 27쪽.

7. 상동, 63쪽.

8. 상동, 64쪽.

9. 버락 오바마가 1978년 3월 11일 경제계획개발부의 인사담당관에게 보낸 편지. 현재 케냐의 국가계획 개발부가 보관하고 있는 오바마의 인사파일.

10. 아우마 오바마, 『Das Leben kommt immer dazwischen』, 72쪽.

11. 상동, 72쪽.

12. 버락 오바마, 『Dreams from My Father』, 원문 217쪽.

13. 데이비드 카리우키, 블래뮤얼 은두루리, "조시아 므왕기 살해사건에 대한 철저한 진상 규명을 요구한다," 『The Daily Nation』 1975년 3월 14일자 기사제목.

14. 노먼 밀러, 로저 예거, 『Kenya: The Quest for Prosperity』(볼더, CO: 웨스트뷰 프레스, 1994), 52쪽.

15. 해리스 물레와의 인터뷰에서.

16. 마사칼리아가 상공부 사무차관에게 1975년 11월 14일에 보낸 편지, 버락 오바마의 인사파일에서.

17. 조지프 K. 무리웅기가 1978년 2월 15일 재정경제기획부의 인사담당관에게 쓴 편지. 버락 오바마의 인사파일에서.

18. 재정경제기획부의 기록, 나이로비 국가기록 보관소.

19. 마사칼리아가 1976년 8월 6일에 작성한 메모. 버락 오바마의 인사파일에서.

20. 오바마는 그 프로젝트와 관련해서 수십 통의 메모를 작성했으며 이들은 재정경제기획부의 기록에 남

아 있다. 나이로비 국가기록 보관소. 메모들과 관련된 프로젝트는 크게 두 가지다. 구체적으로 예를 들면, 1979년 5월 28일, "케냐―수단 도로 연결관련" 해리스 물레를 대신해 오바마가 작성, 1980년 9월 12일 "케냐/수단 합작 프로젝트 관련" 오바마 작성.

21. 데이비드 레너드, 『African Successes: Four Public Managers of Kenyan Rural Development』(버클리: 캘리포니아 대학 출판부, 1991) 1, 69쪽.

22. 존슨 홍구와의 인터뷰에서.

23. 버락 오바마가 1977년 11월 3일 인사 감독관에게 보낸 메모. 오바마의 인사파일에서.

24. 오윙고 오콩고와의 인터뷰에서.

25. 레너드, 『African Successes』, 202쪽.

26. 1989년 4월 케냐 고등법원 사건번호 233 상속재판에서 자엘 아티에노의 증언.

27. 상동.

28. 오바마의 가족 상당수는 오바마가 그날 밤 누군가에게 살해되었다고 생각하고 있다. 이와 관련하여 하와 아우마, 오바마 코빌로, 에즈라 오바마, 찰스 올루오치, 아미르 오티에노 오린다 등과의 인터뷰에서 자세히 들을 수 있었다.

29. 윌리엄 오냥고, "경제기획 담당자 교통사고로 사망," 『The Nairobi Times』의 1982년 11월 30일 기사 제목.

30. 케냐 나이로비 사망확인서 번호 109369. 이 서류는 케냐 고등법원 사건번호 233 상속재판 관련 파일에서 확인할 수 있다.